JULIAN LETSCHE

Gefährliche Walz

JULIAN LETSCHE

Gefährliche Walz

Historischer Kriminaloman

GMEINER SPANNUNG

Bisherige Veröffentlichungen im Gmeiner-Verlag:
Höhlenmord (zus. mit Anna Barkefeld, 2014),
Mit Stock und Hut (2013), Auf der Walz (2011)

Besuchen Sie uns im Internet:
www.gmeiner-verlag.de

Im Ehnried 5, 88605 Meßkirch
Telefon 07575/2095-0
info@gmeiner-verlag.de

1. Auflage 2017

Lektorat: Claudia Senghaas, Kirchardt
Herstellung: Mirjam Hecht
Umschlaggestaltung: U.O.R.G. Lutz Eberle, Stuttgart
unter Verwendung eines Fotos von: © https://commons.wikimedia.org/wiki/
File%3AJoss_Fritz_Holzschnitt_von_Albrecht_Duerer.JPG
Druck: GGP Media GmbH
Printed in Germany
ISBN 978-3-8392-2141-9

KAPITEL 1

Der jäh einsetzende Wind blähte das weiße Segel mächtig auf. Schnell hoben die erschöpften Männer ihre Ruderblätter aus dem Wasser.

Hannes war froh über die willkommene Unterbrechung. Der Geselle war es gewohnt zuzupacken, doch das monotone Rudern war eine völlig andere Tätigkeit als die übliche Arbeit in seinem Beruf.

Nach den heftigen Turbulenzen in Amsterdam war der junge Zimmermann mit einem lachenden und einem weinenden Auge aus der Seestadt abgereist.

Van Hulst, der Werftbesitzer, hatte ihm zusätzlich zu seinem Entgelt eine satte Belohnung ausbezahlt, weil er sehr wohl erkannt hatte, dass der Zimmermann einen großen Beitrag dazu geleistet hatte, dass die Werft überhaupt noch existierte.

Das Angebot der Seeleute, mit ihnen auf große Fahrt zu gehen, hatte Hannes ursprünglich annehmen wollen. Als er indes mit seinem Bündel am Anlegeplatz ankam, war das stolze Schiff bereits verschwunden.

Das muss ein Wink des Schicksals sein, dachte er, nachdem die erste Enttäuschung verflogen war. Er entschied sich nun dafür, die stolze Stadt in südlicher Richtung zu verlassen. Von Urs hatte er sich ausgiebig verabschiedet, denn der Schweizer hatte beschlossen, seine Wanderzeit in Amsterdam zu beenden und hier sesshaft zu werden. Die älteste Tochter seines Meisters hatte nicht unwesentlich dazu beigetragen, dass der Maurer sich in der Hafenstadt niederlassen wollte.

Hannes hingegen wollte dem Ort aus verständlichen Gründen so rasch als möglich den Rücken kehren.

Der März brachte ungewöhnlich milde Temperaturen, sodass der Wanderer gut vorankam. Um die Mühle, in der sich die Tragödie mit dem Schmied zugetragen hatte, machte der Geselle einen Bogen.

Hannes schlief in baufälligen Heuschobern sowie verlassenen Hütten, und gerade als seine Wegzehrung nahezu aufgebraucht war, erreichte er die Herberge von Kerkhoff, bei dem Urs und er bereits bei der Hinreise eingekehrt waren.

»Wenn du willst, kannst du bei freier Kost und Logis einige Tage bei mir arbeiten«, bot der freundliche Wirt an.

Dankend nahm der Zimmermann die Einladung an. Er reparierte mehrere Türen, zudem flickte er viele Löcher im Dach des stattlichen Anwesens und aus den Tagen wurden Wochen.

»Unter Umständen habe ich eine Möglichkeit zur Weiterreise für dich gefunden«, kam der Herbergswirt eines Morgens an. »Ein Handelsschiff, das rheinaufwärts bis Worms fährt, sucht noch kräftige Kerle zum Rudern.«

Hannes wurde aufmerksam.

»Das hört sich gut an«, meinte er.

Am nächsten Morgen brachte ihn der Wirt zum Liegeplatz des Bootes am nahen Fluss. Es stellte sich heraus, dass der bärbeißige Schiffsführer ein alter Bekannter von Kerkhoff war. Dieser wünschte Hannes alles Gute und der Geselle wankte auf einer ziemlich morschen Planke an Bord.

Die darauffolgenden Tage waren mit das Schlimmste, was der Zimmermann in seinem jungen Leben durchgemacht hatte. Seine malträtierten Hände waren übersät von Blasen, die beim Aufplatzen höllisch brannten.

Der Rücken schmerzte ihn so sehr, dass er dachte, seine Wirbelsäule würde jeden Augenblick auseinanderbrechen, und eines Morgens war er so weit, in den Fluss zu springen, um auf diese Weise der Folter zu entkommen.

»Haltet ein, ihr Halunken!«, hatte der Kapitän just in diesem Moment gerufen und die geplagten Männer legten sogleich ihre Ruder aus den Händen.

Nun lenkte der Steuermann das Schiff gefährlich nahe ans rechte Ufer. Hannes beobachtete, wie der kräftige Bootsführer ein dickes Tau, dessen Ende unter Deck befestigt war, hinüberwarf.

Das Seil wurde von einem jungen Burschen sicher aufgefangen und an einen starken Baum gebunden. Wenig später blieb das Schiff mit einem kräftigen Ruck stehen. Mehrere stämmige Kaltblüter, deren Kummetgeschirre untereinander verbunden waren, wurden herbeigeführt.

Indessen hatte der Kapitän den Anker ausgeworfen, während einer der Männer an Land das Tau mit einem kunstvoll geschlungenen Knoten an das hintere Ende des Zaumzeugs band. Nachdem der Anker wieder gelichtet war, ertönte ein kurzer Peitschenknall und die kraftstrotzenden Pferde stampften los.

Hannes konnte es beinahe nicht glauben, doch die Tiere bewegten das schwere Boot so schnell vorwärts wie vorher die Ruderer.

»Das mache ich nur, damit ihr Faulpelze euch ausruhen könnt. Dabei kostet mich das Ganze einen Haufen Geld«, meinte der Kapitän grimmig.

Von den geplagten Männern hatte jedoch keiner ein schlechtes Gewissen.

Am nächsten Morgen kam für Hannes die nächste schöne Überraschung.

»Heute geht es noch besser voran, du wirst schon sehen.«

Sein Nebenmann auf der Ruderbank strahlte den verdutzten Gesellen an.

»Im Laufe des Vormittags wird der Wind aus südlicher Richtung auffrischen und der Alte wird daraufhin die Segel setzen. Wir werden im Nu in Mainz ankommen.«

Der Mann sollte recht behalten, denn als die Brise stark genug war, ließ der Kapitän das Rudern einstellen. Im Laufe des Nachmittags langten sie in der Nähe einer größeren Stadt an, wo sie das Schiff an einer Anlegestelle vertäuten.

»Wo sind wir?«, fragte Hannes, nachdem die Mannschaft an Land gegangen war.

Sie hatten in Ufernähe ein wärmendes Feuer entzündet, um das sie nun herumstanden und mit leuchtenden Augen zusahen, wie das kleine Schwein in der heißen Glut brutzelte. Der ansonsten eher knauserige Kapitän hatte das Tier mitsamt mehreren Weinschläuchen auf einem nahen Gehöft erstanden.

»Wir sind kurz vor Mainz«, antwortete ein untersetzter Kerl.

Dem Gesellen lief es eiskalt den Rücken hinunter, als er an seinen letzten Besuch in dieser Stadt zurückdachte. Andererseits bestand auch Grund zur Freude, denn hier endete für ihn die anstrengende Bootsfahrt.

Bernhard, der entlaufene Mönch, den er auf seiner Reise nach Amsterdam kennengelernt hatte und den er auf der Ebernburg zu treffen hoffte, hatte ihm geraten, sich hier vom Rhein zu verabschieden und nach Süden weiterzuziehen, bis er Wörrstadt erreichen würde.

Am darauffolgenden Tag war Hannes bereits früh auf den Beinen.

Er schnappte sich sein Bündel sowie seinen Stock und ging zur Kajüte des Schiffseigners.

»Was fällt dir ein!«, schrie der Mann, nachdem Hannes ihn unsanft geweckt hatte.

Entgegen seiner Gewohnheit hatte der Kapitän dem Wein gestern unmäßig zugesprochen und stierte den Gesellen aus blutunterlaufenen Augen an.

»Ich möchte mich verabschieden«, entgegnete der Geselle selbstbewusst.

»Eigentlich ist es meine Entscheidung, Leute einzustellen oder zu entlassen.«

Der kräftige Mann wirkte gereizt und baute sich vor Hannes auf.

Doch die Zeiten, da sich der Zimmermann leicht einschüchtern ließ, waren vorbei.

Dazu hatte er bereits zu viele brenzlige Situationen gemeistert in seiner Wanderzeit, die bereits zur Hälfte vorbei war.

Hannes blickte dem Bootsbesitzer fest in die Augen und dieser wandte sich ab.

Die rasenden Kopfschmerzen trugen wohl dazu bei, dass der Kapitän klein beigab.

»Na schön, du hast dich nicht vor dem Rudern gedrückt, das muss ich lobend erwähnen.«

Zu Hannes' großer Überraschung öffnete er seinen Beutel und fischte einige Münzen heraus.

»Hier hast du einen kleinen Lohn für die gute Arbeit, die du auf meinem Schiff geleistet hast.«

Überschwänglich bedankte sich der junge Handwerker und steckte das Geld ein.

Es war ursprünglich ausgemacht gewesen, dass Hannes für die Fahrt sowie für Essen und Trinken rudern musste. Freudig verabschiedete sich der Geselle von den anderen Männern, die wach waren, und schritt seiner Wege.

Der Frühling zeigte sich bereits in all seinen Farben. Die Zugvögel waren zurückgekehrt und begleiteten den einsamen Wanderer mit ihrem schönen Gesang.

Von Zeit zu Zeit wurde er von Fuhrwerken überholt, Hannes machte indes keinerlei Versuche, mitgenommen zu werden. Er genoss die überschäumende Natur und freute sich auf ein Wiedersehen mit Bernhard.

Die Enttäuschung, die er in Amsterdam erlebt hatte, war mittlerweile so gut wie vergessen. Grausam waren nur die ersten Tage gewesen, nachdem Tines Verrat ruchbar geworden war. Er hatte die schöne Frau geliebt, doch inzwischen die Erinnerung an sie weitestgehend getilgt.

Kurz vor Wörrstadt begegnete er einem älteren Seifenhändler, der ein hölzernes Gestell auf seinem Rücken trug.

»Verzeiht, guter Mann.«

Hannes war neben den schwer atmenden Kaufmann getreten.

»Könnt Ihr mir den Weg zur stolzen Ebernburg weisen?«, fragte der Handwerksgeselle freundlich.

Der Händler betrachtete Hannes, als ob er ein ungehorsames Kind wäre.

»Was willst du an diesem Sündenpfuhl?«, antwortete er ungehalten mit einer Gegenfrage. »Den Weg kann ich dir wohl beschreiben, allein ich weiß nicht, ob du dort noch jemanden antriffst.«

»Wieso, was ist geschehen?«, wollte Hannes aufgeregt wissen.

Seine gute Laune war mit einem Mal verflogen.

»Tausende von Landsknechten belagern Sickingens Burg Nannstein.

Der sogenannte Afterkaiser hat seine mächtigen Feinde unterschätzt und hockt nun auf seiner Feste, wo er auf sein Ende wartet. Wie ich gehört habe, soll seine Ebernburg gleichfalls angegriffen und geschleift worden sein.«

Verstört marschierte Hannes weiter und ignorierte die hämischen Bemerkungen des Mannes.

An der nächsten Weggabelung nahm der Geselle die Straße, die westwärts führte. Der Seifenhändler hatte von zwei Tagesmärschen gesprochen und mit jeder Meile, die Hannes zurücklegte, wuchs die Anspannung.

War Bernhard überhaupt noch am Leben und was war aus Ulrich von Huttens hochfliegenden Plänen geworden, die Gesellschaft komplett zu verändern?

Während ihn all diese Fragen quälten, kam eine Horde Reiter aus der anderen Richtung auf ihn zu.

Die bewaffneten Männer hatten offenbar nicht vor, die Seite zu wechseln.

Mit einem gewagten Sprung konnte Hannes gerade noch den donnernden Hufen entkommen. Kurz bevor er sprang, sah er in ein Gesicht, das er zu kennen glaubte.

Wütend blickte er den wildgewordenen Kerlen nach und versuchte dabei angestrengt, sich an den Namen zu dem Gesicht zu erinnern. Dabei musste er zu seinem Schrecken erkennen, dass die Meute angehalten hatte und im Begriff war umzudrehen.

Mit schreckgeweiteten Augen sah Hannes, wie die Männer zurückkehrten.

Jetzt war ihm auch der Name des vordersten Reiters eingefallen.

So schnell er konnte, rannte der Geselle in den nahen Wald.

KAPITEL 2

WÄHREND ER SICH das köstlich schmeckende Fasanenfleisch schmecken ließ, betrachtete Gotthelf Burgwart wohlwollend den gut aussehenden Advocatus.

Er dachte daran, dass er es hauptsächlich dem Adeligen verdankte, dass seine Tochter, die ihm am meisten auf der Welt bedeutete, noch am Leben war.

Sicherlich hatte auch Meister Heinrich mitsamt seinen Gesellen seinen Anteil an der Befreiung Annas. Ohne Gregors Verhandlungsgeschick jedoch wäre sie bestimmt gemeuchelt worden, davon war Burgwart überzeugt.

»Darf ich Euch noch ein wenig von dem guten Tropfen nachschenken?«, fragte der Hausherr.

Auenfeld nickte zustimmend und der fast schwarze Burgunderwein floss in seinen Becher. Der Gewürzhändler hatte es sich nicht nehmen lassen, die Befreier seiner Tochter zu diesem opulenten Mahl einzuladen. Überdies hatte er den Männern mit einem nicht unbeträchtlichen Geldbetrag gedankt.

Einzig Heinrich, der Handwerksmeister, hatte einen melancholischen Zug in seinem kantigen Gesicht. Der gewaltsame Tod Erwins, der ihm nicht bloß Arbeiter, sondern auch Freund gewesen war, wollte Heinrich nicht aus dem Sinn gehen.

»Hättet ihr wohl die Freundlichkeit, mir kurz zuzuhören?«, rief Burgwart, nachdem er mehrfach in die Hände geklatscht hatte.

»Ich habe euch eine Mitteilung zu machen«, hob er an, nachdem die Gespräche verstummt waren.

»Wie ihr alle wisst, befindet sich mein verbrecherischer Schwiegersohn auf der Flucht vor dem Scharfrichter. Meine geliebte Anna ist dadurch in eine unhaltbare Situation geraten. Aus diesem Grund habe ich bei hohen kirchlichen Würdenträgern nachgesucht, diese unglückliche Ehe zu annullieren.«

Die Gäste ließen sich bei diesen Worten zu wahren Beifallsstürmen hinreißen.

Burgwart hob die Hände und bat erneut um Aufmerksamkeit.

»Die einflussreichen Männer haben mir Hoffnung gemacht, dass dies noch vor dem Herbst geschehen könnte. Einmal habe ich meine Tochter ins Unglück gestürzt, dieses Mal ist es ihre freie Entscheidung.«

Er machte eine kurze Pause, um die Wirkung seiner Worte zu erhöhen.

»Sobald wir einen positiven Bescheid haben, wird Anna eine neue Vermählung eingehen. Betrachtet deshalb ab jetzt Anna und Gregor als verlobt.«

Wiederum war lautes Klatschen und Tischklopfen die Antwort.

Die junge Frau konnte nicht anders, als die Hand Auenfelds in ihre zu legen und ihn verliebt anzuschauen.

Das möge Gott verhüten, dachte der gut aussehende Doktor der Jurisprudenz, erwiderte jedoch den Blick genauso glutvoll mit seinen dunklen Augen.

Diese Nachricht verbreitete sich in Windeseile in der Stadt Reutlingen und danach nahm niemand mehr Anstoß daran, wenn die beiden zusammen gesehen wurden.

Anna und Gregor wurden große Sympathie und Zuspruch von allen Bevölkerungsschichten erwiesen. Drei Tage in der Woche war der eloquente Adelige mittlerweile in Annas Kontor tätig und hatte sich in der relativ kurzen Zeit seiner Anstellung fast unentbehrlich gemacht.

»Wie schaffst du es eigentlich, deine gutgehende Kanzlei in Tübingen erfolgreich zu betreiben?«, fragte ihn Anna eines Morgens nach dem Aufstehen.

»Die vielfältigen Aufgaben habe ich auf die Schultern meiner dortigen Angestellten verteilt. Es erscheint mir derzeit wichtiger, mein Hauptaugenmerk auf dein Geschäft zu richten.«

Anna genügte diese Erklärung. Bisher hatte sie auch noch nicht den Versuch unternommen, Gregors Kanzlei zu sehen.

Die beiden lebten beinahe wie ein Ehepaar zusammen. Auenfeld hatte zwar eine eigene Kammer in dem geräumigen Haus, lag indes jede Nacht, die er in Reutlingen verweilte, an Annas Seite. Die Bediensteten tuschelten zwar, waren ihrer beliebten Dienstherrin gegenüber jedoch loyal, sodass keinerlei Tratsch nach außen drang.

Hin und wieder besuchte die Kauffrau ihre Freundin Maria, so auch an diesem schönen Frühlingsmorgen. Sie verabschiedete sich von Gregor und lenkte ihre Schritte zum Mettmannstor hinaus.

Schon von Weitem sah sie die Heilerin, die vor ihrem Häuschen stand und sich angeregt mit einem gut gekleideten Mann unterhielt.

»Anna, wie schön, dich zu sehen. Darf ich dir meinen Gast vorstellen, Jakob Stechler, Kaufherr zu Reutlingen.«

Höflich begrüßte sie den Händler und schenkte ihm dabei ein freundliches Lächeln. Mit hochrotem Kopf erwiderte er den Gruß und blickte Anna kurz in die schönen Augen. Sie kannte den Gewürzhändler vom Sehen und wusste, dass er ein Konkurrent ihres Vaters war.

Stechler war von mittlerer Statur und hatte sandfarbenes Haar, das in dünnen Strähnen unter der schwarzen Kappe hervorlugte. Die überaus hellen blauen Augen passten nicht so recht zu dem eigentlich langweiligen Gesicht, das von einer knolligen Nase beherrscht wurde.

»Jakobs Mutter hat ein Magenleiden, für das ich ihr eine Kräutermischung zusammengestellt habe.«

Der Kaufmann nahm schnell das dargereichte Päckchen, drückte Maria mehrere Münzen in die Hand und verabschiedete sich.

Offenkundig machte ihn Annas Gegenwart unsicher.

»Dieser Mensch war mir schon immer unsympathisch«, meinte die Kauffrau, nachdem Stechler seiner Wege gegangen war.

»Das kann ich verstehen, ich mache indes keine Unterschiede bei meinen Patienten, das könnte ich mir ohnehin nicht leisten. Im Grunde genommen ist er zu bedauern, seit seine Gattin im vorherigen Winter den Freitod gesucht hat.«

Sehr gut konnte sich Anna noch daran erinnern, welchen Aufruhr es gegeben hatte, nachdem Bedienstete behaupteten, in einem Lagerhaus Stechlers die unglückliche Frau an einem Balken hängend gefunden zu haben.

Hinter vorgehaltener Hand war gemutmaßt worden, dass sie von ihrer zänkischen Schwiegermutter zu diesem Schritt gedrängt worden war.

Die Angestellten waren recht schnell verstummt, sei es durch eine Geldzuwendung ihres Herrn oder durch eine Drohung. Jedenfalls wurde die vermeintliche Selbstmörderin nicht auf einem Acker verscharrt, sondern in geweihter Erde begraben, wozu die Spende Stechlers an die Kirche nicht unwesentlich beigetragen haben dürfte. Seither lebte der Gewürzhändler mit seiner Mutter alleine unter einem Dach.

»Das Trauerjahr ist abgelaufen und ich bin überzeugt, dass er sich bald auf Freiersfüße begibt. Jakob Stechler ist eine sehr gute Partie und daran ändert auch das furchtbare Schicksal seiner Frau nichts.«

Bei diesen Worten der Hebamme musste Anna an ihr eigenes Schicksal zurückdenken und daran, dass sie in die

Hände eines Mannes gegeben worden war, den sie nicht geliebt hatte.

»Irgendein ehrgeiziger Vater wird sein Töchterlein gegen ein anständiges Sümmchen in die Hände dieses komischen Kauzes geben. Kann es Gottes Wille sein, dass wir armen Frauen bis in alle Ewigkeit unter der Knute der Männer stehen?«, fragte die selbstbewusste Kauffrau zornig.

»Du weißt so gut wie ich, dass allein schon der Gedanke, etwas ändern zu wollen, strafbar ist. Wir zwei haben Glück gehabt, dass wir unser Leben mehr oder weniger selbstbestimmt führen können.«

»Vielleicht kommt mit der kirchlichen Erneuerung, die gerade im Gang ist, auch eine gesellschaftliche«, mutmaßte Anna versonnen und dachte zurück an die Gespräche auf der Ebernburg.

»Wenigstens scheinst du jetzt dein Glück gefunden zu haben, Anna. Die allermeisten Leute, mit denen ich zu tun habe, wünschen dir jedenfalls alles Gute für deine neue Liebe.«

»Da hast du recht«, meinte die junge Frau, wobei ihr hübsches Gesicht strahlte. »Mir geht es so gut wie schon lange nicht mehr.«

Eine Weile lang unterhielten sie sich über belanglose Dinge, wobei Maria ihrer Freundin verschwieg, dass sie sich seit Kurzem ebenfalls heimlich mit einem Mann traf.

Anna verabschiedete sich wenig später und wollte zurück in ihr Kontor gehen.

Doch angesichts des herrlichen Frühlingstages entschied sie sich anders und machte stattdessen einen Spaziergang. Sie wanderte stromaufwärts an der Echaz entlang und lenkte ihre Blicke immer wieder zu den trutzigen Mauern und der Silhouette ihrer stolzen Heimatstadt.

Ab und an glitt ihre Hand in das langsam dahinfließende

Wasser und ihr Herz machte einen Sprung beim Gedanken an die baldige Hochzeit im Herbst.

Etwa zur selben Zeit stürmte Burgwart ungehalten ins Kontor seiner Tochter in der Krämergasse.

»Wo steckt Anna?«, fragte er unwirsch, ohne den überrascht aufblickenden Gregor zu begrüßen.

»Sie wollte sich ein wenig die Füße vertreten an diesem schönen Tag.

Soll ich sie suchen lassen?«

»Nein, nein«, entgegnete Burgwart.

»Der Grund meines Besuchs gilt eher Euch.«

Gregor horchte auf.

»Vorhin hat mich ein Bote aufgesucht. Der Mann war völlig entkräftet und dem Tod näher als dem Leben.«

Burgwart schwieg eine quälend lange Zeit, bevor er weiter fortfuhr.

»Es handelt sich bei dem Söldner um einen von Sickingens treuesten Gefährten, Gottfried von Karlsburg.«

Eine dunkle Ahnung stieg in Gregor auf, er ließ sich jedoch nichts anmerken.

»Der berühmte Heerführer hat seinen Adjutanten damit beauftragt, das Lösegeld für Anna, das er einbehalten hat, an mich zurückzuzahlen. Augenscheinlich kämpft er seine letzte Schlacht und will ohne Schulden von dieser Welt scheiden. Nun verhält es sich aber so, dass die Summe, die er mir gegeben hat, nur die Hälfte dessen beträgt, was ich Euch mitgegeben hatte. Als ich ihn danach fragte, hat er bei allem, was ihm heilig ist, geschworen, dass der als redlich bekannte Sickingen nicht mehr von Euch erhalten habe. Wie Gottfried von Karlsburg mir außerdem beteuerte, war er selbst zugegen und hat gesehen, dass Ihr fünfhundert Gulden ausbezahlt habt. Sobald Anna wieder da ist, werde ich ihn in seiner Herberge abholen lassen und wir bereden die Sache zu viert.«

Davon darf Anna nichts erfahren, dachte der Advocatus, seine gesamte Reputation stand auf dem Spiel.

»Der Kerl lügt natürlich, der noble Herr von Sickingen hat einfach nicht mehr Geld zur Verfügung«, suchte Gregor sein Heil im Angriff.

»Das Dokument hier spricht eine andere Sprache.«

Aus einer Innentasche seines gefütterten Wamses zog Burgwart ein Schriftstück heraus und legte es neben ein von Gregor unterzeichnetes Papier.

»Die Unterschriften sind nahezu identisch«, stellte Burgwart fest.

Währenddessen traten winzige Schweißperlen auf Gregors Stirn und ihm war bewusst, dass er dieses Dokument vernichten musste, bevor es Anna zu Gesicht bekam.

»Setzt Euch doch, Gotthelf, es handelt sich bestimmt um ein kleines Missverständnis, das sich leicht aufklären lässt. Ich werde uns etwas zu trinken kommen lassen.«

Gregor winkte dem einzigen anwesenden Kontorsangestellten und dieser beeilte sich, dem Befehl nachzukommen.

Seufzend kam Burgwart der Bitte seines zukünftigen Schwiegersohns nach, als dieser blitzschnell den Stuhl wegzog. Schwerfällig wie ein voller Sack Getreide plumpste der Gewürzhändler zu Boden. Er war zuerst mit dem Steiß und danach mit dem Hinterkopf auf die Steinplatten aufgeschlagen und blieb einen Moment reglos liegen.

Sofort war Auenfeld über ihm und drückte dem benommenen Kaufmann das gleichfalls zu Boden gefallene Sitzkissen auf Mund und Nase.

KAPITEL 3

Gehetzt blickte Hannes umher, auf der Suche nach einem Ausweg.

»Was willst du von dem dreckigen Gesellen, wir haben bei Gott Wichtigeres zu tun.«

»Wenn ich dir erzähle, was ich dem Kerl zu verdanken habe, wirst du mich verstehen.«

Kaspar Neumann war wild entschlossen, sich auch von dem gewaltigen Odo nicht von seinem Vorhaben abbringen zu lassen.

Mit grimmiger Miene und gezücktem Kurzschwert drang er in den dichten Wald ein.

Von seinem Versteck aus hörte Hannes deutlich das Knacken von Ästen sowie näherkommende Schritte.

»Der Hundsfott muss doch hier irgendwo sein, er kann sich doch nicht in Luft aufgelöst haben.«

Unter äußerster Anstrengung unterdrückte der Geselle ein aufkommendes Niesen.

»Komm zurück, Kaspar!«, schrie Odo wütend. »Du musst deine Rachegelüste hintanstellen, Vogler hat bestimmt längst einen Trupp zusammengestellt, um uns zurückzuholen. So wie ich ihn kenne, wird er sich unser neuerliches Versagen nicht bieten lassen.«

Neumann lief noch um einige Bäume herum, hinter denen sich ein Mann bequem verstecken konnte, bevor er der Aufforderung seines Kumpans nachkam.

Erst als das Hufgetrappel nicht mehr zu hören war, schälte sich Hannes aus seinem feuchten Versteck.

An einem kleinen Abhang hatte er eine Wildschweinsuhle entdeckt, in die er sich hineingelegt und mit Laub zugedeckt hatte.

Mit den Händen klopfte er sich ab und dachte dabei an Kaspar.

War es Gottes Wille, dass er immer wieder auf seinen Widersacher traf?

»Eines Tages wird wohl einer von uns beiden den Kürzeren ziehen«, sagte Hannes laut vor sich hin.

Sein drängendstes Problem hingegen war die Feuchte in seinen Kleidern.

Der Frühling war zwar bereits mit Macht gekommen, die Nächte jedoch waren empfindlich kalt. Er musste einen Platz finden, wo er trocken und warm übernachten konnte. Hannes beschloss, seinen eingeschlagenen Weg zur Ebernburg fortzusetzen. Wenn die Schilderung des Seifenhändlers zutraf, musste er die Festung bald erreicht haben.

Dem Stand der Sonne nach zu urteilen, war es später Nachmittag. Somit hatte der Geselle noch ein, zwei Stunden Tageslicht für seinen Marsch.

Trotz der wärmenden Strahlen fröstelte den Zimmermann und zu seinem Unglück war weit und breit keine Herberge, geschweige denn eine Poststation zu erblicken.

Fuhrwerke, bei denen er hätte aufsitzen können, waren ebenfalls Mangelware.

Nachdem die Sonne untergegangen war, nahm eine leichte Panik von ihm Besitz.

Sollte er nicht bald einen warmen Ort finden, so würde er sich hier noch den Tod holen.

Hatte er so viele Abenteuer erlebt, damit er hier an der Schwindsucht zugrunde ging?

Angetrieben von der Angst und der einsetzenden Kälte, stolperte der Geselle weiter und weiter.

Plötzlich erblickte er in der Ferne ein flackerndes Licht.

Von neuer Hoffnung beseelt, eilte Hannes der Feuerstelle entgegen. Als er näherkam, sah er sich jedoch einer bizarren Szenerie gegenüber. Das Feuer war in der Nähe eines mächtigen Baumes, der inmitten des Waldes auf einer Lichtung stand, angefacht worden. An diesen war ein Mann gefesselt, der mit ansehen musste, wie die Flammen seiner Kleidung näher und näher kamen.

»Versündigt euch nicht, ihr Schafsköpfe, und lasst mich sofort frei. Ihr werdet ansonsten auf ewig in der Hölle schmoren.«

Hannes sah fünf verwegene Gestalten, die den erbarmungswürdigen Kerl auslachten.

»Du wirst uns dorthin vorausgehen«, meinte ein grobschlächtiger Bursche.

Der Gefesselte ließ sich indes von dem Gelächter nicht beirren und zählte sämtliche Qualen detailgetreu auf, die seine Peiniger im Jenseits zu erwarten hatten.

Das Gegröle ebbte ab und bei manch einem der fünf stellten sich die Nackenhaare auf ob der zu erwartenden Strafen.

»Was war das für ein Geräusch? Seid mal ruhig!«, befahl der Ungeschlachte, der augenfällig der Anführer zu sein schien.

»Hu, hu, hu!«

Jäh war eine gespenstische Ruhe eingekehrt und außer dem Prasseln des Feuers war nichts mehr zu hören.

»Hu, hu, hu!«

Den hartgesottenen Männern war bei dem unheimlichen Geräusch, das ihnen durch Mark und Bein ging, nicht mehr wohl in ihrer Haut und selbst ihr Gefangener war verstummt.

»Das Jüngste Gericht ist nah. Macht euch bereit und bereut eure zahlreichen Sünden!«, ließ sich eine gruselige Stimme vernehmen.

»Oh Herr, nimm deinen getreuen Diener zu dir. Ich befehle meine Seele in deine Hände!«, rief der Gefesselte demütig aus.

Nun gab es für die fünf Männer kein Halten mehr. Hals über Kopf rannten sie davon und ließen alles stehen und liegen.

Nach geraumer Zeit stieg Hannes von einem in der Nähe stehenden Baum herunter.

»Unser Wiedersehen hatte ich mir etwas freudvoller vorgestellt, Bernhard.«

»Ich glaube es nicht, Hannes, dich schickt der Himmel. Schnell, binde mich los!«

Der Geselle nahm sein kleines Brotzeitmesser und zerschnitt die Fesseln seines Freundes.

»Was wollten die Halsabschneider eigentlich von dir?«

»Das ist eine lange Geschichte«, seufzte der ehemalige Mönch und umarmte den Handwerker herzlich.

»Du hast mir das Leben gerettet. Im Grunde fürchten sich diese Söldner vor gar nichts, doch ihr Aberglaube macht sie verwundbar, wie man sieht.«

Bernhard schmunzelte, als er daran dachte, wie die Männer das Hasenpanier ergriffen hatten.

»Wir sollten trotzdem von hier verschwinden, falls die Kerle doch noch ihren Mut zusammennehmen und zurückkehren.«

Der Diener Gottes rieb sich die schmerzenden Hände und wandte sich zum Gehen.

»Warte kurz, Bernhard. Meine Kleider sind nass. Ich würde sie gerne am Feuer trocknen.«

»Meinetwegen, wenn du dir den Tod holst, ist uns auch nicht gedient. Danach müssen wir jedoch schnell verschwinden, denn es wimmelt hier nur so von marodierenden Banden, die Jagd machen auf versprengte Anhänger Sickingens.«

Fragend blickte Hannes seinen dicklichen Freund an.

Nachdem sie die Straße wieder erreicht hatten, auf der Hannes hergekommen war, erzählte Bernhard ausführlich vom Scheitern des Feldherrn.

»Keiner von den Getreuen, die ihm ihre Hilfe zugesagt haben, ist gekommen. Einige haben den Schwanz eingezogen und die, die kommen wollten, wurden von seinen Gegnern abgefangen. Doch den größten Fehler hat Franz selbst begangen, indem er nicht auf seine besten Ratgeber gehört hat. Wie haben sie ihn bekniet, nicht vorschnell zu handeln und sich nicht nur auf die Ritter zu verlassen. Allein Sickingen gab ihnen kein Gehör und sitzt jetzt mit seinen letzten Getreuen auf seiner Feste Nannstein. Umzingelt vom Heer seiner Feinde, will er dort bis zum letzten Blutstropfen ausharren. Die stolze Ebernburg ist bereits gefallen und nur mit deiner Hilfe konnte ich entrinnen. Wie es den anderen ergangen ist, mag ich mir nicht ausmalen«, berichtete Bernhard resigniert.

»Und wo befindet sich Ulrich von Hutten?«, fragte der Geselle besorgt.

»Er ist rechtzeitig nach Basel zu den Eidgenossen geflüchtet, nachdem er im Deutschen Reich für vogelfrei erklärt worden war.«

Die ganze Nacht waren die beiden auf den Beinen. Sie hatten sich so viel zu erzählen, dass ihnen die Müdigkeit erst am nächsten Morgen bei Tageslicht so richtig zusetzte.

Seit dem Morgengrauen hatte die Wanderer lustiges Vogelgezwitscher begleitet und die letzten Ängste vor etwaigen Verfolgern verscheucht.

Wenig später war der Tau auf den Wiesen verschwunden und die Männer legten sich etwas abseits der Straße ins Gras. Während Bernhard sofort zu schnarchen begann, musste Hannes an Anna denken. Sein Reisebegleiter hatte ihm von der Geiselnahme sowie der glücklichen Befreiung der jungen Kauffrau erzählt.

Es wurmte ihn, dass er seine Jugendliebe und seinen Schwager Heinrich nur um wenige Wochen verpasst hatte.

Bernhards Schilderungen zufolge hatte Anna nach der herben Enttäuschung mit Kaspar Neumann offenbar ein neues Glück mit einem adeligen Advocatus gefunden.

Seine Träume von Liebe und Heirat in Amsterdam waren hingegen zerplatzt wie Seifenblasen.

Hannes war irgendwann doch noch in einen unruhigen Schlummer gefallen.

»Wach auf!«

Zwei Hände rüttelten an seinem Wams.

»Wir wollen weitermarschieren und irgendwo etwas zu essen auftreiben.«

Der Geselle erhob sich langsam und betrachtete seinen Begleiter, dessen Mönchskutte über dem Bauch ziemlich spannte.

»Notleidend siehst du jedenfalls nicht aus«, meinte Hannes grinsend. »Aber du hast recht, ich verspüre gleichfalls quälenden Hunger.«

Gemeinsam gingen sie zu einem nahen Bach, um sich zu erfrischen und ihren Durst zu löschen.

Nicht lange danach erblickten sie abseits der Straße einen Kirchturm und lenkten ihre Schritte in diese Richtung. Bernhard gab sich als Benediktiner aus, der in wichtiger Mission unterwegs war, und Hannes als einen Laienbruder, der ihn auf seiner Reise beschützte. Der ortsansässige Pfaffe glaubte dem überzeugend auftretenden Bernhard jedes Wort und verköstigte seine Gäste mit allerlei Leckereien, die sich die Dorfbewohner vom Mund absparen mussten.

Solcherart suchten sie noch weitere Dörfer auf, die auf

ihrem Weg nach Süden lagen, und sahen dabei das ganze Elend der Landbevölkerung.

»Das kann doch so nicht bis zum Jüngsten Tag weitergehen!«, ereiferte sich Bernhard, nachdem sie am Morgen ein besonders elendes Dorf verlassen hatten. »Die Armen gehören doch genauso zu Gottes Schöpfung wie die Reichen.«

Hannes war ebenso schockiert gewesen, nachdem die Bewohner von ihren mannigfachen Abgaben berichtet hatten.

Bernhard und Hannes hatten ein schlechtes Gewissen gehabt, als die Leute das wenige, das sie hatten, mit ihnen teilten.

Die schmutzigen Kinder waren mager und gingen barfuß umher.

Sobald sie einigermaßen laufen konnten, mussten sie ihren Eltern zur Hand gehen.

»Glaube mir, im Volk gärt es. Die einfachen Menschen lassen sich das nicht mehr länger gefallen. Es ist nur noch eine Frage der Zeit, bis sie sich von der Knute befreien. Es ist auffällig, wie sich die Aufstände in den letzten Jahren häufen. Dein Onkel Jos Fritz ist leider unglücklich gescheitert, doch den Samen hat er gelegt. Der ›Armer Konrad‹ genannte Aufstand hat die Mächtigen in arge Bedrängnis gebracht und den despotischen Herzog Ulrich beinahe das Leben gekostet. Sickingen und Hutten haben ihre Revolte falsch angefangen, aber glaube mir, wenn sich der überragende Luther an die Spitze der Bewegung stellt, ist die Umwälzung der Gesellschaft nur eine Frage der Zeit«, meinte Bernhard enthusiastisch und schlug wie zur Bestätigung mit seinem Wanderstock an einen Baum.

»Hast du mir nicht neulich erzählt, dass Ulrich von Hutten sich hartnäckig um den streitbaren Wittenberger bemüht hat, dieser sich jedoch nicht festlegen wollte?«

»Stimmt, doch ich denke, dass Luther einfach ein wenig Zeit braucht. Er hat gerade viel um die Ohren, ich bin aber felsenfest davon überzeugt, dass er sich nach der Reformierung unserer heiligen Kirche den weltlichen Missständen zuwendet. Dann geht es den hohen Herren an den Kragen.«

Ein triumphierendes Lächeln zeigte sich auf Bernhards rundlichem Gesicht.

»Und wo ist dein Platz bei der ganzen Geschichte?«, wollte Hannes wissen.

»Das ist eine gute Frage. Zuerst werde ich Ulrich von Hutten aufsuchen, der sich hoffentlich noch in Basel befindet. Er steht in stetiger Korrespondenz mit dem Wittenberger und wird demnach dessen Pläne genauestens kennen. Jedenfalls bin ich nach wie vor entschlossen, meine bescheidenen Fähigkeiten in den Dienst der gerechten Sache zu stellen. Du könntest mich begleiten, Basel ist eine reiche Stadt, inmitten der schweizerischen Konföderation gelegen. Dort findest du mit Sicherheit eine gute Arbeit«, versuchte der ehemalige Mönch, seinen Reisebegleiter zu überzeugen.

»Diese Aussichten klingen verlockend, außerdem würde ich mich freuen, Ulrich wiederzusehen. Ich habe mir jedoch fest vorgenommen, endlich meinen Onkel Jos Fritz zu suchen, der sich nach allem, was ich gehört habe, in der Gegend um Freiburg aufhalten soll.«

»Das ist natürlich ein gutes Argument, doch wenn du danach deine Zelte abbrichst, würde es mich ungemein freuen, dich in der Schweiz wiederzusehen.«

Nach einer mehrwöchigen Wanderung, in deren Verlauf sie dem Rhein in südlicher Richtung gefolgt waren, kam eines Nachmittags ein imposanter Kirchturm inmitten einer größeren, befestigten Stadt in Sicht.

»Siehst du das Freiburger Münster, Hannes? Es ist in der Tat eines der gewaltigsten Bauwerke im Kaiserreich.«

Bernhard erzählte von der Entstehung der Kirche und der Stadt und der Geselle saugte das Wissen auf wie ein Schwamm.

Seit er Bernhard kannte, hatte er enorm viel dazugelernt und bereute beinahe seine Entscheidung, sich von dem gebildeten Mann zu trennen.

Sein Entschluss stand indessen fest und die wunderschöne Gegend machte es ihm leichter, standhaft zu bleiben.

Die fruchtbare Rheinebene, linker Hand von den mächtigen Schwarzwaldbergen und rechts von den nicht minder beeindruckenden Vogesenhöhen begrenzt, lud geradezu zum Verweilen ein.

»Dort vorne siehst du den sogenannten Kaiserstuhl«, bemerkte Bernhard und deutete auf ein kleines, dem Schwarzwald vorgelagertes Bergmassiv. »Jetzt ist es nicht mehr weit bis nach Freiburg. Du wolltest aber zuerst hier in den umliegenden Dörfern nach deinem Onkel Ausschau halten, nicht wahr?«

»Du hast recht. Das heißt dann, dass sich unsere Wege fürs Erste trennen«, entgegnete Hannes wehmütig.

»Deine Gegenwart wird mir fehlen. Ich gebe dir einen guten Rat: Sei allzeit auf der Hut. Bestimmt wird dein Oheim noch von der Obrigkeit gesucht. Halte deshalb Augen und Ohren offen und möge der Herr deine Schritte in die richtige Richtung lenken. Wenn du nach Basel kommst, dann frage nach dem allseits bekannten Reformator Oekolampadius, er wird wissen, wo du mich findest.«

Kurzentschlossen umarmte Bernhard den Gesellen.

»Du wirst mir gleichfalls fehlen. Die gemeinsame Zeit mit dir war sehr lehrreich für mich, außerdem hatten wir so gut wie nie Streit, das ist doch ein gutes Zeichen … Bestimmt sehen wir uns in einigen Wochen in der Stadt am Rhein wieder, wenn ich meine Angelegenheiten hier erledigt habe. Gehab dich wohl, mein Freund.«

Hannes gab dem Geistlichen einen leichten Klaps auf den Arm und folgte einer Weggabelung, die in ein nahes Dorf führte.

Bernhard seufzte und ging ebenfalls seiner Wege.

Die blühenden Weinberge, die er durchschritt, erinnerten Hannes an seine Heimat.

Hier schien es jedoch deutlich milder zu sein, denn das Wachstum der Reben war weiter fortgeschritten als in Reutlingen zur selben Jahreszeit.

Hannes schritt die staubige Hauptstraße entlang und sprach die erste Person an, die ihm entgegenkam.

»Gott zum Gruße, ehrbare Frau, gibt es hier im Ort eine Schenke, wo sich ein müder Wandersmann niedersetzen kann?«

In den meisten Dörfern gab es lediglich sogenannte Lichtstuben, in denen sich die Einwohner nach Beendigung des Tagwerks trafen.

Manche Flecken hatten indes durchaus Gaststätten mit angegliederter Herberge.

»Du hast Glück, Bursche, die Schenke da vorne wird zur siebten Stunde geöffnet.«

Der Geselle wanderte in die beschriebene Richtung und dachte hoffnungsfroh, dass er hier vielleicht auch die Nacht zubringen könnte.

Er öffnete die knarrende Eingangstüre des gedrungenen Bauernhauses und fand sich in einem dunklen Raum wieder.

In der Mitte befand sich ein riesiger Kachelofen mit gemauerten Sitzbänken.

Decke und Wände waren mit Holz verkleidet und um die wenigen Tische drängten sich Männer mit derben Leinenkitteln. Hannes spürte die feindseligen Blicke, die hier offenbar jedem Fremden geschenkt wurden, beinahe körperlich.

Trotzdem grüßte er höflich in die Runde und wandte sich

danach einem hochgewachsenen, hageren Mann zu, in dem er den Wirt zu erkennen glaubte.

»Könnt Ihr mir eine Mahlzeit und einen Krug Eures gewiss hervorragenden Weines geben?«

»Du siehst nicht aus, als ob du das bezahlen könntest«, meinte der Wirt skeptisch, während er die abgerissene Kleidung des Gesellen betrachtete.

Flink öffnete Hannes daraufhin seinen Beutel und zeigte dem Mann einige Hellerstücke. Seine Notreserve war an einer geheimen Stelle des Wamses eingenäht.

»Ich hoffe, das reicht auch für ein bescheidenes Nachtlager.«

Der Mann brummte etwas, das man als Zustimmung werten konnte, und ging in die angrenzende Küche. Sowie alle mitbekommen hatten, dass Hannes die Zeche bezahlen konnte, rückten mehrere Dorfbewohner zusammen und hießen den Gesellen, Platz zu nehmen. Sobald sein Krug vor ihm stand, bot er den Männern an, sich daraus zu bedienen, was diese dankend annahmen.

Der einfache Landwein schmeckte Hannes außerordentlich gut und auch das üppig mit Räucherschinken belegte Brett fand seine Zustimmung. Dazu wurde herrlich duftendes Brot gereicht und Hannes fühlte sich wohl, obgleich die Trennung von seinem hochgeschätzten Reisekameraden einen bitteren Nachgeschmack auslöste.

Aufgrund des süffigen Weines, der die Zungen löste, entspann sich eine muntere Unterhaltung. Hannes erzählte von Amsterdam und die Männer, die noch nie aus der Gegend rausgekommen waren, lauschten andächtig seinen Worten.

Der hochgewachsene, breitschulterige Bauer mit dem offenen Gesicht, der ihm gegenübersaß, schien nicht so engstirnig wie die meisten anderen zu sein und war dem Gesellen sofort sympathisch.

»Ich bin Thomas«, stellte er sich vor und streckte seine rechte Hand über den Tisch, die Hannes kräftig drückte.

»Mein Name ist Hannes«, erwiderte der Geselle freundlich und ließ los.

Sein Blick fiel auf die rechte Hand des Bauern und entsetzt sah er, dass sowohl Daumen als auch Zeige- und Mittelfinger fehlten.

Der Mann muss einen Unfall gehabt haben, dachte Hannes mitfühlend.

»Kennst du einen Jos Fritz?«, fragte der Geselle unvermittelt, nachdem der fünfte Krug geleert war.

Sofort verstummten sämtliche Gespräche am Tisch und alle Augen richteten sich auf Hannes.

»Nein, nie gehört den Namen«, antwortete Thomas knapp. »Ich muss jetzt gehen, habe morgen einen harten Tag. Gehabt euch wohl.«

Er erhob sich und eilte zur Tür hinaus.

Die anderen Männer nahmen ihre Gespräche wieder auf, keiner gab jedoch eine Antwort auf Hannes' Frage.

Dann versuche ich es eben im nächsten Dorf, vielleicht habe ich dort mehr Glück, dachte Hannes.

»Herr Wirt, wo kann ich mich zur Nacht hinlegen?«, fragte der Geselle, nachdem er seine Zeche bezahlt hatte.

»Das ist ganz einfach, du gehst zur Haustüre hinaus und wendest dich nach links. Dort steht ein alter Heuschober ohne Tore, wo du dir ein Plätzchen zum Schlafen suchen kannst.«

»Ich danke Euch und wünsche allesamt eine geruhsame Nacht.«

Hannes nahm sein Bündel und seinen Stock und ging hinaus. Es war stockfinster und der Geselle hatte Mühe, den Schuppen zu finden.

»Das muss er sein«, sagte er vor sich hin und betrat das auf einer Seite offene Gebäude.

Kaum stand er im Inneren, als ein Knüppel auf sein Haupt niederging und ihn auf den Boden streckte. Blut sickerte aus der Kopfwunde des regungslos daliegenden Gesellen.

KAPITEL 4

Blitzschnell nahm Gregor das Dokument an sich und versteckte es unter seinem Wams.

»Zu Hilfe, es ist etwas Schreckliches geschehen!«, schrie der Advocatus aus Leibeskräften, während er in die Küche stürmte, wo Köchin und Magd gerade damit beschäftigt waren, das Mahl für den Abend vorzubereiten.

»Ein großes Unglück ist passiert. Herr Burgwart hatte einen Schwächeanfall und ist gestürzt. Wir müssen sofort einen Bader herbeiholen. Ich bin zwar auch ein wenig medizinisch geschult, doch hier geht es um Leben und Tod.«

Die bestürzte Magd rannte aus dem Haus und wäre beinahe mit Anna zusammengeprallt. Mit bebender Stimme berichtete sie ihrer Herrin von dem Unfall und eilte davon.

Mit vor Schreck geweiteten Augen stand Anna wenig später in ihrem Kontor und blickte auf die leblose Gestalt. Sofort kam Gregor herbei und nahm sie in die Arme.

»Er wollte mir mitteilen, dass ein Bote Franz von Sickingens die Gulden gebracht hat, die von dem Ritter als Lösegeld einbehalten worden waren. Urplötzlich hat ihn dann der Schlag getroffen und er ist zusammengebrochen. Gotthelf atmet nicht mehr hörbar, trotzdem habe ich nach einem Bader geschickt.«

Anna konnte es nicht fassen und beugte sich über ihren Vater.

Obgleich Burgwart hin und wieder über irgendwelche Zipperlein geklagt hatte, war er doch nie ernsthaft krank gewesen.

Wenig später erschien die Magd mit einem dürren Männchen im Schlepptau.

»Tja, da kann ich auch nichts mehr machen«, meinte der Bader achselzuckend, nachdem er Gotthelf Burgwart eingehend untersucht hatte.

Schluchzend klammerte sich Anna an Gregor, der sie nach langen Augenblicken der innigen Umarmung sanft auf einen Stuhl setzte.

»Ihr kümmert Euch um Eure Herrin«, wies Gregor die Hausangestellten an, »ich suche derweil den Totengräber auf.«

Mit ernster Miene griff er sich das verbrämte Wams sowie seine schwarze Kappe und verließ das Haus. Der Bestatter wohnte mit seiner Familie und seinen Gehilfen in der Nähe des Friedhofs in der Vorstadt am unteren Tor, doch Gregor lenkte seine Schritte zuerst in eine andere Richtung. Er fand den Adjutanten Sickingens in der Herberge »Zum goldenen Adler«.

Mit deutlichen Worten bedeutete Gregor dem Ritter, dass die Angelegenheit erledigt sei und er sich besser gleich aus dem Staub machen solle. Derzeit werde nämlich zunehmend Jagd auf Anhänger Sickingens gemacht und da Reutlingen Mitglied im Schwäbischen Bund sei, könne er sich seines Lebens hier nicht mehr sicher sein.

Diese unverhohlene Drohung verstand Gottfried von Karlsburg und suchte unverzüglich das Weite.

Nachdem Gregor den Totengräber informiert hatte, rief der untersetzte Mann seine Gehilfen zusammen und folgte mit seinem einspännigen Wagen dem ruhig dahinschreitenden Advocatus.

Die zahlreichen Bürger, die die Binder- und Kramergasse säumten, wandten sich beim Anblick des todverheißenden Trosses ab. Behutsam wurde der Leichnam auf den Karren geladen, um außerhalb der Stadt für die Aufbahrung vorbereitet zu werden.

Nachdem die Totengräber fürs Erste wieder abgefahren waren, ging Anna mit unsicheren Schritten zum imposanten Haus ihres Vaters, wo die Totenwache stattfinden sollte. Wie selbstverständlich hakte sie sich bei Gregor unter, der die trauernde Frau mit ernster Miene stützte.

»Wenn ich dich nicht hätte, wäre ich vollkommen allein«, presste Anna mit tränenerstickter Stimme hervor.

Auenfeld nahm ein kleines Tuch und wischte ihr zärtlich das Gesicht ab. Erst allmählich dämmerte ihm, was er eigentlich getan hatte.

Reue indes verspürte er kaum. Warum hatte ihn der alte Trottel nicht in Ruhe gelassen? Das Einzige, was ihm ein wenig naheging, war die Trauer, unter der Anna zu leiden hatte, denn die eigenwillige Kauffrau war ihm wirklich ans Herz gewachsen.

Doch er musste seine Skrupel unterdrücken, wichtig war das große Ganze.

Seinem großen Ziel, der Rehabilitation des Hauses Auenfeld, würde er alles andere unterordnen.

Die Heirat einer Bürgerlichen käme sowieso nicht in Betracht und wäre sie noch so wohlhabend. Er würde Anna noch eine Zeit lang zur Seite stehen und könnte in dieser Zeit ein wenig von ihrem Reichtum profitieren.

Beim Gedanken daran hellte sich Gregors Miene kurz auf.

Der Tod des einflussreichen Händlers hatte sich in Windeseile herumgesprochen und vor Burgwarts Haus hatte sich bereits eine Menschentraube gebildet.

Als die Leute Anna sahen, verstummten sie und bildeten eine Gasse.

Pfarrer Alber folgte als Einziger den beiden Trauernden ins Haus.

In dem geräumigen Wohnzimmer warteten bereits Maria die Heilerin sowie Elsbeth Klingler. Haltsuchend ließ Anna sich in die Arme Marias sinken und weinte hemmungslos. Nachdem sie auch Elsbeth umarmt hatte, ließ sich die Kauffrau auf dem Lieblingsstuhl ihres Vaters nieder. Mit tröstenden Worten versuchte Matthäus Alber, die trauernde Anna wieder aufzurichten. Es gelang ihm nur für kurze Zeit, denn der Schmerz über den Verlust dieses von ihr über alle Maßen geliebten Menschen war zu viel für die junge Kauffrau.

Im Laufe des Abends wurde der Leichnam in einem behelfsmäßigen Sarg zurückgebracht und im Wohnzimmer aufgebahrt.

Die Nachtwache am offenen Sarg hielten einige Angestellte Burgwarts, denen der Tod des Händlers gleichfalls sehr zu Herzen ging. Trotz seiner manchmal unbeherrschten Art hatte er alle seine Untergebenen stets gerecht behandelt.

Anna ließ es sich nicht nehmen, die kondolierenden Bürger persönlich in Empfang zu nehmen. Sie fühlte sich trotz der Menschen unheimlich leer und es kam ihr beinahe so vor, als wäre die Situation unwirklich.

Nach einer durchwachten Nacht, in deren Verlauf ihr nur noch Gregor zur Seite stand, kamen am Morgen die Mitglieder der mächtigen Kramerzunft, um den letzten Gang Gotthelf Burgwarts gemeinsam mit seiner Tochter anzutreten.

Die Honoratioren gingen gemessenen Schrittes vor dem

Wagen und auf dem Weg zum Friedhof schlossen sich ihnen zahlreiche Bürger an.

Wie durch einen dichten Nebel nahm Anna die Grabreden wahr und konnte sich später nicht mehr an den genauen Wortlaut entsinnen. Bei der anschließenden Trauerfeier im kleinen Kreis begann die junge Frau allmählich, wieder klare Gedanken zu fassen. Ihr geliebter Vater war tot, doch für sie ging das Leben weiter und sie musste anfangen, ihre Angelegenheiten zu regeln.

Zum Glück hatte sich die Kramerzunft um alles gekümmert, was mit dem Tod ihres vielleicht einflussreichsten und mit Sicherheit wohlhabendsten Mitgliedes zusammenhing, und somit Anna diese schwere Bürde abgenommen.

Sie sah in einer Ecke des prächtigen Zunftsaals den integren Kontorleiter ihres Vaters, Eberhard Bantlein, und bat ihn um eine Zusammenkunft im Hause Burgwarts am darauffolgenden Montag. Wenig später verabschiedete sich Anna, die lauten, vom Wein befeuerten Gespräche waren zu viel für sie.

Gewiss trug eine Feier dazu bei, die Trauer für einige Stunden zu vergessen, die ausgelassene Stimmung jedoch, die aufgekommen war, konnte Anna nicht ertragen.

»Möchtest du heute Nacht lieber alleine sein?«, fragte Gregor, der ihr gefolgt war.

»Nicht um alles in der Welt, bitte begleite mich in dieser dunklen Stunde.«

Gemeinsam gingen sie zum Haus der Kauffrau und Anna gab ihren Bediensteten an diesem Abend frei.

Zu dem vereinbarten Treffen am nächsten Morgen mit Bantlein wurde Anna wie selbstverständlich von Gregor begleitet.

»Seid gegrüßt, Frau Neumann, Herr von Auenfeld.«

Der hochgewachsene Kontorleiter mit den graublonden

Locken führte die beiden herein und wies ihnen zwei Stühle zu, ganz so, als wäre er der Hausherr.

Gregor missfiel diese Geste und er nahm sich vor, den Angestellten bei passender Gelegenheit zurechtzuweisen.

»Bevor wir beginnen, möchte ich Euch noch einmal mein tief empfundenes Mitgefühl ausdrücken, Anna«, meinte Bantlein ehrlich. »Die Lücke, die der Tod von Herrn Burgwart gerissen hat, dürfte schwerlich zu schließen sein«, fuhr er mit einem schnellen Seitenblick auf Gregor fort.

»Ich danke Euch für Eure redliche Anteilnahme, doch nun möchte ich Euch bitten, uns einen groben Einblick in die Geschäftssituation meines Vaters zu geben.«

Bantlein nickte ergeben.

Er war sich der schwierigen Lage, in der Anna sich nun befand, durchaus bewusst.

Bisher hatte Gotthelf Burgwart seine schützende Hand über seine Tochter gehalten und es dieser somit ermöglicht, eine Stellung zu bekleiden, die einer Frau gewöhnlich verwehrt war.

Jetzt allerdings war es vonnöten, dass sie ihre Ehe mit dem gesuchten Mörder Kaspar annullieren ließ und schleunigst eine neue Verbindung einging.

Ansonsten war es sicher, dass ihr die Zunft in absehbarer Zeit den Geschäftsbetrieb einstellte. Davon wäre auch er, Bantlein, betroffen. Herrn Burgwart gegenüber war er absolut loyal gewesen und hatte auch den Abwerbungsversuchen von dessen Konkurrenten stets widerstanden. Doch nun, nach Burgwarts Tod, sah die Sachlage völlig anders aus, schließlich musste er drei zum Teil noch kleine Kinder ernähren.

Bereits auf dem Friedhof nach der Beisetzung des Gewürzhändlers hatte Jakob Stechler ihm angeboten, für ihn zu arbeiten.

Vorerst hatte ihn Bantlein noch vertröstet, mit der Bitte, abzuwarten, wie Anna sich entscheiden würde.

»Ich weiß von Herrn Burgwart, dass Ihr ihm vor Eurer Heirat mit Neumann im Kontor zur Hand gegangen seid und somit einen recht guten Einblick hattet. In dieser relativ kurzen Zeit jedoch hat sich einiges getan. Meister Gotthelf hat neben den feinen Gewürzen und dem edlen Burgunderwein zunehmend auch mit Fisch gehandelt. Die Zahl der Fastentage, die uns die Kirche aufgebürdet hat, ist immens und so lag es für ihn als Kaufmann nahe, dass er auch davon ein wenig profitieren könnte. Eingelegte Heringe und Stockfische sind dabei die Haupthandelsware, und glaubt mir, Euer Vater hatte ein feines Näschen für gute Geschäfte. Zudem hat er begonnen, den hiesigen Wein mit seinen Gewürzen zu versetzen und an betuchte Bürger zu verkaufen, was sich im Nachhinein gleichfalls als exzellenter Handel erwiesen hat. Wenn ich Euch nun die genauen Zahlen zeigen darf?«

Bantlein schob ein in Schweinsleder gebundenes Buch über seinen Schreibtisch.

»Das sind Einkünfte und Ausgaben des letzten Jahres und hier unten seht Ihr die Steuern, die Herr Burgwart entrichten musste. Aus zuverlässiger Quelle weiß ich, dass er im letzten Jahr der größte Steuerzahler in Reutlingen war. Seine Geschäfte liefen ausgezeichnet und er hat das Geld wieder reinvestiert. Sogar das nicht unerhebliche Lösegeld für Eure Freilassung hat den Gewinn nicht sonderlich geschmälert. Hier habe ich eine Liste von Liegenschaften, die er in Reutlingen und an anderen Orten im Herzogtum Württemberg erworben hat. Selbstverständlich hat er Euch ein erkleckliches Sümmchen hinterlassen, das in einer durch zahlreiche Schlösser gesicherten, eisenbeschlagenen Kiste sicher verwahrt ist. Derzeit sind in seinem Auftrag etwa vierzig Fuhrwerke und Kutschen unterwegs.«

Er hielt kurz inne, um die Worte auf seine Zuhörer einwirken zu lassen. Dabei beobachtete er Gregor besonders genau. Das dunkle, ebenmäßige Gesicht zeigte keinerlei Regung, wenngleich die Nennung der vielfältigen Vermögenswerte das Blut des Aristokraten in Wallung brachte. Mit diesem Besitz könnte er sich bei einem bedeutenden Fürsten oder sogar am Hofe des Kaisers etablieren.

Das Geschlecht derer von Auenfeld würde endlich wieder den Status erreichen, den es aufgrund seiner Geschichte verdient hätte.

»Habt vielen Dank für die aufschlussreiche Darlegung. Ich möchte Euch in aller Form bitten, die Geschäfte im Sinne meines Vaters weiterzuführen«, sagte Anna nach kurzer Überlegung. Sie rief sich dabei die Worte ihres Vaters ins Gedächtnis, der das phänomenale Gedächtnis sowie das umfassende Allgemeinwissen des zuverlässigen Angestellten hervorgehoben hatte. »Damit bist du doch einverstanden, Gregor?«

Der Advocatus nickte zustimmend.

»Ihr habt somit freie Hand, Herr Bantlein. Dient mir genauso treu wie meinem Vater und es wird Euch nicht zum Nachteil gereichen. Wenn es Euch recht ist, treffen wir uns einmal im Monat, um alles zu besprechen. Noch etwas, vielleicht habt Ihr es schon gehört, dass Gregor und ich im Herbst heiraten. Betrachtet ihn deshalb bereits heute als gleichberechtigten Partner von mir.«

Höflich verabschiedete sich Anna von Bantlein und verließ, gefolgt von Gregor, das Kontor.

»Würdest du mich entschuldigen? Ich möchte mich in aller Ruhe von meinem Vater verabschieden, in den Räumen, die ihm lieb und teuer waren.«

»Das trifft sich gut, denn ich muss sowieso nach Tübingen in einer dringenden Angelegenheit, die keinen Aufschub duldet. Morgen, spätestens übermorgen werde ich wieder zurück sein, wenn ich es so lange ohne dich aushalte.«

Die beiden umarmten und küssten sich leidenschaftlich.

»Pass auf dich auf, Gregor«, rief sie zum Abschied und stieg auf der breiten Treppe nach oben.

Anna wollte eine Zeit lang alleine sein, um ihre Gedanken zu ordnen. Sie öffnete die Tür ins geräumige Wohnzimmer und durchschritt den unaufdringlich ausgestatteten Raum. Im angrenzenden Erker setzte sie sich auf einen Stuhl und betrachtete versonnen den geschäftigen Trubel auf dem belebten Marktplatz. Hier war einer der Lieblingsplätze ihres Vaters gewesen.

Derweil war Gregor in die Stallungen in Annas Haus in der Kramergasse gegangen und ließ sich von einem Knecht ein Pferd satteln. Kurz vor Tübingen begann es wolkenbruchartig zu regnen und Gregor war klatschnass, als er über den Neckar in die Stadt einritt. Er lenkte seinen Rappen die Gasse hoch zur Stiftskirche und von da bis zum Marktplatz mit dem imposanten Rathaus. Von hier aus wandte er sich wieder bergab in die Unterstadt, wo das Viertel der Weingärtner war.

Auenfeld brachte das Tier vor einem stattlichen Fachwerkhaus zum Stehen.

Es handelte sich hierbei um das Anwesen von Karl Späth, wo Gregor logierte, wenn er in Tübingen weilte, seit er dessen Sohn Christoph kennengelernt hatte.

»So ein Sauwetter!«, empfing ihn der Winzer und nahm die Zügel des Pferdes in die schwielige Hand.

Er führte das Tier in einen Stall im Nebengebäude des mehrstöckigen Hauses.

»Es trifft sich gut, dass Ihr kommt, wir müssen etwas bereden.«

War es möglich, dass der Alte etwas ahnte? Das konnte nicht sein, die Umstände des Todes von Christoph, seinem Sohn, waren nach wie vor ungeklärt und niemand hegte auch nur den geringsten Verdacht, dass Gregor etwas damit zu tun haben könnte. Karl Späth hatte sich nicht lange mit dem Ableben des schwarzen Schafes seiner Familie beschäftigt.

Sowieso nicht, nachdem Gregor ihm von dunklen Machenschaften berichtet hatte, in die sein Stammhalter verwickelt gewesen war.

Bei dem Anliegen des Winzers musste es sich um die leidigen Schulden handeln, die Gregor noch bei Späth hatte. Das trifft sich gut, dachte der Advocatus, diese Geschichte wollte er schon lange aus der Welt schaffen.

Zur Tilgung der Verbindlichkeiten mussten die Gulden, die er bei sich trug, eigentlich bei Weitem ausreichen. Es handelte sich hierbei um etwas mehr als ein Drittel des Geldes, das er bei Annas Entführung für sich abgezweigt hatte.

Einen guten Teil hatte er seiner Mutter geschickt, damit sie die Instandsetzung der elterlichen Burg vorantreiben konnte. Mit einem weiteren Drittel war er bei einem Geldverleiher als stiller Teilhaber eingestiegen.

Der Hausherr erwartete ihn bereits in seiner guten Stube und Gregor konnte nicht umhin, den schmutzstarrenden Raum mit dem Wohnzimmer von Annas Vater zu vergleichen.

»Setz dich her, mein Lieber!«, rief Späth jovial.

Jemand, der zum ersten Mal in dieses Haus kam, musste denken, dass der Weingärtner am Hungertuch nagte, so verlottert wirkte das Gebäude.

Doch Auenfeld wusste es besser. Durch Christoph hatte er erfahren, dass selbst honorige Bürger bei dem knorrigen Karl Späth in der Kreide standen.

»Lange Zeit hatte ich gehofft, dass du meine Katrin zur Frau nimmst und meine Familie dadurch gesellschaftlich aufsteigt. Deswegen habe ich deine Schulden auch nicht mit dem nötigen Nachdruck eingetrieben. Nachdem dieser reiche Pfeffersack aus Reutlingen sich jedoch letztes Jahr nach dir erkundigt hat, um zu sehen, ob du der Richtige für sein Töchterchen bist, habe ich eingesehen, dass der Herr von Auenfeld zu Höherem bestimmt ist als für die Tochter eines einfachen Winzers.«

Wie wahr, dachte Gregor angewidert.

»Trotzdem ich natürlich etwas ungehalten war, habe ich dem noblen Herrn Burgwart nur das Beste über dich berichtet, denn irgendwie habe ich einen Narren an dir gefressen«, bekannte Späth großzügig.

»Dafür möchte ich Euch meinen herzlichen Dank aussprechen«, entgegnete Gregor betont devot. »Und außerdem ist es mir möglich, meine Außenstände bei Euch zu begleichen.«

Gregor löste seinen Lederbeutel und zählte Gulden um Gulden auf den schmierigen Tisch.

»Halt ein, Gregor, wusstest du nicht, dass deine Schuld bereits getilgt ist?«

Auenfeld starrte sein Gegenüber ungläubig an.

»Aber wer in Gottes Namen sollte das getan haben?«

»Dazu darf ich leider nichts sagen«, antwortete Späth verschmitzt.

Angestrengt überlegte Auenfeld, doch ihm fiel beim besten Willen niemand ein, der die nicht unerheblichen Verbindlichkeiten übernommen haben könnte.

»War es vielleicht Anna Neumann, die Tochter von Herrn Burgwart?«, fragte er zaghaft und voller dunkler Vorahnungen.

»Wie gesagt, der- oder diejenige hat mir ein striktes Schweigegelübde auferlegt. Lass uns nun darauf trinken, dass du ein freier Mann bist.«

Aus einem riesigen, mehrere Liter fassenden Steinkrug schenkte Späth in zwei abgegriffene Becher Wein ein.

»Auf dein Wohl, Gregor. Du musst wissen, dass ich dich immer gemocht habe und dich gerne als Ehegatten meiner Marie gesehen hätte. Obwohl du an dem tragischen Schicksal meines Sohnes wohl in irgendeiner Form beteiligt warst.«

Der Advocatus brachte nur ein säuerliches Lächeln zustande und fragte sich dabei insgeheim, wie viel der einflussreiche Späth von der ganzen Geschichte wusste. Bevor der Hausherr unangenehme Fragen stellen konnte, trat seine Tochter Marie mit züchtig niedergeschlagenen Augen in die Stube.

»Ah, setz dich doch zu uns, mein Kind.«

Das Gespräch nahm nun eine andere Wendung und drehte sich hauptsächlich um den Weinbau und die sonstigen Geschäfte Späths.

Wie zufällig schaute Gregor auf Marie, die seinen Blick für einen kurzen, aber intensiven Moment erwiderte.

»Da fällt mir ein, dass ich noch eine äußerst wichtige Verabredung habe«, meinte Späth, dem der leidenschaftliche Blickkontakt nicht entgangen war. »Wir werden in Kürze zu Abend essen, derweil kannst du unseren Gast ein wenig unterhalten, Marie. Du bleibst doch heute Nacht hier, Gregor?«

Die beiläufige Frage kam mehr einem Befehl gleich.

»Deine Kammer habe ich wohlweislich noch nicht weitervermietet.«

Kaum hatte ihr Vater den Raum verlassen, als sich Marie erhob und jegliche Zurückhaltung aufgab. Sie setzte sich unvermittelt auf Gregors Schoß.

»Warum kann es nicht mehr so sein wie früher, Liebster?«, seufzte die junge Frau und spürte deutlich, wie sich Gregors Männlichkeit aufrichtete.

»Vergiss die Tochter des Pfeffersacks und heirate mich!«

»Lass uns am Abend darüber reden, du kennst den Weg zu meiner Kammer«, meinte Gregor mit belegter Stimme und küsste den schlanken Hals und die Ansätze ihrer vollen Brüste.

Dass Späth die Türe nur angelehnt hatte, bemerkten beide nicht. Der Hausherr stand mit einem boshaften Grinsen dahinter.

Nachdem er eine Weile gelauscht hatte, entschied er sich, wieder einzutreten. Schnell sprang seine Tochter auf, doch Späth tat so, als ob er es nicht gesehen hätte.

»Gunhild hat das Abendessen fertig, würdest du ihr bitte beim Anrichten helfen, Marie?«

Späths zweite Frau war eine ausgezeichnete Köchin und der verführerische Duft nach knusprigem Schweinebraten erinnerte Gregor an die glücklicheren Tage während seiner Studienzeit, die er in diesem Haus zugebracht hatte.

Mit den Kindern ihres Mannes aus erster Ehe kam Gunhild nicht so gut zurecht und sie schaffte es auch nicht, den Haushalt einigermaßen in Ordnung zu halten.

Dafür konnte sie hervorragende Gerichte zubereiten, das wog für den Hausherrn vieles wieder auf.

»Deine Küche ist einfach die beste«, lobte Gregor, nachdem als Nachtisch fettige Schweinsohren gereicht wurden.

Das Blätterteiggericht war eine der Spezialitäten Gunhilds.

Mit einem strahlenden Lächeln bedankte sich die Frau für das Kompliment.

Auenfelds perfekte Manieren sowie sein gutes Aussehen hatten die Hausherrin bereits von Beginn seines Aufenthalts an verzaubert.

»Wenn ich weiß, dass Ihr zu Gast seid, junger Herr, strenge ich mich besonders an«, entgegnete Gunhild kokett.

Späths zweite Ehefrau war deutlich jünger als ihr Gatte und Gregor wusste, wenn er sich ein wenig um sie bemüht hätte, wäre sie ihm bereitwillig in seine Kammer gefolgt.

»Dafür danke ich dir, doch nun entschuldige mich, ich hatte einen anstrengenden Tag und muss morgen früh raus.«

Der Advocatus erhob sich von der harten Bank und wünschte allen eine gute Nacht.

Es war kaum eine Stunde her, seit er sein Zimmer aufgesucht hatte, als sich jemand an der Türe zu schaffen machte.

In dem flackernden Licht, das von der Talgkerze herrührte, die die Person in Händen hielt, erkannte er Marie. Die junge Frau stellte die Lampe behutsam auf den Boden und blies sie aus. Schemenhaft konnte Gregor die Konturen ihres Körpers erkennen, nachdem sie das Nachthemd ausgezogen hatte. Er schlug die Decke zurück und Marie legte sich zu ihm. Das dunkelblonde Mädchen begann sofort, Gregor überall zu liebkosen, was ihn in höchstem Maße erregte.

Wenig später bot sie ihm ihren feuchten Schoß an. Mit wohligem Gefühl bewegte er sich in ihr und Marie stieß dabei spitze Schreie aus.

Durch ein daumennagelgroßes Guckloch beobachteten vom Nebenraum aus abwechselnd zwei Männer das Geschehen. Sie blickten sich süffisant an und verließen danach das Haus.

»Nun hoffe ich natürlich, dass Ihr nicht glaubt, mir mache solch eine Beobachtung Spaß. Doch wenn es dazu dient, den sauberen Advocatus an meine Marie, die ganz vernarrt in den Burschen ist, zu binden, ist mir jedes Mittel recht.«

Sein unauffällig gekleideter Gast nickte nur stumm und verschwand.

KAPITEL 5

ALS HANNES WIEDER ZU SICH KAM, lag er, an Armen und Beinen gebunden, in einer kleinen Hütte auf dem nackten Boden. Verzweifelt versuchte er sich aufzurichten und schaffte es letztlich auch so weit, dass er sich an eine Bretterwand lehnen konnte.

Just in diesem Moment kam der Bauer, der sich am gestrigen Abend als Thomas vorgestellt hatte, zu der windschiefen Tür herein. In seiner Rechten hielt er einen kurzen Dolch umklammert.

»Bitte tu mir nichts, ich bin doch nur ein armer Handwerksbursche und das wenige Geld, das ich dabeihabe, gebe ich dir gern, doch lass mich um der Gnade Gottes willen am Leben!«, bettelte Hannes.

Thomas schien von dem Flehen unbeeindruckt und beugte sich über den Gefangenen. Das Messer war jetzt dicht vor Hannes' schreckgeweiteten Augen.

»Halt das Maul, du Waschweib, und hör auf zu greinen!«

Mit einem schnellen Schnitt durchtrennte er das Hanfseil, das um Hannes' Füße gebunden war.

»Steh auf!«, befahl Thomas und half dem Gesellen dabei, wieder auf die Beine zu kommen.

Er führte den jungen Mann in einen anderen Raum, in dem sich mehrere Personen aufhielten. Ängstlich blickte Hannes in die entschlossenen Gesichter der Männer, während er auf eine harte Holzbank gestoßen wurde.

»Was wollt ihr von mir!«, schrie der Handwerker mit dem Mut der Verzweiflung. »Ich habe euch nichts getan!

Ein einfacher Zimmermann auf dem Weg nach Freiburg bin ich, also lasst mich meiner Wege ziehen.«

»Wieso fragst du nach Jos Fritz?«, wollte ein falkengesichtiger Mann wissen, dessen übler Atem Hannes beinahe um das Bewusstsein brachte. »Nenn mir die Namen der Halunken, die dich fürs Spionieren bezahlen. Und wage es nicht, mich anzulügen, sonst schneide ich dir zuerst deine Ohren und danach die Nase ab«, meinte der Kerl mit einem bösartigen Lächeln und Hannes war sich sicher, dass er seine Drohung wahrmachen würde.

»Ich, äh, ich suche Jos Fritz, weil ich verwandt mit ihm bin«, beeilte sich der Geselle zu sagen und bekam als Antwort im nächsten Moment einen Faustschlag ins Gesicht.

Hannes schmeckte das Blut, das ihm aus der Nase troff, während sein Peiniger ihm ein scharfes Messer ans linke Ohr hielt.

»Dein Zungenschlag erinnert nicht im Entferntesten an den von Jos Fritz, also wie willst du mit ihm verwandt sein? Ich gebe dir eine letzte Chance, die Wahrheit zu sagen.«

Voller Entsetzen blickte der Geselle aus den Augenwinkeln auf den Dolch und spürte den feinen Schnitt an seinem Ohrläppchen.

»Das reicht, Siegfried.«

Ein hochgewachsener Mann, der sich bisher bedeckt gehalten hatte, löste sich aus der Gruppe. Ohne Widerspruch nahm der Angesprochene sein Messer weg und trat zur Seite.

»Du behauptest, mit mir verwandt zu sein.«

Das ist er, dachte Hannes aufatmend, als er in die unergründlichen Augen schaute.

»Mein Vater hatte recht, als er mir dich beschrieb«, sprudelte es aus Hannes heraus. »Dein Blick geht hinab bis auf den Grund der Seele deines Gegenübers, desgleichen beschrieb er mir das große, schwarze Muttermal auf dem Rücken deiner linken Hand.«

»Wie heißt dein Vater, der mich angeblich so gut kennt, Bursche?«

»Martin Fritz wird er genannt und er ist dein leiblicher Bruder.«

Die Hand des unheimlichen Mannes schnellte hervor und umfasste das Kinn des Gesellen. Im ansonsten so unbewegten Gesicht des Unbekannten zuckte es leicht und sein Kopf fing an zu nicken.

»Erzähl mir von meinem vermeintlichen Bruder!«, befahl er schneidend.

»Gerne, Onkel, doch könnte ich zuerst ein wenig zu trinken haben?«

Es genügte, dass Jos Fritz einen Mann anschaute. Sofort verließ dieser kurz den Raum und kam mit einem Becher verdünnten Weines zurück.

Jos schnitt mit einem Dolch die Handfesseln des Gesellen durch und wischte ihm mit einem Tuch notdürftig das Blut aus dem Gesicht. Dankbar nahm Hannes das dargereichte Trinkgefäß und leerte es mit gierigen Schlucken.

»Im Sommer sind es zwei Jahre, seit ich meine Heimatstadt Reutlingen verlassen habe, deswegen weiß ich nicht einmal, ob meine Mutter und mein Vater überhaupt noch am Leben sind«, begann der Zimmermann seine Geschichte.

Hannes erzählte dem interessiert lauschenden Jos Fritz vom Leben seiner Eltern Martin und Ilse in der freien Reichsstadt.

»Das ist alles sehr aufschlussreich, doch das hätte jedermann in Erfahrung bringen können«, gab der vorsichtige Mann zu bedenken.

Der Geselle überlegte kurz, bevor er weitersprach.

»Mein Vater hat mir von einer Episode berichtet, die nur

ihm und dir bekannt sein dürfte. Ihr beiden wart noch Kinder, als ihr bei Nacht und Nebel euer Elternhaus verlassen und euch einem umherziehenden Bärenführer angeschlossen habt.

Dieser Mann hat euch aufgenommen wie seine eigenen Kinder und war zutiefst traurig, als ihr ihn verlassen habt, um euch einem Landsknechtsfähnlein anzuschließen.«

Nun fiel jegliche Skepsis von dem berüchtigten Aufrührer ab und ohne auf seine verblüfften Kumpane zu achten, zog er Hannes an seine mächtige Brust und umarmte ihn.

»Du bist wahrhaft der Sohn meines Bruders, denn von dieser Begebenheit haben wirklich nur er und ich Kenntnis. Zudem gleichst du ihm in Gesicht und Gestalt. Hol die Magd des Wirts herbei, Siegfried, sie soll meinem Neffen das Blut abwaschen, und sag ihrem Herrn, er möge einen Krug von seinem besten Wein herbeischaffen, damit wir diese ungewöhnliche Familienzusammenführung geziemend feiern können.«

Nun gab es kein Halten mehr und alle redeten auf den jungen Gesellen ein.

Jeder der Männer behauptete, sofort gewusst zu haben, dass Hannes kein Spion sein konnte. Der unglückliche Siegfried entschuldigte sich wortreich für die Misshandlungen und auch Thomas, der den Zimmermann in der Scheune niedergeschlagen hatte, bat um Verzeihung. Doch irgendwann nahm Jos Fritz seinen Neffen beiseite und setzte sich mit ihm abseits von seinen Mitstreitern nieder.

Die beiden hatten sich so viel zu erzählen und weder der Geselle noch sein Oheim schienen in dieser besonderen Nacht müde zu werden.

Selbst als sämtliche Gefährten im Morgengrauen zu Bett gegangen waren, saßen Hannes und Jos noch zusammen.

»Und es stimmt wirklich, dass du den allseits bekannten Humanisten Ulrich von Hutten getroffen hast?«, fragte Jos erstaunt.

»So wahr ich hier sitze, er hat mir mehrmals das Leben gerettet, einmal im Schwäbischen und einmal in Amsterdam.«

In wenigen Sätzen berichtete Hannes seinem Onkel, wie der berühmte Mann ihn im Schwäbischen Wald vor dem sicheren Erfrierungstod und in der holländischen Seestadt vor einer Horde mordlustiger Seeleute gerettet hatte.

»Zudem hält er große Stücke auf dich und deine Taten. Ulrich hat mir viel von deinen Aufständen gegen die verhasste Obrigkeit erzählt.«

Bei diesen Worten bekamen Jos Fritz' Züge einen melancholischen Ausdruck.

»Das ehrt mich, dass ein solch bedeutender Mann mich überhaupt zur Kenntnis nimmt. Gleichwohl bin ich mit meinen sämtlichen Unternehmungen, mit denen ich den einfachen Leuten ein menschenwürdiges Dasein erkämpfen wollte, gescheitert. Doch wie du mir vorhin erzählt hast und wie ich von anderen gehört habe, ist Sickingens Aufstand der Ritter ebenfalls gescheitert und der famose Ulrich von Hutten sitzt, schwer gezeichnet von der Franzosenkrankheit, in Basel.«

Der Blick von Jos Fritz glitt in die Ferne.

»Weshalb nur will uns ein Umsturz nicht gelingen?«, sagte er mehr zu sich selbst. »Ist es am Ende doch so, dass die Ordnung von Gott gegeben ist und wir gemeinen Menschen sie nicht verändern dürfen?«

»Du darfst die Hoffnung nicht aufgeben, Onkel. Eines Tages werden die Entrechteten befreit werden«, entgegnete Hannes mit einem Zitat von Bernhard, dem entlaufenen Mönch.

Die Niedergeschlagenheit war so schnell aus Jos Gesicht verschwunden, wie sie gekommen war.

»Ich werde die Hoffnung auf eine gerechtere Welt niemals aufgeben. Solange noch ein Fünkchen Leben in mir ist, werde ich dafür einstehen, dass jeder Mensch gleich behandelt wird. Doch nun erlaube mir, dass ich mich zurückziehe, ich bin hundemüde.«

»Wohnst du hier in diesem Dorf?«, wollte Hannes wissen.

»Nein, das wäre zu gefährlich. Ich bewohne mit meiner Frau eine kleine Hütte auf einer Schwarzwaldanhöhe. Den genauen Ort kennt niemand außer ihr und mir. Das ist ein Selbstschutz, damit keiner meiner Freunde etwas preisgeben könnte. Denn glaube mir, in einer Folterkammer redet irgendwann selbst der Stärkste. Du findest bei meinem Freund Thomas ein Obdach. Wenn du mich begleitest, zeige ich dir sein Haus.«

»Aber wann sehe ich dich wieder, Onkel?«, fragte Hannes bange.

»Nenn mich einfach Jos und hab keine Sorge, ich werde dich finden.«

Während die beiden einträchtig zu Thomas' Anwesen gingen, war das Leben im Dorf längst erwacht. Auf der staubigen Gasse begegneten sie mehreren Männern und Frauen, die Jos ehrfürchtig grüßten.

»Sonst zeige ich mich nicht in aller Öffentlichkeit, denn die Häscher haben noch nicht aufgegeben. Und glaube mir, es findet sich immer irgendeiner, der für eine kleine Information reichlich belohnt werden will.«

Als die zwei das Haus von Jos' Freund erreicht hatten, verabschiedeten sie sich wortreich voneinander.

Der Hausherr war in seinem Stall und gab seinen Kühen frisches Gras zu essen, das er bei Anbruch des Tages abgemäht hatte.

Sofort als er Hannes sah, legte er seine hölzerne Heugabel zur Seite und kam herbei.

»Ihr beiden habt heute Nacht nicht sehr viel geschlafen«, meinte Thomas augenzwinkernd.

»Das kann man wohl sagen. Wie du dir vorstellen kannst, hatten wir einander viel zu erzählen«, entgegnete Hannes müde. »Doch nun wäre ich dir für ein einfaches Strohlager sehr verbunden.«

»Na, dann komm mal mit, meine älteste Tochter hat dir bereits eine Bettstatt hergerichtet.«

Hannes folgte dem Bauern durch eine niedrige Tür in das dunkle Innere des gedrungenen Hauses. Unter dem strohgedeckten Dach befand sich ein einfaches Bett, das für gewöhnlich als Nachtlager für Knechte diente.

»Leg dich hin, ich bringe dir derweil eine warme Decke.«

Als Thomas das Dachgeschoss wieder betrat, schlief sein Gast bereits tief und fest.

Behutsam deckte er den Gesellen zu und ging wieder zurück an seine Arbeit.

Am Abend desselben Tages wachte Hannes auf, als jemand an seinem Hemd zog.

»Was ist …, wo bin ich?«, stammelte er.

»Ich wollte dich nur fragen, ob du mit mir und meiner Familie zusammen das Abendessen einnehmen möchtest«, wollte Thomas wissen.

Der Zimmermann musste nicht lange überlegen und erhob sich mühsam.

Er folgte seinem Gastgeber in den rauchgeschwängerten Raum, in dem sich die Kochstelle befand. Die fünf hohlwangigen Kinder blickten bang auf den Gast, mit dem sie das wenige, was sie an Essen erwartete, teilen mussten.

»Nimm Platz.«

Hannes folgte der Aufforderung des Bauern und setzte sich auf eine Bank.

Der speckige Tisch war bereits gedeckt. Mehrere kleine Fladenbrote sowie für jeden eine Schüssel Hafergrütze bildeten das spärliche Mahl.

»Meine Frau ist letztes Jahr im Kindbett gestorben, deshalb muss ich die Kleinen jetzt alleine durchbringen.«

Die Armut, die hier herrschte war erschreckend, und Hannes schämte sich beinahe wegen der Gulden, die er besaß. Er würde Thomas auf jeden Fall ein wenig Geld für Kost und Logis geben.

»Hier, trink von meinem Wein, den ich selbst gekeltert habe. Wenigstens da herrscht kein Mangel«, meinte er sarkastisch.

Bis auf die dreizehnjährige Tochter, die anstatt der verstorbenen Mutter den Haushalt führte, gingen nach dem Essen alle Kinder zu Bett.

Der Bauer war offenbar in der Stimmung, seine Sorgen und Nöte für diesen Abend im Alkohol zu ertränken. Während er immer wieder die Becher füllte, berichtete der erzürnte Thomas seinem Gast von der immensen Abgabenlast seines Standes.

»Man gewinnt den Eindruck, dass uns die Fürsten und Pfaffen gerade so viel zugestehen, dass wir nicht verhungern, während sie selber wie die Maden im Speck leben. Dabei ist es in den letzten Jahren immer schlimmer geworden, denn nach und nach wurden uns die angestammten Rechte entzogen. Jetzt ist die Zeit gekommen, sich von den Blutsaugern zu befreien. Jos Fritz wird uns ein letztes Mal führen, damit wir dieser Völlerei und Prasserei ein Ende bereiten.«

Hannes war erschrocken über den Hass und die Entschlossenheit dieses einfachen Mannes. Seine Tochter blickte ängstlich zu ihm her, wie um zu sagen, dass sie nicht auch noch den Vater verlieren wollte.

Nach weiteren wütenden Tiraden und hastig geleerten Bechern mit Rebensaft stand Thomas auf und ging grußlos in seine Kammer. Hannes unterhielt sich noch ein wenig mit dem schüchternen Mädchen, bevor sie sich ebenfalls zurückzog.

Langsam trank der Geselle seinen Wein und starrte dabei in die Glut des Herdfeuers.

Wie durch ein Wunder hatte er mit Ulrich von Hutten und Jos Fritz zwei der charismatischsten Anführer gegen die Unterdrückung kennengelernt.

Sollte er sich dem Oheim anschließen, wenn dieser erneut einen Bundschuh ausrief?

Endlich stand Hannes auf und begab sich in seine Dachkammer. Der Geselle hatte einen Entschluss gefasst, er würde ins nahe Freiburg wandern und sich dort eine Arbeit suchen. Auf diese Weise konnte er seinem so lange vermissten Onkel eine Zeit lang nahe sein.

Der Bauer und seine Kinder waren bereits aufs Feld gegangen, als Hannes am nächsten Morgen in die Küche kam. Er hob den Deckel des auf einem Dreifuß stehenden verbeulten Topfes. Darin war noch ein Rest des Haferschleims, den sich Hannes in eine bereitstehende Schüssel schöpfte.

Nach längerer Suche fand er einen harten Brotkanten, mit dem er die breiige Masse austunkte. Danach kramte er in seinem Beutel nach mehreren Hellern, die er als Dankeschön für Kost und Logis auf den Küchentisch legte.

Hannes schwang sich sein Bündel auf den Rücken, nahm seinen Stenz zur Hand und marschierte die staubige Dorfstraße entlang in Richtung der Stadt, deren hohen Münsterturm man von hier aus bereits sehen konnte.

»Verzeiht, braver Mann, wo finde ich den Acker von Thomas?«, fragte Hannes einen alten Mann, der trotz seiner gebeugten Gestalt einen oberschenkeldicken Ast auf seiner Schulter trug.

Wortlos wies der Alte mit seinem Stock in eine Richtung und trottete weiter.

Offenbar wusste er, welchen Thomas der Geselle suchte.

»Habt vielen Dank!«, rief ihm Hannes hinterher.

Wenig später sah er die sehnige Gestalt seines Gastgebers.

»Guten Morgen, Thomas.«

Der Angesprochene erhob sich, während die Kinder in ihrer gebückten Arbeitshaltung verharrten. Selbst die beiden sechsjährigen Zwillinge mussten mithelfen.

»Ich bin gekommen, um mich zu verabschieden. Hab vielen Dank für alles.« Hannes streckte dem Bauern die Rechte hin. »Kannst du mir einen Gefallen erweisen?«

Thomas hob fragend eine Augenbraue.

»Sag meinem Onkel, dass ich nach Freiburg wandere, um Arbeit zu suchen.«

»Das werde ich tun, sobald ich ihn wieder treffe, und ich bin mir sicher, dass er dich dort finden wird. Nun wünsche ich dir viel Glück und Gottes Segen, vielleicht sehen wir uns mal wieder.«

Hannes winkte zum Abschied und schritt frohen Mutes der stolzen Stadt entgegen.

Der Himmel war beinahe wolkenlos und der Geselle blieb mehrmals für längere Zeit stehen, um sich an der überschäumenden Natur in dieser schönen Landschaft zu erfreuen. Unterwegs begegnete er immer wieder schwer arbeitenden Menschen, die er freundlich grüßte.

Um die Mittagszeit war er nur noch wenige Meilen von Freiburg entfernt, als er unter einer ausladenden Linde eine mehrköpfige Familie sah, die sich von den Strapazen der Feldarbeit bei einer Brotzeit erholte.

Hannes wünschte ihnen einen guten Appetit, wobei ihm schmerzlich bewusst wurde, dass er ebenfalls Hunger hatte.

»Du hast bestimmt noch nichts gegessen, Geselle, setz dich doch zu uns, für dich reicht es auch.«

Hannes wollte schon ablehnen, doch das offene Gesicht des Familienvaters bewog ihn dazu, das Angebot anzunehmen.

Dankbar nahm er von dem dargereichten Fladenbrot. Dazu gab es Schinkenspeck und Hannes musste sich beherrschen, denn das geräucherte Fleisch schmeckte einfach vorzüglich.

»Na, wohin führt dich dein Weg?«, fragte die Frau, deren Gesicht rosig strahlte.

»Das schöne Freiburg ist mein Ziel«, antwortete Hannes wahrheitsgemäß.

Während er sich an dem Wein labte, erzählte er ein wenig von seinen bisherigen Stationen. Sowohl die Kinder als auch die beiden Erwachsenen hingen an seinen Lippen, als er das unendlich wirkende Meer schilderte.

Lediglich seine Begegnung mit Jos Fritz klammerte er wohlweislich aus.

»Und nun willst du also dein Glück in Freiburg suchen?«, fragte der Winzer interessiert, woraufhin Hannes nickte. »Deinem Werkzeug nach zu urteilen bist du ein Zimmermann, deshalb glaube ich, dass deine Chancen, Arbeit zu finden, gar nicht so schlecht sind. Derzeit wird das neue Gebäude der Kaufmannsgilde errichtet und meines Wissens werden händeringend fähige Gesellen gesucht.«

»Das hört sich gut an. Ihr seid bestimmt Bürger der Stadt, da Ihr Euch so auskennt«, stellte Hannes fest.

Er hatte auf den ersten Blick gesehen, dass seine Gastgeber bei Weitem nicht so ärmlich gekleidet waren wie die

Leute in Thomas' Dorf und auch die Kinder wirkten nicht so unterernährt wie dort.

»Das hast du richtig erkannt, mein Junge. Mein Name ist Ernst Thumm, Weingärtner und Bauer. Meine Frau Dorle und meine Kinder müssen mithelfen, da derzeit keine Tagelöhner verfügbar sind.«

Der freundliche Mann blickte zum Himmel.

»Doch jetzt entschuldige uns, wir müssen weiterarbeiten. Ich bin mir sicher, dass heute noch ein Gewitter niedergeht. Besuch uns mal, wenn du in der Stadt Arbeit gefunden hast. Mein Haus steht in einer kleinen Gasse direkt am Münster.«

»Das werde ich mit Sicherheit tun«, erwiderte Hannes und trank einen letzten Schluck aus dem Weinschlauch.

»Gehabt Euch wohl und vielen Dank für die gute Verköstigung.«

Mit neuem Schwung lud er sich das Bündel auf die Schulter und ging seiner Wege.

Als Hannes nur noch wenige Hundert Fuß von der mächtigen Stadtmauer entfernt war, sah er am Fuße des Berges, auf dem die trutzige Burg stand, ein kleines Wäldchen. Er lenkte seine Schritte in diese Richtung und beschloss, eine Weile auszuruhen. Die Erfahrung hatte ihn gelehrt, dass der Altgeselle seiner Bruderschaft, bei dem er sich zuallererst anmelden musste, erst nach Feierabend in der Herberge anzutreffen war.

Der weiche Waldboden war trocken und bot einen idealen Untergrund, und kaum eine Minute, nachdem der Geselle sich hingelegt hatte, war er bereits eingeschlafen.

Ein lautes Donnern riss ihn abrupt aus den Träumen. Schnell erhob sich Hannes und rannte, so schnell er konnte, dem ihm am nächsten stehenden Stadttor zu.

In immer kürzeren Abständen gingen Blitze, gefolgt von infernalischem Grollen, nieder. Wenig später öffnete der tiefschwarze Himmel seine Schleusen und schwere Regenschauer prasselten auf die Erde.

Binnen weniger Augenblicke war der Geselle klitschnass und sah, als er sich umdrehte, wie ein Blitz in dem Wäldchen einschlug, in dem er vor Kurzem noch gelegen war.

»Was ist dein Begehr?«, fragte der Torwächter barsch und versperrte Hannes den Weg.

»Ein reisender Zimmermann bin ich genannt und möchte in der stolzen Stadt Freiburg meinem Handwerk nachgehen«, meinte Hannes, bemüht, selbstsicher zu klingen, obwohl er mittlerweile in seinen nassen Kleidern entsetzlich fror.

Der Söldner hingegen wich kein Stück zur Seite.

»Such dir einen anderen Ort zum Betteln, Gesindel wie dich haben wir schon genug hier.«

»Aber ich weiß aus verlässlicher Quelle, dass Zimmergesellen händeringend gesucht werden, also bitte gewährt mir Einlass in Eure schöne Stadt.«

Hannes wollte sich nicht abwimmeln lassen, wo sollte er sich auch sonst um diese Zeit hinwenden.

»Muss ich dir Beine machen?«

Der Bewaffnete nahm eine bedrohliche Haltung ein.

Unter Bitten und Betteln wich Hannes langsam zurück. Bereits des Öfteren hatte er Gesellen über die Willkür von Torwächtern klagen hören.

Lautstark verfluchte er den grimmigen Mann und rief ihm unflätige Worte zu, was sonst nicht seine Art war. Dann muss ich es eben an einem der anderen Tore versuchen, dachte er trotzig. Doch auch bei den anderen Eingängen in die Stadt hatte er kein Glück. Augenscheinlich hatten alle Wächter dieselbe Order.

Gedrückt von der Last seines durch den anhaltenden Regen auf das doppelte Gewicht angewachsenen Bündels, schlich er resigniert zu dem letzten verbliebenen Tor.

Das Gewitter hatte die Luft deutlich abgekühlt und an Hannes war kein Zoll trockener Kleidung. Noch schwerer wog allerdings die Tatsache, dass er, sollte er gezwungen sein, in eine andere Stadt zu ziehen, seinen soeben gefundenen Onkel wieder aus den Augen verlieren würde.

»Das darf doch alles nicht wahr sein!«, schrie der Geselle wütend in den Regen und beschloss, bei einer erneuten Absage zurück zu Thomas, dem Vertrauten seines Oheims, zu wandern, wenn er es bei seiner derzeitigen Lage und der in Bälde einsetzenden Dunkelheit überhaupt so weit schaffen würde.

Bereits beim Anblick des Wächters sank Hannes der Mut, denn auch dieser Mann wirkte unerbittlich. Sein Dokument, das ihn als reisenden Handwerker auszeichnete, war ebenfalls durchfeuchtet und somit für den Augenblick unbrauchbar.

Die Klappe über dem linken Auge verlieh dem Söldner ein äußerst verwegenes Aussehen.

»Äh … Gott zum Gruß«, fing Hannes kleinlaut an. »Ich …«

»Hau ab, Bursche!«, zischte der Torwärter durch seine geschlossenen Zähne, während er die Oberlippe bedrohlich hochzog.

Geknickt drehte Hannes sich um und schlich endgültig davon.

Just in diesem Moment fuhr ein von schweren Kaltblütern gezogener Wagen heran.

Hastig sprang der Geselle zur Seite, um nicht unter die schweren eisenbeschlagenen Holzräder zu kommen.

»Ha, das ist ja unser Freund, der Handwerksgeselle! Wie der Zufall so spielt!«

Der Mann auf dem Kutschbock war Ernst Thumm, den Hannes am Nachmittag kennengelernt hatte.

»Doch weshalb kehrst du unserer schönen Stadt schon wieder den Rücken?«, fragte der Weingärtner erstaunt.

»Eure Torwächter haben offensichtlich eine Abscheu gegen arbeitswillige Wandergesellen. Bei sämtlichen Toren habe ich vergebens um Einlass gebeten.«

»Setz dich hinten auf den Wagen.«

Das freundliche Gesicht nahm einen entschlossenen Ausdruck an.

»Gewöhnlich müssen ärmere Zureisende eine Nacht in der Elendenherberge in der Neuburger Vorstadt zubringen, bevor sie in die eigentliche Stadt eingelassen werden. Zu deinem Glück hast du uns getroffen.«

Hannes ließ sich nicht zweimal bitten und drängte sich zwischen die gleichfalls nassen Familienangehörigen von Ernst Thumm.

Unbehelligt rumpelte das Fuhrwerk durch das Tor. Der einäugige Söldner erkannte zwar den zuvor abgewiesenen Gesellen, angesichts des angesehenen Bürgers auf dem Kutschbock schwieg er aber und winkte das Gefährt durch.

Nachdem sie eine breitere Straße durchquert hatten, hielt der Wagen vor einer kleinen Kreuzung an.

»Wenn ich mich nicht täusche, befindet sich am Ende dieses Gässchens eure Gesellenherberge«, meinte Thumm und deutete nach links.

»Habt vielen Dank, mein Herr«, entgegnete Hannes aufrichtig und sprang behände von dem Wagen herunter. »Ohne Eure Hilfe würde ich heute Nacht umherirren und mir in meinen nassen Kleidern womöglich den Tod holen.«

»Keine Ursache und ich wünsche dir viel Glück in Freiburg!«, rief der Weingärtner und gab seinen stämmigen Pferden die Zügel frei.

Der starke Regen hatte den Unrat teilweise weggespült und die katzenkopfgroßen Pflastersteine waren sehr glitschig. Ein ums andere Mal wäre Hannes beinahe ausgerutscht, bevor er vor einem gedrungenen Häuschen stehen blieb.

Er drückte die angelehnte Tür nach innen und betrat eine niedrige, schlecht ausgeleuchtete Stube.

Wie es der Brauch war, begrüßte Hannes den Herbergsvater und fragte ihn nach dem hiesigen Altgesellen. Der unfreundliche Wirt schüttelte unwirsch den Kopf und verwies Hannes an einen Nebentisch. Dort saßen fünf alte Männer, die gerade dabei waren, in Brei aufgeweichtes Brot in ihre zahnlosen Mäuler zu schieben. Mit einem freundlichen Lächeln trat der Neuankömmling heran und gab jedem der Greise die Hand.

»Du bist zu einem denkbar schlechten Zeitpunkt nach Freiburg gekommen«, bemerkte einer schmatzend.

»Zehn Zimmermannsgesellen standen hier in Lohn und Brot, doch sie haben es sich mit der Obrigkeit verscherzt«, unterbrach ihn der herangetretene Wirt wütend und knallte einen Becher Wein auf den Tisch.

Das ist jetzt also der zweifelhafte Ersatz für den »Willkomm«, den schönen Krug, den der Altgeselle einem Zureisenden dem Brauch nach reicht, dachte Hannes bitter.

»Jetzt sind nur noch diese alten Schwachköpfe da, die ich mit durchfüttern muss.«

Nachdem der garstige Herbergsvater sich entfernt hatte, beugte einer der Männer sich zu Hannes hin.

»Glaub dem Halunken kein Wort. In unserer Lade ist ausreichend Geld, um uns arbeitsunfähige Gesellen durch den nahen Winter zu bringen.

Er denkt sich wohl, dass die Gelegenheit nun günstig ist, sich unsere Heller unter den Nagel zu reißen.«

»Aber was ist denn eigentlich Schlimmes geschehen?«, wollte Hannes wissen.

»Eine Tragödie hat sich ereignet. Sämtliche Gesellen waren beim Bau des neuen Kaufhauses am Münsterplatz beschäftigt.«

»Von diesem herausragenden Bau hat mir ein Freiburger Weingärtner berichtet, den ich unterwegs getroffen habe«, unterbrach Hannes den ausgesprochen dürren Erzähler, der sich als Franz vorgestellt hatte. »Dort wollte ich ebenfalls mit Hand anlegen.«

»Es ist wirklich ein überaus stattliches Gebäude, das unseren Brüdern seit zwei Jahren ausreichend Beschäftigung beschert hat. Bis sich dieser entsetzliche Vorfall ereignet hat.«

Gebannt lauschte Hannes dem Bericht des alten Mannes.

»Infolge von schlecht gelagerten und deswegen angefaulten Bohlen stürzte einer unserer Gesellenbrüder vom Gerüst herab und verstarb. Der Altgeselle als Vorsteher unserer Bruderschaft verlangte von dem Meister, dem das Gerüst gehörte und der so fahrlässig damit umgegangen war, Schadensersatz. Als der sich weigerte, einen Geldbetrag in unsere Lade zu entrichten, legten die wütenden Gesellen die Arbeit nieder und verlangten zum Trotz einen höheren Lohn von ihren jeweiligen Krautern. Natürlich informierte die Zunft umgehend die Stadtregierung, woraufhin sofort Büttel losgeschickt wurden, um die Arbeiter zur Räson zu bringen. Die Gesellen wehrten sich und es gab ein wildes Handgemenge, bei dem es auf beiden Seiten Verletzte gab. Letztendlich behielten die kampferprobten Söldner die Oberhand und brachten unsere Brüder ins dunkle Verlies.«

Deswegen waren die Torwächter so abweisend, dachte Hannes.

»Der Vorfall ereignete sich bereits vor zwei Wochen und seit dieser Zeit sitzen sie im Loch«, beendete Franz seinen Bericht.

»Das ist in der Tat äußerst tragisch, doch eines verstehe ich nicht, wie wollen die Meister diesen gewaltigen Bau ohne ihre Gesellen zu Ende führen?«, fragte Hannes.

»Da hast du recht«, meinte Franz trotz der ernsten Lage mit einem leichten Schmunzeln.

»Nun müssen die vier Meister sowie zwei ihrer Söhne selbst mehr Hand anlegen. Zudem schinden sie ihre Lehrjungen bis aufs Blut. Die Obrigkeit hingegen will auf diese Weise ein Exempel statuieren. Sie wollen jedem den Mut nehmen, der auch nur ansatzweise daran denkt, sich aufzulehnen.«

»Aber was geschieht nun mit unseren Brüdern?«, wollte Hannes besorgt wissen.

»Der Rat der Stadt hat noch nicht abschließend entschieden, welche Strafe sie bekommen«, antwortete Franz, der früher Altgeselle war und nun mit den anderen alten und arbeitsunfähigen Gesellen von den in Lohn und Brot Stehenden durchgefüttert wurde.

»Vielleicht würde es helfen, wenn die Mitglieder der anderen Bruderschaften gleichfalls für kurze Zeit die Arbeit niederlegen würden«, schlug Hannes vor.

»Das ist ein interessanter Gedanke, das haben wir auch schon in Erwägung gezogen.«

Franz hob seine Kappe und kratzte unschlüssig seinen Kopf mit den grauen Haaren.

Man konnte nun förmlich sehen, wie ein Ruck durch den hageren Leib ging und er sich straffte.

»Ich werde morgen die jeweiligen Altgesellen aufsuchen und ihnen den Vorschlag unterbreiten. Doch dieses Vorhaben ist äußerst gefährlich. Seit dieser Jos Fritz hier in der Gegend sein Unwesen treibt und die Leute zum Aufruhr anstachelt, ist die Obrigkeit in höchster Alarmbereitschaft.«

Hannes horchte beim Namen seines Onkels kurz auf, ließ sich indes nichts anmerken.

»Meine Situation ist ebenfalls nicht einfach, die Ersparnisse sind aufgebraucht und ich brauche dringend eine Arbeitsstelle. Angesichts der misslichen Lage ist es jedoch wenig hilfreich, zu diesem Zeitpunkt bei einem Meister anzufragen.«

»Da hast du vollkommen recht, mein Junge. Andererseits kann es durchaus von Vorteil sein, wenn du bei einem der überlasteten Krauter anfängst und dadurch die Situation ein wenig entschärfst.«

Nach kurzem Überlegen nickte Hannes mehrmals zustimmend mit dem Kopf.

»Du könntest dein Glück zum Beispiel bei Meister Albrecht Degenhard versuchen. Durch verwandtschaftliche Bande ist er ziemlich einflussreich. Ich selbst habe nach der Beendigung meiner Wanderjahre zuerst bei seinem Vater und danach bis vor wenigen Jahren bei ihm gearbeitet. Fachlich ist er der beste Zimmermann, den ich kenne, und genießt in der Stadt höchstes Ansehen. Andererseits ist er jemand, der mit Kritik überhaupt nicht umgehen kann und deswegen meint, immer im Recht zu sein. Trotzdem kannst du bei ihm eine Menge lernen. Wenn du willst, begleite ich dich morgen zu seiner Baustelle.«

Hannes sagte zu, wenngleich er bei der Schilderung der Charakterzüge an Meister Hildebrand, bei dem er in der Stadt Esslingen gearbeitet hatte, erinnert wurde.

Dieser war ebenfalls äußerst rücksichtslos gewesen, wurde danach jedoch nicht zuletzt dank Hannes' Mithilfe zu einem geläuterten Menschen.

»Doch nun zeige ich dir deine Unterkunft, wo du deine nassen Kleider ablegen kannst.«

Franz geleitete den Neuankömmling auf den zugigen Dachboden, wo mehrere Strohmatten aneinandergereiht lagen.

»Hier sind noch Kleidungsstücke der inhaftierten Männer. Such dir etwas Passendes heraus, die Brüder werden es dir nachsehen.«

Ohne auf den anwesenden Franz zu achten, riss sich der Geselle die nasse Kleidung vom Leib. Dann legte er sich ein Beinkleid an und schlüpfte in ein nicht mehr ganz weißes Hemd mit Puffärmeln. Nach kurzer Suche fand er eine Kniehose und lange Strümpfe. Sogar ein paar knöchelhohe Lederstiefel in seiner Größe lagen herum.

Während Hannes sich anzog, hängte Franz die nassen Sachen an die Dachsparren und gemeinsam gingen sie wieder hinunter.

Vor einer Türe in dem Gang, der zur Gaststube führte, blieb der alte Mann stehen.

»Das ist unsere Kammer, hier ist es nicht so zugig wie unter dem Dach, das würden unsere morschen Knochen nicht mehr aushalten.«

»Seid ihr eigentlich zufrieden mit eurem Los?«, fragte Hannes interessiert, wobei er sich eingestehen musste, dass er sich noch nie so eingehend mit dem Schicksal der älteren Gesellenbrüder auseinandergesetzt hatte.

»Im Überschwang der Jugend kann man sich nur schwer vorstellen, wie es ist, so gebrechlich zu sein, dass man nicht mehr arbeiten kann. Doch wir hier in Freiburg haben es relativ gut erwischt. Es ist eine lebendige Stadt und üblicherweise sind immer genügend arbeitende Gesellen hier, die ihren Obolus in die Handwerkslade entrichten. Die Schenke gehört der Meisterzunft und auch der missmutige Herbergsvater und seine Frau sind den Meistern Rechenschaft schuldig.«

Als sie wieder bei Tisch saßen, stand auch vor Hannes ein Teller mit einer undefinierbaren Masse.

»Bevor die Gesellen inhaftiert wurden, hat es der Schurke

nicht gewagt, einen solchen Fraß auf den Tisch zu stellen«, meinte Franz hinter vorgehaltener Hand. »Dieser gierige Schlund kassiert für das Essen immer den gleichen Betrag und das, was er bei der Zubereitung einsparen kann, geht in seinen eigenen Beutel.«

»Warum stellt ihr ihn nicht zur Rede?«

»Wir sind alte Männer und wollen unsere Ruhe«, antwortete Franz ausweichend.

Hannes machte es wie die anderen und tunkte das alte Brot in den übelschmeckenden Brei und dachte dabei an das Sprichwort, das besagte, dass der Hunger der beste Koch sei.

Um die neunte Stunde verabschiedeten sich die alten Gesellen und wenig später suchte auch Hannes sein Nachtlager auf. Ohne zu fragen, nahm er eine der schwach glimmenden Talgkerzen vom Tisch, die ihm den ungewohnten Weg erhellte.

Der Geselle zog sich aus und vernahm ein gleichmäßiges Geräusch von Tropfen, die in einen bereitgestellten Ledereimer trafen. Der Regen war zwar schwächer geworden, trotzdem ließen die an mehreren Stellen defekten Dachziegel genügend Wasser ins Innere herein.

Wo bin ich hier nur wieder hingeraten, dachte Hannes, das Beste wäre es, von hier abzureisen und zu Bernhard nach Basel zu wandern.

Andererseits kam nun zu dem Wunsch, seinen Oheim hin und wieder zu treffen, das dringende Bedürfnis, den eingesperrten Gesellenbrüdern auf irgendeine Art und Weise zu helfen.

Am nächsten Morgen packte Hannes nach einem frugalen Mahl seine Werkzeuge in das Bündel und folgte dem von der Last der Jahre gebeugten Franz.

Nachdem sie mehrere Gässchen durchschritten hatten, standen die zwei Männer auf dem weitläufigen Münsterplatz. Voller Stolz erzählte der alte Geselle ein wenig von der Geschichte dieses gewaltigen Gotteshauses und dass der Turm mit seinen mehr als 300 Fuß lange Zeit als einer der höchsten der gesamten Christenheit gegolten hatte.

»Dort steht das neue Kaufhaus, über das wir gestern geredet haben«, bemerkte Franz und deutete auf ein Haus, das für ein profanes Gebäude ungewöhnlich groß war. »In mehreren Abschnitten ist es entstanden und nach Jahren der Bauzeit immer noch nicht fertiggestellt. Dort oben siehst du die Stelle, von wo aus unser Kamerad in die Tiefe gestürzt ist.«

In schwindelerregender Höhe war die oberste Gerüstlage angebracht und von hier unten sah alles sehr stabil aus.

»Sofort nach dem Tod des Zimmermanns und den darauffolgenden Unruhen kam ein von der Stadt eingesetzter Sachverständiger. Er hat das Gerüst peinlichst untersucht und weitere marode Teile mussten danach ausgetauscht werden. Unseren Bruder machen diese Maßnahmen auch nicht mehr lebendig«, bemerkte der frühere Altgeselle sarkastisch.

Durch eine breite Pforte betraten sie das künftige Kaufhaus und Franz wandte sich zu einer nach oben führenden provisorischen Treppe.

Im dritten Stock hörten sie endlich vertraute Arbeitsklänge sowie lautes Geschrei.

»Das ist er«, stellte Franz fest und grinste.

Nach einem weiteren Stockwerk betraten sie endlich einen Raum, in dem zwei Männer damit beschäftigt waren, breite Bretter auf den Fußboden zu nageln.

»Du bist zu blöd, eine Bohle gerade abzusägen!«, schrie der breitschulterige Ältere seinen deutlich jüngeren Mitarbeiter an.

Dieser lief rot an und brummte eine Entschuldigung.

»Verzeiht die Störung, Meister Albrecht«, sagte Franz kleinlaut.

Unwirsch drehte sich der Angesprochene um und blickte abschätzend auf seinen ehemaligen Gesellen. Hannes befürchtete schon, dass sich der bullige Degenhard in seinem Zorn auf Franz stürzen würde.

Selten zuvor hatte er eine solche Aggressivität bei einem Mann gespürt.

»Was wollt ihr Kerle?«

Der Alte wollte etwas erwidern, doch Hannes kam ihm zuvor.

»Wenn Ihr erlaubt, Herr Meister? Mein Name ist Hannes Fritz, fremdgeschriebener Zimmermann aus dem schönen Reutlingen. Falls Ihr Arbeit für einen Gesellen habt, so würde ich gerne bei Euch anfangen. Es ist mir durchaus bekannt, dass mich gewöhnlich der hiesige Altgeselle bei der Arbeitssuche begleitet, doch wie Ihr wisst, ist er derzeit unabkömmlich.«

Dieser dezente Hinweis führte dazu, dass sich das Gesicht von Degenhard weiter verfinsterte.

»Gesindel« war das einzige Wort, das der Meister erwiderte, bevor er wutentbrannt den Raum verließ.

»Verzeiht meinem Vater, er ist manchmal ein wenig unbeherrscht, du kennst ihn ja zur Genüge, Franz.«

Dies ist also der Sohn dieses unsympathischen Zeitgenossen, das ist ja interessant, dachte Hannes.

»Ich bin Ludwig Degenhard und ebenfalls Meister«, stellte sich der Jüngere freundlich vor und reichte den beiden Gesellen die Hand.

Nun war Hannes vollends erstaunt. Wie konnte es sein, dass sich jemand, der selber zu Meisterwürden gelangt war, solcherart abkanzeln ließ und sei es vom eigenen Vater.

»Ihr müsst ihn verstehen, die Kaufleute machen uns die Hölle heiß und drängen darauf, endlich in ihr Domizil einziehen zu können. Deshalb ist es sicherlich auch im Sinne meines Vaters, wenn ich dich einstelle.

Wenn du willst, kannst du gleich anfangen.«

Dem Gesellen fiel ein Stein vom Herzen und er freute sich regelrecht darauf, wieder in seinem geliebten Handwerk zu arbeiten, wenngleich Hannes bezweifelte, dass es mit diesem Albrecht lange gutgehen würde.

»Das werde ich tun, sobald Ihr mir sagt, wie hoch mein Monatsverdienst sein wird«, meinte Hannes trotz seiner Lage selbstbewusst.

»Wir zahlen dir zunächst drei Gulden, und wenn du dich bewährst, wird sich der Lohn erhöhen.«

Hannes nickte zustimmend, dieser Ludwig schien im Gegensatz zu seinem Alten ein ganz umgänglicher Zeitgenosse zu sein.

Unaufgefordert holte er sein Handwerkszeug heraus und packte sofort mit an, während Franz mit einem zufriedenen Lächeln davonschlurfte.

Um die Mittagszeit unterbrachen die zwei ihre Arbeit und kehrten in einer nahe gelegenen Schenke ein. Der Jungmeister war nur einige Jahre älter als Hannes und bat ihn nach dem Essen, von seiner bisherigen Wanderschaft zu erzählen.

»Ich wäre ebenfalls gerne gereist, doch wie so oft bei Meistersöhnen hat mein Vater einen nicht geringen Betrag in die Zunftlade gespendet und mich somit vom Wanderzwang befreit«, bemerkte Ludwig wehmütig und der Geselle war überzeugt davon, dass sein Gegenüber liebend gerne dem tyrannischen Vater den Rücken gekehrt hätte.

Kurz nach Sonnenuntergang beendeten sie ihre Tätigkeit und Hannes begab sich mit müden Gliedern in die Herberge.

An den darauffolgenden Tagen war von dem mürrischen Altmeister nichts zu sehen und Hannes spürte, wie Ludwig förmlich aufblühte. Ihre Arbeit bestand darin, die Zwischenräume der neu erstellten Fachwerkwände auszufüllen.

Noch während die Balken abgesägt worden waren, hatten die Zimmerleute in die später waagerecht eingebauten Hölzer Nuten eingearbeitet.

In diese Ausfälzungen wurden nun in einem Abstand von einer Handbreit sogenannte Staken senkrecht eingebaut. Um diese zolldicken Hölzer wurden nun so viele gewässerte und dadurch elastisch gewordene Weidenäste geschlungen, bis ein Gefache gefüllt war.

Das war keine bezeichnende Zimmermannsarbeit, denn üblicherweise wurde diese Tätigkeit von Frauen und Kindern ausgeführt. Sobald die Staken und Äste an sämtlichen Wänden angebracht waren, würden Maurer kommen und das Geflecht mit Lehm ausfüllen.

Die ruhige Atmosphäre, in der Hannes und der Sohn des Meisters arbeiteten, hielt indes nicht lange vor, denn eines Morgens kam Ludwig in Begleitung seines Vaters und der hatte an allem etwas auszusetzen. Hannes musste an sich halten, um dem missgelaunten Albrecht nicht zu widersprechen. Er hoffte dauernd, dass Ludwig dem Alten ins Wort fallen würde, doch der ließ die Tiraden mit gesenktem Kopf über sich ergehen.

»Du bist doch selbst Meister, warum lässt du dir dann das alles gefallen?«, wollte Hannes wissen, nachdem Albrecht gegangen war.

»Ich … ich weiß es selbst nicht«, stammelte Ludwig. »Immer wieder aufs Neue nehme ich mir vor, dem Alten endlich die Meinung zu sagen, aber sobald er vor mir steht, verlässt mich der Mut.«

Dabei war Ludwig alles andere als ein Hänfling. Er überragte Hannes um eine Handbreit und war auch in den Schultern deutlich breiter als der Geselle.

Das sind doch unhaltbare Zustände, dachte Hannes.

Ludwig war ein hervorragender Handwerker, wenn ihn jedoch sein Vater bei der Arbeit beobachtete, gelang ihm nichts mehr.

»Mittlerweile hasse ich ihn mehr als irgendetwas auf der Welt«, beichtete Ludwig.

Offenkundig hatte er großes Zutrauen zu Hannes gefasst.

»Was soll ich nur anstellen? Mein übermächtiger Vater hat mir eine Frau ausgesucht, die ich nicht liebe, und redet mir auch sonst in alle Belange des Lebens drein.«

»Was ist mit deiner Mutter, kann sie ihren Gatten nicht ein wenig beeinflussen?«

»Ha, ihr hat er den Hang zum Widerstand schon längst ausgetrieben. Auch zu Hause finde ich keine Unterstützung. Stell dir vor, anstatt mir zu helfen, nennt meine liebe Gattin mich immerzu einen Waschlappen. Es ist zum Verzweifeln.«

Der starke Mann begann beinahe zu flennen.

Trotz seiner glänzenden Zukunftsaussichten als wohlhabender und angesehener Bürger tat er Hannes leid. Just in diesem Moment stürmte der Alte wieder herein.

»Ich bezahle euch nicht fürs Schwatzen!«, war seine harsche Begrüßung.

Ludwig versuchte, ihn zu beschwichtigen.

»Wir haben nur kurz innegehalten, um …«

»Halts Maul. Du bringst diese Arbeit auch alleine zu Ende, der Geselle kommt mit mir.«

Ohne eine Antwort abzuwarten, rauschte der Meister wieder hinaus.

Ratlos zuckte Hannes mit den Schultern und packte sein Werkzeug zusammen.

Auf dem weitläufigen Münsterplatz stand der einachsige Karren des Meisters und an der langen Deichsel wartete ein gedrungener Mann, den Hannes bisher noch nicht gesehen hatte. Er harrte gespannt auf Degenhards Kommando.

Seiner zerschlissenen Kleidung nach zu urteilen, handelte es sich um einen der zahlreichen Tagelöhner, die sich die Meister bei einer Knappheit der Arbeitskräfte holten.

Es waren zumeist arme Bauern, die die zweifelhafte Freiheit der Stadt dem kargen Leben auf ihrer Scholle vorzogen.

Meister Albrecht hob und senkte seinen rechten Arm in einer fließenden Bewegung, woraufhin der Tagelöhner loslief. Auf dem Karren befanden sich einige mindestens 20 Fuß lange und mehr als oberschenkeldicke Rundhölzer sowie mehrere zweizolldicke Bohlen. Hannes wollte sich keine Blöße geben und so fragte er nicht, welche Art von Arbeit sie ausführen mussten. Angesichts des Materials konnte es eigentlich nur bedeuten, dass irgendwo ein Gerüst aufzustellen war.

»Halt!«, schrie Degenhard und blieb vor einem zweistöckigen Haus stehen, nachdem sie einige Gassen durchquert hatten.

»Zu welchem Zweck müssen wir hier ein Gerüst erstellen?«, wagte Hannes zu fragen.

»Was geht's dich an«, war die rüpelhafte Antwort.

Der Geselle konnte sich indes denken, was an diesem Haus gemacht werden würde.

Genauso wie in seiner Heimatstadt Reutlingen sowie in den Städten, in denen er bisher gearbeitet hatte, gab es auch in Freiburg noch einige mit Stroh gedeckte Dächer. Die Besitzer wurden vom Rat der Städte dazu gedrängt, das Stroh durch gebrannte Tonziegel zu ersetzen, um die immense Brandgefahr einzudämmen.

Degenhard erwies sich als stark wie ein Ochse. Während Hannes und der Tagelöhner den Stamm daran hinderten wegzurutschen, drückte der Meister das Rundholz so weit nach oben, bis es senkrecht stand.

Zu dritt war die Arbeit äußerst schweißtreibend und gefährlich.

Es kam erschwerend hinzu, dass der Meister eine unnötige Hektik verbreitete.

Nachdem jeweils zwei der langen Stangen mit Querhölzern verbunden waren, kam Hannes als daem Jüngsten und Flinkesten die Arbeit zu, die schweren Gerüstbohlen daraufzulegen.

Auf diese Weise schraubte sich das Gerüst Stockwerk für Stockwerk in die Höhe und Degenhard hatte sich nicht einmal die Mühe gemacht, seinen neuen Gesellen zu fragen, ob dieser schwindelfrei wäre.

Wahrscheinlich ist das eine Art Eignungstest, dachte Hannes, als er auf der obersten Gerüstlage stand und in die Tiefe blickte. Nun musste er nur noch eine Stange in Brüstungshöhe als Absturzsicherung anbringen. Eine Leiter, die aus mehreren zusammensteckbaren Elementen bestand, war gleichfalls mitgewachsen und Degenhard scheuchte den Tagelöhner ohne Unterlass hoch und runter.

Nachdem der arme Kerl wieder einmal hinuntereilen musste, rutschte er auf der drittletzten Sprosse aus und hüpfte das kurze Stück hinunter. Dabei kam er mit dem rechten Fuß zuerst am Boden an und fiel dann zur Seite weg, wo er schließlich stöhnend liegen blieb.

»Das darf doch nicht wahr sein! Steh sofort auf, du ungeschickter Lump.«

Mit schmerzverzerrtem Gesicht versuchte der Mann, wieder auf die Füße zu kommen, doch offenbar war er schwerer verletzt, als es zuerst den Anschein hatte.

Unter Wehklagen riss er sich den Bundschuh vom Fuß und Hannes wusste sofort, dass der Tagelöhner Hilfe brauchte. Ohne auf den zeternden Meister zu achten, hangelte er sich vom Gerüst herunter.

»Wir müssen nach einem Heilkundigen rufen!«, schrie der Geselle nach oben, nachdem er sich den immens geschwollenen Fuß angeschaut hatte.

»Papperlapapp, solche Faulenzer gibt es noch genügend.«

Meister Albrecht machte keinerlei Anstalten, herunterzukommen.

»Lass ihn liegen und gib mir das letzte Leiterstück hoch, wir müssen die Arbeit zügig fertigbringen.«

»Es ist unsere gute Christenpflicht, dem armen Kerl zu helfen.«

Hannes blieb hartnäckig.

»Was werden die Leute denken, wenn sie erfahren, dass der angesehene Meister Degenhard einem derart Verletzten die Hilfe verweigert«, versuchte es der Geselle auf eine andere Weise.

Tatsächlich nötigte der eventuelle Verlust seines Leumunds den Meister, sich herunterzubegeben, und sicherlich hatten die sofort herbeigeeilten Schaulustigen ihm seine Entscheidung leichter gemacht.

Gemeinsam hievten sie den wimmernden Mann auf den leeren Karren und Hannes konnte förmlich die Blitze in seinem Rücken spüren, die ihm Albrechts Augen hinterherschleuderten. Den greinenden Tagelöhner brachten sie in die Obhut eines wohlbekannten Baders, dem der Meister zähneknirschend einige Münzen in die Hand drückte.

»Ihr habt ein großes Herz, Herr Degenhard«, meinte der Verletzte zum Abschied.

Danach schickte der Meister Hannes los, um Ludwig zu holen, und zusammen beendeten die Männer den Gerüstaufbau ohne weitere Zwischenfälle.

Niedergeschlagen ging Hannes nach Feierabend zur Herberge und dachte daran, dass der Meister ihn am nächsten Tag aufgrund seiner Hilfeleistung für den Tagelöhner wohl hinauswerfen würde.

Degenhard nicht mehr sehen zu müssen, war bei Gott kein großer Verlust, doch sollte der ihn bei den anderen

Krautern schlechtmachen, würde Hannes in dieser Stadt keinen Fuß mehr auf den Boden bekommen.

Zudem berührte ihn das Schicksal Ludwigs, wenngleich dieser alt genug war, sich selbst zu helfen.

Beim Nachtmahl setzte sich Hannes alleine an einen Tisch und verzehrte missmutig einen sämigen Eintopf, der mit übelriechenden Fleischstückchen garniert war.

Das Brot, mit dem er das Mus auftunkte, war so hart, dass ihm dabei von einem Zahn ein Stück abbrach. Franz, der ehemalige Altgeselle, spürte instinktiv, dass den Gesellen etwas plagte, und setzte sich zu ihm.

Einsilbig beantwortete Hannes die Fragen und ging wenig später zu seinem Nachtlager. Oben angekommen, bereute er seine Unfreundlichkeit gegenüber Franz und nahm sich vor, am nächsten Tag dem alten Gesellen als Wiedergutmachung ein Bier zu spendieren.

Keine seiner Befürchtungen bewahrheiteten sich hingegen. Im Gegenteil, Meister Albrecht war für seine Verhältnisse beinahe freundlich und gab nicht etwa seinem Sohn Order für die zu bewältigende Arbeit, sondern dem Gesellen.

»Was ist eigentlich los mit deinem Vater?«, wollte Hannes von Ludwig wissen, nachdem sie alleine auf der Baustelle waren.

»Ich bin fest davon ausgegangen, dass er mich hochkant hinauswirft.«

Er hatte dem jungen Meister am gestrigen Tag von der Begebenheit mit dem Tagelöhner erzählt, worauf dieser dem Gesellen wenig Hoffnung auf Weiterbeschäftigung gemacht hatte.

»Es ist alles ganz anders gekommen, als ich gedacht habe. Die ganze Stadt spricht davon, dass mein Vater so völlig uneigennützig einem mittellosen Mann in einer schwierigen Lage geholfen hat. Albrecht Degenhard, der nur auf seinen eigenen Vorteil aus ist, wird schon als Samariter verehrt«, antwortete Ludwig hasserfüllt.

»Das überrascht mich jetzt aber.« Hannes war verblüfft. »Na ja, vielleicht ändert der Wohltäter sein Verhalten dir gegenüber ebenfalls.«

»Dieser Fall tritt bestimmt nicht ein. Das Problem zwischen uns ist die Tatsache, dass er mir überhaupt nichts zutraut. Genaugenommen hält mein Vater mich für den größten Schwachkopf«, entgegnete Ludwig resigniert.

»Du musst ihn vom Gegenteil überzeugen, und solange ich hier in Freiburg weile, will ich dich dabei unterstützen«, meinte Hannes bestimmt.

Eigentlich gehörte es nicht zu seinen Aufgaben, den Sohn seines Meisters wieder aufzurichten, doch erstens tat Ludwig ihm leid und zweitens konnte es nicht schaden, wenn dieser dem Gesellen gewogen war.

Wie wenn er es gehört hätte, dass über ihn gesprochen wurde, kam der alte Degenhard zur Tür herein.

»Hannes, du kommst mit mir zum Münster, wir müssen dort eine Kleinigkeit erledigen.«

Kopfschüttelnd legte der Geselle seinen Hammer nieder und folgte ihm, wobei er Mühe hatte, mit dem energisch dahinstürmenden Albrecht Schritt zu halten.

»Der genaue Ablauf der Geschichte mit diesem Tagelöhner bleibt unter uns, ist das klar?«

Hannes verstand die unverhohlene Drohung und nickte.

Gemeinsam betraten sie die Kirche durch das Hauptportal, dessen linker Flügel offen stand. Kurz vor dem Eingangstor blieb der Geselle einen Augenblick stehen und betrachtete mit Bewunderung das herrlich gearbeitete Tympanon.

Er nahm sich vor, irgendeinen Kirchendiener nach der Bedeutung der einzelnen Reliefbilder zu befragen, die von

Steinmetzen zu einer kunstvollen Einheit zusammengefügt worden waren.

Das Innere wurde beherrscht von mehreren Pfeilerbündeln, die beinahe spielerisch das gewaltige Gewicht des Münsters zu tragen schienen. Hannes' Auge wurde gleichfalls geblendet von den wunderschönen, mit filigranen Bildern bemalten Fenstern. Er musste dabei an einen Ausspruch seines geistlichen Freundes Bernhard denken. Dieser hatte die Offenbarung Johannes' zitiert, wo es hieß, dass die farbigen Fenster wie Edelsteine wirkten, die das irdische Licht in himmlisches verwandelten. Ehrfürchtig folgte Hannes dem Meister durch das imposante Kirchenschiff und weiter zum Anfang der Wendeltreppe, die in den hohen Turm hinaufführte. Albrecht Degenhard zeigte keinerlei Ermüdungserscheinungen, nachdem die beiden Handwerker zahllose Stufen emporgeklommen und vor einem Laufrad stehen geblieben waren.

»Hier sind einige morsche Bretter, die ausgewechselt werden müssen.«

Er deutete in das Innere des Rads und Hannes fühlte sich an Amsterdam erinnert.

Genauso wie in der Seestadt mittels der darin marschierenden Männer die Schiffe entladen wurden, gelangten hier Baumaterialien mit Hilfe von Umlenkrollen und einem starken Seil nach oben.

»Dort drüben habe ich die neuen Bohlen sowie Hammer und Nägel deponiert.

Pass aber auf, dass du keinen krumm schlägst, die sind sündhaft teuer.

Ich erwarte, dass du bis zum späten Nachmittag fertig bist«, befahl der Meister und verschwand.

Hannes machte sich sofort daran, das Laufrad zu begutachten.

Diese Arbeit kann ich gut bis zum Abend erledigen,

dachte der Geselle und entschloss sich, zuallererst den Glockenturm anzuschauen.

Er drückte sich die enge Wendeltreppe hinauf, wobei er an jedem der kleinen Fenster stehen blieb, um die atemraubende Sicht auf die Stadt und das Umland zu genießen.

Zum ersten Mal in seinem Leben stand er so direkt vor einer der riesigen Glocken, deren Geläut ihn seit frühester Kindheit begleitete.

»Na, Geselle, so was sieht man nicht alle Tage.«

Erschrocken drehte sich Hannes um und blickte in ein zerfurchtes Gesicht, das von einer großen Hakennase beherrscht wurde.

»Entschuldigung, ich … äh … ich wollte mir nur die Glocken einmal von Nahem anschauen. Ihr dürft jedoch nicht glauben, ich sei unerlaubt hier«, versuchte Hannes sich zu rechtfertigen. »Vielmehr bin ich von Meister Degenhard beauftragt, das Laufrad zu reparieren.«

»Schon gut, mein Junge, Neugierde ist keine Sünde, und da du schon hier bist, will ich dir die Funktionsweise meiner Lieblinge zeigen. Im Übrigen bin ich Gerhard, der Mesner des Münsters.«

Hannes stellte sich gleichfalls vor, während der Mann ihn bei der Hand nahm und durch das Glockengestühl führte.

Dabei erklärte Gerhard dem Gesellen, welches der Prachtstücke zu welcher Uhrzeit und zu welchem Anlass ertönen musste. Bei mehreren Zwischenfragen stellte Hannes fest, dass das Gehör des Mesners bei der Arbeit wohl ziemlich gelitten hatte.

»Zu jeder vollen Stunde muss mir jemand helfen, damit auch alle Glocken gleichzeitig ertönen.«

Hannes blieb noch so lange oben, um zu sehen, wie Gerhard sich mit seinem nicht unbeträchtlichen Gewicht an das mehrere Zoll dicke Seil hängte.

Der darauffolgende Lärm war infernalisch und Hannes beeilte sich, wieder zurück zu seiner Arbeit zu gehen.

Als er gerade damit beschäftigt war, die neuen Bretter anzunageln, kam der Mesner die Turmtreppe herunter und stellte sich zu dem Arbeiter.

Offenkundig hatte er nicht so oft Gelegenheit, sich mit jemandem zu unterhalten, denn er redete ohne Unterlass auf Hannes ein, wobei Hannes das Gefühl nicht loswurde, dass mit diesem Kirchenbediensteten etwas nicht stimmte.

Im ersten Moment wirkte Gerhard ziemlich einfältig, doch Hannes war sich nicht sicher, ob der Mesner ihm und seiner Umgebung lediglich etwas vorspielte.

Recht unsanft wurden sie danach aus ihrer Konversation gerissen, als der Meister in Begleitung eines Geistlichen wiederkam.

»Nun, Geselle, hast du deine Arbeit erledigt? Fürs Faulenzen habe ich dich nicht eingestellt.«

»Seid nicht so streng mit Eurem Handwerker, er kann sicherlich nichts dafür, Herr Degenhard. Diesem Einfaltspinsel von einem Mesner habe ich schon hundertmal gesagt, er soll die Männer nicht von ihrer Arbeit ablenken«, meinte der Priester und blickte nach oben, wie um göttlichen Beistand zu erflehen.

»Macht Euch nichts draus, Ihr Herren, ich bin eh gerade fertig.«

Mit voller Wucht ließ Hannes den Hammer auf den letzten Nagel niedersausen und verließ das käfigartige Laufrad. Der Priester besah sich kurz die vollendete Arbeit und fischte mehrere Münzen aus den Falten seiner Soutane.

»Hier habt Ihr den ausgemachten Werklohn, Meister Degenhard.«

Albrecht zählte das Geld nach und ließ es in seinen Beutel gleiten.

In diesem unbeobachteten Moment, als Meister und Geistlicher mit den finanziellen Dingen beschäftigt waren, spürte Hannes, wie der Mesner ihm einen Zettel in die Hand drückte. Der Geselle bückte sich, um seine Werkzeuge aufzunehmen, und schob das Papier in den Schaft seiner halbhohen Stiefel.

Wie schon beim Herkommen, verließ Degenhard das riesige Gotteshaus mit ausladenden Schritten, doch Hannes hatte sich darauf eingestellt und ging nur wenige Fuß hinterdrein. Gefolgt von seinem Gesellen, betrat Degenhard das halbfertige Kaufmannshaus, wo sein Sohn Ludwig gerade damit beschäftigt war, mit einem Beil Holznägel in bereits vorgebohrte Löcher einzuschlagen.

Mit diesen fingerdicken Holzstücken wurden Schlitz und Zapfen des Fachwerks fest miteinander verbunden.

Sobald der junge Meister seines Vaters ansichtig wurde, verfehlte er sein Ziel und der Holznagel zersplitterte.

»Der ist zu dumm, eine einfache Lehrlingsarbeit auszuführen!«, rief Albrecht geringschätzig und die anderen im Raum anwesenden Meister lachten herzhaft.

»Meint Ihr nicht, dass Ihr Euren Sohn ungerecht behandelt?«, wagte Hannes, dem jungen Meister beizustehen.

Degenhard wollte bereits lospoltern, besann sich aber ob der Anwesenheit der anderen Meister eines Besseren.

»Ludwig braucht eine harte Hand, die ihn führt. Ich bete jeden Tag zum Herrgott, dass er mich so lange als möglich am Leben erhält, damit ich auf diesen Nichtsnutz aufpassen kann. Außerdem hoffe ich darauf, dass er wenigstens in der Lage ist, einen Stammhalter zu zeugen, der anstelle von ihm dereinst das Geschäft übernehmen kann.«

Hannes war wie vor den Kopf geschlagen. Wie konnte ein Vater seinen Sohn derart erniedrigen! Bevor er das stattliche Haus wieder verließ, gab der Meister Hannes noch Anweisungen über die weiteren zu erledigenden Arbeiten.

Am liebsten hätte der Geselle angesichts dieser unhaltbaren Zustände gekündigt, doch ein weiteres Mal rief er sich in Erinnerung, dass er sowohl seinem Onkel als auch den inhaftierten Gesellen noch nützlich sein wollte.

In einem unbeaufsichtigten Moment ging er in einen der angrenzenden Räume.

Gehetzt blickte er sich um, als er den Zettel aus seinem Schuh herausnahm.

Hannes hatte Mühe, das Geschriebene zu entziffern, und erschrak, als er die darin enthaltene Botschaft realisierte.

KAPITEL 6

ALS GREGOR DAS KONTOR in der Krämergasse wieder betrat, traute er seinen Augen nicht. Auf Annas Gesicht hatten sich dunkle Schatten gelegt, augenscheinlich hatte die Trauer um ihren geliebten Vater sie noch nicht losgelassen.

»Gregor, Gott sei Dank, dass du wieder da bist.«

Die junge Kauffrau war aufgesprungen und fiel dem Advocatus in die Arme.

»Du bist mein starker Anker in diesem Meer der aufgewühlten Trauer«, meinte sie schluchzend, während Gregor krampfhaft versuchte, nicht daran zu denken, dass er schuld am Tod Burgwarts war. »Lass uns ein paar Schritte gehen, ich habe einiges mit dir zu bereden«, schlug Anna vor.

Sie verließen die Stadt durch das Gartentor und flanierten durch die Weinberge, die sich an der steilen Flanke der Achalm befanden.

»Der Zunftmeister der Kramerzunft hat mich neulich aufgesucht, um mir zu kondolieren. Dabei hat er mir unmissverständlich zu verstehen gegeben, dass ich die verzwickte Situation mit meinem Ehemann schnellstmöglich klären und mich danach umgehend wieder verheiraten solle.«

Gregor ließ sich seine Gefühle nicht anmerken, doch innerlich brodelte es in ihm.

Er musste Zeit gewinnen, damit er seinen Plan in die Tat umsetzen konnte, Anna einen Teil ihres Vermögens abzuluchsen, ohne sie ehelichen zu müssen.

»Hat nicht dein verstorbener Vater davon erzählt, dass er bereits mit maßgeblichen Leuten Kontakt aufgenommen hat, um deine Ehe zu annullieren?«

»Ja, das stimmt«, antwortete Anna.

»Dann wird es für mich ein Leichtes sein, diesen Faden wieder aufzunehmen. Wir werden in naher Zukunft eine Entscheidung in dieser leidigen Angelegenheit herbeiführen«, meinte Gregor mit einem überlegenen Grinsen. »Ich bin davon überzeugt, dass wir durch die weitreichenden Verbindungen deines Vaters Erfolg haben werden und endlich heiraten können.«

Nach diesen Worten war die Trauer aus Annas Gesicht gewichen und sie lächelte wieder.

»Wir werden die beiden Unternehmen zusammenlegen, und während ich mich um unsere Kinder kümmere, wirst du die Geschäfte führen, Gregor.«

Sie stiegen weiter bergan und kamen an die halbverfallene Hütte, in der sich Anna mit Hannes, ihrer Jugendliebe, verbotenerweise getroffen hatte.

Der Advocatus sah ihr tief in die Augen und erahnte ihre Gedanken.

Durch eine windschiefe Tür betraten sie den niedrigen Raum und Anna drückte sich leidenschaftlich an den gut aussehenden Adeligen.

»Lass uns hier den Bund fürs Leben besiegeln«, hauchte die bebende Frau, während sie sein Gesicht mit Küssen bedeckte.

Auenfeld erwiderte ihre Liebkosungen und half ihr behutsam aus den Kleidern.

Seine Zunge kreiste um ihre erregten Brustwarzen, bevor sie sich langsam abwärts bewegte und Annas Fraulichkeit schmeckte.

Wohliges Stöhnen war die Antwort und Gregor hatte es nun eilig, sich seiner Beinkleider zu entledigen und sein pulsierendes Glied zu suchen und fand ihren feuchten Schoß. Wenig später gingen Annas verzückte Schreie einher mit Gregors Ruf der Erlösung.

In stummer Eintracht lagen die beiden danach noch längere Zeit eng umschlungen auf dem mit morschen Brettern ausgelegten Hüttenboden.

»Das ist doch ein Zufall, in dieser Hütte hätte ich vor einigen Jahren beinahe meine Unschuld verloren«, meinte Anna mit einem feinen Lächeln, während ihre Hand zärtlich durch Gregors Haare strich.

Sie erzählte ihm von ihrer verbotenen Beziehung zu Hannes und der darauffolgenden Zwangsverheiratung.

»Jetzt fällt es mir ein, das ist doch der Schwager von Heinrich und Freund dieses Mönchs, der dich auf der Ebernburg befreien wollte, du hast mir schon mehrfach von ihm erzählt. Da muss ich ja richtig Angst haben, wenn der wieder nach Reutlingen zurückkehrt«, entgegnete Gregor mit gespielter Eifersucht.

»Ich habe mich für ein Leben mit dir entschieden, daran ändert niemand was.«

Verliebt sah die junge Kauffrau in Gregors Augen.

»Meinst du nicht, wir sollten langsam aufbrechen?«, zerstörte der Advocatus den Zauber des Augenblicks.

»Du hast recht, wir wollen doch nicht, dass uns einer in dieser Situation sieht«, entgegnete sie schelmisch.

In den nächsten Tagen ging es Anna zusehends besser, was mit daran lag, dass der Mann, den sie liebte, Tisch und Bett mit ihr teilte. Hätte sie hingegen gewusst, dass Gregor die Korrespondenz ihres Vaters mit den Kirchenoberen keineswegs so zielführend wieder aufnahm, wäre sie zumindest beunruhigt gewesen.

Da Anna den Briefverkehr nicht kontrollierte, fiel es niemandem groß auf, dass das Siegel des Antwortschreibens sich ein klein wenig von dem der früheren Nachrichten unterschied.

»Aber ich verstehe das nicht, mein Vater, Gott hab ihn selig, sprach doch davon, dass die leidige Sache rasch über die Bühne gehen würde«, meinte Anna überrascht, nachdem ihr Gregor den Brief der Kirchenbehörde vorgelesen hatte.

»Bestimmt hat der zuständige Magistrat gewechselt. Doch sei nicht traurig, in meinem nächsten Schreiben werde ich durchblicken lassen, dass die Kirche mit einer üppigen Spende rechnen kann, wenn der positive Bescheid zügig bei uns eintrifft.«

»Das ist eine hervorragende Idee, Gregor, und sicherlich im Sinne meines Vaters.«

Dieses Geld würde er persönlich in Empfang nehmen und auch den Geleitschutz für die Reise selbst aussuchen. Wehmütig dachte er an seinen Auftrag zurück, Anna aus der Gewalt von Strauchdieben zu befreien.

Damals hatte ihm Burgwart eine Eskorte aus Handwerkern zur Seite gestellt und nur mit viel Glück hatte es der Advocatus geschafft, wenigstens die Hälfte des Lösegelds in seine eigene Tasche zu stecken.

Die vermeintliche Spende für die Kirche würde ein gutes Zubrot sein zu den Beträgen, die er seit geraumer Zeit von Annas Reichtum für sich einstrich.

Das Spiel konnte er noch einige Zeit treiben, bevor er sich absetzte.

Einzig dieser Bantlein stellte ein Problem dar und Gregor musste deshalb bei seinen zweifelhaften Transaktionen auf der Hut sein.

Seiner geliebten Mutter hatte er bereits geschrieben, dass er auf dem besten Weg sei, sowohl das Anwesen als auch den Namen derer von Auenfeld zu neuen Höhen zu führen. Sein Vater würde nichts davon erfahren und die machtbewusste Frau würde zu gegebener Zeit dafür sorgen, dass sowohl der alte Ritter als auch Gregors Bruder keinen Einfluss mehr auf die Geschicke des Hauses haben würden.

»Heute Abend muss ich dich leider alleine lassen, Gregor.«

»Weshalb?«

»Die Kramerzunft hat mich zu ihrer Versammlung einbestellt und ich bin verpflichtet, dort hinzugehen, es sei denn, ich wäre schwer erkrankt. Sollte ich mich weigern, so müsste ich ein hohes Bußgeld bezahlen und beim zweiten unentschuldigten Fehlen könnte ich ausgeschlossen werden. Wie du weißt, sind die Zunftgesetze rigoros«, antwortete Anna mit ernster Miene, »dabei wäre es so schön, wenn du an meiner statt gehen könntest. Aber ich bin zuversichtlich, mein Lieber, dass wir bis zum Winter verheiratet sein werden, dann übergebe ich dir gerne diese leidige Pflicht.«

»Diese Aufgabe werde ich gerne übernehmen. Doch sag, bist du denn überhaupt nicht aufgeregt? Schließlich ist es deine erste Zunftversammlung und außerdem bist du meines Wissens die erste Frau überhaupt, der gestattet ist, daran teilzunehmen«, meinte der Advocatus und war ein wenig stolz auf Anna.

»Natürlich bin ich furchtbar aufgeregt und darf es mir nicht anmerken lassen. Beim ersten Anzeichen von Schwäche fallen sie über mich her, davon bin ich überzeugt«, gab Anna zu bedenken.

»Du wirst dich durchkämpfen, denn du bist eine mutige Frau, die sich wenig gefallen lässt.«

Dieses Kompliment war durchaus ernst gemeint.

»Liebster, du kennst mich, diese nach außen hin zur Schau getragene Selbstsicherheit überdeckt lediglich meine innere Angst zu scheitern.

Doch nun entschuldige mich, ich muss mich noch ein wenig zurechtmachen.«

Anna gab ihm zum Abschied einen Kuss und verließ das Kontor.

Neben ihrem Schlafzimmer war ein kleiner Raum abgetrennt worden, der ihr als Ankleidezimmer diente. Hier standen zwei schwere Truhen, in denen sie ihre Gewänder aufbewahrte. Nach kurzer Suche entschied sie sich für ein blaues Kleid, das nach der neuesten italienischen Mode geschnitten war, und dazu würde sie eine cremefarbene, perlenbestickte Haube tragen.

Anna nahm ihre Kleidungsstücke in den Arm und begab sich ins Badezimmer, wo die Magd bereits damit beschäftigt war, heißes Wasser in den Zuber zu gießen.

Nachdem Anna ihre Haare getrocknet hatte, legte sie ihr Gewand an und machte sich auf den Weg. Freundlich grüßte sie sämtliche Leute, die ihr entgegenkamen, ohne einen Standesunterschied zu machen.

Sie war sich darüber im Klaren, dass etliche Bürger sich hinter ihrem Rücken die Mäuler zerreißen würden über die elegant gekleidete Kauffrau, die im Begriff war, in eine absolute Männerdomäne einzudringen.

Etwa zur selben Zeit war Jakob Stechler von zu Hause

aufgebrochen und ging gemessenen Schrittes über den Marktplatz.

Trotz des dämmrigen Lichts erkannte er Anna, woraufhin der mittelgroße Mann seinen Gang beschleunigte und kurz vor der Kauffrau an dem prächtigen Haus anlangte.

»Seid gegrüßt, edle Dame.«

Stechler öffnete die Tür und bedeutete Anna einzutreten.

»Darf ich Euch den Weg zur Zunftstube weisen?«

Wie bereits bei ihrem Besuch damals bei Maria, als sie Stechler das erste Mal bewusst wahrnahm, hatte Anna ein ungutes Gefühl. Er wirkte irgendwie gehemmt in ihrer Gegenwart, was so gar nicht zu dem Bild des als selbstsicher und rücksichtslos bekannten Mannes passte.

Dennoch nahm sie sein Angebot dankend an, obgleich sie nicht das erste Mal in diesem Haus war, und folgte dem aufstrebenden Gewürzhändler.

»Das ist sehr freundlich von Euch, mein Herr.«

Der Raum, den sie nach Stechler betrat, erschien ihr noch prächtiger als seinerzeit bei ihrem Hochzeitsfest mit Kaspar Neumann, das ebenfalls in diesem Zimmer stattgefunden hatte. Damals war sie noch eine Spur aufgeregter gewesen und hatte keinen Blick gehabt für die kunstvollen Schnitzereien und Intarsienarbeiten.

»Darf ich Euch den Platz Eures Vaters zeigen, der nun leider verwaist ist?«

Der Zunftmeister persönlich war herangekommen und begrüßte die Tochter Gotthelf Burgwarts. Er ließ sich seinen Abscheu über die Entweihung der Zunftstube durch eine anwesende Frau nicht anmerken.

Die Bänke waren an den vier Wänden angebracht und jeder Sitzplatz durch eine Armlehne vom Nachbarn abgetrennt. Über dem Kopf jedes Zunftmitglieds befand sich eine Zeichnung des jeweiligen Familienwappens.

Nachdem die dröhnenden Glocken der Marienkirche die achte Stunde nach dem Mittag eingeläutet hatten, entzündete der Zunftmeister eine fingerlange Kerze.

Anna hatte sich bei Heinrich Klingner, ihrem befreundeten Zimmermann, ein wenig über die Zunftgesetze kundig gemacht und wusste deshalb, dass dies eine Galgenfrist für die verspätet eintreffenden Mitglieder war.

Sollte jemand erst kommen, nachdem die Kerze erloschen war, zog dies eine empfindliche Strafe nach sich. Tatsächlich huschten die letzten beiden Fehlenden herein, als der Stummel bereits zu zwei Dritteln abgebrannt war.

»Ist es wohl so fern am Tage, dass ich mag hegen und halten eine Morgensprache?«, fragte der Zunftmeister in die Runde.

»Dieweil die Sonne scheinet über Bäume, Berg und Tal, Gras und Laub, so möget Ihr wohl hegen und halten eine Morgensprache«, war die vielstimmige Antwort.

»Und was soll ich verbieten in dieser Morgensprache?«

»Hader und Zank, Scheltwort und Unlust zum ersten, andern und dritten Mal.«

»Liebe Mitglieder der Kramerzunft, ich möchte euch herzlich willkommen heißen zu dieser bis dato wohl ungewöhnlichsten Morgensprache. Ganz herzlich möchte ich Anna Neumann begrüßen, die Tochter unseres hochgeschätzten und leider viel zu früh verstorbenen Gotthelf Burgwart. Da sie außerdem die Ehegattin des flüchtigen Kaspar Neumann ist, hat sie gleich doppelt Grund, in unserer Mitte zu weilen. Diese für uns alle besonderen Umstände machen es erforderlich, dass zum ersten Mal in unserer Geschichte eine Frau bei einer Morgensprache anwesend ist. Anna hat mir jedoch versichert, dass sie dabei ist, ihre unglückselige Vermählung aufzulösen, um in naher Zukunft den adeligen Advocatus Gregor von Auenfeld zu heiraten. Dieser honorige Mann wird dann die beiden Handelsgesellschaften führen und in unserer Mitte den verwaisten Platz von Gotthelf Burgwart einnehmen.«

Die junge Kauffrau konnte es förmlich spüren, dass die Mitglieder dieses elitären Zirkels sie nur so lange dulden würden, bis sie endlich einen adäquaten Ehemann präsentieren würde.

Nur mühsam konnte sie eine passende Bemerkung unterdrücken, die besagte, dass sie als Frau ein Unternehmen genauso gut führen könnte wie etwa ihr verstorbener Vater oder ihr flüchtiger Ehemann.

Mit Rücksicht auf Gregor, der in Zukunft in diesem Gremium sitzen würde, verkniff sie sich diese Aussage.

»Ganz oben auf der Tagesordnung unserer turnusgemäßen Zusammenkunft steht zum wiederholten Male das leidige Thema ›Güte unserer Waren‹.«

Der Zunftmeister unterbrach seine Rede kurz, weil ein Raunen durch die Versammlung ging.

»Die meisten von uns handeln mit Tuchen und Gewürzen und genau bei diesen gab es erneut Beanstandungen. Wieder einmal hat unser Qualitätsprüfer unter hier angebotenen exotischen Gewürzen vergammelte Waren gefunden. Entweder sind sie auf dem Weg von Venedig nach Reutlingen verfault oder aber es wurden in der Lagunenstadt bereits minderwertige gekauft.«

Das Raunen ging in lautstarkes Protestieren über und beschwichtigend hob der Vorsteher seine Hände.

»Selbstverständlich möchte ich keinem von euch unterstellen, dass er vorsätzlich gehandelt hat. Trotzdem gebe ich einen wohlgemeinten Rat mit auf den Weg: Es ist unser aller guter Ruf, der bei solch offensichtlichen Mängeln leidet. Darum bitte ich euch inständig darum, meldet es mir, wenn euch ein Verstoß gegen die Regeln auffällt.«

Dieses Thema hatte eine heiße Diskussion zur Folge,

denn der Zunftmeister hatte nicht mehr und nicht weniger als zur Denunziation von Zunftgenossen aufgerufen.

Nachdem sich die Aufregung ein wenig gelegt hatte, ging der Vorsteher zum nächsten Punkt über.

»Wie ich das letzte Mal bereits erwähnt habe, ersucht mich der Bürgermeister ein ums andere Mal darum, dass wir als reiche Zunft einen größeren Betrag zur Stadtverteidigung beisteuern. Seit der inzwischen davongejagte Herzog Ulrich unsere Stadt überfallen hat, herrscht eine latente Angst in der Bevölkerung, dass sich solch ein Vorfall wiederholen könnte.«

Nach einem kurzen Disput war man sich darüber einig, eine beträchtliche Summe für eine bessere Bewaffnung sowie eine Aufstockung der Anzahl von Söldnern zu entrichten. Ohnehin versah kaum einer der anwesenden Kaufleute Dienst an dem ihnen zugeteilten Abschnitt der Stadtmauer, denn die meisten Kramer konnten es sich leisten, diese lästige Pflicht an bezahlte und kampferprobte Männer zu delegieren.

»Nun ist es an der Zeit, dass wir die Kleiderordnung überprüfen.«

Gegenseitig überprüften sich die Männer in dem durch Kerzenleuchter erhellten Raum. Von Heinrich wusste Anna, dass man zur Zunftversammlung immer tadellos gewandet erscheinen musste. Ein Loch in der Hose oder ein fehlender Knopf konnte gleichfalls eine drastische Strafe nach sich ziehen.

An diesem Abend indes gab sich keiner eine Blöße, wahrscheinlich auch deshalb, weil eine Frau anwesend war.

Weitere Punkte wurden abgehakt und als der Zunftmeister das letzte Thema ankündigte, war Anna erleichtert, denn bald schon konnte sie zu Gregor heimkehren.

»Zum Schluss möchte ich nochmals auf unsere verehrte Frau Neumann zurückkommen.«

Anna erschrak, sie hatte nicht damit gerechnet, ein weiteres Mal Gegenstand des heutigen Abends zu werden.

»Wie ich bereits eingangs erwähnt habe, empfinde ich für die Tochter meines alten Freundes, Gott hab ihn selig, größte Sympathie und entbiete ihr meine Hochachtung dafür, dass sie die bedeutenden Handelshäuser Burgwart und Neumann aus der durch den Tod der beiden Inhaber verursachten Malaise geführt hat. Ich bitte euch inständig darum, behandelt die junge Frau wie euresgleichen, bis sie durch ihren künftigen Ehemann abgelöst wird.«

»Das kann ja noch Monate dauern. Müssen wir so lange ein Frauenzimmer in unserer Mitte erdulden?«, fragte der hochgewachsene Stellvertreter des Zunftmeisters namens Baumann unduldsam und Anna hörte deutlich das zustimmende Gemurmel mehrerer Parteigänger Baumanns.

Vor diesem Tuchhändler musste sie sich vorsehen. Wahrscheinlich gab er Anna die Schuld am plötzlichen Herztod seines Freundes Balthasar Neumann, dessen Schwiegertochter Anna gewesen war.

Nun wusste sie genau, wie die meisten Männer hier von ihr dachten.

Der zunehmende Weingenuss tat ein Übriges und hatte die Zungen gelockert, doch sie würde sich nichts gefallen lassen.

Anna spürte, wie ihr Temperament drohte mit ihr durchzugehen, sollte noch einer etwas gegen sie sagen, würde Anna aufstehen und den Raum verlassen.

»Aber liebe Kollegen, seid doch nicht so ungerecht gegenüber dieser armen Frau.«

Es war Jakob Stechler, der Anna zu Hilfe kam, und sein Wort hatte offenbar Gewicht in dieser Runde, denn das Murren hörte schlagartig auf.

»Bedenkt, was diese junge Dame in jüngster Vergangenheit so alles mitgemacht hat. Ist es nicht so bei uns Tradition, dass die Witwe eines Zunftmitglieds nach dessen Tod ein Jahr und einen Tag Zeit hat, um einen Nachfolger für das Geschäft zu finden? Für diese Übergangszeit bestimmt die Zunft in der Regel einen fähigen Gesellen, der der Frau in dieser Zeit hilft, den Betrieb aufrechtzuerhalten. Bei Frau Neumann würde ich genauso verfahren. Wir geben ihr ein Jahr Zeit, ihre Ehe zu annullieren und einen neuen Gemahl zu finden. Ihr Kontorleiter Bantlein ist mir gut bekannt und wird ihr dabei helfen, die Geschäfte in Burgwarts Sinn weiterzuführen.«

Zustimmendes Gemurmel brandete auf, Stechler hatte offenkundig die richtigen Worte gewählt. Der Zunftmeister rief hernach zur Abstimmung und der Vorschlag des Gewürzhändlers wurde angenommen.

Bei genauerem Hinsehen hätte man ein feines, zufriedenes Grinsen in Stechlers sonst so ausdruckslosem Gesicht gesehen.

»Wie Ihr gehört habt, Anna, wurde der Vorschlag des Zunftgenossen akzeptiert. Seid Ihr gleichfalls damit einverstanden?«

Das rundliche Gesicht des Zunftmeisters wandte sich fragend der Kauffrau zu.

Anna musste nicht lange überlegen, denn durch diese Lösung hatte sie viel Zeit gewonnen. Einerseits war sie natürlich erbost darüber, dass sie das Geschäft nicht selbst weiterführen konnte, andererseits wusste sie um ihre Stellung als Frau.

Vielleicht kam es irgendwann anders, sodass das weibliche Geschlecht dem männlichen ebenbürtig sein würde, Anna glaubte indes nicht daran, dass sie diesen Tag noch erleben würde.

Wichtig war jetzt vor allem die Tatsache, dass sie und Gregor zwölf Monate Zeit hatten, ihre Angelegenheiten zu regeln.

»Ich danke Euch für den Aufschub, den Ihr mir gewährt, und verspreche Euch hiermit, dass in einem Jahr die Geschäfte von einem redlichen Mann geführt werden.«

Absichtlich betonte sie das Wort »Mann«, doch die kleine Anspielung wurde überhört.

Kaum hatte der Vorsteher das Schlusswort gesprochen, als Anna sich verabschieden wollte.

»Gewährt uns die Ehre und setzt Euch noch auf ein Glas Wein zu uns, denn Ihr seid nun für ein Jahr unser geschätztes Mitglied«, säuselte der Zunftmeister, von dem Anna wusste, dass er bei ihrem Vater, also de facto bei ihr, ziemlich in der Kreide stand.

Die junge Frau nickte und schloss sich den Zunftgenossen an, die sich in den Gastraum des Hauses begaben. Sie nahm an der langen Tafel Platz und registrierte aufmerksam, dass sich Jakob Stechler gezielt ihr gegenüber auf die andere Seite des Tisches setzte. Der Gewürzhändler schien seine anfängliche Scheu verloren zu haben und musterte sie unverhohlen mit seinen ungewöhnlich hellen Augen.

Eigentlich müsste Anna ihm für seine Hilfe bei der Versammlung dankbar sein, doch irgendetwas an seiner Person stieß sie ab.

Vielleicht lag es einfach nur daran, dass der jungen Kauffrau bei seinem Anblick immer seine verstorbene Gemahlin in den Sinn kam, die sich auf so schreckliche Weise selbst entleibt hatte.

Jäh kam Anna ein furchtbarer Gedanke. Sah Stechler in ihr etwa eine potenzielle Nachfolgerin? Sofort verwarf sie diesen Gedanken wieder, schließlich musste der Kaufherr wissen, dass sie mit Gregor von Auenfeld ihren künftigen Ehemann bereits gefunden hatte. Trotz ihrer Vorbehalte unterhielt sich Anna mit Stechler und musste sich eingestehen, dass der Mann ein profundes Fachwissen aufwies.

Sie hingegen musste sich in das Gebiet des Gewürzhandels, welches sehr hohe Rendite abwarf, wie sie aus den Büchern ihres Vaters erfahren hatte, noch gründlich einarbeiten.

»Doch nun entschuldigt mich, Ihr Herren, ich bin furchtbar müde«, meinte Anna und gähnte, nachdem sie sich mehr als eine Stunde mit ihren Tischnachbarn unterhalten hatte.

Es rissen sich sogleich mehrere Männer darum, die Kauffrau nach Hause begleiten zu dürfen. Kokett nahm sie das Angebot eines älteren Tuchhändlers an, der in ihrer unmittelbaren Nachbarschaft wohnte.

Mittlerweile hatte sie den Männern ihre ablehnende Haltung verziehen, sie reagierten lediglich ihrem jahrhundertealten Standesdenken gemäß und Anna wusste nur zu gut, dass es ihr niemals erlaubt werden würde, das Geschäft zu führen, so gern sie es auch getan hätte.

Beim Hinausgehen gewahrte sie wieder einen eigentümlichen Blick von Jakob Stechler, der ihr unter die Haut ging.

Vor ihrem Haus angekommen, verabschiedete sich der umgängliche Mann und Anna trat ein. Sie traf Gregor noch im Studierzimmer an, das sie sich so ähnlich eingerichtet hatte, wie sie es während ihres Aufenthalts auf der Ebernburg gesehen hatte.

Auf einem von der Decke hängenden Wagenrad waren zahlreiche Kerzen angebracht, sodass man selbst nach Einbruch der Dunkelheit noch einigermaßen gut lesen konnte.

»Guten Abend, Gregor.«

Der Advocatus blickte von seiner Lektüre auf.

»Wie ich sehe, bist du guten Muts, es kann also nicht so schlimm gewesen sein.«

Auenfeld war keineswegs so ruhig, wie er sich gab, denn sollte der Kauffrau sofort untersagt worden sein, ihre Geschäfte weiterzuführen, so wären auch seine eigenen Pläne gescheitert.

»Es hätte schlimmer ausgehen können, wenn nicht dieser undurchsichtige Stechler Partei für mich ergriffen hätte. Sei es drum, wir haben vom heutigen Tag an ein Jahr Zeit, unsere Angelegenheiten zu regeln und zu heiraten«, sagte Anna strahlend.

»Das ist allerdings eine gute Nachricht«, entgegnete Gregor erleichtert und schloss Anna fest in die Arme.

Sie verharrten eine Zeit lang eng umschlungen, bevor die junge Frau sich langsam von ihm löste und den Raum verließ.

Sorgsam löschte Gregor die Kerzen und folgte ihr ins Schlafgemach.

Er dachte grinsend an die zwölf Monate, die ihm blieben, um sich noch ein Stück von Annas Reichtum zu nehmen. Dabei hatte er durchaus hin und wieder damit geliebäugelt, die attraktive und vermögende Kauffrau zu ehelichen.

Doch ein paar Tage nach dem plötzlichen Tod von Annas Vater hatte er bei seinem Hauswirt in Tübingen einen versiegelten Brief seiner Mutter vorgefunden.

Darin stand, dass die ehrgeizige Frau für ihren Lieblingssohn eine gute Partie gefunden hatte. Es handelte sich dabei um ein Mädchen aus einem alten und einflussreichen Geschlecht.

Der einzige Haken dabei war, dass die Eltern der jungen Frau aufgrund des verfallenen Zustands der Burg skeptisch ob der finanziellen Lage derer von Auenfeld waren. Die Mitgift wurde zwar von den Brauteltern bezahlt, doch diese wollten ihr Kind keineswegs einem verarmten Adeligen anvertrauen.

Gregor schrieb seiner Mutter zurück, dass sie sich keine Sorgen zu machen brauche und er binnen Jahresfrist einen Geldbetrag besitzen würde, der seine zukünftigen Schwiegereltern mehr als zufriedenstellen würde.

Seither hatte Auenfeld bereits mehrfach bei Geschäften

einen beträchtlichen Obolus für sich abgezweigt, ohne dass Anna oder ihr Kontorleiter etwas gemerkt hatten.

Seinem erklärten Ziel, dem Namen seiner Vorfahren zu neuer Blüte zu verhelfen, war er zum Greifen nah.

Unmittelbar nachdem Anna die Versammlung verlassen hatte, machte sich auch Jakob Stechler auf den Heimweg. In seinem stattlichen Haus unweit des Marktplatzes, das er gemeinsam mit seiner Mutter und drei Bediensteten bewohnte, brannte noch Licht. Stechler dachte kurz daran, dass er sich im Grunde ganz wohl fühlte in dem Gebäude, das seine Familie bereits seit Generationen bewohnte.

Gewiss, seine Mutter mochte den Dienstboten gegenüber bisweilen etwas herrisch auftreten und die Tatsache, dass es keine länger als drei Monate bei ihnen aushielt, war nicht zu leugnen. Bei genauerem Nachdenken musste er sich auch eingestehen, dass seine verstorbene Gemahlin wohl ein wenig unter der dominanten Schwiegermutter gelitten hatte.

Doch das ließ er nicht gelten, seine erste Frau war einfach zu schwach gewesen und keineswegs war seine Mutter daran schuld, dass diese den Freitod gewählt hatte.

Dass Agnes Stechler auch ihren Sohn beherrschte, wäre Jakob jedenfalls nie in den Sinn gekommen. Was ihm indes zu schaffen machte, war das Fehlen eines Stammhalters, denn Kinder hatte seine frühere Frau ihm keine geschenkt.

Mittlerweile war er jedoch wieder auf Freiersfüßen, denn das Trauerjahr war seit geraumer Zeit vorüber. Jakob hatte bei mehreren Zunftgenossen vorgefühlt, ob deren Töchter im heiratsfähigen Alter noch zu haben waren.

Emotionen waren ihm dabei eher hinderlich gewesen, bis zu dem Tag, an dem er Anna Neumann bei der Heilerin angetroffen hatte.

Ursprünglich hatte er nur die Frau begutachten wollen, Maria, die in letzter Zeit häufig mit Pfarrer Alber zusammen gesehen worden war. Deshalb hatte er die Heilkundige selbst aufgesucht und keine Dienstmagd geschickt.

Bis heute konnte sich Jakob nicht erklären, warum ihm beim Anblick der hübschen und selbstbewussten Anna die Sprache weggeblieben war.

Er konnte sich nicht erinnern, dass ihm so etwas schon einmal passiert wäre.

»Nun, mein Junge, habt ihr das Frauenzimmer in die Schranken verwiesen?«

Offenbar war Agnes Stechler extra länger aufgeblieben, um zu erfahren, wie mit Anna Neumann umgesprungen worden war.

Sie war durchaus eine imposante Erscheinung, beinahe so groß wie ihr Sohn und dabei deutlich korpulenter.

»Ein Jahr hat sie Zeit, um sich zu verheiraten«, antwortete Jakob, ohne auf den verächtlichen Ton einzugehen.

Es war das erste Mal, dass er ihr nicht alles erzählte. Etwa dass er es war, der Anna Neumann zur Seite gestanden war.

Was durchaus verwunderlich war, denn Jakob war durch und durch geprägt von der dominanten Mutter. Bereits bei seinem Vater war es so gewesen, dass der Händler nach außen hin zwar der Haushaltsvorstand war, doch hinter vorgehaltener Hand in der ganzen Stadt gelästert wurde, dass sicherlich nicht er es war, der im Hause Stechler das Regiment führte.

Nach dem frühen Ableben des Seniors hatte Jakob den Gewürzhandel weitergeführt, wenn auch anfangs noch stark von Agnes gelenkt.

»Ich gehe zu Bett und wünsche dir eine angenehme Nachtruhe.«

Ein wenig verblüfft starrte sie ihm hinterher, denn so kurz angebunden war er sonst nie.

Sie wünschte ihm ebenfalls eine gute Nacht und beschloss, ihrem Sohn am nächsten Tag auf den Zahn zu fühlen.

Jakob lag danach ruhelos in seinem Bett und überlegte sich die nächsten Schritte, um sowohl Anna als auch ihr Erbe zu gewinnen.

Am darauffolgenden Sonntag war der Gottesdienst in der riesigen Marienkirche wie fast immer sehr gut besucht, was mit daran lag, dass Matthäus Alber sich nicht hatte davon abbringen lassen, die Messe weiterhin im Sinne Luthers zu zelebrieren.

Selbst die Geistlichen der verschiedenen anderen Kirchen und Pfleghöfe waren beinahe ausnahmslos erschienen und lauschten der gut verständlichen Predigt.

Und so hingen nahezu sämtliche Kirchgänger an den Lippen des eloquenten Priesters. Lediglich eine kleine Gruppe der Kramerzunft um den einflussreichen Jakob Stechler blickte grimmig drein.

Seiner eigenen Ansicht nach hatte der Gewürzhändler auch allen Grund dazu, denn von einem befreundeten Kaufherrn aus Tübingen hatte er schlimme Kunde erfahren.

Aufgeregt hatte ihm der Mann berichtet, dass Erzherzog Ferdinand, ein Bruder des Kaisers und derzeitiger Herrscher in Württemberg, plante, den Handel sowie den Verkehr von und nach Reutlingen zu unterbinden, wenn dem ketzerischen Treiben Albers nicht endlich Einhalt geboten werden würde.

Mit seinen Getreuen suchte er fieberhaft nach einer Möglichkeit, den Geistlichen in seine Schranken zu weisen und zum Schweigen zu bringen.

Doch Stechler wusste sehr wohl, dass er dabei sehr vorsichtig zu Werke gehen musste, denn ihm war durchaus bekannt, dass sowohl sämtliche Zünfte als auch die überwiegende Mehrheit der Bürger bedingungslos hinter dem Pfarrer standen.

Die einzige Möglichkeit wäre, den Ruf Albers endgültig zu ruinieren.

Zu diesem Zweck wollte Stechler die rätselhafte Beziehung Albers mit der Hebamme durchleuchten und gegebenenfalls offenlegen.

Von derlei Umtrieben ahnte der Geistliche nichts, nachdem er den Gottesdienst beendet hatte. Im Gegenteil, er freute sich auf das gemeinsame Mittagessen, zu dem ihn Maria eingeladen hatte.

Als er das Mettmannstor durchschritt und danach das kleine Häuschen der Heilerin aufsuchte, war sich Matthäus nicht der geringsten Schuld bewusst.

Der gutgenährte Diener Gottes glaubte sowieso nicht daran, dass der Zölibat noch lange Bestand haben würde.

Aus Melanchtons Worten, mit dem Matthäus nach wie vor regen Kontakt hatte, schloss er, dass selbst Martinus Luther nicht grundsätzlich abgeneigt war, irgendwann zu heiraten.

Seit jenem denkwürdigen Besuch im Gefängnis, als er die zusammen mit der Kauffrau Anna Neumann des versuchten Mordes angeklagte Heilerin besucht hatte, war er von der unkonventionellen Frau angetan.

Anfangs hatte er sie insgeheim noch als Kräuterhexe bezeichnet, doch inzwischen konnte er sich durchaus vorstellen, Maria um ihre Hand zu bitten.

Doch so weit waren die kirchlichen Reformen noch nicht gediehen, dass dieses so einfach möglich gewesen wäre.

Es ist auch in dieser Form ganz angenehm, dachte Matthäus, als er kurz an die Tür klopfte und dann eintrat.

Hätte sich der arglose Kirchenmann einmal umgedreht, so wäre ihm die Gestalt des ihn verfolgenden Kaufherrn sicherlich aufgefallen. Kurz vorher war Jakob Stechler mit einer lapidaren Entschuldigung aus einer beieinanderstehenden Gruppe ausgeschert. Über einen kleinen Umweg war er zum Mettmannstor geeilt, wo er den fröhlich pfeifenden Geistlichen abpasste und ihm folgte.

Die Zeit hatte Stechler gut gewählt, denn die Männer waren nach dem Gottesdienst in die umliegenden Schenken geeilt und die Frauen nach Hause, sodass ihm kaum jemand begegnete. Es hätte auch einiger Erklärung bedurft, wenn jemand den honorigen Bürger in der Nähe des Frauenhauses, das sich in der Mettmannsvorstadt befand, gesehen hätte. Nachdem er dem Torwächter ein kleines Schweigegeld gegeben hatte und somit beinahe unerkannt die Stadt erreichte, beschloss Jakob, dass er für künftige Erkundigungen jemanden beauftragen würde.

»Wird deine Haushälterin nicht enttäuscht sein, wenn du zum Mittagsmahl nicht nach Hause kommst, Matthäus?«, fragte Maria mit einem leicht spöttischen Unterton.

»Keine Angst, ich habe sie darüber informiert, dass ich heute auswärts esse. Natürlich war sie nicht begeistert, doch trotz allem bin ich nicht mit ihr verheiratet.«

Die Heilerin musste lachen ob des Wortspiels und steckte den Priester an.

Matthäus kam dabei in den Sinn, wie sehr er es genoss, mit dieser Frau zusammen zu sein. Sie war intelligent und durch die Jahre, die sie in einem Nonnenkloster verbracht hatte, auch sehr gebildet. Es war immer wieder aufs Neue interessant, mit Maria über die Lage der Mutter Kirche sowie über die des Kaiserreichs zu disputieren.

»Ich fürchte, dass du zu sorglos bist«, bemerkte die Hebamme, als die beiden bei Tisch saßen und ein geschmortes Kaninchen verzehrten.

Maria hatte das Tier von einem überglücklichen Jagdpächter bekommen, dessen Frau sie dabei geholfen hatte, einen Stammhalter auf die Welt zu bringen.

»Und du siehst die Situation vielleicht ein wenig zu schwarz. Denn meine Position in der Stadt ist so gefestigt wie noch nie. Von allen Zünften bekomme ich Zuspruch und außerdem kann niemand mehr die von Luther und Melanchton begonnene Erneuerung der Kirche aufhalten. Seit der Wittenberger die Heilige Schrift in die deutsche Sprache übersetzt hat und jedermann somit den Inhalt verstehen kann, wollen die Gläubigen, die es einmal anders erlebt haben, nicht mehr zurück zur früheren Gestaltung der Heiligen Messe. Ich bin felsenfest davon überzeugt, dass es Gottes Wille ist, die Kirche zu erneuern, und dass er uns Martinus Luther geschickt hat, wenngleich der Papst das Gegenteil behauptet«, ereiferte sich der Pfarrer.

»Vermutlich hast du recht. Es ist sicherlich nicht im Sinne Jesu Christi, dass die Kirchenfürsten in Saus und Braus leben, während der gemeine Mann nicht weiß, wie er seine Familie ernähren soll. Nur zu gut verstehe ich es, wenn immer mehr Bauern und arme Leute sich zusammenrotten und zu Aufrührern werden«, gab die Heilerin zu bedenken.

»Womit wir wieder bei unserem Streitthema gelandet wären. Ich kann es nicht befürworten, wenn Gewalt zum Mittel des Zwecks wird. Weder bei der einen noch der anderen Seite. Der Herr hat die Obrigkeit dafür geschaffen, gerecht über uns zu herrschen. Tut sie das nicht, so wird er sie dafür richten. Ich kann deswegen alle nur warnen, die meinen, das Gesetz selbst in die Hand nehmen zu müssen. Denn wer zum Schwert greift, wird durch das Schwert umkommen.«

»Du weißt, dass ich in diesem Punkt anderer Ansicht bin. Wenn man einen Hund immer wieder schlägt und erniedrigt, beißt er irgendwann zurück. Doch lass uns nun von erfreulicheren Dingen reden und uns diesen schönen Tag nicht durch Streitereien verderben«, beschwichtigte ihn Maria, während sie die Teller und die Reste des Mittagessens abtrug.

»Du hast recht, lass uns nachher doch noch ein wenig an der Echaz entlanggehen.«

Die hagere Frau nickte zustimmend.

Es wäre ihr zwar niemals in den Sinn gekommen, den Priester innerhalb der Mauern zu begleiten, doch außerhalb der Stadt hatte sie keine Bedenken.

Die beiden waren kaum eine Meile in Richtung des Dorfes Betzingen gewandert, als Maria ein Ausruf der Freude entschlüpfte.

»Anna, welch eine Freude!«

Die Heilerin eilte zu der entgegenkommenden Kauffrau und die zwei Freundinnen umarmten einander herzlich.

»Seid ebenfalls gegrüßt, Gregor. Ich muss schon sagen, ihr gebt ein schönes Paar ab.«

»Danke für die Blumen«, meinte der Advocatus lächelnd und reichte erst Alber und danach Maria die Hand. »Eure Predigt am Vormittag hat mir sehr gut gefallen, dabei muss ich zu meiner Schande gestehen, dass ich erst das dritte Mal das Vergnügen hatte, Euch zu lauschen. In der Regel besuche ich die sonntägliche Messe in Tübingen, die sich in ihrer Ausführung jedoch grundlegend von der Euren unterscheidet. Wir haben uns ja bereits bei einer früheren Gelegenheit darüber unterhalten, dass Eure Form, den Gottesdienst zu zelebrieren, gelinde gesagt außergewöhnlich ist«, meinte Gregor anerkennend und dachte insgeheim, dass es Alber über kurz oder lang den Kragen kosten dürfte.

Freudig begann Anna dann von ihrer ersten Zunftversammlung und dem einen Jahr Galgenfrist, das man ihr gewährt hatte, zu erzählen.

Nachdem sie sich nach einer Weile wieder voneinander verabschieden wollten, kam ein weiteres ungewöhnliches Paar herangeschritten.

»Gott zum Gruße«, meinte Jakob Stechler und nahm kurz seine Kappe ab.

Seine resolute Mutter, die ihn begleitete, ignorierte sowohl Anna und Gregor als auch die Heilerin. Lediglich dem Gottesmann schenkte sie ein leichtes Nicken.

Während Agnes Stechler danach ihren Weg unbeirrt weiterging, wandte sich der Gewürzhändler an Gregor.

»Es ist gut, dass ich Euch treffe, Herr von Auenfeld. Entschuldigt vielmals, dass ich am heiligen Sonntag mit geschäftlichen Dingen daherkomme, doch ich dachte, ich nutze die seltene Gelegenheit, Euch zu sehen. Der Ruf Eurer juristischen Fähigkeiten eilt Euch voraus, deshalb würde es mich freuen, wenn Ihr mich morgen in meinem Kontor aufsuchen würdet, um mich in einer rechtlich schwierigen Angelegenheit zu beraten. Es soll nicht zu Eurem Schaden sein.«

»Das ehrt mich«, antwortete Gregor geschmeichelt. »Selbstverständlich suche ich Euch auf. Du hast doch nichts dagegen, Anna, wenn ich der Konkurrenz ein wenig helfe?«

Die junge Kauffrau schüttelte den Kopf.

»Also dann bis morgen, Herr Advocatus. Ich wünsche euch allen noch einen schönen Tag.«

Bevor Stechler seiner Mutter folgte, schenkte er Anna einen Blick aus seinen wasserblauen Augen, der sie nachdenklich stimmte.

Gregor hingegen dachte frohgemut an das Angebot des einflussreichen Händlers und freute sich auf eine weitere Einnahmequelle.

KAPITEL 7

»Martin Fritz« war in krakeliger Schrift auf den Zettel gekritzelt.

Der Name seines Vaters genügte Hannes, um zu wissen, dass der Mesner als Kontaktperson zu seinem Oheim ausgewählt worden war.

Hannes beschloss daher, nach der Messe mit Gerhard zu reden.

Gemeinsam mit dem Meisterehepaar sowie Ludwig und dessen Gattin Caroline machte er sich am darauffolgenden Sonntag auf den Weg in das erhabene Münster.

Der Bischof persönlich hielt den Gottesdienst ab und der Geselle musste sich eingestehen, dass es eine ergreifende Zelebrierung war, obgleich er von der lateinischen Litanei nichts verstand.

Nachdem der hohe Geistliche geendet hatte, blieb Hannes noch bei Ludwig und dessen hübscher Frau stehen. Sie unterhielten sich über belanglose Dinge, als Albrecht Degenhard herantrat.

»Da verstehen sich zwei aber gut. Du kannst meinem Taugenichts von Sohn ja zu Hause auch aushelfen, Geselle, vielleicht klappt es dann endlich mit dem Stammhalter!«, rief Ludwigs Vater hämisch und scherte sich auch nicht darum, dass die blamable Äußerung von den Umstehenden mitgehört wurde.

Caroline lief rot an, stapfte zornig mit dem Fuß auf und rauschte davon.

Ihr Gatte versuchte, etwas zu entgegnen, brachte jedoch nur ein Stottern zustande.

»Ich bin lediglich als Zimmermann eingestellt und bin überzeugt, dass Euer Sohn seine Hausaufgaben sehr gut alleine bewältigen kann«, entgegnete Hannes schlagfertig und versuchte so, die Situation zu retten.

»Das wage ich zu bezweifeln«, höhnte Albrecht und folgte einer Gruppe von Meistern in ein nahe gelegenes Gasthaus.

Ludwig lief derweil seiner Frau hinterher und Hannes hörte noch, wie sie rief: »Lass mich bloß zufrieden!«

Mit hängenden Schultern kam der Meistersohn zurück und blieb bei dem wartenden Hannes stehen.

»Willst du mich zu einer Schenke begleiten? Ich habe fürchterlichen Durst«, schlug der Geselle vor.

»Du kannst alleine irgendwo hingehen, mir ist die Lust dazu vergangen. Denn glaube mir, egal wo ich einkehre, haben die Leute nur Hohn und Spott für mich übrig.«

»Ach woher, wir suchen uns ein Gasthaus in einer der ärmeren Gegenden.«

Nach kurzer Überzeugungsarbeit willigte Ludwig schließlich ein.

Als die beiden sich dann in Richtung des Schlossberges bewegten, fiel Hannes auf, dass die Häuser immer baufälliger wurden, je weiter sie sich vom Zentrum Freiburgs entfernten.

Der Jungmeister erzählte Hannes ein wenig aus der wechselhaften Geschichte der Stadt, dabei bemerkte keiner von ihnen, dass sie verfolgt wurden.

In der unmittelbaren Nähe der Stadtmauer, wo sie schließlich anlangten, wohnten die Ausgestoßenen der Gemeinde, Tagelöhner, Bettler und unehrliche Handwerker, allesamt Menschen, mit denen kein ehrbarer Bürger etwas zu tun haben wollte.

Inmitten eines Ensembles von aneinanderstehenden Häusern, die sich gegenseitig Halt zu geben schienen, ragte aus einem so etwas wie ein Wirtshausschild heraus.

»Willst du wirklich mit mir da hineingehen?«, fragte der Geselle, der selber nicht zum ersten Mal mit den Randgruppen einer Stadt in Berührung trat, skeptisch.

Er betrachtete seinen gut gekleideten Begleiter, dessen Vater zudem ein Mitglied des Stadtrates war, und dachte, dass dieser hier mit Sicherheit fehl am Platze war.

»Ich habe dir doch vorhin bereits gesagt, dass ich mich sonst nirgends mehr blicken lassen kann. Hier kennt mich wenigstens niemand und macht sich über mich lustig.«

Durch eine Tür, die nur noch notdürftig in den Angeln hing, betraten sie einen düsteren, von wenigen Talglichtern erleuchteten Raum.

Die Tische des Schankraumes standen auf gewachsenem Boden und waren besetzt von zerlumpten Gestalten, die die zwei Neuankömmlinge misstrauisch beäugten.

Hannes hatte das Gefühl, einigen von ihnen in der Innenstadt schon einmal begegnet zu sein. Es kursierten Gerüchte darüber, dass manche der Blinden sehr wohl in der Lage waren, ihre erbettelten Münzen zu zählen, oder über jene Einbeinigen, die bei abendlichen Gelagen munter beide Tanzbeine schwangen.

Mit Sicherheit trieben einige der scheinbar Bedürftigen mit ihren Gönnern Schindluder; dass es indes in den Städten, die der junge Geselle bisher bereist hatte, sehr große Armut gab, war unbestritten.

Auf einer Sitzbank waren noch zwei Handbreit Platz und Hannes drängte die Männer, ein wenig zusammenzurücken, wenngleich ihm nicht wohl dabei war.

»Oho, was treibt solch feine Herrschaften in unsere bescheidene Gegend?«, fragte ein hartgesichtiger Kerl grinsend.

»Das Bier in dieser Schenke soll ganz gut schmecken, außerdem wurde uns gesagt, dass man hier einem guten

Spiel nicht abgeneigt sei«, entgegnete Hannes schnell, bevor der trübsinnige Jungmeister etwas Falsches sagen konnte.

»Da hast du wohl recht, Geselle.«

Der Mann, der offenkundig dem Bettelgewerbe nachging, zauberte blitzschnell drei Knochenwürfel aus seinen an ihm herabhängenden Lumpen.

Gleichzeitig wurden von einer schmierigen Magd zwei große Becher mit Gerstensaft gebracht. Während Hannes dann einen kräftigen Schluck nahm, sah Ludwig angewidert auf das dreckige Gefäß, bevor auch er daraus trank.

»Dann wollen wir mal ein kleines Spielchen beginnen, ich hoffe, eure Geldkatzen sind gut gefüllt, ha, ha.«

Der Bettler warf die Würfel auf den speckigen Tisch, zählte die Anzahl der Augen und gab sie an Ludwig weiter, der seinerseits sein Glück versuchte.

Anfangs gewannen die beiden Zimmerleute, als um niedrige Einsätze gespielt wurde.

Dabei wurde Ludwig mit zunehmendem Biergenuss fröhlicher und schien seine trostlose Situation für den Moment zu vergessen.

»Ihr scheint mir zwei ausgesprochene Glückspilze zu sein«, flachste der Bettler und prostete seinen Mitspielern zu.

Just in diesem Moment entglitt ihm der Becher und knallte samt Inhalt auf den Boden. Theatralisch versuchte er, das Behältnis aufzufangen, wodurch die Handwerker so abgelenkt waren, dass weder Hannes noch Ludwig bemerkten, wie er die Würfel austauschte.

»Bring mir ein neues Bier, Wirt, deine Becher sind zu glitschig.«

Von diesem Moment an wendete sich das Blatt und sowohl Hannes als auch Ludwig verloren auf einmal jedes Spiel. Der Geselle stieg irgendwann aus, doch der Jungmeister forderte ein ums andere Mal Revanche.

»Nun habe ich keinen Heller mehr!«, schrie Ludwig nach geraumer Zeit und knallte seinen leeren Beutel auf den Tisch.

»Dann lass uns um deine schönen Kleider spielen«, entgegnete der Bettelmann gehässig.

»In Ordnung, dazu nehmen wir aber neue Würfel.«

Plötzlich erstarben alle Gespräche.

»Soll das etwa heißen, dass ich dich bescheißen will?«

Ein gefährliches Knistern war zu spüren und Hannes bezweifelte, dass sie unbeschadet hier herauskommen würden.

»Es ist immerhin auffällig, dass wir beim Spiel um kleine Einsätze dauernd gewinnen und danach, als es um höhere Beträge geht, nur noch verlieren.«

Ludwig war nun nicht mehr vergleichbar mit dem Duckmäuser, der er im Beisein seines übermächtigen Vaters war.

Ganz im Gegenteil war er hier offenbar nicht bereit, klein beizugeben.

»Ich fürchte, ihr zwei Traumtänzer verkennt die Lage, in der ihr euch befindet.«

Die Stimme des hageren Bettlers war bedrohlich leise und nun wandten sich die anderen Gäste gleichfalls den Handwerkern zu.

»Leg dein gefüttertes Wams und deine prächtige Kniehose ab. Des Weiteren hätte ich gerne deine schönen Lederstiefel und dein geschlitztes Hemd. Dafür könnt ihr beiden dann unbeschadet …«

Weiter kam er nicht, denn in diesem Augenblick traf ihn unvermittelt die harte Faust Ludwig Degenhards.

Sofort waren die anderen Männer zur Stelle und kamen ihrem bedrängten Kumpan zu Hilfe. Hannes nahm seinen Becher in die Hand und leerte den Inhalt einem der Angreifer ins Gesicht, bevor er von mehreren starken Händen zu Boden gedrückt wurde. Der Meister wehrte sich nach Kräften, doch die Übermacht war zu groß und schließlich gelang es den Halsabschneidern, ihn zu überwältigen.

Sie richteten ihn auf und hielten ihn fest.

Ohnmächtig vor Zorn, schlug der hagere Bettler, mit dem sie gewürfelt hatten, den wehrlosen Ludwig abwechselnd in Gesicht und Magen.

»Bete um Vergebung deiner Sünden, denn jetzt schneide ich dir die Kehle durch, du Hundsfott.«

Jäh hielt der Kerl eine Klinge in der Hand.

»Das würde ich an deiner Stelle bleiben lassen, Stefan«, unterbrach ihn eine feste Stimme.

Ein mittelgroßer Mann, der ebenfalls die zerlumpte Gewandung eines Bettlers trug, war hervorgetreten und augenblicklich hörte das Handgemenge auf.

Augenfällig war er eine Respektsperson unter den armen Leuten dieser Gegend.

Widerstrebend ließ der Stefan genannte Mann den Dolch in seinem Umhang verschwinden und schickte sich an, die Kaschemme zu verlassen.

»Warte, Stefan, du hast etwas Wichtiges vergessen. Gib den Handwerkern das erschwindelte Geld zurück.«

Das war zu viel für den Hageren. Er stellte sich herausfordernd vor den Neuankömmling und funkelte diesen wild an. Die Stimmung unter den anderen Vaganten schien nun gleichfalls zu kippen.

»Was soll das, Bettelvogt! Die Heller habe ich mir ehrlich verdient, denn das Glück war mir hold, dafür gibt es genügend Zeugen.«

»Ich möchte euch etwas erzählen«, entgegnete der Bettelvogt mit ruhiger Stimme, obwohl er angesichts der feindseligen Blicke innerlich keinesfalls so gelassen sein mochte. »Dieser Junge, den ihr gemeinsam mit seinem Meister beinahe umgebracht habt, ist der Neffe von Jos Fritz.«

Nun richteten sich aller Augen auf den Gesellen und selbst Ludwig schien der Name des Bundschuhanführers geläufig zu sein.

Der Zorn Stefans war im Nu verraucht und bereitwillig gab er den beiden das Geld zurück, während die anderen beinahe andächtig auf Hannes blickten.

Jäh ging dem Geselle hingegen auf, dass es keineswegs so gut war, wenn viele Leute davon wussten, dass er so eng mit Jos Fritz verwandt war.

»Setzt Euch noch ein wenig her und trinkt einen Becher mit mir. Ihr müsst meine Brüder entschuldigen, aber es kommt nicht oft vor, dass sich der Sohn eines angesehenen Stadtrates in unsere Gegend verirrt und einen der Unsrigen des Falschspiels bezichtigt.«

Die Zimmerleute nahmen das Angebot des Mannes an und nachdem auf einen Wink des Bettelvogts hin ein etwas abseits stehender Tisch geräumt worden war, ließen sie sich dort nieder.

»Mein Name ist Dietmar, ich bin der hiesige Bettelvogt und somit Vorsteher unserer Bruderschaft.«

Hannes wusste von seinen vorherigen Stationen, dass bei den Bettlern und Vaganten ein ähnlicher Zusammenschluss wie bei Handwerkern und Kirchenleuten existierte. In dieser Gemeinschaft mussten sämtliche einheimischen Bettler Mitglied sein, dadurch war es für die Obrigkeit leichter, sie zu überwachen.

»Aber sag, woher kennst du meinen Onkel?«, wollte der Geselle wissen.

»Komm mit«, entgegnete Dietmar knapp.

Offenbar war die Antwort nicht für jedermanns Ohren bestimmt, schon gar nicht für die eines Mitglieds der Oberschicht.

Ludwig wollte den beiden folgen, wurde jedoch von zwei Männern zurückgehalten.

»Wir kehren bald wieder zurück.«

Gemeinsam schritten sie an der nahen Stadtmauer entlang und Hannes fühlte sich ziemlich unwohl in seiner Haut. Es wäre für den Bettelvogt ein Leichtes, ihm hier das Lebenslicht auszublasen und ihn danach unauffällig verschwinden zu lassen.

»Ich habe deinen Oheim in Rosheim im Elsass kennengelernt.«

Abrupt war Dietmar stehen geblieben.

»Denn anders als bei seinen vorherigen Revolten bezog er diesmal auch Bettler, Kriegsversehrte und gefallene Frauen sowie sonstige Entwurzelte und Herumtreiber mit ein. Zudem lieh er sich das Geld für die Unternehmung von einem Juden, soviel ich weiß. Wir hätten das Land nachhaltig verändert, glaube mir. Jos Fritz wollte Landesherrn und Großgrundbesitzer verjagen und es war ihm einerlei, ob es sich um kirchliche oder weltliche Blutsauger gehandelt hätte. Klöster wollte er auflösen und mit den gesamten erbeuteten Reichtümern wäre eine umfassende Armen-, Kranken- und Besitzlosenpflege entstanden.«

Dietmar hielt kurz inne und fuhr dann laut seufzend fort.

»Dieser Vision einer gerechteren Welt setzte ein einzelner Kerl ein Ende, indem er zur Beichte ging, um sein Gewissen zu erleichtern.«

Den unheilvollen Verlauf dieser Geschichte kannte Hannes aus den Erzählungen Ulrichs von Hutten.

»Bei den darauffolgenden Verhaftungen wurde auch ich dingfest gemacht und anschließend gefoltert. Irgendwie ist es mir gelungen, den Schergen glaubhaft zu versichern, dass ich nur ein kleines Rädchen war und keinen der Anführer näher kannte. Trotzdem leide ich noch heute unter den Folgen der peinlichen Befragung, ganz abgesehen von meinen fehlenden Gliedmaßen.«

Er zeigte Hannes seine Schwurhand, an der drei Finger fehlten.

Der Geselle nickte wissend.

»Ich habe mir jedoch geschworen, dass ich Jos Fritz wieder unterstützen werde, wenn er mich braucht«, meinte Dietmar mit entschlossener Miene.

»Aber woher wusstest du, wer ich bin und wo du mich findest?«, wollte der Geselle wissen.

»Vor etwa drei Jahren bin ich nach Freiburg gekommen und habe mich trotz Widerständen in der Bettlerbruderschaft hochgearbeitet, obwohl man sich als Fremder dabei schwertut. Letztes Jahr bei der Weihnachtsmesse waren einige meiner Brüder krank und ich musste mal wieder selbst schmal machen. So kam es, dass der Mesner mir ein Almosen in die Hand drückte und auf meine fehlenden Finger aufmerksam wurde. Er sprach mich an und es stellte sich heraus, dass er bei dem Aufruhr vor neun Jahren gleichfalls dabei gewesen war, jedoch unerkannt fliehen konnte. Sein Weg führte ihn nach Freiburg, wo sein Bruder ein einflussreicher Kaufherr ist und zudem im Stadtrat sitzt. Den Posten als Mesner hat ihm der angesehene Bürger gleichfalls verschafft und seit dieser Zeit ist Gerhard der Verbindungsmann von Jos Fritz in Freiburg. Neulich hat er mich aufgesucht und mich gebeten, ein Auge auf dich zu haben. Deswegen bin ich euch heute von der Kirche aus gefolgt.«

»Zum Glück, denn wahrscheinlich hast du uns das Leben gerettet. Dafür danke ich dir«, meinte Hannes freudig.

»Es ist gut möglich, dass sie euch ohne meine Hilfe zumindest übel zugerichtet hätten, doch beweise deine Dankbarkeit einfach dadurch, dass du deinen Onkel gleichfalls unterstützt. Halte Augen und Ohren offen und berichte dem Mesner, wenn dir hier in der Stadt irgendwas auffällt, das gegen Jos gerichtet sein kann. Doch nun wollen wir zurückkehren.«

Als sie wieder in der übel beleumundeten Schenke ankamen, fanden sie die Gäste in einer ausgelassenen Stimmung. Die zerlumpten Männer, die den angesehenen Bürger vorhin am liebsten umgebracht hätten, zechten nun fröhlich mit Ludwig.

Bereitwillig wurde Platz gemacht für den Bettelvogt und seinen jungen Begleiter, die sich sogleich angeregt unterhielten, wobei Hannes viele interessante Dinge über das Bettelwesen erfuhr.

Kurz bevor die Nacht hereinbrach, drängte Dietmar die Handwerker zum Aufbruch.

»Zu eurem eigenen Schutz werde ich euch noch ein Stück Wegs begleiten«, meinte er bestimmt und nicht ohne Grund, denn die beiden Zimmerleute hatten Mühe, geradeaus zu laufen. Erst am Münster verabschiedete sich der Bettelvogt.

»Gehabt euch wohl, meine Freunde.«

Bevor er sich entfernte, trat Dietmar zu Hannes heran.

»Du kannst mich fast immer am Sonntagnachmittag in der Schenke antreffen«, raunte er dem Gesellen zu und verschwand.

»Das war jetzt mal ein schöner Sonntag«, bemerkte Ludwig lallend. »Nun gehe ich nach Hause und zeuge einen Stammhalter, jawohl.«

Oh je, dachte Hannes, wahrscheinlich erwartet dich ein furchtbares Donnerwetter, wenn du in diesem Zustand heimkommst.

»Eine gute Nacht wünsche ich dir«, sagte Hannes und überließ den Meister sich selbst, während er zur nahen Herberge schritt.

Trotz einer alten Regel, wonach die Gesellen am Montag frei hatten, musste Hannes an diesem Tag arbeiten, da die anderen Gesellen immer noch im Kerker saßen.

Auf der Baustelle herrschte eine eisige Atmosphäre zwischen Ludwig und Albrecht Degenhard, und Hannes wünschte sich nichts sehnlicher, als den beiden den Rücken zu kehren. Als der alte Meister am Nachmittag verschwand, suchte Hannes das Gespräch mit dessen Sohn.

»Äh, das mit meinem Oheim gestern, das bleibt doch unter uns, oder?«

Erwartungsvoll blickte der Geselle auf Ludwig.

»Hm, ich weiß nicht, dieser Jos Fritz ist ein gefährlicher Mann und wenn du mit ihm unter einer Decke steckst, müsste ich das der Obrigkeit melden«, wand sich Ludwig.

»Aber ich kenne diesen Verbrecher doch gar nicht«, log Hannes und schämte sich insgeheim dafür, dass er seinen Onkel verleugnete.

»Woher wusste dann dieser Bettelvogt, dass du der Neffe bist?«

»Äh … äh …«, stammelte Hannes und suchte nach einer Antwort. »Der Bettler kennt meinen Vater, der gleichfalls aus dieser Gegend ist«, lautete die lahme Erklärung.

»Erzähl mir keinen Stuss. Ich mag ja im Beisein meines Vaters gelegentlich einen einfältigen Eindruck machen, aber glaube mir, ich bin nicht dumm. Doch fürs Erste erzähle ich keinem etwas davon, denn ohne deine verwandtschaftliche Bande mit diesem Halunken hätten sie uns gestern abgeschlachtet.«

Hannes war beruhigt und ging wieder seiner Tätigkeit nach.

Am nächsten Morgen bei Arbeitsantritt befahl der Meister Hannes zu sich.

»Gestern Abend hat mich der Mesner aufgesucht und sich beschwert«, blaffte Albrecht seinen Gesellen an.

»Da hat sich wohl eines der Bretter gelöst, die du neulich an dem Laufrad angebracht hast. Sollte das deine Schuld sein, so erhältst du für die Reparatur selbstverständlich keinen Lohn. Und nun verschwinde.«

Hannes nahm sich einen Hammer sowie eine Säge und machte sich widerwillig auf den Weg zum Münster.

An der Pforte, die zum Turm führte, blieb er kurz stehen und überlegte ob er einfach so eintreten konnte. Diese Entscheidung wurde ihm abgenommen, denn in diesem Augenblick wurde das Tor von innen geöffnet.

»Ah, welch freudige Überraschung, der junge Geselle. Sei gegrüßt und komme herein«, bat der Mesner.

»Es tut mir furchtbar leid, Bruder Gerhard, dass ich einen Fehler gemacht habe. Ich werde den Pfusch sofort beheben«, sagte Hannes kleinlaut, als sie gemeinsam die Wendeltreppe nach oben stiegen.

Unvermittelt blieb Gerhard stehen und zog einen Brief aus seinem Gewand.

»Du bist des Lesens mächtig?«

»Nun ja, ein wenig«, antwortete Hannes überrascht.

»Das lose Brett war nur ein Vorwand, um dich hierherzulocken. Lies den Brief und verbrenne ihn danach. Deine Arbeit hast du übrigens tadellos ausgeführt.«

Hannes entfernte das Siegel und begann zu lesen.

»Lieber Neffe, wenn es dir möglich ist, so komme am Sonntag nach der heiligen Messe zum Martinstor. Sieh zu, dass du dir den Montag auch freihältst.«

Schnell faltete der Geselle das Schriftstück wieder zusammen.

»Habt Ihr hier irgendwo eine Feuerstelle?«

»Aber natürlich, folge mir.«

Direkt außen am Langschiff des Münsters klebten mehrere Gebäude, unter anderen das, in dem der Mesner wohnte.

Das enge Häuschen hatte nur vier kleine Räume und in einem davon flackerte ein Herdfeuer. Hannes legte das

Schreiben hinein und wartete, bis die Nachricht von den Flammen verzehrt war. Danach bedankte er sich nochmals überschwänglich bei Gerhard, bevor er wieder zu dem Kaufhaus zurückging, in dem seine beiden Meister arbeiteten.

»Hast du den Pfusch beseitigt?«, fragte Albrecht Degenhard so laut, dass es jeder hören konnte.

»Das war wohl ein Missverständnis, Herr Meister«, entgegnete Hannes genauso laut. »Ihr müsst den Mesner falsch verstanden haben.«

»Also das ist ja wohl der Gipfel, was erlaubst du dir?«, fauchte Degenhard aufgebracht.

»Übrigens«, fuhr der Geselle unbeirrt fort, »am kommenden Montag muss ich mir dringend frei nehmen, um meine Angelegenheiten zu regeln.«

Der alte Meister war zu verblüfft, um zu antworten, und starrte mit offenem Mund auf Hannes.

»Die letzten Wochen habe ich Euch treu gedient, ohne auch nur einmal den guten Montag zu feiern, wie es überall im Kaiserreich Brauch ist.«

»Aber …«

Hannes wandte sich ab und ging zu Ludwig, um diesem zu helfen.

»Du traust dich was!«, raunte der junge Degenhard anerkennend. »Ich wünschte, dass ich genauso mit meinem Vater reden könnte.«

»Oje, das war beileibe nicht immer so. Als ich vor beinahe zwei Jahren meiner Heimatstadt den Rücken gekehrt habe, traute ich mich beinahe nicht, jemand Fremden zu grüßen.«

»Nachdem ich meine Lehrzeit beendet hatte, hätte ich darauf bestehen müssen zu wandern«, entgegnete Ludwig wehmütig. »Das wäre gut für mein Selbstvertrauen gewesen, doch mein Vater hat mich nicht einmal gefragt, ob ich gehen will. Er hat mich einfach von der Wanderpflicht losgekauft.«

»Aber am Sonntag bist du auch aus dir herausgegangen. Glaube mir, wenn du deinem Alten einmal die Stirn geboten hast, ist der Knoten geplatzt«, sagte Hannes aufmunternd.

»Irgendwie hast du ja recht und ich nehme mir auch ständig vor, mir nichts mehr gefallen zu lassen. Doch wie ich dir schon einmal gesagt habe, sobald er vor mir steht, verlässt mich der Mut. Es ist, als ob dann ein böser Zauber von mir Besitz ergreift«, jammerte Ludwig.

Hannes nahm sich fest vor, seinen Arbeitskollegen in dieser leidigen Angelegenheit noch stärker zu unterstützen.

Der Geselle konnte dieses Trauerspiel nicht mehr mit ansehen, zudem stand er bei Ludwig in der Schuld, denn bisher hatte der Meistersohn niemandem von Hannes' Verwandtschaft mit Jos Fritz erzählt.

Von Tag zu Tag wurde Hannes aufgeregter und fragte sich insgeheim, was sein Oheim wohl von ihm wollte. Endlich war der Sonntag da und der Geselle schritt zur verabredeten Zeit durch das Martinstor. Doch so sehr er seine Augen umherschweifen ließ, fiel ihm niemand auf, der auch nur im Entferntesten Ähnlichkeit mit Jos Fritz hatte. Erschrocken ging Hannes einen Schritt zurück, als ihm ein lepröser Mann entgegenkam. Der schwarze Siechenmantel kennzeichnete ihn als Aussätzigen, dabei schwang er eine Klapper, auf der ein kleiner Holzhammer befestigt war, der immer wieder auf das Holzbrett schlug.

Schemenhaft konnte der Geselle das Gesicht unter dem schwarzen Schlapphut sehen und das Wenige, das er erkennen konnte, ließ ihm beinahe das Blut in den Adern gefrieren. An der Wange des Mannes und am Kinn wechselten sich unnatürlich helle Hautfetzen mit entzündeten, rot gefärbten Knoten ab.

Die riesige Nase war ebenfalls übersät mit Pusteln und

zu allem Unglück hatte der Kranke auch noch einen riesigen Buckel.

»Lasst mich ein, wackerer Mann. Ein letztes Mal möchte ich meine Kinder sehen.«

Sofort griff der Söldner eine Hellebarde mit langem Stiel und rannte auf den Aussätzigen zu.

»Bist du des Wahnsinns? Du weißt doch genau, dass Lepröse keinen Zutritt in die Kernstadt haben. Geh ins Gutleuthaus in der Vorstadt, dort befinden sich mehr von deiner Sorte, und jetzt hau ab, oder ich steche dich ab.«

Sofort wich der Aussätzige zurück und auf seine entstellten Züge trat eine resigniert ergebene Traurigkeit.

Fasziniert hatte Hannes die Szene beobachtet. Einerseits tat ihm der Mann leid, auf der anderen Seite war er von dessen fürchterlichem Aussehen angewidert.

»Das wirst du noch bereuen, denn Christus liebt die Kranken genauso wie die Gesunden. Wer einem meiner Geringsten ein Leid zufügt, der fügt mir ein Leid zu!«, rief der Lepröse, so laut er konnte, und schlug wie wild mit seiner Klapper.

Dabei rutschte der Ärmel seines Mantels zurück und Hannes konnte auf die kurze Entfernung ein ausgeprägtes Muttermal auf dem linken Handrücken des Kranken erkennen. Überrascht blickte Hannes dem Mann ins Gesicht und der Aussätzige nickte dem Gesellen fast unmerklich zu, bevor er davonhumpelte.

Nachdem die Stadtmauer beinahe außer Sicht war, hielt er an, wie um zu verschnaufen, und Hannes schloss zu ihm auf.

»Mein Vater hat mir von deinem schauspielerischen Talent erzählt, aber dass du dich so perfekt verstellen kannst, grenzt beinahe an Hexerei.«

»Doch offensichtlich nicht perfekt genug, da du mich erkannt hast«, nuschelte Jos Fritz. »Lass uns eine kurze Wegstrecke gemeinsam zurücklegen. Du solltest jedoch vorneweg gehen, damit es für jedermann glaubhaft aussieht. Nach etwa zwei Meilen kommst du an ein kleines Waldstück, in dem nach einer weiteren Meile eine baufällige Hütte steht. Dort wartest du auf mich.«

Hannes tat, wie ihm geheißen, und kam nach geraumer Zeit an einen Schuppen, der von der Straße aus nicht einzusehen war. Vorsichtig näherte sich der Geselle, denn vor der schiefen Hütte stand eine Reisekutsche, wie sie reiche Kaufleute benutzten.

Die stämmigen Zugpferde grasten etwas abseits davon und ein livrierter Kutscher saß wie ein gewöhnlicher Ziegenhirte im Gras.

Bestimmt bin ich in eine Falle getappt, dachte Hannes aufgeregt und wollte sich schleunigst wieder entfernen.

»Keine Angst, Geselle, tritt ruhig näher.«

Der Fuhrknecht hatte seine Kappe abgenommen und Hannes erkannte zu seiner Erleichterung Thomas, den Vertrauten seines Onkels.

»Ich habe dich bereits erwartet. Geh hinein, dort findest du etwas Passendes zum Anziehen.«

Die Fensterläden waren geöffnet, sodass Hannes die edlen Kleider sah, die auf einem alten Tisch drapiert waren.

Wenig später kam Jos Fritz herein und blickte belustigt auf seinen Neffen, der unschlüssig vor den teuren Anziehsachen stand.

»Sei gegrüßt, mein Junge.«

Der vermeintlich Aussätzige hatte sich an einem Bach die dicke Schminke abgewaschen und nahm seinen Neffen herzhaft in den Arm.

»Wenn du nichts dagegen hast, würde ich gerne einen Ausflug mit dir ins nahe Elsass machen.«

»Nichts lieber als das, Onkel. Doch sage mir zuerst, warum begibst du dich unnötig in Gefahr und hast nicht einen deiner Freunde geschickt, um mich abzuholen?«, wollte Hannes wissen.

»Hm, vielleicht wollte ich dir imponieren oder habe einfach ausprobiert, ob ich mit meinen Verkleidungen noch unerkannt bleibe«, antwortete Jos mit einem Grinsen, was die Krähenfüße um seine Augen verstärkte. »Aber nun müssen wir uns sputen, da wir uns zu einer vereinbarten Zeit mit einem wichtigen Verbündeten treffen wollen. Ich möchte dich deshalb bitten, dass du dich eilig umziehst. Der Grund für diese Verkleidung ist, dass mein Gesicht dort leider dem einen oder anderen noch geläufig ist.«

Kurze Zeit später rollte eine Kutsche in Richtung der Rheinbrücke mit zwei vornehm gekleideten Kaufherren im Fond sowie einem livrierten Fuhrknecht, der auf dem Bock saß.

»So viele Fragen gehen mir im Kopf herum, dass ich gar nicht weiß, wo ich anfangen soll«, druckste Hannes herum.

»Ich werde dir, so gut ich kann, Rede und Antwort stehen«, entgegnete Jos Fritz mit einer aufmunternden Handbewegung.

»Was mich am meisten interessiert: Wie bist du überhaupt dazu gekommen, einen Bundschuh anzuzetteln?«

»Das ist eine gute Frage«, begann Jos nachdenklich. »Bereits während meiner Zeit als Landsknecht habe ich Zweifel bekommen, ob es auf dieser Welt gerecht zugeht. Wir fochten die Kriege der hohen Herren aus und ließen uns für ein paar Gulden abschlachten. Zum Dank bekamen wir nach einem Feldzug meistens einen Tritt in den Hintern und konnten sehen, wo wir bleiben, während die Fürsten, für die wir gekämpft hatten, in Saus und Braus weiterlebten. Eines Tages, nachdem ich mit Brandschätzen und Morden ein erkleckliches Sümmchen verdient hatte, habe ich dann den Dienst quittiert. Zu dieser Zeit habe ich einen Zahnbrecher getroffen, mit dem ich dann durch die Lande gezogen bin. Die zum Teil bitterarmen Bauern und Tagelöhner konnten sich keinen Bader geschweige denn einen Medicus leisten und waren somit den umherziehenden Scharlatanen auf Gedeih und Verderb ausgeliefert. – Es war immer wieder eine grandiose Vorstellung, wie wir mit großem Brimborium in die Dörfer einzogen. Es wurde eine kleine Bühne aufgebaut und dahinter ein großes Tuch gehängt. Vor diesem Vorhang waren zwei Zwerge damit beschäftigt, die Leute mit allerlei Schabernack und Kunststücken anzulocken und bei Laune zu halten. Außerdem mussten die Kleinwüchsigen so laut sein, dass niemand die unmenschlichen Schreie hören konnte. – Denn hinter dem Tuch spielten sich schreckliche Szenen ab, die sich in nichts von den kriegerischen Handlungen unterschieden, die ich mitgemacht habe. Ohne irgendeine Betäubung und mit einer rostigen Zange brach der grobschlächtige Mann die fauligen Zähne aus den Kiefern der bemitleidenswerten Leute. Meine Aufgabe bestand darin, den Lohn für die schreckliche Arbeit einzusammeln sowie den Zahnbrecher vor aufgebrachten Freunden oder Verwandten der Misshandelten zu beschützen. – In dieser Zeit habe ich das Elend, in dem die Landbevölkerung lebte, in schonungsloser Weise kennengelernt. Von den Großgrundbesitzern wurden sie drangsaliert und von den Geistlichen, die eigentlich dafür da waren, Trost zu spenden, bis aufs Blut gequält. – Eines Tages kamen wir in ein kleines Dorf im Elsass. Mehrere Menschen meldeten sich an und es versprach ein guter Tag zu werden. Ich war gerade dabei, bei einem Mann mit einer grotesk geschwollenen Backe abzukassieren, als ich ein gurgelndes Geräusch vernahm. Sofort zückte ich meinen Katzbalger und rannte hinter den Vorhang. – Zu meinem Bestürzen sah ich den Zahnbrecher am Boden liegen und mit dem Tode ringen. In seinem Hals steckte die Zange, mit der er die Leute gepeinigt hatte. Offenbar hatte einer die Sache persönlich genommen und Gleiches mit Gleichem vergolten. Halbherzig bin ich durch den Ort gelaufen, um den Übeltäter aufzuspüren. Doch von dem Mörder fehlte jede Spur. – Gemeinsam mit den Zwergen bin ich danach weitergezogen, nachdem wir einen Teil der Einnahmen des Zahnbrechers unter die darbende Bevölkerung verteilt hatten. Kurz zuvor hatte ich eine Schrift in die Hand bekommen, die meinem ruhelosen Leben eine Richtung geben sollte. Und zwar handelte es sich um die ›Reformation des Kaisers Sigismund‹. Diese Streitschrift bezieht sich auf Reformen, die dieser glücklose Kaiser im Reich durchführen wollte und dabei leider kläglich scheiterte. Damals war ich überzeugt, dass ich der Mann sein kann, der entscheidend dazu beiträgt, diese Verbesserungen für die Menschen durchzusetzen. Ich machte mich also auf die Suche nach Veteranen des Schlettstädter Bundschuhaufstands und begann damit, eine schlagkräftige Truppe auszubilden. Leider bin ich mit meinen Unternehmungen ein ums andere Mal gescheitert und habe schon daran gedacht, den Dingen einfach ihren Lauf zu lassen. Aber ich kann halt nicht aus meiner Haut und so versuche ich, den Unterdrückten zu helfen, bis der letzte Atemzug meine Brust verlässt.«

Gebannt hatte Hannes der Geschichte gelauscht.

»Gemeinsam mit Ulrich von Hutten und dem gewaltigen Franz von Sickingen hättest du garantiert Erfolg gehabt«, meinte der Geselle wehmütig.

»Sie haben sich nicht bei mir gemeldet«, entgegnete Jos lapidar. »Und wie du mir erzählt hast, haben die beiden quasi einen Bundschuh von oben durchführen wollen und das kann meiner Ansicht nach nicht funktionieren. Bei solch einem Unterfangen muss man die gemeinen Leute auf seiner Seite haben, die von einer Umwandlung der Gesellschaft am meisten profitieren. Diese Menschen kämpfen mit Herz und Hand und nicht nur um der Pfründe willen.«

Hannes gab seinem Oheim recht und musste an Bernhard, den entlaufenen Mönch, denken, der derselben Meinung war.

»Die hohen Herren haben jedoch noch keine Ruhe vor uns. Es gärt im Volk wie schon lange nicht mehr und glaube mir, bevor fünf Jahre um sind, kommt es zu einem regelrechten Bauernkrieg.«

Die letzten Worte hatte Jos Fritz mit Pathos gesprochen und Hannes war von dem ungewöhnlichen Mann so sehr beeindruckt, dass er ihm überallhin gefolgt wäre.

»Hast du eigentlich keine Frau, mit der du verheiratet bist?«

Diese Frage lag Hannes schon eine Weile auf dem Herzen.

»Oh«, stieß Jos überrascht hervor, »habe ich dir noch nicht von meiner Gattin erzählt?«

Der Geselle schüttelte den Kopf.

»Deine Tante ist die schönste Frau, die mir jemals begegnet ist, aber auch eine sehr eigenwillige. Nachdem ich das erste Mal untertauchen musste, habe ich sie am Bodensee kennen- und lieben gelernt. Sie ist zwar die Tochter eines Bauern, kann sich aber am Tisch eines Edelmannes genauso zurechtfinden und hat mir auf diese Weise bereits unbezahlbare Dienste geleistet. Ich könnte dir noch stundenlang von Else erzählen, doch das Beste wird sein, du lernst sie einmal kennen. Leider ist ihr Gesicht in Freiburg und Umgebung sehr bekannt, da sie nach unserem letzten Umsturzversuch festgenommen und in den Kerker geworfen worden war. Deshalb will ich eigentlich nicht, dass sie in dieser Gegend in der Öffentlichkeit auftritt. Wie dem auch sei, du wirst sie über kurz oder lang treffen.«

Sie erreichten nun den gewaltigen Rhein und sahen am Horizont bereits die hohen Vogesengipfel. Sie wollten den

Fluss auf der steinernen Brücke bei Breisach überqueren, doch an diesem schönen Sonntag war viel Volk unterwegs und die Kutsche kam nur quälend langsam voran.

Sosehr Thomas auch schrie, man habe es eilig, so wenig waren die Fußgänger bereit, Platz zu machen. Zudem wurden die vermeintlichen Kaufleute äußerst missmutig beäugt und manch einer stieß seinen Unmut über die Pfeffersäcke laut hinaus.

Endlich erreichten sie das jenseitige Ufer und von da an ging es wieder zügiger voran. Thomas ließ die ausgeruhten Pferde in einen leichten Trab fallen.

In den Dörfern, die sie passierten, herrschte offenkundig dieselbe Armut wie auf der anderen Seite des Rheins und wie Hannes von den Schilderungen seines Onkels wusste, wurden die kleinen Leute hier wie dort von weltlichen und kirchlichen Fürsten ausgepresst.

»In Schlettstadt habe ich viele Freunde, dort werden wir Rast machen und übernachten.«

Nachdem sie das südliche Stadttor passiert hatten, hielt Thomas das Fuhrwerk vor einem nobel wirkenden Gasthof an.

»Aber ich dachte, wir übernachten bei einem deiner Freunde?«, meinte der Geselle erstaunt.

»Es wäre zu auffällig, wenn ein reicher Kaufherr keine standesgemäße Unterkunft hätte.«

Kaum waren die beiden ausgestiegen, als auch schon mehrere dienstbeflissene Lakaien sie umschwärmten.

»Wie soll ich mich verhalten, ich war noch nie ein besserer Herr«, flüsterte Hannes aufgeregt.

»Du brauchst mir nur zu folgen und meine Gebärden nachzuäffen.«

Grußlos und mit hocherhobenem Haupt schritt Jos Fritz an den Dienern vorbei.

»Lass Untergebene stets spüren, dass sie für uns lediglich Mittel zum Zweck sind und dass uns von Gott das Privileg gegeben ist, über sie zu herrschen.«

Später, als sie an einem Tisch in dem feudal ausgestatteten Gastraum saßen und die Vorspeise genossen, berichtete Jos ausführlich von dem Schlettstädter Bundschuh im Jahre 1493, der wie so viele Aufstände von der Obrigkeit im Keim erstickt worden war.

»Diese Männer habe ich damals ausfindig gemacht und einige Unerschrockene haben sich mir angeschlossen. Für die anderen habe ich gleichfalls Verständnis, denn die Folter treibt selbst den mutigsten Kerlen den Kampfgeist aus.«

In diesem Augenblick wurde der zweite Gang serviert. Jeder der beiden bekam einen großen, bis zum Rand gefüllten Teller.

»Das ist eine hiesige Spezialität, bei uns würde man Schlachtplatte dazu sagen.«

Herrlich duftendes Sauerkraut war mit gekochtem Speck und Rippchen garniert. Dazu wurden prall gefüllte Würste gereicht.

Einer der Diener schenkte aus einer Karaffe in die bereitstehenden Trinkgläser Wein ein und Hannes wiederholte ein ums andere Mal seine Lobeshymnen auf das edle Getränk.

»Diese Schlemmerei ist ebenfalls ein Vorrecht der herrschenden Schicht. Wenn ich dir sage, was das alles kostet, so fällst du vom Stuhl. Unsere Reise dient jedoch einem guten Zweck und der heiligt bekanntermaßen die Mittel.«

Die süße Nachspeise krönte das Mahl und Hannes wurde langsam schläfrig.

»Du siehst müde aus, mein Junge. Leg dich schon mal hin, ich muss noch einen alten Weggefährten besuchen«, schlug Jos Fritz vor.

Er trank genüsslich sein Glas leer und erhob sich.

»Eine erholsame Nacht wünsche ich dir. Morgen führt uns der Weg in das kleine Städtchen Rosheim.«

Auf einen Wink von Jos hin kam ein Bediensteter mit dem schweren Brokatmantel des vermeintlichen Kaufherrn.

Zu gern hätte Hannes gewusst, wohin der Weg seinen Oheim zu so nachtschlafender Zeit führte. Unauffällig beobachtete der Geselle die Gäste an den anderen Tischen und musste aufs Neue staunen über die Weltläufigkeit, mit der Jos Fritz sich in dieser gehobenen Gesellschaft bewegte.

Einer Laune folgend, ließ er sich gleichfalls den Mantel reichen und schritt in die Nacht hinaus.

Die Straßen und Häuser wurden durch das helle Mondlicht beschienen und Hannes konnte gerade noch eine Gestalt dahinhuschen sehen.

Instinktiv folgte er der Person, deren Gang ihm irgendwie bekannt vorkam. Er kam zu der stattlichen Kirche und blieb dann an der Mauer, hinter der sich der Gottesacker befand, stehen.

Plötzlich hörte er Stimmen und drückte sich, so eng es ging, an die Wand.

Der Geselle entdeckte einen hervorstehenden Stein, auf den er sich kurzerhand stellte und sich dann mühsam zur Kante hochzog.

Beim Blick auf die gespenstische Szenerie stellten sich ihm die Nackenhaare auf.

Etwa zwanzig Mann hatten sich inmitten der Gräber im Kreis aufgestellt und über ihren Köpfen waberte ein leichter Nebel. In der Mitte stand unverkennbar Jos Fritz, der die anderen auf etwas einzuschwören schien. Wenig später reckten alle Anwesenden die rechte Hand in den Himmel und wiederholten die Sätze, die der Anführer vorgab.

Den genauen Wortlaut konnte Hannes nicht verstehen,

doch dass es sich um ein verbotenes Ritual handeln musste, war ihm klar.

Was ihm indes noch deutlich verwirrender erschien, war die Tatsache, dass wenige Fuß von seinem Horchposten weg ein weiterer Mann das verbotene Geschehen ausspionierte und zwar derjenige, den er bereits vorhin erkannt zu haben glaubte. Der andere hatte den Gesellen offensichtlich nicht entdeckt, und so beschloss Hannes zurückzukehren und seinem Oheim am Morgen von seiner Beobachtung zu berichten. Beim Zurücklaufen kamen ihm jedoch ernsthafte Zweifel, denn sollte er Jos Fritz von dem sonderbaren Lauscher erzählen, musste er ihm gleichfalls sein eigenmächtiges Handeln beichten.

Der nächste Morgen begann mit einem üppigen Morgenmahl, das so ganz anders war als der übliche Getreidebrei, den Hannes sonst zum Frühstück verzehrte.

Thomas hatte die Pferde bereits angeschirrt und holte seine Herrschaften ab.

Er lenkte die Kutsche durch eine liebreizende Landschaft, die nur so von Fruchtbarkeit strotzte. Gepflegte Weinberge wechselten sich mit fetten Wiesen und braunen Äckern ab und dahinter ragten die Vogesengipfel wie eine Schutzwand auf.

»Das Elsass ist ein von Gott geliebter Landstrich. Hier habe ich mit die glücklichsten Jahre meines Lebens verbracht. Aber lass dich von der Schönheit nicht blenden, denn wie schon gesagt, ächzen die einfachen Menschen hier genauso unter der Abgabenlast wie bei uns und es gärt hier genauso.«

Nachdem sie mehrere unbewehrte Dörfer passiert hatten, blickten sie auf eine kleine Stadt mit mehreren Türmen sowie einer hohen Mauer.

»Das ist Rosheim!«, rief Jos freudig aus.

Ohne Probleme wurden sie am Südtor durchgewunken.

Kleider machen Leute, dachte Hannes und erinnerte sich daran, welche Schwierigkeiten er beim erstmaligen Betreten der Stadt Freiburg gehabt hatte.

Es war spät am Nachmittag, als die Kutsche vor einer stattlichen Herberge zum Stehen kam.

»Wir lassen uns kurz unsere Kammer zeigen«, meinte Jos bestimmt.

»Du musst heute leider vor den Toren übernachten, Thomas. Dort findest du ausgedehnte Stallungen sowie eine Gesindeunterkunft.«

Der Kutscher nickte ungerührt und machte sich auf den Weg.

»Falls dir der Sinn danach steht, kannst du mich zu meinem Geschäftspartner begleiten, Hannes, wir werden dort auch zu Abend essen.«

Voller Ehrfurcht stand der Geselle in seinem elegant eingerichteten Zimmer, das sich doch ziemlich von seinen sonstigen Behausungen unterschied.

»Sehr gerne werde ich dich begleiten, Onkel«, entgegnete Hannes.

Wenig später verließen sie das Gasthaus und schlenderten durch das Städtchen.

In der Nähe der Stadtmauer ragte ein kleines Türmchen auf, das augenscheinlich nicht zur Stadtbefestigung gehörte.

»Das ist eine Judengasse!«, rief Hannes erregt aus.

»Woher weißt du das?«, fragte Jos verblüfft.

»Es gibt im Kaiserreich nur noch sehr wenige Städte, die die Israeliten in ihren Mauern dulden.«

»Habe ich dir nicht davon erzählt, dass ich in Frankfurt am Main gearbeitet habe?«

Währenddessen gab Jos dem missmutigen Torwächter einen kleinen Obolus und schritt hindurch.

Mit gemischten Gefühlen folgte ihm Hannes.

»Hier ist es wenigstens nicht so eng wie im Judenviertel der Messestadt«, bemerkte der Handwerker, musste sich aber eingestehen, dass es beinahe so ärmlich war.

Die wenigen Menschen, denen sie begegneten, wirkten zumeist verhärmt.

Vor einem hohen Haus, dessen obere Stockwerke weit in die Gasse ragten, blieb Jos Fritz stehen und wartete an der Haustüre, obwohl sie weit geöffnet war.

Er pochte an das graue Holz des Rahmens und wenig später erschien ein bärtiger Mann, dessen Kaftan bis zum Boden reichte.

Ein schmalkrempiger Hut bedeckte volles, dunkelbraunes Haupthaar.

»Was ist Euer Begehr, mein Herr?«

Die wachen, fast schwarzen Augen hefteten sich neugierig auf den älteren Kaufherrn.

»Gott zum Gruße, Josel von Rosheim, ich muss feststellen, dass Ihr bei unserer letztmaligen Zusammenkunft weniger förmlich wart.«

Irritiert sah der Jude sein Gegenüber ein wenig genauer an.

Dabei erfasste sein Blick das markante Muttermal auf dem Handrücken des Händlers.

»Lasst uns hineingehen und in meiner bescheidenen Hütte weiterreden.«

Sobald auch Hannes hindurchgeschlüpft war, drückte Josel von Rosheim die Türe entgegen seiner Gewohnheit fest zu.

Er war der Vorsteher der hiesigen Israeliten und sein Haus war für gewöhnlich einem jeden Gemeindemitglied zugänglich.

»Ist es denn die Möglichkeit, Jos Fritz, welche Freude, Euch zu sehen.«

Der Hausherr hatte jegliche Zurückhaltung verloren und

umfasste mit seinen Händen die Arme des Bundschuhanführers.

»Ihr überrascht mich immer wieder aufs Neue mit Euren Verkleidungen. Euren jungen Begleiter jedoch habe ich noch nie gesehen.«

»Das könnt Ihr auch nicht. Hannes ist der Sohn meines Bruders, der in der Stadt Reutlingen sesshaft geworden ist, und hat mich durch Zufall auf seiner Wanderschaft getroffen.«

»Das freut mich für Euch. Auch mir ist vom Allmächtigen wieder familiäres Glück geschenkt worden. Nachdem meine erste Gemahlin im Kindbett gestorben ist, habe ich lange Zeit getrauert. Kommt in die Küche, damit ich Euch meinen Augenstern vorstellen kann.«

Die dunkelhaarige Frau, die mit dem Rücken zu ihnen stand, rührte aufmerksam in einem eisernen Topf. Instinktiv drehte sie sich zu den Männern um und ihr schönes Gesicht erstarrte zu einer Maske.

»Hannes!«, stieß sie hervor.

KAPITEL 8

Gut gelaunt machte sich Gregor am Montagmorgen auf den Weg zum Kontor des Gewürzhändlers Stechler.

»Na, hoffentlich wirst du mir nicht untreu und wechselst die Seiten«, scherzte Anna.

»Keine Angst, meine Liebe, zum guten Glück bin ich unabhängig und kann mir raussuchen, wem ich meine Dienste anbiete«, rief der Advocatus über die Schulter.

Er überquerte den schönen Marktplatz und lenkte seine Schritte in die links abzweigende Gasse.

Das standesgemäße Haus Stechlers hob sich deutlich von den umstehenden Gebäuden ab, sowohl durch seine schiere Größe als auch durch die schöne Form der bleigefassten Fenster. Es schien beinahe so, dass der Hausherr Gregor bereits gesehen hatte, denn kaum stand er vor der wuchtigen Eingangspforte, öffnete auch schon eine Dienstmagd die schwere Tür.

»Tretet ein, edler Herr, Ihr werdet bereits erwartet.«

Sie führte ihn ins Kontor, wo Stechler hinter einem mächtigen Schreibtisch thronte.

Wie eine Spinne im Netz, dachte Gregor und begrüßte den Händler per Handschlag.

»Setzt Euch doch, werter Advocatus.«

Auenfeld kam der Bitte nach und setzte sich auf einen mit Kissen belegten Scherenstuhl. Er taxierte den Raum und überlegte, wie viel er dem offensichtlich wohlhabenden Kaufherrn für eventuelle Dienstleistungen abknöpfen konnte. Dabei hatte dieser Kerl lediglich das Glück gehabt, als Sohn eines reichen Händlers auf die Welt zu kommen, und besaß außer einer gewissen Bauernschläue keinerlei hervorstechende Eigenschaften.

Gregor war sich sicher, dass sich hier eine weitere sprudelnde Einnahmequelle erschließen ließ.

»Habt Dank, Herr von Auenfeld, dass Ihr meinem Wunsch so rasch entsprochen und mich gleich heute aufgesucht habt.«

»Aber ich bitte Euch, das ist doch selbstverständlich. Ich helfe, wo ich kann.

Außerdem habt Ihr Euch neulich bei der Zunftversammlung so selbstlos auf Annas Seite geschlagen. Also, wie kann ich Euch dienen?«, fragte Gregor mit einem überheblichen Lächeln.

»Indem Ihr von hier verschwindet«, erwiderte Stechler kalt und sämtliche Freundlichkeit war aus seinem Gesicht verschwunden.

Das Lächeln gefror in Gregors Zügen.

»Entschuldigung, mein Herr, was habt Ihr eben gesagt? Ich glaube, dass ich Euch nicht recht verstanden habe.«

»Ihr habt Euch keineswegs verhört. Ich sagte ganz klar, dass ich wünsche, dass Ihr unserer schönen Stadt schnellstmöglich den Rücken kehrt.«

»Was ist in Euch gefahren, Herr Stechler, und was gibt Euch das Recht, mich zu drängen, eine Stadt zu verlassen, in der ich zu heiraten und ein florierendes Geschäft zu übernehmen gedenke?«, fragte Gregor herablassend und bemühte sich, seinen Unmut hinter einer Maske aus Arroganz zu verbergen.

»Zudem glaube ich, dass Ihr nicht wisst, mit wem Ihr es zu tun habt. Meine Familie ist eines der ältesten und angesehensten Adelsgeschlechter im Württembergischen Land.«

Der Advocatus erhob sich und wandte sich zum Gehen.

»Und eines der ärmsten«, bemerkte Stechler lapidar. »In Eurem eigenen Interesse bitte ich Euch darum, Euch wieder zu setzen und mir einen Moment zuzuhören.«

Gregor drehte sich nochmals um und wollte seinem Ärger vollends Luft machen.

Doch ein Blick in die wachen Äuglein, die etwas weit auseinander standen, genügte, um den Advocatus vorsichtig werden zu lassen.

Was um alles in der Welt hat dieser Mann vor?, fragte sich Gregor.

Widerwillig setzte er sich wieder in den Stuhl und fixierte zornig sein Gegenüber.

»Ich habe Euch nicht etwa herbestellt, um für mich zu arbeiten, sondern weil Ihr etwas besitzt, das ich gerne haben würde. Schaut mich an, ich bin ein erfolgreicher Kaufmann und wenn ich etwas erwerben möchte, so versuche ich zuerst, es zu kaufen, bevor ich zu anderen Mitteln greife.«

»Seid mir nicht böse, aber ich verstehe nicht, was ich haben könnte, das Euch so brennend interessiert.«

»Anna Neumann«, bemerkte Stechler beiläufig. »Ich biete Euch Geld dafür an, dass Ihr diese Stadt verlasst, damit der Weg für mich frei ist, um diese Frau zu freien.«

Das war zu viel für Gregor, er fühlte sich, als ob ihn ein Pferd getreten hätte.

»Ihr wollt mir Anna abkaufen, Stechler? Das ist ja absolut lächerlich. Um keine Summe würde ich meine Liebe verkaufen. Außerdem bin ich in Kürze finanziell so gut gestellt, dass ich auf Euer schmutziges Geld am allerwenigsten angewiesen sein werde. Selbstverständlich werde ich Anna von diesem unmoralischen Angebot in Kenntnis setzen und danach prüfen, in welcher Form ich den Stadtrat von dieser Ungeheuerlichkeit informieren werde. Und nun gehabt Euch wohl.«

Wutentbrannt schmiss Gregor den Stuhl um und stürmte zur Tür.

»Marie Späth aus Tübingen, kennt Ihr diese Frau?«, rief der Kaufmann hinterher und hatte offenbar ins Schwarze getroffen, denn jäh blieb Gregor stehen.

»Was soll das?«

»Ich fürchte, Eure zukünftige Gattin wäre alles andere als erfreut, wenn sie erfahren würde, was Ihr neulich mit dieser Marie getrieben habt«, meinte Stechler in einem sachlichen Ton.

»Jetzt fangt Ihr auch noch an, mich zu verunglimpfen. Natürlich kenne ich diese Frau, sie ist schließlich die Tochter meines Hauswirts, und was Eure Anzüglichkeiten betrifft, so bin ich reinen Gewissens.«

Feine Schweißperlen zeigten sich auf Gregors Stirn.

»Nach dem, was ich sowie der Vater der jungen Frau durch ein Guckloch in der Kammer gesehen haben, kann Euer Gewissen nicht sehr rein sein. Aber erspart mir, Details zu berichten, und setzt Euch wieder, damit wir vernünftig miteinander reden können.«

Gregor ging es wie vielen Leuten, er hatte den Kaufmann mit dem langweiligen Gesicht schlichtweg unterschätzt. Widerwillig stellte er den Stuhl wieder auf und setzte sich erneut hinein.

»Verstehe ich Euch richtig, der alte Späth hat Euch eingeladen, damit Ihr mir und seiner Tochter beim Beischlaf zuseht?«

Stechler nickte und die zur Schau getragene Selbstsicherheit Auenfelds war ziemlich erschüttert.

»Mir ist indes nicht ganz klar, was Späth zu diesem ungewöhnlichen Schritt bewogen hat.«

»Das kann ich Euch erklären. Bei den Erkundigungen, die ich über Euch eingeholt habe, bin ich auf diesen Weinhändler gestoßen. Ich habe ihm davon erzählt, dass Ihr in Reutlingen am großen Rad drehen wollt und eine sehr vermögende Kauffrau bezirzt. Da war der gute Mann verständlicherweise ziemlich aufgebracht, ging er doch bis dato davon aus, dass Ihr seine Marie ehelichen werdet. Was Ihr übrigens meiner Ansicht nach auch tun solltet, denn die Verbindungen Späths in Tübingen würden Euch Zugang zu vielen Klienten ermöglichen. Somit hättet Ihr ein auskömmliches Leben, was allemal besser ist, als auf einer zugigen Burg sein Dasein zu fristen«, meinte Stechler mit ausdruckslosem Gesicht.

Hinter Gregors gleichmäßigen Zügen arbeitete es mächtig, da er verzweifelt nach einem Ausweg aus dieser misslichen Lage suchte.

»Weder von Euch noch von diesem widerlichen Weingärtner lasse ich mir diktieren, wie ich mein Leben zu führen habe«, entgegnete Gregor nun mit einer etwas festeren Stimme.

»Mein Entschluss steht fest, ich werde Anna von dieser Verfehlung erzählen, in der Hoffnung, dass unsere Liebe stark genug ist und meine unentschuldbare Tat aushält.«

»Den Seitensprung mag Frau Neumann ja noch verzeihen. Doch wie würde sie die Tatsache aufnehmen, dass Ihr sie im Geschäft hintergangen habt?«

Mit einem sardonischen Grinsen blickte der Kaufmann auf Auenfeld und weidete sich an der Wirkung seiner Worte auf den zusammengesunkenen Advocatus.

»Was meint Ihr mit ›hintergangen‹?«, fragte Gregor und schluckte schwer.

»Nun, das kann ich Euch erklären. Herr Bantlein, der Kontorleiter von Anna Neumann, ist ein guter Bekannter von mir. Der gute Mann ist sehr besorgt um das Handelsunternehmen des verstorbenen Burgwart. Deswegen hat er ein besonderes Augenmerk auf Euch gerichtet und dabei ist er auf plump gemachte kleine Betrügereien gestoßen. Da Anna Neumann blind vor Liebe zu Euch zu sein scheint und keinerlei Kritik an Euch duldet, hat der fürsorgliche Bantlein neulich mich aufgesucht«, antwortete Stechler süffisant.

Mit den Ärmeln seines weißen Hemds wischte sich Gregor die Schweißperlen von der Stirn.

»Ihr seid ein mieser Intrigant und ich bezweifle stark, dass Anna Euch erhört, sollte ich das Feld räumen. Doch leider muss ich eingestehen, dass Ihr mich in der Hand habt. Was verlangt Ihr also von mir?«

Die Arroganz der höheren Geburt gegenüber dem einfachen Bürger war nun vollends von Gregor abgefallen und er fügte sich offenbar in sein Schicksal.

»Das ist ganz einfach, denn Ihr macht so weiter wie bisher. In spätestens vier Wochen unterrichtet Ihr Anna davon, dass Eure Eltern für Euch eine Hochzeit arrangiert haben und Ihr diesem Befehl unbedingt Folge leisten müsst.

Das Geld, das Ihr unterschlagen habt, gewähre ich Euch als ein kleines Dankeschön dafür, dass Ihr das Feld räumt«, meinte Stechler generös.

»Und jetzt entschuldigt mich, ich habe noch viel zu tun.«

Ohne weiter auf den gebrochenen Advocatus zu achten, wandte sich Stechler seiner Korrespondenz zu.

Mit schleppenden Schritten und eingezogenem Kopf verließ Gregor das Haus.

Entgegen seiner Gewohnheit suchte er sodann eine übel beleumundete Schenke in der Nähe des Albtors auf, wo er sich zu ein paar wenig vertrauenerweckend aussehenden Burschen setzte.

Am späten Nachmittag und nach einigen Bechern des sauren Hausweins setzte sich ein Gedanke in seinem umnebelten Hirn fest.

»Meine Freunde, könntet ihr euch vorstellen, gegen ein gewisses Entgelt einem Halunken etwas Angst einzujagen?«, fragte Gregor in die Runde.

Sofort war es still und die Strauchdiebe sahen Auenfeld interessiert an.

»Um wen handelt es sich?«, wollte ein abgerissener Kerl wissen, dessen Gesicht von zahlreichen Kämpfen gezeichnet war.

»Der Schurke ist ein reicher Pfeffersack, der mir böse mitgespielt hat. Sein Name lautet Jakob Stechler.«

Ein Raunen ging durch den dunklen Raum.

»Das ist allerdings ein übler Bursche, doch mit diesem Kerl lege ich mich nicht an, bin ja nicht lebensmüde«, meinte der Elende und die anderen pflichteten ihm bei.

»Da halten wir uns lieber an dir schadlos, hier, nimm.«

Er reichte Gregor die abgegriffenen Würfel.

Als der Nachtwächter die elfte Stunde ausrief, wankte Gregor nach Hause.

Seinen Beutel hatten ihm die Gauner abgenommen und obendrein sein teures Wams als Pfand dabehalten. Nachdem er sich danach über die seiner Meinung nach gezinkten Würfel beschwert hatte, holte sich Gregor noch eine blutige Nase.

Verzweifelt pochte er an die Haustüre, die wenig später von Anna selbst geöffnet wurde.

»Gregor, um Gottes willen, was ist mit dir geschehen!«, rief die junge Frau erschrocken aus.

»Lass uns morgen darüber reden, ich möchte jetzt nur noch ins Bett«, lallte der Advocatus und schlich an Anna vorbei.

Während Gregor kurz darauf lautstark schnarchte, fand die Kauffrau lange Zeit keinen Schlaf. Ihr machte zu schaffen, dass sie den Adeligen noch nie in einem solch desolaten Zustand gesehen hatte. Was war nur geschehen, dass er sich so hatte gehen lassen?

Am nächsten Morgen stand Anna sehr früh auf und begab sich nach einer kleinen Morgenspeise in ihr Kontor. Irgendwann im Laufe des Vormittags kam Gregor klagend an.

»Ich habe so schreckliche Kopfschmerzen«, meinte er kleinlaut. »Wenn du erlaubst, würde ich gerne einen kleinen Spaziergang in die nahen Weinberge machen, denn ich fürchte, ich bin dir heute keine große Hilfe.«

Anna sah von ihrer Arbeit auf und starrte auf die violett gefärbte Stelle unterhalb seines linken Auges.

»Bist du gestern Nacht überfallen worden, Liebster?«, fragte sie besorgt.

»In gewisser Weise schon. Nach meinem Gespräch mit Stechler habe ich ein Gasthaus aufgesucht, um eine Kleinigkeit zu essen. Dort muss mir jemand etwas in meinen Wein getan haben. Als ich spätabends wieder zu mir kam, lag ich an der Stadtmauer und war völlig ausgeraubt.«

»Wir müssen sofort die Stadtknechte davon unterrichten, damit die Kerle, die dir das angetan haben, alsbald dingfest gemacht werden können. In welcher Schenke warst du?«

»Ich kann mich beim besten Willen nicht mehr daran erinnern, deswegen denke ich, dass wir die Sache auf sich beruhen lassen sollten. Auch in deinem Interesse sollten wir kein Aufsehen erregen, um deinen Gegnern in der Zunft keine neue Nahrung für ihre Ränkespiele zu liefern. Das Einzige, was mich wirklich wurmt an der Sache, ist, dass mir die Strolche mein schönes Wams abgenommen haben.«

»Aber das ist doch das Wenigste. Herr Bantlein wird dich zu meinem Schneider begleiten, der dir ein mindestens gleichwertiges Kleidungsstück anfertigen wird«, meinte Anna fürsorglich und ehe es sich Gregor versah, ging er mit dem Mann, der ihn bei Stechler angeschwärzt hatte, über den Marktplatz.

»Es wird Frau Neumann nicht gefallen, wenn sie erfahren würde, dass Ihr für die Konkurrenz spioniert«, bemerkte Gregor und bedachte seinen Begleiter mit einem feindseligen Blick.

»Ihr werdet es ihr jedenfalls nicht erzählen, wollt Ihr nicht Euer eigenes Grab schaufeln«, erwiderte Bantlein lakonisch.

Sei dir da nicht so sicher, dachte Gregor insgeheim, sprach es jedoch nicht aus.

»Und falls Ihr Euch über meine Beweggründe Gedanken macht, ich tue dies alles nur aus Sorge um das Geschäft meines verstorbenen Herrn. Denn Euch, mein Herr, habe ich von vornherein nicht über den Weg getraut, und wie man sieht, zu Recht«, sagte der hagere Kontorleiter mit den graublonden Locken ruhig dahin. »Frau Neumann wäre sicherlich in der Lage, den Handel mit meiner tätigen Mithilfe alleine zu führen, doch das würde die Kramerzunft keinesfalls zulassen. Somit erscheint mir ein Zusammenschluss mit Stechler die beste Alternative.«

Gregor konnte sich nicht erinnern, den Angestellten jemals so viel reden gehört zu haben.

»Damit kommt Ihr und Euer sauberer Freund nicht durch. Selbst wenn ich mich davonmachen sollte, so wird sich Anna niemals mit diesem unsympathischen Kerl verbinden«, ereiferte sich Auenfeld.

Bantlein hingegen zuckte nur leicht mit den Schultern und in seinem Gesicht war keine Regung zu sehen. Diesen Burschen brachte anscheinend nichts aus der Fassung.

»So, da wären wir.«

Nacheinander betraten sie ein gedrungenes Haus und wurden von einer älteren Frau empfangen. Sie führte die Kunden in einen Raum, der beherrscht wurde von einem riesigen Tisch.

Darauf saß ein dürres Männlein, dessen Hand gerade mit Nadel und Faden durch die Luft fuhr, in einer eigenartigen Sitzstellung.

»Gott zum Gruße, Meister Eberhard, wärst du bitte so freundlich, dem Herrn Advocatus hier nach seinen Wünschen ein neues Wams anzumessen? Die Rechnung geht an Frau Anna Neumann.«

Beim Anblick der sonstigen Kleider des Edelmanns leuchteten die Augen des Schneiders ob des zu erwartenden Werklohns.

»Wenn Ihr mich jetzt entschuldigen würdet, Herr Auenfeld? Ich wünsche Euch noch einen schönen Tag.«

Bantlein tippte sich an die schwarze Mütze und verließ das Häuschen.

Als er zurück zum Kontor lief, kamen ihm Gewissensbisse hinsichtlich seines Verrats.

War das, was er tat, im Sinne Gotthelf Burgwarts, dem er immer treu gedient hatte?

Fraglos war Stechler kein einfacher Mensch, doch mit seinen unzweifelhaften Qualitäten war der Gewürzhändler am ehesten in der Lage, das Geschäft im Geiste Burgwarts weiterzuführen.

Frau Neumann wird es mir dereinst danken, dass ich geholfen habe, den dubiosen Advocatus davonzujagen, dachte Bantlein.

In den darauffolgenden zwei Wochen verhielt sich Gregor Anna gegenüber höchst seltsam. Er gab sich unnahbar und verbrachte die meiste Zeit im nahen Tübingen.

Ein ums andere Mal versuchte Anna, ihn zärtlich zu umgarnen, doch Gregor zeigte sich davon unbeeindruckt.

Eines Sonntags nach der Messe suchte die Kauffrau Maria auf, um sich mit ihr über das seltsame Verhalten ihres zukünftigen Gatten zu unterhalten.

Die Heilerin sah den Gram im Gesicht ihrer Freundin, als Anna eintrat.

»Maria, du bist meine letzte Hoffnung«, schluchzte die junge Frau und warf sich der Hebamme in die Arme.

»Ich kann mir beim besten Willen nicht erklären, was plötzlich in ihn gefahren ist.

Er geht mir aus dem Weg und sobald ich ihn zur Rede stellen will, sucht er das Weite. Was soll ich nur tun?«, fragte Anna mit tränenerstickter Stimme.

Maria wiegte die Freundin sanft in ihren Armen.

»Es fing alles an, nachdem Gregor diesen Stechler aufgesucht hat. Ich bin mir sicher, dass Gregors seltsames Verhalten etwas mit diesem unangenehmen Mann zu tun hat.«

Just in diesem Augenblick betrat Matthäus Alber das Häuschen der Heilerin.

»Seid gegrüßt, meine Damen. Entschuldigt, dass ich so hereinplatze und euer Gespräch mitanhörte. Aber kann es sein, dass ich gerade den Namen Stechler vernahm?«

Maria nickte.

Sie löste sich von Anna und gab dem Neuankömmling einen Kuss auf den Mund.

Die Kauffrau wischte sich die Tränen ab und betrachtete erstaunt das Geschehen.

Anna hatte schon längere Zeit den Verdacht gehabt, dass die beiden ein Liebespaar waren.

»Ich weiß ja nicht, was Ihr mit diesem Stechler zu schaffen habt, doch ich weiß, dass er derzeit massiv Front macht gegen mich und meine Bemühungen, das rechte Evangelium zu verkünden. Meine einzige Hoffnung ist, dass meine Befürworter im Stadtrat die Oberhand behalten, sonst Gnade mir Gott.«

»Aber ich dachte, sämtliche Zünfte stünden hinter Euch, Herr Alber«, meinte Anna, die sich beruhigt hatte.

»Das ist richtig, doch in der Stadt kursiert ein Gerücht, wonach Erzherzog Ferdinand, der derzeit in Württemberg regiert, plant, den Handelsverkehr mit der Stadt Reutlingen einzustellen, sollte die Reichsstadt nicht auf den Pfad der reinen Lehre zurückkehren. Außerdem wird überall herumerzählt, dass ich in wilder Ehe mit Maria zusammenlebe und sie bereits mein Kind unter dem Herzen trägt«, meinte Matthäus belustigt.

»Und wenn es so wäre?«, fragte die hagere Heilerin spitz.

»Oh!«, entfuhr es dem Priester und Anna wusste nun sicher, dass das Verhältnis der beiden keineswegs rein platonischer Natur war.

»Dann müssten wir eine Lösung finden«, druckste Matthäus herum.

Davon, dass mehrere Räte ihm dringend dazu rieten, eine angesehene Bürgerstochter zu ehelichen, erzählte er nichts.

»Aber um nochmals auf diesen Stechler zurückzukommen«, wechselte Alber schnell das Thema, »was habt Ihr mit ihm zu tun?«

Anna überlegte kurz und berichtete dann offen von ihren derzeitigen Schwierigkeiten mit Gregor und dem Verdacht, es könnte etwas mit dessen Besuch bei Stechler zu tun haben.

»Weshalb sucht Ihr nicht das direkte Gespräch mit Gregor?«, fragte der Priester.

»Ich habe ihn mehrfach darauf angesprochen, doch er weicht mir dauernd aus. Aber in der kommenden Woche will ich endlich von Gregor wissen, was los ist, ich halte diese Situation einfach nicht mehr aus. Die Angst, dass er mich verlassen könnte, beherrscht mein ganzes Denken«, antwortete Anna mit schmerzverzerrtem Gesicht.

»So weit wird es schon nicht kommen«, besänftigte Maria die Freundin.

»Du hast gut reden, so wie ich es einschätze, seid ihr beiden wenigstens ein überaus zufriedenes Paar.«

»In gewisser Weise schon.«

Maria schenkte dem Geistlichen ein inniges Lächeln.

»Das Glück wäre jedoch vollkommen, wenn ich den Mann, den ich liebe, auch ehelichen könnte«, meinte die Heilerin wehmütig.

»Als Priester bin ich leider in einer verzwickten Lage, aber ich gebe die Hoffnung auf eine Änderung in dieser Hinsicht nicht auf. Man hört von immer mehr Priestern, die aufgrund der reformatorischen Thesen des Martinus Luther in den Stand der Ehe treten.«

Zuversicht war aus den Worten Albers herauszuhören und Anna war sich sicher, dass er es ernst mit Maria meinte.

»Gebt die Hoffnung nicht auf. Ich wünsche euch nichts sehnlicher, als dass eure Verbindung ein gutes Ende hat.«

Die Heilerin lud ihre Freundin zum Essen ein, doch Anna wollte die traute Zweisamkeit nicht stören und verabschiedete sich wenig später.

Als sie auf dem Nachhauseweg bei der Ratsstube vorbeiging, trat Jakob Stechler gerade aus der Tür des Gasthauses.

Beide waren überrascht und brachten zuerst keinen Ton heraus.

Anna fand als Erste ihre Haltung wieder und grüßte den Mann, den sie für ihre Probleme mit Gregor verantwortlich machte, knapp.

Der erfolgreiche Gewürzhändler nahm seinerseits die Kappe ab und drehte sie verlegen in seinen Händen.

»Seid gegrüßt, liebe Frau Neumann.«

Die junge Kauffrau setzte ihren Weg fort, obwohl sie Stechler am liebsten zur Rede gestellt hätte.

Jakob hingegen hätte sich liebend gern noch ein wenig mit der hübschen Frau unterhalten. Doch entgegen seiner sonstigen Redegewandtheit fehlten ihm bei Anna einfach die Worte. Sie muss über Zauberkräfte verfügen, dachte er.

Dabei war es ganz einfach: Jakob hatte sich zum ersten Mal in seinem Leben verliebt.

»Gehabt Euch wohl«, war alles, was er ihr noch hinterherrufen konnte.

Schnell blickte er sich um, um zu sehen, ob irgendwelche Leute seine Unsicherheit bemerkt hatten.

»Ich muss die Sache rasch zu Ende bringen«, flüsterte er entschlossen vor sich hin.

Von Bantlein wusste er, dass Gregor noch nicht endgültig verschwunden war und das Ultimatum offenkundig hatte verstreichen lassen.

Während er zu seinem Haus ging, um mit seiner Mutter das Mittagessen einzunehmen, nahm ein anderer Plan in seinem Kopf Gestalt an.

Im nahen Tübingen dachte Gregor von Auenfeld gleichfalls an Anna.

Er zerbrach sich den Kopf auf der Suche nach einem Ausweg aus seiner schwierigen Situation. Nachdem er von Späth an Stechler verraten worden war, hatte sich Gregor eine neue Bleibe gesucht. Doch der Weinbauer war keiner, der so schnell aufgab, und so belagerte er seinen Wunschschwiegersohn penetrant in dessen verlauster Absteige. Gregor ließ ihn ein wenig zappeln, bevor er einwilligte, wieder in Späths Haus einzuziehen. Zudem wurde ihm der Aufenthalt in dem geräumigen Haus durch die nächtlichen Besuche Marias versüßt.

Vielleicht sollte er seinen Widerstand aufgeben und das hübsche Mädchen ehelichen, doch sobald er dem Drängen Späths nachgeben wollte, kam ihm die Verpflichtung seines stolzen Namens in den Sinn.

Ein Gregor von Auenfeld konnte doch keine gewöhnliche Weingärtnerstochter heiraten, also blieb ihm nur die Option, sich mit den Gulden, die er bei der Entführung beiseite geschafft hatte, sowie dem in Annas Kontor unterschlagenen Geld davonzumachen. Wie weit aber würde er damit kommen?

Das Leben am Hof eines Fürsten, das Gregor gerne geführt hätte, verschlang Unsummen. Es gab für ihn derzeit mehrere Möglichkeiten, seinem Leben eine Richtung zu geben, aber keine erschien ihm die richtige zu sein.

Da kam ihm ein kühner Gedanke. Was, wenn er sich bei Anna in aller Form für seine Missetaten entschuldigte und um Vergebung bat?

Nach langem Hin und Her entschied er sich dafür, am morgigen Tag nach Reutlingen zu reiten und ein klärendes Gespräch zu suchen.

Am frühen Montagmorgen saß Anna mit verquollenen Augen und abwesendem Blick vor einer Schüssel mit gesüßtem Hirsebrei. Die junge Kauffrau hatte nur wenig geschlafen und viel geweint in dieser Nacht.

»Entschuldigt, Frau Neumann, ist Euch nicht gut? Soll ich nach der Heilerin schicken?«, fragte die aufmerksame Köchin besorgt.

»Nein, danke, es geht schon. Ich habe nur schlecht geschlafen.«

Wenig später schleppte sich die Kauffrau in ihr Kontor, in der Hoffnung, über der Arbeit ihren Kummer zu vergessen.

Der zuverlässige Bantlein saß bereits über den Büchern und begrüßte Anna herzlich.

Stolz berichtete er von einem sehr guten Handel mit Gewürzen, die er gehortet und, nachdem sie knapp geworden waren, gewinnbringend verkauft hatte.

Anna hörte nur mit halbem Ohr zu, ihre Gedanken wanderten immer wieder zu Gregor. Wenn er aus welchen Gründen auch immer auf und davon wäre, würde sie niemals den Grund dafür erfahren.

So hoffnungsfroh hatte sie sich ihre Zukunft ausgemalt, im Geiste hatte sich Anna bereits Namen für ihre Kinder ausgesucht.

Mitten hinein in ihre düstere Stimmung wurde die Tür aufgedrückt und der herbeigesehnte Advocatus trat herein.

»Gregor!«, schrie sie ihre ganze Anspannung hinaus.

Ohne sich um den Angestellten zu kümmern, sprang sie auf und warf sich dem Geliebten in die Arme.

»Du bist heute aber stürmisch«, entgegnete Auenfeld und drückte sie fest an sich.

Es war wie früher.

»Anna, ich müsste dich in einer dringenden Angelegenheit sprechen« meinte der Advocatus mit ernster Miene, nachdem sie sich voneinander gelöst hatten. »Herr Bantlein, wärt Ihr so freundlich und würdet derweil in die Küche gehen? Die Köchin soll Euch etwas zur Stärkung geben.«

Mit einem unmerklichen Nicken erhob sich der Kontorleiter und ging hinaus.

Er wandte sich jedoch nicht zur Küche hin, sondern verließ das Haus.

Gregor begann mit seiner Erklärung, sobald die Tür ins Schloss gefallen war.

»Es ist dir bestimmt aufgefallen, dass ich mich dir gegenüber seit einigen Wochen anders verhalten habe als noch zuvor.«

»Allerdings«, meinte Anna knapp.

»Damit du den ganzen Zusammenhang verstehst, muss ich etwas vorausschicken.

Meine geliebte Mutter hat mir vor geraumer Zeit eröffnet, dass sie eine standesgemäße Braut für mich gefunden hat. Sogar das Datum für die Hochzeit stand schon fest. Davon habe ich dir nie erzählt, weil ich dich nicht beunruhigen wollte, denn für mich stand fest, dass ich nur dich heiraten wollte.«

Während er diese Worte sprach, blickte Gregor ihr tief in die Augen und nahm ihre Hände in die seinen.

»Mitten in diese Zeit der Ungewissheit fiel ein Besuch bei meinem früheren Hauswirt Späth, dessen Sohn Christoph du ja gleichfalls kennengelernt hast. Entgegen meiner sonstigen Gewohnheit habe ich reichlich seinem süffigen Wein zugesprochen und als ich am frühen Morgen aufgewacht bin, lag Marie, die Tochter Späths, an meiner Seite. Ich war so voller Gewissensbisse und Schuldgefühle, dass ich dir nicht mehr unter die Augen treten konnte. Noch nie in meinem Leben habe ich mich so geschämt wie nach diesem unglückseligen Morgen.«

Das war es also, dachte Anna.

»Heute bin ich ein letztes Mal gekommen, um dir Lebewohl zu sagen, denn ich bin deiner nicht würdig. Diese Schande würde ewig zwischen uns stehen«, stieß Gregor mit reumütigem Gesicht hervor.

»Ich verzeihe dir«, entgegnete Anna, ohne lange zu überlegen. »Bleibe bei mir, unsere Liebe wird diesen kleinen Seitensprung überstehen.«

Sie umarmten und küssten sich leidenschaftlich.

Der erste Teil der Wiedergutmachung wäre geschafft, dachte Gregor zufrieden.

Seine Unterschlagungen würde er ihr im Laufe der Woche ebenfalls beichten, somit wären Stechlers Drohungen wirkungslos.

»Im Grunde habe ich deinen Großmut nicht verdient, doch weil ich mir ein Leben ohne dich nicht vorstellen kann, werde ich deiner Bitte entsprechen und bleiben. Eine freudige Mitteilung muss ich dir auch noch machen. Deinem Wunsch, die Ehe mit Neumann zu annullieren, ist stattgegeben worden. Wir können also einen Termin für unsere Hochzeit festlegen.«

Zwischen all den Möglichkeiten hatte sich Gregor schließlich für eine Vermählung mit Anna entschieden. Das schien ihm derzeit das Vorteilhafteste zu sein.

Als reicher Kaufherr hatte er gleichfalls viele Möglichkeiten, im Leben voranzukommen.

»Das ist die beste Nachricht seit Langem. Gleich heute suche ich Pfarrer Alber auf, um mit ihm den Zeitpunkt festzu…«

Jäh wurde die Tür aufgerissen und der Hauptmann der Stadtwache stürmte mit zwei seiner Schergen ins Kontor.

»Seid Ihr Gregor zu Auenfeld, Advocatus zu Tübingen?«, wollte der Söldner wissen und legte die rechte Hand auf den Knauf seines Kurzschwerts.

Es dauerte nur kurze Zeit, bis Anna sich von dem Schrecken erholt hatte.

»Was fällt Euch ein, ungefragt in mein Haus einzudringen!«, schrie die Kauffrau empört.

»Ich bin der Nämliche. Was wollt Ihr von mir und was gibt Euch das Recht, solcherart bei einer ehrbaren Bürgerin einzufallen?«, fragte der Advocatus ruhig.

»Das kann ich Euch sagen, mein Herr. Ihr werdet des mehrfachen schweren Betrugs und der Unterschlagung fremder Gelder beschuldigt«, antwortete der Hauptmann kalt. »Wenn Ihr uns dann begleiten würdet?«

»Moment.«

Mit kämpferischer Miene stellte sich Anna vor ihren zukünftigen Gemahl.

»Wen soll Gregor betrogen haben? Er ist über jeden Zweifel erhaben und würde niemals etwas Unrechtes tun, dafür kenne ich ihn zu gut.«

»Dann kennt Ihr ihn nicht gut genug, Frau Neumann, denn er hat Euch bestohlen.«

Unbemerkt war Bantlein, der Kontorleiter, eingetreten und stellte sich neben den Hauptmann.

»Euer Advocatus hat Euch betrogen und weil Ihr in Eurer Liebe zu ihm offensichtlich blind seid, habe ich den Diebstahl aufgedeckt und zur Anzeige gebracht. Es stimmt doch«, fuhr Bantlein fort und wandte sich Gregor zu, »dass Ihr bei mehreren von Euch getätigten Geschäften den eigenen Beutel gefüllt habt, oder etwa nicht?«

Alle starrten auf Auenfeld und selbst Anna sagte nichts,

sondern heftete den Blick auf Gregor, in der Hoffnung, er werde sämtliche Anschuldigungen Lügen strafen.

Der Advocatus hingegen war keineswegs so ruhig, wie er sich gab, denn die Aufdeckung seiner krummen Geschäfte kam zu früh. Durch sein Geständnis wegen Marie war das Vertrauen Annas in ihn ohnehin etwas angekratzt und sollten sich Bantleins Anschuldigungen als wahr erweisen, so wäre es wohl vollkommen erschüttert.

Im Grunde jedoch konnte nur Anna ihn anklagen, denn es war ihr Geld, das gestohlen worden war.

All diese Dinge gingen Gregor im Kopf herum, als er zu einer Verteidigungsrede ansetzte.

»Es ist nicht so, wie es scheint, Anna, ich habe lediglich ein wenig Geld von dir ausgeborgt, um meine Eltern zu unterstützen.«

»Aber weshalb hast du mich nicht gefragt, ich hätte dir so viel gegeben, wie du gebraucht hättest«, entgegnete Anna traurig.

»Das glaube ich dir gerne, doch dazu war ich zu stolz und außerdem …«

Unvermittelt zog Gregor die junge Frau zu sich heran und hielt ihr seinen kurzen Dolch, den er in einer flüssigen Bewegung aus der Scheide gezogen hatte, an die Kehle.

»Gregor …«

»Sei still, sollte mir einer zu nahe kommen, so ist es um die Kauffrau Anna Neumann geschehen!«

KAPITEL 9

Irritiert blickte Josel von Rosheim zuerst auf seine junge Frau und dann auf Hannes.

»Ihr kennt euch?«, fragte der jüdische Kaufmann erstaunt.

Ruth nickte und senkte züchtig ihre Augen, obwohl sie den Gesellen am liebsten in die Arme geschlossen hätte. Selbst Jos Fritz konnte sein Staunen nur mühsam unterdrücken.

»Du steckst voller Überraschungen, mein Junge, das musst du uns jetzt aber erklären«, forderte Hannes' Onkel.

»Auf der Landstraße nach Nördlingen hatte das Gefährt von Ruths Vater einen Achsbruch und mein Reisekamerad und ich haben ihnen geholfen. Dabei wurden wir leider unsanft unterbrochen und gemeinsam mit den Juden von einer Räuberbande gefangen genommen.«

Hannes berichtete von dem Aufenthalt in dem Lager der Strauchdiebe sowie von dem Wiedersehen in Frankfurt, wobei er die Episode in dem jüdischen Badehaus geflissentlich aussparte, als er und Ruth sich ein wenig nähergekommen waren.

»Dann habe ich es auch dir zu verdanken, dass die schönste Rose im Garten des Herrn nicht getötet wurde, sondern mein bescheidenes Heim mit ihrer Anwesenheit beglückt.«

»So groß war mein Anteil daran nun auch wieder nicht«, entgegnete der Geselle bescheiden und winkte ab.

»Ihr beiden habt euch bestimmt eine Menge zu erzählen. Wie wäre es, wenn wir sie derweil allein lassen und unser Geschäft bereden«, schlug Jos Fritz vor.

Der Hausherr nickte zustimmend und bedeutete seinem Gast, ihm ins Kontor zu folgen. Allerdings nicht ohne einen nachdenklichen Blick auf seine junge Frau zu werfen, die sich trotz ihrer zur Schau getragenen Schüchternheit aufrichtig freute, den Gesellen wiederzusehen.

Josel von Rosheim war ein guter Menschenkenner und spürte, dass die zwei mehr verband als nur eine flüchtige Bekanntschaft.

Nachdem sie alleine waren, fiel jegliche Scheu von Ruth ab und sie schenkte dem Handwerker ein bezauberndes Lächeln.

»Ich habe nicht mehr daran geglaubt, dich jemals wiederzusehen, Hannes.«

»Mir geht es genauso.«

Hannes versuchte, die zartgliedrigen Hände der wunderschönen Jüdin zu umschließen, doch sie entzog sie ihm.

»Meine Enttäuschung war riesengroß, als ich gemeinsam mit Rudolf deines Vaters Haus aufgesucht hatte, um euch zu warnen, und dich nicht mehr angetroffen habe.«

»Er wollte mich vor dem wütenden Pöbel in Sicherheit bringen«, rechtfertigte Ruth die Entscheidung ihres Vaters.

»Jedenfalls hat Ephraim trotz meines Flehens deinen Aufenthaltsort nicht verraten. Dabei bin ich mir sicher, dass er oder dein Bruder uns damals in der Mikwa belauscht haben. Doch nun bin ich hier und habe dich gefunden. Das muss eine göttliche Fügung sein.«

Er sah ihr in die geheimnisvollen, fast schwarzen Augen und war sich seiner tiefen Zuneigung für diese Frau wieder bewusst.

»Wir sind füreinander bestimmt, lass alles stehen und liegen und komm mit mir, Ruth.«

Erneut suchte er ihre Hände und diesmal ließ sie es geschehen, dass er sie umfing.

»Es ist sinnlos, mich darum zu bitten. Mein Schicksal ist es, in diesem Haus und bei diesem Mann zu sein«, flüsterte sie ergeben, mit einem Hauch von Melancholie in der Stimme.

»Aber dieser Josel könnte dein Vater sein und bestimmt bist du gegen deinen Willen mit ihm verheiratet worden.«

»Das ist richtig, was du sagst, doch er ist gut zu mir und lässt mir gewisse Freiheiten. Zudem ist er ein bedeutender Mann unter den Juden. Sobald irgendeine Ungerechtigkeit gegen einen von uns geschieht, ist Josel als unser Anwalt zur Stelle. So viel ich gehört habe, hat er sogar schon mit dem Kaiser verhandelt«, meinte Ruth und ein gewisser Stolz auf ihren Mann war nicht zu überhören. »Wenn es die Umstände damals in Frankfurt ergeben hätten, wäre ich mit dir zusammen fortgegangen, und ich bin überzeugt, dass mein Vater das gespürt hat. Doch heute bin ich in meiner Zuneigung zu meinem Mann gefestigt und zudem trage ich Josels Kind unter meinem Herzen.«

Kurz nur versuchte Hannes, sie umzustimmen, sah dann jedoch ein, dass seine Bemühungen vergeblich waren. Zu viel hatte sich seit der Zeit in Frankfurt ereignet.

Just in diesem Augenblick kamen Jos Fritz und sein Geschäftspartner zurück.

Schnell huschte Ruth auf und kümmerte sich wieder um den eisernen Topf, der auf einem Dreibein über dem Feuer stand.

»Ist das Euer letztes Wort, Josel?«, fragte der Bundschuhanführer sichtlich erregt.

»Für Eure letzte Revolte habe ich Euch Geld gegeben, doch dieses Mal ist es mir nicht möglich. Derzeit stehe ich in Verhandlungen mit mehreren Fürsten wegen einiger meiner Glaubensbrüder und möchte das zarte Pflänzchen der Hoffnung nicht zerstören, indem ich Euch einen Aufstand finanziere.«

»Nun gut, ich habe verstanden. Komm, Hannes, lass uns gehen!«, befahl Jos zornig.

»Seid Ihr jetzt wütend auf mich?« Trotz des Ernstes der Lage blieb Josel von Rosheim höflich und ruhig.

»Wütend wäre das falsche Wort, ich bin eher enttäuscht, denn ich bin mir sicher, dass Eure israelitischen Brüder genauso von einer Umwälzung der Gesellschaft profitiert hätten. Sei es drum, ich muss mir halt einen anderen Geldgeber suchen. Danke trotzdem dafür, dass Ihr mich empfangen und mir zugehört habt«, meinte Jos Fritz, bemüht, einen moderaten Ton anzuschlagen.

»Bleibt Ihr nicht zum Abendessen?«, fragte Ruth.

»Tut mir leid, aber wir haben noch einen weiten Weg vor uns, trotzdem vielen Dank.«

Die beiden zogen ihr Wams wieder an und wandten sich zum Gehen.

Jos Fritz hatte das Haus bereits verlassen, als Hannes plötzlich einen Geistesblitz hatte.

Er kramte etwas aus seinem Beutel und hielt es dem jüdischen Geldwechsler hin.

»Ändert das etwas an Eurer Meinung?«

»Woher hast du diesen Ring?«, stieß Josel von Rosheim hervor.

»Euer Schwiegervater hat Rudolf und mir je eines der Schmuckstücke gegeben. Ephraim sagte uns, dass wir den Ring überall im Kaiserreich bei einem Juden gegen einen Gefallen eintauschen könnten.«

Selbst als Hannes von dem schurkischen Eduard van Hulst gefangen genommen worden war, hatte er es verstanden, den Ring zu verstecken.

»Das ändert allerdings einiges«, entgegnete Josel beeindruckt. »Kommt wieder herein und legt Euer Wams ab.«

»Wie kann es sein, dass ein gewöhnlicher Ring Eure Meinung ändert und meine triftigen Argumente nicht?«, wollte Jos Fritz ärgerlich wissen.

»Das ist alles andere als ein gewöhnlicher Ring. Ihr kennt die Situation der Juden, und nur dadurch, dass wir über alle Grenzen hinweg zusammenhalten, kann unser Volk in der Diaspora überleben, um hoffentlich eines Tages wieder im Gelobten Land einzuziehen. Dieser Ring ist ein Zeichen dafür, dass Euer Neffe den Hebräern in einer sehr gefährlichen Situation geholfen hat. Somit ist jeder Jude verpflichtet, ihm beim Vorzeigen dieses Rings einen Gefallen zu erweisen, der im Rahmen seiner Möglichkeiten ist. Ich werde Euch also das gewünschte Geld beschaffen, auch wenn das überhaupt nicht meinen derzeitigen Plänen entspricht. Ihr nennt mir Ort und Zeit und ich werde mit den Gulden da sein. Doch nun lassen wir die Geschäfte ruhen und widmen uns angenehmeren Dingen. Setzt Euch und seid meine Gäste.«

Jos Fritz wusste nicht, wie ihm geschah, eben noch sah er seine Felle davonschwimmen und nun bekam er dank seines wie aus dem Nichts aufgetauchten Neffen doch noch das dringend benötigte Geld.

Der Abend nahm einen äußerst harmonischen Verlauf und Ruth erwies sich als ausgezeichnete Köchin. Das koscher zubereitete Zicklein schmeckte vorzüglich und erst spät in der Nacht verließen Hannes und sein Onkel ihre Gastgeber.

»Pass auf dich auf und möge Gott der Herr deine Schritte immer in die richtige Richtung lenken.«

Obwohl ihr Mann neben ihr stand, konnte Ruth es sich nicht verkneifen, dem Gesellen einen Kuss auf die Wange zu geben.

Am nächsten Morgen rollte die Kutsche wieder in Richtung Freiburg und Hannes musste seinem aufmerksam lauschenden Oheim nochmals ausführlich über die Ereignisse in Frankfurt am Main berichten. Der legendäre Bundschuhanführer konnte nicht umhin, seinem Neffen für dessen Mut Respekt zu zollen.

Insgeheim beschloss er, Hannes in seine Planungen mit einzubinden, sofern dieser dies wollte. Es konnte nicht schaden, in unmittelbarer Nähe einen nahen Blutsverwandten zu haben, auf den man sich rückhaltlos verlassen konnte.

Nachdem sie die Hütte erreicht hatten, zogen sich die Männer wieder um.

»Mach es gut, mein Junge, wir bleiben in Kontakt.«

Jos Fritz schlang seine kräftigen Arme um seinen Neffen und drückte ihn an sich.

»Nochmals vielen Dank für deine Hilfe!«, rief er ihm hinterher, als Hannes bereits auf der Landstraße nach Freiburg wanderte.

»Was hältst du von dem Jungen, Thomas?«, fragte Jos seinen engsten Vertrauten, als der Geselle bereits aus ihrem Gesichtsfeld verschwunden war. »Ich überlege, ob wir ihn in unserer Mitte aufnehmen sollen, fähige Männer sind rar.«

»Du hast recht, er würde gut zu uns passen«, antwortete der Kutscher knapp und verwandelte sich wieder in einen Bauern.

Hannes' Gedanken hingegen drehten sich nur um die schöne Ruth.

Sie hatte ihn damals beeindruckt und auch gestern wieder war er ihrer Faszination erlegen. Leider schien es diesmal ein endgültiger Abschied zu sein, musste er sich wehmütig eingestehen.

Gerade noch rechtzeitig, bevor die Tore schlossen, drückte sich der müde Wanderer an dem missmutigen Wächter vorbei und ging zur Herberge, wo wie üblich die alten Gesellenbrüder beisammensaßen.

Er ließ sich an einem Tisch nieder und lauschte ihren Geschichten.

Geschickt lenkte Hannes im Verlauf des Abends das Gespräch auf den letzten Bundschuhaufstand, der von Lehen ausging. Während die anderen nichts von der Geschichte wissen wollten, ging einer der Männer darauf ein und bekannte sich hinter vorgehaltener Hand als Unterstützer der Revolte.

»Damals saß den Freiburgern die Angst im Nacken, schade, dass wir keinen Erfolg hatten. Doch ich bin fest davon überzeugt, dass Jos Fritz im Geheimen wieder etwas plant. Glaub mir, Junge, so einer gibt nicht auf.«

Wenn du wüsstest, dachte Hannes und lachte in sich hinein.

»Dein Nachname ist doch auch Fritz, bist du etwa mit dem Aufrührer verwandt?«, wollte ein anderer wissen und Hannes spürte, wie er errötete.

»Äh … ich wüsste nicht«, stammelte der Geselle und war froh, als ein dritter am Tisch sitzender Mann das Thema wechselte.

Wenig später verabschiedete er sich und ging in seine Kammer.

Die nächsten Tage verliefen mehr oder weniger harmonisch, doch das war hauptsächlich der Tatsache geschuldet, dass Vater und Sohn Degenhard auf verschiedenen Baustellen tätig waren.

Der alte Meister nahm Hannes mit in ein nahes Dorf zu einem größeren Weingut.

Hier musste das Gestell für eine riesige Weinpresse erneuert werden, während Ludwig nach wie vor in dem Kaufhaus arbeitete.

Auch wenn ihm Albrecht nicht sehr sympathisch war, so musste Hannes es sich eingestehen, dass der Meister fachlich ein absoluter Könner war.

Millimetergenau fügten sich die Holzverbindungen, die sie an den schweren Eichenbalken ausgearbeitet hatten, zusammen. Von Franz, dem alten Gesellen, wusste Hannes auch, dass der alte Degenhard die Werkplanung und Ausführung einiger der stattlichsten Häuser der Stadt gemacht hatte.

Dabei hatte sich der Meister eine hohe Reputation erworben und war seit geraumer Zeit sowohl in der Zunft als auch im Stadtrat ein gewichtiges Mitglied.

Was das schwierige Verhältnis zu seinem Sohn anbelangte, so waren hier die Meinungen der Öffentlichkeit geteilt.

Einige seiner Ratskollegen rieten ihm dringend, Ludwig besser zu behandeln. Schließlich würde Albrecht irgendwann, wenn seine Arbeitskraft erlahmte, auf seinen Sohn angewiesen sein.

Der ältere Degenhard tat dies als dummes Gewäsch ab und verteidigte sein Verhalten Ludwig gegenüber. Diejenigen, die die beiden gemeinsam auf Baustellen erlebt hatten, prophezeiten, dass wohl eines Tages einer auf der Strecke bleiben würde.

Zu allem Überfluss bestand noch immer das ungelöste Problem mit den inhaftierten Gesellen.

Sämtliche Meister ächzten unter der unerträglichen Arbeitslast, die sie bewältigen mussten.

Doch der Stadtrat blieb hart und behielt die Arbeiter im Kerker.

Hannes hatte indes von Franz erfahren, dass sich die anderen Bruderschaften auf das Betreiben des alten Gesellen hin solidarisch erklären und die Arbeit eine ganze Woche niederlegen wollten. Das war jedoch äußerst gefährlich, denn in der Vergangenheit hatte sich gezeigt, dass die Obrigkeit bei Arbeitskämpfen rigoros durchgriff.

Nachdem die Hälfte der Balken aufgerichtet war, brachte die Frau des Winzers den hungrigen Arbeitern eine üppige Brotzeit und eine Kanne des vorzüglichen Weines.

Albrecht goss sich den zweiten Becher ein und Hannes beschloss, das Gespräch mit dem Meister zu suchen.

»Herr Degenhard, beantwortet mir eine Frage. Weshalb rackert Ihr Euch so ab und behaltet stattdessen meine Gesellenbrüder im Kerker? Ihr könntet sie freilassen und ihnen eine Geldstrafe aufbrummen. Ich bin mir sicher, dass sie durch den langen Gefängnisaufenthalt einsichtig geworden sind.«

»In gewisser Hinsicht hast du recht«, antwortete Albrecht weniger barsch als sonst.

Augenscheinlich hatte der gute Wein seine chronisch schlechte Laune abgemildert.

»Allzu lange können wir Meister diese Strapazen nicht mehr aushalten. Sowohl wir und unsere Söhne als auch die armen Lehrjungen kommen auf dem Zahnfleisch daher. Doch dadurch, dass einer der Stadtknechte dauerhaft verletzt wurde, hat das Ganze eine andere Dimension erreicht. Eigentlich warten wir auf Gesellen wie dich, die neu in die Stadt kommen, damit wir die Inhaftierten bestrafen und ausweisen können.«

Das war ja unglaublich, dachte Hannes, die Meister würden es so lange durchziehen, wie es notwendig war. Seine armen Brüder, die bei der Auseinandersetzung im Recht gewesen waren, wurden hart dafür bestraft, dass sie für eine Verbesserung der Arbeitsbedingungen gekämpft hatten.

Es musste doch einen Weg geben, die Gesellen zu rehabilitieren.

Der Nachmittag war für Hannes ungewöhnlich, denn der Meister nahm sich Zeit, um seinem Gesellen einige Tricks und Kniffe beizubringen.

Kurz vor Feierabend legte Albrecht die Werkzeuge aus der Hand und bedeutete Hannes, es ihm gleichzutun.

»Wir schauen auf dem Nachhauseweg noch bei Ludwig vorbei.«

Sobald Degenhard seines Sohnes ansichtig wurde, war es vorbei mit der guten Laune. Offenkundig wirkte Ludwig auf seinen Vater wie ein rotes Tuch.

»Kann ich dich denn keinen Tag alleine lassen!«, rief der Ältere ruppig.

Offensichtlich reichte ihm das Tagespensum seines Sohnes nicht aus.

»Aber Vater, es gab Schwierigkeiten mit dem …«

»Bei dir gibt es immer irgendwelche Schwierigkeiten«, unterbrach Albrecht unwirsch den Erklärungsversuch. »Ich bin überzeugt davon, dass Hannes doppelt so viel zustande gebracht hätte.«

Der Geselle überlegte schnell, ob er etwas erwidern sollte, denn schließlich musste er sich Ludwig gewogen halten, damit der sein Wissen über seine Beziehung zu Jos Fritz nicht ausplauderte.

»Ihr tut Eurem Sohn unrecht, Herr Meister, gewiss hätte ich auch nicht mehr geschafft.«

Der junge Degenhard hingegen warf den Hammer in eine Ecke und verließ mit hochrotem Gesicht die Baustelle.

»Meint Ihr nicht, dass Ihr Euren Sohn ungerecht behandelt?«, wagte Hannes zu fragen.

»Wenn ich deine Meinung hören will, lasse ich es dich wissen, ist das klar?«

Vergessen war offenbar der halbwegs harmonische Nachmittag.

»Räum das Werkzeug des Versagers zusammen!«, befahl Degenhard noch und ging dann gleichfalls von dannen.

Hannes tat unter Protest, wie ihn geheißen, und machte sich danach wütend bei einbrechender Dunkelheit auf den Weg zur Herberge.

Der Geselle hatte nicht mehr die geringste Lust, auch nur einen Tag länger in dieser Stadt zu verweilen.

»Nächste Woche suche ich den Kontakt zu meinem Oheim«, sagte er leise vor sich hin, »wozu kann ich ihm hier schon von Nutzen sein?«

Er hatte keinerlei Drang mehr, den Prellbock zwischen den beiden Streithähnen zu spielen.

Am nächsten Morgen musste das Gerüst, bei dem sich ein Arbeiter verletzt hatte und Albrecht wider Willen zum Samariter geworden war, wieder abgebaut werden.

Da der Meister keinen Tagelöhner auftreiben konnte, musste Ludwig mitgehen.

»Wir bauen von oben her ab und du nimmst die Bohlen und die anderen Teile entgegen, Hannes. Verstau sie sogleich in unserem Karren«, ordnete Degenhard an und bedeutete seinem Sohn, ihm zu folgen.

An einem der langen, senkrechten Gerüststangen war eine Umlenkrolle angebracht. Dieses Rundholz war etwas dicker als die anderen und besonders gesichert.

Mithilfe des Seils, das in der Rolle geführt wurde, konnten die verschiedenen Gerüstteile in die Tiefe gelassen werden.

Zuerst wurden die in Bauchhöhe waagerecht angebrachten Bretter entfernt, die den Arbeitern als Geländer gedient hatten.

Danach folgten die Gerüstbohlen sowie die Verbindungskonsolen zwischen den senkrechten Stangen. Dazu mussten die fingerdicken Kälberstricke gelöst werden.

Das oberste Stockwerk war bereits bis auf zwei Bohlenfelder abgeräumt, als Hannes emporschaute und etwas Seltsames gewahr wurde.

Just in dem Moment, als Albrecht von einem Feld zum anderen übertreten wollte, zog Ludwig blitzschnell die Bohle zu sich heran.

Der Meister trat ins Leere, schlug auf der nächst tieferliegenden Ebene auf und konnte mit letzter Kraft ein Geländerbrett umfassen.

»Hilf mir, Ludwig!«, stieß der Gestürzte flehend hervor.

Doch beim Blick in das Gesicht seines Sohnes sah er ein zufriedenes Lächeln.

Nach einer Schrecksekunde betrat Hannes die lange Leiter, die nach oben führte, und stieg, so schnell es ihm möglich war, auf.

Dabei konnte er sehen, dass Ludwig keinerlei Anstalten machte, seinem Vater zu helfen.

Kurz bevor der Geselle oben anlangte, verließen Albrecht die Kräfte und mit einem herzzerreißenden Schrei stürzte er in die Tiefe.

KAPITEL 10

Just in diesem Moment kam Jakob Stechler zur Türe herein und erfasste den Ernst der Situation sofort.

»Was soll das, Auenfeld? Legt das Messer nieder und

lasst die Frau zufrieden. Ihr verschlimmert Eure Lage nur noch weiter.«

Beschwichtigend hob der Kaufherr die Hand und ging auf Gregor zu.

»Keinen Schritt weiter, sonst ist es um Anna geschehen. Ich habe nichts mehr zu verlieren!«, stieß Gregor hervor. »Das hätte ich mir eigentlich denken können, dass ihr Mistkerle hinter diesem Schmierentheater steckt. Nimm dich in Acht vor diesem üblen Intriganten, Anna, dein Kontorleiter Bantlein steckt mit ihm unter einer Decke und informiert ihn über deine sämtlichen Geschäftstätigkeiten.«

»Das ist nicht wahr!«, echauffierte sich Bantlein. »Ich war immer loyal zu Frau Neumann, doch als ich bemerkte, dass Ihr Euch immer dreister aus ihrer Kasse bedient habt, musste ich jemanden einschalten. Daraufhin habe ich mich an Herrn Stechler gewandt, der mir vertrauenswürdig erschien.«

»Genug geredet, schafft eine geschlossene Kutsche her sowie ein ausgeruhtes Pferd und lasst mich mit meiner Geisel ziehen.«

Mit einem zu allem entschlossenen Gesichtsausdruck wandte sich Gregor an Stechler. Der überlegte nur kurz.

»In Ordnung, wir besorgen Euch das Fuhrwerk. Doch über kurz oder lang kriegen wir Euch und dann Gnade Euch Gott«, meinte der Gewürzhändler verbissen.

Deutlich spürte Anna das scharfe Messer an ihrem Hals und wagte kaum zu atmen, aus Angst, es könnte sie verletzen. Wie hatte es nur so weit kommen können, fragte sie sich. Sie hätte Gregor seinen Fehltritt und auch den offensichtlichen Diebstahl verziehen. Mit diesem Mann hätte sie eine glückliche Ehe führen und ihm Kinder schenken können. So sicher wie bei Gregor war sie sich noch nie gewesen und jetzt bedrohte der Geliebte ihr Leben.

Während Anna an ihrer Menschenkenntnis zweifelte, veranlasste der sehr besorgte Stechler, dass die Zugpferde an Gotthelf Burgwarts Kutsche angespannt wurden. Zudem schickte er einen Knecht zum Schultheißen, um diesen über die brenzlige Situation zu informieren.

Es wäre fatal, sollte irgendein dienstbeflissener Söldner das Gefährt anhalten und dadurch Annas Leben gefährden. Niemand in der Stadt ahnte etwas von dem Drama, das sich in ihren Mauern abspielte. Sobald die Kutsche vor dem Fenster von Annas Kontor erschien, drängte Gregor die junge Frau hinaus.

Vorsichtig blickte er sich um, bevor er gemeinsam mit seiner Geisel in dem Wagen verschwand. Der Fuhrmann hatte Anweisung, langsam durch die Gassen zu rollen und dann das Mettmannstor zu passieren. Kurz bevor Gregor und Anna das Haus verlassen hatten, schickte Stechler einen Boten, um den Torwächter zu informieren.

»Wir dürfen kein Aufsehen erregen«, sagte Jakob zu dem völlig konsternierten Bantlein, »denn ich fürchte, dieser Kerl ist zu allem fähig.«

Außer seiner Mutter hatte Stechler noch nie einen Menschen gehabt, der ihm am Herzen lag. Doch das war, bevor er Anna kennengelernt und sich in sie verliebt hatte.

Von einer für ihn bis dato völlig unbekannten Angst um einen teuren Menschen erfasst, blickte Stechler dem erfahrenen Kutscher hinterher, der sein Gefährt gemächlich durch die engen Gassen lenkte.

»Können wir denn gar nichts für Frau Neumann tun?«, fragte Bantlein mit zitteriger Stimme.

»Im Augenblick sicherlich nicht, doch ich habe einige Söldner ausschwärmen lassen, die den Weg nach Tübingen von gut getarnten Aussichtspunkten aus beobachten. Sobald Auenfeld auf das mitgeführte Pferd umsteigt und Anna nicht mehr in Gefahr ist, schnappen wir ihn.«

»Obwohl er sich dann auf württembergischem Gebiet befindet?«, gab der Kontorleiter zu bedenken.

»Dieses Risiko gehe ich ein, außerdem habe ich einen guten Draht zum Vogt«, entgegnete Stechler, der seine Kaltschnäuzigkeit wiedergefunden hatte.

Kaum jemand nahm Notiz von der Kutsche und als der Torwächter ihrer ansichtig wurde, beeilte er sich, zur Seite zu gehen. Gregor atmete hörbar auf, als sie auf dem freien Feld unterwegs waren. Endlich steckte er auch das Messer weg.

»Dass ich mich so in dir getäuscht habe«, sagte Anna bitter.

Sie wartete immer noch darauf, dass sie aus einem bösen Traum aufwachen und Gregor neben ihr im Bett liegen würde.

»Du hast dich nicht in mir getäuscht, du hast nur etwas anderes in mir gesehen als die meisten dieser Spießbürger. Doch ich bin keiner von euch. Ich bin von edlem Geblüt und mein Lebensziel ist es, den Namen meiner Familie wieder in altem Glanz erstrahlen zu lassen.«

»Dann hast du mir also die ganze Zeit etwas vorgegaukelt«, hauchte Anna deprimiert. »Sämtliche Liebesbezeugungen und Hochzeitsversprechungen sind von dir nur zu dem Zweck gemacht worden, Zeit zu gewinnen, um mich auszurauben. Das nenne ich edles Geblüt. Natterngezücht würde es besser beschreiben.«

»Ziehe meinen Namen nicht in den Schmutz.« Gregors ebenmäßiges Gesicht verzerrte sich, als er Anna grob am Arm fasste.

»Aua, du tust mir weh!«

Sofort ließ er sie wieder los.

»Niemals, seit wir uns kennen, habe ich eindeutig gesagt, dass ich dich heiraten werde. Erst vorhin kam es über meine Lippen und glaube mir, es war mir ernst damit. Ich hätte mich damit abgefunden, ein reicher Pfeffersack zu werden und mit dir eine Familie zu gründen. Glücklicherweise spielte dieser unsympathische Stechler ein doppeltes Spiel und hat mir die Stadtbüttel auf den Hals gehetzt, sodass mir keine andere Wahl mehr blieb, als das Weite zu suchen«, erklärte Gregor mit einem zufriedenen Lächeln.

Anna hingegen konnte ihre Tränen nicht mehr zurückhalten. Die junge Frau fühlte sich so gedemütigt wie selten zuvor in ihrem Leben. Gregor machte keinerlei Anstalten, sie zu trösten, obwohl es ihm fast leidtat, die hübsche Kauffrau so zu verletzen. Nachdem sie das Dorf Kusterdingen passiert hatten und durch ein kleines Wäldchen fuhren, pochte der Advocatus kräftig an die dünne Holzwand der Kutsche. Sofort hielt der getreue Fuhrmann seine Pferde an.

Gregor stieg aus und bedeutete seiner Gefangenen, ihm zu folgen.

Die Eichen boten einen guten Sichtschutz und zu Auenfelds Glück kamen in diesem Augenblick keine anderen Reisenden des Wegs.

»Komm herunter, braver Knecht, und zieh deine Kleider aus.«

Der erschrockene Mann reagierte nicht.

»Na wird's bald, oder soll ich deiner Herrin zuerst die Kehle durchschneiden.«

Nun sprang der Fuhrmann behände herunter und befolgte Auenfelds Befehl.

»Nun lege dein Wams, dein Hemd sowie deine Hose ab.«

Zögerlich blickte der verängstigte Mann auf Anna und als die Kauffrau leicht nickte, zog er sich aus.

»Jetzt steige in die Kutsche. Einmal in deinem armseligen Leben darfst du dich fühlen wie deine Herrschaften«, bemerkte Gregor hämisch.

Sobald der Mann drinnen war, legte Gregor den Riegel um.

»So, werte Anna, du darfst seinem Beispiel folgen und dich ebenfalls entkleiden.«

»Was hast du vor, Gregor? Vor nicht allzu langer Zeit hast du mich aus der Gefangenschaft befreit und nun bedrohst du mich mit einem Messer.«

Mit gemischten Gefühlen dachte Anna daran zurück, als sie zuerst in die Fänge ihres Ehemanns Kaspar Neumann und danach gewissermaßen vom Regen in die Traufe durch einen Zufall in die Gewalt des Ritters Franz von Sickingen geraten war.

»Lass uns nach Reutlingen zurückkehren. Ich sorge dafür, dass du rehabilitiert wirst«, flehte Anna und wusste sogleich, dass es aussichtslos sein würde.

»Es gibt für mich kein Zurück mehr und nun zieh dich aus.«

Nachdem Anna ihr Kleid und ihre Haube gleichfalls abgelegt hatte, drängte Gregor sie, die Sachen des Kutschers anzuziehen.

Der Fuhrknecht war nur unwesentlich größer als Anna und tatsächlich passten ihr dessen Sachen ausnehmend gut.

»Du wolltest doch schon immer mal eine Kutsche lenken«, meinte Gregor und lachte, als er Anna zwang, auf dem Kutschbock Platz zu nehmen.

Blitzschnell nahm er einen der Stricke, die für Notfälle mitgeführt wurden, und band die sich heftig wehrende Kauffrau an Händen und Füßen. Danach steckte er ihr ein Taschentuch in den Mund und stieg wieder ab.

Gregor zog sich rasch Annas Kleid über. Zu seinem Glück war es nicht so eng und so genügte es, die Schnüre am Rücken mit seinem Dolch zu zerschneiden. Nachdem er auch die Haube angelegt hatte, band er das Pferd los und steckte seine eigenen Sachen in die ledernen Satteltaschen. Gewiss war er beinahe fünf Zoll größer als Anna und um einiges breiter, doch etwaige Beobachter würde er für kurze Zeit bestimmt in die Irre führen können.

Er löste die Bremse und gab einem der Braunen einen kräftigen Hieb mit der flachen Hand. Sofort trabten die Tiere los, gefolgt von Gregor, der sie so lange antrieb, bis das Ende des Wäldchens erreicht war.

»Was machen die nur so lange in dem Wald?«, fragte einer der Männer, die Stechler damit beauftragt hatte, die Kutsche zu beobachten und bei einer guten Gelegenheit die Gefangene zu befreien.

»Na was wohl, bestimmt muss jemand sein Wasser lassen.«

»Ich weiß nicht, da ist bestimmt etwas faul.«

»Da, schau!«, rief der andere aufgeregt.

Die Kutsche fuhr in Richtung Tübingen und auf dem Pferd ritt die Frau in nördlicher Richtung davon.

»Sollen wir nun den Flüchtigen mit der Kutsche verfolgen oder uns um Frau Neumann kümmern?«

»Zwischen uns und der Stadt Tübingen ist meines Wissens niemand mehr. Das Beste wird daher sein, wir verfolgen das Fuhrwerk, denn offenkundig ist die Kauffrau ja frei und findet den Weg zurück nach Reutlingen sicherlich auch ohne unsere Hilfe.«

Nachdem sein Begleiter zustimmend genickt hatte, schwangen die beiden sich in den Sattel und verfolgten die Kutsche. Ihre ausgeruhten Pferde holten den Vorsprung sehr rasch auf. Mit gezücktem Kurzschwert langte der Vorderste bei der Kutsche an und musste zu seinem Entsetzen erkennen, dass der Kutscher gefesselt und geknebelt war und somit niemand die Pferde steuern konnte.

Zudem ging es nun steil ins Neckartal hinunter und die führerlosen Tiere gerieten in Panik. Der umsichtige Mann überlegte nur kurz und drängte seinen Rappen, so nah es ihm möglich war, an den Kutschbock. Da sah er, dass es sich bei dem vermeintlichen Kutscher um Anna Neumann handelte.

»Schlag mit deinem Schwert den verdammten Türriegel ab!«, schrie er seinem von der anderen Seite herannahenden Kameraden zu.

Er selber versuchte, sich in vollem Galopp hinüberzuhangeln, doch dazu fehlten ihm die reiterischen Fähigkeiten. Fieberhaft suchte er nach einer anderen Möglichkeit, die Frau auf dem Kutschbock vor dem sicheren Tod zu bewahren, denn es war nur noch eine Frage der Zeit, bis die Kutsche an einem Baum zerschellen würde. Währenddessen war es dem anderen Mann gelungen, die Türe zu entriegeln, woraufhin der halbnackte Kutscher herausplumpste, sich mehrmals überschlug und regungslos liegen blieb.

In diesem Moment trat eines der Tiere in ein Loch und verlor das Gleichgewicht. Das andere Pferd, das mit ihm angeschirrt war, wurde ebenfalls umgerissen und der Wagen überschlug sich.

»Stell dir vor, Maria, soeben hat mich der Gewürzhändler Jakob Stechler aufgesucht und mir eine völlig unwahrscheinliche Geschichte erzählt.«

Der etwas beleibte Matthäus Alber war noch völlig außer Puste, als er an dem Häuschen der Heilerin ankam. Nachdem sein Atem wieder ein wenig ruhiger geworden war, berichtete er Maria von der Geiselnahme Annas durch ihren zukünftigen Ehemann. Die Hebamme, die eigentlich nichts so schnell erschütterte, war einer Ohnmacht nahe, als der Priester geendet hatte.

»Aber … das … das kann nicht sein«, stotterte sie. »Gregor und Anna werden doch in Bälde vermählt sein. Es muss sich um einen Irrtum handeln.«

»Ich fürchte, nicht«, versetzte Alber mit schicksalsschwerer Stimme.

»Wie ich Stechlers Worten entnommen habe, hat der feine Herr von Auenfeld ein doppeltes Spiel gespielt. Er hatte wohl nie die Absicht, Anna zu heiraten, sondern war nur hinter ihrem Geld her.«

»Das kann ich mir nicht vorstellen. Du hast ihn doch auch mehrfach erlebt, er wirkte völlig ehrlich und glaubwürdig. Irgendetwas, von dem wir nicht wissen, muss vorgefallen sein. Sobald Anna wieder da ist, werde ich sie fragen.«

»Ich hoffe für uns alle, dass sie lebendig wiederkehrt«, meinte der Priester voller düsterer Vorahnung.

»Diese Ungewissheit halte ich nicht aus, Matthäus.«

Maria dachte nach.

»Hat bereits jemand die Verfolgung aufgenommen?«, fragte sie.

»Stechler hat einige Männer losgeschickt, um die Kutsche zu beobachten«, gab der Priester zur Antwort.

»Weshalb Stechler, er ist doch weder Bürgermeister noch Stadtrichter?«

»Hm, du hast recht«, Alber kratzte sein Doppelkinn. »Daran habe ich noch gar nicht gedacht.«

»Offenkundig hat er ein großes Interesse daran, Anna zu befreien, warum auch immer. Lass uns den Gewürzhändler aufsuchen.«

Aufgeregt ging Bantlein in Annas Kontor auf und ab.

»Wir können doch nicht hier sitzen, während Frau Neumann womöglich gerade erstochen wird.«

»Ich denke nicht, dass ihr etwas zustößt. Entweder hat es der Kerl geschafft und ist bereits über alle Berge oder die Männer haben ihn dingfest gemacht«, erwiderte Stechler. »Bestimmt kommt sie bald zur Türe herein. Doch wir beide können indes die Zeit nutzen. Wie wäre es, wenn Ihr mir ein wenig Einblick in die Bücher gewähren würdet? Es soll nicht zu Eurem Schaden sein, Bantlein.«

»Das ist jetzt aber nicht Euer Ernst, Herr Stechler, dass Ihr in dieser Situation ans Geschäft denkt!«, rief der Kontorleiter aufgebracht.

»Habt Euch nicht so, schließlich wart Ihr es, der mir zuerst Interna verraten hat.«

»Das war nur, weil ...«

»Schweigt!«, unterbrach ihn Stechler mit schneidender Stimme.

Ohne weiter auf den zeternden Bantlein zu achten, ergriff Jakob eines der in Schweinsleder gebundenen Geschäftsbücher.

»Das ist ja hochinteressant«, murmelte er, als sich plötzlich die Tür öffnete.

Blitzschnell legte er es wieder zurück und wandte sich den ungebetenen Besuchern zu.

»Gott zum Gruße, Herr Stechler, Eure Mutter hat uns gesagt, dass wir Euch wohl hier in Annas Kontor antreffen werden«, ergriff Maria das Wort, nachdem sie dem unglücklich dreinblickenden Bantlein kurz zugenickt hatte.

In diesem Moment kam auch der schwer atmende Pfarrer Alber zur Tür herein.

»Äh, was führt Euch zu mir?«

Innerlich verfluchte Stechler die beiden. Solch eine günstige Gelegenheit, Einblick in Annas Geschäftssituation zu erhalten, würde sich wohl so schnell nicht wieder ergeben. Denn bei aller Zuneigung, die er für die attraktive Kauffrau verspürte, wollte er schließlich nicht die Katze im Sack kaufen.

»Das könnt Ihr Euch ja denken, wir wollen wissen, ob Ihr etwas Neues von Anna Neumann erfahren habt«, blaffte ihn die Heilerin an.

»Es gibt leider keine Neuigkeiten, Herr Alber«, meinte Stechler, an den Priester gewandt, wobei er die aufgebrachte Maria ignorierte.

Diese beiden verbindet mehr als eine lose Freundschaft, dachte der Gewürzhändler.

Er würde dem unbequemen Pfarrer noch stärker auf den Zahn fühlen müssen, um diesem daraus endlich einen Strick drehen zu können.

»Das Wenige, das ich Euch vorhin berichtet habe, ist alles, was ich weiß«, meinte Stechler und zuckte hilflos mit den Achseln.

»Die Kutsche ist in Richtung Tübingen gefahren, nicht wahr?«, wollte Maria wissen.

»Ja, auf dieser Strecke habe ich auch Beobachtungsposten ausgeschickt.«

»Dann weiß ich, was zu tun ist«, sagte die Heilerin entschlossen. »Kommst du, Matthäus?«

»Ihr wollt Anna auf eigene Faust suchen?«, fragte Stechler ungläubig.

»Irgendjemand muss etwas unternehmen, ich kann nicht tatenlos zusehen, wie meine teure Freundin womöglich Opfer einer Gewalttat wird.«

Mit diesen Worten ging Maria zum Ausgang.

Zögerlich folgte ihr Alber.

»Selbstverständlich werde ich Euch begleiten. Ihr haltet hier die Stellung, Bantlein.«

Der Kontorleiter wollte aufbegehren, denn schließlich war Stechler alles andere als sein Herr, doch bei einem Blick in dessen Augen fügte er sich.

Der Gewürzhändler drängte sich an Maria vorbei und übernahm nun wie selbstverständlich die Führung. Zielstrebig eilte er seinem Haus entgegen.

»Ich muss nur kurz meiner Mutter Bescheid sagen,

danach gehen wir zu meinen Stallungen in der Tübinger Vorstadt.«

»Aber beeilt euch!«, rief Maria hinter ihm her.

»Du weißt hoffentlich, was du tust, mein Junge. Diese Frau hat einen schlechten Ruf. Wenn es nach mir ginge, käme sie noch heute an den Pranger«, keifte Agnes Stechler.

»Aber weshalb, sie ist aus gutem Haus und obendrein eine sehr gute Partie«, versuchte sich Jakob zu rechtfertigen. Zum Glück bekam keiner seiner Geschäftsfreunde mit, wie er vor seiner herrischen Mutter kuschte.

»Papperlapapp, eine Dirne ist sie. Du hast doch gesehen, wie sie mit diesem adeligen Pfauen umherstolziert ist.«

»Das hat ja nun ein Ende. Ich muss jetzt los, vielleicht komme ich ja noch rechtzeitig, um Anna zu helfen. Sie wird mir meine selbstlose Hilfe bestimmt danken, indem sie mit mir ins Geschäft kommt.«

Die Aussicht auf einen ordentlichen Gewinn besänftigte die ältere Frau.

Stechler beschloss, seiner Mutter nichts von seinen Absichten zu erzählen, die junge Kauffrau zu seiner Gemahlin zu nehmen. Dieses Mal würde er Agnes vor vollendete Tatsachen stellen. Doch ihm graute bereits vor dem Tag, an dem er dies seiner Mutter beichten musste.

Nachdem er eine andere Hose und ein anderes Wams angezogen hatte, trat er zu den Wartenden.

»Äh, ich bin alles andere als ein geübter Reiter und würde Euch nur aufhalten«, gab Matthäus zu bedenken. »Außerdem muss ich noch einige Dinge für den morgigen Gottesdienst vorbereiten. Maria, Herr Stechler«, der Prediger tippte an seine Kappe, »ich wünsche Euch viel Erfolg und Gottes Segen.«

Mit diesen Worten ging Alber davon, froh darüber, dass

die burschikose Heilerin keine dumme Bemerkung machte. Gewiss stimmte es, dass er auf dem Rücken der Pferde keine gute Figur abgab und auch die Predigt war noch nicht ganz fertig. Doch der eigentliche Grund war der, dass er nicht zu oft mit Maria gesehen werden wollte.

Alber hatte mittlerweile das Gefühl, dass es in der Stadt einige Bürger gab, die seine häufigen Besuche bei der Hebamme mit zunehmendem Misstrauen beobachteten.

Maria war ein wenig überrascht von dem Rückzug des Kirchenmannes, schließlich hatte er des Öfteren eine deutliche Sympathie für die eigenwillige Kauffrau gezeigt. Sie ließ es sich jedoch nicht anmerken und folgte Stechler zu dessen Ställen vor den Toren der Stadt.

Mit Sachverstand suchte der Gewürzhändler zwei schnelle, ausgeruhte Rappen aus, die sein Pferdeknecht flugs sattelte. Maria führte in einem Beutel, den sie um die Schulter trug, noch einige ihrer wirksamsten Heilkräuter mit sich.

Kaum waren sie einen halben Kilometer geritten, als ihnen die ersten beiden Beobachter entgegenkamen. Die Männer berichteten, dass die Kutsche unauffällig in Richtung Tübingen vorbeigefahren war, und die nächsten zwei Söldner, auf die sie trafen, bestätigten dies.

»Sechs Männer habe ich ausgesandt, also fehlen noch die letzten und entscheidenden Späher!«, rief er der wenige Fuß hinter ihm reitenden Maria zu.

Mit verbissener Miene saß die knochige Heilerin im Sattel. Sie konnte sich beim besten Willen nicht erklären, warum Gregor zu diesem rabiaten Mittel gegriffen hatte.

Genau wie Matthäus hatte sie den gut aussehenden und eloquenten Advocatus offenkundig völlig falsch eingeschätzt. Als es einen letzten Abhang hinunterging, konnten sie bereits das mächtige Schloss sehen, das die Stadt Tübingen zu beherrschen schien.

»Nein!«, schrie Maria, nachdem sie die Kutsche der Kauffrau sah, die allem Anschein nach an einem Baum zerschellt war.

Selbst Jakob Stechler, den außer seiner Mutter nichts so schnell aus der Ruhe bringen konnte, bekam eine fahle Gesichtsfarbe und hielt erschrocken die Hand vor den Mund. Beim Näherkommen sahen sie, wie ein Mann neben einer leblos daliegenden Person kniete.

»Anna!«

KAPITEL 11

»Du hast ihn absichtlich hinuntergestossen und wahrscheinlich umgebracht!«

Hannes erschrak bei seinen eigenen Worten und wäre dabei beinahe von der Leiter gefallen.

»Das hat er sich selbst zuzuschreiben.«

Mit einem trotzigen Gesichtsausdruck stand Ludwig auf dem Gerüst.

»Man kann einen Mann nicht immer nur treten, denn irgendwann tritt selbst der Geduldigste zurück. Lass uns nun hinuntersteigen und nach dem Alten sehen. Es war ein bedauernswerter Unfall, damit das klar ist, und so werden wir es allen schildern«, beschwor der junge Meister seinen Gesellen und sah ihm dabei tief in die Augen.

Konnte er mit dieser Lüge leben?, dachte Hannes verzweifelt. Andererseits war er Degenhard verpflichtet, denn sollte dieser irgendjemandem von Hannes' Verwandtschaft mit Jos Fritz erzählen, wäre er geliefert. Zudem musste man Ludwig zugutehalten, dass die meisten Menschen bei solch einem Vater schon viel früher zu Mördern geworden wären.

»Du hast deinen Vater getötet, das ist eine abscheuliche Tat, doch wir können es jetzt nicht mehr rückgängig machen. Deshalb werde ich jedem, der mich fragt, die Unfallversion erzählen.«

Langsam stieg Hannes als Erster die Leiter hinunter und die Angst vor dem Anblick des Meisters schnürte ihm beinahe die Kehle zu.

Nachdem auch Ludwig unten angekommen war, standen beide schweigend vor der leblosen Gestalt am Boden. Blut sickerte aus Albrechts Mund und aus seinen Ohren.

Wie wenn er seinen Mörder noch ein letztes Mal anklagen wollte, starrten seine offenen Augen in den Himmel.

Plötzlich setzte sich Ludwig auf den Boden und begann hemmungslos zu weinen, während Hannes unschlüssig von einem Bein aufs andere trat. Was sollte er jetzt nur tun?

Diese Entscheidung wurde ihm sehr schnell abgenommen, denn wenig später war der Unfallort bereits übersät mit Schaulustigen.

»Macht Platz, ihr Leute!«, polterte eine befehlsgewohnte Stimme und sofort wurde eine Gasse für den stiernackigen Hauptmann der Stadtwache gebildet.

Sein Blick fiel auf den Toten.

»Aber das ist ja der ehrbare Meister Degenhard!«, entfuhr es ihm und mit strenger Miene betrachtete er Hannes, der am Nächsten bei der Leiche stand.

»Was ist hier geschehen, Geselle?«

Verzweifelt schaute Hannes auf Ludwig, der sein Gesicht hinter seinen verschränkten Armen versteckt hatte und heftig schluchzte.

»Äh … also, der Herr Meister ist auf einer Bohle ausgerutscht und heruntergefallen. Er hat die Gerüstteile abgebaut und wir beide, also Ludwig«, er deutete auf den Heulenden, »und ich haben sie dann abgenommen.«

Der Zimmermann hoffte inbrünstig, dass man ihm die Lüge nicht an der Nasenspitze ansah. Doch der Hauptmann nickte nur andächtig.

»Ein tragischer Unfall, wahrscheinlich waren die Gerüstbohlen durch den gestrigen Regen glitschig und eine kurze Unachtsamkeit hat den guten Mann das Leben gekostet.«

Er wandte sich dem am Boden Kauernden zu.

»Das ist doch Ludwig, der Sohn des Verunglückten.«

Hannes nickte stumm.

»Ihm scheint der Tod seines Vaters ziemlich nahe zu gehen. Das ist mehr als verständlich. Du begleitest den Armen nach Hause, Geselle, und ich schicke nach den Totengräbern.«

Hannes kam dem Befehl bereitwillig nach, er wollte so schnell wie möglich weg von diesem Ort des Grauens. Er half dem jungen Meister, wieder auf die Beine zu kommen, dabei hatte er nicht den Eindruck, dass die Trauer gespielt war.

Bestimmt war ihm die Tragweite seiner Tat erst bewusst geworden, nachdem er den Leichnam seines Vaters in Augenschein genommen hatte.

Unterdessen hatte der Hauptmann einen seiner Untergebenen zu dem Totengräber geschickt und danach die Schaulustigen vertrieben, denn dieser furchterregende Anblick eines führenden Ratsmitglieds war nichts für das gemeine Volk.

Der junge Degenhard ließ sich bereitwillig von seinem Gesellen nach Hause bringen.

»Ich danke dir«, nuschelte Ludwig, als sie an dem stattlichen Haus ankamen, in dem beide Familien unter einem

Dach wohnten. »Du hast heute viel für mich getan, ich stehe für immer in deiner Schuld.«

Mit diesen Worten drückte er sich durch die Tür.

Ziellos und apathisch irrte Hannes durch die Stadt, bis er schließlich in der Schenke an der Stadtmauer landete, die er neulich bereits mit Ludwig aufgesucht hatte. Zu seiner Erleichterung war Dietmar, der Bettelvogt, anwesend und Hannes erkannte auch Stefan, den Bettler, mit dem er und Ludwig in Streit geraten waren.

Völlig neben sich stehend, trank Hannes einen Becher Wein nach dem anderen und erzählte jedem, der es hören wollte, von dem schrecklichen Unfall.

Wie durch ein Wunder lag Hannes am nächsten Morgen in seiner Kammer in der Herberge, doch so sehr er sich auch zu erinnern versuchte, es fiel ihm beim besten Willen nicht ein, wie er dorthin gelangt war.

Der Geselle wollte aufstehen und zur Arbeit gehen, als ihm das Geschehnis des letzten Tages wieder in den Sinn kam. Ludwig würde heute wohl kaum arbeiten, dachte er erleichtert, und morgen ist sowieso die Beerdigung.

Mit einem tiefen Seufzer legte sich Hannes wieder hin und war fast sofort wieder eingeschlafen.

Die Totenfeier für Albrecht übertraf beinahe alles bisher Dagewesene.

Im Trauerzug schritt alles mit, was in Freiburg Rang und Namen hatte, und auch für die obligatorischen Klageweiber hatte die Zunft gesorgt.

Hannes ging mit den alten Gesellen so ziemlich am Schluss des eindrucksvollen Kondukts. Trauer über den Verlust des Meisters konnte er jedoch nicht empfinden, zu sehr hatte ihn die fast bösartige Art des Verstorbenen abgestoßen.

Am ehesten fühlte er noch so etwas wie Mitleid für Ludwig, der mit dieser schrecklichen Tat leben musste. Wahrscheinlich würde er diesen Mord nicht einmal seinem Beichtvater erzählen und konnte so keine Absolution bekommen.

In den Reden der Honoratioren wurde Albrecht ob seiner Verdienste und Fähigkeiten über den grünen Klee gelobt.

»Er war ein Aas, trotzdem habe ich lange Jahre bei ihm gearbeitet und ihn dabei als hervorragenden Handwerker kennengelernt«, sagte Franz nachdenklich, als die Gesellen in der Herberge bei einem kleinen Leichenschmaus zusammensaßen.

Ludwig hatte es sich nicht nehmen lassen, dem Herbergsvater einige Gulden für die Verköstigung der Arbeiter zu geben. Da die Geldgier des Wirts allgemein bekannt war, warnte ihn Degenhard davor, das Geld in den eigenen Beutel zu stecken.

»Ich kann es noch gar nicht glauben, was da passiert ist. Man fällt doch nicht so einfach vom Gerüst herunter, es sei denn, man ist betrunken«, beharrte der frühere Altgeselle.

Oder es hilft einer nach, dachte Hannes.

»Es war halt feucht und rutschig und außerdem hatte es Albrecht wie immer sehr eilig. Du kanntest ihn ja«, entgegnete Hannes und versuchte daraufhin, das für ihn so heikle Thema zu wechseln.

Am Tag nach der Beerdigung suchte Ludwig Degenhard seinen Gesellen in der Herberge auf.

»Sei gegrüßt, Hannes, ich wollte dich bitten, morgen wieder zur Arbeit zu erscheinen. Das Leben muss irgendwie weitergehen und du weißt ja, wir wissen derzeit nicht, wo zuerst anfangen.«

»Grüß Gott, Meister. Ob du es glaubst oder nicht, aber ich wäre morgen ohnehin wieder gekommen. Doch etwas anderes, wieso setzt du dich nicht energischer dafür ein, dass unsere Gesellenbrüder freikommen. Damit wäre allen gedient und so frevelhaft war ihr Vergehen im Grunde nicht.«

»Du sprichst mir aus der Seele, Hannes. In der Tat habe ich die Gelegenheit genutzt und bei der Totenfeier die anderen Meister darauf angesprochen. Mittlerweile scheint die Einsicht groß zu sein, die renitenten Arbeiter mit einer Geldbuße zu belangen und danach wieder einzustellen. Zudem macht die mächtige Kaufmannschaft Druck wegen der schleppend vorangehenden Arbeiten an ihrem neuen Kaufhaus«, klagte Ludwig.

Das war die Lösung, dachte Hannes, dass er da nicht selbst darauf gekommen war, wunderte ihn im Nachhinein. Viel früher hätte man die Händler auf den stockend vorangehenden Bau hinweisen müssen.

Jetzt, da der wichtigste Meister nicht mehr am Leben war, hatten die Krämer natürlich Angst um die Fertigstellung.

»Wir sehen uns dann morgen früh um sechs. Gehab dich wohl, Hannes«, verabschiedete sich der junge Degenhard.

Und tatsächlich, als hätte Ludwig als neues Mitglied der Zunft seine Hände im Spiel, fielen die Gesellen keine Woche nach der Beerdigung Albrechts johlend in der Herberge ein.

Alte und junge Handwerker sanken sich freudig in die Arme und der Einzige, der ein sauertöpfisches Gesicht machte, war der Herbergsvater, dem nun wieder verstärkt auf die Finger geschaut werden würde.

»Du musst Hannes sein.«

Ein schlaksiger, hochaufgeschossener Mann war herangetreten.

»Mein Name ist Gunther, ich bin derzeit Altgeselle in Freiburg, wenn ich nicht gerade im Kerker hocke«, meinte er augenzwinkernd, »und selbstverständlich werden wir dein zünftiges Zureisen am Samstag bei unserer nächsten

Zusammenkunft nachholen. Doch nun wollen wir vor allem auf unsere wiedergewonnene Freiheit anstoßen.«

Der arme Wirt kam kaum nach mit dem Einschenken, ein solcher Durst hatte sich offenbar in dem dunklen Loch angesammelt.

Hannes unterhielt sich angeregt mit dem Altgesellen, der ihm die näheren Umstände des Arbeitskampfes erläuterte.

»Franz hat mir erzählt, dass du bei dem Ungeheuer gearbeitet hast«, stieß Gunther hervor.

»Moment«, mischte sich ein untersetzter Geselle ein, »heißt es nicht, über die Toten nur das Beste?«

»Dieser Spruch gilt bei jedem anderen, aber nicht bei diesem Halunken.

Nach der Beendigung meiner Wanderjahre wurde ich zwei Jahre bei Degenhard geknechtet und bin jeden Tag mit der Faust in der Tasche zur Arbeit gegangen«, stieß Gunther zornig hervor.

»Das mag ja zutreffen, doch ich bin überzeugt, dass Ludwig, der am meisten unter dem Alten gelitten hat, das Geschäft gut leiten wird. Wie wäre es, komm doch morgen einfach mit zur Arbeit?«, schlug Hannes vor, dem der Altgeselle auf Anhieb sympathisch war.

»Ludwig, diese rückgratlose Gestalt, soll ich als Meister akzeptieren?«, entgegnete Gunther spöttisch, um im nächsten Moment allerdings wieder nachdenklich zu werden.

»Na ja, vielleicht hast du recht, einen Versuch ist es allemal wert. Zudem kann ich das Geld gut gebrauchen. Stell dir vor, drei Gulden Strafe haben sie uns aufgebrummt.«

Hannes schluckte schwer, für diese Summe musste ein Geselle mindestens einen Monat arbeiten. Im Laufe des Abends konnte er einen weiteren Arbeiter für Degenhard gewinnen.

Das Wiedersehensfest dehnte sich noch bis in die frühen Morgenstunden aus und die drei Gesellen, die am frühen Morgen bei Ludwig aufkreuzten, trugen die Zeichen einer feuchtfröhlichen Nacht im Gesicht eingebrannt.

Der neue Meister machte indessen keinerlei böse Bemerkungen, wie es sein Vater getan hätte. Im Gegenteil hatte man den Eindruck, dass er sich ausdrücklich über das Erscheinen der Arbeiter freute. Besonders an Gunther schien er einen Narren gefressen zu haben.

Im Laufe der nächsten Wochen wuchs Ludwig vollends in die Rolle des Patrons hinein. Nichts war mehr zu spüren von der Tollpatschigkeit und der Entscheidungsschwäche früherer Zeiten. Es schien beinahe, als wäre mit dem Tod seines Vaters eine schwere Last von Ludwig abgefallen.

Souverän führte er das Geschäft und behandelte seine Gesellen gerecht.

Auch die Arbeiten an dem repräsentativen Kaufhaus kamen nun deutlich voran, was sicherlich damit zusammenhing, dass sämtliche aus der Haft entlassene Zimmerleute dort beschäftigt waren.

Eines Freitagmorgens suchte der Mesner des Münsters Ludwig mit der Bitte auf, einen Gesellen zur Kirche zu schicken.

Ein Treppengeländer musste erneuert werden und Gerhard ließ durchblicken, dass es ihm am liebsten wäre, wenn der Meister Hannes mit der Arbeit beauftragen würde. Flink packte der Schwabe seine Werkzeuge in ein Bündel und machte sich auf den Weg. Inzwischen war der Frühsommer gekommen und das Leben spielte sich auf den Straßen ab. Hannes liebte es, über den weitläufigen Münsterplatz zu schlendern und die verschiedenen Gerüche in sich aufzunehmen.

Wenige Jahre zuvor war hier noch der städtische Friedhof beheimatet und bei ungünstigen Windverhältnissen war es offenkundig unmöglich gewesen, sich hier längere Zeit aufzuhalten. Seit jedoch die Kramer den Platz für ihr Kaufhaus an diesem Ort durchgesetzt hatten, lebte die Gegend merklich auf und machte dem Marktgeschehen in der Kaiserstraße Konkurrenz.

Der Geselle musste aufpassen, dass er niemanden in dem Gewühl mit seinem Beutel, den er auf der Schulter trug, anrempelte.

An einem Marktstand, der feinen Räucherspeck feilbot, herrschte ein besonders großes Gedränge und Hannes sah dabei aus den Augenwinkeln eine sehr gut gekleidete Frau, die seine Aufmerksamkeit erregte.

Sie schien den Blick des Handwerkers zu spüren und drehte sich um.

Doch just als sie ihm ein Lächeln schenkte, trat eine zerlumpte Gestalt heran und entriss ihr das perlenbestickte Täschchen. Ohne lange zu überlegen, warf Hannes sein Bündel zu Boden und kämpfte sich durch die Menschenansammlung.

Der Geselle glaubte, den Dieb erkannt zu haben, und konnte sich denken, wohin dieser sich flüchten würde. Tatsächlich traf er vor der Schenke, die er mittlerweile gut kannte, auf den heftig keuchenden Mann.

»Gib mir die Tasche, Simon!«, forderte der Geselle.

»Weshalb sollte ich das tun!«, stieß der Bettler hervor. »Das ist meine Arbeit, so verdiene ich meinen Lebensunterhalt und jetzt lass mich zufrieden.«

Hannes wusste nicht recht, wie er sich nun verhalten sollte.

Er könnte versuchen, Simon niederzuschlagen, um ihm die Tasche wieder abzunehmen, doch dann würden wahrscheinlich dessen Kumpane kommen und ihn eventuell töten. Nur zu gut entsann Hannes sich jenes Sonntags, als er und

Ludwig nur um Haaresbreite einer Katastrophe entronnen waren.

»Ich dachte, ihr seid Bettler und keine Diebe«, versuchte Hannes, den Mann bei seiner Ehre zu packen.

»Hör zu, Junge, ich kann dich gut leiden und auch dein Oheim ist mir sympathisch, jetzt jedoch gebe ich dir einen gut gemeinten Rat: Verschwinde und wir bleiben Freunde.«

Mit diesen Worten wandte sich Simon der Wirtshaustür zu und Hannes hätte nun klein beigeben und davontrotten können, denn was ging ihn schließlich diese feine Dame an. Doch sein Gerechtigkeitssinn hinderte ihn daran.

Er setzte nach und bekam den Bettler an der Schulter zu fassen.

»Ich werde die Stadtbüttel von diesem Raub in Kenntnis setzen. Danach dürfte eine Ausweisung aus Freiburg die geringste Strafe sein.«

Blitzschnell drehte Simon sich um und hieb dem Gesellen die Faust ins Gesicht.

Überrascht torkelte Hannes rückwärts und bekam im nächsten Moment einen weiteren Schlag ab, der ihn zu Boden gehen ließ.

»Du wirst keine Gelegenheit mehr haben, mich anzuzeigen.«

Ein wölfisches Grinsen zeigte sich auf dem Gesicht des Bettlers, als er sein Messer zückte.

Was bin ich für ein Idiot, dachte Hannes, lasse mich wegen dem Täschchen einer reichen Gans abstechen.

»So etwas ist mir ja noch in keiner Stadt im ganzen Kaiserreich zugestoßen!«, rief die blonde Frau empört aus.

Der ansonsten so befehlsgewohnte Hauptmann der Stadtwache trat von einem Fuß auf den anderen.

»Äh, ich schwöre beim Leben meiner Kinder, dass ich

alles Erdenkliche tun werde, um den Verbrecher dingfest zu machen und Euch Euer Eigentum zurückzugeben.«

Instinktiv spürte der Söldner, dass dies nicht einfach eine reiche Bürgerin war, sondern eine wirklich hochgestellte Dame.

»Ihr müsst sofort sämtliche Tore sperren lassen und Eure Männer in der ganzen Stadt nach dem Kerl suchen lassen«, wies sie den Hauptmann an.

»Gewiss, gewiss, wie ich schon sagte, werde ich alles Menschenmögliche veranlassen, damit Ihr wieder in den Besitz Eures Eigentums gelangt«, sagte der Mann und wischte sich die Schweißperlen von der Stirn.

Die umstehenden Leute amüsierten sich über den Stadtbüttel, der sich von einer Fremden herumkommandieren ließ.

»Wirf das Messer weg, Simon!«, befahl eine Stimme, die Hannes bekannt vorkam.

Sein unsteter Blick traf auf Dietmar, den Bettelvogt.

»Du weißt so gut wie ich, dass wir eine Abmachung mit den Stadtknechten haben. Wir haben das Recht, bei den Bürgern um Almosen zu betteln, rauben sie jedoch nicht aus«, stellte Dietmar klar.

»Was du verabredet hast, geht mich einen feuchten Kehricht an. Außerdem ist diese Frau keine Bürgerin Freiburgs, deswegen behalte ich den Beutel.«

»Wenn du das tust, werde ich dich persönlich beim Hauptmann anzeigen.«

Unvermittelt wirbelte Simon herum und stach nach dem Bettelvogt.

Dietmar konnte sich gerade noch wegdrehen, sodass das Messer nur seinen Arm streifte. Bei dieser Aktion fiel dem Dieb die Tasche aus der Hand.

»Du warst sowieso lange genug unser Vorsteher, es wird Zeit für eine Veränderung«, zischte Simon wütend.

Hannes war inzwischen schwankend wieder auf die Beine gekommen.

Offenbar hatte bereits seit Längerem ein Machtkampf zwischen den beiden geschwelt, der nun eskalierte.

Der Geselle überlegte kurz, ob er dem Bettelvogt, der bereits aus mehreren Wunden blutete, helfen sollte, besann sich dann aber eines Besseren und schnappte sich die Tasche.

Keiner der Kämpfenden achtete auf Hannes, als dieser davonrannte.

»Ich bin untröstlich, edle Frau, dass Ihr Opfer dieser ungeheuren Tat wurdet«, meinte der Schinkenhändler mitfühlend.

»Selbstverständlich bekommt Ihr ein Stück meines wohlschmeckenden Fleischs geschenkt.«

Die Beraubte blickte nun nicht mehr so wütend drein, die Züge ihres hübschen Gesichts hatten sich geglättet.

»Habt Dank, guter Mann, aber das ist nicht nötig. Emma«, sie wandte sich an das hinter ihr stehende Mädchen, das offenbar ihre Dienstmagd war. »Geh zum Goldenen Schwan und lass dir dort vom Patron ein wenig Geld geben, aber beeile dich.«

Diese Dame ist das Herumscheuchen von Dienstpersonal von Kindesbeinen an gewöhnt, dachte der Händler amüsiert.

»Das ist nicht mehr erforderlich«, ließ sich eine männliche Stimme vernehmen.

»Wenn ich mich nicht irre, gehört das hier Euch.«

Hannes hielt der überraschten Frau das Täschchen hin.

»In dieser Stadt gibt es ja doch noch mutige Männer«, lobte sie und schenkte Hannes ein bezauberndes Lächeln.

Der Geselle hielt dem Blick ihrer intensiven blauen Augen

stand, bevor er sich bückte, um sein Werkzeug wieder aufzunehmen.

»Wartet, junger Freund!«, rief sie und kramte aus ihrer wiedergewonnenen Tasche einige Münzen heraus. »Das ist für Euch.«

»Ihr beschämt mich«, entgegnete Hannes, ohne auf das Geld in ihrer schönen Hand zu sehen. »Gehabt Euch wohl und achtet besser auf Euer Eigentum.«

Mit diesen Worten ließ er die verdutzte Dame zurück und schritt dem Münster zu.

Als Hannes durch das Seitenportal in das Innere der monumentalen Kirche ging, musste er wieder aufs Neue die Männer bewundern, die dieses Wunderwerk der Baukunst erstellt hatten, und wünschte sich in diesem Moment nichts sehnlicher, als einmal auf solch einer Baustelle mitzuarbeiten.

Nach kurzer Suche fand er Gerhard, den Mesner, der ihm das zu reparierende Treppengeländer zeigte.

»Übrigens habe ich Neuigkeiten von deinem Onkel erhalten. Er lässt dir ausrichten, dass er mit seinen Planungen gut vorankomme und dass die Ankunft der Ladung des jüdischen Händlers kurz bevorstehe. Du wüsstest Bescheid, meinte er und dass er nach dir schicken werde, wenn es so weit sei. Ich hoffe, du kannst mit diesen Informationen etwas anfangen, denn für mich klingt das doch sehr rätselhaft. Aber das ist bezeichnend für Jos Fritz, er teilt seinen Mitstreitern immer nur das Allernötigste mit, damit sie auf der Folter so wenig wie möglich verraten können«, meinte der Mesner mit einem Achselzucken.

Hannes hingegen wusste sehr gut, dass die Geldübergabe kurz bevorstand und Jos Fritz dadurch endlich die Mittel in der Hand halten würde, um eine schlagkräftige Truppe aufzubauen. Was würde das für ihn bedeuten, fragte sich der Geselle.

Wenn er sich seinem Onkel anschloss, hieße das, dass seine Wanderschaft beendet wäre, und sollte das Unternehmen von Erfolg gekrönt sein, würde die bestehende Ordnung sowieso über den Haufen geworfen werden.

Seine Zukunftsaussichten an der Seite des Anführers, seines Onkels, wären mit Sicherheit nicht schlecht.

Andererseits, sollte der Aufstand fehlschlagen, könnte das seinen Tod bedeuten. Diese Erkenntnis schlug ihm gehörig auf den Magen, als er nach getaner Arbeit zur Herberge ging.

Seit der Freilassung der Gesellenbrüder war die Schenke zu neuem Leben erwacht und vor allem die älteren, arbeitsunfähigen Männer blühten regelrecht auf.

Beinahe jeden Abend ging es in dem Gastraum hoch her und Hannes hatte den Eindruck, dass seine Brüder etwas nachzuholen hatten.

Ihm selbst hingegen war seit der Nachricht seines Oheims die Lust an Festen vergangen und was erschwerend hinzukam, war der Umstand, dass er mit niemandem über diese Geschichte reden konnte.

Wehmütig dachte er zurück an seine früheren Reisekameraden Rudolf, Urs oder auch Bernhard, den entlaufenen Mönch. Wie schön wäre es, wenn einer von diesen prächtigen Burschen jetzt hier wäre und er sich jemandem anvertrauen könnte.

Wenigstens war derzeit bei seiner Arbeitsstelle alles im Lot und es machte großen Spaß, mit den beiden umgänglichen Gesellen zusammenzuarbeiten.

Ludwig hatte sich in letzter Zeit mehr und mehr von den Baustellen zurückgezogen und kümmerte sich nun hauptsächlich um die Organisation des Betriebes sowie um seine Ämter. Er war Albrecht als stellvertretender Zunftmeister nachgefolgt und hatte auch die seit dem Tod seines Vaters vakante Stelle als Stadtrat übernommen.

Die beiden Männer, die das Schicksal auf so tragische Weise zusammengeschweißt hatte, sahen sich nur noch selten. Der junge Degenhard hatte zwar immer ein freundliches Wort für Hannes übrig, doch der Geselle konnte sich des Verdachts nicht erwehren, dass ihm der Meister aus dem Weg ging.

Hannes jedoch machte sich nichts draus, im Gegenteil, es war ihm auch nicht unrecht, wenn er nicht dauernd an den Mord erinnert wurde.

Nach einem besonders heftigen Albtraum schlich sich zu seinem schlechten Gewissen eine leise Angst. Er hatte geträumt, dass Ludwig gedungene Mörder auf ihn, den einzigen Zeugen der Bluttat, angesetzt hatte. Schweißgebadet war der Geselle mitten in der Nacht aufgewacht und hatte größte Mühe gehabt, erneut in den Schlaf zu finden.

Seit jenem Traum hatte er sich immer wieder umgedreht, wenn er allein in der Stadt unterwegs war. Wie immer, wenn Hannes dann nichts Verdächtiges entdecken konnte, schalt er sich einen Narren, denn Ludwig war überhaupt nicht der Typ für solche Mordaufträge.

Der Geselle tröstete sich damit, dass es sowieso nicht mehr allzu lange dauern konnte, bis Jos Fritz nach ihm schicken würde.

Neben der Tätigkeit an dem Kaufhaus musste Ludwig mit seinen Leuten in diesem Sommer Arbeiten an einem neuen Haus in der Salzstraße ausführen. Diese Straße galt als teuerstes Pflaster Freiburgs und war Wohnsitz der reichsten Bürger.

Seit er im Rat saß, hatte Ludwig Zugang zu diesen höhergestellten Persönlichkeiten. Die Zunft der Zimmerleute gehörte zwar nicht zu den einflussreichsten, doch der alte Degenhard hatte es trotzdem geschafft, dass sein Wort im Stadtrat gehört wurde, und so konnte sein Sohn sich die Verbindungen, die sein Vater geknüpft hatte, zu eigen machen.

Der Bauherr, ein im Getreidehandel zu Wohlstand gekommener Kaufherr, hatte sich für ein Haus im italienischen Renaissancestil, einer Rückbesinnung auf klassische römische und griechische Elemente, entschieden.

So blieb den Zimmerleuten als Werktätigkeiten nur der Dachstuhl, den es aufzurichten galt, sowie der Einbau der jeweiligen Zwischendecken, da sämtliche Wände gemauert wurden.

Neben den Maurern waren auch Steinmetze der Münsterbauhütte an dem Bau tätig, deren Arbeit Hannes bewunderte. Sie fertigten in ihrer Werkstatt Maßwerke für Fenster und Türen, Säulen, die das Eingangsportal flankierten, und die darauf liegenden figürlichen Friese.

Auch das Dach war ziemlich aufwendig gestaltet und durchsetzt mit zahlreichen Dachläden. Hierbei trat eine Fertigkeit Ludwigs zutage, die Hannes bisher verborgen geblieben war. Der wohlhabende Bauherr hatte sich filigrane Schnitzereien an den jeweiligen Pfosten gewünscht und Ludwig stellte den kritischen Händler mehr als zufrieden.

Dementsprechend war auch seine Laune bei dem zünftigen Richtfest an einem Samstag im Juli, zu dem neben den am Bau beschäftigten Handwerkern sämtliche Honoratioren eingeladen waren.

Der Meister hatte es sich hierbei nicht nehmen lassen, selbst hinaufzusteigen und vom Dach aus den Spruch vorzutragen, denn schließlich war dies die erste Arbeit, die er selbstständig, ohne seinen alles dominierenden Vater im Nacken, ausgeführt hatte. Die Zuhörer waren erstaunt, kannten sie den jungen Degenhard nur als stotternd und schüchtern, und die meisten waren sich einig, dass bei aller Tragik Ludwig letztlich vom Tod des Alten profitiert hatte.

»Gesellen, wir können stolz auf unser Werk sein, ich danke euch und werde jedem einen Gulden zusätzlich geben«, sagte Ludwig, als er zu den Handwerkern trat, die um einen Tisch saßen und das üppige Mahl einnahmen.

Eigentlich war sein Platz an der Seite des Bauherrn und seiner vornehmen Gäste, doch der Meister musste sich eingestehen, dass ihm die gestelzten Reden und das Gehabe dieser Leute im Grunde missfielen.

Zudem schauten ihn einige der Damen bereits etwas pikiert an, da er dem Wein schon reichlich zugesprochen hatte.

Die derbe Sprache und die direkte Art der Bauarbeiter waren ihm bei Weitem sympathischer. Hannes beobachtete Ludwig aufmerksam und sah, dass der Meister es genoss, endlich von allen geachtet und respektiert zu werden.

Wie es der Brauch war, kamen nach dem Essen Spielleute, die mit Lauten, Schalmeien und Trommeln zu einem Tänzchen einluden. Während sich die edlen Herrschaften merklich zurückhielten, sprangen einige der Gesellen auf und wirbelten die Dienstmägde umher.

»Willst du dich nicht ein wenig vergnügen, Hannes?«, fragte der Meister, nachdem alle anderen gegangen waren.

»Mir steht der Sinn heute nicht danach«, antwortete der Geselle einsilbig.

»Dir geht diese Geschichte mit meinem Vater noch nach«, stellte Ludwig fest, nachdem er sich vergewissert hatte, dass niemand ihr Gespräch belauschte.

»Nein«, winkte Hannes ab, »mir ist heute einfach nicht danach.«

»Ich wollte dich sowieso unter vier Augen sprechen und die Gelegenheit ist günstig.«

Trotz des Alkohols wurde Hannes hellhörig.

»Du weißt, dass ich dich gut leiden kann, aber jedes Mal, wenn ich dich sehe, muss ich an jenen schicksalhaften Tag denken. Verstehe mich nicht falsch, wir benötigen derzeit jeden Arbeiter und du machst deine Sache zweifellos gut.

Trotzdem würde ich es begrüßen, wenn du Freiburg verlassen würdest.«

Jetzt war es heraus und Hannes war mit einem Schlag nüchtern. Sein Albtraum, den er neulich gehabt hatte, kam ihm in den Sinn. Das hier war eine unverhohlene Drohung, denn der Geselle wollte sich lieber nicht ausmalen, was passieren würde, sollte er dem Wunsch des Meisters nicht nachkommen.

»Außerdem gibt es Neuigkeiten von deinem Oheim, die ich dir eigentlich nicht sagen dürfte.«

Dem Gesellen schwante Übles.

»Mittlerweile bin ich ja für meinen Vater in den Stadtrat nachgerückt und müsste meinen dortigen Kollegen an und für sich deine Verwandtschaft mit diesem Unruhestifter anzeigen.

Das habe ich bis jetzt nicht getan und ich glaube auch nicht, dass es notwendig sein wird, denn am heutigen Abend noch wird Jos Fritz entweder gefangen genommen oder getötet. Einer seiner engsten Freunde hat ihn verpfiffen und unsere Stadtknechte haben ihn bestimmt bereits dingfest gemacht.«

Bei diesen Worten drohte Hannes in Ohnmacht zu fallen.

KAPITEL 12

»Ist sie tot?«, fragte Stechler besorgt den Mann, der neben der bewegungslos daliegenden Kauffrau kniete.

»Ich weiß nicht, ich meine einen leichten Pulsschlag zu

hören«, erwiderte der Söldner, den Jakob von Reutlingen aus losgeschickt hatte, um Auenfeld zu beobachten.

»Lasst mich mal sehen«, verlangte Maria und der Mann machte bereitwillig Platz.

»Wie konnte das geschehen?«, wollte Stechler wissen, während die Heilerin Anna untersuchte und ihr die Fesseln abnahm.

Der Stadtknecht berichtete dem Gewürzhändler von der Verfolgung der Kutsche und dem anschließenden tragischen Unfall.

»Und was ist mit Auenfeld geschehen?«

»Äh, also …«, druckste der Söldner herum. »Er hat sich verkleidet und uns auf diese Weise getäuscht.«

»Wie konntet ihr nur so töricht sein!«, schrie Stechler.

»Lasst euch von diesem Kerl hereinlegen wie dumme Jungen. Aber das wird ein Nachspiel haben, das verspreche ich euch. Sollte Frau Neumann sterben, dann sorge ich dafür, dass ihr beide an den Galgen kommt.«

»Anstatt einem Unschuldigen Angst einzujagen, sollten wir lieber überlegen, was wir mit Anna machen«, unterbrach Maria den aufgebrachten Gewürzhändler. »Sie lebt, doch wenn wir nicht schnell etwas unternehmen, fürchte ich, nicht mehr allzu lange. Ihr Puls ist schwach und aufgrund der blutenden Kopfwunde muss sie mit dem Schädel zuerst aufgeprallt sein. Ansonsten sehe ich keine Knochenbrüche, nur sehr viele blaue Flecken« diagnostizierte die Hebamme.

»Was können wir tun, ich dachte, Ihr seid eine Heilerin«, entgegnete Stechler trotzig.

»Da habt Ihr recht, Jakob, doch eine Kopfverletzung ist eine sehr ernste Sache.

Vor allen Dingen können wir sie unmöglich nach Reutlingen zurücktransportieren.«

Stechler hob seine Kappe und kratzte sich nachdenklich hinter dem Ohr.

»Ich kenne einen Doktor der Medizin, der im nahen Tübingen lehrt und einen tadellosen Ruf genießt.«

Jakob wandte sich zu dem Söldner.

»Jetzt kannst du deine Scharte wieder auswetzen. Suche die alte Aula bei der Stiftskirche auf und frage nach Johann Lindbaum. Entbiete ihm einen Gruß von Jakob Stechler und schildere ihm den Unfall. Doch wage es nicht, ohne Lindbaum wiederzukommen, und jetzt beeile dich.«

Ohne Widerrede bestieg der Stadtknecht sein Pferd und galoppierte davon.

Beim Neckartor saß er ab und berichtete seinem Tübinger Kollegen von der Dringlichkeit seines Auftrags, nicht ohne zu erwähnen, was für ihn selbst auf dem Spiel stand.

»Gewöhnlich muss jemand deines Standes seinen Gaul vor den Stadttoren zurücklassen, doch da machen wir heute eine Ausnahme.«

Der Torwächter zwinkerte mit den Augen.

»Du reitest die Neckargasse hoch bis zu der mächtigen Stiftskirche. Wenn du vor dem Eingangsportal des Gotteshauses stehst, wende dich nach rechts. Dort findest du die Aula, ein gleichfalls beeindruckendes Bauwerk. Ich wünsche dir viel Glück, Kamerad.«

Viel zu schnell preschte der Söldner die Anhöhe hinauf und mehrere Bürger konnten sich nur durch einen Sprung zur Seite in Sicherheit bringen.

Einem herumstreunenden Jungen gab er ein paar Heller und drückte ihm die Zügel in die Hand.

»Wenn ich zurückkomme, bekommst du eine weitere Münze.«

Mit eiligen Schritten stürmte er in das Gebäude, in dem

seit der Gründung der Universität durch Graf Eberhard im Bart die Vorlesungen abgehalten wurden.

»Wohin des Wegs, wackerer Kämpfer, dies hier ist ein Ort der Feder und nicht des Schwerts«, machte sich ein Jüngelchen aus einer Gruppe von Studierenden über den Boten Stechlers lustig.

Ehe der junge Mann es sich versah, hatte ihn der Söldner am weißen Hemd geschnappt und zog ihn zu sich heran.

»Wenn du mir nicht sofort sagst, wo ich den Doktor Lindbaum finde, schneide ich dir sämtliche Finger ab, dann wirst du Schwierigkeiten haben, fürderhin eine Feder zu halten.«

»Äh ... die Treppe hoch und dann im ersten Raum rechts müsste sich der Medicus befinden«, stammelte der Studiosus angsterfüllt.

Augenblicklich ließ der Söldner ihn los und stürmte in den ersten Stock.

Ohne anzuklopfen, riss er die Türe auf und trat in den Raum.

Das Erste, was er sah, war ein von einem mächtigen Bart überwuchertes Gesicht, in dem ein paar stechende Augen dominierten, die ihn zornig anfunkelten.

»Äh ... entschuldigt die Störung, mein Herr«, brachte der Söldner deutlich weniger forsch heraus, als er es eigentlich vorgehabt hatte.

Denn den untersetzten Mann, der die auf Bänken sitzenden jungen Studenten unterrichtete, umgab die Aura einer natürlichen Respektsperson.

»Was gibt es so Wichtiges, das dir das Recht gibt, in meine Vorlesung zu platzen?«

»Ein schrecklicher Unfall ist vor den Toren der Stadt passiert«, stieß der Bote hervor und fuhr dann deutlich unaufgeregter fort. »Der angesehene Reutlinger Bürger Jakob Stechler hat mich zu Euch geschickt, Herr Lindbaum. Eine gute Bekannte von ihm ist verunglückt und benötigt Eure Hilfe.«

Als er Stechlers Namen hörte, schien eine Veränderung in dem Doktor vorzugehen, seine Miene wirkte nun nicht mehr so abweisend.

»Ihr habt es gehört«, wandte er sich an seine Studenten. »Die Pflicht ruft, denn ein Menschenleben ist in Gefahr. Wir fahren morgen mit dem Unterricht fort.«

Lärmend verließen die jungen Männer den Raum.

»Und nun zu dir, braver Recke. Kannst du mir Einzelheiten berichten, damit ich die nötige Arznei mitnehme?«

Der Söldner erzählte Lindbaum von der Diagnose Marias.

»Eine schwere Kopfverletzung also und die Frau ist nicht bei sich«, sagte der Doktor mehr zu sich selbst.

»Hast du gesehen, dass aus ihren Ohren Blut herausgelaufen ist?«, fragte Lindbaum, während er verschiedene Instrumente in einem robusten Lederbeutel verstaute.

»Mmh, ich glaube nicht, kann es aber nicht beschwören«, druckste der Söldner herum.

Lindbaum öffnete nun ein kleines Wandschränkchen und entnahm ihm mehrere mit Tinkturen gefüllte und mit Korken verschlossene Phiolen, die er vorsichtig in ein kleines, abschließbares Holzkästchen stellte.

»Nun gut, hilf mir dabei, diese Utensilien nach unten zu tragen. Wenn mich nicht alles täuscht, steht vor dem Haus ein bereits angeschirrter Wagen. Ich besorge noch einige Decken, um die Verletzte darauf zu betten.«

Wenig später verließ das Fuhrwerk die Stadt, wobei der Söldner vorneweg ritt, um dem Kutscher den Weg zu weisen.

Sofort als das Fuhrwerk bei der Unglücksstätte angelangt war, sprang der Doktor mit einer Behändigkeit vom Bock, die ihm der Söldner nicht zugetraut hätte.

»Herr Lindbaum, ich danke Gott dafür, dass er meine

Gebete erhört und Euch hergeschickt hat«, begrüßte Stechler den Doktor überschwänglich, der sich sogleich zu Anna niederkniete.

»Ihr seid die Heilerin?«

Maria nickte und ging ein wenig zur Seite.

Äußerst behutsam tastete Lindbaum den Kopf der Verletzten ab sowie die anderen Glieder.

»Ihr habt recht getan, die Verletzte nicht hochzuhieven geschweige denn auf den Rücken eines der Pferde zu legen. Das war sehr umsichtig«, lobte er. »So wie ich die Sache sehe, hat sie unglaubliches Glück gehabt. Bei einer Schädelfraktur hätte die Frau nur sehr geringe Überlebenschancen gehabt. Doch wie es scheint, hat sie lediglich eine schwere Gehirnerschütterung, die ihr die Sinne geraubt hat.«

Er stand auf und ging zu dem Fuhrwerk. Hier entnahm er dem Holzkästchen eine der Phiolen und entkorkte sie. Mehrere Augenblicke hielt Lindbaum der verletzten Frau das Fläschchen unter die Nase, doch ohne Erfolg.

»Sie ist offenbar in einer tiefen Ohnmacht. Wir müssen jetzt sehr vorsichtig zu Werke gehen.«

Der Doktor der Medizin wies die drei anderen Männer an und gemeinsam hoben sie Anna Neumann auf das Fuhrwerk und legten sie auf die Decken, die Maria sorgfältig ausgebreitet hatte.

»Wir bringen sie nach Tübingen ins Bürgerspital am Schmidtor. Dort kann ich nach ihr sehen und sie ist bei den dortigen Mägden in den besten Händen.«

»Wir stehen tief in Eurer Schuld, Johann, wie kann ich das jemals wiedergutmachen«, meinte Stechler ergeben.

»Verschafft mir einfach allezeit genügend Heilkräuter für meine Tinkturen, damit ist mir ausreichend geholfen, und wartet mit dem Eintreiben Eurer Schuld noch ein paar Wochen.«

Jakob nickte verständig. Der Medicus hatte einen aufwendigen Lebenswandel, den ihm Stechler zu einem guten Teil finanzierte.

»Doch erlaubt mir eine Frage. In welchem Verhältnis steht Ihr zu dieser Frau?«

Der Gewürzhändler räusperte sich und vergewisserte sich, dass sowohl Maria als auch der Söldner weit genug weg standen.

»So Gott will, werde ich Anna Neumann ehelichen, sobald sie wieder gesund ist.«

Stechler ließ die Aussage ein wenig wirken und war überzeugt davon, dass der gute Doktor nun alles in seiner Macht Stehende tun würde, um Anna zu helfen.

»Sie ist vom Schicksal genauso gebeutelt wie meine Wenigkeit. Ihr Ehegatte wird wegen Mordes gesucht und nun wurde sie mitten in Reutlingen das Opfer eines skrupellosen Entführers, der leider entkommen konnte.«

»Sie ist bei uns in Tübingen jedenfalls gut aufgehoben. Gehabt Euch wohl, Jakob, wir werden uns im Bürgerspital bestimmt einmal über den Weg laufen, wenn Ihr Eurer Herzdame einen Krankenbesuch abstattet.«

Lindbaum wandte sich ab. Er schärfte dem Kutscher ein, das Gefährt mit der gebotenen Sorgfalt zu lenken und vor allem mit Schrittgeschwindigkeit zu fahren.

Mit gemischten Gefühlen sahen Maria und Jakob Stechler dem Krankentransport hinterher, bevor sie sich auf den Rückweg nach Reutlingen machten.

Stumm ritten die hagere Heilerin und der Gewürzhändler in der Abenddämmerung nebeneinanderher. Jeder von ihnen hing seinen Gedanken nach, als der Turm der Marienkirche in Sicht kam. An den Stallungen in der Tübinger Vorstadt verabschiedeten sie sich voneinander.

»Ach, eine Frage hätte ich noch, Herr Stechler. Wäre es möglich, dass ich mir von Euch ein Pferd ausleihe, um Anna zu besuchen?«

»Aber das ist doch selbstverständlich«, antwortete Jakob gönnerhaft, bevor er seiner Wege ging.

Maria wollte noch schnell zu ihrem Haus, bevor sie Matthäus Alber aufsuchen und ihn über die Dinge informieren wollte.

Der Gewürzhändler hingegen durchschritt das Mettmannstor und machte sich schnurstracks auf den Weg zu Anna Neumanns Kontor. Obwohl es bereits reichlich spät war, hoffte er, Bantlein noch dort anzutreffen, um da anzuknüpfen, wo er am Morgen begonnen und dann von Maria und Matthäus Alber unterbrochen worden war. Ungehalten hämmerte er an eines der Kontorfenster, hinter dem er Kerzenlicht schimmern sah, doch niemand öffnete ihm.

Durch die bleiverglasten Scheiben hindurch konnte er niemanden entdecken und auch nachdem er an die Haustüre geklopft hatte, regte sich im Inneren des Hauses nichts.

Das machte Stechler wütend, denn er wusste, dass sowohl Köchin als auch Dienstmagd in dem stattlichen Haus wohnten. Irgendwann wandte er sich ab und ging zu seinem eigenen Haus, wo er von seiner Mutter bereits mit sorgenvoller Miene erwartet wurde.

»Wo warst du den ganzen Tag, Jakob?«, fragte sie vorwurfsvoll und Stechler berichtete ihr in knappen Worten von dem Drama um Anna Neumann.

»Aber weshalb musstest *du* die Verfolgung aufnehmen, dazu haben wir doch die Stadtknechte?«

Eindringlich fixierte die resolute Frau ihren Sohn, der nicht sogleich antwortete.

»Diese Dirne hat dich verhext, das ist mir nun klar. Nachdem ihr adeliger Buhle verschwunden ist, witterst du deine

Chance. Doch ich warne dich, dieses Weibsstück wird nur über meine Leiche hier einziehen.«

»Aber Mutter, ich sagte dir doch bereits, dass Anna Neumann eine ehrbare Bürgerin ist, die nur ein wenig Pech gehabt hat. Zudem ist sie sehr wohlhabend, nachdem ihr Vater gestorben ist.«

Stechler ging an seiner Mutter vorbei in sein Kontor, denn er war beileibe nicht in der Stimmung, sich wegen Anna mit ihr zu streiten.

Mit der Zeit würde sich Agnes Stechler schon an die junge Frau gewöhnen, dachte Jakob mit einem feinen Grinsen, schon um ihres Sohnes willen.

Matthäus Alber zeigte sich erleichtert, nachdem Maria ihm von dem Zustand Annas berichtet hatte.

»Diesen Lindbaum kenne ich aus meiner Studienzeit in Tübingen. Er ist eine weithin bekannte Koryphäe in medizinischen Dingen, Anna ist bei ihm in den besten Händen. Was mich hingegen stutzig macht, warum setzt sich dieser Stechler solcherart für Anna ein? Dieser Bursche ist mir nicht ganz geheuer«, meinte Matthäus skeptisch.

»Jedenfalls hat er sich rührend um Anna gekümmert und durch seine Verbindungen dafür gesorgt, dass dieser Lindbaum überhaupt gekommen ist«, entgegnete die Heilerin.

»Konntest du ihr mit deinem Wissen nicht helfen?«

»Vielleicht schon, doch ich war mir ehrlich gesagt nicht sicher wegen der Kopfverletzung. So ist es auf jeden Fall besser und in dem Bürgerspital erfährt sie die größtmögliche Hilfe. Da es sich bei Anna um eine sehr vermögende Person handelt, werden sie alles in ihrer Macht Stehende tun, um ihr zu helfen. Auf jeden Fall nehme ich mir morgen frei und besuche sie in Tübingen. Doch nun lass uns über angenehmere Dinge reden.«

Vertraut legte Maria ihre Hand in die von Matthäus.

Mit dieser außergewöhnlichen Frau will ich alt werden, dachte der Priester.

Den Zölibat hatte er für sich seit geraumer Zeit bereits abgeschafft.

»Wo bin ich!«, stieß Anna mit heiserer Stimme hervor.

Wie aus einem Nebel erschien ein bärtiges Antlitz vor ihr und sie wähnte sich an der Himmelspforte. Doch in diesem Moment gewahrte sie das irdische, pochende Kopfweh, das die sonstigen Schmerzen in ihrem gepeinigten Körper überlagerte.

»Ah!«

»Gott sei Dank, Ihr seid aus Eurer Ohnmacht erwacht. Hier, trinkt das.«

Der Bärtige hielt Anna einen Becher hin.

»Das verschafft Euch ein wenig Linderung.«

Wenig später legte sich ein wohltuender Schleier über die Schmerzen und Anna fiel in einen bleiernen Schlaf.

Als sie das nächste Mal erwachte, blickte sie in das vertraute Gesicht Marias, die die Hand der verletzten Kauffrau hielt.

»Ich bin so froh, dass du am Leben bist«, freute sich die Heilerin aufrichtig.

»Was ist eigentlich geschehen und weshalb liege ich in diesem Saal?«, fragte Anna mit schwacher Stimme, nachdem sie zum ersten Mal bewusst ihre Umgebung wahrgenommen hatte.

In knappen Worten berichtete Maria von dem Unfall und der anschließenden Bergung durch den Tübinger Medicus.

»Gregor«, seufzte die junge Kauffrau, während die Geschehnisse vor dem tragischen Unglück in ihr Bewusstsein traten.

Im nächsten Moment verspürte sie einen heftigen Brechreiz und sofort reichte Maria der Freundin einen ledernen Kübel.

Immer wieder musste Anna nun würgen, bevor sie ermattet in ihr weiches Lager zurücksank und den buntgewobenen Himmel ihres Bettes betrachtete.

Lindbaum reichte Maria einen Becher des schmerzstillenden Trunks, den die Heilerin der Kranken sanft einflößte.

»Was denkt Ihr, wird sie wieder vollständig genesen?«, fragte Maria, nachdem Anna wieder eingeschlafen war.

»Körperlich auf jeden Fall, doch ob sie jemals darüber hinwegkommen wird, was ihr vermeintlicher Liebhaber ihr angetan hat, wage ich zu bezweifeln.«

Maria hatte dem Doktor von Gregors verbrecherischer Tat erzählt und Lindbaum hatte angewidert zugehört.

Der Medicus schien recht zu behalten mit seiner Vorhersage, denn Anna begann nach zwei Tagen wieder zu essen. Zuerst sträubte sich die Kranke vehement dagegen, doch letztlich gab sie dem sanften Drängen Marias nach, die nicht von ihrer Seite wich, und nahm kleine Mengen an Nahrung zu sich.

Eine Woche später war Anna das erste Mal imstande aufzustehen und in dem Schlafsaal des Spitals an der Hand Marias umherzulaufen.

Wie in jeder größeren Stadt diente auch in Tübingen das Bürgerspital wohlhabenden Bürgern als Altersruhesitz. Mit einer hohen finanziellen Zuwendung erkauften sich die Reichen auf diese Weise das Recht, ihre letzten Jahre wohlversorgt zu verbringen.

Weniger betuchte Leute dienten als Knechte und Dienstmägde und hatten so gleichfalls ihr Auskommen.

Die Zeit heilte die körperlichen Gebrechen Annas und als zwei Wochen um waren, bekam sie überraschenden Besuch.

»Nach allem, was mir Maria erzählt hat, stehe ich tief in Eurer Schuld, Jakob. Nicht nur, dass Ihr mir diesen wunderbaren Doktor Lindbaum besorgt habt, nein, auch die Verbrechen Gregors von Auenfeld habt Ihr aufgedeckt«, meinte Anna zur Begrüßung, wobei es ihr ziemliche Mühe bereitete, den Namen des Advocatus auszusprechen.

»Aber ich bitte Euch, Frau Neumann, das hätte doch jeder pflichtbewusste Christenmensch an meiner Stelle getan«, entgegnete Stechler betont bescheiden.

»Ihr braucht Euer Licht nicht unter den Scheffel zu stellen«, mischte sich Maria ein. »Ohne Eure Hilfe wäre Anna jetzt vielleicht nicht mehr am Leben.«

Stechler winkte ab und wechselte schnell das Thema, denn nur er selbst wusste, dass die Hilfe keineswegs völlig uneigennützig gewesen war.

»Gestern traf ich Herrn Bantlein und habe mich mit ihm unterhalten. Wie es scheint, hat er während Eurer Abwesenheit alle Hände voll zu tun.«

Aus Stechlers Mund klang es so, als wäre der Kontorleiter mit dieser Tätigkeit überfordert.

Tatsächlich hatte Jakob den Angestellten in den letzten beiden Wochen mehrfach aufgesucht, um Einblick in Annas Geschäftsbücher zu bekommen, war jedoch immer wieder abgeblitzt.

Er hatte daraufhin versucht, den Buchhalter mit einem Geldgeschenk gefügig zu machen, doch die dramatischen Geschehnisse um Gregor hatten Bantleins Loyalität Anna gegenüber offenbar deutlich gestärkt.

Danach hatte Jakob es mit Drohungen versucht, was bei dem Kontorleiter genauso wenig verfing.

»Falls Ihr es wünscht, dann unterstütze ich ihn bei der schwierigen Arbeit ein wenig«, bot Stechler an.

Anna war indes bereits wieder so weit in der geistigen

Verfassung, um überblicken zu können, dass Stechler ihr zwar sehr geholfen hatte, jedoch trotz allem noch ein Konkurrent war.

»Das ist sehr freundlich von Euch, Jakob, doch wie mir Herr Lindbaum heute Morgen gesagt hat, kann ich nächste Woche in einer Kutsche den Nachhauseweg antreten. So lange wird der getreue Bantlein schon durchhalten.«

»Wie Ihr wünscht«, entgegnete Stechler und Anna meinte, eine Spur von Enttäuschung herauszuhören.

Nachdem sie noch über Belangloses geredet und Stechler die besten Genesungswünsche aller Zunftmitglieder überbracht hatte, machte sich der Gewürzhändler wieder auf den Heimweg.

»Wie ich dir bereits bei einer früheren Gelegenheit gesagt habe, scheint es so, als ob du in Stechler einen glühenden Verehrer hast«, sagte Maria mit einem feinen Lächeln.

»Ach woher«, versuchte Anna abzuwiegeln.

»Doch, doch, es ist nicht nur, wie er dich anschaut, nein, auch wie sehr er um dich besorgt war, als dich Gregor entführt hatte. Es würde mich nicht wundern, wenn er dir verstärkt den Hof machen würde, sobald du wieder zu Hause bist.«

Bei diesen Worten wurde der jungen Kauffrau plötzlich die Aussichtslosigkeit ihrer Lage bewusst und sie begann heftig zu weinen.

Der Mann, den sie hatte heiraten wollen, war auf und davon und somit würde sie die Vorgabe der Zunft, binnen eines Jahres einen Nachfolger für Kaspar Neumann zu haben, nicht erfüllen können. Es sei denn, sie suchte sich einen anderen Mann für die Ehe.

Zärtlich nahm Maria die Freundin in die Arme und führte die schluchzende Anna zurück zu ihrer Bettstatt.

»Wahrscheinlich hast du recht damit, dass Jakob in mir seine zukünftige Gattin sieht. Vielleicht hat er sich in mich verliebt, doch auch seinem Geschäft würde es enormen Auftrieb geben, wenn er meinen Handel dazubekommen könnte«, erkannte Anna. »Nach dem Debakel mit Kaspar habe ich mir jedoch geschworen, nie wieder jemanden zu ehelichen, den ich nicht liebe, und jetzt steht mir genau dieses bevor.«

»Du hast noch ein knappes Jahr Zeit, da können viele Dinge geschehen. Bitte gib die Hoffnung nicht auf, dass sich alles zum Guten wendet«, versuchte Maria zu trösten, denn die düsteren Gedanken Annas waren sicherlich schlecht für den Heilungsprozess.

Doch die Befürchtungen der Heilerin waren unbegründet, denn Annas Konstitution erwies sich als robust und nach einer weiteren Woche in dem Bürgerspital wurde sie von dem Medicus nach eingehender Untersuchung entlassen.

»Ich danke Euch vielmals, Herr Lindbaum, ohne Eure Hilfe wäre ich womöglich bereits unter der Erde.«

»Es hat mich gefreut, Eure Bekanntschaft zu machen, und ich hoffe, wir sehen uns unter angenehmeren Umständen einmal wieder«, entgegnete der Medicus schmunzelnd.

»Das hoffe ich auch und ich werde sowohl Euch als auch dem Bürgerspital eine großzügige Spende zukommen lassen. Und nun entschuldigt mich, ich muss mich kurz umziehen.«

Anna durchschritt, gefolgt von Maria, den Saal und betrat eine kleine Kammer.

Hier legte sie das knielange, leinene Hemd ab, das ihr die Dienstmägde des Spitals bei ihrer Ankunft angezogen hatten, und nahm von Maria die Kleidungsstücke entgegen, die die Heilerin aus Annas Kästen in Reutlingen geholt hatte.

Es tat unendlich gut, die gewohnten Kleider zu tragen, und Anna wurde es nun erst so richtig bewusst, dass sie froh war, noch am Leben zu sein.

Einen Rückschlag hatte sie indes am Tag vor ihrer Entlassung verkraften müssen.

Bei einem Gespräch mit einer der Mägde hatte sich herausgestellt, dass die ältere Frau die Schwester des Weinhändlers Späth war, von dem Anna wusste, dass Gregor bei ihm gewohnt hatte.

Ganz nebenbei hatte Anna die Magd nach Auenfeld und dessen gutgehender Kanzlei gefragt.

»Soweit mir bekannt ist, hat der junge Herr von den knappen Zuwendungen seiner Mutter sowie von gelegentlichen Schreibarbeiten für meinen Bruder mehr schlecht als recht gelebt.«

Diese bittere Wahrheit hatte Anna traurig, aber auch zornig gemacht.

»Dieser Blender hat mich die ganze Zeit belogen«, sagte sie erbost zu Maria. »Ich möchte nicht wissen, inwieweit er mich sonst noch geschädigt hat.«

Die Heilerin hatte betont gelassen auf diesen wütenden Ausbruch reagiert.

»So hart es klingen mag, aber du musst diesen Schurken so schnell wie möglich vergessen und ich bin mir sicher, dass er über kurz oder lang seine gerechte Strafe bekommt.«

»Wenn das so einfach wäre«, hatte Anna mit einem tiefen Seufzer geantwortet.

Für die Heimfahrt hatte Bantlein eine neue Kutsche geordert, die auf Abruf in einem Stall vor den Toren Tübingens bereitstand. Der Kutscher hatte bei dem Unfall mehr Glück gehabt als Anna und sich bei dem Unfall lediglich einige Prellungen zugezogen.

Der loyale Fuhrknecht hatte es sich nicht nehmen lassen, seine Herrin persönlich nach Reutlingen zurückzubringen. Behutsam lenkte er die Kutsche und machte mehrere kurze

Pausen, doch Annas Körper war so weit wiederhergestellt, dass sie die Rückfahrt unbeschadet überstand.

Es war diesmal ein eigenartiges Gefühl, wieder nach Hause zu kommen.

Das letzte Mal, als sie sich nach ihrer Entführung ihrer Heimatstadt genähert hatte, war Gregor an ihrer Seite geritten, ihr geliebter Vater hatte noch gelebt und sie hatte an eine verheißungsvolle Zukunft geglaubt. Wieder versetzte ihr der Gedanke an Auenfeld einen tiefen Stich ins Herz und sie fürchtete, dass sich das niemals ändern würde.

Der Advocatus hatte ihre Liebe auf unsägliche Weise verraten und dennoch spürte sie Sehnsucht nach ihm.

»Es freut mich sehr, Euch gesund wiederzusehen, Frau Neumann.«

Bantlein war herausgeeilt, nachdem die Kutsche um die Mittagszeit vor Annas Haus in der Kramergasse anlangte.

»Die Freude ist ganz meinerseits, Herr Bantlein.«

Der Angestellte führte seine Herrin ins Kontor und schickte nach verdünntem Wein und etwas Fladenbrot.

»Es tut mir leid, dass ich Euren Aussagen bezüglich der Unterschlagungen Gregors keinen Glauben geschenkt habe, doch ich war offenbar vor Liebe geblendet. Als Maria mir am Krankenbett erzählte, dass Ihr daraufhin Jakob Stechler aufgesucht und um Hilfe gebeten habt, war ich ziemlich aufgebracht. Doch bei näherem Überlegen muss ich Euch im Nachhinein recht geben. Ihr habt besonnen gehandelt und ich möchte mich in aller Form entschuldigen. Ich könnte es Euch aufgrund meines Fehlverhaltens nicht verdenken, wenn Ihr Euch eine andere Anstellung suchen würdet«, gestand Anna ehrlich und schaute dem Kontorleiter in die blaugrauen Augen.

»Aber Frau Neumann, nichts liegt mir ferner, als Euch zu verlassen. Solltet Ihr jedoch einen Nachfolger für mich einstellen wollen …«

»Ich bitte Euch, schon einmal habe ich Euch darum gebeten, mir so treu zu dienen wie meinem Vater, und daran hat sich nichts geändert. Gebt mir Eure Hand drauf.«

Freudig schlug Bantlein in die dargebotene Rechte ein.

»Eine Sache muss ich Euch noch erzählen, Frau Neumann. Während Eurer Abwesenheit kam mehrfach Herr …«

Just in diesem Moment klopfte es an der Türe und Jakob Stechler trat herein.

»Gott zum Gruße, Anna, ich bin glücklich, dass Ihr wieder zu Hause seid.«

Der Gewürzhändler hatte seine Kappe abgenommen und drehte sie in seinen Händen. Er war zwar nicht mehr so gehemmt wie bei ihrem Kennenlernen, wirkte jedoch immer noch ein wenig unsicher in Annas Gegenwart.

»Die Nachricht von Eurer Heimkehr hat sich in Windeseile herumgesprochen und ich wollte der Erste sein, der Euch seine Aufwartung macht. Ihr habt Euch wahrlich gut erholt, seit ich Euch das letzte Mal im Bürgerspital gesehen habe.«

Was wollte dieser Mann von ihr, dachte Anna, als ihr das Gespräch mit Maria wieder in den Sinn kam.

»Ich würde Euch gerne zu einem Mittagessen einladen, selbstverständlich nur, wenn es Eure Gesundheit erlaubt.«

Anna wollte eigentlich im Moment nur ihre Ruhe und war gerade im Begriff, in ihrer impulsiven Art etwas zu entgegnen, als ihr in den Sinn kam, dass sie den Gewürzhändler, der maßgeblich an ihrer Rettung beteiligt gewesen war, nicht vor den Kopf stoßen konnte.

Zudem würde sie in Zukunft bestimmt noch auf seine Unterstützung in der Kramerzunft angewiesen sein.

»Habt Dank für die freundliche Einladung, Jakob. Doch könnten wir das gemeinsame Essen auf einen anderen Tag verschieben, denn ich fühle mich wie gerädert nach der

Kutschfahrt und würde mich jetzt gerne hinlegen. Wie wäre es zum Beispiel am Sonntag nach der Kirche?«

»Ihr habt völlig recht, Anna. Wie dumm von mir, Euch heute damit zu belästigen. Aber das Angebot mit kommendem Sonntag greife ich gerne auf. Ich erwarte Euch dann nach der Messe in meinem bescheidenen Heim. Und nun lasse ich Euch alleine, gehabt Euch wohl.«

Nach einem warnenden Seitenblick auf Bantlein verließ er das Kontor.

»Wenn Ihr mich nun gleichfalls entschuldigen würdet, ich spüre deutliche Schwindelgefühle.«

Gestützt von ihren zwei Hausangestellten, ging Anna nach oben in ihre Schlafkammer.

Bereits am nächsten Morgen begab sie sich wieder in ihr Kontor, in der Hoffnung, über der Arbeit ihren Liebesschmerz zu vergessen und aus dem Grübeln herauszukommen.

Sie besprach sich mit Bantlein, der die gesamten von Gregor getätigten Geschäftsabschlüsse kontrolliert hatte.

»Sagt mir bitte die unverblümte Wahrheit, Ihr braucht mich nicht zu schonen«, forderte die Kauffrau.

»Nun gut, der durch Herrn Auenfeld entstandene Schaden beläuft sich auf ungefähr 400 Gulden.«

Anna schlug die Hände über dem Kopf zusammen und seufzte.

»Glaubt Ihr, dass er das Geld bei sich trug, als er geflüchtet ist?«

»Eher nicht, es kam für ihn alles viel zu überraschend. Bestimmt hat er es irgendwo versteckt. Etwas Positives hat er jedoch tatsächlich auch erreicht, nämlich, dass Eure Ehe mit Neumann für ungültig erklärt wurde. Hier ist die Urkunde.«

Der dienstbeflissene Mann reichte Anna das Dokument.

»Dann hat er mich in dieser Hinsicht nicht belogen. Ich bin also wieder ledig, doch leider ist mir der Mann, den ich gerne zum Gatten gehabt hätte, abgekommen«, stellte Anna säuerlich fest. »Habt Ihr sonst noch irgendwelche Hiobsbotschaften, Herr Bantlein?«

»Bis auf die durch Herrn Auenfeld entstandenen Verluste entwickelt sich die Unternehmung hervorragend. Beim Weiterverkauf der wertvollen Tuche, die wir von Eurem englischen Geschäftspartner beziehen, haben wir sehr gute Gewinne gemacht. Und auch die neue Geschäftsbeziehung, die Euer Vater kurz vor seinem Tod geknüpft hat, erweist sich als ziemlich lukrativ«, berichtete Bantlein trocken und hob zu einer Erklärung an, als er sah, dass Anna fragend die Brauen hochzog. »Herr Burgwart hat sich von Venedig wegbewegt, da die Schutzzölle in der mächtigen Handelsstadt immer höher stiegen und somit den Gewürzhandel deutlich erschwerten. Auf der Suche nach neuen Märkten hat er von einem befreundeten Ulmer Kaufherrn erfahren, dass die Bedingungen in Genua erträglicher sein sollen, denn offenkundig versuchen die Dogen auf diese Weise, den Niedergang ihrer Stadt aufzuhalten. Seit die Osmanen Konstantinopel und weite Teile Kleinasiens eingenommen haben, sind den Genuesen wichtige Handelsplätze abhandengekommen. Herr Burgwart verlor keine Zeit und beauftragte einen seiner Agenten damit, Beziehungen zu knüpfen. Mit offenen Armen wurde er in der Hafenstadt empfangen, nachdem die dortigen Behörden erfahren hatten, dass er Venedig den Rücken gekehrt hatte. Ihr seht daran, dass man in diesem Gewerbe dauernd in Bewegung sein muss«, meinte Bantlein mit erhobenem Zeigefinger.

»Danke für die Belehrung«, erwiderte Anna lächelnd. »Etwas anderes, meint Ihr nicht, wir sollten noch ein, zwei Schreibkräfte einstellen, Bantlein?«

»Daran habe ich auch schon gedacht, doch leider sind

fähige Leute schwer zu bekommen. Das Beste wird sein, wenn wir nach Lehrjungen Ausschau halten und uns unsere Fachkräfte auf diese Weise selbst heranziehen«, schlug der Kontorleiter vor.

»Das ist ein guter Gedanke. Nun noch zu etwas anderem. Mir ist während meiner Zeit in Tübingen ein neues Geschäftsfeld in den Sinn gekommen, doch das können wir ein anderes Mal besprechen. Ich verlasse Euch jetzt, denn ich möchte gern das Grab meines Vaters besuchen.«

Anna hatte vollstes Vertrauen zu Bantlein und ging nach oben, um sich ein Sommerkleid, das der warmen Witterung angepasst war, anzuziehen.

Auf ihrem Weg zum unteren Tor begegneten ihr mehrere Leute, die ihr das Mitgefühl für ihre Leiden aussprachen. Die junge Kauffrau nahm sich die Zeit und erzählte ihnen geduldig von ihrem jüngsten Abenteuer.

Als sie endlich vor der letzten Ruhestätte Gotthelf Burgwarts stand, fing sie leise an zu weinen.

»Ach Vater, warum musstest du so früh gehen, ich könnte deine Hilfe so gut gebrauchen, jetzt, da ich von allen verlassen bin«, seufzte sie leise.

Während Anna mit geschlossenen Augen vor dem Grab stand, kamen ihr allerlei Gedanken in den Sinn. Wie konnte es sein, dass Gregor ihr die ganze Zeit etwas vorgespielt hatte, ohne dass sie es gemerkt hatte?

Sie rief sich einige Situationen ins Gedächtnis und suchte vor ihrem geistigen Auge nach Hinweisen von Verrat. Doch so sehr sie sich bemühte, sie konnte sich an kein Anzeichen erinnern, das darauf hindeutete.

Vielleicht steckte ja doch etwas anderes dahinter und Gregor war unschuldig?

Einer Laune folgend, ging Anna zur nahen Echaz, wo sie sich niedersetzte und Schuhe und Strümpfe auszog.

Das erfrischende Wasser an ihren Füßen tat unendlich gut an diesem heißen Sommertag.

Etwas weiter flussabwärts sah sie mehrere Kinder, die in dem kühlen Nass ausgelassen planschten. Diese eigentlich alltägliche Szene versetzte Anna einen weiteren Stich ins Herz. Würde sie jemals das Glück haben, von einem geliebten Gatten Söhne und Töchter zu bekommen?

Langsam verlor sie den Glauben daran und ihr kam zu Bewusstsein, dass sich ihr Schicksal im nächsten halben Jahr entscheiden würde.

Sollte sie nicht einfach über ihren Schatten springen und einen Gatten suchen, den sie zwar nicht liebte, der ihr aber die Möglichkeit bescherte, ihr Geschäft zu behalten?

Am darauffolgenden Sonntag besuchte Anna mit gemischten Gefühlen die heilige Messe, denn daran anschließend musste sie ihr Versprechen einlösen und bei Stechler und seiner Frau Mutter das Mittagsmahl einnehmen.

Dieser Jakob war ihr immer noch unheimlich und die ganze Woche hindurch hatte Anna sich Entschuldigungen einfallen lassen, um dieses Ereignis absagen zu können. Einerseits war er ihr gegenüber stets freundlich und zuvorkommend, andererseits hatte Anna das Gefühl, dass er in ihr eine Ware sah, die es zu erwerben galt. Doch letztendlich hatte sie sich dafür entschieden hinzugehen.

»Ich grüße Euch, Frau Neumann.«

Jakob war herangetreten, nachdem der Gottesdienst beendet war und die Gläubigen in Gruppen vor der Marienkirche standen.

»Darf ich bitten?«

Er bot Anna seinen Arm, den diese zögernd ergriff. Der Gewürzhändler hatte seine anfängliche Scheu ihr gegenüber offenbar abgelegt.

Sofort verstummten alle Gespräche um sie herum und alle Augen waren auf das Paar gerichtet.

»Die sollte sich was schämen«, waren noch die freundlicheren Worte, nachdem Anna und Stechler aus dem Blickfeld entschwunden waren.

»Ihr scheint nichts auf das Tratschen der Leute zu geben, Jakob, denn dass wir beide das heutige Stadtgespräch sind, brauche ich Euch nicht zu sagen.«

»Glaubt mir, ich bin in dieser Hinsicht einiges gewöhnt. Was glaubt Ihr, was über den Tod meiner ersten Gattin alles getuschelt wurde. Es gereicht Euch und mir zum Vorteil, dass unsere ersten Ehepartner entweder gestorben oder verschollen sind. Somit sind wir in dieser Hinsicht den ständischen Regeln nicht mehr unterworfen.«

Zudem sind wir die größten Steuerzahler der Stadt, fügte Anna in Gedanken hinzu.

An dem geöffneten Portal von Stechlers Haus stand bereits eine dienstfertige Magd, die ihnen Sommerwams sowie Jakobs schwarze Kappe abnahm.

Ihr kleines Hütchen mit dem durchsichtigen Schleier behielt Anna erst einmal auf und war sehr gespannt darauf, wie sie von der Hausherrin aufgenommen werden würde.

Jakob führte sie in die geräumige Wohnstube im ersten Stock, wo Agnes Stechler bereits an der Stirnseite des Tisches thronte.

»Mutter, du erinnerst dich bestimmt an unseren Gast, trotzdem möchte ich dir Anna Neumann nochmals vorstellen«, meinte Jakob betont freundlich, während die wuchtige Frau keinerlei Anstalten machte, sich zu erheben, und sich nur eine knappe Begrüßung abringen konnte.

Auf Anna wirkte es so, als wäre sie in diesem Haus nicht sehr willkommen.

Der erste Gang bestand aus mit würzigem Wildschweinfleisch gefüllten Eierteigtaschen, die Anna vorzüglich mundeten. Die Unterhaltung verlief indes sehr einsilbig und lediglich Jakob versuchte, das Gespräch mit einigen Anekdoten zu beleben.

Das Hauptgericht, eine gefüllte Kalbsbrust, war gleichfalls köstlich und der dazu gereichte Weißwein aus der Pfalz löste auch die Zunge von Agnes Stechler.

»Ich hoffe, Eure Geschäfte laufen trotz des betrügerischen Adeligen, dem Ihr aufgesessen seid, gut, meine Liebe.«

Anna war bereits im Begriff, eine passende Antwort zu geben, besann sich dann aber eines Besseren und schluckte mehrmals, bevor sie zu einer Erwiderung ansetzte.

»Danke der Nachfrage, Frau Stechler, aber eine gesunde Unternehmung sollte solche Unwägbarkeiten einfach aushalten.«

Jakob spürte deutlich, dass die zwei Frauen wohl keine Freundinnen werden würden, und griff beschwichtigend ein.

»Dieser Advocatus war einfach schwer zu durchschauen, Mutter. Bestimmt wären viele Frauen auf diesen Blender hereingefallen und seine feinen aristokratischen Manieren trugen mit Sicherheit dazu bei, dass er Anna so schwer täuschen konnte.«

»Ich bin darüber hinweg«, erwiderte Anna, die sich sehr beherrschen musste.

In diesem Moment wurde der Nachtisch gereicht, eine sogenannte Konkavelite.

Die Kauffrau war eigentlich satt und probierte nur anstandshalber von der Mandel-Kirsch-Speise. Das Gespräch von Anna und Jakob plätscherte so dahin, bis sich Agnes Stechler wieder einmischte.

»Und jetzt müsst Ihr Euch einen neuen Mann zum Heiraten suchen, wenn Ihr Euer Geschäft behalten wollt?«, fragte die Hausherrin spöttisch.

Diese Sticheleien halte ich nicht mehr lange aus, dachte Anna, mahnte sich jedoch erneut zur Besonnenheit.

»Es ist leider so in unserer ständischen Gesellschaft, dass man uns Frauen nichts zutraut, wenngleich ich davon überzeugt bin, dass wir besser dazu geeignet wären als mancher Mann. Deshalb hoffe ich inbrünstig, dass es künftige Generationen von Frauen in dieser Hinsicht einmal besser haben werden«, antwortete Anna und nahm einen Bissen des raffinierten Zuckerwerks.

»Stimmt es eigentlich, dass Ihr ein Techtelmechtel mit dem Sohn des Weingärtners Martin Fritz gehabt habt und dadurch nicht mehr unbefleckt in die Ehe gekommen seid?«, wollte Agnes Stechler in gehässigem Ton wissen.

Jetzt war es genug, stellte Anna fest.

»Ich kann Euch beruhigen, der Mann, der mich entjungfert hat, war mein damaliger Mann, Kaspar Neumann. Was ich Euch jedoch auch noch fragen wollte: Stimmt es eigentlich, was die Leute erzählen, dass Ihr eure Schwiegertochter in den Tod getrieben habt?«

Agnes Stechler rang um Luft und schien einem Zusammenbruch nahe zu sein.

Die junge Kauffrau wartete die Antwort nicht ab und stürzte hinaus.

Sie ließ sich von der überraschten Dienstmagd ihr Sommerwams geben und verließ das Haus.

Nachdem Gregor von Auenfeld eine Zeit lang in nördlicher Richtung davongeprescht war, hielt er in der Nähe des Klosters Bebenhausen in einem Wäldchen an und riss sich Annas Kleid vom Leib. Danach nahm er seine eigenen Kleider aus den Satteltaschen und legte sie an. An einen Baum gelehnt, mahnte er sich zur Ruhe und überlegte nüchtern seine weiteren Schritte.

In seinem Beutel befanden sich einige glänzende Gulden, die noch von dem Lösegeld für Anna stammten. Mit denen würde er eine Zeit ohne Einkommen überbrücken. Das Geld, das er bei den Geschäften in Annas Kontor für sich abgezweigt hatte, war in einem Versteck deponiert, auf das er derzeit leider keinen Zugriff hatte.

Plötzlich kam ihm ein Einfall und je länger Gregor darüber nachdachte, desto besser erschien er ihm. Falls die Häscher hinter ihm her waren, wovon er ausging, würden sie ihn auf der Strecke zur väterlichen Burg vermuten.

Deswegen umrundete er Tübingen und wandte sich nach Süden, um auf die alte Handelsstraße in Richtung Rottweil zu kommen.

Gregor war darum bemüht, keine Aufmerksamkeit zu erregen, und trat in den Herbergen, in denen er nächtigte, sehr selbstbewusst auf, keineswegs wie jemand, der sich auf der Flucht befand. In den folgenden Tagen wechselte er mehrfach sein Pferd und die Richtung, wobei er um größere Städte einen Bogen machte.

Eines Nachmittags, als er von Weingarten heranritt, sah er von Weitem sein Ziel und war ziemlich beeindruckt von der Lage und der Größe der Burg, die auf einem Hügel thronte.

Da er selbst der Sohn eines Burgherren war, konnte er gut beurteilen, dass sich dieses Anwesen im Gegensatz zu seinem elterlichen in sehr gutem Zustand befand.

Die Ringmauer war intakt, und neben dem Turm, der an sich schon sehr hoch war, stand ein Wohnhaus, das mindestens vier, wenn nicht fünf Stockwerke hatte.

Angesichts dieses Bollwerks kam sich Gregor plötzlich ganz klein vor und blickte an sich hinab. Bis jetzt war er überzeugt gewesen, dass es ein Kinderspiel werden würde, den Burgherren davon zu überzeugen, ihn in seinen Dienst aufzunehmen, denn schließlich hatte sein Vater gemeinsam mit ihm gekämpft.

Er schritt über die leicht schwankende Zugbrücke, und je näher er dem Torwächter kam, desto unsicherer wurde Gregor.

Der bullige, schwer bewaffnete Söldner musterte den Einlass begehrenden Mann abschätzig.

»Was willst du?«

»Ich bin Gregor von Auenfeld und bin mit deinem Herrn verabredet«, entgegnete er betont arrogant.

»Ha, ha, und wenn du der Kaiser persönlich wärst, so würde ich dich in deinem Aufzug nicht einlassen, also mach, dass du verschwindest.«

»Wenn du mich nicht einlässt, so hat das für dich die schärfsten Konsequenzen!«, herrschte Gregor den in seinen Augen unbotmäßigen Soldaten an.

»Sieh an, wen haben wir denn da?«

Unbemerkt von den beiden Streitenden war eine junge Frau herangetreten und blitzte Auenfeld mit ihren hellen Augen an.

Sie führte einen stattlichen Wallach am Zügel und auf ihrem lockigen, dunklen Haar thronte keck ein grünes Samtbarett.

»Euch schickt der Himmel, schöne Dame. Gestatten?«

Er beugte sich leicht nach vorne zu einem Knicks.

»Gregor von Auenfeld, ich muss dringend mit dem Herrn dieser imponierenden Burganlage sprechen, aber dieser ungehobelte Kerl weigert sich, mich einzulassen.«

»Ich … äh …«, setzte der Wächter zu einer Erklärung an.

»Schon gut, Konrad, du tust ja auch nur deine Pflicht.« Zu Gregor gewandt, meinte sie freundlich: »Begleitet mich nach oben und berichtet mir derweil, in welcher Angelegenheit Ihr meinen Mann sprechen wollt.«

»Ihr seid die Frau des Truchsesses?«, stellte Gregor die rhetorische Frage und blickte gebannt auf die anmutige Gestalt.

»Ja, ich bin Maria, die Tochter des Grafen von Oettingen und zweite Gattin von Georg, nachdem seine erste leider früh verstorben ist.«

Wehmütig dachte er an seine eigenen missratenen Hochzeitspläne und schwor sich insgeheim, dass er dereinst gleichfalls eine Dame von Stand vor den Altar führen würde. Hin und wieder hatte er seit seiner Flucht an Anna gedacht und er musste sich eingestehen, dass ihn das Schicksal der Kauffrau nach wie vor berührte.

Doch jetzt kam ihm deutlich zu Bewusstsein, dass er hier endlich unter seinesgleichen angekommen war.

»Mein Vater war ein Waffenbruder Eures Mannes und ich als sein Sohn suche jetzt bei dem berühmten Mann eine Anstellung.«

»Ihr habt Glück, der berühmte Mann, wie Ihr ihn nennt, ist zufällig heute auf seiner Stammburg. Derzeit führt er im Auftrag des Schwäbischen Bundes eine Strafaktion gegen aufrührerische fränkische Raubritter durch. Da kann er bestimmt noch einen tüchtigen Mann gebrauchen.«

Sie schlenderten gemeinsam den Weg entlang vom Tor zu den Stallungen, wo Maria ihr Pferd einem heraneilenden Knecht übergab, nicht ohne das Tier vorher ausgiebig zu tätscheln.

»Das hier ist unser Wirtschaftsgebäude, wo unter anderem die Küche untergebracht ist und die Bediensteten ihre Kammern haben. Unser Palas ist sehr hoch, was dem beengten Platz geschuldet ist, auf dem die Burg steht, und das dritte Gebäude ist unser Kapellenturm, wo die Messen gelesen werden. Mein Mann wird sich wahrscheinlich im Rittersaal aufhalten, wo er sich mit seinen Söldnern bespricht oder mit ihnen trinkt«, meinte sie mit einem vielsagenden Blick. »Folgt mir, ich bringe Euch zu den Männern.«

Dem Lärm nach zu urteilen, der sie auf dem Weg zum Saal

erreichte, konnte es durchaus sein, dass der eine oder andere bereits tüchtig dem Wein zugesprochen hatte. An einer langen Tafel saßen ungefähr zwanzig Söldner auf Bänken und am Kopfende auf einem Scherenstuhl ein deutlich besser Gekleideter, der offensichtlich der Anführer war.

»Was willst du hier, Maria, wenn Männer unter sich sein wollen?«

Der stattliche Mann erhob sich von seinem Stuhl und seine dunklen Augen blickten missmutig auf Gregor in seiner abgerissenen Kleidung.

»Keine Sorge, ich gehe gleich wieder, denn nichts wäre mir unangenehmer, als Eure wichtigen Gespräche zu stören«, entgegnete Maria schnippisch. »Doch hier bringe ich Euch jemanden, der Euch dringend sprechen muss, mein Gemahl.«

Die Burgherrin verließ den Saal und schenkte Gregor dabei noch ein bezauberndes Lächeln.

»Also, was willst du, und beeile dich, meine Zeit ist wertvoll.«

Gregor hielt dem starren Blick des Truchsesses stand, er wollte jetzt keine Schwäche zeigen und hoffte dabei inständig, dass sein Vater einen guten Eindruck bei dem Heerführer gemacht hatte.

»Mein Vater Justus von Auenfeld hat unter Euch gedient, edler Herr, und ich, Gregor, möchte es ihm als sein Sohn gleichtun.«

Mit betont langsamen Schritten kam der Truchsess von Waldburg näher und bedeutete mit einer kurzen Geste zweien seiner Söldner aufzustehen.

Kampfbereit stellten sich die Schergen hinter Gregor, dem plötzlich aufging, dass es vielleicht ein Fehler gewesen war, hierherzukommen.

KAPITEL 13

Der bullige Hauptmann der Stadtwache hatte seine Söldner um die baufällige Hütte, die ihnen der Spion als Treffpunkt genannt hatte, verteilt.

Nun brauchte das Wild nur noch in die Falle zu gehen.

»Es geht gleich los, Männer, man hört schon ganz deutlich Hufgetrappel sowie das Knirschen der Wagenräder. Das muss die Kutsche mit dem Geld sein. Jeder bleibt auf seinem Posten, bis auch dieser Jos Fritz mit seinen Kumpanen hier eintrifft. Und erst wenn ich das Kommando gebe, schlagen wir los. Wenn einer von euch Strauchdieben sich früher regt oder die Feinde durch eine unbedachte Bewegung warnt, so reiße ich ihm persönlich den Kopf ab. Ist das klar?«

Der Planwagen war nun bereits zu sehen und kurz vor dem Schuppen brachte der Kutscher seine Pferde zum Stillstand. Die vier Männer der Begleiteskorte inspizierten vorsichtig das Innere der Hütte, das unübersichtliche Gelände zu überprüfen, schien ihnen hingegen nicht vonnöten.

»Lasst uns dort hinübergehen unter die schattenspendenden Bäume«, meinte der Fuhrmann und wischte sich den Schweiß mit seiner Kappe aus dem Gesicht.

Gemeinsam entfernten sich die Männer von dem Fuhrwerk und setzten sich unter eine weit ausladende Buche. Es dauerte nicht lange, bis alle fünf lautstark schnarchten.

»Diese Knaben scheinen sich ihrer Sache ziemlich sicher zu sein«, brummte der Hauptmann vor sich hin.

Ihm und seinen Leuten war es gleichfalls heiß, doch sie würden niemals auf die Idee kommen, in dieser Situation ein Nickerchen zu halten. Doch das hätte wohl nichts geändert, denn der Nachmittag verstrich, ohne dass sich eine weitere Menschenseele an dem obskuren Treffpunkt sehen ließ.

Dieser Jos Fritz war mit allen Wassern gewaschen und kannte viele Leute. Konnte es sein, dass ihn jemand gewarnt hatte? Diese Gedanken beschäftigten den Hauptmann, als plötzlich wie aus dem Nichts etwa dreißig Landsknechte vor der Hütte auftauchten. Die bunt gekleideten Männer waren bis an die Zähne bewaffnet und die Stadtwachen warteten vergeblich auf ein Zeichen ihres Anführers, denn dieser wusste überhaupt nicht, was er jetzt unternehmen sollte.

Er hatte damit gerechnet, auf ein paar zerlumpte Gestalten zu treffen und nicht auf eine Horde ausgebildeter Krieger.

Just in diesem Augenblick preschte ein reich gewandeter Herr auf einem edlen Ross heran, der von den Stadtsöldnern unschwer als Kapitän eines Landsknechtsfähnleins erkannt wurde.

Auf dem Rücken eines zweiten Pferdes, das der Officiarius an einer langen Leine hinter sich herzog, lag ein gefesselter Mann.

In einem Handstreich überwältigten die Landsknechte die überraschten Bewacher des Wagens sowie den Kutscher.

»Hört mir zu, ihr tapferen Söldner aus Freiburg, ich weiß von eurem stellvertretenden Schultheißen, dass ihr beauftragt seid, den allseits gefürchteten Aufrührer Jos Fritz dingfest zu machen. Diesen Auftrag habe ich bereits für euch ausgeführt.«

Der Kapitän deutete auf den rittlings auf dem Pferd liegenden Mann.

»Ich bin Gottfried Engeler und stehe in Diensten des Erzherzogs Ferdinand, der, wie ihr wisst, über das vorderösterreichische Gebiet hier herrscht.«

Der Hauptmann wies seine Söldner an, aus ihrer Deckung hervorzutreten, und war sichtlich froh, dass ihm jemand Ranghöherer die Verantwortung abnahm.

»Seit einigen Jahren bin ich, legitimiert durch einen Geheimauftrag Ferdinands, hinter Jos Fritz her und heute ist es mir endlich dank der Angaben eines Spions gelungen, den Halunken in seinem Versteck in einer armseligen Hütte im Schwarzwald zu ergreifen.«

Der Kapitän war eine imposante Gestalt mit breiten Schultern. Dieser Eindruck wurde verstärkt durch den breitkrempigen Federhut und die prächtigen Kleider, die er mit einer Selbstverständlichkeit trug, sowie die glänzenden Lederschaftstiefel.

Auf einen Wink Engelers hin kam ein Landsknecht herbei und durchschnitt den Riemen, mit dem Jos Fritz auf den Rücken des Pferdes gebunden worden war.

Der Söldner zog an den Schultern des Mannes, woraufhin der Gefangene unsanft zu Boden plumpste. Auf dem linken Handrücken war deutlich das große schwarze Muttermal zu erkennen, das dem Hauptmann als markantestes Erkennungszeichen für den Bundschuhanführer beschrieben worden war.

»Ihr könnt ihn mit nach Freiburg nehmen, wo ihm der Rat wohl allzu gerne den Prozess machen wird.«

»Äh, Herr Kapitän, verzeiht die Frage, aber was geschieht mit dem Geld, das sich laut unseren Informationen in der Kutsche befindet? Wir haben Order, die Gulden ebenfalls mitzunehmen.«

»Ja, ja, die reichen Freiburger können den Hals nicht voll bekommen.« Engeler lachte kehlig. »Doch diesmal muss ich eure Stadtväter enttäuschen, das Geld geht an meinen Herrn, den Erzherzog. Ihr wisst ja, dass die Habsburgischen Herrschaften chronisch klamm sind, und Ferdinand macht da keine Ausnahme. Aber dafür bekommt ihr ja den Unruhestifter Jos Fritz.«

Der Kapitän zeigte auf den am Boden liegenden Mann,

der gefesselt und geknebelt war, und wendete dann sein Pferd. Er gab Order, den Kutscher wieder auf den Bock zu setzen, und befahl einem seiner Landsknechte, daneben Platz zu nehmen. Die vier Söldner der Begleiteskorte wurden gebunden und in das Innere der Kutsche verfrachtet.

»Gehabt euch wohl, wackere Männer, und richtet den Stadträten einen schönen Gruß von mir aus«, verabschiedete sich der Kapitän jovial und preschte davon, gefolgt von der Kutsche und seinen Landsknechten.

Die Stadtsöldner legten den Gefangenen, dessen Gesicht deutliche Anzeichen von Misshandlung trug, wieder auf den Rücken eines ihrer Pferde und machten sich auf den Heimweg.

»Man wird uns bestimmt eine Belohnung auszahlen«, meinte einer der Männer hoffnungsfroh.

»Da wäre ich mir nicht so sicher, du kennst doch die knauserigen Geizhälse.

Aber vielleicht hast du ja recht und es springt eine Kleinigkeit für uns heraus.«

Hannes hatte das Richtfest mit der fadenscheinigen Begründung, ihm sei schlecht von dem vielen Wein, verlassen. Wieder einmal irrte er danach ziellos durch die wie ausgestorben wirkende Stadt. Zu viel ging ihm im Kopf herum, als dass er sich schon zur Herberge begeben konnte, um zu schlafen. Nun war also der schlimmste Fall eingetreten, sein Oheim war verhaftet und würde vermutlich hingerichtet werden und ihm drohte gleichfalls das Gefängnis, wenn er Freiburg nicht schleunigst verlassen würde.

Jos Fritz' Unternehmungen standen offenkundig unter keinem guten Stern und Hannes fragte sich resigniert, warum es nicht Gottes Wille war, die Armen und Unterdrückten von ihrer Mühsal zu befreien.

Vielleicht stimmte es doch, was die Pfaffen erzählten, dass die einfachen Menschen erst im Paradies für ihr mühsames Erdendasein honoriert werden würden.

Mit all diesen Gedanken im Kopf ging Hannes am Martinstor vorbei in der Hoffnung, dass die Pforte noch offen war, damit er hinaus konnte, um Jos Fritz zu warnen.

In diesem Moment wurde das Tor tatsächlich geöffnet und die bis an die Zähne bewaffneten Stadtknechte drängten lautstark herein. Auf eines der Pferde war ein Mann bäuchlings gefesselt und Hannes sah mit Entsetzen, um wen es sich bei dem Gebundenen handeln musste. Schnell drückte er sich in eine schmale Lücke zwischen zwei Häusern und beobachtete das Geschehen.

Einen kurzen Augenblick war er nahe daran, sich auf die Schergen zu stürzen, um seinen Onkel zu befreien. Doch im nächsten Moment war sich der Geselle der Sinnlosigkeit einer solchen Wahnsinnstat bewusst.

Trotzdem wollte er ein wenig näher herangehen, damit er Jos Fritz ein letztes Mal ins Antlitz blicken konnte.

»Es wohnte ein Meister zu Frankfurt an dem Maine, der hatte Gesellen zu zweien und zu dreien und der erste, der sprach, mir ist's ja gar nicht wohl, der zweite war besoffen, der dritte, der war voll …«, grölte Hannes ein altes Lied der Bruderschaft und torkelte zu den Stadtwächtern.

»Da hat wohl einer mehr getrunken, als er verträgt, ha, ha!«, rief der Hauptmann. »Üblicherweise müssten wir dich für eine Nacht in den Martinsturm sperren, Geselle, aber heute ist unser guter Tag. Also hau ab, bevor ich es mir anders überlege.«

»Habt ihr einen gefährlichen Totschläger gefangen?«, wollte Hannes lallend wissen und deutete auf den Gefangenen, der gerade von zwei Söldnern heruntergezerrt wurde.

»Ich darf es ja eigentlich nicht sagen, aber dieser Kerl, den wir dingfest gemacht haben, ist gefährlicher als zwanzig

Totschläger«, antwortete der Anführer mit stolzgeschwellter Brust.

Der Geselle war nun nahe genug heran und erkannte dank der sternenklaren Nacht das zerschlagene Gesicht des gefesselten Mannes.

»Dann will ich euch nicht länger aufhalten!«, rief Hannes mit dem schweren Zungenschlag eines Betrunkenen und obwohl er sich beinahe nicht beherrschen konnte, wankte er davon.

Es wurde von den Mitgliedern der Bruderschaften erwartet, dass sie des Sonntags die heilige Messe besuchten, und nur schwerwiegende Gründe wie etwa eine Krankheit wurden als Ausrede akzeptiert. Hannes konnte es heute beinahe nicht erwarten, bis der in lateinischer Sprache abgehaltene Gottesdienst zu Ende war.

Nachdem der Priester das Schlusswort gesprochen hatte und die Leute hinausströmten, stand der Zimmermann gleichfalls auf.

Er stellte sich kurz in die Reihe, wandte sich danach jedoch einer Nische zu, in der er sich versteckte. Das riesige Münster hatte sich schnell geleert, Hannes trat aber erst hervor, als er nur noch den Mesner entdecken konnte.

»Seid gegrüßt, Gerhard.«

Erschrocken drehte sich der Angesprochene herum, doch beim Anblick des Gesellen entspannten sich seine Züge.

»Gott zum Gruße, mein Junge, ich muss noch diesen Abendmahlskelch und die Becher in die Sakristei bringen. Sei so gut und warte bei mir zu Hause auf mich.«

Hannes tat wie ihm geheißen und verließ das Münster.

Er betrat das kleine Häuschen und setzte sich in der schmalen Küche auf eine Holzbank. Der Tisch war übersät mit Krümeln und Speiseresten, doch in der Mitte lagen ein beinahe frisches Fladenbrot sowie eine angeräucherte Blutwurst.

Dem Gesellen lief das Wasser im Mund zusammen und nach längerem Zögern nahm er ein bereitliegendes Messer und schnitt sich von beidem eine Scheibe ab.

Gerhard hatte sicherlich nichts dagegen, dass er sich bediente, und so dauerte es nicht sehr lange, bis nur noch wenig von der Brotzeit übrig war.

»Darf ich dir zu deiner Mahlzeit einen Becher verdünnten Wein reichen?«, dröhnte eine Stimme und Hannes' Gesicht lief rot an.

»Entschuldigt, ich hatte solchen Hunger«, versuchte der Geselle sich zu rechtfertigen. »Selbstverständlich werde ich Euch die Wurst und das Brot ersetzen.«

»Aber ich bitte dich, mein Haus ist dein Haus, und das Essen, das ich von der Kirche bekomme, ist sehr reichhaltig im Gegensatz zu dem, was manch Armer im Land auf dem Tisch stehen hat. Doch was ist der eigentliche Grund für deinen Besuch, oder bist du wirklich nur wegen der Wurst gekommen?«, fragte der Mesner schmunzelnd.

Die Worte sprudelten nur so aus Hannes heraus und er berichtete von der Aussage Ludwigs, wonach Jos Fritz verraten worden war.

»Und nachdem ich das Richtfest verlassen hatte, bin ich noch zum Martinstor, wo die Schergen der Stadt den geschundenen Gefangenen gerade in diesem Augenblick hereinschleiften.«

»Hast du den Mann erkennen können?«, fragte Gerhard interessiert.

»Nicht so richtig, das Gesicht war geschwollen und voller Blut, aber der Statur nach könnte es durchaus mein Onkel gewesen sein. Außerdem meine ich das erhabene Muttermal erkannt zu haben.«

»Hm, hier nimm erst einmal einen Schluck.«

Aus einer Kanne schenkte der Mesner nun unverdünnten Wein in zwei Becher.

»Ich will dich nicht länger quälen, mein Junge, und kann zu deiner Beruhigung sagen, dass der gefangene Mann nicht Jos Fritz war.«

Der Geselle prustete den Wein, den er im Mund hatte, aus und hätte Gerhard beinahe nass gespritzt.

»Aber … das Muttermal …«

»Das ist leicht zu erklären. Entweder war es geschminkt oder dem Mann wurde mit Gewalt ein Bluterguss zugefügt.«

»Wer war dann der Gefesselte? Die Stadtwachen haben mir voller Stolz von ihrem bedeutenden Fang erzählt«, gab Hannes, der dem Mesner nicht so recht glaubte, zu bedenken.

»Du zweifelst an meinen Worten, das sehe ich dir an, deshalb werde ich dir die Geschichte von Anfang an erzählen. Erinnerst du dich noch an Dietmar und was er dir über mich erzählt hat?«

»Natürlich, an jede Einzelheit. Dabei fällt mir ein, als ich ihn das letzte Mal sah, war er in einer ziemlich brenzligen Lage und ich habe ihm nicht geholfen, sondern mich aus dem Staub gemacht, um einer reichen Dame die gestohlene Handtasche wiederzubringen«, erwiderte Hannes kleinlaut.

»Ich kann dich beruhigen, er wurde zwar verletzt, kam aber im Gegensatz zu seinem Widersacher mit dem Leben davon. Durch den Bettelvogt weißt du jedenfalls von meinem Bruder, dem Stadtrat, und auch wenn es in der Stadt nicht so bekannt ist, so ist er mir doch sehr zugetan. Von Zeit zu Zeit versorgt er mich mit wichtigen Informationen. Das muss natürlich unter uns bleiben, bisher wissen nur Dietmar und du davon.«

Beschwörend hob der Mesner die Hände und blickte sein Gegenüber eindringlich an.

»Eine Nachricht mit einem sehr brisanten Inhalt ließ mein Bruder mir vor ungefähr einer Woche zukommen. Er berichtete von einem sehr engen Gefährten deines Onkels, der mit seiner Lage sehr unzufrieden war und Jos Fritz für eine erkleckliche Summe ans Messer liefern wollte.«

»Wer war der Schurke?«, fragte Hannes aufgebracht.

»Sei nicht so ungeduldig, dazu komme ich später.«

Detailliert berichtete der Mesner von dem Plan, Jos Fritz bei einer Geldübergabe dingfest zu machen, somit wären zwei Fliegen mit einer Klappe geschlagen gewesen.

»Jeder andere hätte in dieser Situation das Hasenpanier ergriffen und wäre auf und davon gegangen. Dieser besondere Mann hingegen erdachte eine List, wie er das dringend benötigte Geld retten konnte.«

»Eine weitere Möglichkeit wäre es doch aber gewesen, den jüdischen Geldverleiher zu bitten, den Transport der Gulden zu verschieben«, warf Hannes ein.

»Dann kennst du deinen Oheim noch nicht gut genug. Er ist in gewisser Weise ein Hasardeur, der manchmal alles auf eine Karte setzen muss. Zudem ist er ein begabter Schauspieler, dem man den Edelmann genauso abnimmt wie den abgerissenen Bettler.«

Der Geselle nickte zustimmend und dachte daran, dass er bei der Begegnung mit dem Leprösen keine Sekunde an dessen Echtheit gezweifelt hatte.

»Bevor die Schnarchnasen von Stadtwächter, die einen Hinterhalt gelegt hatten, überhaupt begriffen, um was es geht, war Jos Fritz bereits wieder verschwunden. Als hoher Landsknechtsofficiarius getarnt, kam er zu dem Ort des Geschehens mit einer Anzahl Bewaffneter und warf den Söldnern einen Gefangenen vor die Füße, den er ihnen als sich selbst ausgab. Daraufhin nahm er im Gegenzug ganz selbstbewusst die Kutsche mit dem Geld mit.«

»Aber woher weißt du das alles, es hat sich doch gestern Abend erst ereignet?«, wollte Hannes verblüfft wissen.

»Der ehrgeizige Hauptmann wollte keine Zeit verstreichen lassen, um seine stolze Tat zu verkünden, und suchte das Richtfest auf, bei dem beinahe der gesamte Rat der Stadt versammelt war. Jeder, der noch halbwegs laufen konnte, folgte dem Stadtknecht in den Martinsturm, in dem der Unruhestifter festgehalten wurde. Der Bürgermeister war der Erste, der erkannte, dass die Söldner Jos Fritz auf den Leim gegangen waren. – ›Das ist beileibe nicht der Gesuchte, sondern der Halunke, der seinen Anführer ans Messer liefern wollte. Wir haben euch doch eine genaue Beschreibung von Jos Fritz gegeben. Seid ihr wirklich so strohdumm, dass ihr nicht einmal solch einen klaren Auftrag ausführen könnt?‹ – Die Stimme des Schultheißen überschlug sich beinahe, und glaube mir, er hat seine Söldner keine Herren genannt«, berichtete Gerhard grinsend. »Mein Bruder hat mich auf seinem Nachhauseweg aufgesucht und mir sofort alles haarklein erzählt.«

»Was ist nun aber mit meinem Onkel und wer ist der Verräter?«, fragte der ungeduldige Hannes aufs Neue.

»Gemach, gemach, dazu komme ich gleich. Ungehalten befahl der Bürgermeister nun dem unglücklichen Hauptmann der Stadtwache, ausführlich Bericht zu erstatten. Der Kapitän mit seiner Landsknechtseskorte musste so überzeugend gewesen sein, dass keiner der Knechte Verdacht schöpfte. Zudem passte die Beschreibung, die man ihnen gegeben hatte, auf den Gebundenen, groß, breitschultrig und sogar das Muttermal war am richtigen Platz. Es ist ihm also wieder einmal ein richtiges Schelmenstück gelungen, leider ist durch den Verrat auch der gesamte Umsturzplan gescheitert. Jos Fritz hat bestimmt schon das Weite gesucht, denn die Stadtsöldner mussten gestern Nacht noch ausschwärmen, diesmal verstärkt durch einen stattlichen Trupp unserer Bürgerwehr.«

Gerhard legte seine Hand auf die Schulter des niedergeschlagenen Hannes.

Der junge Geselle hatte sich schon an der Seite seines Oheims gegen die Ungerechtigkeit dieser Welt kämpfen gesehen.

»Sei nicht traurig, mein Sohn, ich bin mir sicher, dass ihr euch eines nicht fernen Tages wiederbegegnet. Die Wege des Herrn sind unergründlich.«

»Und was ist mit Euch, habt Ihr keine Angst, dass der Verräter den Schergen des Bürgermeisters Euren Namen nennt?«

»Bisher hat mich noch niemand belangt und jetzt kann der Überläufer keinen mehr anschwärzen. Man hat ihm nämlich die Zunge herausgeschnitten und in seinem Beutel fand man 30 Silberlinge.«

Hörbar atmete der entsetzte Hannes ein und hatte plötzlich einen Verdacht.

»Groß und breitschultrig, ... ist es ... Thomas, der ihn verraten hat?«

Gerhard nickte traurig.

»Ausgerechnet der Mann, der ihm am nächsten stand und dem Jos von allen am meisten vertraute, liefert ihn ans Messer.«

»Aber ... warum ausgerechnet Thomas, ich habe ihn als treuen Anhänger meines Onkels kennengelernt und zudem erschien er mir als einer der fanatischsten Gegner der ständischen Ordnung. Das kann ich einfach nicht glauben.«

Doch wie er das sagte, kam ihm die nächtliche Szenerie auf dem Friedhof in Schlettstadt in den Sinn.

»Es ist leider wahr und ich bin darüber sehr unglücklich. Ich kenne auch die Beweggründe von Thomas noch nicht, aber bei allem Mitleid ist es die unumstößliche Wahrheit, dass er die ganze Unternehmung verraten hat. Gott sei Dank konnte Jos Fritz entkommen und das Geld in Sicherheit bringen. Ich bin mir sicher, dass er mit Hilfe der Gulden ein weiteres Mal die Obrigkeit herausfordert«, meinte der Mesner im Brustton der Überzeugung.

»Ihr seid Euch sicher, dass mein Onkel nach dieser erneuten Enttäuschung nicht einfach aufgibt und sich mit dem Geld ein schönes Leben macht?«

»Niemals, wo denkst du hin, eher würde er die Münzen unter den Armen verteilen«, antwortete Gerhard empört.

»Entschuldigt meine Zweifel, aber immerhin wäre es menschlich, wenn Jos sich mit seiner Frau nach all den Enttäuschungen zurückziehen würde.«

»Deinen Oheim kann man nicht mit gewöhnlichen Maßstäben messen, zu groß sind sein Sendungsbewusstsein und der Drang, den Benachteiligten zu helfen.«

Hannes schmunzelte, denn ihm war gerade in den Sinn gekommen, wie einfältig sich der Mesner in der Öffentlichkeit gab und welch wacher Geist in Wirklichkeit in ihm wohnte.

»Ich danke Euch für die Nachrichten und die Brotzeit, doch nun muss ich zu meinen Gesellenbrüdern, es ist hier so Sitte, dass man den Sonntag gemeinsam verbringt.«

Hannes stand auf und wandte sich zum Gehen, als Gerhard ihn am Arm fasste.

»Wirst du noch eine Zeit lang hier in Freiburg bleiben oder weiterwandern?«

»In den letzten Stunden haben sich die Ereignisse überschlagen und ich hatte kaum Zeit, mir darüber Gedanken zu machen«, wand sich Hannes. »Bevor ich jedoch der Stadt für immer den Rücken kehre, komme ich vorbei, um mich zu verabschieden.«

Mit diesen Worten verließ er das Häuschen und spürte die Wucht der Sommerhitze.

Auf seinem Weg zur Gesellenherberge suchte er den Schatten, den die eng beieinanderstehenden Häuser boten. Dabei wog er innerlich das Für und Wider ab und kam zu dem Schluss, dass ihn nichts mehr an diesem Ort hielt.

Zudem klang die unverhohlene Drohung seines Meisters noch in seinen Ohren.

Schon von Weitem hörte er seine Brüder johlen und sah, dass sie mehrere Bänke herausgetragen und in die enge Gasse gestellt hatten. Hier gab es nun fast kein Durchkommen mehr und Hannes beobachtete, dass einige Bürger im Sonntagsstaat kopfschüttelnd umkehrten. Konnte es sein, dass die Gesellen, die inhaftiert worden waren, erneut den Zusammenstoß mit den Stadtknechten provozierten?

»Ah, Hannes, da bist du ja, wir haben dich schon vermisst!«, rief der Altgeselle und drückte dem Neuankömmling einen Becher mit kühlem Wein in die Hand.

»Äh, ich musste noch … mit Meister Ludwig …« Seine stotternde Erklärung ging in dem allgemeinen Lärm unter.

Im Laufe des Nachmittags waren immer mehr Gesellenbrüder von anderen Gewerken hinzugestoßen und die lärmende Menge verstopfte die Gasse vollends.

Hannes hielt sich am Rand des Pulks auf und spähte aufmerksam umher.

Er wollte für den Ernstfall gewappnet sein, um beim Eintreffen der Stadtwache sofort das Weite suchen zu können. Sein Entschluss war gefasst, er würde so bald als möglich abreisen und hatte deshalb nicht die geringste Lust, in den Kerker zu wandern.

Doch entweder hatte der Rat entschieden, den schwer arbeitenden Männern ein kleines Vergnügen zu gönnen, oder den Stadtknechten war es gleichfalls zu heiß.

Jedenfalls bot bis zum frühen Abend niemand dem feuchtfröhlichen Treiben Einhalt.

Mit einem frisch gefüllten Becher verließ Hannes die Herberge und drängte sich durch das Knäuel von Menschen, um wieder zu seinem Beobachtungsposten zu gelangen. Er blieb indes bei Franz, dem früheren Altgesellen, hängen und merkte zu spät die Ankunft der Stadtgewalt.

»Ich gebe euch zehn Minuten, um die Gasse zu räumen, ansonsten …!«, rief die befehlsgewohnte Stimme des Hauptmanns.

»Ansonsten geht es uns wie Jos Fritz, den ihr tollkühnen Kerle heute Nacht gefangen habt!«, unterbrach ihn ein Geselle.

Sofort hob ein vielstimmiges Gelächter an, denn es hatte sich natürlich schon längst herumgesprochen, dass sich die Söldner hatten von dem Aufrührer an der Nase herumführen lassen.

Der ungeschlachte Hauptmann lief rot an und wollte sich mit gezogenem Kurzschwert auf die Gesellen stürzen.

»Wartet!«

Ein gut gekleideter Bürger fiel dem Stadtknecht in den Schwertarm und sofort erstarb der Lärm.

Ungehalten wollte der Söldner sich frei machen und den Störenfried niederstrecken, doch als er dem Mann ins Gesicht blickte, erstarrte er mitten in seiner Bewegung. Hannes war auf eine Bank gestiegen, um die Szene zu beobachten, und erkannte den Bürger ebenfalls.

»Lasst die Gesellen ein wenig feiern, ich stelle mich zu ihnen und verspreche Euch, dass es nicht ausufert. Schließlich ist niemandem gedient, wenn Ihr die Männer wieder in den Kerker sperrt.«

»Aber Herr Degenhard, … ich habe meine Anweisungen …«

»Schon gut, ich habe bereits mit dem Bürgermeister gesprochen, er ist mit mir einer Meinung, dass man an einem solch heißen Tag nicht zu streng mit den Leuten umgehen soll.«

Ludwig kam nun näher und sofort wurde ihm ein gefülltes Trinkgefäß gereicht.

Unschlüssig stand der Hauptmann noch eine Weile herum, machte sich dann jedoch mit seinen Knechten davon. Einen einflussreichen Stadtrat konnte er schließlich schlecht in den Turm sperren.

»Gesellen, hört mich an, ich bleibe bei euch, bis der Nachtwächter seine Runde macht, doch ich erwarte, dass ihr dann mit mir zusammen dieses Fest auflöst.«

Ein zustimmendes Gejohle war die Antwort. Der junge Meister war unter den Gesellen ein Held, seit bekannt geworden war, dass er bei der Freilassung der inhaftierten Brüder eine entscheidende Rolle gespielt hatte.

Ungläubig schüttelte Hannes den Kopf. Wie sehr hatte sich dieser Mensch verändert, seit sein Vater gestorben war. Ludwig fühlte sich sichtlich wohl, im Mittelpunkt zu stehen, und nichts erinnerte mehr an den unsicheren Mann, den Hannes kennengelernt hatte. Der Geselle hatte sich entschieden, er würde alles auf sich beruhen lassen, wenngleich dadurch der Mord, den er mit angesehen hatte, niemals gesühnt werden würde.

Als Ludwig sich wenig später aus der Gruppe löste und in einem Winkel verschwand, um das Wasser abzuschlagen, folgte Hannes ihm unauffällig.

»Ich grüße Euch, Herr Meister, es freut mich, Euch zu sehen, und ich danke Euch dafür, dass Ihr die brenzlige Situation vorhin entschärft habt.«

Seit dem Tod des alten Degenhard hatte sich Hannes angewöhnt, Ludwig in der Höflichkeitsform anzureden, und auch die frühere Vertrautheit war verschwunden.

»Ah, Hannes, die Freude ist ganz meinerseits. Mein Eingreifen vorhin war nicht ganz uneigennützig. Sollte ich bei der guten Arbeitslage derzeit ohne Gesellen dastehen, könnte ich mein Unternehmen schließen«, stellte der Meister fest.

»Es freut mich umso mehr, dass nichts passiert ist, weil ich vorhabe, die Stadt am Montag in einer Woche zu verlassen. Den Altgesellen habe ich bereits informiert.«

Trotz des schlechten Lichts in dem schmalen Zwischenraum zweier Häuser konnte Hannes sehen, wie sich die Züge Ludwigs aufhellten und ein feines Lächeln seine Lippen umspielte.

»Neulich bei dem Richtfest haben wir ja bereits darüber geredet, dass ich einen guten Gesellen nur ungern ziehen lasse, doch andererseits würde immer die Sache mit meinem Vater zwischen uns stehen«, erwiderte Ludwig, dem offenkundig ein Stein vom Herzen fiel.

Ohne ein weiteres Wort gingen die beiden zurück zu den anderen.

Das Gelage verlief weiterhin mehr oder weniger harmonisch. Tatsächlich hielten die Gesellenbrüder Wort und verlegten das Fest in das Innere der Herberge, nachdem der Nachtwächter sie dazu aufgefordert hatte.

Den folgenden guten Montag nutzte Hannes, um seine Kleider in Ordnung zu bringen und sich in einem Badehaus ausgiebig zu säubern.

Seine letzten Arbeitstage verbrachte der Zimmermann auf der Baustelle des reichen Getreidehändlers in der Salzstraße und wurde am Samstag bei der turnusmäßigen Versammlung der Bruderschaft offiziell verabschiedet.

Er nutzte den Sonntag, um noch einmal den Mesner aufzusuchen, dem der junge Geselle ans Herz gewachsen war.

»Ich wünsche dir für deine weitere Wanderschaft alles Gute und dass du vor allem deinen Onkel Jos Fritz noch einmal triffst. Weißt du schon, wo dein Weg dich hinführen wird, Hannes?«

»Wahrscheinlich wandere ich in die Schweiz, nach Basel, dort will ich mich mit einem Mann treffen, den ich in der Nähe von Köln kennengelernt habe.«

Der Geselle verschwieg, dass Bernhard ein entlaufener Mönch war, und auch den Namen Ulrichs von Hutten, den er gleichfalls in Basel anzutreffen hoffte, nannte er nicht. Gerhard war zwar auf der Seite der Aufrührer, doch trotzdem noch fest in der Mutter Kirche verankert.

»Wisst Ihr zufällig, ob der Bettelvogt sich in der Stadt aufhält?«, fragte der Geselle.

»So wie mir zu Ohren gekommen ist, hat Dietmar nach der Auseinandersetzung mit Stefan, bei der sein Kontrahent getötet wurde und er selbst gerade so mit dem Leben davongekommen ist, die Stadt verlassen. Es würde mich nicht wundern, wenn er sich Jos Fritz angeschlossen hat.«

»Schade, ich hätte ihn gerne noch einmal getroffen«, meinte Hannes.

Sie redeten eine Zeit lang über Belangloses, bevor sich Hannes verabschiedete.

»Gehabt Euch wohl, Gerhard, es hat mich sehr gefreut, dass ich Eure Bekanntschaft gemacht habe. Meinen letzten Tag hier werde ich mit meinen Gesellenbrüdern verbringen.«

»Ich wünsche dir alles Gute und Gottes Segen.«

Die beiden Männer umarmten sich kurz und Hannes verließ zum letzten Mal das kleine Häuschen.

An Hannes' Abreisetag hatten sich beinahe so viele Gesellen, auch die anderer Gewerke, eingefunden wie am vorletzten Sonntag bei dem Gassenfest.

Die riesigen Glocken des Münsters läuteten die zehnte Stunde ein, als sich die Meute in Bewegung setzte.

Wie es Hannes von seinen letzten Abschieden kannte, wanderten die Männer in einem »Spinnermarsch« genannten Ritual scheinbar ziellos wie eine Entenfamilie hintereinander durch die Gassen.

Mehrere Krüge mit kühlem Wein wurden von vorne nach hinten und zurück gereicht und in den auf dem Weg liegenden Schenken wieder aufgefüllt. Dabei sangen die Gesellenbrüder inbrünstig ihre Abschiedslieder.

Marktstände wurden umrundet, über Brunnen wurde geklettert und die Fleischbänke der Metzger waren ebenfalls als Hindernis beliebt. Manch rabiater Meister wollte dem wilden Treiben Einhalt gebieten, wenn etwa ein Stück Braten auf den Boden fiel, besann sich aber angesichts der großen Zahl an marschierenden Gesellen eines Besseren. Auch die Stadtknechte hatten Order, diese uralte Zeremonie nicht zu stören.

Von einem strahlend blauen Himmel brannte die Sonne erbarmungslos auf die Menschen nieder und die Gesellen, die für die Krüge verantwortlich waren, kamen beim Auffüllen kaum nach.

Hannes hielt sich indes beim Wein zurück, er wusste schließlich nicht, wie weit er heute noch wandern musste, zudem machte ihn die dräuende Wolkenwand, die sich am Schwarzwald aufbaute, unruhig. Sollte es ihm etwa gleich ergehen wie bei seiner Ankunft?

Endlich kam die eigenwillige Prozession am Martinstor an und nun hieß es für den jungen Gesellen endgültig, Abschied von Freiburg zu nehmen.

Die Brüder gaben ihm nacheinander die Hand und am Schluss reichte Gunther ihm das Bündel und den Stock, die ein anderer bis hierher getragen hatte, um Hannes ein wenig zu entlasten.

»Gehab dich wohl und denke ab und zu an deine Zeit in

dieser Stadt zurück. Ich wünsche dir weiterhin eine schöne Wanderschaft, bleibe auf dem rechten Weg und kehre gesund nach Hause zurück.«

Der Altgeselle schüttelte ihm gleichfalls die Rechte und der ergriffene Hannes ging gemessenen Schrittes durch das offene Tor. Heute wurde er nicht aufgehalten, im Gegenteil wünschte ihm der sonst so abweisende Torwächter eine gute Reise.

Doch sobald Hannes den Turm hinter sich gelassen hatte, spürte er schon den ersten Regentropfen auf seiner Hand, und als er sich umdrehte, sah er, wie hinter der Stadt ein Blitz niederging, dem wenige Sekunden später ein Donnergrollen folgte.

Das darf doch alles nicht wahr sein, dachte der Geselle erbost.

In die Stadt konnte er nicht zurück, das erlaubten die strengen Zunftgesetze nicht, und auch das Umland musste er so rasch als möglich hinter sich lassen.

Mit ausladenden Schritten versuchte er verzweifelt, dem Gewitter zu entrinnen, und kam gerade noch rechtzeitig auf die überdachte Brücke, die über den Fluss Dreisam führte. Hier war er erst einmal einigermaßen geschützt, wenngleich kurze Zeit später der Regen fast waagerecht heranpeitschte. In seiner beklagenswerten Lage kauerte sich der Geselle auf den Boden, um durch das mit Brettern verkleidete Brüstungsgeländer Schutz zu finden.

In dem infernalischen Sturm, der nun losging, hörte Hannes das Rumpeln der Kutschenräder erst, als die wiehernden Pferde dem am Boden sitzenden Handwerker auszuweichen versuchten.

Zu Hannes' Glück hatte das Gefährt noch nicht viel Fahrt aufgenommen und der Wagenlenker konnte das Fuhrwerk in letzter Sekunde zum Halten bringen.

»Bist du verrückt geworden, du dummer Kerl!«, schrie eine weibliche Stimme aus dem Innern der Kutsche.

Blitzschnell war Hannes aufgesprungen, doch wenn der Fuhrmann vorher nicht so gut reagiert hätte, wäre das Gefährt über den Gesellen drübergerollt.

»Danke!«, rief Hannes dem trotz des Sturms stoisch dreinblickenden Mann auf dem Kutschbock zu und stellte sich an die Seite.

Langsam rollte der Wagen wieder an und Hannes sah, wie sich das kleine Fenster öffnete.

»Kannst du nicht aus dem Weg gehen, deinetwegen hätte ich mir beinahe das Genick gebrochen, du …«

Das schöne, von blonden Haaren umrahmte Gesicht war vor Wut verzerrt, doch als Hannes in die blauen Augen blickte, konnte er plötzlich eine Spur von Wiedererkennen entdecken.

KAPITEL 14

So zornig war Anna selten in ihrem Leben gewesen. Was erlaubte sich dieses Weibsstück überhaupt? Nie wieder würde sie mit dieser alten Schachtel ein Wort wechseln und bestimmt stand Stechler so sehr unter ihrem Pantoffel, dass er sich nicht für die unverschämten Äußerungen seiner Mutter entschuldigen würde.

Doch da irrte die junge Kauffrau, denn kaum war sie in die Kramergasse eingebogen, kam ihr der Gewürzhändler entgegen. Jakob war nicht wie sie über den Marktplatz gekommen, sondern hatte eine Seitenstraße durchquert.

»Bitte, Anna, hört mich an«, sagte Stechler kleinlaut, nachdem er sich vergewissert hatte, dass niemand sonst des Weges kam.

»Ich wüsste nicht, was wir beide noch zu bereden hätten«, entgegnete die Kauffrau zornig und dachte wieder einmal, dass die Rolle eines Bittstellers so gar nicht zu Jakob passen wollte.

Mit ausgebreiteten Armen stellte er sich Anna in den Weg.

»Ihr müsst meine Mutter verstehen, nach der Geschichte mit der Selbsttötung meiner ersten Frau sucht sie bei jeder möglichen Nachfolgerin nach Fehlern.«

»Sieht sie in mir etwa die zukünftige Gattin ihres Sohnes?«, fragte Anna nun mit einer gehörigen Menge Spott in ihrer Stimme, den sie jedoch sofort wieder bereute.

»Nun … ich … also …«, stammelte Jakob errötend und dachte an die ersten Begegnungen mit Anna, bei denen er ähnlich unsicher war.

»Lasst mich vorbeigehen«, sagte Anna fordernd und blickte Stechler dabei in die Augen.

Resigniert machte der Gewürzhändler Platz und sah noch, wie Anna hinter ihrer Haustür verschwand. Was bin ich doch für ein Narr, schalt sich Jakob insgeheim und wandte sich in Richtung Marktplatz. Er brauchte nun ein wenig Zerstreuung und jemanden, an dem er seine schlechte Laune abreagieren konnte.

Seine Mutter hatte ihm heute einen gehörigen Strich durch die Rechnung gemacht und Jakob schwor sich, dass er es dieses Mal nicht auf sich beruhen lassen würde.

Auf seinem Weg zum Mettmannstor suchte er nach Mitteln und Wegen, Agnes Stechler endlich in das hiesige Bürgerspital, in dem sie dank zahlreicher Pfründe ein Wohnrecht hatte, abschieben zu können.

Es würde nicht einfach werden, denn Jakob war zwar nach außen hin der Leiter der Unternehmung, doch was keiner wusste, Agnes war nach dem Tod ihres Mannes die Inhaberin geblieben.

Nachdem er das Tor passiert hatte, wanderte er, sich immer wieder verstohlen umguckend, zum Frauenhaus. Paul, der Frauenwirt, stand tief bei Stechler in der Kreide und so war es sicherlich kein Problem, selbst am heiligen Sonntag Einlass zu bekommen. Es würde sich eine Dirne finden, bei der er sein drängendes Verlangen stillen konnte, wenngleich die unvergleichliche Barbara, die er am liebsten besucht hatte, nicht mehr hier war. Gerade als er dezent an die Pforte klopfte, erschall aus dem kleinen Nachbarhäuschen fröhliches Gelächter.

Erschrocken fuhr Jakob zusammen, weil er dachte, dass es ihm gegolten hatte.

Doch niemand stand an der Tür und dann wusste er plötzlich, wer seinen Verdruss wegen der Zurückweisung durch Anna zu spüren bekommen würde.

»Wer wagt es?«

Es sah beinahe so aus, als ob der grobschlächtige Frauenwirt sich auf den ungebetenen Besucher stürzen wollte.

Bei einem schnellen Blick in das Antlitz des fein gewandeten Bürgers zeigte sich jedoch ein Lächeln in dem brutalen Gesicht.

»Oh, Ihr seid es, Herr Stechler, kommt herein.«

Jakob folgte dem Mann ins Innere des unscheinbaren Hauses.

In einem Vorraum waren mehrere Scherenstühle um einen kleinen rechteckigen Tisch gruppiert.

»Setzt Euch nieder, ich bringe derweil etwas zu trinken, mein Herr.«

Die gerahmten Bilder an der Wand zeigten entblößte Frauen in eindeutigen Posen.

Offenbar hatte der Künstler auch Dirnen gemalt, die in Reutlingen ihrer Arbeit nachgingen, denn auf einem Porträt erkannte Jakob die schöne Barbara.

»Sie war mein bestes Pferdchen«, ließ sich Paul seufzend vernehmen.

»Wie konnte sie mir das nur antun? Lässt sich mit einem verheirateten Bürger ein und denkt allen Ernstes, der Märchenprinz erlöst sie. Dabei hatte Barbara bei mir das schönste Leben.«

Das möchte ich bezweifeln, dachte der Gewürzhändler beim Blick in das brutale Gesicht Pauls.

Er konnte sich noch sehr gut an das Verfahren erinnern, bei dem zuerst Anna des versuchten Mordes an ihrem Ehegatten angeklagt war und nach einer schicksalhaften Wendung plötzlich Barbara auf der Anklagebank saß.

Bereits damals hatte er Anna Neumann als starke Frau kennengelernt.

»Weiß man denn immer noch nicht, wie es bei der Befreiung der Hure und ihrer anschließenden Flucht genau zuging?«, fragte Jakob interessiert und nippte an dem verdünnten Wein.

»Bis zum heutigen Tag habe ich weder die geringste Ahnung, wer sie mit dieser halsbrecherischen Aktion befreit hat, noch, wo sich Barbara befindet. Ich weiß ja nicht einmal, ob sie überhaupt noch am Leben ist«, antwortete der Frauenwirt mit einem Hauch von Wehmut in der Stimme, denn die Liebesdienste der attraktiven Barbara hatten ihm viele Gulden eingebracht.

»Gleichwohl kann ich Euch sehr hübsche Dirnen anbieten, die Euch in aller Form verwöhnen werden.«

Paul zeichnete mit seinen Händen die weiblichen Rundungen in die Luft.

»Gerne komme ich später auf dein Angebot zurück,

zuerst würde ich jedoch den Blick kurz auf deine Nachbarin richten.«

Mit fragender Miene sah der Frauenwirt auf seinen Kunden.

»Ich habe keinerlei Schwierigkeiten mit Maria, der Heilerin. Im Gegenteil, sie hilft mir dabei, meine Dirnen vor ungewollten Schwangerschaften zu schützen. Weshalb fragt Ihr also?«

»Nun, es verhält sich folgendermaßen: In meiner Funktion als Mitglied des Stadtrates …«

Das letzte Wort betonte Stechler besonders, denn Paul stand eigentlich in Diensten der Stadt, wenngleich er, so wie bei Barbara, gelegentlich sein eigenes Süppchen kochte.

»… bin ich im Besonderen angehalten, mein Augenmerk darauf zu richten, dass in Reutlingen alles seine Ordnung hat. In dem Haus der Hebamme jedoch gehen womöglich Dinge vor sich, die keineswegs den guten Sitten entsprechen«, meinte Stechler betont scharf.

»Äh, also, mir ist bis jetzt eigentlich nichts Außergewöhnliches aufgefallen«, antwortete der einfach gestrickte Mann und kratzte sich am Hals.

Dieser Bursche ist das Werkzeug, das ich brauche, dachte Jakob und war nun wieder völlig mit sich im Reinen. Vergessen war die tiefe Unsicherheit vorhin in Annas Gegenwart.

»Hast du etwa nicht bemerkt, dass unser werter Pfarrer Alber die Heilerin des Öfteren besucht hat?«

»Also wenn Ihr mich so fragt, … das ein oder andere Mal habe ich den Priester durchaus schon das Häuschen betreten oder verlassen sehen«, antwortete Paul unsicher und fragte sich, worauf der edle Herr hinauswollte.

»Nun, findest du es etwa angemessen, dass ein Geistlicher, der im Zölibat lebt, eine alleinstehende Frau aufsucht, noch dazu eine Heilerin und Hebamme?«

»Jetzt, wo Ihr es sagt, kommt es mir auch ziemlich befremdlich vor.«

»Ich für meinen Teil bin davon überzeugt, dass diese Frau eine Hexe ist und unseren Herrn Alber verzaubert hat.«

Der ansonsten so rücksichtslose Frauenwirt bekam weiche Knie und machte schnell ein Kreuzzeichen.

Mit Genugtuung dachte Jakob, dass er Paul nun da hatte, wo er ihn haben wollte.

»Wie du sicher noch weißt, ist sie unter dubiosen Umständen bei ihrer letzten Anklage freigekommen. Da hatte bestimmt der Leibhaftige seine Finger im Spiel«, mutmaßte Stechler.

»Nie wieder betritt diese Hexe mein Haus!«, stieß Paul hervor.

»Gemach, gemach, wir müssen jetzt zu allererst Beweise für meine Vermutung sammeln. Dazu wäre es vonnöten, dass Maria weiterhin deine Frauen behandelt und du sie dabei beobachtest.«

»Ich soll dieses Weibsstück auch künftig hereinlassen, damit sie mich gleichfalls verzaubert? Das könnt Ihr nicht von mir verlangen«, jammerte der Frauenwirt.

»Hast du etwa Angst? Du bist doch ein gestandener Mann, der es bisher mit jedem Gegner aufgenommen hat.«

Der Spott in Stechlers Worten war unüberhörbar.

»Es ist etwas anderes, ob ich einem ungehobelten Kerl gegenüberstehe oder einer Hexe, die übersinnliche Kräfte besitzt.«

»Jetzt beruhige dich erst einmal«, versuchte Jakob, die Lage zu entschärfen. »Solange sie keinen Verdacht schöpft, bist du nicht in Gefahr. Deshalb müssen wir behutsam vorgehen. Holst du Maria selber ab, wenn du ihre Dienste brauchst?«

Paul nickte.

»Das ist ja wunderbar, dann schaust du dich in dem Häuschen beim nächsten Mal ein wenig genauer um. Sobald dir etwas Verdächtiges auffällt, gibst du mir sofort Bescheid. Hast du mich verstanden?«

Dem Frauenwirt war anzumerken, dass er alles andere als einverstanden war, doch letztlich fügte er sich dem einflussreichen Stadtrat und nickte abermals.

»Ich danke dir bereits im Voraus, du wirst Reutlingen einen großen Dienst erweisen. Zudem wird es nicht zu deinem Schaden sein.«

Jakob rieb den Daumen an Zeige- und Mittelfinger.

»Und was ist, wenn sich der Verdacht wider Erwarten als unbegründet erweist?«, wollte Paul wissen.

»Dann werden wir eventuell ein wenig nachhelfen müssen. Wir wollen schließlich unseren werten Pfarrer aus der Versuchung herausführen.«

Was Stechler genau im Schilde führte, brauchte der unbedarfte Mann nicht zu wissen.

»So, genug geredet, bringe mich zu einer deiner Liebesdienerinnen, ich brauche etwas Zerstreuung.«

»Ihr habt Glück, Herr. Für gewöhnlich arbeiten meine Frauen sonntags nicht, doch zufällig ist Hilde, die Euch bereits mehrfach beglückt hat, heute hiergeblieben. Gebt mir fünf Minuten und sie wird Euch empfangen.«

Zufrieden nippte Stechler an seinem Becher, als der Frauenwirt in den oberen Stock entschwunden war. Sollte bei Maria irgendein Indiz auf Hexerei hinweisen, so wäre auch Alber in Reutlingen nicht mehr tragbar und somit wäre die drohende Handelssperre seitens der Kaiserlichen abgewehrt.

Beim Gedanken daran, dass die Tage des aufsässigen Predigers in Reutlingen gezählt waren, verspürte Jakob plötzlich eine Hochstimmung in sich aufkommen.

Dass die Heilerin dabei auf der Strecke bleiben könnte, kümmerte ihn nicht.

Im Gegenteil, so wäre eine enge Vertraute Annas ausgeschaltet, die der Kauffrau von einer Verbindung mit ihm abraten könnte.

Je weniger Verbündete Anna noch besaß, desto mehr würde sie sich in ihr Schicksal ergeben und ihn ehelichen. In diesem Zusammenhang fiel ihm Bantlein ein, mit dem er ohnehin noch ein Hühnchen zu rupfen hatte.

Eigentlich hatte Stechler den Kontorleiter auf seiner Seite gesehen, doch dieser hatte sich gegen ihn gestellt und dafür würde er büßen.

Genüsslich malte sich Jakob aus, wie Bantlein am Pranger stehen würde, um danach in Schimpf und Schande mitsamt seiner Familie aus der Stadt gejagt zu werden.

Wie schnell war ein Ehebruch oder ein anderes Verbrechen konstruiert, dachte Jakob, als der Frauenwirt wiederkam.

»Die Dame ist bereit, all Eure Wünsche zu erfüllen.«

KAPITEL 15

»SIEH AN, DER HELD, der mir mein Täschchen wiederbeschafft hat. Nun kann ich mich doch noch für deinen mutigen Einsatz auf dem Markt revanchieren.«

Die blonde Frau öffnete die kleine Tür, die ins Kutscheninnere führte.

»Komm schnell herein, du bist ja schon ganz nass!«, rief sie und ihr Zorn hatte sich in Mitgefühl verwandelt.

Sofort kam Hannes der Bitte nach und setzte sich gegenüber der feinen Dame auf eine kleine Holzbank nieder. Das junge Mädchen, dem Gewand nach zu urteilen eine Dienstmagd, rutschte zur Seite.

Zuerst brachte der Geselle keinen Ton heraus, so sehr war er noch von dieser wundersamen Wendung des Schicksals überrascht.

»Ihr erlaubt, dass ich meine Oberkleider ablege?«, fragte er heiser und riss sich, nachdem die Frau genickt hatte, das klamme Wams sowie sein Leinenhemd vom Leib. Die derben Schuhe und seine langen Strümpfe streifte er gleichfalls ab und behielt lediglich seine Bundhose an, woraufhin die junge Dienstmagd große Augen bekam.

»Wie heißt du eigentlich?«, wollte die geheimnisvolle Schöne wissen und blickte dem Handwerker unverwandt in die Augen.

»Mein Name ist Hannes Fritz, ich bin ein reisender Zimmermannsgeselle«, sagte er wahrheitsgemäß und fühlte sich plötzlich ziemlich fehl am Platze mit seinen abgetragenen, nassen Kleidern in der noblen Reisekutsche dieser Frau von augenfällig hohem Stand.

»Das ist ein ehrenwerter Beruf, darauf kannst du stolz sein«, entgegnete sie ohne die geringste Ironie in ihrer Stimme.

»Jedenfalls habt ihr Handwerker offenbar ein anderes Ehrgefühl als die Patrizier, von denen keiner auch nur Anstalten gemacht hat, den Dieb zu verfolgen.«

Nach diesem Kompliment fühlte sich Hannes nicht mehr gar so deplatziert und sein Selbstvertrauen kehrte zurück.

»Darf ich Euch gleichfalls nach Eurem Namen fragen, edle Dame?«

»Oh, habe ich damals nach deiner Rettungstat etwa vergessen, mich vorzustellen, das tut mir leid. Gestatten«, theatralisch nahm sie ihr schwarzes, perlenbesetztes Hütchen ab, »Ursula von Hutten, geborene Thumb von Neuburg, und das junge Ding hier ist Emma, meine getreue Magd.«

Hannes schluckte schwer, als er den vertrauten Namen hörte.

»Sagtet Ihr von Hutten?«

»Ja, ist etwas nicht in Ordnung damit?«

»Doch, doch, es ist nur …, ich habe auf meiner Wanderschaft einen Mann namens Ulrich von Hutten kennengelernt, der mir schon zweimal das Leben gerettet hat.«

Sofort kamen Hannes die beiden bedrohlichen Situationen in den Sinn.

»Ja, ist es denn die Möglichkeit, der streitbare Ulrich ist der Vetter meines verstorbenen Gatten. So klein ist die Welt. Erzähle mir von deinen Begegnungen mit diesem außergewöhnlichen Mann«, bat Ursula und ihr Gesicht nahm einen gespannten Ausdruck an.

»Das erste Mal, als ich ihm begegnete, geriet ich mit meinem Reisekameraden in einen verheerenden Schneesturm mitten im Schönbuch. Nachdem Rudolf, der andere Geselle, zufällig auf die Jagdhütte traf, in der sich der Humanist zu der Zeit aufhielt, hat Ulrich sich sofort auf den Weg gemacht und den Wald durchsucht, obwohl er in dem Inferno gleichsam hätte umkommen können. Er hat mich schließlich, unter einem Baum kauernd, mehr tot als lebendig gefunden.«

»Das passt zu ihm, er war schon immer furcht- und selbstlos«, wandte Ursula nachdenklich ein. »Aber erzähle weiter.«

»Einige Zeit später, nach vielen Irrungen und Wirrungen, kam ich in die Seestadt Amsterdam und wie es der Zufall wollte, befreite mich Ulrich von Hutten auch dort wieder aus einer ausweglosen Lage.«

Wie gebannt lauschten sowohl die Fürstin als auch ihre Magd den Berichten des Handwerkers, die dieser geschickt noch ein wenig ausschmückte.

»Gerade als mir eine Gruppe von Seeleuten den Garaus machen wollte, kam er hinzu und schlug sie allein und nur mit einem Kurzschwert bewaffnet in die Flucht.«

Hannes holte kurz Luft und fuhr sich mit der Zunge über die trockenen Lippen, woraufhin sich das eilfertige Dienstmädchen nach einem Weinschlauch bückte und ihn dem Gesellen reichte.

Solcherart aufgemuntert, gab Hannes noch weitere Geschichten zum Besten und seine beiden Zuhörerinnen genossen augenscheinlich die kurzweiligen Erzählungen, wobei ihn besonders Ursula interessiert beobachtete.

»Was ich Euch noch fragen wollte, … wohin fahrt Ihr eigentlich?«

Siedend heiß war es dem Gesellen plötzlich in den Sinn gekommen, dass er überhaupt nicht wusste, wohin die Reise der adeligen Frau ging.

»Der Sturm hat mich so durcheinandergebracht und ich war froh, dem schlimmen Regen entronnen zu sein, dass ich daran bisher noch nicht gedacht habe.«

»Das verstehe ich gut«, versetzte Ursula mit einem feinen Lächeln und fügte hinzu, »wenn alles glatt läuft, so hoffe ich, heute Abend in Basel zu nächtigen.«

Der Handwerker stieß einen Seufzer der Erleichterung aus, aber angesichts des heftigen Gewitters wäre er auch in jede andere Richtung mitgefahren.

»Ob Ihr es glaubt oder nicht, edle Dame, aber genau dorthin wollte ich gleichfalls wandern, um Bernhard, einen Geistlichen, den ich letztes Jahr auf meiner Reise kennengelernt habe, zu treffen. Außerdem hoffe ich, dass Ulrich von Hutten sich noch in der Stadt am Rhein aufhält. Wenn Euch also meine Gesellschaft nicht zuwider ist, würde ich gern bis Basel Euer Gast sein.«

Statt einer Antwort sah Ursula dem Handwerker tief

in die Augen und Hannes erwiderte den Blick, wobei ihm abwechselnd heiß und kalt wurde.

»Im Gegenteil, wir genießen deine Anwesenheit, nicht wahr, Emma?«

Die Magd nickte zustimmend.

Der Regen hatte mittlerweile nachgelassen und so konnte Hannes durch das kleine Fenster die schöne Landschaft vorüberziehen sehen.

Wehmütig betrachtete er die zahllosen Weinberge, die sich an den unteren Hängen des Schwarzwalds aneinanderreihten. Wie mochte es seinen Eltern und seinen Geschwistern gehen, dachte er. Waren sie in diesem Moment gleichfalls dabei, die Reben zu pflegen?

Das letzte Lebenszeichen von zu Hause hatte Hannes vor ungefähr einem Jahr während seiner Zeit in Frankfurt am Main erhalten.

Damals hatte er zufällig seine Jugendliebe Anna getroffen, die ihm von seiner Familie berichtet hatte. Doch allzu lange würde er nicht mehr von ihnen getrennt sein, denn nächstes Jahr war seine dreijährige Wanderschaft beendet und dann konnte Hannes nach Reutlingen zurückkehren und alle wiedersehen.

Die Frage war nur, was erwartete ihn in seiner Heimatstadt und wollte er dort überhaupt sesshaft werden? Den Weingärtnerbetrieb führte sein Bruder und ihm würde auf lange Sicht oder vielleicht für immer der Meistertitel in seinem Handwerk verwehrt bleiben.

So viele Fragen schwirrten ihm im Kopf herum, als er plötzlich wieder in die Wirklichkeit versetzt wurde, denn das Fuhrwerk hielt abrupt an.

»Das dürfte die Zollstation sein, hast du ein Dokument dabei, das dich ausweist?«, wollte Ursula wissen, als auch schon jemand an die Tür pochte.

Emma öffnete und ein unrasierter Söldner streckte seinen Kopf herein.

»Gott zum Gruß, edle Herrschaften, wärt Ihr so freundlich und würdet mir den Wegezoll von drei Gulden entrichten?«

Der kehlige Zungenschlag des Mannes erinnerte Hannes an seinen Reisekameraden Urs, mit dem er nach Amsterdam gewandert war.

Ursula von Hutten kramte aus ihrem Täschchen, das der Geselle nur zu gut kannte, die geforderte Summe hervor und gab sie dem Zöllner mitsamt einem kleinen Trinkgeld, das ihn freudig stimmte.

Reisedokumente wollte er daraufhin nicht mehr sehen und die Kutsche fuhr langsam wieder an.

»Sind wir etwa bereits im Gebiet der schweizerischen Eidgenossenschaft?«, fragte Hannes verblüfft.

Sein geografisches Wissen hatte er während der gemeinsamen Reise mit Bernhard erlangt und von den Eidgenossen hatte ihm Urs ausführlich berichtet.

»Ja, seit dem für sie so erfolgreichen Schwabenkrieg haben die Schweizer eine weitgehende Autonomie im Kaiserreich und lassen sich auch vom Kaiser nicht mehr dreinreden. Offiziell gehören sie noch zum Heiligen Römischen Reich, doch hat Kaiser Karl bei ihnen nichts mehr zu sagen. Seit dieser Zeit vor etwas mehr als zwanzig Jahren ist auch die Stadt Basel diesem Bund beigetreten.«

Bewundernd blickte Hannes die adelige Dame an, sie war nicht nur ausnehmend attraktiv, sondern zudem auch sehr gebildet.

Nach einer weiteren Stunde Fahrt langten sie schließlich an der Stadtmauer an.

Hannes sah, dass es sich um eine Vorstadt handeln musste, denn das alles überragende Münster war am jenseitigen Ufer des Rheins zu sehen. Es wirkte beinahe so, als ob der Fels, auf den die stattliche Kirche gebaut war, aus dem Fluss wuchs.

Wie schon vorher an der Zollstation gab es auch an dem Stadttor keinerlei Schwierigkeiten. Ursula von Huttens selbstbewusstes Auftreten nahm dem Wächter sofort den Wind aus den Segeln. Sie stellte Hannes als Diener vor und der Söldner machte keinerlei Anstalten, an den Worten der adeligen Dame zu zweifeln.

Die Kutsche durchquerte die Vorstadt und fuhr dann über die Rheinbrücke, um danach wieder am nächsten Stadttor angehalten zu werden.

»Ich danke Euch vielmals, Frau von Hutten«, sagte Hannes, als das Gefährt über das Kopfsteinpflaster in Richtung Marktplatz holperte.

»Aber das war eine Kleinigkeit, verglichen mit deiner Heldentat in Freiburg«, erwiderte Ursula. Sie fuhr mit einem wehmütigen Seufzer fort: »Schade, dass du uns schon verlässt, Hannes, ich hätte dich gerne mit ins Burgund genommen. In dem Schloss meines Bekannten gibt es immer genug zu tun für einen tüchtigen Handwerker.«

Der Kutscher hatte sein Fuhrwerk inzwischen vor einem stattlichen Haus zum Stehen gebracht.

»Es tut mir leid, aber ich habe es meinem Freund versprochen, mich mit ihm hier zu treffen, um dann gemeinsam weiterzuziehen«, entgegnete Hannes, der sich wohlgefühlt hatte in der Gegenwart dieser reizenden Frau, die so wenig auf ständische Regeln zu geben schien, dass sie einen reisenden Handwerker in ihrer Kutsche mitnahm.

»Wenn du es dir doch noch anders überlegen solltest, so kannst du mich bis übermorgen in der Herberge ›Zur Blume‹ finden.«

Galant verneigte sich der Geselle leicht und schwenkte

zum Abschied seinen Hut, nachdem die drei Fahrgäste ausgestiegen waren.

»Gehab dich wohl, Hannes, und möge Gottes Segen dich begleiten.«

»Das wünsche ich Euch auch, edle Dame«, erwiderte der Geselle und schritt nach einem letzten tiefen Blick in die schönen Augen Ursulas davon.

Wie in jeder Stadt, die er gesehen hatte, standen auch in Basel rund um den Marktplatz die stattlichsten Häuser und der Handwerker konnte nicht umhin, kurz stehen zu bleiben und die schönen Gebäude zu bewundern.

Er beschloss, sich ein wenig treiben zu lassen und dann den erstbesten Menschen, der ihm vertrauenswürdig erschien, nach Oekolampadius zu fragen.

Vom Ort des Abschieds aus kam er in eine Gasse, die geradewegs in einen anderen Platz mündete.

Hier war ein reger Marktbetrieb zu beobachten und auf Holzbrettern, die auf hüfthohe Böcke gelegt waren, befand sich eine stattliche Auslage.

Dies war unzweifelhaft der Fischmarkt, dachte Hannes und hielt ob des penetranten Geruchs kurz den Atem an.

Riesige Welse lagen neben deutlich kleineren Forellen und Felchen sowie einigen Arten, die Hannes noch nie zuvor gesehen hatte.

Auf mehreren Bänken krochen zudem Flusskrebse umher, die mit ihren langen Scheren sehr bedrohlich wirkten. Hannes wusste, dass diese Tiere eine sehr schmackhafte, wenngleich auch sehr teure Delikatesse waren.

Dabei wurde ihm schmerzlich bewusst, dass er selbst seit längerer Zeit nichts mehr gegessen hatte.

Ein etwas abseits stehender Händler briet kleine Fischstücke und dieser Geruch ließ dem Gesellen das Wasser im Mund zusammenlaufen.

Verstohlen blickte er sich um, ob etwa ein Gesellenbruder in der Nähe war, denn die strenge Regel besagte, dass er sich beim Eintritt in eine Stadt zuerst auf der Herberge sehen lassen musste, wo er dann mit reichlich Essen und Trinken versorgt werden würde.

Trotzdem war Hannes kurz davor, bei dem redseligen Fischhändler eine Kleinigkeit zu bestellen, entschied sich dann aber anders und wandte sich um.

»Hast du Hunger, Geselle?«

Erschrocken fuhr Hannes zusammen und drehte sich nach dem Fragesteller um.

Das Gesicht, das er sah, war überwuchert von einem mächtigen Bart, der dem Mann bis auf die Brust reichte. Doch bei näherem Hinsehen waren es die Augen, die das Antlitz dominierten, und für Hannes waren es die freundlichsten, die er je in seinem Leben gesehen hatte.

»Äh, nein danke, zuerst muss ich jemanden aufsuchen«, antwortete der Geselle und fragte sich, ob er diesen Bürger mit der Aura eines Gelehrten nach Oekolampadius fragen sollte.

Einerseits erschien ihm der Fremde vertrauenswürdig, von Bernhard wusste er jedoch, dass der von ihm Gesuchte dem Lutherischen Gedankengut nachhing und gleichfalls ein entlaufener Mönch war.

Vielleicht war dieser Oekolampadius ja bereits von den Schergen der Stadtwache verhaftet worden und ihm, Hannes, drohte dasselbe Schicksal.

Letztlich gaben die gütigen Augen des Mannes den Ausschlag und Hannes fasste sich ein Herz.

»Kennt Ihr einen Bürger namens Oekolampadius und wisst zufällig auch noch, wo dieser wohnt?«

Das wenige des Gesichts, das aufgrund des dichten Bartes zu sehen war, nahm nun einen gespannten Ausdruck an.

»Weshalb suchst du nach diesem Mann, Geselle?«

»Das ist eine längere Geschichte«, wollte sich Hannes herauswinden.

»Dann erzähle sie mir, während du mich ein Stück Wegs begleitest, denn es würde mich schon interessieren, was ein reisender Handwerksbursche mit dem wohlbekannten Herrn Oekolampadius zu schaffen hat«, entgegnete der Bärtige mit einem lauernden Unterton.

Einen Augenblick dachte Hannes daran, einfach wegzulaufen, willigte dann jedoch ein, den Mann zu begleiten.

Der Bürger nahm seine beiden ausgenommenen Forellen und wandte sich einer kleinen Gasse zu, die südwärts von dem Platz wegführte.

»Eigentlich bin ich auf der Suche nach Bernhard, einem Mönch, der seinerseits Ulrich von Hutten hier in Basel besuchen wollte.«

»In welchem Orden ist dieser Bruder?«, wollte der Bärtige wissen.

»Er ist … ich meine, er war im Benediktinerorden«, meinte Hannes und merkte zu spät, dass er sich verhaspelt hatte.

»Wenn ich dich richtig verstehe, dann bist du auf der Suche nach einem entlaufenen Mönch sowie einem der meistgesuchten Ketzer überhaupt. Du bist ziemlich unverfroren, mein Junge, das muss ich schon sagen. Die Stadtknechte werden dich genüsslich einer kleinen Befragung unterziehen, wenn ich ihnen davon erzähle.«

Auf Hannes' Stirn bildete sich ein Schweißfilm und er war im Begriff, in eine schmale Seitengasse zu entfliehen.

»Denke nicht einmal im Traum daran zu verschwinden, sag mir lieber, was Oekolampadius mit den von dir gesuchten Männern zu schaffen hat.«

Der Geselle ergab sich in sein Schicksal und seufzte.

»Bernhard, der ehemalige Mönch, hat mir diesen Mann als Freund Ulrichs von Hutten geschildert und mir eingeschärft, nicht nach ihm, sondern nach Oekolampadius zu fragen, sollte ich nach Basel kommen.«

Wie das sprichwörtliche Kaninchen vor der Schlange stand Hannes vor dem ehrfurchtgebietenden Bürger.

»Bitte verratet mich nicht an die Stadtknechte«, bettelte der verzweifelte Geselle, »wenn Ihr es wünscht, werde ich sofort aus der Stadt verschwinden.«

»Beruhige dich, mein Junge, sehe ich etwa so aus, als würde ich einen rechtschaffenen Handwerker bei der Stadtwache denunzieren? Du hast unverschämtes Glück gehabt und ich werde dieses unselige Katz- und- Maus-Spiel jetzt beenden, denn ich selbst bin Oekolampadius.«

Hannes wusste nicht, ob er lachen oder weinen sollte.

»Komm mit mir zum Haus des Buchdruckers Cratander, der mich aufgenommen hat, als ich nach Basel gekommen bin. Seine liebe Frau wird uns aus den Fischen bestimmt ein köstliches Mahl zaubern.«

Der Geselle wollte widersprechen, da er eigentlich die Herberge seiner Bruderschaft aufsuchen musste, folgte Oekolampadius dann aber trotzdem, weil er hoffte, Bernhard zu treffen.

Durch einen unverschlossenen Nebeneingang des Fachwerkhauses gelangten sie in die Werkstatt des Handwerkers. Hier sah Hannes zum ersten Mal in seinem Leben eine Buchdruckerei.

»Sei gegrüßt, Andreas, wie du siehst, habe ich nicht nur wohlschmeckende Forellen, sondern auch einen Gast mitgebracht.«

Der gedrungene Meister stand vor einer riesigen hölzernen Presse und war gerade dabei, mit Hilfe eines Pressbengels den Druck zu lösen. Er nickte den Neuankömmlingen kurz zu und zog dann einen Karren heraus, auf dem ein Holzrahmen mit eingespanntem Papier befestigt war.

Cratander entfernte vorsichtig das Papier und begutachtete das noch feuchte Druckwerk kritisch. Mit großen Augen schaute Hannes dem Meister über die Schulter.

»Ich grüße dich, Johannes, und auch dich, Geselle. Deinen Werkzeugen nach zu schließen bist du ein Zimmermann und bestimmt nicht hier, um bei mir nach Arbeit zu fragen.«

Hannes schüttelte den Kopf und mit Blick auf das offensichtliche Interesse des Gesellen fuhr Cratander fort.

»Gleichwohl kann ich dir meine Kunst in schlichten Worten erklären.«

»Mach das, Andreas, ich trage unterdessen die Fische in die Küche.«

Von einem Moment zum anderen vergaß Hannes, weswegen er überhaupt in dieses Haus gekommen war.

»Komm mit, mein Freund.«

Cratander führte den Gesellen in seiner Werkstatt herum und erklärte dem gebannt lauschenden Hannes die Grundzüge des Buchdrucks.

»Hier haben wir die Urdruckstempel.«

Der Meister zeigte auf viereckige, etwa drei Zoll lange Stahlkörper, in die an einer Stirnseite ein oder zwei Buchstaben geschnitten waren.

»Diese sogenannten Patrizen werden in die danebenliegenden flachen Kupferplatten, genannt Matrizen, eingeschlagen.«

Unzählige dieser Metallstücke lagen fein säuberlich nebeneinander. Mit flinken Schritten ging der Meister weiter zu einer danebenstehenden Werkbank.

»Was du hier siehst, ist ein Handgießinstrument, mit dem die Lettern hergestellt werden.«

Dabei nahm er ein aus zwei zusammengesetzten Holzbacken bestehendes Werkzeug zur Hand, in dessen Mitte ein Metallkanal eingesetzt war.

An der unteren Seite der Gussform befestigte Cratander die Matrizen.

»Hier habe ich einen Gusslöffel, mit dem ich die geschmolzene Legierung aus Blei und Zinn einfülle. Die auf diese Weise entstandenen Lettern werden hier in den Letternblock gesetzt, mit Druckerschwärze eingefärbt und auf diesem Karren unter die Presse geschoben.«

Er gab Hannes das langsam trocknende bedruckte Papier, das dieser mit äußerster Vorsicht in seine Hände nahm.

»Das ist das fertige Produkt«, stellte Cratander stolz fest und Hannes meinte, einen gewissen Fanatismus bei dem Buchdrucker zu erkennen.

»Kannst du lesen, Geselle?«

Hannes nickte leicht und versuchte, das beschriftete Papier zu entziffern. Als Sohn eines Zunftmeisters hatte er bei Matthäus Alber die Grundzüge von Lesen und Schreiben kennengelernt und konnte einigermaßen erkennen, dass es sich um ein geistliches Thema in deutscher Sprache handelte.

»Dem Doktor Martinus Luther haben wir es zu verdanken, dass nun auch der gemeine Mann die Bibel lesen kann, denn er war es, der das Neue Testament vom Griechischen ins Deutsche übersetzt hat.«

Der Geselle nickte wissend, das hatte ihm Bernhard bereits erzählt.

»Und dank der genialen Erfindung des Johann Gensfleisch zu Gutenberg, der als Erster mit beweglichen Lettern gearbeitet hat, wird die Verbreitung dieser und anderer Schriften ungemein erleichtert.

»Somit können die einfachen Menschen nicht mehr dumm gehalten werden wie bisher«, ergänzte der zurückgekommene Oekolampadius. »Wie ich deinem zufriedenen

Gesichtsausdruck entnehme, hat dir der kleine Ausflug in die Welt der Buchdrucker gefallen, Geselle.«

»Das habt Ihr völlig richtig erkannt, werter Herr, wenngleich ich nicht alles verstanden habe, so sind mir jetzt doch die Grundzüge dieses faszinierenden Handwerks bekannt«, erwiderte Hannes.

»Übrigens soll ich dir von deiner Frau ausrichten, dass das Nachtessen gerichtet ist, Andreas.«

»Na, dann wollen wir sie nicht warten lassen, nicht wahr, ... wie war noch mal dein Name?«

»Hannes, ... Hannes Fritz aus der Freien Reichsstadt Reutlingen.«

»Also gut, Hannes, du kannst mich im Übrigen Andreas nennen.«

Der Meister hielt seine schwielige Rechte hin, die der Zimmermann ergriff.

»Lasst uns zu den Gaumenfreuden eilen.«

In der Wohnstube war der Tisch gedeckt und die hungrigen Männer wurden von Cratanders Gattin empfangen.

»Sei gegrüßt, Geselle, in diesem Haus ist jeder freundliche Mensch herzlich willkommen«, sagte die rundliche Frau fröhlich.

»Hier könnt ihr eure Hände waschen«, ergänzte sie und zeigte auf eine mit Wasser gefüllte irdene Schüssel.

Dabei schien sie im Besonderen ihren Mann zu meinen, dessen Finger beinahe schwarz waren.

Als erster Gang wurde das obligatorische Fladenbrot gemeinsam mit Griebenschmalz gereicht, gefolgt von einer Fischpastete mit feiner Kräuterfüllung.

»Hannes ist auf der Suche nach Bernhard, dem ehemaligen Benediktiner, ... du erinnerst dich?«

Cratander nickte.

»Außerdem hofft er, Ulrich von Hutten hier zu treffen.«

Oekolampadius nippte an seinem mit kühlem Weißwein gefüllten Becher und beobachtete, wie sich das Gesicht des Hausherrn verfinsterte.

»Der streitbare Hutten weilt leider nicht mehr in Basel und das haben wir dem Erasmus von Rotterdam zu verdanken«, spie der Buchdrucker aus.

Nun nahmen auch die sanften Augen des Geistlichen einen härteren Ausdruck an.

»Ulrich war und ist mein Freund und es ist die traurige Wahrheit, dass ausgerechnet sein früherer Mentor maßgeblich an der Ausweisung Huttens aus Basel beteiligt war.«

Mit großem Interesse verfolgte Hannes die Ausführungen des Oekolampadius, während die Hausherrin das Hauptgericht, die in einer kräftigen Brühe gegarten Forellen, hereintrug.

»Ein lange schwelender Streit über die richtige Auslegung der Heiligen Schrift führte letztlich zum Bruch dieser einst starken Freundschaft und zudem missfällt dem Erasmus die derbe Art Luthers, den Hutten wiederum sehr bewundert.«

Plötzlich fing Hannes an, heftig zu würgen, und bekam keine Luft mehr.

Der Meister reagierte blitzschnell und hieb ihm mit seiner Pranke auf den Rücken.

Aus dem Würgen wurde ein Husten.

»Hier, trink.«

Oekolampadius hatte die Situation gleichfalls erkannt und schüttete dem Gesellen Wein in den Hals.

Nur langsam erholte sich Hannes wieder.

»Was machst du für Sachen? Forellen muss man mit Bedacht essen und gut kauen«, bemerkte die Hausherrin besorgt.

»Das hätte böse ausgehen können, du wärest nicht der Erste, der an einer Gräte erstickt.«

Das Gespräch nahm nun einen anderen Verlauf und jeder gab Hannes gute Ratschläge für den richtigen Umgang mit Fisch.

»Ich verstehe das nicht, ich habe in Amsterdam Unmengen davon gegessen und kein einziges Mal ist mir etwas im Halse stecken geblieben«, meinte Hannes unter kräftigem Räuspern.

»Die Süßwasserfische haben feinere Gräten, hat mir mal jemand erzählt. Ob es stimmt, kann ich nicht beurteilen, aber eines weiß ich gewiss, nämlich, dass du unverschämtes Glück gehabt hast. Darauf lasst uns trinken.«

Cratander hob seinen Becher und die anderen stießen mit ihm an.

Als sich die Unruhe gelegt hatte, fuhr der Geistliche in seiner Erzählung fort.

»Das Fass zum Überlaufen brachte Huttens Vorwurf, Erasmus von Rotterdam sei zum Spielball der Mächtigen verkommen und nicke alles ab, was Kaiser und Papst ihm vorsagten. Nach diesem massiven Angriff nutzte Erasmus seine Verbindungen zum Basler Stadtrat und erwirkte den sofortigen Rauswurf seines ehemaligen Freundes.«

»Obwohl Ulrich in seiner derzeitigen Situation ein sicheres Asyl dringend nötig gehabt hätte«, warf der Buchdrucker ein.

»Wann war das?«, wollte Hannes wissen.

»Die Ausweisung erfolgte bereits im Januar und dank Gottes Hilfe musste er nicht allzu weit wandern, denn die Nachbarstadt Mühlhausen hat ihn gnädigerweise aufgenommen.«

»Januar sagt Ihr? Aber dann hat Bernhard ihn ja verpasst!«, rief der Geselle aus.

»Das stimmt, aber zu deinem Freund komme ich später«, entgegnete Oekolampadius. »Bis zum Juni durfte Ulrich in Mühlhausen verweilen, bevor der dortige Stadtrat dem politischen Druck nachgeben musste und den Geächteten gleichfalls der Stadt verwies. Der gesundheitlich schwer angeschlagene Ritter wurde schließlich von dem Züricher Kirchenreformer Zwingli auf eine Insel im Zürichsee eingeladen, um dort seine Wunden zu lecken.«

Hannes erinnerte sich an seine Begegnung mit Ulrich in Amsterdam und sah das mit Pusteln übersäte Gesicht vor sich. Die Franzosenkrankheit setzte ihm offenbar immer mehr zu.

»Doch dort gibt es mittlerweile gleichfalls Bestrebungen, den ungeliebten Gast wieder loszuwerden, und es ist nur der Berühmtheit Zwinglis zu verdanken, dass Hutten noch geduldet wird.«

Während seiner Erzählung bekam Oekolampadius feuchte Augen und auch auf Hannes' Antlitz zeigte sich Trauer über das unbarmherzige Schicksal dieses einmaligen Mannes.

Ulrich von Hutten war ausgezogen, die Situation der einfachen Leute zu verbessern, und war dabei genauso gescheitert wie Hannes' Onkel Jos Fritz.

»Aber woher wisst Ihr das alles, Herr Oekolampadius?«

»Durch meinen regelmäßigen Briefkontakt, den ich sowohl mit Hutten als auch mit Zwingli pflege, bin ich auf dem Laufenden.«

»Dann ist mein Freund Bernhard, der ehemalige Benediktiner, ebenfalls in Zürich?«, hakte der Geselle nach.

»Das weiß ich leider nicht. Er hat mich aufgesucht, als er in die Stadt kam, und ich habe ihm angeboten, mich für ihn beim Münster zu verwenden. Dort war eine Stelle als niederer Geistlicher vakant, doch er zog es dann vor, weiter nach Mühlhausen zu reisen, um dort eventuell auf Ulrich, der zu der Zeit noch dort weilte, zu treffen. Dein Freund scheint fasziniert zu sein von dem berühmten Humanisten, ob der frühere Mönch allerdings noch dort ist oder Ulrich nach Zürich gefolgt ist, weiß ich nicht. In den Briefen Huttens war jedenfalls von Bernhard nicht die Rede. Ich könnte höchstens in meiner nächsten Korrespondenz nach ihm fragen, dann wüsstest du innerhalb von drei Wochen, wo sich dein Freund aufhält.«

Nachdenklich strich sich Hannes über die Nase.

»Das würde für mich heißen, dass ich die Herberge meiner Bruderschaft aufsuchen und für mehrere Wochen Arbeit suchen müsste.«

»Auch ich kenne die strengen Zunftregeln, schließlich ist mein junges Handwerk auch in einer Zunft vereinigt«, mischte sich der Buchdrucker ein, der Hannes von Anfang an sympathisch gewesen war. »Wenn du willst, setzte ich mich dafür ein, dass du eine Zeit lang bei mir unterkommen kannst, was mir nicht ganz ungelegen kommen würde, da mein Gehilfe erkrankt ist.«

»Das würde ich gerne machen, doch ich fürchte, dass die Zimmermannszunft das nicht zulassen wird«, entgegnete Hannes seufzend.

»Einen Versuch wäre es allemal wert. Ich kenne den Zunftmeister der Zunft zu Spinnwettern, in der unter anderen Zimmerleute und Wagner vereinigt sind. Wenn du möchtest, dann kannst du morgen den ehrbaren Beruf des Druckers kennenlernen«, bot der Meister an, nachdem die Süßspeise verzehrt war.

»Aber mit Freuden, Herr Cratander.«

Mit großen Erwartungen stand Hannes am nächsten Morgen in der Werkstatt und wartete auf Anweisungen des Meisters. Dabei erkannte Cratander recht bald das Geschick des jungen Zimmermanns und trug ihm am Nachmittag diffizilere Tätigkeiten auf.

Das Faszinierendste war für Hannes die Zusammenstellung des Letternblocks, der später die fertige Seite ergab. Hierbei könnte er seine rudimentären Lesekenntnisse deutlich verbessern. Absolutes Neuland war für Hannes die Arbeit mit den verschiedenen Metalllegierungen und damit natürlich doppelt interessant.

Am Feierabend war er überzeugt davon, diese Tätigkeit für die nächsten Wochen auszuüben, so lange jedenfalls, bis Nachricht von Bernhard eingetroffen war.

»Na, mein Freund, wie gefällt dir das Leben als Druckerlehrling?«, fragte Oekolampadius mit einem Lächeln.

»Wenn die Zunft einwilligt, will ich gerne einige Wochen bei Meister Cratander arbeiten«, antwortete Hannes begeistert und schob sich ein Stück des gebratenen Hühnchens in den Mund.

Die Familie des Druckers war recht wohlhabend, was sich in der Zusammenstellung der Gerichte bemerkbar machte.

Lebhaft wurde danach am Tisch über das seltsame Verhalten des Erasmus von Rotterdam gegenüber Ulrich von Hutten debattiert, wobei die Solidarität des großen Humanisten Erasmus für Papst und Kaiser besonders von Oekolampadius stark kritisiert wurde.

»Ich verstehe nicht, warum sich Erasmus nicht klar und deutlich für die Sache Luthers einsetzt, seine Gedanken und Thesen früherer Jahre gingen doch genau in diese Richtung. Aber die Sache mit meinem Freund Ulrich nehme ich persönlich. Nur weil Hutten ihn in ein paar Briefen angegriffen hat, vergaß der Holländer seine christliche Nächstenliebe und wurde zum Hetzer des schwer kranken und von aller Welt verfolgten Mannes. Wie ein in die Enge getriebenes Raubtier sitzt Ulrich nun auf dem winzigen Inselchen auf dem Zürichsee und wartet auf sein Ende.«

So ging es noch eine Weile weiter und Hannes erfuhr viele

Dinge über Ulrich von Hutten, die er bisher nicht wusste. Die angeregte Unterhaltung wäre wohl die ganze Nacht so weitergegangen, wenn nicht Cratanders vernünftige Ehefrau irgendwann eingeschritten wäre.

»Lasst uns die Tafel aufheben, morgen ist Sonntag und wir müssen uns zeitig ins Münster zur Messe aufmachen.«

Widerwillig tranken die Männer ihre Becher leer und erhoben sich.

Hannes hatte eine eigene Kammer über der Werkstatt, die direkt neben der des Oekolampadius lag, dem er folgte.

Am Sonntagmorgen war die Familie bereits in der Küche versammelt, als Hannes schlaftrunken auftauchte. Er setzte sich dazu und bekam einen Becher frischer Milch sowie einen wohlschmeckenden Kuchen gereicht.

»Was hast du heute vor, Hannes?«, wollte der Hausherr wissen. »Du könntest uns begleiten, ich werde die Angelegenheit sofort nach dem Kirchgang mit den Verantwortlichen beider Zünfte besprechen. Mein Einfluss ist nicht unbeträchtlich, deswegen glaube ich, dass wir gute Chancen haben, unser Ziel zu erreichen.«

Der Geselle überlegte hin und her und entschied sich dann dafür mitzugehen, obwohl ihm ein wenig mulmig zumute war, weil er nicht sofort nach seinem Eintritt in die Stadt die Herberge der Bruderschaft aufgesucht hatte.

Nachdem sie Hannes kritisch gemustert hatte, bedeutete ihm die resolute Gattin des Buchdruckers, sein schmutziges Hemd sowie seine zerschlissene Hose auszuziehen, und gab ihm saubere Kleidung.

Unauffällig schritt er dem Ehepaar Cratander und deren Kindern hinterher. Der andere Hausgast, Oekolampadius, war schon früher losgegangen.

Ehrfurchtsvoll betrachtete Hannes das monumentale

Gotteshaus mit den zwei prächtigen Türmen, von denen der zweite erst um die Jahrhundertwende fertiggestellt worden war, wie Hannes von Cratander erfahren hatte.

Da der Buchdrucker als auch seine Familie reservierte Plätze hatten, entschloss Hannes sich, das Münster vom Hauptportal aus zu umrunden, um die Kirche durch einen der Seiteneingänge zu betreten.

An einem der ausladenden Strebepfeiler sah er eine Gruppe junger Männer stehen, die sich lebhaft unterhielten. Sie waren so in ihr Gespräch vertieft, dass sie von dem festlich gekleideten Hannes keinerlei Notiz nahmen.

»Wenn ich den Lumpen in die Finger kriege, dann gnade ihm Gott.«

»Der wurde bestimmt an einem anderen Ort aus der Bruderschaft verbannt, weshalb sonst hat er sich nicht zur Herberge begeben, wie es seine verdammte Pflicht ist.«

Diese und andere Gesprächsfetzen drangen zu Hannes durch und er merkte entsetzt, dass die Männer über ihn sprachen.

Offenbar hatte ihn jemand bei seiner Ankunft als Wandergesellen erkannt. Sofort drückte er sich gegen die Wand und versuchte, sich mehr recht als schlecht zu verstecken. Sollten ihn die Kerle erwischen, bevor der Buchdrucker etwas erreichte, war er geliefert.

»Sobald der Gottesdienst beendet ist, schnappen wir uns den Burschen.«

Beim Klang dieser Stimme lief es Hannes heiß und kalt den Rücken hinunter.

»Das Beste wird sein, wir bitten die anderen Bruderschaften, uns zu helfen, dann werden wir den Halunken schnell erwischen. So viele Möglichkeiten, sich zu verstecken, hat er nicht.«

Es bestand nun für Hannes kein Zweifel mehr, wem dieses laute Organ gehörte, und deshalb wusste er mit Sicherheit, dass der Besitzer die Gesellenbrüder dazu anstacheln würde, ihn totzuprügeln.

Denn schließlich war Hannes maßgeblich daran beteiligt gewesen, dass Friedhelm mit Schimpf und Schande aus der Stadt Frankfurt gejagt worden war. Nachdem der ehemalige Altgeselle gemeinsam mit Kaspar Neumann und dem verbrecherischen Mönch Johannes vergeblich versucht hatte, ein Pogrom unter der jüdischen Gemeinde in Frankfurt zu veranstalten, war Friedhelm als Einzigem der Prozess gemacht worden, während seine Mitverschwörer flüchten konnten.

Aber wie um alles in der Welt hatte dieses Aas wieder in einer Bruderschaft Fuß fassen können, fragte sich Hannes.

Auf der Suche nach einem Ausweg aus diesem Dilemma jagten seine Gedanken umher und kamen dabei immer wieder zu der Erkenntnis, dass er ganz allein selbst schuld an dieser Situation war, die sich für ihn leicht in eine Katastrophe ausweiten konnte.

»Was bin ich bloß für ein Idiot!«, flüsterte Hannes vor sich hin und hätte es am liebsten laut herausgeschrien.

Er mahnte sich zur Ruhe, denn das ganze Hadern mit seinem Schicksal nutzte nichts, er musste handeln, und zwar schnell.

Geduldig wartete er, bis alle Leute die Kirche betreten hatten, und ging dann mit schnellen Schritten zurück in die Petersgasse zu Cratanders Haus.

Hannes schickte ein Stoßgebet gen Himmel, das tatsächlich erhört wurde, denn auf sein Pochen hin öffnete eine Dienstmagd, die sonntags auch als Köchin fungierte und somit vom Kirchgang befreit war.

Sie schloss nur kurz die Türe auf, blickte ein wenig verdutzt auf den Gesellen, den sie als Gast ihres Dienstherrn erkannte, und wandte sich dann wieder ihrer Arbeit zu.

Mit schnellen Schritten ging er in seine Kammer und zog sich um.

Danach schnürte er sein Bündel und warf es sich auf die Schulter. Er griff sich den Stenz, kramte die geborgten Kleider zusammen und ging in die Küche.

»Sag den Cratanders sowie Herrn Oekolampadius einen schönen Gruß von mir und meinen herzlichsten Dank für ihre Gastfreundschaft, aber es ist etwas Wichtiges dazwischengekommen, weswegen ich nicht länger in Basel verweilen kann.«

Mit diesen Worten legte Hannes die Kleider hin und verabschiedete sich von der Magd.

Zum Glück war niemand auf den Gassen, der ihn nach dem Grund für seine Eile hätte fragen können. Vor einem stattlichen Haus blieb er schwer atmend stehen und überlegte seine nächsten Schritte. Das Ende der Messe rückte immer näher, als sich Hannes ein Herz fasste und an das halbrunde Eingangsportal klopfte.

Wenig später erschien ein missmutig dreinblickender Bediensteter und scheuchte den Gesellen fort, ohne sich dessen Anliegen anzuhören.

»Aber ich …«

»Verschwinde, du armselige Gestalt, hier hast du nichts zu suchen.«

Während er sich mit eingezogenen Schultern trollte, lauschte Hannes angsterfüllt auf das Glockenspiel, das das Ende des Gottesdienstes einläutete.

Erneut zwang er sich zur Ruhe, er musste es einfach wagen, die Torwächter des St. Albustors davon zu überzeugen, dass er lediglich einen kurzen Besuch in Basel gemacht hatte. Die Masse der Kirchgänger ergoss sich gerade in dem Augenblick auf die Straße, als Hannes auf dem Weg zum Stadttor daran vorbeiging.

»Schaut mal, da vorne!«, ließ sich eine laute Stimme vernehmen.

»Wenn das nicht der Halunke von Geselle ist. Los, kommt, den schnappen wir uns.«

Das ist Friedhelm, der da zur Jagd aufruft, dachte Hannes, nun ist es um mich geschehen.

KAPITEL 16

In Reutlingen hatte der Frühherbst gleichfalls Einzug gehalten und die Blätter der Weinstöcke hatten ihre charakteristische rot-grüne Färbung angenommen.

Nun dauert es nicht mehr lange bis zur Ernte, dachte Anna, die an diesem Sonntag durch die Weinberge am Fuße der Achalm flanierte.

Sie griff nach ein paar prallen Trauben an einem großen Zotter und kaute genießerisch auf den süßen Früchten herum. Dabei kam ihr wieder ihre neue Geschäftsidee in den Sinn und Anna beschloss, gleich am Montag mit den maßgeblichen Männern zu sprechen.

Besonders während der Spaziergänge kam ihr das unrühmliche Verschwinden Gregors in den Sinn und eine melancholische Stimmung nahm von ihr Besitz. Dann hellten nur noch die warmen Sonnenstrahlen ihr Gemüt ein wenig auf.

Als Anna sich der Stadt wieder näherte, sah sie von Weitem zwei vertraute Gestalten und hielt an. Aber Jakob Stechler und seine Mutter waren nun wirklich die letzten Menschen, die sie in diesem Augenblick treffen wollte.

Hastig drehte sich die Kauffrau um und ging in die andere Richtung.

»Anna, so wartet doch kurz.«

»Zu spät«, flüsterte sie vor sich hin und blieb stehen.

So gern sie davongelaufen wäre, aber Stechler war zu einflussreich, als dass sie es sich in ihrer jetzigen Situation leisten konnte, es sich mit ihm zu verscherzen.

»Seid gegrüßt, edle Dame, wie ich sehe, nutzt Ihr den schönen Tag gleichfalls, um ein wenig in der Natur zu verweilen«, meinte Jakob in einem für seine Verhältnisse freundlichen Ton, wobei er sich seine Verärgerung darüber, dass er Anna nach dem verhängnisvollen Mittagessen unzählige Male vergeblich in ihrem Kontor aufgesucht hatte, nicht anmerken ließ.

Lediglich bei der turnusgemäß stattfindenden Zunftversammlung hatte Jakob die junge Frau gesehen, doch auch dort war sie sofort nach dem Ende verschwunden.

Jeder andere Mann hätte die Sinnlosigkeit seines Werbens erkannt, aber Stechlers Ehrgeiz war nicht auf das Fortkommen in seinem Gewerbe beschränkt.

Er konnte es einfach nicht ertragen, wenn er eine Abfuhr erhielt, und jede erlittene Niederlage spornte ihn nur noch mehr an.

Diese attraktive und vor allem reiche Frau musste die Seine werden, das stand für Stechler fest, denn nicht umsonst hatte er Mittel und Wege gefunden, Gregor von Auenfeld zur Flucht zu drängen.

»Aber Eure Frau Mutter …«, suchte Anna die Flucht nach vorne. »Könnt Ihr sie einfach so alleine weitergehen lassen?«

Diese Frage brachte Jakob ein wenig aus dem Konzept, doch hier und jetzt musste er Prioritäten setzen.

Agnes Stechler war alles andere als hinfällig und würde den Heimweg auch alleine antreten können, wenngleich sie dann wohl längere Zeit mit ihrem Sohn grollen würde.

»Ich denke, sie hat Verständnis dafür, denn ich suche seit längerer Zeit die Möglichkeit für ein klärendes Gespräch mit Euch, Anna. Bisher hat es sich leider noch nicht ergeben.«

Stechler verschwieg seinen Verdacht, dass ihm die Kauffrau einfach auswich.

»Zuallererst möchte ich mich für das Verhalten meiner Mutter entschuldigen, sie hatte kein Recht dazu, Euch in dieser Form zu nahe zu treten, und wie sie mir versichert hat, ist sie Euch nicht mehr böse. Lasst uns Frieden schließen und dort anknüpfen, wo wir vor dem unseligen Sonntag waren. Ich bitte Euch, Anna.«

Trotz seines keineswegs blendenden Aussehens war Jakob sehr gut darin, Leute zu umgarnen, die er einerseits nicht kaufen und andererseits nicht unter Druck setzen konnte.

Anna glaubte zwar nicht, dass Agnes Stechler ihr verziehen hatte, aber es entsprach nicht Annas Naturell, nachtragend zu sein. Zudem war es für die Entwicklung ihres Geschäfts sicherlich besser, innerhalb der Stadtmauern zwar Konkurrenten, jedoch keine Feinde zu haben.

»Ihr müsst wissen, Jakob, dass ich manchmal sehr impulsiv bin. Falls ich Eure Mutter in irgendeiner Form beleidigt habe, so tut es mir leid. Im Gegenzug akzeptiere ich natürlich ihre Entschuldigung«, entgegnete Anna mit einem feinen Lächeln und sah, dass Stechler erleichtert wirkte.

»Wollen wir den Weg gemeinsam fortsetzen?«, fragte Stechler erwartungsvoll.

»Warum nicht«, bejahte Anna knapp, nachdem sie eingesehen hatte, dass sie Stechler in dieser Situation nicht mehr entkommen würde.

Verstohlen blickte Stechler ab und zu auf die Frau an seiner Seite, während sie an den Weinbergen entlangwanderten. Einerseits bewunderte der Kaufmann Annas selbstbewusstes Auftreten, andererseits irritierte es ihn auch.

Sobald sie in meinem Haus wohnt, wird sie sich fügen, dachte Stechler, dafür werde ich schon sorgen, und ein feines Grinsen legte sich auf seine Züge.

Vor dem oberen Tor verabschiedeten sie sich voneinander, doch bevor Anna entschwunden war, fragte Jakob dezent an, ob man sich für den kommenden Sonntag wieder in den Weinbergen treffen sollte.

Anna wand sich, willigte dann aber um des lieben Friedens willen ein.

»Wie konntest du mir das antun, Jakob«, entrüstete sich Agnes Stechler.

»Mich vor all den Leuten einfach stehen zu lassen wie ein unmündiges Kind, um zu dieser … dieser zweifelhaften Dame zu eilen. Ich verlange von dir, dass du beim Andenken an deinen verstorbenen Vater schwörst, die Finger von Anna Neumann zu lassen, ansonsten wird es unabsehbare Folgen für dich nach sich ziehen.«

Diese unverhohlene Drohung gab Jakob für kurze Zeit zu denken, doch er kannte seine Mutter gut genug, um zu wissen, dass sie alles für ihren einzigen Sohn tun würde. Sie würde sich über kurz oder lang mit Anna arrangieren, davon war Jakob überzeugt.

»Aber Mutter, du musst mir doch in dem Punkt recht geben, dass es für unser Geschäft nur Vorteile bringen würde, wenn wir den Gewürzhandel von Burgwart übernehmen könnten. Wir hätten plötzlich ungeahnte Möglichkeiten und das wäre sicher im Sinne meines verstorbenen Vaters.«

»Du hast meine Meinung zu diesem Thema gehört«, gab sich Agnes Stechler unversöhnlich und stapfte davon.

Achselzuckend blieb Jakob zurück, sollte sie doch ein wenig schmollen, letztlich musste sie sich seinen Plänen fügen.

Nun war es Zeit, sich um eine andere Angelegenheit zu kümmern.

Als Anna am Montagmorgen ihr Kontor betrat, saß der emsige Bantlein bereits über den Büchern.

»Seid gegrüßt, Frau Neumann, ich hoffe, Ihr hattet einen geruhsamen Sonntag.«

»Danke der Nachfrage, es war in der Tat ein entspannter Tag«, antwortete die Kauffrau freundlich, kam dann aber unverzüglich auf die Arbeit zu sprechen.

»Was könnt Ihr mir über die geschäftliche Situation berichten?«

Bantlein begann in seiner trockenen Art zu dozieren.

»Während die Gewürze nach wie vor einen guten Profit abwerfen, gerät der Tuchhandel zunehmend unter Druck.«

Der Kontorleiter führte nun die Gründe dafür auf und sezierte dabei die derzeitig angespannte politische Lage zwischen Kaiser Karl und dem französischen König Franz.

Anna hörte irgendwann nur noch mit einem Ohr zu und unterbrach dann den Redefluss ihres Angestellten.

»Entschuldigt, Herr Bantlein, ich müsste Euch kurz verlassen, doch wie ich weiß, kommt Ihr auch ohne mich gut zurecht. Ach, bevor ich es vergesse, neulich war ich bei einem Advocatus und habe ein Schreiben aufsetzen lassen, das Euch sämtliche Vollmachten gewährt, sollte mir irgendetwas zustoßen. Ihr seid damit de facto mein Alleinerbe. Dies gilt für den Fall meines Ablebens, aber auch dafür, wenn die Zunft mir nach der Jahresfrist die Weiterführung meines Geschäfts verweigert. Natürlich ist alles hinfällig, wenn ich einen Ehepartner finde.«

Die junge Frau trat auf die Straße und hinterließ einen sprachlosen Bantlein.

Sie genoss die wärmenden Sonnenstrahlen. Das Wetter war offensichtlich stabil und auf den Gassen der Reichsstadt herrschte geschäftiges Treiben.

Anna passierte den Lindenbrunnen, der umringt war von schwatzenden Frauen, die ihre Lederkübel mit Wasser füllten. Sie schenkte ihnen ein aufmunterndes Lächeln, wohl wissend, dass sofort sie das Opfer des Tratsches werden würde. Eine weitere Gasse hinter sich lassend, war sie endlich am Ziel angekommen. Das gedrungene Haus wirkte keineswegs schäbig, wenngleich dieser Teil der Stadt nicht zu den reichsten Gegenden gehörte.

Einen Moment war Anna unsicher, ob sie eintreten sollte, da die Eingangstüre offen stand.

»Ist jemand zu Hause?«, rief sie hinein.

Aus dem Inneren meldete sich eine schwache Stimme und Anna beschloss einzutreten.

Beinahe hätte sie die Gestalt mit dem wächsernen Antlitz nicht erkannt, die inmitten einer kleinen Kammer auf einer Strohmatte lag.

»Seid Ihr es, Meister Fritz?«

»Ach, Frau Neumann, ja, ich bin es.«

Der Atem des Kranken ging rasselnd.

»Hier liege ich nutzlos herum, während es in meinen Weinbergen so viel zu tun gibt. Aber ich fürchte, dass ich das Haus nicht mehr verlassen werde, mit mir geht es zu Ende. Zum Glück hat mir Gott mit Sebastian einen tüchtigen Nachfolger geschenkt, der meine Frau nach meinem Tod versorgen wird.«

Betroffen sah Anna auf Martin Fritz, da sie über den Ernst der Erkrankung nichts gewusst hatte. Sie hatte eine besondere Beziehung zu dieser Familie, deswegen ging ihr der Zustand des Weingärtners auch so nah.

Seine Tochter Elsbeth war die Dienstmagd im Haushalt ihres Vaters gewesen und ihr bis heute eine enge Freundin.

Der andere Sohn, Hannes, war ihre Jugendliebe gewesen, bevor er auf die Wanderschaft gegangen war, und Sebastian kannte sie gleichfalls seit Kindesbeinen.

»Es geht bereits eine Zeit lang mit meiner Gesundheit bergab, doch in den letzten Wochen hat sich der Prozess deutlich beschleunigt. Aber Ihr seid doch bestimmt nicht hergekommen, um einen Krankenbesuch zu machen, Frau Neumann«, stellte Martin Fritz mit schwacher Stimme fest.

»Nein, da habt Ihr völlig recht, ich bin gekommen, um mit Euch über eine mögliche Geschäftsverbindung zu reden«, antwortete Anna, der sichtlich unwohl war angesichts des dahinsiechenden Mannes.

»Ihr seht ja, dass mit mir nicht mehr viel los ist, wendet Euch deshalb an Sebastian, meinen Sohn. Er leitet seit geraumer Zeit unser Weingärtnergeschäft. Derzeit beginnt die Weinlese, deshalb werdet Ihr ihn bei meinem Weinberg antreffen, bei der verfallenen Hütte, Ihr wisst schon.«

Bei diesen Worten war so etwas wie ein Grinsen über das bleiche Antlitz gehuscht, das Anna mit einem wissenden Lächeln erwiderte.

Bei dieser Hütte waren sie und Hannes bei einem Schäferstündchen auf frischer Tat ertappt worden. Der frischgebackene Geselle hatte die Stadt daraufhin unverzüglich verlassen müssen und Anna war in eine für sie ungewollte Ehe gedrängt worden.

»Ich habe den Schuppen nicht vergessen, Martin. Dabei fällt mir ein, habt Ihr Neuigkeiten von Hannes?«

Der Gedanke an ihre Jugendliebe verursachte bei Anna nach wie vor ein wenig Herzklopfen.

»Wir haben in der Tat neue Kunde von ihm. Ich habe einen Bruder, der in der Nähe von Freiburg lebt.«

Der Weingärtner verschwieg, dass es sich dabei um den berüchtigten Jos Fritz handelte.

»Er ließ mir über einen Freiburger Händler, der hier zu tun hatte, mitteilen, dass Hannes eine Zeit lang in Freiburg im schönen Breisgau gearbeitet hat, nachdem er zuvor in der berühmten Seestadt Amsterdam gewesen war.«

Anna war sichtlich erleichtert über das Lebenszeichen, denn das Letzte, was sie von ihm gehört hatte, war während ihrer Gefangenschaft auf der Ebernburg gewesen. Damals hatte Bernhard, ein entlaufener Mönch, ihr berichtet, dass Hannes in Amsterdam sei und dort mit einer Meisterstochter angebändelt hatte.

»Das hat mich natürlich sehr gefreut, dass ich es noch erleben darf, dass mein Sohn seinen Onkel kennenlernt, und solche Dinge erhalten mich am Leben. Vielleicht schenkt Gott mir so viel Zeit, dass ich Hannes noch einmal in die Arme schließen kann.«

Das Gespräch hatte die Kräfte des kranken Mannes beinahe vollständig aufgezehrt und Anna war so einfühlsam, sich zu verabschieden.

Ihre Gedanken kreisten um den Gesellen, als sie zur Achalm emporstieg.

Er lebte also noch und war guter Dinge. Seit jener schicksalhaften Begegnung, die sich in Frankfurt zugetragen hatte, war mehr als ein Jahr vergangen und demnach durfte Hannes im nächsten Jahr wieder heimkehren.

Doch Anna wusste, dass sehr wenige reisende Handwerker in ihre Heimatstädte zurückkehrten. Bestimmt würde Hannes irgendwo eine andere Meisterstochter kennenlernen, da es ja in Amsterdam offenbar nicht geklappt hatte.

Bei der verfallenen Hütte angekommen, ließ Anna ihren Blick umherschweifen und dachte wehmütig an jenen Sonntag zurück, als sie hier mit Hannes vereint war.

Was hatte sich nicht alles zugetragen seit diesem Tag.

Mehrere gebückt gehende Männer mit schweren Holzbütten auf dem Rücken stapften die schmalen Pfade zwischen den Rebenreihen auf und ab, während flinke Frauenhände die reifen Traubenzotter abschnitten und die Bütten immer wieder füllten. Die steile Bergflanke erschwerte die Arbeit ungemein.

Anna erblickte einen hochgewachsenen Mann, dem die immense Rückenlast nichts auszumachen schien.

»Sebastian, darf ich dich kurz stören?«, rief die junge Kauffrau, nachdem sie herangetreten war.

Der verdutzte Weingärtner erkannte sie und nahm seine Last ab.

Er schien ein wenig verärgert über die unfreiwillige Pause.

»Das ist aber eine Überraschung! Was kann ich für dich tun, Anna?«

»Ich habe gerade deinen Vater aufgesucht, um mit ihm etwas zu besprechen, dabei bin ich sehr erschrocken über seinen Gesundheitszustand.«

Das Gesicht Sebastians verdüsterte sich.

»Es ist ein Jammer, nicht nur wegen seiner selbst, sondern auch deswegen, weil er bei der Arbeit nun völlig ausfällt. Und jemanden einzustellen, kann ich mir eigentlich nicht leisten, trotzdem musste ich zwei Helfer dingen«, klagte Sebastian. »Zum guten Glück ist meine Mutter noch sehr rüstig, obwohl sie das fünfzigste Jahr bald überschreitet. Elsbeth, meine Schwester, hilft mir auch, so gut sie kann und Heinrich, ihr Mann, schickt mir zur Ernte einen Zimmermannslehrling, wenn er einen entbehren kann.«

Anna wusste nur zu gut, dass die schwer arbeitenden Weingärtner selten zu Wohlstand gelangten. Durch den Umstand, dass sie ihren Ertrag einem Zwischenhändler verkauften, wurde dieser in der Regel reich und sie hielten sich gerade so über Wasser.

»Ich könnte dir dabei behilflich sein, ein wenig mehr zu verdienen.«

Sebastian wurde hellhörig und schaute Anna interessiert an.

Sein Antlitz hatte Ähnlichkeit mit dem von Hannes, wenngleich es eine Spur gröber war und berufsbedingt durch den Umgang mit Wein auch gerötet.

»Wem verkaufst du deinen Rebensaft?«, wollte die Kauffrau wissen.

»Einem Halsabschneider aus Esslingen, er zahlt mir zehn Gulden für das Fuder Wein«, stieß Sebastian wütend hervor.

Das war in der Tat sehr wenig, dachte Anna, der Händler veredelt den Wein und macht danach bestimmt einen satten Gewinn.

»Wie du weißt, bin ich eurer Familie nicht zuletzt durch Elsbeth sehr verbunden und würde euch gerne helfen«, sagte Anna bestimmt, natürlich auch wegen Hannes, was sie nicht aussprach.

Der Anblick des mit dem Tode ringenden Martin Fritz hatte sie in ihrem Entschluss bestärkt.

»Ich gebe dir das Doppelte, allerdings unter der Voraussetzung, dass du nur noch rote Trauben anbaust und mir die gesamte Ernte verkaufst.«

»Das ist wirklich sehr freundlich von dir, doch erstens gedeiht der Rote hier nicht so gut und zweitens wird die Weingärtnerzunft hierbei wohl kaum zustimmen. Erlaube mir eine Frage, Anna, was willst du mit dem ganzen Wein anfangen?«

»Wie du vielleicht weißt, habe ich den Gewürzhandel meines Vaters übernommen und ich plane, mit deiner Hilfe einen schmackhaften Gewürzwein zu kreieren. Sollte ich damit erfolgreich sein, so beteilige ich dich zusätzlich am Gewinn.«

Nach wie vor betrachtete Sebastian die junge Frau skeptisch.

»Aber wem willst du den Wein dann verkaufen?«

»Das bleibt vorerst noch mein Geheimnis. Ich werde es dir verraten, wenn die Vorbereitungen so weit gediehen sind. Zuerst möchte ich von dir wissen, ob es machbar ist und ob du es dir zutraust.«

Nach längerem Überlegen kam die Antwort.

»Ich werde zuallererst mit den Verantwortlichen der Zunft reden. Das wird der schwierigere Teil werden, denn wie du weißt, ist alles genauestens reglementiert. Was meine Fähigkeit angeht, einen guten Gewürzwein zu erschaffen, bin ich guter Dinge«, meinte er schmunzelnd.

Anna ließ ihren Blick umherschweifen und sah dabei die schwer schuftende Mutter Sebastians, seine Schwester Elsbeth sowie einen Helfer.

»Hast du heute nur einen Gehilfen?«, wollte Anna wissen.

»Leider ja, gestern hatte ich noch zwei Tagelöhner, doch einer hat mir heute abgesagt, weil seine kleine Tochter verschwunden ist. Er will sich an der Suche beteiligen.«

»Gleichwohl, sobald die Formalitäten erledigt sind, gebe ich dir einen Vorschuss, damit du weitere Arbeiter einstellen kannst«, gab sich Anna betont optimistisch und verabschiedete sich dann von Sebastian.

Sie lief die Reihen hinunter und unterhielt sich noch kurz mit Elsbeth.

Währenddessen lief die Suche nach dem verschwundenen Mädchen auf Hochtouren. In der Stadt wurde jeder Stein umgedreht und immer mehr Bürger beteiligten sich daran, doch von dem Kind fehlte nach wie vor jegliche Spur.

Am dritten Tag nach dessen Verschwinden wurden die Söldner der Stadtwache eingebunden und ein städtischer

Jagdangestellter brachte mehrere Schweißhunde zur Unterstützung.

Der unglückliche Vater brachte Kleidungsstücke der Verschwundenen daher, die den geifernden Kötern hingehalten wurden.

Maria kam gerade von einer schwierigen Entbindung, als sie von der Meute überholt wurde. Zu ihrem Entsetzen blieben die Söldner mit den wild bellenden Hunden vor ihrem kleinen Häuschen stehen und betraten es, ohne vorher um Erlaubnis zu fragen.

Mit schnellen Schritten kam die Hebamme herbei und ging gleichfalls hinein.

»Was habt ihr Kerle in meinem Haus zu suchen!«, schrie sie entrüstet und sah dabei, wie einer der Stadtwächter triumphierend ein blutverschmiertes Hemdchen hochhielt.

»Schnappt sie euch!«, wies er seine Kumpane an.

»Ich bin mir sicher, dass die Hexe uns nach einer eingehenden Befragung in unserem Keller berichten wird, was sie mit dem Kind angestellt hat.«

KAPITEL 17

VON PANISCHER ANGST GETRIEBEN, rannte Hannes durch die engen Gassen Basels in Richtung St. Albustor, gefolgt von einer Horde aufgebrachter Gesellen.

Der junge Zimmermann wusste nicht, ob er von Friedhelm erkannt worden war, doch das machte eigentlich keinen großen Unterschied. Sobald er der Meute in die Hände fallen würde, war sein Schicksal besiegelt. Mit Gesellen, die gegen die strengen Regeln verstießen, machte man kurzen Prozess.

Hannes war zwar flink, doch sein Bündel behinderte ihn beim Rennen, weshalb seine Verfolger immer mehr Boden gutmachten. Endlich war das mächtige Tor in Sichtweite gekommen und Hannes sah von Weitem einen breitbeinig dastehenden Torwächter. Der Geselle war zu einem eiligen Gang übergewechselt, um nicht gar so arg aufzufallen.

»Du willst unsere schöne Stadt verlassen, Geselle?«

Der kompakte Mann musterte Hannes misstrauisch.

»Gewöhnlich gibt es doch am guten Montag eine Abschiedszeremonie deiner Bruderschaft, oder hast du etwa was ausgefressen?«

»Nun … äh … Ihr müsst wissen, dass …«, weiter kam er nicht.

»Haltet den Halunken auf!«

Trotz des kühlen Herbsttages trat Hannes der Schweiß auf die Stirn, als er den Schrei Friedhelms hörte. Die Gesellen waren keine hundert Fuß mehr entfernt.

Er schätzte seine Chancen ab, den Torwächter mit seinem Stock zu überwältigen, musste dann jedoch resigniert erkennen, dass der erfahrene Kämpfer ihn wohl in der Luft zerreißen würde.

»Wo hast du dich herumgetrieben, Bursche, mach, dass du einsteigst, aber schnell, wir sind eh schon spät dran!«, rief eine befehlsgewohnte Stimme aus dem Inneren der Kutsche, die gerade herangefahren war. »Die Dienstboten heutzutage sind auch nicht mehr das, was sie einmal waren, nicht wahr, Herr Wächter.«

Der überrumpelte Torwärter konnte nur nicken und ließ

die herrschaftliche Kutsche mit dem gerade zugestiegenen Gesellen passieren.

»Warum hast du den Halunken nicht aufgehalten, du Armleuchter!«, schrie Friedhelm, außer sich vor Wut.

»Hör mal zu, du Wicht, das war eine hochgestellte Persönlichkeit, und jetzt mach, dass du mitsamt deinen Kumpanen verschwindest, bevor ich dir damit Beine mache.«

Drohend richtete er die scharfe Spitze seiner Hellebarde gegen die Gesellen, die daraufhin langsam zurückwichen.

»Das war knapp!«, stöhnte Hannes, nachdem die Kutsche den Rhein überquert hatte.

»Offensichtlich war dein Besuch in Basel nicht so erfolgreich, wie du dir gedacht hast, Hannes«, entgegnete die blonde Frau mit feiner Ironie.

»Hm, das ist wohl wahr, Ursula.«

Mit wenigen Worten berichtete Hannes von den Ereignissen in Basel, wobei er die Episode mit Friedhelm nicht aussparte.

»Und was willst du jetzt unternehmen? Mühlhausen liegt auf unserem Weg, doch ich würde dir davon abraten, die Stadt zu besuchen. Solltest du dich dort ordnungsgemäß deiner Bruderschaft anschließen, musst du längere Zeit dort verweilen und wenn du es nicht tust, ergeht es dir so ähnlich wie in Basel«, gab Ursula von Hutten zu bedenken.

Nachdenklich kratzte der Geselle sich am Kinn.

»So habe ich das noch nicht betrachtet, aber Ihr habt zweifellos recht. Aber dann werde ich Bernhard vielleicht nie wiedersehen«, sagte Hannes resigniert.

»Ich mache dir einen Vorschlag, ich setze Emma und dich an einer am Weg liegenden Herberge ab und erkundige mich in Mühlhausen nach deinem Freund.«

Hannes' Gesicht hellte sich auf.

»Das würdet Ihr tatsächlich für mich tun?«

»Ach was, das ist für mich lediglich ein kleiner Umweg.«

Der Kutscher folgte zunächst dem abwärts fließenden Rhein und wandte sich dann westwärts. Wenige Meilen vor Mühlhausen traf die Reisegesellschaft auf eine Poststation mit weitläufigen Stallungen sowie einem stattlichen Gasthaus.

Obwohl die Herberge ziemlich ausgelastet zu sein schien, bekam die sehr selbstbewusst auftretende Ursula sowohl ein geräumiges Zimmer für die Nacht als auch einen Tisch im Gastraum. Hannes musste dabei an die Reise ins Elsass mit seinem Onkel Jos denken. Kleider machen Leute, und wenn jemand als Kind hochgestellter Eltern zur Welt kommt, ist er oder sie gegenüber den einfachen Leuten allein schon durch seine Erziehung im Vorteil. Bestimmt wird einem dabei von klein auf gesagt, wie wichtig man ist, dachte Hannes nicht ohne ein wenig Bewunderung.

»Ich werde mich morgen in aller Frühe auf den Weg machen, damit ich zeitig wieder da bin. Ihr könnt euch derweil einen geruhsamen Tag machen«, meinte Ursula, während die vier um einen Tisch saßen und sich das wohlschmeckende Fischgericht munden ließen.

Die adelige Frau hatte dem verdutzten Wirt klar zu erkennen gegeben, dass sie das Abendessen gemeinsam mit ihren Bediensteten sowie dem Gesellen einnehmen werde.

Wie mit ihren Reisebegleitern besprochen, bestieg Ursula zeitig ihre Kutsche, um nach Mühlhausen zu fahren. Von dem Herbergsvorsteher hatte sie erfahren, dass die Stadt den besonderen Status eines sogenannten zugewandten Ortes besaß.

Das besagte, dass die freie Reichsstadt durch Verträge eng mit der Eidgenossenschaft verbunden war und dadurch eine beinahe unabhängige Stellung im Kaiserreich hatte.

Genauso selbstbewusst wirkten die Einwohner auf Ursula, nachdem sie durch das Haupttor in die Stadt gefahren war, denn es begegnete ihr nicht die sonst gewohnte Unterwürfigkeit, als sie mehrere Bürger nach dem Augustiner- sowie nach dem Franziskanerkloster befragte. In diesen Einrichtungen, die sich in der Oberstadt befanden, wollte sie nach Bernhard suchen, es existierte zwar noch ein Gebäude, das Johanniter beherbergte, doch dass der entlaufene Mönch dort Zuflucht gesucht hatte, konnte sie sich nicht vorstellen.

Am Sprechgitter der beiden Klöster wurde die reich gekleidete Adelige ziemlich brüsk abgewiesen, mit der lapidaren Erklärung, man habe keinem Benediktiner Aufnahme gewährt. Im ersten Moment war sie versucht, die Stadt sofort wieder zu verlassen, doch sie hatte den Eindruck, dass dieser Mann für den Gesellen sehr wichtig war, deshalb wandte sie sich noch der monumentalen Stephanskirche in der Unterstadt zu. Sie konnte bei Hannes leichter selbst einen Gefallen einfordern, wenn sie diesen ominösen Mönch aufspüren würde.

Während sich in der Oberstadt hinter den dicken Mauern der Klöster das geistliche Leben abspielte, so schlug hier unten das eigentliche Herz dieser Stadt.

Händler und Handwerker priesen ihre Waren und Erzeugnisse an und erstaunlich viel Volk war an diesem Montag in den engen Gassen unterwegs.

Ursula beschloss, die Kirche durch ein Nebenportal zu betreten, um nicht so viel Aufsehen zu erregen. Mit Blick auf den Altar ließ sie sich kurz auf ein Knie nieder und bekreuzigte sich, dabei fiel ihr Blick auf einen Priester, der gerade im Begriff stand, den Beichtstuhl zu betreten.

»Verzeiht die Störung, ehrwürdiger Vater, ich benötige dringend eine Information.«

Die buschigen Augenbrauen des Geistlichen hoben sich fragend, als er die elegant gekleidete Frau betrachtete.

»Ich helfe, wo ich kann«, entgegnete er mit dröhnendem Bass.

»Eigentlich bin ich im Auftrag eines guten Bekannten hier«, fuhr Ursula fort. »Er sucht dringlich nach einem Benediktinermönch namens Bernhard. Von einem gut unterrichteten Freund hat er gehört, dass dieser sich in Mühlhausen aufhalten soll.«

»In dieser recht freien Stadt tummeln sich viele Brüder, von denen ich auch nicht annähernd jeden kenne. Doch nun erlaubt, dass ich meiner Pflicht nachkomme«, sagte der Priester nachdrücklich, nachdem eine Gestalt in den Beichtstuhl gehuscht war.

»Wartet, bis ich fertig bin, dann können wir den Mann gemeinsam suchen.«

Ursula nickte kurz und ließ sich dann auf einer der harten Kirchenbänke nieder.

Sie dachte dabei an den Mann, dem sie morgen oder übermorgen gegenüberstehen würde. Wie würde sie der launische Kerl wohl empfangen, und vor allem, würde es ihr gelingen, ihren Auftrag auszuführen?

Derart in Gedanken versunken, bekam sie nicht mit, wie der Priester den Beichtstuhl verließ und sich in eine Nische verdrückte.

»Eine auffallend schöne Dame sucht dich, Bernhard. Was kann sie von dir wollen?«

Der dickliche ehemalige Mönch zuckte mit den Schultern und ein feiner Schweißfilm trat auf seine Stirn.

Nachdem er Ulrich von Hutten in Basel nicht angetroffen hatte, erfuhr Bernhard, dass der streitbare Ritter nach seinem Rauswurf aus der eidgenössischen Stadt in Mühlhausen ein Asyl auf Zeit gefunden hatte. Sogleich war er in die elsässische Stadt gewandert und traf zu seiner großen Freude auf den Humanisten.

Doch Ulrich war durch die Niederlagen der vergangenen Wochen und Monate sowie durch seine Krankheit schwer gezeichnet.

Das Feuer, das noch in Amsterdam in ihm gebrannt und das Bernhard von Huttens Sache überzeugt hatte, war nahezu erloschen. Der entlaufene Mönch erschrak beinahe zu Tode, als er diesem Häufchen Elend in Mühlhausen gegenüberstand.

Die Resignation Ulrich von Huttens war mit ein Grund, warum Bernhard für sich entschieden hatte, hierzubleiben und den erneut ausgewiesenen Humanisten nicht zu seiner wohl letzten Station in diesem Leben nach Zürich zu begleiten.

Der Priester der Stephanskirche war ein guter Bekannter Ulrichs und erwies sich als der Reformation gegenüber sehr aufgeschlossen. Er hatte Bernhard eine Stelle als Hilfspriester angeboten und wie der Zufall es wollte, bekleidete er nun beinahe den gleichen Posten wie in Amsterdam in der Nieuwe Kerk.

Ein weiterer Grund für sein Verweilen in Mühlhausen war die Hoffnung, dass Hannes, den er wirklich ins Herz geschlossen hatte, hier eines Tages auftauchen könnte.

»So wie Ihr die Dame beschreibt, Vater, muss es sich um jemanden von hoher Geburt handeln«, stellte Bernhard fest.

»Dem selbstbewussten Auftreten nach zu urteilen, auf jeden Fall«, entgegnete der Priester.

»Die Zeiten, da ich in diesen Kreisen verkehrte, sind schon lange her, deswegen kann es sich eigentlich nur um jemanden handeln, den meine Verfolger geschickt haben.«

Diese Erkenntnis traf Bernhard wie ein Schlag ins Gesicht.

»Haben sie mich also doch noch ausfindig gemacht«, meinte der frühere Benediktiner traurig.

»Was hat das zu bedeuten? Du sprichst in Rätseln.«

»Das heißt nichts anderes, als dass der Galgen auf mich wartet. In meinem früheren Leben habe ich mächtigen Männern gedient und bin dann in Ungnade gefallen.«

»Hier kann dir nichts passieren, Mühlhausen ist eine eigenständige Stadt und lässt sich von niemandem dreinreden.«

»Ich darf Euch an Ulrich von Hutten erinnern. Er wurde ausgewiesen, obwohl er einflussreiche Freunde hat, und die Leute, die hinter mir her sind, gehören zu den mächtigsten des Reiches.«

Die Resignation hatte nun vollkommen von Bernhard Besitz ergriffen.

»Lass den Kopf nicht hängen, es gibt sicher einen Weg, dich unbemerkt aus der Stadt zu schaffen. Derweil werde ich die feine Dame ein wenig an der Nase herumführen«, sprach der Priester mit einem feinen Grinsen und hauchte Bernhard dadurch wieder neuen Mut ein.

»Verzeiht, dass ich Euch warten ließ, edle Frau. Bei meinen Nachforschungen bin ich tatsächlich auf einen Benediktiner namens Bernhard gestoßen, doch leider muss ich Euch mitteilen, dass dieser Bruder unsere schöne Stadt bereits verlassen hat. Er hat vor geraumer Zeit den wohlbekannten Ulrich von Hutten nach Zürich begleitet. Ihr müsstet also dorthin reisen, um Bernhard zu treffen. Es tut mir leid, dass ich Euch in dieser Angelegenheit nicht weiterhelfen konnte«, meinte der Geistliche mit einem gequälten Grinsen und legte den Kopf schief.

»Habt trotzdem vielen Dank für Eure Bemühungen, Vater, und gehabt Euch wohl.«

Nachdenklich verließ Ursula die Kirche und wandte sich wieder der Oberstadt zu, wo ihr Kutscher das Fuhrwerk abgestellt hatte.

Auf der Rückfahrt überlegte sie hin und her, wie sie Hannes davon überzeugen konnte, mit ihr gemeinsam weiterzureisen. Kurz dachte sie daran, die Wahrheit ein wenig zurechtzubiegen, verwarf den Gedanken jedoch sofort wieder, denn der Auftrag, den sie für Hannes hatte, setzte absolutes Vertrauen voraus.

Mittlerweile war es Abend geworden und sie fand Emma und Hannes beim Abendessen in der Gaststube der Herberge vor.

»Darf ich mich zu Euch setzen?«

Sofort rückte die Magd zur Seite und machte ihrer Herrin Platz.

Hannes konnte es beinahe nicht erwarten, die adelige Frau nach dem Ergebnis ihrer Mission zu fragen, geduldete sich aber schließlich, bis die hungrige Ursula etwas gegessen hatte und von sich aus zu erzählen begann.

»Leider war es mir nicht vergönnt, deinen Freund Bernhard anzutreffen. Der Priester der Stephanskirche, bei dem er angestellt war, berichtete mir, dass der Mönch dem Vetter meines verstorbenen Mannes, Ulrich von Hutten, nach Zürich gefolgt sei, wo der von aller Welt Verfolgte bei dem Kirchenkritiker Zwingli Asyl bekommen hat.«

»Schade«, entgegnete Hannes traurig.

Im nächsten Moment nahm sein Gesicht jedoch einen trotzigen Ausdruck an.

»Dann muss ich eben nach Zürich wandern. Wie mir mein früherer Wegbegleiter Urs erzählt hat, muss das gleichfalls eine schöne Stadt sein.«

Genau mit dieser Reaktion hatte Ursula gerechnet.

»Darf ich dich zu einem kleinen Verdauungsspaziergang einladen, Hannes, ich hätte etwas mit dir zu besprechen.«

Gemächlich ruckelte die Kutsche durch die schöne Landschaft, vorbei an kleineren und größeren Seen und durch lichte Wälder. Zur Rechten konnte man die nahen Vogesengipfel sehen und zur Linken waren die Höhen des Juramassivs zu erkennen.

Der Fluss, dem sie folgten, schlängelte sich durch die Gegend, als plötzlich am Horizont eine von einem mächtigen Schloss dominierte Stadt in Sicht kam.

»Das muss Mömpelgart sein«, stieß Ursula beim Anblick der auf einem Felsen thronenden Anlage erregt hervor. »Endlich sind wir am Ziel unserer Reise.«

Der ihr gegenübersitzende Hannes fühlte sich nicht recht wohl in seinen ungewohnten Kleidern.

Die Kutsche überquerte den Doubs auf einer steinernen Brücke, nachdem Ursula den Brückenzoll entrichtet hatte.

Um in die eigentliche Stadt zu gelangen, musste ein weiteres Tor passiert werden.

»Man spürt deutlich den württembergischen Einfluss«, bemerkte die adelige Dame fasziniert.

Sie zeigte auf die bunt bemalten Häuser und auch Hannes fühlte sich an zu Hause erinnert.

»Wie kommt es eigentlich, dass dieser Landstrich dem Herzog gehört?«, wollte der Geselle wissen.

»Es ist wie fast immer in solch einem Fall eine arrangierte Hochzeit im Spiel«, erklärte die schöne Frau mit einem verschmitzten Lächeln. »Einer der Vorfahren des heutigen Herzogs nutzte den gewaltsamen Tod des einzigen männlichen Nachfolgers aus, indem er dessen Schwester, die erbberechtigte Tochter des verstorbenen Herrn von Mömpelgart, ehelichte.«

Mittlerweile hatten sie das imposante Schloss erreicht und mussten auch hier wieder an einem riesigen Tor mit Fallgitter anhalten.

Doch hier herrschten offenbar strengere Regeln für das Passieren.

Mehrmals umrundeten die schwer bewaffneten Torwächter mit misstrauischem Gesichtsausdruck das Gefährt und interessierten sich nicht für das von Ursula dargereichte Dokument. Erst nachdem sie vehement nach einem Officiarius, der des Lesens mächtig war, verlangt hatte, wurde die Kutsche durchgewunken.

Hannes war wie erschlagen von der schieren Größe der dicken Mauern und der hohen Türme und als er sich nochmals den Grund seines Hierseins ins Gedächtnis rief, überkam ihn nackte Angst.

Gerade als Ursula und Hannes der Kutsche, die vor dem Palas angehalten hatte, entstiegen, sahen sie, wie ein zorniger Mann mit einer Peitsche auf einen am Boden Liegenden eindrosch.

»Dich werde ich den richtigen Umgang mit meinen Hunden, von denen jeder Einzelne mehr Verstand hat als du, lehren«, tönte es zu den Neuankömmlingen herüber.

»Herzog Ulrich wie er leibt und lebt«, wisperte Ursula ihrem Begleiter ins Ohr.

Mit großen Augen betrachtete der Geselle den wütenden Fürsten und sofort kam ihm der triumphale Einzug des Herzogs in seine Heimatstadt Reutlingen in den Sinn, nachdem er sie zuvor mit seinen Geschützen sturmreif geschossen hatte.

Damals war ihm der unnahbare Fürst beinahe wie der Kaiser persönlich vorgekommen mit seinem glänzenden Harnisch und dem alles überragenden Schlachtross.

Doch es kam leider völlig anders für den machtbewussten Ulrich, denn die widerrechtliche Besetzung der Freien Reichsstadt war der Anfang vom Ende seiner Regentschaft.

»Ich grüße Eure Durchlaucht«, unterbrach Ursula das unwürdige Schauspiel.

Außer sich vor Zorn ob der Unterbrechung, drehte er sich um, doch sobald er die Frau erkannte, entspannten sich seine hasserfüllten Züge und Ursula blickte in das ebenmäßige Gesicht mit dem üppigen Schnauzbart, das sie früher einmal geliebt hatte.

»Das … das darf doch nicht wahr sein! Seid Ihr es wirklich, Ursula von Hutten, meine Ursula?«

Jegliche höfische Etikette missachtend, kam der Herzog angerannt und umarmte sie stürmisch.

Hatte er früher zur Fettsucht geneigt, so spürte Ursula nun den harten, muskulösen Körper durch die abgewetzte Jagdkleidung hindurch.

»Es ist die schönste Überraschung überhaupt, seit ich in dieser verdammten welschen Stadt angekommen bin. Los, kommt!«, er fasste Ursula bei der Hand.

»Das muss gefeiert werden.«

Der Knecht, den er beinahe zu Tode geprügelt hatte und der sich nun mühsam erhob, schien vergessen.

»Darf ich Euch meinen Begleiter, einen entfernten Verwandten von mir, vorstellen?«

Skeptisch musterte der Herzog Hannes und dieser spürte, wie ihm die Schamröte ins Gesicht stieg.

»Hans von Waldenstein, er entstammt einem unbedeutenden Adelsgeschlecht in der Nähe von Augsburg. Wie es für einen Zweitgeborenen üblich ist, wurde er sehr früh in die Obhut des Klosters Lorch gegeben, um aus ihm einen Diener Gottes zu machen. Doch stellt Euch vor, kurz bevor ich zu Euch aufbrach, stand er vor meiner Tür. Das Klosterleben hat ihm nicht so behagt und so ist er eines Tages einfach abgehauen, um sein Glück woanders zu suchen. Da ich weiß, dass Ihr für Euren gerechten Kampf jede Hand gebrauchen könnt, überzeugte ich Hans davon, mich hierher zu begleiten. Es wird Euch sicher ein Vergnügen sein, den jungen Mann in den verschiedenen Waffentechniken auszubilden.«

Die wachen Augen des Herzogs unterzogen Hannes einer gründlichen Musterung und der junge Geselle wünschte sich weit weg von hier.

Worauf hatte er sich da bloß eingelassen? Er konnte sich durch den Einfluss Bernhards sowie seines Onkels zwar einigermaßen benehmen, doch fehlte ihm die anerzogene Überheblichkeit eines Mannes von Stand.

»In der Tat kann ich derzeit jeden Mann gebrauchen und wie es scheint, musstest du in deinem Kloster körperliche Arbeit verrichten«, meinte Ulrich, nachdem er die mit Hornhaut überzogenen Hände des Gesellen angefasst hatte.

Der Fürst war ein guter Beobachter und offenbar nur schwer zu täuschen.

»Nun gut, wir können morgen mit deiner Ausbildung beginnen, Hans. Doch jetzt wollen wir eure Ankunft ausgiebig feiern, wenngleich meine derzeitige Hofhaltung mit der in Stuttgart nicht zu vergleichen ist.«

Er hakte sich bei Ursula unter und schien alles um sich herum vergessen zu haben.

Hannes trottete einfach hinterher und konnte mehrfach nur mit Mühe Rufe der Verzückung unterdrücken, denn dass der Geselle sich zum ersten Mal in einem Schloss befand, durfte niemand wissen.

»Zum Glück besitze ich hier ausgedehnte Wälder«, meinte Ulrich, während er sich hastig Stücke eines gespickten Rehrückens einverleibte. »Könnte ich mir mein Essen nicht selbst jagen, so wäre es noch schlimmer um mich bestellt. Ich brauche Euch nichts vorzumachen, Ursula, mein Geld reicht hinten und vorne nicht und dass in dieser Ruine einiges im Argen liegt, habt Ihr bestimmt auch selbst gesehen.«

In der Tat war der heruntergekommene Zustand des Schlosses sowohl Ursula als auch Hannes aufgefallen.

»Mein Einkommen reicht so gerade einmal für die paar Kriegsknechte, die ihr vorhin gesehen habt, doch an einen Feldzug, um mein Herzogtum zurückzuerobern, brauche ich gar nicht zu denken. Vielleicht seid Ihr ja gekommen, um mich ein wenig zu unterstützen, meine Teure«, meinte der Fürst und ein hoffnungsfroher Schimmer trat in sein Gesicht.

»Wer weiß?«, erwiderte die schöne Frau mit einem geheimnisvollen Lächeln. »Doch zuallererst bin ich gekommen, weil mir Eure angenehme Gesellschaft gefehlt hat.«

Bei dem Blick, den Ursula ihren Worten folgen ließ, spürte Hannes, wie brennende Eifersucht in ihm hochkroch. Hatte er sich am Ende in die elegante, für ihn jedoch unerreichbare Dame verliebt?

Trotz der langen Zeit, in der sich Ulrich und Ursula nicht gesehen hatten, herrschte zwischen den beiden eine herzliche Vertrautheit und irgendwann am Abend verließen sie gemeinsam grußlos den Saal.

Hannes fühlte sich plötzlich schutzlos und überlegte seine nächsten Schritte, er durfte jetzt keinen Fehler machen. Die in dem Raum verbliebenen Männer waren durchwegs hartgesichtige und trinkfeste Kriegsknechte.

»Setz dich her, mein Junge«, lallte der offensichtliche Anführer. »Wir fangen heute schon mit der Ausbildung an, ha, ha.«

Seine Kumpane grölten los und erfreuten sich an der Vorstellung, einen ehemaligen Mönch betrunken zu machen.

Der Geselle jedoch war durch die zahlreichen Schenken, die er auf seiner Walz aufgesucht hatte, in derlei Hinsicht einiges gewohnt und da die Krieger bereits vorher ziemlich gebechert hatten, gelang es Hannes sogar, als Letzter am Tisch wach zu bleiben. Nacheinander waren seine Trinkkumpane in das am Boden ausgestreute Stroh gesunken und hatten sofort angefangen, lauthals zu schnarchen.

»Wo ist meine Kammer?«, herrschte er den als Mundschenk fungierenden Diener an, der im Stehen zu schlafen schien.

»Lasst mich mit einem Talglicht vorangehen, Herr«, bot der Mann unterwürfig an.

Der arme Kerl tat Hannes leid, doch er musste seine Rolle weiterspielen.

Nachdem sie mehrere Flure durchschritten und einige Treppen erklommen hatten, blieb der Diener vor einer schlichten Holztüre stehen.

»Wir sind da, mein Herr.«

Mit der Flamme seiner Lampe steckte er eine an der Wand befestigte Fackel an.

»Was fällt dir ein, in diesem Loch soll ein Waldenstein übernachten?«, schrie Hannes ein wenig zu laut. »Gleich morgen früh werde ich mich beim Herzog beschweren.«

»Ich bitte vielmals um Entschuldigung, aber diese Kammer ist als einzige noch frei«, katzbuckelte der Diener.

»Na schön, dieses Mal sei dir verziehen«, gab sich Hannes gönnerhaft und scheuchte den Mann aus dem Zimmer.

Der Raum war mit das Beste, in dem er jemals übernachtet hatte, in einer Ecke stand ein feudales Federbett, in einer anderen ein wuchtiger Schreibtisch.

Ein kleiner runder Tisch mit drei Scherenstühlen war in der Mitte angeordnet und an der Außenwand befand sich ein fein ziselierter gusseiserner Ofen.

Dezent klopfte es am nächsten Morgen an Hannes' Türe.

»Entschuldigt, Herr von Waldenstein, aber der Herzog bittet Euch an seine Frühstückstafel.«

Nur sehr langsam kam der Geselle zu sich und beim Blick in den Raum musste er erkennen, dass er das Ganze nicht geträumt hatte.

»Sag deinem Herrn, dass ich mich ankleide und danach zu ihm komme«, antwortete Hannes barsch.

Wenig später gelangte Hannes über mehrere Umwege in den als Speisesaal umfunktionierten Rittersaal, wo Ulrich und seine Kriegsknechte sich über die Reste des gestrigen Mahls hermachten.

»Ah, unsere Verstärkung ist auch schon aufgewacht, ha, ha. Setz dich hierher zu mir, mein Junge«, wies der Herzog seinen Gast an.

»Eure Hoheit«, erwiderte Hannes knapp und verbeugte sich leicht, bevor er sich zur Linken des Fürsten niederließ.

Das Stroh sowie die Essensreste des Vortages waren komplett verschwunden und auch sonst bot der riesige Raum einen freundlicheren Anblick als am gestrigen Abend. An den Wänden hingen zahlreiche Jagdtrophäen sowie die dazu notwendigen Waffen, wobei der riesige Kopf eines Bären Hannes besonders ins Auge stach.

Der Herzog schien guter Dinge zu sein, offenbar hatte ihn die Gesellschaft Ursulas aus seiner gestern noch spürbaren dumpfen Stimmung gerissen.

»Hast du schon einmal ein Schwert in der Hand gehabt, Hans?«, wollte Ulrich schmatzend wissen, während er auf einer Rehkeule herumbiss.

Hannes war versucht zu sagen, dass er bei der Verteidigung seiner Heimatstadt Reutlingen mitgewirkt hatte, doch dann hätten ihn die Männer mit Sicherheit sofort in der Luft zerrissen.

»Wie Frau von Hutten Euch ja bereits gestern erklärt hat, wurde ich im zarten Kindesalter in ein Kloster gesteckt und konnte deshalb leider keine Waffenübungen durchführen. Ich bin jedoch überzeugt davon, dass ich Euch in Kürze mit dem Schwert oder der Lanze in der Hand von Nutzen sein kann«, antwortete Hannes mit einer nicht zu überhörenden Spur von Überheblichkeit in der Stimme.

»Du gefällst mir und ich verspreche dir, dass du deine Entscheidung, zu mir zu kommen, nicht bereuen wirst. Nicht wahr, meine Gefährten?«

Er blickte auf seine lachenden Kriegsknechte und Hannes bemerkte deutlich die Schadenfreude, die in seinen Worten mitschwang.

In diesem Moment betrat Ursula den Raum und aller Augen richteten sich auf die anmutig einherschreitende Frau.

»Die Sonne geht auf!«, rief der Herzog freudig aus und erhob sich, um die Dame zu ihrem Platz am anderen Kopfende der riesigen Tafel zu geleiten.

Sofort brachte ihr ein Diener eine heiße, mit Honig gesüßte Milch sowie einen Teller Grießbrei, der mit Zimt bestreut war.

»Ihr müsst mir versprechen, dass Ihr den Jungen nicht zu hart anfasst, Ulrich«, forderte Ursula, die die letzten Worte des Herzogs wohl mitbekommen hatte.

»Keine Angst, meine Liebe, Eurem Verwandten wird die beste Ausbildung zuteilwerden, die man sich vorstellen kann.«

Während des gemeinsamen Mahls suchte Hannes immer wieder unauffällig den Blickkontakt mit Ursula, die schöne Frau sah ihm jedoch nur einmal beiläufig in die Augen. Die Männer labten sich an verdünntem Wein und die Stimmung glich fast schon der des vergangenen Abends, als der Herzog abrupt die Tafel aufhob.

»So, genug der Völlerei, lasst uns an die Arbeit gehen.«

Wie auf ein gemeinsames Kommando erhoben sich die Krieger und begaben sich zum Ausgang. Unschlüssig stand Hannes gleichfalls auf und folgte den Männern nach draußen, wobei er kurz zu Ursula schaute, die ihm unmerklich zunickte.

Der Herzog blieb als Einziger bei seinem Gast.

Mit energischen Schritten gingen die Soldaten über den weitläufigen Innenhof und betraten durch ein breites Holztor die Waffenkammer. Hier schnappte sich jeder der zehn Männer eine Waffe, scharfgeschliffene Kurzschwerter die einen, Hellebarden und Kriegsäxte die anderen.

»Das ist für dich, damit du dich nicht verletzt«, meinte Oßwald, der Anführer der Kriegsknechte, grinsend und drückte dem Lehrling ein Holzschwert in die Hand.

Sie durchschritten ein Seitenportal und standen wenig später auf einem von dicken Mauern umgebenen Platz, der eigentlich als Graben Teil der Befestigung war, in jüngster Zeit aber vor allem als Übungsplatz genutzt wurde. Hannes wurde einem kleinen, fuchsgesichtigen Söldner zugeteilt, der ebenfalls mit einer hölzernen Waffe ausgerüstet war. Mittlerweile waren noch weitere Kriegsknechte aufgetaucht, die von den Offizieren, die an Ulrichs Tafel gesessen waren, befehligt wurden. Insgesamt zählte Hannes etwa fünfzig Männer, die sich zu Wehrübungen eingefunden hatten.

Zweifellos zu wenig, um das Herzogtum Württemberg zurückzuerobern.

Der Ausbilder von Hannes erwies sich als zäher und äußerst wendiger Kämpfer und der Geselle hätte in einem Kampf mit richtigen Waffen schon längst leblos am Boden gelegen.

Hannes spürte indes, dass ihm der Mann nicht nur seine Grenzen aufzeigen, sondern auch etwas beibringen wollte.

»Sind das denn alle Kämpfer, die der Herzog unter seinem Kommando hat?«, fragte Hannes völlig außer Atem in einer kurzen Pause.

Diese belanglos gestellte Frage verursachte bei dem Ausbilder nachdenkliches Stirnrunzeln.

»Es geht dich ja eigentlich nichts an, aber du hast recht, wir sind in der Tat nicht sehr zahlreich. Ulrich war in den letzten Monaten oft unterwegs, um in den eidgenössischen Städten um Unterstützung für seine Sache zu werben. Sein Hauptproblem ist wie vielerorts das fehlende Geld. Seit er sein angestammtes Gebiet verloren hat, fehlen ihm die Einnahmen.«

Genau dasselbe hatte Ulrich am Vorabend auch erzählt.

»Du wirst es am eigenen Leib noch erfahren, wenn es Zeit für den Sold ist. Viele der Männer sind nur noch aus purer Loyalität beim Herzog.«

»Das ist wahrscheinlich auch der Grund, weshalb man keine Feuerwaffen sieht.«

Tatsächlich hatte der aufmerksame Geselle nur Männer gesehen, die mit Armbrüsten und Langbogen schossen.

»Ach was, dieses neumodische Zeugs wird überschätzt, ich bin mit meiner Armbrust genauso treffsicher und schnell wie ein Arkebusier«, winkte der Söldner spöttisch ab und fing wieder an zu kämpfen.

Hannes wusste es jedoch besser, denn Bernhard, der hochgebildete Mönch, hatte dem interessierten Gesellen viel über Kanonen und Gewehre erzählt und auch darüber, dass die Zeit der stolzen Ritter unwiederbringlich verloren war.

Nein, er war sich sicher, dass dies alles nur eine Frage der fehlenden Gulden war.

Doch der Aspekt mit den Eidgenossen war interessant, hierüber wollte er mehr erfahren.

Übersät mit blauen Flecken, musste der Geselle am Nachmittag gemeinsam mit anderen Rekruten einen eigens für die körperlichen Anforderungen der Kämpfer angelegten Parcours absolvieren. Hieran schien der Herzog eine besondere Freude zu haben und stand mit seinen zähnefletschenden Hunden in der Mitte des Übungsgeländes. Hatte der wölfisch grinsende Ulrich das Gefühl, dass jemand zu langsam war, ließ er einen der Köter von der Leine und die messerscharfen Zähne der abgerichteten Tiere ließen manchen der Männer über sich hinauswachsen.

Auch Hannes wurde nicht verschont, als er auf allen vieren durch einen niedrigen Tunnel robben musste, hörte er plötzlich, wie sich ein Hund bellend näherte.

Panisch vor Angst versuchte er, sein Fortkommen zu beschleunigen und schaffte es gerade noch, dem Tunnel zu entfliehen und sich auf einen davor befindlichen Kletterbaum zu retten.

»Wie ich sehe, seid Ihr ein geübter Kletterer, Herr von Waldenstein!«, rief der Herzog mit einem hässlichen Lachen. »Doch ich hoffe für Euch, dass Ihr in einem richtigen Kampf nicht so schnell das Hasenpanier ergreift.«

Hannes verließ den Baum mit grimmiger Miene, nachdem der Fürst seinen Köter zurückgepfiffen hatte, und wandte sich der nächsten Station zu.

Hier standen wie in einem Wald mehrere Kämpfer, die eine Art Ball an einem Seil schwenkten, dem die armen Rekruten ausweichen mussten. Mehrfach wurde Hannes von den schweren Lederbällen zu Boden geschleudert, mühevoll stand er jedoch immer wieder auf.

Am späten Nachmittag hatte die Tortur ein Ende und die schwer geplagten Männer schleppten sich über den Schlossinnenhof in die Waffenkammer, um sich umzuziehen.

»Hannes?«

Ein hochgewachsener Mann, der ein halbes Wildschwein auf die breiten Schultern gepackt hatte, war vor dem Gesellen stehen geblieben.

In den Augen des Zimmermanns war sofort ein Zeichen des Wiedererkennens sichtbar. Gehetzt blickte er sich um, in der Hoffnung, dass niemand die Szene mitbekommen hatte, doch der Herzog stand unmittelbar hinter ihm und hob fragend die Brauen.

KAPITEL 18

Anfangs hatte Maria sich noch heftig gewehrt, doch nach mehreren schmerzhaften Schlägen, die sie einstecken musste, hatte sie sich in ihr Schicksal ergeben.

Rasend schnell hatte es sich in der Stadt herumgesprochen, dass im Haus der Heilerin ein Kleidungsstück des vermissten Kindes gefunden worden war.

»Die Hexe hat das Kind dem Leibhaftigen geopfert.«

»Verbrennt sie!«

Solche und noch schlimmere Beschimpfungen musste Maria über sich ergehen lassen, während sie durch die Gassen bis zum Peinturm geschleift wurde. Selbst Frauen, deren Kinder sie entbunden hatte, spien ihr wütend ins Gesicht und Männer, deren Leiden sie mit ihren Kräutern erträglich gemacht hatte, versuchten, ihr einen Tritt zu verpassen.

»So, da wären wir«, sprach der Anführer, nachdem die schwere Holztüre sich knarrend hinter ihnen geschlossen hatte. »Meiner Meinung nach ist Gefahr in Verzug, deswegen halten wir uns nicht lange mit nutzlosen Befragungen auf, sondern kommen gleich zur Sache.«

Die Heilerin wusste, was das für sie bedeutete, da sie bereits mehrere von der Folter gepeinigte Menschen nach der grässlichen Tortur verarztet hatte.

Maria wurde eine enge Wendeltreppe nach unten gestoßen und blieb auf dem gewachsenen Boden liegen. Sofort wurde sie von starken Armen hochgerissen und in einen düsteren, mit Fackeln notdürftig erleuchteten Kerkerraum gebracht.

Mit angstvoller Miene betrachtete die Heilerin die verschiedenen Gerätschaften, die sich hier befanden und die sie sehr wohl vom Hörensagen kannte. Aber das Schlimmste war der Gestank nach Schweiß und menschlichen Exkrementen, der sich mit Blutgeruch mischte.

»Das könnt ihr nicht machen, ich habe doch nichts getan!«, rief sie aus, woraufhin der Anführer der Stadtwache ihr mit der flachen Hand ins Gesicht schlug.

»Schweig, Hexe, du hast das Kind entführt und vielleicht auch getötet, da bin ich mir sicher. Sobald der benachrichtigte städtische Richter hier eintrifft, beginnen wir mit der Befragung. Und glaube mir, ich habe noch jeden zum Reden gebracht, ha, ha.«

Angewidert betrachtete Maria die schwarzen Zähne des bulligen Mannes.

Die Männer lachten und feixten, während sie sich die abscheulichsten Geschichten, die sich hier unten zugetragen hatten, erzählten.

Nach geraumer Zeit kam ein gut gekleideter Herr zur Türe herein, den Maria als einen der Stadtrichter erkannte.

Ihm folgte ein dürres Männchen, das ihm offenkundig als Schreiber diente.

»Kläre mich über die näheren Umstände auf, Johann«, verlangte der Honoratior schweratmend ohne lange Begrüßung.

»Auf der Suche nach dem Kind haben wir einen Hinweis von einem ehrbaren Bürger bekommen, der gesehen hat, wie die Hebamme gemeinsam mit einem kleinen Mädchen ihr Haus betreten hat. Daraufhin haben wir alles durchsucht und dabei das blutige Kleidungsstück hier gefunden.«

Er hielt ein kleines Wams hoch.

»Der Vater hat bestätigt, dass das Jäckchen von seinem Kind stammt. Sofort als ich der Heilerin ansichtig wurde, haben wir sie festgenommen und hierher gebracht«, beendete Johann seinen Bericht.

»Du hast richtig gehandelt, vielleicht können wir das Kind retten. Maria Kettner, Ihr seid dringend verdächtig, die Tochter des Tagelöhners Wagner verschleppt und womöglich durch Zauberei ermordet zu haben. Wollt Ihr etwas dazu sagen?«

Maria schluckte schwer, bevor sie antwortete.

»Das muss ein Versehen sein oder irgendjemand hat mich denunziert. Auf jeden Fall habe ich nichts mit dem Verschwinden des Mädchens zu tun.«

Der Richter änderte sein Verhalten und strahlte jetzt eine gewisse Freundlichkeit aus.

»Wie gesagt, Frau Kettner, bisher seid Ihr nur verdächtig und nicht schuldig, wenngleich seit dem Bekanntwerden Eurer Festnahme mich viele Bürger aufgesucht haben, die Euch im Nachhinein für ein Unglück verantwortlich machen. Ihr seid eine mir wohlbekannte Frau und auch ich habe schon einmal Eure Dienste in Anspruch genommen, deshalb täte es mir außerordentlich leid, wenn ich Euch

Schmerzen zufügen müsste. Ich hoffe, dass Ihr so klug seid und mir das erspart. Und so frage ich Euch noch einmal, Maria Kettner, was wisst Ihr über das Verschwinden des Kindes?«

Die Heilerin wusste ungefähr, wie solch ein Verfahren ablief, und versuchte, ein wenig Zeit zu gewinnen.

Vielleicht hatte ja Matthäus Alber von ihrer Verhaftung Wind bekommen und setzte sich bereits für ihre Freilassung ein.

»Das Mädchen müsste so um die acht Jahre alt sein, ich habe sie damals auf die Welt gebracht und auch die unglückselige Mutter, die im vorigen Jahr an der Schwindsucht gestorben ist, habe ich unentgeltlich gepflegt bis zu deren Tod. Weshalb also sollte ich das Mädchen, das ich liebgewonnen habe wie eine eigene Tochter, umbringen?«, gab Maria zu bedenken und versuchte, an den gesunden Menschenverstand des Richters zu appellieren.

»Es mag ja richtig sein, was Ihr vorbringt, doch die Fakten sprechen leider auch eine deutliche Sprache. Soll ich ernsthaft glauben, dass jemand in Euer Haus eingedrungen ist und das Wams des Kindes dort hinterlegt hat, um Euch zu schaden?«

»Es klingt in der Tat ein wenig abenteuerlich, aber genau so muss es sich zugetragen haben. Fragt doch den Frauenwirt oder eine seiner Angestellten, ob ihnen etwas aufgefallen ist. Ich jedenfalls habe keinerlei Veranlassung, einem Kind Schaden zuzufügen, im Gegenteil ist es meine Aufgabe, ihnen bei Krankheiten zu helfen.«

»Hm, nun gut, holt den Vater des Mädchens herbei.«

Auf einen Wink des Anführers hin machte sich einer der Knechte auf und brachte den abgerissenen Tagelöhner herbei.

»Georg Wagner, ich frage dich hiermit, ist dies das Kleidungsstück deiner Tochter Sabina?«

Der Mann hatte seine Kappe abgenommen und drehte sie in den schwieligen Händen, während er zu Boden blickte.

»Ja, mein Herr«, war die einsilbige Antwort.

»Hast du sonst noch etwas zu berichten?«

»Die Heilerin ist in letzter Zeit um mein Häuschen herumgeschlichen und hat dabei komische Zeichen gemacht. Außerdem glaube ich, dass sie meine Frau verhext hat und sie dadurch gestorben ist.«

Die letzten Worte kamen stockend und sehr leise über Wagners Lippen.

»Aber das ist doch alles nicht wahr. Weshalb erzählst du solche Lügen über mich, Georg? Ich habe dir doch immer geholfen und niemals einen Heller von dir armem Schlucker verlangt!«, schrie Maria und wollte den Tagelöhner trotz ihrer gebundenen Hände am zerrissenen Wams packen, doch sofort war ein Stadtknecht bei ihr und hielt sie fest.

»Hast du sonst noch etwas hinzuzufügen, Wagner?«, fragte der Richter ernst.

»Nein, kann ich dann jetzt gehen?«

Der Tagelöhner fühlte sich sichtlich unwohl in dem düsteren Raum und war froh, als ihm der Stadtrichter das Zeichen zum Gehen gab.

In einer Ecke des Kerkerraumes befanden sich ein kleiner Tisch sowie ein Stuhl, auf dem der Schreiber saß und das Gesagte protokollierte.

»Frau Kettner, gemeinhin gebe ich nicht viel auf das Geschwätz eines Hungerleiders«, meinte der Richter herablassend. »In diesem Fall jedoch nimmt bereits die halbe Stadt Anteil am Schicksal des Mädchens. Es ist beinahe wie früher, als man die Juden für das Verschwinden eines Kindes verantwortlich gemacht hat.«

Er machte eine kurze Pause, bevor er fortfuhr.

»Ihr habt also die Anschuldigungen des unbescholtenen

Mannes gehört und ich frage Euch nun ein letztes Mal, wisst Ihr etwas über das verschwundene Kind?«

»Das könnt Ihr mich noch hundert Mal fragen, ich habe das Mädchen weder entführt noch umgebracht und nichts anderes werde ich auch unter der Folter sagen«, stieß Maria zornig hervor.

»Na gut, ihr wisst, was zu tun ist.«

Der freundliche Ton war einem geschäftsmäßigen gewichen.

»Sobald es neue Erkenntnisse gibt, lasst nach mir rufen«, befahl der Stadtrichter und verließ den Raum.

Auf einen Wink des Anführers wurde Maria von zwei Schergen geschnappt und zu der ersten Vorrichtung gebracht.

»Dies ist ein kleiner Vorgeschmack auf bei Weitem schmerzhaftere Dinge und zwar werden hier, wie der Name schon sagt, Eure Daumen ein wenig zusammengepresst«, erklärte Johann mit einem hämischen Grinsen das gemeinhin als Daumenschrauben bekannte Foltergerät.

Maria betrachtete ihre schlanken Finger und konnte sich ausmalen, dass sie nach dieser Prozedur wohl keinen Kindern mehr auf die Welt helfen konnte.

»Dann haben wir hier einen Spanischen Stiefel, der Euch in der jetzigen Form wohl zu groß wäre, aber keine Angst, mit Hilfe dieser speziellen Schrauben wird er Euch wie angegossen passen.«

Die Heilerin spürte, wie ihr Herz heftig zu klopfen anfing. Nach den ersten zwei Stationen wäre sie bereits so schwer verletzt, dass sie ihren Beruf nicht mehr ausüben und wahrscheinlich bis an ihr Lebensende nicht mehr richtig gehen könnte.

»Diese sogenannte Wippe bereitet mir besonders Vergnügen«, fuhr der offenbar sadistische Söldner beim nächsten Gerät fort. »Hierbei werden Eure Hände und Füße, oder das was noch davon übrig ist, ha, ha, hinter Eurem Rücken zusammengebunden und Ihr werdet an diesem Strick emporgezogen.«

An der Decke war eine Umlenkrolle befestigt, in der das Seil geführt wurde, und Maria hatte genügend Kenntnis der menschlichen Anatomie, um zu wissen, dass hierbei sämtliche Glieder ausgerenkt werden würden.

»Spätestens bei dieser äußerst schmerzhaften Behandlung sprudelt bei den meisten die Wahrheit hervor wie Wasser aus einer ergiebigen Quelle. Für diejenigen, die auch dieser Tortur widerstehen, habe ich noch einen Trick auf Lager und zwar hängen wir einfach ein nicht unerhebliches Gewicht an Eure geplagten Glieder. Das macht es für uns natürlich beschwerlicher beim Hochziehen, aber glaubt mir, das ist nichts im Vergleich zu Euren erhöhten Qualen.«

Johann nickte dem Schreiberling zu.

»Man hat Euch die Werkzeuge gezeigt, wie es der Brauch ist«, sagte dieser mit einer Fistelstimme, über die Maria in einer anderen Situation vielleicht amüsiert gegrinst hätte. »Hiermit frage ich Euch nun zum allerletzten Mal im Guten: Wo befindet sich das Kind?«

»Ich weiß es nicht, das müsst Ihr mir doch glauben!«, schrie die Hebamme.

»Dann beginnt in Gottes Namen mit Eurem blutigen Handwerk.«

Mit schreckgeweiteten Augen stand Matthäus Alber vor Anna Neumanns Haus und pochte an die massive Türe.

»Es ist etwas Unvorstellbares passiert, Anna«, sagte der Geistliche hastig und ohne lange Begrüßung, nachdem die junge Kauffrau ihm geöffnet hatte.

»Aber kommt doch erst einmal herein und berichtet mir in Ruhe von dem Vorfall«, entgegnete Anna, die den Priester noch nie so erregt erlebt hatte.

»Das würde ich gerne tun, doch wir dürfen keine Zeit verlieren, sonst ist es zu spät für Maria.«

»Was … was ist mit Maria?«

Ein ungutes Gefühl beschlich die Kauffrau.

»Man beschuldigt sie, das verschwundene Kind getötet zu haben«, stieß Alber hervor und erzählte ihr in knappen Worten von dem unglaublichen Vorfall.

»Und Ihr seid sicher, Vater, dass die Schergen Maria in den Peinturm gebracht haben?«, fragte Anna und dachte mit Grauen daran zurück, als sie gemeinsam mit der Hebamme unter Verdacht gestanden hatte, ihren damaligen Ehemann vergiftet zu haben.

»Absolut sicher, denn die Gattin des Stadtrichters, der das erste Verhör geführt hat, war bei mir und hat mich darüber informiert. Die Frau ist erst vor Kurzem erkrankt und wurde von Maria geheilt, zudem weiß sie, wie ich zu Maria stehe.«

»Ich danke Euch, dass Ihr mir gleich Bescheid gesagt habt, doch ich verstehe nicht, was ich unternehmen kann. Mein Vater ist tot und meine Macht hält sich in Grenzen«, meinte Anna und hob mit einer hilflosen Geste ihre Handflächen.

»Anna, Ihr seid meine letzte Hoffnung, meine Fürsprecher von der mächtigen Weingärtnerzunft haben alle abgewinkt, als ich sie um ihre Unterstützung bat. Keiner will sich in diesem offenkundig eindeutigen Fall mit den aufgebrachten Bürgern anlegen. Deshalb kam ich zu Euch um Euch zu bitten, Jakob Stechler um Hilfe zu ersuchen. Er ist neben dem Bürgermeister momentan der mächtigste Bürger in unserer Stadt.«

Es musste schlimm um Maria stehen, wenn Albers letzte Hoffnung ein Mann war, der den aufsässigen Priester am liebsten ebenfalls im Peinturm gesehen hätte, dachte die junge Frau.

»Selbstverständlich werde ich den Gewürzhändler sofort aufsuchen. Wie Ihr wisst, ist mir Maria eine teure Freundin. Ich kann Euch aber nichts versprechen, denn so groß ist mein Einfluss auf Jakob beileibe nicht.«

Was vielleicht nicht ganz stimmte, denn Anna wusste genau, dass der Mann, der heftig um sie warb, wohl beinahe alles für sie tun würde, doch wenn dies kein Notfall gewesen wäre, hätte sich die Kauffrau nicht in die Rolle der Bittstellerin begeben.

Sie traute Jakob Stechler immer noch nicht über den Weg und glaubte, dass der Händler für einen Gefallen, den er ihr tat, mit Sicherheit einen anderen einfordern würde.

Der Priester entfernte sich und Anna kleidete sich dem stürmischen Herbstwetter entsprechend an. Als sie über den Marktplatz ging, sah sie mehrere Gruppen von Bürgern beisammen stehen, die sich lauthals über die vermeintliche Hexe ausließen.

Wäre Anna nicht in Eile gewesen, hätte sie den Leuten ein paar passende Antworten gegeben, denn bisher war überhaupt noch nichts bewiesen und die junge Frau glaubte fest daran, dass sich alles als Irrtum erweisen würde.

Wenige Augenblicke, nachdem sie an die Türe geklopft hatte, stand Jakob vor ihr, wie wenn er auf sie gewartet hätte.

»Seid gegrüßt, Anna, was führt Euch bei dem Sauwetter zu mir?«

Die undurchdringlichen Augen hefteten sich auf die Kauffrau und sie meinte eine Spur von Genugtuung auf den Zügen des Mannes zu erkennen.

»Stellt Euch vor, meine Freundin Maria wurde festgenommen, weil sie ein Kind entführt und bei einer Hexenzeremonie getötet haben soll. Ihr müsst ihr helfen!«, stieß Anna hervor, wobei sie den Gewürzhändler genau beobachtete.

»Aber weshalb kommt Ihr ausgerechnet zu mir, um Hilfe

zu erbeten? Ich bin doch nur ein kleines Licht in der Stadt«, entgegnete Jakob mit gespielter Bescheidenheit.

»Jakob, ich bitte Euch um alles, was Euch heilig ist, setzt Euch beim Schultheißen und beim Stadtrat für die Heilerin ein. Matthäus Alber hat schon alles versucht, jedoch leider ohne Erfolg. Wir müssen sie vor der schlimmen Folter bewahren, denn das würde sie nicht überleben.«

Anna schätzte ihre Freundin als unbeugsam ein und demzufolge würde die Hebamme niemals eine Tat zugeben, die sie nicht begangen hatte.

Denn davon, dass Maria niemandem ein Leid zugefügt hatte, war die Kauffrau felsenfest überzeugt.

»Ich kann Euch keinen Gefallen abschlagen, Anna, das wisst Ihr, deshalb werde ich den Bürgermeister auf der Stelle aufsuchen.«

»Ihr könnt Euch nicht vorstellen, wie dankbar ich Euch dafür bin«, meinte Anna und spürte Hoffnung in sich aufkeimen. »Derweil gehe ich zum Peinturm und warte dort auf Euch.«

Bevor sie sich abwendete, schenkte sie dem Gewürzhändler ein feines Lächeln, das dem sonst so beherrschten Mann die Röte ins Gesicht trieb.

Vor dem mächtigen Rundturm, der nach dem Brand vor einem Jahr wieder vollständig renoviert worden war, hatte sich eine stattliche Menschenmenge eingefunden.

Die Leute steckten die Köpfe zusammen und beinahe jedem fiel eine Begebenheit ein. Dem einen war die Milch sauer geworden, nachdem die Heilerin im Haus gewesen war, einem anderen war eine Ziege tot umgefallen. War nicht letztes Jahr sogar ein ungewöhnlich starker Hagel niedergegangen, als die Hebamme im Verlies eingesperrt war? Da hatte bestimmt der Leibhaftige die Finger im Spiel gehabt.

»Das ist doch diese Anna Neumann, die häufig mit der Hexe zusammen gesehen wurde«, hörte Anna beim Näherkommen eine ältere Frau tuscheln.

»Ja, und es würde mich nicht wundern, wenn die auch in die Zaubereien verstrickt ist. Sind nicht Vater und Schwiegervater eines plötzlichen Todes gestorben. Wenn das mal mit rechten Dingen zugegangen ist …«

Die Antwort des anderen Weibs war mit Absicht so laut ausgefallen, dass Anna es hören konnte.

»Was habt ihr nur gegen Maria, sie hat eure Kinder auf die Welt gebracht und eure Krankheiten geheilt!«, rief Anna wütend aus. »Außerdem ist ihre Schuld noch keineswegs bewiesen, also wartet mit euren haltlosen Anschuldigungen, bis es so weit ist.«

Die Menschen verstummten für einen Augenblick nach dieser Zurechtweisung, doch war es nicht mehr als eine Verschnaufpause für Anna.

»Gemeinsam haben die beiden doch damals versucht, den Ehemann Kaspar Neumann zu vergiften. Glaubt mir, das kommt jetzt alles ans Licht!«, rief ein rotgesichtiger Mann mit einem ordentlichen Bauch, der sich zum Sprecher aufgeschwungen hatte und die Menge mit seinen Reden regelrecht aufpeitschte.

Immer wieder zeigte er dabei auf die junge Kauffrau.

In diesem Moment flogen die ersten Steine in ihre Richtung und Anna versuchte, sich in den Eingangsbereich des Turms zu flüchten.

Grob wurde sie jedoch von dem gedrungenen Wärter wieder hinausgeschubst.

»Warum schnappen wir uns diese Dirne nicht einfach, bevor sie davonfliegt!«

Die Meute hatte Anna eingekreist und sie saß in der Falle.

Auf der hölzernen Platte einer Werkbank war die einfache, aber wirkungsvolle Vorrichtung befestigt. Von zwei Männern wurde Maria auf einen Stuhl gefesselt und von zwei weiteren wurden ihre Arme auf die Oberfläche der Platte gelegt.

Ihre Hände wurden flachgedrückt und die beiden Daumen dabei zwischen zwei horizontale Metalllaschen geklemmt.

Mittels eines groben Gewindes an dem mittleren der drei Verbindungsstücke, mit denen die Laschen untereinander gekoppelt waren, konnten diese bewegt und die Daumen auf diese Weise zusammengequetscht werden.

Auf einen Wink Johanns hin legte einer der Schergen seine Hand auf die Kurbel und drehte die Schraube langsam zu.

Kaum hatte der abscheulich grinsende Mann die Schraube angezogen, als auch schon ein markerschütternder Schrei Marias Kehle entfuhr.

KAPITEL 19

»Du musst mich verwechseln, Knecht, und jetzt lass mich vorbei!«, befahl Hannes barsch, wobei er unmerklich den Kopf schüttelte, wie um seinem Gegenüber zu signalisieren, ihn nicht zu verraten.

»Was ist los, Reinwart, kennst du unseren ehemaligen Mönch etwa?«

Der Herzog war herangetreten und musterte den Mann mit dem halben Wildschwein auf dem Rücken argwöhnisch.

»Entschuldigt, Herr, offensichtlich habe ich mich geirrt. Ich kannte früher jemanden, dem Euer Gast ziemlich ähnlich sieht. Es handelte sich um einen Nachbarn von mir, bei näherem Hinschauen sehe ich allerdings den Unterschied der Augenfarbe.«

Schnell ging Hannes weiter und der Diener wandte sich der Küche zu.

»Ja, ja, mein Metzger Reinwart, er ist manchmal ein wenig einfältig, macht jedoch die besten Würste, die man sich vorstellen kann. Schwäbische Würste wohlgemerkt, nicht das Zeugs, das diese Burgunder Wurst nennen. Er hat sich mir damals in Reutlingen freiwillig angeschlossen, nachdem ich die Stadt ruhmreich erobert hatte, seitdem hat er mir treu gedient und mir durch seine Kunst das Exil ein wenig erträglicher gemacht. Kennt Ihr Reutlingen, Herr von Waldenstein?«, wollte der Herzog beiläufig wissen.

»N… nein, das heißt, vom Hörensagen.«

Hannes rang nach Worten, da er das Gefühl hatte, dass Ulrich immer noch misstrauisch war.

»Ursula von Hutten hat mir von Eurem militärischen Glanzstück bei der Eroberung der Reichsstadt berichtet«, versuchte der Geselle, dem Herzog ein wenig Honig um den Bart zu schmieren.

Das Gesicht des Fürsten entspannte sich und er hieb Hannes seine Hand auf den Rücken.

»Da kann ich dir heute Abend am Kaminfeuer noch so manche Anekdote erzählen.«

»Ich freue mich auf Eure spannenden Geschichten und es ist für mich eine besondere Ehre, unter einem solch berühmten Mann zu dienen.«

Es bewahrheitete sich, was Ursula ihm über Ulrich gesagt hatte, nämlich dass er sehr empfänglich für derlei Lobhudelei war, und Hannes wunderte sich wieder einmal über sich selbst, wie er sich mittlerweile, Bernhard sei Dank, gewählt ausdrücken konnte.

Nun brauchte er nur noch einen Grund zu finden, um unverdächtig mit Reinwart sprechen zu können.

»Was mich natürlich besonders freut, ist, dass Ihr einen Meister der schwäbischen Metzgerskunst in Eurem Dienstpersonal habt, denn Ihr müsst wissen, dass ich im Kloster in dieses Handwerk auch ein wenig reinschnuppern durfte.«

Der Geselle begab sich auf sehr dünnes Eis, da er von dieser Materie sehr wenig Ahnung hatte, andererseits musste er unbedingt das Gespräch mit Reinwart suchen, bevor dieser am Ende sich noch verplapperte.

»Das trifft sich gut, auf Dauer schmeckt selbst die beste Wurst eintönig und Ihr könnt meinem Metzger vielleicht ein paar neue Kreationen beibringen.«

Die Befriedigung seiner vielfältigen fleischlichen Genüsse war ein weiterer Schwachpunkt des Herzogs.

»Am besten, Ihr fangt gleich an und sucht Reinwart in der Küche auf.«

Der Herzog fuhr sich mit der Zunge über die Lippen und ging zufrieden lächelnd davon.

Nachdem Hannes sich umgezogen hatte, nahm er denselben Weg, den vorher der Metzger mit seinem Wildschwein genommen hatte.

Hatte er geschäftiges Treiben in der Schlossküche erwartet, so wurde er enttäuscht.

Außer Reinwart, der auf einem riesigen Holzbrett mit einer Art Hackebeil das Wild zerteilte, war nur noch eine weitere Frau anwesend, die geistesabwesend in einem Topf rührte.

»Ich wusste, dass du über kurz oder lang bei mir vorbeikommst, Hannes«, meinte der Fleischer beiläufig.

Erschrocken sah der Geselle zu der Frau hin.

»Keine Angst, sie versteht kein Deutsch. Die Grafschaft Mömpelgard gehört zwar schon seit einigen Jahrzehnten zum Hause Württemberg, doch die Sprache der einfachen Leute ist nach wie vor Französisch. Aber nun zu dir, wie kommt es, dass der Sohn eines einfachen Weingärtners sich als Adeliger ausgibt?«

Der Geselle überlegte hin und her, was er dem Metzger erzählen konnte, von dem Hannes nun wusste, dass er sich dem Herzog freiwillig angeschlossen hatte.

Damals hatte Hannes davon nichts mitbekommen, er wusste lediglich noch, dass Reinwart die Lehre abgeschlossen hatte und auf die Wanderschaft hätte gehen müssen.

»Weshalb sollte ich dir etwas anderes erzählen als die Wahrheit, Reinwart, mein Schicksal liegt in deinen Händen, außerdem bin ich immer gut mit dir und deiner Familie ausgekommen«, entgegnete der Zimmermann ergeben.

Er berichtete in knappen Worten von den bisherigen Stationen seiner Walz und auch von der schicksalhaften Begegnung mit Ursula von Hutten, die ihn hierhergeführt hatte.

»Wärst du vor einem halben Jahr gekommen, so hätte ich dich verpfiffen, und zwar, ohne mit der Wimper zu zucken. Trotz unserer Nachbarschaft und obwohl ich dich immer gut leiden konnte. Doch in der Zwischenzeit ist etwas passiert, das mein Verhältnis zum Herzog nachhaltig geändert hat.«

Während der Metzger das Wildschwein mit gezielten Hieben portionierte und das Fleisch mit einem extrem scharfen Messer von den Knochen löste, berichtete Reinwart emotionslos von seinem Leben an der Seite des Herzogs.

»Ulrich hatte mit dem alten Kaiser Maximilian über mehrere Jahre hinweg Katz und Maus gespielt und dachte wirklich, er könne sich trotz der über ihn verhängten Reichsacht alles erlauben«, meinte der Metzger spöttisch.

Nachdem der alte Kaiser gestorben und noch kein neuer

gewählt war, nutzte der Herzog das Machtvakuum und überfiel unter einem Vorwand die Freie Reichsstadt Reutlingen.

»Er hielt sich damals wohl für unbesiegbar. Mir als jungem Kerl hat der grandiose Einzug des Herzogs in unsere Stadt natürlich schwer imponiert und ich habe in Ulrich einen strahlenden Helden gesehen. Da ich die Stadt sowieso über kurz oder lang verlassen musste, ging ich zu seinem Quartiermeister und fragte an, ob ein tüchtiger Fleischergeselle gebraucht wurde. Anfangs musste ich allerlei Hilfstätigkeiten verrichten, doch nach und nach wurde ich auch an den Waffen ausgebildet.

Wir eilten von Sieg zu Sieg und alle haben vor uns gezittert. Die Reichsstadt Esslingen wäre als nächstes drangekommen, doch dann hat es der Herzog wohl übertrieben und eine Menge einflussreicher Leute vor den Kopf gestoßen, was sich wenig später bitter rächen sollte.«

Hannes hing fasziniert an den Lippen seines früheren Nachbarn und Spielgefährten, der ihm viel Neues über die schillernde Gestalt des Herzogs erzählte.

Er spürte jedoch, dass Reinwart durch die blutigen Kämpfe abgestumpft und härter geworden war.

Der Schwäbische Bund, ein Zusammenschluss von freien Reichsstädten Süddeutschlands sowie einigen Fürsten, hatte wenig später eine schlagkräftige Armee zusammengestellt und war seinem bedrängten Mitglied Reutlingen zu Hilfe gekommen. In einem kurzen und erfolgreich geführten Feldzug besiegten die Truppen des Bundes den unbotmäßigen Herzog und vertrieben ihn aus seinem eigenen Land.

»Für mich war das eine Ernüchterung, das kannst du mir glauben, zu sehen, wie mein Held davongejagt wird wie ein räudiger Hund. Doch im Gegensatz zu den anderen Schuften bin ich damals treu zu ihm gestanden. Gemeinsam mit einer Hand voll Kriegsknechten sind wir auf die Burg Lichtenstein geflüchtet. Der Burgherr hielt als einer der wenigen seinem gebeutelten Herzog die Treue und versteckte uns in der nahen Nebelhöhle.«

»Von dieser Höhle habe ich schon gehört, sie befindet sich doch auf der Alb, etwa einen Tagesmarsch von Reutlingen weg«, unterbrach ihn Hannes.

»Stimmt, deswegen war uns auch allen ein wenig mulmig zumute. Wenn uns jemand verraten hätte, wären wir geliefert gewesen. Aber das ist unserem draufgängerischen Herzog eigen, dass er sich in höchste Gefahr begibt, wenn es seiner Sache dient. Man kann über ihn sagen, was man will, aber feige ist er nicht. Mir war es jedenfalls nicht sehr wohl in dieser unheimlichen Höhle, in der es von Fledermäusen nur so wimmelte und unaufhörlich von der Decke tropfte. Deshalb kannst du dir denken, wie froh ich war, als wir endlich wieder weitergezogen sind.«

»Seid ihr dann hierhergezogen?«, wollte Hannes wissen.

»Aber nein, wo denkst du hin, so schnell gibt der württembergische Herrscher sein Stammland nicht auf. Wir sind immer bei Nacht umhergereist und haben uns bei loyalen Bauern und Rittern einquartiert. Das war schon ein wenig eigenartig, noch bei dem ›Armer Konrad‹ genannten Bauernaufstand ein paar Jahre früher hat der Herzog seine Untergebenen bis aufs Blut drangsaliert und plötzlich unterstützten sie ihn wieder. Er hat ihnen halt das Blaue vom Himmel herunter versprochen«, meinte Reinwart grimmig. »Zudem hat er noch eine stattliche Anzahl schweizerischer Kriegsknechte angeworben und mit dieser bunt zusammengewürfelten Truppe haben wir uns darangemacht, das Land wieder zurückzuerobern. Wir haben dann sogar Stuttgart wieder eingenommen und einen großen Teil des Herzogtums. Doch der Schwäbische Bund wollte das mühsam eroberte Gebiet nicht so leicht wieder hergeben und hat mit dem Geld der Augsburger Pfeffersäcke, der Fugger, erneut ein Heer aufgestellt. Was uns aber letztendlich das Genick gebrochen hat, war die große Politik, von der ich eigentlich nichts verstehe.«

Hannes schaute den Metzger fragend an.

»Na, die mächtigen Fürsten und Bischöfe haben Druck auf die Eidgenossenschaft ausgeübt und die Führer der Schweizer haben ihre Söldner schließlich zurückgepfiffen. Das war das Ende des Rückeroberungsversuchs und seit dieser Zeit sind wir mehr oder weniger auf der Flucht. Zum Glück konnte der Herzog dieses Mömpelgard behalten, sonst sähen wir alt aus.«

»Meinst du, er hat aufgegeben?«, versuchte der Geselle, Reinwart Neuigkeiten zu entlocken.

»Der gibt nie auf, das musst du dir merken. Er reist die ganze Zeit hin und her, hauptsächlich verspricht er sich Unterstützung von den Schweizern, die ihn schon einmal verraten haben. Ich habe einmal ein Gespräch belauscht, in dem Ulrich sagte, mit Luzern und Solothurn sei er so gut wie handelseinig. Das ist allerdings schon eine Zeit lang her.«

»Und was ist mit dem französischen König? Ursula hat erwähnt, dass der Herzog sich von dem machtbewussten Herrscher gleichfalls Beistand erhofft.«

»Davon weiß ich nichts, ich bin letztlich doch nur ein einfacher Metzger.«

Schwang da etwa ein trauriger Unterton in Reinwarts Stimme mit?

»Entschuldige meine Neugierde, aber es würde mich doch interessieren, weshalb du nicht mehr so gut auf den Herzog zu sprechen bist.«

Hinter der hohen Stirn des Metzgers schien es zu arbeiten und er wog wohl ab, was er dem Gesellen erzählen konnte.

»Na gut, weil du mein Nachbar warst und weil du dich mir auch offenbart hast, will ich dir die Geschichte erzählen. Im Mai dieses Jahres war Ulrich wie so oft auf der Jagd mit seinen verbliebenen Spießgesellen. Er war sehr guter Stimmung, als sie mit der Beute zurückkehrten. – ›Das Herz dieses Burschen will ich nachher auf dem Teller haben, Reinwart, es soll mir Kraft für meine Unternehmungen geben!‹, rief der Herzog mir mit einem Wink auf den kapitalen Hirsch, der auf einem Wagen lag, zu. – Sofort machte ich mich daran, das Tier in bratfertige Stücke zu zerteilen. Dabei habe ich natürlich Acht auf die Innereien und besonders das Herz gegeben, denn beim Essen versteht Ulrich keinen Spaß. In einer eisernen Pfanne habe ich das Organ, das lediglich mit Pfeffer und Salz gewürzt worden war, angebraten und dann sofort dem Herzog serviert, bevor einer seiner anderen Kumpane überhaupt etwas bekommen hat. – ›Das sieht aber eher aus wie das Herz eines Schweins als das eines solch kapitalen Hirschs, ich glaube, dein Koch hat dich übers Ohr gehauen und das Hirschherz selber gegessen, ha, ha!‹, rief ein älterer Haudegen spöttisch. – Danach gab es kein Halten mehr und alle seine Söldner haben über Ulrich gelacht. Wenn unser Herzog eines nicht leiden kann, dann sind es Späße auf seine Kosten. Mit einem flinken Handgriff schnappte er nach meinem Hemd und zog mich so nah zu sich heran, dass ich seinen Weinatem riechen konnte. – ›Bursche, wenn du glaubst, du könntest einen von Gott gesalbten Fürsten hinters Licht führen, dann hast du dich getäuscht!‹, schrie Ulrich außer sich vor Wut und vergessen war meine Treue, mit der ich ihm auch in ausweglosen Situationen gedient hatte. ›Aber gnädiger Herr, das ist …‹, konnte ich nur noch stottern, bis mich seine Faust mitten ins Gesicht traf und eine fließende Bewegung zauberte die Reitpeitsche hervor, die er mir unzählige Male über Kopf und Körper zog.«

Reinwart zeigte auf die nach wie vor sichtbaren Narben im Gesicht und im Nacken.

»Aber warum hast du dich nicht gewehrt?«, fragte Hannes mit einem Blick auf den breitschultrigen, muskulösen Metzgergesellen.

»Erstens erhebt man gegen einen Fürsten nicht die Hand und zweitens hätten mich seine Spießgesellen gevierteilt, wenn ich auch nur daran gedacht hätte, mich zu wehren. So ergab ich mich in mein Schicksal, doch eines Tages wird er dafür büßen, so oder so.«

Diese Geschichte bestätigte alles, was Hannes über den Herzog gehört und auch alles, was Ursula ihm erzählt hatte, Ulrich war unbeherrscht und despotisch. Er konnte von einem Moment zum anderen explodieren, so musste es auch damals gewesen sein, als Ulrich seinen guten Freund Hans von Hutten getötet hatte.

Ulrich von Hutten, der Vetter des Ermordeten, hatte Hannes in Amsterdam von dieser furchtbaren Tat berichtet. Beim Gedanken an die plötzlich ausbrechende Grausamkeit des Fürsten fröstelte Hannes, denn was ihm drohte, sollte seine Tarnung auffliegen, wagte er sich gar nicht vorzustellen.

Vielleicht sollte er Ursula bitten, ihn von seiner Aufgabe zu entbinden, und gemeinsam mit Reinwart das Weite suchen. Andererseits gefiel ihm das Leben als Adeliger gar nicht so schlecht und auch die Ausbildung an den verschiedenen Waffen war sehr lehrreich.

»Ich habe jetzt natürlich ein Problem, Reinwart, da ich dem Herzog erzählt habe, im Kloster beim Wurstmachen dabei gewesen zu sein. Des Weiteren machte ich ihm den Mund wässrig mit der Behauptung, neue Sorten zu kennen. Was soll ich jetzt tun?«

Der Geselle machte zunächst einen ratlosen Eindruck.

»Du brauchst keine Angst zu haben, Ulrich betritt die Küche so gut wie nie und ich bringe dir die Grundkenntnisse des Handwerks bei. Und was neue Rezepte anbelangt, so habe ich meine Möglichkeiten noch längst nicht ausgeschöpft. Du sagst mir einfach, wie die Würste auf den Stationen deiner Walz geschmeckt haben, und ich versuche, sie nachzumachen.«

»Das ist eine sehr gute Idee«, strahlte ein erleichterter Hannes. »Wenn ich nicht gerade Waffenübungen mache, will ich gerne zu dir in die Küche kommen, so bleiben wir in dauerndem Kontakt. Doch jetzt muss ich mich beeilen, der Herzog hat für heute Abend Spielleute verpflichtet, offenbar will er seinen Gästen, insbesondere natürlich der schönen Ursula, etwas bieten.«

Die beiden Männer umarmten sich zum Abschied und Hannes verließ den rauchigen Ort, um sich in seiner Kammer umzuziehen.

In einer geräumigen Holztruhe, die an der Außenwand unter dem Fenster stand, fand Hannes frisch gewaschene Kleider. Das war auch etwas, das er so nicht kannte. Üblicherweise versuchten die Gesellen an einem guten Montag, ihre Kleider an einem nahen Bach einigermaßen sauber zu bekommen.

Diese ungeliebte Tätigkeit wurde von den meisten Handwerkern jedoch immer wieder auf die nächste Woche verschoben und so liefen die Gesellen die meiste Zeit in den ungewaschenen Kleidern herum.

Hier auf dem Schloss jedoch war eine Magd nur für die schmutzige Wäsche zuständig und fuhr mit ihrem Handwagen einmal am Tag in das direkt am Fluss gelegene Waschhaus, damit die Herrschaften ab und zu die Kleider wechseln konnten.

Der Geselle schaute an sich hinunter und stellte dabei anerkennend fest, dass das Adelsleben unbestritten seine Vorteile hatte.

Im Rittersaal, in dem sich das gesellschaftliche Leben abspielte, saßen bei Hannes' Eintritt beinahe alle Geladenen bereits auf ihren Plätzen.

Noch nie zuvor hatte der Geselle so lange Bänke und Tafeln gesehen, auf einer Bank fanden gut und gerne fünfzehn Leute Platz.

»Sei gegrüßt, Hans von Waldenstein, setzt Euch doch zu meiner Linken, nachdem Ihr Euch gewaschen habt«, forderte Ursula den hilflos umherschauenden Gesellen auf.

Siedend heiß fiel ihm ein, was Ursula ihm eingeschärft hatte, nämlich dass man vor dem Mahl sich an einem wandhängenden Becken die Hände wusch.

Mit einer leichten Verbeugung verneigte sich Hannes vor dem Herzog, der am Tischende thronte und somit zur Rechten Ursulas saß.

»Ich danke Euch, werte Cousine, dass Ihr mir einen Platz aufgehoben und mich an die Tischsitten erinnert habt. Die langen Jahre des Klosteralltags haben mich geprägt und ich muss die ganzen Rituale neu erlernen. Habt deshalb ein wenig Nachsicht mit mir«, bat Hannes unterwürfig den Fürsten, bevor er sich setzte.

»Du hast dich gut herausgeredet«, flüsterte Ursula ihm in einem unbeobachteten Moment zu.

Obgleich sowohl Reinwart als auch einer der Ausbilder Hannes von der angespannten finanziellen Lage des Herzogs erzählt hatten, herrschte an der Tafel keinerlei Mangel. Im Gegenteil schien der burgundische Koch unbegrenzte Geldmittel und bei der Wahl der Speisen freie Hand zu genießen.

Der erste Gang war ein raffiniert zubereitetes Omelette, in dessen Mitte man Flusskrebse drapiert hatte, die miteinander zu kämpfen schienen. Dazu wurden knusprige Weißbrotfladen gereicht und natürlich süffiger Burgunderwein.

Als Hannes seinen Blick umherschweifen ließ, sah er, dass einige Leute sich nicht an die Etikette hielten, sondern fraßen wie die Schweine, und der Geselle sah dabei keinerlei Unterschied zum Essverhalten der unteren Stände.

Von Ursula wusste er jedoch, dass der Herzog an seinem Schloss in Stuttgart eine deutlich feinere Hofhaltung gehabt hatte. Dort wäre es dem standesbewussten Fürsten im Traum nicht eingefallen, sich mit gemeinen Kriegsknechten an eine Tafel zu setzen, aber diese Zeiten waren vorbei und ob Ulrich jemals zurückkehren würde, war mehr als fraglich. Hannes erkannte auch einige Männer und Frauen in bürgerlichen Kleidern, das mussten Honoratioren aus der Stadt Mömpelgard sein.

Die Eierspeise war ein Gedicht und das Fleisch der Krebse mit das Köstlichste, was der junge Geselle jemals gegessen hatte.

Während die Bediensteten die Teller des ersten Gangs abräumten, stürmte plötzlich eine Truppe bunt gekleideter Leute herein und stellte sich an einem freien Platz in der Nähe des Herzogs auf. Sofort begannen sie, auf ihren Instrumenten ein munteres Lied zu spielen, das ein freudiges Lachen auf die Gesichter der Zuhörer zauberte.

Hannes war auf der Landstraße bereits mehrfach mit Spielleuten in Kontakt gekommen und nach wenigen Liedern erkannte er, dass diese Musiker wahre Meister ihres Fachs waren. Der Mann, der die Ansagen machte, spielte auf einer Drehleier, ein anderer bearbeitete eine bauchige sechssaitige Laute, die einen gekrümmten Hals hatte, und ein dritter blies in eine Sackpfeife. Dies war eine Art Flöte mit einem riesigen Sack aus Ziegenleder, den der Musikant aufblies und der das Flötenrohr, das der Mann virtuos mit seinen Fingern bediente, mit Luft speiste.

Den Takt gab ein muskulöser Kerl mit nacktem Oberkörper an, der mit Holzstöcken auf eine lederbespannte Trommel hämmerte.

Die weit ausladenden Schnabelschuhe und die eng anliegenden Hosen, die die Männer trugen, waren seit einigen Jahren aus der Mode gekommen und erinnerten an längst vergangene Minnesängerzeiten.

Nachdem die Männer nach lauten, aufmunternden Zurufen eine kurze Pause eingelegt hatten, ertönte vom Eingang her eine glockenhelle Stimme und eine anmutige Gestalt schritt würdevoll heran. Die junge Frau begleitete ihren Gesang nur mit einem Schellenkranz und zog die Blicke der Gäste magisch auf sich.

Hannes' Herz raste, denn die dunkelhaarige Schönheit hätte eine Zwillingsschwester von Ruth, der Jüdin, sein können. Dabei bemerkte er nicht, wie ihn der Herzog mit einem feinen Lächeln anschaute.

Es war mehrere Augenblicke völlig still in dem Raum, als die Sängerin geendet hatte, und erst allmählich fingen die Zuhörer an, bedächtig in die Hände zu klatschen. Just in diesem Moment trugen die Diener den nächsten Gang auf und die Stimmung wurde wieder ausgelassen. Es wurde eine Auswahl an Fischen gereicht, die aus den Fischteichen des Herzogs stammten.

Besonders der geräucherte Aal hatte es Hannes angetan, wenngleich ihm der Appetit eigentlich vergangen war und er es nicht mehr erwarten konnte, dass die Spielleute wieder auftraten.

Die nächsten gesanglichen Einlagen waren für den Gesellen allerdings ein wenig enttäuschend, da die Lieder ausschließlich von den Ruhmestaten von Herzog Ulrich handelten, doch der Gastgeber erwartete diese Lobhudelei natürlich von den Musikanten, die er gut bezahlte. Bei dieser Heldenverehrung blieb das Mädchen im Hintergrund und blies die Schalmei.

Der Hauptgang bestand aus Wildbret, das der Herzog selbst erlegt hatte, wie konnte es auch anders sein, und Hannes beobachtete, wie Ursula angewidert auf die Gäste schaute, die mit den Zähnen das wohlschmeckende Fleisch von den Knochen rissen.

Als die Süßspeise in Form einer gezuckerten Milchcreme an Bratäpfeln gegessen war, begannen die Spielleute mit einer getragenen Weise, woraufhin der Herzog aufstand und vor Ursulas Platz stehen blieb. Sie erhob sich nun ebenfalls und stellte sich Ulrich gegenüber auf.

Er streckte daraufhin sein rechtes Bein vor und machte eine Verbeugung, ohne seinen Kopf sinken zu lassen. Als Antwort darauf beugte Ursula beide Knie wie bei einem Knicks und Ulrich fasste mit seiner rechten Hand nach ihrer.

Sie schritten nun dem Takt folgend abwechselnd links und rechts, wobei sie den freien Fuß in der Luft vorwärts führten. Am Ende des Raums vollführten sie eine halbe Drehung um die eigene Achse und tanzten zurück. Dieser Schreittanz, auch Pavane genannt, war um die Jahrhundertwende in Italien entstanden und erfreute sich an den Fürstenhöfen großer Beliebtheit. Hannes musste sich eingestehen, dass der Herzog, den er im Grunde seines Herzens verabscheute, eine gute Figur machte und gemeinsam mit Ursula ein beinahe perfektes Paar abgab.

Der Anstand gebot es offenbar, dass der Gastgeber zuerst eine Runde tanzte, bevor sich auch andere Paare anschließen konnten, und nachdem die beiden zum ersten Mal retournierten, erhoben sich mehrere Männer und Frauen und folgten dem Herzog und seiner Partnerin. Angeführt von dem Gastgeber und Ursula, tanzten sämtliche Paare in einer Reihe, wobei die Fußbewegungen beinahe synchron ausgeführt wurden.

Fasziniert betrachtete Hannes den modischen Tanz, nicht ohne seinen Blick gelegentlich zu der Schalmei spielenden Schönheit schweifen zu lassen.

Mehrere Lieder folgten, bis die Spielleute plötzlich eine deutlich flottere Weise anstimmten. Alle waren überrascht bis auf den Herzog und Ursula.

Offenbar kannten sie den Tanz, der zu dieser Melodie passte, und sie ersetzten einfach die Schritte durch schnelle Sprünge.

Das gefiel Hannes nun deutlich besser als der behäbige Schreittanz und wie wenn sie es geahnt hätte, löste sich Ursula von dem verdutzt dreinblickenden Herzog und kam nach dem Ende der schnellen Weise vorbei. Sie stellte sich vor den Gesellen und zum Glück hatte Hannes die Referenz am Anfang genau studiert und wusste deshalb, wie er seine Partnerin auffordern musste. Das nächste Musikstück begann schon recht schnell und gewann zunehmend an Tempo, sodass die Tänzer reihenweise aus dem Takt kamen und aufgaben. Zum Schluss hüpften nur noch Ursula und Hannes umher, die sich aber umso mehr amüsierten.

Nach diesem Gaillarde genannten Tanz änderte sich das Programm der Spielleute, denn auf vielfachen Wunsch der Bürger und Söldner wurden einfache Lieder zum Besten gegeben. Die Stimmung wurde immer ausgelassener, was nicht zuletzt dem unmäßigen Weingenuss zuzuschreiben war, und bei dem dazu passenden Bauerntanz kam es sowieso nicht mehr auf irgendwelche Schrittfolgen an.

Die Tänzer fassten einander mit einem Arm unter und drehten sich, um dann loszulassen und mit dem anderen Arm den nächsten Partner zu greifen.

Dieses wilde Umherwirbeln kannte Hannes von Dorffesten und der Geselle mischte kräftig mit.

Der Herzog saß am Tisch und beobachtete das lustige

Treiben mit einem finsteren Gesichtsausdruck. Am liebsten wäre er eingeschritten, doch er musste seine Leute irgendwie bei Laune halten. Innerlich haderte er mit seinem Schicksal, das ihn seiner Meinung nach so gebeutelt hatte, dass er inmitten von Bauerntölpeln sein Dasein fristen musste, und er schwor sich einmal mehr, alles zu tun, damit er sein standesgemäßes Leben eines Tages wieder führen konnte.

Einzig auf Ursula ruhte sein Blick wohlwollend, wenngleich es ihm natürlich überhaupt nicht gefiel, wie sie ihrem Cousin offenbar schöne Augen machte. Das würde dieser Waldenstein büßen, Ulrich würde seinen Ausbilder gleich morgen anweisen, den Kerl härter ranzunehmen.

Von all diesen düsteren Gedanken ahnten Ursula und Hannes nichts, im Gegenteil suchten die beiden immer wieder die Nähe des anderen und der Geselle vergaß für den Moment den großen Standesunterschied zwischen ihnen.

»Ich muss mich ein wenig ausruhen«, rief Ursula Hannes zu und begab sich an ihren Platz.

Kurz vorher hatte sie einen Blick auf den Herzog geworfen und war erschrocken über den wütenden Gesichtsausdruck Ulrichs.

»Warum tanzt Ihr nicht, Hoheit?«

Obwohl sie seit vielen Jahren miteinander befreundet waren, wahrte Ursula in der Öffentlichkeit die Distanz zu dem Fürsten.

»Mir ist heute einfach nicht nach feiern, ich werde mich zurückziehen«, entgegnete Ulrich barsch und erhob sich.

Ursula kannte den Herzog bereits seit Kindertagen und wusste genau, dass er es hasste, nicht im Mittelpunkt zu stehen. Dieses Gefühl wurde umso stärker, je mehr er dem Wein zugesprochen hatte.

Deshalb stand sie gleichfalls auf und lief hinter ihm her, wenngleich sie ihn in solchen Situationen verabscheute.

»Wartet auf mich!«, rief sie ihm hinterher und hakte sich danach wie selbstverständlich bei ihm unter.

Der finstere Blick erhellte sich und es war offensichtlich, dass er auf diese Geste Ursulas gewartet hatte.

Gemeinsam betraten sie Ulrichs geräumiges Schlafzimmer und der Herzog konnte es kaum erwarten, die schöne Frau zu entkleiden. Mit seinem scharfen Dolch schlitzte er ihr geschnürtes Mieder auf und zerrte sie auf das breite Bett mit dem kunstvoll bestickten Himmel. Er nahm sich nicht einmal die Zeit, sich selbst vollständig zu entkleiden, sondern zog lediglich seine Hosen ein Stück hinunter und warf sich auf die überraschte Frau. Ursula ließ sich nicht anmerken, dass ihr diese Behandlung zutiefst zuwider war, und stieß im Gegenteil lustvolle Schreie aus.

Nachdem der Herzog sich in ihren Schoß ergossen hatte, rollte der betrunkene Mann sich von Ursula hinunter und schlief beinahe augenblicklich ein.

Wie so oft musste sie feststellen, dass in dem Fürsten zwei Seelen wohnten, er konnte charmant sein wie kein anderer Mann und im nächsten Augenblick einen fürchterlichen Wutausbruch bekommen. Besonders wenn er dem Alkohol zu stark zugesprochen hatte, war er beinahe unerträglich.

Sie wartete mehrere Minuten ab, bis das Schnarchen gleichmäßig wurde. Danach erhob sie sich vorsichtig und suchte ihre zum Teil erheblich lädierten Kleider zusammen. Auf Zehenspitzen verließ sie die Kammer und nahm eine der in regelmäßigem Abstand angebrachten Kerzen aus der Wandhalterung. Langsam ging sie den Gang entlang und blieb vor einer Türe stehen. Argwöhnisch blickte sie nach links und rechts, bevor sie den Raum betrat.

Durch das Licht der dicken Kerze erhellte sich das Zimmer so weit, dass Ursula das Ziel ihrer nächtlichen Suche erkennen konnte. Der Schreibtisch des Herzogs war übersät mit Dokumenten und hastig sah Ursula die Schriftstücke durch.

In diesem Chaos finde ich nie, wonach ich suche, dachte sie resigniert, als sie plötzlich sich nähernde Schritte hörte. Sollte Ulrich sie hier finden, würde er den wahren Grund ihres Besuchs aus Ursula herausprügeln und auch Hannes wäre geliefert. Schnell wandte sie sich zur Tür und wartete, was geschah.

Die Schritte entfernten sich wieder und Ursula atmete auf.

Sofort ging sie zum Schreibtisch und nahm die Suche erneut auf.

Sie wollte schon aufgeben, als ihr auf einem zuunterst liegenden Schreiben ein Siegel ins Auge stach. In diesem Moment öffnete sich langsam die Türe.

KAPITEL 20

»VERSÜNDIGT EUCH NICHT an dieser armen Frau, die in ihrem jungen Leben bereits so viel durchgemacht hat.«

Mit ausgebreiteten Armen stand Matthäus Alber vor der aufgebrachten Menge und versuchte, Anna Neumann zu schützen. Die Worte sowie die Aura des beliebten Predigers taten ihre Wirkung auf die Leute.

»Geht nach Hause und verrichtet euer Tagwerk, anstatt ein unschuldiges Weib zu bedrohen!«, schrie Matthäus mit seinem eindrucksvollen Bass und scheuchte die Menschen mit eindeutigen Handbewegungen fort.

»Sie sind manchmal so leicht zu manipulieren wie kleine Kinder, besonders wenn es um Aberglauben geht.«

»Ich danke Euch, Matthäus, ohne Eure Hilfe hätten sie mich womöglich gleichfalls in die Folterkammer verfrachtet«, stieß Anna erleichtert hervor.

»Wisst Ihr etwas Neues von Maria, Frau Neumann?«

Der Priester hatte sein Selbstbewusstsein abgelegt, nachdem die Meute sich verzogen hatte, und wirkte nun völlig verunsichert.

»Den Stadtrat Stechler habe ich aufgesucht und ihn gebeten, beim Bürgermeister zu intervenieren, ich hoffe nur und bete, dass sie noch rechtzeitig eintreffen, um diese himmelschreiende Ungerechtigkeit sofort zu beenden.«

Nach den furchtbaren durch die Daumenschrauben verursachten Qualen war Maria in eine erlösende Ohnmacht gefallen und die Kerle hatten daraufhin von ihr abgelassen.

»Los, hol einen Eimer Wasser und bring sie wieder zu Bewusstsein, ich habe das Gefühl, dass sie kurz vor einem Geständnis ist«, blaffte Johann einen seiner Untergebenen an.

Der kalte Schauer holte Maria in die erbarmungslose Wirklichkeit zurück.

»Lasst mich endlich in Ruhe und sucht den wahren Täter!«, prustete die Heilerin nach der eisigen Dusche.

»Außer dir haben wir keine Verdächtigen und ich bin mir sicher, dass du uns in Kürze den Aufenthaltsort des Mädchens nennen wirst«, entgegnete Johann süffisant.

Maria blickte auf ihre blutenden Daumen und begann zu weinen, doch auf Erbarmen hoffte sie bei diesen rohen Knechten umsonst.

»Da wir keine Zeit zu verlieren haben, verzichten wir heute ausnahmsweise auf den spanischen Stiefel und kommen gleich zur Wippe, die, wie gesagt, mein Lieblingsgerät ist.«

Maria wurde zu Boden gedrückt und ihre Arme zusammen mit den Beinen auf den Rücken gedrückt und zusammengebunden. Panisch blickte sie zu der an der Decke befestigten Umlenkrolle und malte sich die Schmerzen aus, die sie beim Hinaufziehen erleiden würde.

Schenk mir eine lange Ohnmacht, Gott, oder noch besser den schnellen Tod, betete sie stumm.

»Solltest du danach nicht reden, Hexe, dann werden wir dir bei jedem neuerlichen Hochziehen ein paar Pfunde mehr an den Leib binden und dann wirst du entweder reden oder sterben«, spie Johann aus.

»Also erspar dir die Pein und uns die Anstrengung und erleichtere endlich dein Gewissen. Diese Tortur überleben sehr, sehr wenige, das kannst du mir glauben.«

»Ich weiß nicht, wo sich das Kind befindet, und wenn ihr mir sämtliche Gliedmaßen einzeln herauszieht!«, schrie Maria in ihrer Verzweiflung.

»Nun gut, fangen wir an.«

Zwei Männer umfassten ein Ende des dicken Taus, das durch die Umlenkrolle geführt und am anderen Ende mit den Stricken auf Marias Rücken verbunden war.

»Das halte ich nicht länger aus, dieses tatenlose Herumstehen, während die Frau, die ich liebe, auf grausame Weise malträtiert wird!«, rief Matthäus Alber wütend aus und Anna war trotz der bedenklichen Situation verwundert über die Liebeserklärung des mutigen Priesters, dem eigentlich ja von seiner Kirche der Zölibat auferlegt worden war.

»Ich kann Euch ja verstehen, doch was wollt Ihr anstellen, um Maria zu helfen?«

Die Kauffrau war ebenfalls zutiefst besorgt um ihre Freundin.

»Der Schultheiß muss uns helfen, ich drohe ihm damit, die Stadt zu verlassen, sollte Maria bleibende Schäden erleiden oder, was Gott verhüten möge, sterben. Bitte harrt hier aus, Anna, und falls sich etwas ereignet, schickt nach mir.«

Mit eiligen Schritten zog der Priester in Richtung Rathaus davon.

Aufgeregt ging Anna vor dem Peinturm auf und ab und dachte über die katastrophale Lage nach. Nach diesem Tag würde nichts mehr so sein, wie es war, denn sie wusste nun genau, was die einfachen Leute über sie dachten.

Und dann fiel es ihr wie Schuppen von den Augen: Sie hatte genau zwei Möglichkeiten, entweder sie löste das Geschäft auf und ging mit dem Erlös in eine andere Stadt und damit in eine ungewisse Zukunft, oder sie heiratete einen einflussreichen Bürger hier in Reutlingen.

In diesem Moment stürmte Jakob Stechler heran, der im Schlepptau den Bürgermeister mitführte.

»Kommt mit, Anna«, meinte der Gewürzhändler knapp.

»Haltet ein, das vermisste Mädchen ist gefunden!«

Missmutig blickte Johann auf den Störenfried, der ihn in seiner Arbeit unterbrach.

Der Söldner machte keinerlei Anstalten, seinen beiden Knechten den Befehl zu geben, mit dem Hochziehen der Delinquentin aufzuhören. Erst als er den Schultheißen sah, war ihm der Ernst der Lage bewusst.

»Lasst die Hexe herunter!«, befahl er beiläufig und Maria landete unsanft auf dem Boden.

Sofort beugte Anna sich über die gequälte Freundin und versuchte, die Fesseln zu lösen.

»Gebt mir ein Messer, und zwar schnell!«, schrie sie den ihr am nächsten stehenden Mann wütend an.

Widerwillig zog der seinen Dolch aus der Scheide und reichte ihn der Kauffrau.

Hinter dem Bürgermeister betrat ein Bader den Raum, den der umsichtige Jakob Stechler gleichfalls mitgebracht hatte.

Mit dem Anflug eines spöttischen Grinsens betrachtete der Bader seine Konkurrentin, deren Heilkunst von den meisten Einwohnern der Stadt seinen recht beschränkten medizinischen Fähigkeiten vorgezogen wurde und die jetzt so hilflos vor ihm lag. Vorsichtig betrachtete er die blutigen Massen, die einmal Marias Daumen gewesen waren.

»Ich fürchte, da hilft nur noch der Feldscher, um die Finger abzunehmen. Was die Gelenke anbetrifft, so denke ich, dass sie da noch mal Glück gehabt hat, einige Minuten später wäre wohl alles ausgekugelt gewesen«, diagnostizierte der Bader in überheblichem Ton, der wohl jeden Zweifel an seinem Wissen überdecken sollte.

»Bring mich so schnell wie möglich von hier fort«, stöhnte die bleiche Heilerin, zu Anna gewandt, »das wird die beste Medizin für mich sein.«

Behutsam führte Anna die zitternde Frau aus dem Verlies hinaus, wo bereits Matthäus Alber wartete.

»Um Gottes willen!«, schrie der Priester entsetzt auf.

»Wir müssen sofort eine Art Sänfte besorgen, du kannst unmöglich gehen in diesem Zustand.«

»Es geht schon, bringt mich bitte zu meinem Haus«, bat Maria leise.

»Das kommt überhaupt nicht infrage, ich nehme dich mit zu mir, dort können wir uns am besten um dich kümmern. Meine Magd werden wir zu deinem Häuschen schicken, um deine Medizin zu holen«, entschied Anna, die voller Bewunderung auf Maria blickte, deren Schmerzen kaum auszuhalten sein mussten.

Kurz nachdem sie losgelaufen waren, kam Jakob Stechler heran und gesellte sich zu ihnen.

»Entschuldigt, aber hättet Ihr etwas dagegen, wenn ich mich Euch anschließe, Anna?«

»Aber Jakob, ich bitte Euch, Ihr seid es schließlich gewesen, dem wir die Befreiung Marias letztendlich zu verdanken haben, also begleitet uns.«

Die Vorbehalte Annas gegenüber dem undurchsichtigen Gewürzhändler hatten sich völlig aufgelöst und sie war sogar froh, ihn zu sehen.

Der Weg zu Annas Haus war gesäumt von Neugierigen, die allerdings verschämt zur Seite blickten, als die kleine Gruppe vorbeizog.

Mit betont freundlichem Gesichtsausdruck grüßte die junge Kauffrau die Leute, die sie zuvor noch als Hexe bezeichnet hatten und gleichfalls in den Turm sperren wollten.

Bewundernd wurde sie dabei von Jakob Stechler beobachtet.

Sofort nachdem sie das Haus betreten hatten, wurde Maria vorsichtig auf eine mit Rosshaaren und Gänsefedern gefüllte Matratze gebettet und Anna machte sich persönlich auf, um verschiedene Schmerzmittel und Kräutertinkturen, die Maria ihr genannt hatte, aus ihrem Häuschen zu holen.

»Ich würde Euch gerne ein Stück Wegs begleiten, Anna«, bat Stechler.

»Mit Vergnügen«, antwortete sie und wies ihre Dienstmagd an, sich um die gepeinigte Frau zu kümmern.

»Und ich bin ja auch noch da und werde auch in absehbarer Zeit nicht weggehen«, meldete sich der Priester zu Wort.

Während sie schnellen Schrittes über den Marktplatz gingen, berichtete Stechler von der erfolgreichen Suche nach dem Kind.

»Nachdem Ihr mich aufgesucht habt, bin ich mit zweien meiner Diener zu Marias Haus gegangen und habe mich dort nochmals gründlich umgesehen. Wir entdeckten mehrere herumliegende Tücher die voller Blut waren. Irgendwie habe ich mir gedacht, dass das alles keinen Sinn macht, weshalb sollte eine wohl beleumundete Heilerin in ihrem Haus ein kleines Mädchen umbringen. Also haben wir uns aufgemacht und die Suche auf dem weitläufigen Zimmerplatz fortgesetzt. Wie es der Zufall will, geht einer meiner Knechte hinter eine verlassene ehemalige Werkzeughütte, um sich zu entleeren, und hört von drinnen ein leises Wimmern. In einer Ecke kauerte das gesuchte Mädchen und weinte. Es stellte sich heraus, dass das Kind sich beim Spielen die Nase angeschlagen hatte und stark blutete. Sie wusste sich nicht anders zu helfen, als zu Maria zu gehen, die sie gut kannte. Als sie die Heilerin nicht antraf, bekam sie es mit der Angst zu tun. Ihr mittelloser Vater würde sie bestimmt grün und blau schlagen, wenn er sehen würde, dass ihr einziges Wams blutverschmiert war. Danach hat sie das Kleidungsstück einfach liegen lassen und ist zu dieser Hütte, um sich zu verstecken.«

»Dann hat Maria in der Tat unverschämtes Glück gehabt, dass Ihr das Mädchen gefunden habt. Ich weiß nicht, wie ich Euch danken soll, dass Ihr nicht aufgegeben habt und meine teure Freundin vor dem sicheren Tod bewahrt habt«, sagte Anna und ergriff dabei die Hand des verdutzten Händlers.

»Das hätte doch jeder an meiner Stelle getan«, versetzte Jakob mit einer wegwerfenden Geste.

»Stellt Euer Licht nicht zu sehr unter den Scheffel. Doch

jetzt muss ich mich sputen, um die Kräuter zu holen. Ich würde Euch jedoch gerne einmal bei mir zu Hause zum Abendessen einladen, wenn Ihr nichts dagegen habt.«

»Sehr gerne, lasst mich einfach wissen, wann es Euch passt«, antwortete der Kaufmann mit einem Lächeln, das man ansonsten in seinem Gesicht selten sah.

Anna kannte sich ein wenig mit Marias Heilmitteln aus. Sie schaute sich um und fand nach längerem Suchen die von der Heilerin gewünschten Tinkturen sowie das Bilsenkraut gegen die starken Schmerzen.

Eilig machte sie sich danach wieder auf den Rückweg und fand die geschundene Maria, die sich in einem unruhigen Schlaf hin und her wälzte.

»Was sollen wir tun?«

Hilflos breitete Matthäus die Hände aus.

»Wir müssen sie vorsichtig wecken, damit sie uns sagen kann, was zu tun ist. So viel Kenntnis habe ich, um zu wissen, dass es hier schnell gehen muss.«

Vorsichtig fasste Anna die Freundin an den Schultern und holte sie in die Wirklichkeit zurück.

»Lasst mich los, ihr Ausgeburten der Hölle!«, schrie Maria laut auf.

»Keine Angst, du bist in Sicherheit, es war alles ein tragisches Missverständnis«, beruhigte Anna die Hebamme.

»Was … wo bin ich?«

»In meinem Haus bist du, Maria, und ich habe die Dinge geholt, die du gewünscht hast.«

»Oh mein Gott, jetzt fällt mir alles wieder ein«, schluchzte die ansonsten so starke Frau hemmungslos, während sie auf ihre zertrümmerten Finger starrte. »Nie wieder werde ich einem Säugling auf die Welt helfen können, die Schweine haben mich zum Krüppel gemacht.«

Noch niemals zuvor hatte Anna die Freundin so verzweifelt gesehen.

»Du solltest dich jetzt nicht aufgeben, Maria«, mischte sich der Priester ein.

»Sag uns lieber, was wir tun können, um dir zu helfen.«

Nun war nur noch ein leises Wimmern zu hören.

»Ihr habt ja recht«, meinte sie nach einer Weile und zwang sich dazu, ihre beiden Daumen eingehend zu untersuchen.

»Zuerst mischst du eine wundheilende Tinktur an, Anna. Derweil kann Matthäus nach zwei fingerdicken, geraden Stöckchen und einigen Kleiderfetzen Ausschau halten.«

Die zwei taten, wie ihnen angewiesen worden war, und wenig später schmierte Anna die gallertartige Masse auf die Finger, nachdem die Gliedmaßen ein wenig mit Wasser abgewaschen worden waren.

»Jetzt gebt ihr mir von dem schmerzstillenden Bilsenkraut und sobald ich eingeschlafen bin, schient ihr mit den Hölzern sowie den Stofffetzen meine Daumen. Dabei braucht ihr nicht zimperlich zu sein, im Gegenteil, zieht den Verband nur fest an. Sollte ich vor Schmerzen aufwachen, so gebt mir einfach wieder von dem Kraut. Wenngleich ich nicht glaube, dass es einen Wert hat, dazu sind die Knochen zu sehr zertrümmert.«

Wenig später war Maria erneut eingeschlafen und Anna und Matthäus machten sich ans Werk.

»Hier hast du deinen Lohn und jetzt verschwinde. Solltest du allerdings irgendjemandem auch nur die kleinste Kleinigkeit über unsere Abmachung erzählen, bist du ein toter Mann.«

Eingeschüchtert steckte der Taglöhner die Münzen in seinen Beutel und machte sich eilig davon.

Mit diesem genialen Schachzug habe ich zwei Fliegen mit einer Klappe geschlagen, dachte der Geldgeber zufrieden und verließ gleichfalls die baufällige Hütte am Zimmerplatz.

Am dritten Tag verschlechterte sich der Zustand Marias rapide und sie fiel in wirre Fieberträume. Sie fantasierte wie wild und sprach unzusammenhängendes Zeug. Anna war nicht von ihrer Seite gewichen, wohingegen Matthäus Alber hin und wieder seinen kirchlichen Verpflichtungen nachkommen musste.

Als die Heilerin in diesem kritischen Zustand war, schickte Anna in ihrer Verzweiflung nach dem Bader, doch der einfache Mann war mit seinem Latein schnell am Ende und die Kauffrau war sich nicht sicher, ob der Kerl ihrer Freundin überhaupt helfen wollte.

»Tja, zur Ader lassen bringt in diesem Fall ja wohl auch nicht viel. Wir müssen uns in die Hand des Allmächtigen begeben und beten«, riet er beim Hinauslaufen, nicht ohne vorher für sein bloßes Erscheinen einige Münzen in Empfang genommen zu haben.

In der folgenden Nacht konnte Anna nichts tun außer der Schwitzenden immer wieder das Gesicht zu trocknen und dann wieder mit einem feuchten Lappen die heiße Stirn zu kühlen. Hoffnungslos suchte die junge Kauffrau nach einer Möglichkeit, der gepeinigten Maria Linderung zu verschaffen.

Es waren Leute schon aus einem weit geringeren Anlass gestorben, doch Anna mochte nicht glauben, dass es Gottes Wille war, die Heilerin zu sich zu holen.

Mit diesen Gedanken fiel sie gleichfalls in einen unruhigen Schlaf, aus dem sie am frühen Morgen wieder aufwachte, weil es plötzlich totenstill geworden war.

KAPITEL 21

URSULA BLIEB BEINAHE DAS HERZ STEHEN, als sich die Türe langsam öffnete und eine getigerte Katze leise miauend den Raum betrat. Schnell steckte sie den Brief in ihr Hemd und verließ das Arbeitszimmer des Herzogs.

Bevor sie zu dem schnarchenden Ulrich zurückkehrte, versteckte sie das Dokument in ihrem eigenen Zimmer.

Nachdem der Herzog gegangen war, wurde die Stimmung immer ausgelassener und die betrunkenen Gäste verloren auch den letzten Rest von Anstand.

Die schwarz gelockte Sängerin konnte sich der Annäherungsversuche der sabbernden Kriegsknechte kaum noch erwehren und die anderen Mitglieder der Spielleute nahmen sie verzweifelt in ihre Mitte. Der hochgewachsene, stämmige Trommler hieb mit seinen Trommelstöcken auf die aufdringlichen Söldner ein.

Doch plötzlich steckte der Dolch eines wolfsgesichtigen Mannes in seiner Seite und seine Kraft erlahmte. Mit Entsetzen blickte die junge Frau auf den Niedersinkenden und sah sich dem grinsenden Messerstecher gegenüber.

Dieser konnte sich jedoch nicht lange an seinem Triumph erfreuen, da er von mehreren seiner Kameraden bedrängt wurde, die gleichfalls über die Musikantin herfallen wollten.

»Komm mit!«

Hannes hatte sich den Tumult zunutze gemacht und fasste das Mädchen an der Hand.

Bereits während des Auftritts war ihr aufgefallen, dass

der einzige Gefolgsmann des Herzogs mit einem ehrlichen Gesicht sie andauernd angeschaut hatte.

Deshalb zögerte sie auch nicht lange und folgte dem jungen Adeligen.

»Wo bringt Ihr mich hin, Herr?«

»Vertrau mir, ich zeige dir einen Weg nach draußen. Wie du gesehen hast, sind die besoffenen Kerle zu allem fähig«, rief Hannes aufgeregt und blickte sich nach etwaigen Verfolgern um.

Er kannte sich zwar noch nicht so gut in dem weitläufigen Schloss aus, doch sein Orientierungssinn hatte ihn noch nie im Stich gelassen.

»Was geschieht jetzt wohl mit meinen Freunden?«, fragte sie besorgt und dachte dabei in erster Linie an den verletzten Trommler.

»Denen passiert garantiert nichts, wie ich den Hauptmann kenne, ist er bestimmt schon eingeschritten«, versuchte Hannes, die junge Frau zu beruhigen, ohne wirklich daran zu glauben. »Wo habt ihr euer Nachtlager?«

»Dort drüben, wo das Gesinde untergebracht ist.«

Sie deutete auf ein unscheinbares Nebengebäude und lief darauf zu.

Vor einer massiven Holztüre blieb sie stehen.

»Ich weiß nicht, wie ich Euch danken soll, Herr«, meinte sie mit einem unschuldigen Lächeln und schaute dem vermeintlichen Adeligen danach tief in die Augen. »Wollt Ihr noch ein wenig hereinkommen? Mein Lager ist groß genug für zwei Personen.«

Das war ein eindeutiges Angebot und Hannes musste schwer schlucken.

»Ich … äh … das ist sehr freundlich von dir, aber, äh … ich gehe zurück, deine Freunde benötigen vielleicht ebenfalls meine Hilfe.«

Insgeheim schalt sich Hannes einen Narren, doch wollte er die heikle Situation, in der sich das Mädchen befand, nicht schamlos ausnutzen.

»Schade, aber aufgeschoben ist nicht aufgehoben.«

Der Geselle drohte in ihren unergründlichen schwarzen Augen zu versinken und musste sich losreißen, ehe er doch noch schwach zu werden drohte.

In diesem Augenblick beugte sie sich nach vorne und drückte ihm einen Kuss auf den Mund.

»Gehabt Euch wohl, Herr …?«

»Von Waldenstein, Hans von Waldenstein, und wie ist dein werter Name, schönes Kind?«

»Ich bin Marie«, antwortete sie in ihrem fremdländischen Akzent und entschwand durch die Tür.

Wie erstarrt stand Hannes vor dem Gebäude und war urplötzlich wieder nüchtern.

Erst allmählich kam ihm seine ungeheuerliche Tat wieder zu Bewusstsein, doch er bereute nicht, das Mädchen gerettet zu haben.

Es war nur so, dass der wolfsgesichtige Waibel ihn schon vorher auf dem Kieker gehabt hatte, und jetzt, da er ihm den Spaß verdorben hatte, würde es für Hannes nicht mehr viel Angenehmes hier am Hof des Herzogs geben.

Mit düsteren Gedanken schleppte er sich zu seiner Kammer und legte sich mitsamt den Kleidern auf sein Lager. Andererseits würde er einfach seiner Wege ziehen, wenn es ihm hier zu bunt werden würde, und bei diesem Gedanken hellte sich seine Miene wieder ein wenig auf.

»Los, steh auf, du Lump!«, schrie eine befehlsgewohnte Stimme und Hannes beeilte sich, dem Befehl nachzukommen.

Im Laufe des Tages erfüllten sich seine schlimmsten Befürchtungen, denn der Söldner namens Marco war zwar betrunken gewesen, doch offenbar nicht so sehr, um sich nicht mehr daran zu erinnern, dass ihn Hannes um ein Vergnügen gebracht hatte.

Zudem hatten die Ausbilder eine Order vom Herzog erhalten, den neuen Rekruten ein wenig härter anzufassen, von der Hannes nicht das Geringste ahnte.

Der nachtragende Ulrich hatte dem Gesellen nicht verziehen, dass er so intensiv mit Ursula getanzt hatte.

Das alles führte dazu, dass Hannes in den folgenden Wochen im wahrsten Sinne des Wortes Dreck fressen musste und auf das Übelste drangsaliert wurde.

Als es einmal mehrere Tage hintereinander stark regnete, wurde er dazu verdonnert, stundenlang im Innenhof des Schlosses umherzurennen und zu exerzieren, während die anderen unter einem Vordach standen und ihn auslachten.

Eine weitere Strafmaßnahme fand unweit der Stadt in einem nahen Wäldchen statt.

Hier musste sich Hannes auf dem aufgeweichten Boden im Kriechgang fortbewegen und durfte auch den zahlreichen Pfützen nicht ausweichen.

In zunehmendem Maße haderte er mit seinem Schicksal und beschloss eines Tages, mit Ursula zu reden, um ihr mitzuteilen, dass er diese Farce beenden werde und seiner Wege ziehen würde.

Doch zu allem Unglück nahm der Herzog die schöne Frau so sehr in Beschlag, dass sich keinerlei Gelegenheit für ein vertrauliches Gespräch ergab, es hatte fast schon den Anschein, dass er Ursula gegen ihren vermeintlichen Cousin abschottete.

Der eigentliche Grund für seine Erniedrigung, das junge Mädchen, das er gerettet hatte, war noch in der Nacht des verhängnisvollen Festes mit ihrer Gruppe abgezogen. Wie sie es geschafft hatten, mit dem schwer verletzten Trommler an den Wachen vorbeizukommen, blieb für alle ein Rätsel.

Eine weitere Aufgabe für Hannes, die er des Öfteren ausüben musste, war das Putzen des Bodens im Eingangsbereich des Rittersaals. Hier befanden sich mehrere hallenartige Räume mit ineinander übergehenden Kreuzgewölben und die Arbeit des Gesellen bestand darin, die riesigen Sandsteinfliesen zu reinigen.

Er bekam einen Ledereimer mit Wasser und dazu eine winzige Bürste.

Dies war eine absolute Sisyphusarbeit, da andauernd irgendwelche Leute, absichtlich oder nicht, mit Schmutz an den Schuhen über den Gang schlenderten.

Abends befiel den Gesellen dann eine bleierne Müdigkeit und er schlief ein, kaum dass er auf sein Lager niedersank. Eine lange Ruhepause war ihm indes nicht vergönnt, denn seine Peiniger weckten Hannes oft mitten in der Nacht und ließen ihn Wache schieben. Das war mit die schlimmste Tortur, mitten aus dem Tiefschlaf gerissen zu werden, um danach müßig auf dem Schlosshof herumstehen zu müssen.

Es gab aber auch jenen Ausbilder, der dem Gesellen am Anfang seines Aufenthaltes hier die Grundkenntnisse des Fechtens beigebracht hatte und der jetzt eine rühmliche Ausnahme bildete. In den wenigen Stunden, die Hannes nicht mit Putzen, Wache schieben oder dergleichen beschäftigt war, brachte ihm der aus Bordeaux stammende Söldner wichtige Kniffe im Nahkampf bei.

Er betete zu Gott, dass sich seine Situation zum Guten wenden würde, doch es sollte bis Weihnachten dauern, ehe sich eine Gelegenheit bot, unter vier Augen mit Ursula reden zu können.

Der Herzog hatte für die Mitternachtsmette in der Heiligen Nacht mit seinem Gefolge die Stadtkirche von Mömpelgart gewählt und wie wenn sie es geahnt hätte, verließ Ursula als Letzte nach dem Gottesdienst die Kirche.

»Hast du Näheres erfahren über geplante militärische Aktionen Ulrichs?«, raunte sie ihm zu.

»Wie hätte das gehen sollen?«, stieß Hannes hervor. »Seit jenem Fest, als ich mit Euch getanzt habe, werde ich aufs Schlimmste drangsaliert und eigentlich habe ich vor, diesen unwirtlichen Ort nach den Festtagen zu verlassen, um meine Wanderschaft fortzuführen.«

»Warte noch ein wenig, ich werde auf Ulrich einwirken, damit er dir erträglichere Aufgaben zuteilt.«

Hannes schnitt eine Grimasse. Wie das Einwirken vor sich gehen würde, konnte er sich vorstellen.

»Ich benötige nicht mehr lange, um über seine wirklichen Pläne vollständig im Bilde zu sein, danach können wir offiziell und gemeinsam von hier abreisen.«

»Aber ich dachte, ich solle ihm eine Zeit lang als Söldner dienen?«

»Das stimmt, wir hatten ja besprochen, dass du dauerhaft am Hof des Herzogs bleibst, um mir und meinen Auftraggebern heimlich Bericht zu erstatten. Doch unter diesen misslichen Umständen möchte ich dir einen weiteren Aufenthalt hier ersparen. Wir erfinden einfach eine unaufschiebbare Familienangelegenheit, die uns zwingt, sofort nach Württemberg zurückzukehren. Harre einfach noch eine Weile aus, es wird nicht zu deinem Nachteil sein.«

Das tiefgründige Lächeln, das Ursula ihm schenkte, ließ den Gesellen die ganzen Strapazen der letzten Wochen vergessen und er spürte, wie seine Knie weich wurden.

»Ich melde mich«, hauchte sie ihm zu und eilte auf den ungeduldig wartenden Herzog zu.

Bewusst hatte Ursula es vermieden, den Gesellen über ihre bisherigen Erfolge zu unterrichten, damit er bei einer eventuellen peinlichen Befragung nichts preisgeben konnte.

Ihr fehlten lediglich noch einige Beweise in Form von

Korrespondenzen, um ihren Auftraggebern die engen Verbindungen des Herzogs mit dem französischen König sowie mit mehreren Städten der Eidgenossenschaft mit dem Ziel der Rückeroberung seines Landes zu beweisen.

Wenn das geschafft wäre, konnte an richtiger Stelle Druck ausgeübt werden, um den unbotmäßigen Fürsten endgültig in die Schranken zu verweisen.

Waren Hannes' Leiden der letzten Wochen hauptsächlich körperlicher Natur, so war es bei Ursula eine zunehmende seelische Qual. Manchmal war es wie früher und sie war fast so weit, den Herzog zu fragen, ob er sie heiraten würde, und manchmal hasste sie ihn so sehr, dass sie ihm Zuneigung und Leidenschaft vorgaukeln musste, was ihr mit zunehmender Dauer schwerer fiel.

Nicht mehr lange, zwang sich Ursula zu einem Lächeln, als sie den dargebotenen Arm Ulrichs ergriff und mit ihm gemeinsam zum Schloss zurückging, gefolgt von dem kleinen Hofstaat des Herzogs, in dem sich ein Geselle befand, der wieder frischen Mut gefasst hatte.

Tatsächlich wurde das Leben für Hannes nach den Festtagen deutlich erträglicher und er wurde auch des Öfteren zu Reinwart, seinem früheren Nachbarn in Reutlingen, abkommandiert, um diesen mit seinem vermeintlichen Wissen über die Wurstherstellung zu unterstützen.

Kurz bevor im Februar die lange Fastenzeit bis Ostern begann, wurde Hannes wieder einmal zu dem Metzger geschickt. Es galt ein fettes Schwein zu schlachten, das der Herzog bei einem Bauern in der Umgebung einfach beschlagnahmt hatte.

Am frühen Morgen hatte man das Tier mit Stöcken aus dem Stall getrieben und es war offensichtlich, dass die Sau wusste, was die Uhr geschlagen hatte.

Als man es endlich bis in die riesige Küche geschafft hatte, bedurfte es der Mithilfe mehrerer starker Männer, um das Schwein an einen in der gemauerten Wand eingelassenen Haken anzupflocken.

Trotz der kurzen Kette bäumte sich das Tier auf und zerrte wie wild daran, was vielleicht daran liegen mochte, dass es mit seinem sensiblen Geruchssinn das Blut an Reinwarts Kleidern roch. Während die Sau kurz innehielt und nach Luft schnappte, traf sie ein gezielter Schlag mit einem schweren Holzhammer, den der Metzger auf ihren massigen Kopf niedersausen ließ. Kaum ging das betäubte Tier zu Boden, als Reinwart auch schon über ihm war mit einem scharfen Messer.

»Stellt schnell die Schüsseln darunter, Hans.«

Mit einer flinken Bewegung schnitt er dem Tier die Kehle durch und Hannes hatte alle Mühe, das herausströmende Blut mit den irdenen Gefäßen aufzufangen.

Nachdem das Schwein aufgehört hatte zu zucken, wurde es in einen riesigen Holzbottich gehievt, den die Mägde bereits mit heißem Wasser aufgefüllt hatten.

Hier wurden nun die Borsten entfernt und danach zog man den leblosen Körper mittels einer Umlenkrolle an die Decke, wo er an einen Haken gehängt wurde.

Hannes drehte sich beinahe der Magen um, als Reinwart es der Länge nach aufschlitzte und die Därme herausquollen.

Trotz der aufkommenden Übelkeit lauschte Hannes fasziniert dem Metzger, der ihm die Anatomie des Tieres erklärte, um danach die verschiedenen Teile wie Filetstücke, Bauchspeck, Rippen und etliche andere herauszuschneiden.

Nebenbei rührte Reinwart das Blut um, in das er mittlerweile fein geschnittene Speckstücke gegeben hatte.

»Das gibt die vom Herzog so geliebte Blutwurst«, erklärte er stolz, während er den sündhaft teuren gemahlenen Pfeffer hineinstreute.

»Was geschieht eigentlich damit?«, fragte Hannes angewidert und deutete auf den komplett erhaltenen Kopf des Schweins.

»Das wirst du schon sehen«, meinte Reinwart verschmitzt. »Aber so viel sei verraten, das wird einer der Höhepunkte des heutigen Festmahls, bei dem man sich noch einmal so richtig satt essen kann, bevor die karge Zeit beginnt.«

Das erinnerte Hannes daran, dass er Ursula seit der Weihnachtszeit nur immer in Begleitung Ulrichs gesehen hatte, und er hoffte, sie heute Abend kurz unter vier Augen sprechen zu können.

Schließlich stand der Frühling vor der Türe und er wollte endlich von hier abreisen.

Wie Hannes wusste, hatten sich die anderen Söldner bereits am frühen Nachmittag eingefunden, um mit Ulrich zu zechen, und dauernd wuselten Diener in der Küche umher, die den Männern frische Würste sowie ofenfrisches Fladenbrot bringen mussten.

Hannes war froh darüber gewesen, dass er Reinwart helfen und auf diese Weise dem ungeliebten Fürsten für wenige Stunden aus dem Weg gehen konnte.

Irgendwann verließ der Geselle die Küche und ging in seine Kammer, um die blutbesudelten Kleider abzulegen und sich für das Fest entsprechend zu kleiden.

Als er sich so in dem kleinen Spiegel betrachtete, wurde ihm kurz weh ums Herz, wenn er daran dachte, dass er diesen Luxus bald wieder gegen das karge Leben auf der Landstraße eintauschen musste. Doch dann kam ihm wieder die harte Ausbildungszeit vor Weihnachten in den Sinn und danach freute er sich richtiggehend darauf, weiterzutippeln. Zudem musste Hannes sich eingestehen, dass ihm trotz der interessanten Tätigkeit bei Reinwart und der lehrreichen Waffenübungen die Betätigung in seinem geliebten Zimmermannshandwerk fehlte.

»Sei es drum«, sagte er zu seinem Spiegelbild. »Die letzten Tage und Wochen kriege ich auch noch rum.«

Wenig später machte er sich auf in den Rittersaal, obwohl er eigentlich keine Lust auf die mit Sicherheit bereits betrunkene Gesellschaft des Herzogs hatte, doch die Hoffnung auf eine kurze Unterredung mit Ursula motivierte ihn.

Außerdem hatte es in der Küche am Nachmittag geheißen, dass neue Söldner eingetroffen waren, was den Gesellen neugierig machte.

Es herrschte erwartungsgemäß ein ausgelassenes Treiben, als Hannes den weitläufigen Raum betrat.

Die lange Tafel, an der links und rechts schmale Sitzbänke standen, schien sich unter der Last der dargebotenen Speisen durchzubiegen.

An der Stirnseite saß der Herzog mit hochrotem Gesicht auf einem prächtigen Lehnstuhl und just in diesem Moment wurde der gekochte Schweinekopf auf einem großen Holzbrett hereingetragen und direkt vor Ulrich hingestellt.

Seine Augen schienen zu leuchten, als er das perfekt inszenierte Gericht betrachtete.

Hannes schlich herein und entdeckte einen Platz am anderen Ende der Bank, weit weg von seinem Dienstherrn. Doch dieser war durchaus noch Herr seiner Sinne und erhaschte mit einem Seitenblick den sich duckenden Gesellen.

»Sieh an, mein vortrefflicher Kämpe Hans von Waldenstein gibt sich die Ehre!«, schrie der Herzog quer durch den Saal, woraufhin Hannes zusammenzuckte und die anderen Söldner lauthals zu lachen anfingen.

»Setzt Euch her zu uns und erzählt uns von Euren Heldentaten, ha, ha.«

Nun fiel es dem Gesellen auf, dass Ulrich nicht mehr ganz nüchtern war und er bereits deutliche Schwierigkeiten hatte, sich zu artikulieren.

Unschlüssig stand Hannes da und ihm schwante Übles, denn in dieser Stimmung war der Herzog unberechenbar und seine Gutmütigkeit konnte blitzschnell in Jähzorn umschlagen.

Zum Glück verlosch sein Interesse an Hannes so schnell wieder, wie es gekommen war, und er wandte sich seinem Nachbarn zur Rechten zu.

Hannes atmete tief durch, doch als sein Blick auf ebendiesen Mann fiel, gefror ihm das Blut in den Adern und er wünschte sich nur noch, weit weg von hier zu sein.

KAPITEL 22

»UM GOTTES WILLEN!«, stieß Anna hervor, weil die Freundin so ruhig war, doch Maria lebte, wie die Kauffrau feststellte, als sie sich über die Gepeinigte beugte.

Die Heilerin war lediglich in einen ruhigen, offenbar von Albträumen freien Schlaf gefallen und ihre Atmung ging gleichmäßig.

Erleichtert strich Anna der Freundin über den Kopf, die daraufhin die Augen aufschlug.

»Wo … wo bin ich?«

»Du bist immer noch in meinem Haus, Maria, und wie ich es beurteile, auf dem Weg der Besserung«, meinte Anna hoffnungsfroh.

Die Heilerin setzte sich auf und betrachtete ihre geschienten Daumen.

Plötzlich kam ihr alles wieder in den Sinn und sie begann leise zu wimmern.

»Sch, sch … alles wird gut.«

Anna legte die Arme um Maria und tröstete die schluchzende Frau.

»Nein, Anna, das wird es nicht, wenigstens nicht für mich. Ich weiß jetzt, was die Leute über mich denken, und deshalb werde ich Reutlingen über kurz oder lang verlassen«, meinte Maria mit deutlich festerer Stimme als zuvor.

»Aber weshalb …«

Anna brach mitten im Satz ab und spürte das Unabänderliche in Marias Worten.

»Es war doch nur, weil sie geglaubt haben, du hättest ein kleines Kind getötet.«

»Schon alleine der Umstand, dass viele Menschen hier es für möglich gehalten haben, dass ich zu solch einem ungeheuerlichen Verbrechen überhaupt fähig sein könnte, ist für mich Grund genug, diesen Ort zu verlassen«, entgegnete die Heilerin resigniert.

»Bitte, Maria, rede nicht so daher, es war alles zu viel für dich. Du bist meine teuerste Freundin und kannst mich doch nicht alleine lassen. Und was ist mit Matthäus, ich glaube, er liebt dich.«

»Ich weiß«, meinte Maria leise, »und ich ihn auch.«

Mit entrücktem Blick sah die Kranke zum Fenster hinaus.

»Das ist mit ein Grund, weshalb ich gehe. Er kann in dieser Stadt etwas bewegen und dazu beitragen, das wahre Evangelium zu verbreiten. Dabei will ich ihm nicht im Wege stehen.«

»Ihr wisst, dass ich und die allermeisten Ratsmitglieder Euch allezeit den Rücken freigehalten haben, ehrwürdiger Vater, deshalb möchte ich Euch bitten, die Sache mit der Hochzeit noch einmal zu überdenken«, flehte der Schultheiß.

»Da gibt es nichts mehr zu überdenken, mein Entschluss steht fest, ich werde Maria die Heilerin vor den Altar führen«, sagte Matthäus Alber mit fester Stimme. »Die Ereignisse um das verschwundene Mädchen haben maßgeblich dazu beigetragen, diese Entscheidung zu treffen.«

Der stämmige Priester sah seinem Gegenüber standhaft in die Augen und Kaiser wusste genau, dass Alber sehr störrisch sein konnte.

»Es ist wieder ein Drohbrief des Erzherzogs eingegangen«, meinte der Bürgermeister knapp.

»Dann lasst mich meiner Wege ziehen, ich werde schon eine Stadt finden, die mich und meine Angetraute aufnimmt und die bereit ist, das wahre Evangelium anzunehmen«, versetzte Alber wütend und war im Begriff, das Ratszimmer zu verlassen.

»Ich bitte Euch um Christi willen, bleibt und hört mich an, Matthäus. Niemand will, dass Ihr Reutlingen verlasst, im Gegenteil.«

Widerwillig drehte sich der Pfarrer um und lauschte den Worten Kaisers.

»Nach dem wirklich unverschämten Schreiben vom September letzten Jahres haben wir in derselben Schärfe geantwortet und dieses Mal gibt sich der Erzherzog tatsächlich ein wenig einsichtiger. Gleichwohl hat der Bischof von Konstanz einen Gesandten nach Tübingen geschickt, um von dort aus eine Untersuchung zu führen«, berichtete der Bürgermeister. »Denn die Herrschaften wollen nach wie vor, dass Ihr Eure ketzerische Lehre im Sinne Luthers aufgebt und zurück in den Schoß der Mutter Kirche kommt. Ansonsten drohen sie uns damit, die lange angekündigte Verkehrs- und Handelssperre zu verhängen.«

»Dann ist es ja wirklich vonnöten, dass ich so schnell als möglich von hier abreise, denn sollten die Kirchenoberen mitkriegen, dass ich den Zölibat breche, ist es vollends aus mit deren Geduld und die Stadt Reutlingen muss Glück haben, wenn sie nicht erneut von einer anderen Macht erobert wird«, erwiderte Alber entschlossen.

»Ihr macht es mir nicht leicht, Matthäus, dabei kennen wir uns doch schon lange genug. Die meisten Ratsmitglieder stehen, wie ich bereits sagte, hinter Euch und auch die Mehrzahl der Bürger billigt Eure Art, den Gottesdienst zu führen. Solltet Ihr Euch jedoch jetzt mit der Heilerin Maria vermählen, so kann ich nicht dafür garantieren, dass die Stimmung nicht kippt. Darf ich Euch einen Vorschlag zur Güte machen? Wenn Ihr schon verbotenerweise den Hafen der Ehe ansteuert, dann freit wenigstens eine angesehene Bürgerstochter, das würde die Leute besänftigen«, rief Kaiser hinter dem zornigen Priester her, der schon zur Tür hinausgeeilt war.

Mehrere Passanten schüttelten den Kopf, als sie den in höchstem Maße erregten Geistlichen sahen, der über den Marktplatz stürmte.

»Was ist bloß mit dem Vater Alber los, so habe ich den ja noch nie gesehen«, bemerkte eine Bäckersfrau, während sie einer Kundin ein Brot reichte.

Wild entschlossen pochte Alber, als er schließlich das Haus in der Kramergasse erreicht hatte, an Annas Tür.

Grußlos drängte er sich an der verblüfften Magd vorbei ins Innere des Hauses und wandte sich der Kammer zu, die zum Krankenzimmer umfunktioniert worden war.

»Maria, wir …«

Mitten im Satz hielt der Priester inne, denn zu seiner großen Verwunderung befand sich niemand in dem Raum.

Nach kurzer Suche traf er in der Küche auf die Hausherrin.

»Seid gegrüßt, Anna, entschuldigt mein unhöfliches Eindringen, aber ich kann Maria nirgends finden und als ich gestern hier war, lag sie doch noch geschwächt auf ihrem Lager.«

Annas verheulte Augen hefteten sich auf den Pfarrer, sie reichte ihm wortlos einen Brief.

»Aber, das ist doch …«, schnappte Alber nach Luft, während er die Sätze zu verstehen versuchte.

Geliebter, glaube mir bitte, dass mir mein Entschluss, die Stadt zu verlassen, unsagbar schwer gefallen ist, es ist jedoch das Vernünftigste, was ich tun konnte.

Ich wäre wie ein Mühlstein auf deinem Rücken gewesen, der dich daran gehindert hätte, deinen dir von Gott vorgezeichneten Weg zu gehen.

Was die Leute in Reutlingen, das ich mittlerweile als meine Heimatstadt angesehen hatte, von mir denken, habe ich ja leidvoll erfahren müssen. Es tut mir unendlich leid, dass ich nicht nur dich, sondern auch Anna zurücklassen muss, die mir zur teuersten Freundin geworden ist. Versuch bitte nicht, mich zu suchen, sondern akzeptiere meine Entscheidung.

Diese Zeilen schreibe ich in tiefer Trauer, doch glaube mir, ich bin in Gedanken immer bei dir.

Maria

Fassungslos starrte Matthäus auf den Brief und konnte nicht glauben, was er bereits mehrfach gelesen hatte.

»Wann hat Maria Euch das gegeben?«, fragte er mit brüchiger Stimme.

»Heute Morgen sah sie zum ersten Mal erholt aus und ist nach der langen Zeit wieder einmal von ihrem Lager aufgestanden. Dabei hat sie angedeutet, dass sie die Stadt über kurz oder lang verlassen werde und zwar hauptsächlich, um Euch nicht zu schaden, Vater«, berichtete Anna stockend. »Danach wollte sie ein wenig frische

Luft schnappen und ich ging derweil in mein Kontor. Es war wohl eine Stunde vergangen, als ich mir Sorgen zu machen begann und ebenfalls das Haus verließ, um Maria zu suchen. Gerade als ich mich dem Marktplatz zuwandte, kam ein kleiner Junge daher, gab mir den Brief und verschwand so schnell, wie er gekommen war. Das war ungefähr eine Viertelstunde, bevor Ihr kamt, Pfarrer Alber, entschuldigt, dass ich das an Euch gerichtete Schreiben gelesen habe, aber ich war so in Sorge.«

Mit einer ungeduldigen Handbewegung strich der Geistliche durch die Luft, wie um zu sagen, dass das nun auch keine Rolle mehr spielte.

So hastig, wie er hereingekommen war, so verließ er das Haus wieder und rannte, so gut es ihm mit seiner Leibesfülle möglich war, in Richtung Mettmannstor.

Vor Marias Haus angelangt, blieb er stehen, um wieder zu Atem zu kommen.

»Maria, wo bist du?«

Er öffnete die windschiefe Türe und betrat laut rufend das eingeschossige Häuschen.

Matthäus schaute sich um, nachdem seine Augen sich an den finsteren Raum gewöhnt hatten, doch von Maria war nichts zu sehen. Falls sie tatsächlich das Weite gesucht hatte, so musste das in aller Hast geschehen sein, denn so wie er es einschätzte, fehlte nichts aus ihrem Hausstand.

Entschlossen ging er zum gegenüberliegenden Frauenhaus und pochte energisch an die Pforte.

»Habt Ihr die Heilerin gesehen?«, fragte er die Dirne, die ihm öffnete.

Die hübsche Frau schüttelte den Kopf.

»Ich habe Maria seit längerer Zeit nicht mehr gesehen.«

»Und der Frauenwirt, hat der vielleicht etwas bemerkt?« Alber gab nicht auf.

»Der ist heute Morgen in aller Herrgottsfrüh gegangen und hat mir nicht gesagt, wo er hin will. Und jetzt entschuldigt, ich habe noch zu tun«, meinte die Hure mit einem süffisanten Lächeln.

Mit hängenden Schultern schlurfte Matthäus wieder zu dem Stadttor.

»Das kann doch alles nicht wahr sein, bis gestern war sie noch schwer krank und heute soll sie ohne Hilfe auf und davon gelaufen sein«, sagte der Priester zu sich selbst, während er sich weitere Schritte überlegte.

Dabei kam ihm zu Bewusstsein, dass er das Gebiet der Freien Reichsstadt für eine Verfolgung ja gar nicht verlassen konnte, denn mittlerweile war er im Württembergischen so gut wie vogelfrei.

»Ich danke dir, mein Kind, dass du für mich gelogen hast«, flüsterte Maria mit Tränen in den Augen.

»Das ist doch selbstverständlich, du hast mir schließlich letztes Jahr den Engelstrunk gegeben.«

»Ich konnte nirgends auch nur eine Spur von Maria entdecken. Dabei habe ich sämtliche Fuhrleute abgeklappert und jeden gefragt, der eventuell ein Pferd verleihen würde«, berichtete Alber resigniert.

»Vielleicht überlegt sie sich's noch mal und kehrt zurück«, gab Anna zu bedenken und versuchte dabei, optimistisch zu klingen.

»Womöglich habt Ihr recht, doch eigentlich glaube ich nicht mehr daran. Maria ist eine starke Persönlichkeit und wenn sie sich etwas in den Kopf gesetzt hat, führt sie es auch aus. Da ist sie Euch sehr ähnlich, Anna. Nein, ich glaube, sie hat es irgendwie geschafft, unbemerkt aus der Stadt zu kommen, und wahrscheinlich müssen wir ihren

Entschluss einfach akzeptieren, wenn es auch noch so schwer fällt.«

Die Kauffrau erwiderte nichts darauf und starrte ins Leere.

Was war eigentlich los, zuerst verstarb ihr Vater, dann verlor sie ihren Geliebten und jetzt auch noch die liebgewordene Freundin, haderte die junge Kauffrau insgeheim mit ihrem Schicksal. Sie war so in ihre Gedanken versunken, dass sie nicht bemerkte, wie der Priester das Haus verließ.

Die zahlreichen Gläubigen, die sich auf den harten Kirchenbänken drängten, erlebten einen kämpferischen Matthäus Alber. Hatten einige, wie etwa Jakob Stechler, gehofft, der Pfarrer würde in seinem Gram seiner Freundin nacheilen und gleichfalls die Stadt verlassen, so hatten sich wohl die meisten Einwohner Reutlingens gewünscht, er würde bleiben und sein Werk zu Ende bringen.

In seiner Predigt kam der Geistliche unmissverständlich auf die Ereignisse um Maria zu sprechen.

»Die meisten von euch haben es ja schon mitbekommen, dass eine unserer vortrefflichsten Mitbürgerinnen der Stadt den Rücken gekehrt hat. Ihr wurde übel mitgespielt und aufgrund haltloser Anschuldigungen ist sie den grausamen Folterknechten überstellt worden. Das Schlimmste an dieser Geschichte aber ist für mich, dass ihr danach Leute, die sie vorher mit ihrem umfassenden medizinischen Wissen geheilt und aufopferungsvoll gepflegt hat, in den Rücken gefallen sind. Ich rede von Maria, der Heilerin, wie ihr euch sicher schon gedacht habt, die aus eben diesem Grund unser schönes Reutlingen verlassen hat, was mich persönlich am härtesten trifft, da ich vorhatte, mich mit Maria zu vermählen.«

Bei diesen letzten Worten ging ein Raunen durch das ehrwürdige Gotteshaus.

»Ja, ihr habt richtig gehört, ich wollte mich von dem verhassten Zölibat verabschieden und eine Ehe eingehen mit der Frau, die ich liebe und die wir aus der Stadt vertrieben haben«, rief er aus, wobei seine sonst so kräftige Stimme zitterte. »Wer ohne Schuld ist, der werfe den ersten Stein, spricht Christus, unser Herr, zu den Menschen, die eine Ehebrecherin steinigen wollen. Diese Worte möchte ich euch besonders mit auf den Weg geben, nehmt sie euch zu Herzen, wenn ihr das nächste Mal jemanden verdammen wollt. Amen.«

So still wie noch nie ging der Auszug aus der Kirche an diesem Sonntag vonstatten, nachdem Matthäus Alber den Gläubigen gehörig die Leviten gelesen hatte. Doch hatte der streitbare Pfarrer geglaubt, dass die Menschen ihn dafür verachten würden, so hatte er sich getäuscht.

Zahlreiche Kirchgänger warteten nach dem Ende der Messe vor der Marienkirche und sprachen ihm ihren Trost aus und entschuldigten sich, was den Gottesmann angenehm überraschte.

Lediglich eine kleine Gruppe um den Gewürzhändler Stechler entfernte sich rasch, wobei Jakob darauf achtete, nicht von Anna Neumann gesehen zu werden.

Mit ausladenden Schritten strebten sie der Mettmannsvorstadt zu, wo Stechler seine Stallungen besaß, und suchten sich dort kräftige Pferde aus.

Am Nachmittag langten sie am Neckartor in Tübingen an und begehrten Einlass in die württembergische Stadt.

»Ihr könnt in der Schenke dort drüben derweil einkehren, meine Unterredung dauert nicht lang«, bedeutete Jakob seinen Begleitern.

Das imposante sakrale Gebäude, vor dem er nun stand, beherbergte sowohl ein Kloster als auch einen Teil der Universität.

»Was ist dein Begehr, mein Sohn?«, wollte der Bruder am Sprechgitter wissen.

»Ich habe eine Verabredung«, antwortete der Händler knapp und gab dem Torwächter ein Schriftstück.

Nach mehreren Minuten kam der korpulente Mann zurück und öffnete umständlich die Pforte.

»Ihr werdet erwartet, wenn Ihr mir folgen wollt?«

Angespannt angesichts der düsteren Atmosphäre, die in den feuchten Mauern herrschte, folgte Jakob dem Bruder.

Immer wieder sah er geduckte Mönche umherhuschen und musste dabei widerwillig Matthäus Alber recht geben, der genauso wie Luther die Klöster aufheben wollte.

»Gott zum Gruße, ehrwürdiger Vater.«

Mit einer angedeuteten Verbeugung begrüßte Stechler den Mann, der ihn kontaktiert hatte, und war überrascht über das jugendliche Aussehen des Geistlichen.

»Seid willkommen an diesem heiligen Ort, mein Sohn«, entgegnete dieser mit einer hohen Stimme, die zu seinem Aussehen passte.

»Kommen wir gleich zur Sache, ich habe nicht viel Zeit«, kam Stechler unverblümt zur Sache.

»Nun gut, wie Ihr wisst, bin ich vom Bischof von Konstanz, der für die Reichsstadt Reutlingen zuständig ist, mit dieser delikaten Aufgabe betreut worden.«

Stechler konnte sich ein hämisches Grinsen nicht verkneifen, denn die Sache war allerdings delikat, denn der Gesandte war hierher nach Tübingen gereist und wollte die Dinge aus sicherer Entfernung regeln, da ihm das Pflaster in Reutlingen offensichtlich zu heiß war.

»Er hat mir berichtet, dass Ihr auf der Seite der rechtgläubigen Kirche steht und diesen Ketzer so sehr verachtet wie wir.«

Stechler nickte, obwohl es mit Verachtung wenig zu tun

hatte, sondern wohl eher damit, alles dafür zu unternehmen, dass seine Geschäfte nicht beeinträchtigt wurden.

»Ich möchte Euch daher bitten, mir in Reutlingen den Boden zu bereiten, damit ich meine Untersuchung endlich durchführen kann und der Irrgläubige seiner gerechten Strafe zugeführt wird«, meinte der Abgesandte bestimmt.

»Schon morgen will ich eine Abstimmung im Stadtrat und in den Zünften abhalten lassen. Ich denke, dass es dann nicht mehr allzu lange dauert, bis ich Euch rufen werde, ehrwürdiger Vater.«

»So wollen wir es halten.«

Der Geistliche reichte Stechler seine Hand, die dieser angewidert küsste, und rauschte davon.

Traurig und erschöpft saß Alber nach der kräftezehrenden Predigt in der Küche und hing seinen melancholischen Gedanken nach.

Warum in Gottes Namen hatte Maria ihn nicht gebeten, mit ihr gemeinsam die Stadt zu verlassen und woanders neu anzufangen?

War sie wirklich so uneigennützig und wollte ihm bei seiner Aufgabe der Kirchenreformierung nicht im Weg stehen, oder war Maria etwa von seinen Gegnern in der Stadt massiv bedrängt worden?

Nein, diesen Gedanken verwarf er sofort wieder, denn eine Bedrohung hätte bei ihrer störrischen Art bestimmt das Gegenteil bewirkt. Wie er es drehte und wendete, Maria hatte ihre Liebe für ihn geopfert und danach das Feld geräumt.

Er würde ewig in ihrer Schuld stehen, doch nun zwang sich Matthäus, nach vorne zu blicken, so schwer es ihm auch fiel.

Ein heftiges Pochen an seiner Haustüre riss ihn aus seinen Tagträumen.

»Seid gegrüßt, Matthäus.«

»Anna, welche Freude, Euch zu sehen, was führt Euch zu mir?«

»Ich müsste Euch in einer dringenden Angelegenheit sprechen.«

»Aber natürlich, kommt herein in mein bescheidenes Heim und setzt Euch zu mir«, bat der Pfarrer freundlich.

»Danke, dass Ihr mich empfangen habt«, meinte die Kauffrau, nachdem sie auf einem der wackligen Holzstühle Platz genommen hatte. »Eure Predigt heute Morgen war sehr aufwühlend und hat den meisten Gläubigen einen gehörigen Schrecken eingejagt. Sie werden Maria nicht so schnell vergessen.«

»Nun ja, das war auch meine Absicht, zudem hoffe ich, dass die Bürger dieser schönen Stadt sensibler reagieren, wenn sich so was nochmals wiederholt, was Gott verhüten möge«, entgegnete Alber und blickte dabei flehend nach oben. »Doch welche dringende Sache führt Euch am Sonntagnachmittag zu mir, Anna?«

»Wie Ihr vielleicht schon mitbekommen habt, treffe ich mich seit geraumer Zeit mit Jakob Stechler ganz zwanglos zum Mittagessen oder wir promenieren gemeinsam zur Achalm und an der Echaz entlang. Heute waren wir ebenfalls verabredet und er erzählte mir etwas im Vertrauen. Ich habe jedoch beschlossen, es um unserer Freundschaft willen nicht für mich zu behalten.«

Fragend hefteten sich Matthäus' Augen auf die junge Frau.

»Es ist sicher keine Neuigkeit für Euch, dass die heilige Mutter Kirche Euch lieber heute als morgen zum Schweigen bringen möchte.«

»Ja, ja, die leidige Geschichte, unser Bürgermeister Jerg Kaiser hat mir erst neulich wieder von einem aufgeregten

Briefverkehr mit der Obrigkeit erzählt«, sagte Alber mit einer wegwerfenden Geste.

»Nehmt die Sache nicht auf die leichte Schulter, denn es hat den Anschein, dass Eure Gegner massiver werden. Wie mir Jakob erzählt hat, wartet im benachbarten Tübingen ein Gesandter des Bischofs zu Konstanz darauf, in unsere Stadt eingelassen zu werden, um eine umfassende Untersuchung durchführen zu können. Bisher hat sich der Rat standhaft geweigert, den unliebsamen Gast hereinzulassen, doch nun hat sich der Schwäbische Bund eingeschaltet und unsere Stadtoberen sind wohl eingeknickt«, berichtete Anna empört.

»Das ist ja interessant, dann kommt also endlich Bewegung in die Sache und ich werde als Ketzer meiner gerechten Strafe zugeführt. Einen kleinen Vorgeschmack darauf, was mich erwartet, habe ich ja neulich schon bekommen«, wurde der Priester sarkastisch.

Anna überlegte kurz, bevor sie weiter fortfuhr.

»Ich kann die Stimmung in der Bevölkerung schlecht einschätzen, denn Ihr wart bei den Bürgern immer sehr beliebt. Doch wie sich die Geschichte mit Maria dabei auswirkt, weiß ich nicht.«

»Seid unbesorgt, Anna, ich harre der Dinge, die da kommen, und lege mein Schicksal in Gottes Hände.«

Nun wirkte Matthäus so, als wäre er mit sich im Reinen und Anna konnte auch keinerlei Anzeichen von Furcht in seinem Gesicht erkennen.

»Es wird sich bestimmt alles zum Guten wenden, Vater, davon bin ich überzeugt«, meinte Anna und versuchte, optimistisch zu klingen. »Auf jeden Fall wird es morgen eine außerordentliche Zusammenkunft der Zünfte geben, auf der die Zunftmeister ihre Mitglieder über die Entwicklung in Eurem Fall unterrichten werden.«

Genauso wie die Kauffrau vorhergesagt hatte, saßen sämtliche Zunftmitglieder am darauffolgenden Tag in ihren jeweiligen Stuben und debattierten heftig über die Forderungen von Erzherzog Ferdinand sowie des Bischofs von Konstanz, eine Untersuchung über das frevelhafte Verhalten des Priesters Alber abzuhalten.

Anna war im Zunfthaus der Kramer und lauschte den Ausführungen des Zunftmeisters, als der plötzlich von seinem Stellvertreter unterbrochen wurde.

»Hört mich an, werte Meister.«

Beschwörend hob der hagere Mann seine Hände.

»Wir müssen den Abgesandten in unsere Mauern einlassen, damit er den ketzerischen Umtrieben in unserer Stadt ein für alle Mal ein Ende bereitet.«

Sofort kam Unruhe auf und mehrere verärgerte Stimmen wurden laut.

Damit hatte Jakob Stechler gerechnet, als er den bei ihm hoch verschuldeten Mann gedrängt hatte, diese Rede zu halten.

»Unsere Zukunft steht auf dem Spiel, denn sollte der Erzherzog seine Drohung wahrmachen und sämtlichen Handel mit Reutlingen unterbinden, dann gnade uns Gott. Wir müssen …«

Weiter kam er nicht, denn just in diesem Moment war das durchdringende Bimmeln der Brandglocke zu hören, woraufhin sämtliche Anwesenden zum Ausgang strömten.

Wie immer, wenn auf diese Weise ein Brand angezeigt wurde, beschlich jeden Bürger ein ungutes Gefühl, denn meistens war nicht nur das Haus, in dem der Brand ausgebrochen war, betroffen, sondern auch die zusammengebauten Nachbargebäude, ja bisweilen ganze Straßenzüge.

Es stellte sich heraus, dass es in einem Haus in der Metzgergasse unweit des Bürgerspitals brannte und wie immer half die gesamte Bevölkerung mit, denn ein Ausbreiten des Feuers konnte fatale Folgen haben.

Es trafen immer wieder Berichte ein von Städten, die nach einer Feuersbrunst in Schutt und Asche lagen.

Mit Ledereimern, die mit Wasser gefüllt waren, wurde dem Brand zu Leibe gerückt und in diesem Fall hatten sowohl der Eigentümer als auch die Nachbarn großes Glück, dass das Feuer frühzeitig entdeckt worden war.

Nachdem die Löscharbeiten erfolgreich beendet waren, wollte eigentlich keiner nach Hause an diesem milden Frühlingstag.

Die aufgekratzten Menschen schlenderten zum Marktplatz und die umliegenden Schankwirte ließen es sich nicht nehmen, den Bürgern Wein und Bier zu spendieren.

Es herrschte eine ausgelassene Stimmung, gerade so, als wäre man noch einmal mit dem Leben davongekommen.

Sebastian Fritz stand inmitten einer größeren Gruppe von Weingärtnern und Mitgliedern anderer Zünfte.

»Habt ihr das gehört, dass die Obrigkeit Jagd auf unseren allseits verehrten Pfarrer Alber machen will?«, rief er mit durchdringender Stimme in die Runde, gerade so laut, dass es die Umstehenden ebenfalls hörten und weitertrugen.

Es dauerte nicht sehr lange, bis dies das vorherrschende Gesprächsthema war und auch die Leute, die keiner Zunft angehörten, mitbekamen, dass ein Gesandter unterwegs war, der Matthäus Alber seiner gerechten Strafe zuführen wollte.

Irgendwann war aus dem einzelnen Abgesandten eine halbe Armee geworden, die sich anschickte, wie weiland Herzog Ulrich die Stadt zu überfallen.

»Wir müssen unseren Pfarrer mit allen Mitteln beschützen«, wurden erste Stimmen laut.

»Das lassen wir uns nicht gefallen, wir sind eine freie Reichsstadt und nur dem Kaiser verpflichtet.«

Der Stolz auf die lange reichsstädtische Tradition war aus diesen Worten deutlich herauszuhören.

Am Marktbrunnen stand Matthäus Alber und beobachtete fasziniert die Szene, die sich vor seinen Augen abspielte.

Offenbar war sein Rückhalt in der Bevölkerung größer, als er gedacht hatte, und seine aufrüttelnde Predigt hatte ihm mehr Freunde als Feinde gebracht.

»Lasst uns jetzt und hier zusammenstehen und vor Gott schwören, dass wir unseren geliebten Pfarrer mit unserem Blut verteidigen werden!«, schrie einer der Männer und sofort kam von den anderen Bürgern zustimmendes Gebrüll.

Das nun folgende Schauspiel hatte etwas Dramatisches an sich, Frauen und Männer fassten sich an den Händen und bildeten einen Kreis.

Im Inneren standen gleichfalls Menschen mit Fackeln und mit Spießen.

Die Sache hatte eine Dynamik angenommen, der sich kaum jemand entziehen konnte.

»Was ist mit Euch, Herr Stechler«, rief Heinrich, der Zimmermann, der gleichfalls als einer der Wortführer agierte, dem etwas abseits stehenden Gewürzhändler zu.

Stechler stand in einer Gruppe mit Gleichgesinnten beisammen und räusperte sich.

Doch er war klug genug, um jetzt keinen Fehler zu machen, und bedeutete seinen Gefolgsleuten, ihm in den Kreis zu folgen.

Lediglich der Schultheiß blieb außen vor.

»Das, was ihr da tut, ist gegen unsere Statuten und Gesetze und somit nicht wirksam«, versuchte Jerg Kaiser sich zu rechtfertigen, doch seine Stimme hatte an diesem historischen Abend kein Gewicht.

»Wir schwören vor Gott«, begann der einflussreiche Zunftmeister der Weingärtner und alle stimmten pathetisch mit ein, »dass wir alles in unserer Macht Stehende tun werden, um unseren allseits geschätzten Pfarrer Matthäus Alber vor allen Unbilden zu schützen und denen, die ihm Böses wollen, tatkräftig entgegenstehen werden. Möge Gott der Herr uns Kraft geben für unser Unterfangen. Amen.«

Nach diesem Schwur standen die Bürger noch eine Zeit lang ergriffen beisammen, bevor sie friedlich auseinanderströmten.

Anna war im Inneren des Kreises gestanden und hatte noch eine Gänsehaut, als sie die Pforte ihres Hauses öffnete.

Am nächsten Abend verbreitete sich rasend schnell die Nachricht, dass der Gesandte fluchtartig die Stadt Tübingen verlassen hatte.

Offenbar war ihm die außergewöhnliche Solidaritätsbekundung für Alber zu Ohren gekommen und hatte ihn das Hasenpanier ergreifen lassen.

»Wie habt Ihr Euch bei dem ergreifenden Ereignis gefühlt, Jakob?«, wollte Anna lächelnd von Jakob Stechler wissen, der am darauffolgenden Sonntag wieder bei ihr zu Gast war. »Das wird bestimmt in die Geschichtsbücher eingehen.«

Es hatte sich bei den beiden eingebürgert, sich nach der Sonntagsmesse in Annas Haus zum Mittagessen zu treffen.

Den Vorschlag, sich abwechselnd auch bei Stechler zu verabreden, hatte die junge Frau brüsk abgelehnt und die Erinnerung an jenen denkwürdigen Sonntag, als Anna wutentbrannt davongestürmt war, hielt ihn davon ab, das Angebot zu wiederholen.

Dass Jakob seit geraumer Zeit das Mittagessen außer Haus einnahm, fachte den Hass seiner Mutter auf Anna allerdings noch mehr an und ihr Sohn hatte nicht realisiert, dass Agnes Stechler sich durch die offensichtliche

Zurücksetzung gedemütigt fühlte und ihren Ruf in der Stadt gefährdet sah.

»Das war eine eindrucksvolle Vorstellung, die man nicht so schnell wieder vergessen wird. Wenngleich der Schwur natürlich keinerlei rechtliche Verpflichtung darstellt, da ja ausschließlich der von den Zünften gewählte Stadtrat entscheiden kann, ob man Alber vor der Heiligen Inquisition retten wird oder nicht. Aber ich denke, dass diese ergreifende Zeremonie sicherlich dazu beitragen wird, die Meinungsfindung des Rats zu beeinflussen«, meinte Jakob betont optimistisch, obwohl damit auch seine eigenen Pläne, den renitenten Priester aus der Stadt zu treiben, gefährdet waren.

Doch dies sagte er Anna nicht, da er wusste, in welchem Verhältnis sie zu Alber stand.

»Eure Köchin ist eine wahre Perle«, lobte Stechler schmatzend, um das leidige Thema zu wechseln.

Sie hatte an diesem Sonntag ein frisch geschlachtetes Hähnchen auf einem Spieß über dem Feuer gebraten und dabei unentwegt mit Bier eingepinselt.

»Ja, da habt Ihr recht und ich bin froh, dass sie in meinem Dienst steht.«

Als die Nachspeise in Form eines Kompotts gegessen war, beugte sich Jakob plötzlich nach vorn und umfasste mit beiden Händen Annas Rechte.

»Hört mich an, seit Wochen überlege ich schon, wie ich vorgehen soll, und bin dabei so aufgeregt wie selten zuvor in meinem Leben.«

Die junge Frau schaute den Gewürzhändler überrascht an.

»Werdet meine Frau!«

Jetzt war es heraus.

»Ihr habt ja leider keinen Vater mehr, bei dem ich um Eure Hand anhalten kann, so frage ich Euch direkt.«

Jakob heftete seine Augen auf sie und in sein sonst so ausdrucksloses Gesicht trat ein Lächeln.

»Das … das kommt jetzt ziemlich überraschend«, stotterte Anna, während sie sanft ihre Hand befreite und sich erhob.

Natürlich kam das jetzt ein wenig plötzlich, andererseits war es kein Geheimnis, dass das Jahr, das ihr die Kramerzunft gewährt hatte, langsam verstrich.

»Ich will Euch nicht bedrängen, überlegt es Euch in Ruhe und teilt mir mit, zu welchem Ergebnis Ihr gekommen seid«, meinte Stechler einfühlsam.

»So wollen wir es halten, ich teile Euch definitiv am kommenden Sonntag mit, wie ich mich entschieden habe.«

Die ganze Woche über konnte Anna keinen klaren Gedanken fassen, so sehr wühlte sie die anstehende Entscheidung auf.

Es ist wie verhext, dass ich in einer der schwierigsten Situationen meines Lebens niemanden habe, den ich um Rat fragen könnte, dachte die junge Frau bedrückt.

Weder ihr geliebter Vater noch die teure Freundin Maria waren mehr da, um ihr in dieser wichtigen Frage zur Seite zu stehen.

Nach langem Hin und Her rang sich Anna schließlich dazu durch, ihren Kontorleiter ins Vertrauen zu ziehen.

»Herr Bantlein, ich müsste Euch in einer dringlichen Angelegenheit sprechen.«

Der Angestellte hob kurz die Augenbrauen und schickte die beiden Schreiber, die Anna auf sein Bitten eingestellt hatte, hinaus.

»Seid unbesorgt, es ist nichts Schlimmes«, meinte Anna lächelnd.

»Wie Ihr wisst, hänge ich mit meinem Unternehmen quasi in der Luft, nachdem es mir bislang nicht gelungen ist, einen Ehegatten zu finden.«

Bantlein nickte wissend und Anna fuhr nach einem Räuspern fort.

»Jakob Stechler hat letzten Sonntag um meine Hand angehalten und dazu wollte ich Eure geschätzte Meinung hören.«

Die Verwunderung des Kontorleiters hielt sich in Grenzen, da er so etwas bereits vermutet hatte.

Ihm war nicht verborgen geblieben, dass Stechler seiner Herrin seit geraumer Zeit jeden Sonntag seine Aufwartung gemacht hatte.

Er wusste, dass in der ganzen Stadt schon über die beiden getuschelt wurde und lediglich Jakobs Mutter wollte es offenbar nicht wahrhaben.

»Ich kenne Herrn Stechler und schätze ihn wegen seines ausgeprägten Geschäftssinns«, antwortete Bantlein vorsichtig. »Was ihn jedoch privat auszeichnet, da habt Ihr einen besseren Einblick.«

»Wie immer seid Ihr sehr diplomatisch, Herr Bantlein, trotzdem danke ich Euch für Eure Meinung. Wie dem auch sei, ich werde dem Antrag wahrscheinlich zustimmen, was bleibt mir in meiner Lage auch anderes übrig.«

Der aufmerksame Angestellte konnte die Wehmut aus Annas Worten deutlich heraushören, eine Liebeserklärung hörte sich anders an.

»Sei es drum, für Euch jedenfalls ändert sich nichts, wenn Jakob die Geschäfte führt, dafür verbürge ich mich.«

»Hoffentlich hält sich Stechler an die Abmachung«, murmelte Bantlein zähneknirschend vor sich hin, nachdem Anna das Kontor wieder verlassen hatte.

Weiterhin schlief Anna schlecht und konnte an nichts anderes als an den Tag der Entscheidung denken. Verzweifelt wog sie Vor- und Nachteile gegeneinander ab.

Gewiss, sie achtete Jakob, er war ein charmanter

Gesprächspartner und war ihr schon mehrmals ritterlich zur Seite gestanden.

Doch verliebt, so etwa wie in Hannes oder in Gregor, war sie nicht in den Gewürzhändler, das musste sie sich eingestehen.

Dann war dies also das zweite Mal, dass sie eine Zweckehe schließen musste, nachdem ihr Vater sie damals zu der Verbindung mit dem Kaufmannssohn Kaspar Neumann gezwungen hatte.

Dieses Mal konnte sie wenigstens selbst entscheiden, doch was würde von ihrer geliebten Unabhängigkeit bleiben? Andererseits, was waren die Alternativen? Natürlich gab es in der Stadt auch noch andere unverheiratete Männer ihres Standes, doch da erschien ihr Jakob Stechler bei weitem der Interessanteste.

Reutlingen zu verlassen und an einem anderen Ort neu anzufangen, kam für sie als Frau sowieso nicht infrage.

Schließlich war der Tag endlich da, der ihr Leben verändern sollte.

Im Gottesdienst hatte Anna das Gefühl, von allen anderen angestarrt zu werden, ja sie meinte beinahe so etwas wie Schadenfreude auf vielen Gesichtern zu entdecken.

Dabei wussten doch lediglich drei Personen von dem Heiratsantrag, oder waren es etwa mehr?

Galant fasste Jakob, der aus gebotenem Anlass neue, prächtige Kleider trug, Anna nach der Messe unter und geleitete sie zu ihrem Haus in der Kramergasse.

Danach saßen sie wieder wie letzte Woche bei einem köstlichen Mahl und redeten bis zur Süßspeise nur über Belangloses, wobei Anna versuchte, einen neutralen Gesichtsausdruck beizubehalten. Doch danach kam Stechler unmissverständlich zur Sache.

»Nun, meine Liebe, darf ich endlich wissen, wie Ihr Euch entschieden habt?«

Erwartungsvoll blickte er auf die hübsche Frau, aber Anna ließ sich Zeit mit der Antwort.

»Nach reiflicher Überlegung bin ich zu einem Entschluss gekommen, wie ich es letzten Sonntag versprochen habe.«

Die Kauffrau hielt inne und war um einen gleichgültigen Gesichtsausdruck bemüht, wohingegen Jakob eher einen verbissenen Eindruck machte.

»Ihr könnt Euch glücklich schätzen, denn ich nehme Euren Antrag an.«

Nun gab es kein Halten mehr, Jakob sank nieder vor Anna und legte seine Hände auf ihre Knie.

»Weißt du eigentlich, dass du mich soeben zum glücklichsten Menschen der Stadt gemacht hast?«

»Einen Moment, hör dir erst einmal meine Bedingungen an, die ich an meine Entscheidung geknüpft habe.«

Auch Anna hatte die Höflichkeitsanrede verlassen.

»Verlang, was immer du willst, wenn du mich nur heiratest!«, rief Jakob freudig aus, wobei er insgeheim beschloss, sämtliche für ihn ungünstigen Übereinkünfte nach der Vermählung wieder zu revidieren, schließlich war er der Mann.

»Da wäre zum Ersten die Sache mit unserem Wohnsitz. Wie du dir denken kannst, möchte ich nicht unter einem Dach mit deiner Mutter leben. Wir haben hier ein stattliches Haus und dann wäre da noch das weitaus repräsentativere Gebäude meines Vaters am Markt.«

Stechler musste nicht lange überlegen.

»Wenn du mir schon die Wahl lässt, dann entscheide ich mich für den Marktplatz. Meiner Mutter wird es zwar nicht gefallen, doch sie muss sich wohl oder übel dreinfügen«, stellte er klar, wobei er diese Forderung seiner künftigen Gattin gern erfüllte. »Da werden sich wohl viele Neider die Mäuler zerreißen, das wird uns jedoch nicht sonderlich kratzen.«

»Des Weiteren«, fuhr Anna fort, »würde ich gerne, solange ich noch nicht mit einem Kind gesegnet bin, in meinem Kontor arbeiten und zwar mit meinem Kontorleiter Bantlein zusammen.«

Bei diesem Wunsch musste sich Jakob ziemlich beherrschen, denn nach der Heirat war er alleiniger Besitzer ihrer Vermögenswerte und er würde sich zum Gespött machen, wenn er seine Gattin weiterarbeiten lassen würde.

Das schickte sich einfach nicht, obwohl seine Mutter nach dem Tod ihres Gatten gleichfalls die Geschicke des Geschäfts mit geführt hatte.

Mit diesem Bantlein hatte er ohnehin noch eine Rechnung offen und es würden sich Mittel und Wege finden, den Kerl aus dem Unternehmen zu drängen.

Am besten wäre es, dem korrekten Mann einen kleinen Betrug unterzuschieben, dachte Stechler und musste dabei lächeln.

»Selbstverständlich komme ich deinem Wunsch entgegen, Anna, du hast ja nach dem Tod deines Vaters Geschäftssinn bewiesen und was deinen Kontorleiter anbelangt, so wäre ich ja töricht, wenn ich mich von solch einem erfahrenen Mann trennen würde«, entgegnete Stechler überzeugend.

»Ich danke dir für dein Entgegenkommen und mehr fordere ich auch nicht. Alles andere wird sich im Lauf der Zeit ohnehin finden.«

Bei diesen Worten kam Anna in den Sinn, dass sie ihren ersten Mann Kaspar Neumann anfangs gleichfalls nicht sehr sympathisch gefunden, ihn mit der Zeit jedoch durchaus liebgewonnen hatte, jedenfalls bis zu dem Moment, als er ihr nach dem Leben getrachtet hatte.

Hoffnungsvoll legte sie ihre Hände auf Jakobs, die immer noch ihre Knie umschlossen.

»Glaub mir, Anna, es ist Gottes Wille, dass wir zueinander gefunden haben, da bin ich mir sicher.«

Jakob blieb bis zum Abendessen und gemeinsam besprachen sie die Details für die kommende Hochzeitsfeier, wobei beide Wert darauf legten, dass die Vermählung so bald als möglich stattfinden sollte.

Anna erklärte sich bereit, Matthäus Alber aufzusuchen, um mit ihm den Termin und die Modalitäten der Eheschließung zu besprechen.

Am Abend, als die junge Frau sich auf ihr weiches Bett legte, war sie so zufrieden wie lange nicht mehr, ja beinahe glücklich und fiel fast augenblicklich in einen tiefen Schlaf.

Ihr erster Gang am Montag, noch bevor sie das Kontor aufsuchte, führte sie zu dem kleinen Haus an der Marienkirche, in dem Alber wohnte.

»Es wertet meine bescheidene Hütte immer wieder aufs Neue auf, wenn Ihr sie betretet, Anna«, rief der Priester aus, der gerade über eine geistliche Schrift gebeugt war, als die Kauffrau eintrat. »Was führt Euch zu solch früher Stunde zu mir? Sind die Schergen des Papstes bereits in der Stadt, um mich zu holen?«

»Keine Sorge, Vater, diesmal ist der Grund meines Besuchs freudiger Natur. Ich werde wieder heiraten und möchte Euch bitten, mit mir die Einzelheiten zu besprechen.«

Überrascht sah der Priester zu ihr auf.

»Das freut mich außerordentlich. Wer ist der Glückliche?«, wollte der joviale Pfarrer wissen, um im nächsten Moment fortzufahren. »Ist es … Stechler?«

Anna nickte, woraufhin Alber seinen Blick ergeben nach oben richtete.

»Nun gut, Ihr seid alt genug und dieses Mal könnt Ihr Euren Gemahl selber wählen, an welchen Zeitraum habt Ihr gedacht, meine Tochter?«, fragte Matthäus resigniert, er hatte nicht die Kraft und auch keine Lust, Anna vor diesem Schritt zu warnen.

»Wie wäre es in zwei Wochen? Bis dahin hat mein Schneider ein Kleid kreiert und auch Jakob wird seine Garderobe bis dahin beisammen haben.«

Alber war einverstanden und so einigten sie sich auf jenen Sonntag.

Aufgekratzt suchte Anna danach ihr Kontor auf und schickte einen der Schreiber zu Jakob, um ihm die frohe Botschaft zu überbringen.

»Der gnädige Herr war leider nicht zugegen, doch ich habe es seiner Mutter ausgerichtet.«

Diese Auskunft trübte Annas Laune etwas, sie ging jedoch davon aus, dass Jakob sie von dem bevorstehenden Ereignis unterrichtet hatte und Agnes Stechler ihrem Sohn die Nachricht zukommen lassen würde.

Das Nächste, was anstand, war ein Besuch bei ihrem Schneider, der wie fast immer, wenn sie ihn aufsuchte, Nadel und Faden schwingend auf seinem Tisch saß.

Anna legte ihm ihre Wünsche dar und das quirlige Männchen machte sich eifrig Notizen.

»Geld spielt in diesem Fall keine Rolle«, stellte Anna klar und ein freudiges Lächeln huschte über das Gesicht des Schneiders.

Er zeigte ihr mehrere Stoffe zur Auswahl und Anna entschied sich für einen purpurroten, der einer Prinzessin würdig gewesen wäre.

Die junge Frau konnte sich den Aufruhr bildlich vorstellen, den dieses Hochzeitskleid und die nicht mehr jungfräuliche Braut hervorrufen würden, das sah sie jedoch als kleinen Ausgleich für den Verlust ihrer Freiheit an.

Beim Maßnehmen wies sie den Schneider an, das Kleid mit einem freizügigen Dekolleté zu versehen.

Danach führte sie der Weg zu einem Schuster, bei dem sie passende Stiefelchen aus Rindsleder in Auftrag gab, zudem ließ sie einem Goldschmied eine Skizze für eine fein ziselierte Halskette zukommen.

Nach längerem Überlegen entschied sich Anna, die perlenbestückte Haube, die sie bei ihrer ersten Trauung getragen hatte, erneut aufzusetzen. Nun stellte sich noch die Frage nach einem geeigneten Festsaal. Der große Raum im Zunfthaus der Kramer schien Anna ausreichend zu sein, doch für Jakob war der prunkvolle Sitzungssaal im Rathaus gerade gut genug, wenngleich dieser Saal für Festivitäten eigentlich nicht vorgesehen war. Stechler machte dem Schultheißen jedoch unmissverständlich klar, dass die beiden mit Abstand größten Steuerzahler der Stadt nicht mit weniger abgespeist werden konnten.

War Anna hauptsächlich mit ihrer aufwendigen Garderobe sowie den kirchlichen Dingen beschäftigt, so oblagen Jakob die weltlichen Sachen.

Er beauftragte die besten Köche der Stadt damit, ein raffiniertes Menü zusammenzustellen, und orderte zahllose Fässer Bier.

Eigens für das Fest bereitete Sebastian Fritz außerdem einen süffigen Gewürzwein zu, wofür ihm Anna freie Hand in ihrem Depot gewährte.

Jetzt ist also der Tag gekommen, an dem meine kühnsten Träume wahr werden, dachte Jakob Stechler zufrieden, als er seine prächtigen Kleider anlegte.

Er würde eine Frau heiraten, die nicht nur hübsch und wohlgestaltet war, sondern ihm durch ihren Reichtum dazu verhelfen würde, in die erste Riege der Kaufleute im ganzen Land aufzusteigen.

Ein wenig widerborstig war sie zwar noch und bildete sich viel auf ihre Unabhängigkeit ein, doch diese Mätzchen würde er ihr schon noch austreiben.

Als er in das Wohnzimmer kam, wo er seine Mahlzeiten einzunehmen pflegte, saß seine Mutter bereits da und trank heiße Milch aus einem Becher.

»Willst du dich nicht langsam ankleiden, Mutter, der Gottesdienst beginnt in eineinhalb Stunden.«

Jakob setzte sich ihr gegenüber und die Dienstmagd brachte ihm dasselbe Getränk, verfeinert mit Honig.

»Ich komme nicht mit«, war die knappe Antwort und Jakob verschluckte sich augenblicklich an seiner Milch.

»Das wagst du nicht, entweder kommst du mit, oder ich sorge dafür, dass du die letzten Jahre deines Lebens im Bürgerspital zubringst, das verspreche ich dir.«

»Willst du mir drohen? Du weißt so gut wie ich, dass dein Vater mir einen erheblichen Teil der Geschäftsanteile vererbt hat und du mich deshalb nicht so einfach loswirst. Sag einfach, ich sei krank.«

Mit diesen Worten erhob sie sich und ging in ihre Kammer.

Ratlos saß Jakob beim Morgenmahl und dachte über die vertrackte Situation nach.

Die offensichtliche Feindschaft der beiden Frauen beschäftigte ihn schon eine Weile und mit einer wegwerfenden Geste machte er seinem Ärger Luft.

Darum würde er sich später kümmern, jetzt war es Zeit, seinen Sonntagsstaat anzulegen.

Anna war gleichfalls beim Ankleiden und darüber in eine seltsame Stimmung gekommen. Wieder drängte sich ihr die Frage auf, was sie in einer Ehe mit Stechler erwartete.

Sie wog wiederholt die Vor- und Nachteile gegeneinander ab und fand, dass die Vorzüge überwogen, doch jetzt war es ohnehin zu spät, einen Rückzieher zu machen. Viele der Ungewissheiten, die sie seit Wochen beschäftigten, geisterten auch jetzt in ihrem Kopf, während sie das provokante rote Kleid anlegte.

»Wenn mich meine Schwiegermutter so sieht, fällt sie in Ohnmacht«, bemerkte Anna lächelnd an ihre Magd gewandt, die ihr beim Anziehen behilflich war.

Nicht ohne Stolz betrachtete sich die hübsche junge Frau in dem mannshohen Spiegel, als jemand an der Tür pochte.

»Frau Neumann, kann ich Euch kurz sprechen, ich habe Euch etwas Wichtiges mitzuteilen.«

Anna legte ihre Stirn in Falten.

»Was kann es an diesem Tag Wichtigeres als meine Hochzeit geben, Herr Bantlein?«

»Ich weiß ja, dass dies ein äußerst unpassender Moment ist, aber ich fürchte, die Sache duldet keinen Aufschub«, antwortete der sonst so nüchterne Kontorleiter erregt.

Genervt rollte sie mit den Augen und blies hörbar die Atemluft aus, wenn nicht der pflichtbewusste Bantlein an der Tür gestanden hätte, wäre sie für niemanden zu sprechen gewesen.

Mit großen Augen blickte der Angestellte auf seine Herrin.

»Das … äh, Kleid steht Euch ausnehmend gut.«

»Danke, Herr Bantlein, aber um mir das mitzuteilen, seid Ihr bestimmt nicht gekommen.«

Der Mann schüttelte den Kopf und hatte plötzlich einen bestürzten Gesichtsausdruck.

»Es ist etwas Schreckliches passiert.«

KAPITEL 23

SCHNELL DREHTE HANNES SICH WEG und seine Augen suchten verzweifelt nach Ursula.

Er sah sie hoch erhobenen Hauptes geradewegs auf den Herzog zuschreiten.

Innerlich bebend, suchte der Geselle nach einer Möglichkeit, mit ihr in Kontakt zu treten.

Gerade in diesem Augenblick versuchte sich ein Bediensteter mit mehreren Zinnkrügen voll schäumenden Bieres an der adeligen Dame vorbeizudrängeln.

Hannes erfasste die Situation blitzschnell und ging, so schnell es die Etikette erlaubte, hinüber. Mit seinem Ellbogen stieß er den Diener an, woraufhin sich eine ordentliche Menge des Gerstensafts auf Ursulas schönes Kleid ergoss.

»Kannst du nicht aufpassen, du Trottel!«, herrschte Hannes den unglücklichen Diener an.

»Es tut mir furchtbar leid, werte Cousine, darf ich Euch zu Eurem Gemach geleiten?«

Ehe die überraschte Frau reagieren konnte, hatte Hannes seine vermeintliche Cousine bereits untergefasst.

»Wir müssen dringend reden«, zischte der Geselle leise.

Ein leichtes Nicken signalisierte ihm, dass sie den Wink mit dem Zaunpfahl verstanden hatte, und bereitwillig ließ sie sich von Hannes hinausführen.

»Wir müssen sofort von hier verschwinden!«, stieß Hannes hervor, nachdem sie die Kammer erreicht hatten.

Zum Glück war beim Betreten des Raums niemand auf dem Gang zu sehen, denn es war schon ziemlich dreist, dass ein anderer als der Herzog mit seiner Mätresse in deren Zimmer verschwand.

»Einer der neuen Schergen des Herzogs ist ein alter Bekannter von mir, der mir schon mehrfach nach dem Leben getrachtet hat.«

In knappen Worten erzählte Hannes von Kaspar Neumann.

»Es muss ihm damals auf mysteriöse Art und Weise gelungen sein, den Stadtknechten in Frankfurt zu entwischen. Wie er es allerdings geschafft hat, sich als Söldner bei Herzog Ulrich zu verdingen, ist mir ein Rätsel.«

Der Geselle erinnerte sich plötzlich an die Begebenheit auf seinem Weg zur Ebernburg.

Damals war er von Kaspar und seinen Spießgesellen gejagt worden und Hannes hatte sich gefragt, wie der ehemalige Kaufmann und gesuchte Mörder es geschafft hatte, bei einem Landsknechtsfähnlein Unterschlupf zu finden.

»Bist du dir sicher, dass er dich erkannt hat?«, fragte Ursula skeptisch, der eine Flucht zur jetzigen Zeit nicht sehr zupasskam.

Hannes nickte resigniert mit dem Kopf.

»Ich fürchte fast, und wenn er mich heute nicht erkannt hat, so erkennt er mich, wenn er wieder nüchtern ist, todsicher und dann gnade uns Gott.«

»Entschuldigt meine Neugier, Herr Herzog, aber dieser Waldenfels erinnert mich an jemanden, den ich sehr gut kenne«, richtete Kaspar das Wort an seinen neuen Brötchengeber, wobei die Artikulation nach dem übermäßigen Alkoholgenuss deutlich zu wünschen übrig ließ.

»Auf diese Bekanntschaft könntet Ihr wahrlich nicht stolz sein, schaut Euch diesen Kerl doch an, ist zu blöd, um geradeaus zu gehen, ha, ha.«

Ulrich hatte laut aufgelacht, als Hannes den Diener umgerannt hatte.

»Immerhin hat er mir meine teure Ursula, die seine Cousine ist, mitgebracht, aber ansonsten taugt er gerade mal, um uns die Stiefel zu putzen. Wahrscheinlich war er zu lange im Kloster.«

Misstrauisch beäugte Kaspar das sich entfernende Paar.

Er hätte schwören können ...

Mit einem Seufzer setzte sich Ursula auf ihr weiches Federbett und dachte nach.

»Wir dürfen kein Risiko eingehen. Wie du sicher schon mitgekriegt hast, ist Ulrich rücksichtslos gegen seine Feinde.«

»Aber Ihr seid seine Geliebte.«

»Das interessiert ihn ganz bestimmt nicht mehr, wenn er gemerkt hat, dass ich ihn hintergangen habe. Stell dir die schlimmsten Folterqualen und Schmerzen vor und das ist dann das Geringste, was uns im Fall einer Gefangennahme erwartet.«

Bei diesen Worten schauderte es Hannes und auf seiner Stirn zeigte sich ein feiner Schweißfilm.

»Wir haben nicht viel Zeit. Wenn ich dem Fest längere Zeit fernbleibe, wird Ulrich nach mir suchen lassen. Der Herr wünscht, dass seine Mätresse stets an seiner Seite ist, und wie gesagt, über ihm stehen nur noch Gott und der Kaiser, das meint er jedenfalls. Zum Glück habe ich meine treue Dienstmagd an Weihnachten einem Händler mitgegeben, da sie vor Heimweh krank geworden ist. Hast du dir eigentlich schon überlegt, wie wir an den aufmerksamen Wächtern vorbeikommen? Wir brauchen einen triftigen Grund, um das Schloss zu verlassen.«

Ursula war aufgestanden und lief im Raum umher wie ein gefangenes Tier.

»Ich habe da eine vage Idee«, entgegnete Hannes und unterbreitete ihr seinen Plan.

Gemeinsam verließen sie die Kammer und gingen gemessenen Schrittes in Richtung der Schlossküche.

In dem riesigen Raum hing ein Dunstschleier, der von den offenen Feuern herrührte, und den Eintretenden schlugen die verschiedensten Gerüche entgegen.

Wie in einem Ameisenhaufen geht es hier zu, dachte Hannes fasziniert, doch wie bei den kleinen Insekten schien jeder der Bediensteten zu wissen, was zu tun war.

»Reinwart, auf ein Wort!«, rief Hannes dem Metzger zu, der wie ein Fels in der Brandung wirkte.

»Was willst … äh, was wollt Ihr, Herr von Waldenstein?«, schrie Reinwart zurück, der gerade noch rechtzeitig gesehen hatte, dass der Geselle von der Geliebten des Herzogs begleitet wurde.

Er wusste zwar von der geheimen Mission der beiden, trotzdem blieb er vorsichtig.

»Wie Ihr seht, edle Herrschaften, habe ich absolut keine Zeit für etwaige Sonderwünsche.«

»Ich muss abhauen!«, raunte Hannes dem Metzger zu, nachdem er nahe genug herangekommen war.

Mit verständnislosem Gesichtsausdruck starrte Reinwart den Gesellen an.

»Weshalb?«

»Es ist noch jemand aufgetaucht, der meine wahre Identität kennt«, antwortete Hannes knapp und berichtete ihm von Kaspar Neumann, den Reinwart flüchtig kannte.

»Dann weiß er, dass du nicht ihr Cousin bist, und sie«, er deutete mit einem Nicken auf Ursula, »muss auch verschwinden.« Hannes sah, wie es hinter der gleichmütigen Fassade Reinwarts arbeitete.

»Ich begleite Euch, zu dritt haben wir eher eine Chance,

zu entkommen und wie du weißt, bin ich beim Herzog eh in Ungnade gefallen.«

Diese Aussage hatte Hannes erhofft und er grinste zufrieden.

Reinwart rief einen pockennarbigen Mann und gab ihm klare Anweisungen für seine Abwesenheit.

»Kann ich noch irgendwelche Dinge mitnehmen?«, wollte der Fleischergeselle wissen, doch Ursula verneinte bestimmt.

»Das wäre zu auffällig, ich habe für den Fall der Fälle genügend Geld in meiner Kutsche versteckt, damit wir uns anderswo neu einkleiden können. Außerdem dürfen wir nicht noch mehr wertvolle Zeit verschwenden«, stellte Ursula klar.

Er nickte verständig und nahm im Vorbeilaufen noch eines von seinen langen, scharfen Messern mit.

»Halt!«, befahl eine energische Stimme.

Breitbeinig stellten sich die zwei Torwächter vor den einspännigen Wagen, der das Schlossgelände verlassen wollte.

»Du bist doch Reinwart, der Metzger. Meines Wissens ist es dir untersagt, ohne Begleitung in die Stadt zu gehen.«

»Lasst uns durch!«, befahl Hannes mit fester Stimme.

Er hatte alle Mühe, seine Angst unter Kontrolle zu bringen, aber der Gedanke an die Gefahr, in der sie sich befanden, half ihm dabei.

»Wir müssen dringend bei einem Bauern noch zwei Schweine besorgen, denn Ulrichs Gäste fressen, als ob es morgen nichts mehr geben würde. Soll doch einer von euch kurz zum Herzog gehen, wenn ihr mir nicht glaubt. Ob der allerdings erfreut ist, dass seine Befehle infrage gestellt werden, möchte ich bezweifeln.«

Hannes spielte mit hohem Risiko, während die beiden sich unschlüssig anschauten.

»Na schön, Ihr seid schließlich der Cousin der vom Herzog hochverehrten Frau von Hutten.«

In ihren derben Bauernkleidern, die Reinwart aus einer Gesindekammer entwendet hatte, brach Ursula der Schweiß aus.

Doch bei ihrem rußgeschwärzten Gesicht fiel sie den Kerlen nicht weiter auf und sie beachteten die vermeintliche Dienstmagd nicht weiter, die auf der Pritsche des Wagens hockte.

»Aber eine Bedingung habe ich, ihr müsst uns eine Portion der wohlschmeckenden Schweinebäckchen bringen.«

»Das ist unmöglich, du weißt so gut wie ich, dass diese Köstlichkeit allein dem Herzog zusteht«, entgegnete Reinwart, um den Schein zu wahren.

»Andererseits sind die drinnen so besoffen, dass sie ohnehin nicht mehr merken, was man ihnen vorsetzt. Alsdann, bis nachher, wir werden die Tiere schlachten und dann zerteilen, das heißt, dass wir vor sechs Uhr am Abend nicht zurück sein werden.«

Mit langsamen Schritten trabte das kleine Pferd in Richtung Stadt.

»Was hätten wir eigentlich gemacht, wenn der tumbe Tor tatsächlich den Herzog aufgesucht hätte?«

»Das dürfen wir uns nicht vorstellen«, meinte Hannes mit einem feinen Grinsen und dachte reumütig daran, was der Fürst mit den Wächtern wohl anstellen würde.

An dem Kontrollposten, der aus der Stadt hinausführte, wurden sie einfach durchgewinkt, da Hannes eindeutig als Adeliger vom Herzoglichen Hof erkannt wurde und sich dementsprechend hochtrabend verhielt.

»Wo befindet sich Euer Kutscher, Ursula?«

Der Geselle hatte sich umgedreht, als sie den Abhang zum Fluss hinunterfuhren.

»Er hat es sich in einer Herberge am jenseitigen Flussufer gemütlich gemacht.

Während meines Aufenthalts an Ulrichs Hof habe ich ihn ja nicht gebraucht und er hatte lediglich die Aufgabe, sich um die Rappen zu kümmern und die Kutsche in Schuss zu halten.

Als ob ich es geahnt hätte.«

Hoffentlich hat er seine Arbeit gewissenhaft ausgeführt, dachte Hannes besorgt.

»Wo bleibt meine Ursula, verdammt!«, schrie der Herzog, dessen Stimmung umzuschlagen drohte.

War er gerade noch leutselig und behandelte seine Untergebenen beinahe wie Gleichgestellte, so mussten diese ihre Worte nun gut abwägen, wenn sie nicht in Ungnade fallen wollten. Der Herzog war nicht zimperlich und hatte mehr als einmal bewiesen, dass er auch eigenhändig einem anderen Schmerzen zufügen konnte, ja, er schreckte auch vor einem Mord nicht zurück.

»Nachdem ihr unbeholfener Cousin sie mit Wein befleckte, ist sie in ihre Kammer entschwunden, seither wurde sie nicht mehr gesehen.

Ich werde sofort persönlich nach der gnädigen Frau Ausschau halten«, meinte der Haushofmeister unterwürfig und wuselte davon.

»Warte, ich komme mit, ein bisschen Bewegung schadet mir nicht und wenn ich schon mal dort bin, kann ich der holden Maid ja beim Ausziehen behilflich sein, ha, ha.«

Ulrich torkelte mehr, als dass er ging, und immer wieder mussten ihm entgegenkommende Leute großzügig ausweichen.

Der Haushofmeister klopfte sanft an Ursulas Tür, als der Herzog ihn zur Seite schob.

»Weg da!«

Er riss die Türe auf und drang erwartungsvoll in die Kammer.

»Ursula, wo bist du?«, schrie Ulrich aufgebracht, nachdem er das Zimmer mit seinen Augen abgesucht hatte.

Hannes' Zweifel waren unbegründet, der zuverlässige Fuhrmann war zwar überrascht, seine Herrin in dieser Verkleidung zu sehen, machte sich jedoch nach einer knappen Erklärung Ursulas sofort daran, sein Gefährt zur Abreise vorzubereiten.

»Aber wohin sollen wir uns wenden?«, fragte Hannes bang und deutete auf das nahe Schloss.

»Mit ihren schnellen Pferden haben sie uns in kürzester Zeit eingeholt.«

»Mir kommt da eine Idee«, meinte Reinwart der Metzger und gab seinen Vorschlag weiter, der sofort die Zustimmung seiner Schicksalsgefährten erhielt.

»Als Erstes möchte ich jedoch die Kleider eines Herren ablegen und wieder in meine Handwerkerkluft schlüpfen.«

Während er sich umzog, kam es dem jungen Gesellen immer noch wie ein kleines Wunder vor, dass er so lange Zeit unbemerkt einen Adeligen hatte spielen können.

Ursula kroch währenddessen zu ihrem Geheimversteck im hintersten Winkel der Kutsche und entnahm einen Beutel mit klimpernden Münzen.

»Das müsste für unsere Reise reichen.«

Mit unsicheren Schritten wandte sich der Herzog danach der Küche zu und schrie aus Leibeskräften nach seiner Geliebten.

Aber auch dort fand er keine Spur von ihr, doch gerade, als er die Kochstelle verlassen wollte, ließ sich eine Stimme in seinem Rücken vernehmen.

»Herr Herzog.«

»Was gibt es?«

Die blutunterlaufenen Augen in dem vor Wut verzerrten Gesicht ließen den Küchenmeister in seinen Bewegungen innehalten und der kräftige Mann blickte ängstlich zu Boden.

»Vorhin kam die edle Frau von Hutten gemeinsam mit ihrem Cousin, dem Herrn von Waldenstein, in die Küche. Da der junge Herr des Öfteren Reinwart geholfen hat, habe ich mir nichts weiter dabei gedacht. Als sich der Metzger jedoch den beiden anschloss und sie gemeinsam den Raum verließen, bin ich stutzig geworden. Dabei …«

Die letzten Worte hörte Ulrich schon nicht mehr, denn er war bereits in Richtung Rittersaal losgelaufen.

Es dauerte eine Weile, bis sich der Fürst in der trunkenen Glückseligkeit Gehör verschaffen konnte.

Die Männer dachten zuerst an einen der üblichen Scherze ihres Herren, als er seine besoffene Truppe anwies, das ganze Schloss auf den Kopf zu stellen, doch beim Blick in Ulrichs entschlossenes Gesicht stellten die Söldner ihre Trinkbecher auf die Seite und kamen mit unsicheren Schritten dem Befehl des Herzogs nach.

Er selbst suchte sein eigenes Gemach auf und hoffte inständig, Ursula dort anzutreffen.

Danach begab er sich in sein Arbeitszimmer, doch auch hier konnte er seine Herzensdame nirgends finden.

Beim Verlassen des Zimmers fiel sein Blick auf den Schreibtisch und er meinte, dass sich etwas verändert hätte, seit er vor geraumer Zeit hier gearbeitet hatte.

Ulrich durchwühlte die Schriftstücke, die auf dem Sekretär lagen, und wurde blass.

Er hätte schwören können, dass er die letzte Korrespondenz mit dem französischen König unter die anderen Dokumente geschoben hatte, um sie vor den neugierigen Blicken seiner Dienstmagd zu verbergen.

»Wir haben eine Spur, Euer Durchlaucht, die beiden Wachen am Ausgangstor zur Stadt haben den Edlen von Waldenstein, den Metzger Reinwart sowie eine Dienstmagd mit schmutzverschmiertem Gesicht vor etwa drei Stunden passieren lassen«, unterbrach Kaspar Neumann die Suche des Herzogs.

Der erst vor einem Tag angekommene Söldner versuchte seit seiner Ankunft sich zu profilieren und dies schien ihm eine passende Gelegenheit zu sein.

»Die verkleidete Dienstmagd war bestimmt meine teure Ursula«, zischte Ulrich gefährlich leise und hegte einen ungeheuerlichen Verdacht, nachdem er den Brief von Franz auch nach nochmaligem Suchen nicht gefunden hatte.

»Wenn ich das Miststück erwische, dann wird sie sich wünschen, niemals geboren zu sein, doch zuerst kümmere ich mich um die beiden unfähigen Wächter. Lasst sie in meine kleine Folterkammer bringen, …?«

»Neumann, Locotenent Neumann. Gerne komme ich Eurem Befehl nach, doch wenn ich mir die Bemerkung erlauben darf, wäre es nicht ratsamer, die Flüchtigen sofort zu verfolgen? Den zwei Unglücksraben am Tor haben die Ausreißer eine absolut glaubhafte Geschichte erzählt, auf die die meisten Männer hereingefallen wären.«

Nachdenklich betrachtete Ulrich den gut aussehenden Landsknecht, der gestern mit seinem riesigen Begleiter um Aufnahme in die Herzogliche Söldnertruppe gebeten hatte.

Er schien ein fähiger Kopf zu sein, wenngleich der andere eher wie ein Totschläger aussah.

»Was schlagt Ihr vor, Locotenent?«

»Gebt mir neben meinem Kameraden, mit dem ich hier angekommen bin, zwei weitere Söldner mit, je weniger Männer wir sind bei der Verfolgung, desto flinker können wir agieren. Ich werde Euch nicht enttäuschen, das verspreche ich Euch.«

Bei diesen Worten musste Kaspar an die verunglückte Verfolgung seiner ehemaligen Gattin Anna denken, damals war er sich auch sehr sicher gewesen.

Er ließ sich jedoch nichts anmerken und sein ebenmäßiges Gesicht strahlte Optimismus aus. Dieses Mal würde es ihm gelingen, sich bei einem hohen Herrn unentbehrlich zu machen, und dann war der Weg nach oben für ihn geebnet.

Es spielte dabei auch keine große Rolle, dass Ulrich ein Verfemter war, Kaspar wollte dem in Ungnade gefallenen Herzog glauben, dass der sich seine Ländereien in naher Zukunft zurückerobern würde.

»Du bist noch ziemlich jung«, gab Ulrich zu bedenken.

»Das stimmt durchaus, doch wie Ihr, Herr, habe ich einen ausgeprägten Ehrgeiz. Zudem habe ich beim Feldzug gegen den renitenten Franz von Sickingen als Stellvertreter meines Kapitäns sehr viel Erfahrung sammeln können«, rechtfertigte sich Kaspar.

Die Nennung des Namens seines früheren Verbündeten und späteren Feindes Sickingen ließ den Herzog hämisch grinsen.

»Ja, ja, der Sickingen, hätte er bei meiner Vertreibung damals nicht die Seiten gewechselt und wäre mir in den Rücken gefallen, könnte er heute noch am Leben sein.

Nun gut, ich gebe dir das Kommando, aber enttäusche mein Vertrauen nicht, sonst ergeht es dir schlecht. Solltest du mir diese drei Unglücklichen aber bringen, so will ich dich reich belohnen. Ich werde dir Ursulas vierspännigen Wagen beschreiben.«

Mit einem lässigen Wink seiner rechten Hand gab der Fürst Kaspar zu verstehen, dass er sich entfernen konnte.

Neumann war nun beinahe wieder völlig nüchtern und suchte seinen Kameraden auf.

Er fand den gefährlich aussehenden Hünen schließlich in einer nicht einsehbaren Nische des Rittersaals, wo der Söldner gerade dabei war, einer üppigen Magd das Kleid vom Körper zu reißen.

»Odo, lass das!«, rief Kaspar.

Der Angesprochene drehte sich langsam um und seine gelben Augen funkelten zornig.

»Ich hoffe für dich, dass du einen guten Grund für diese Störung hast.«

Einmal mehr verfluchte sich Kaspar selbst, dass er sich diesem primitiven Totschläger angeschlossen hatte.

»Wir haben einen wichtigen Auftrag vom Herzog bekommen, der uns einiges einbringen kann, und jetzt komm endlich.«

Fluchend folgte Odo dem sich rasch entfernenden früheren Locotenent.

Auf dem weiträumigen Schlossgelände hatten sich die anderen Söldner Ulrichs versammelt und unterhielten sich aufgebracht über die offensichtliche Flucht Ursulas und Waldensteins.

»Der Kerl war mir von Anfang an suspekt, man hätte ihn richtig bestrafen sollen, nachdem er dieser Musikerschlampe geholfen hatte.«

»Das können wir jetzt nachholen«, bemerkte Kaspar, der das Gespräch der beiden verwegen aussehenden Männer mit angehört hatte.

Durch seine Zeit an der Seite von Kapitän Vogler hatte Kaspar ein wenig an Menschenkenntnis gewonnen und deshalb erkannt, dass diese beiden wohl zu den Fähigeren in Ulrichs Truppe gehörten.

»Ich bin vom Herzog beauftragt, die Vögel wieder einzufangen und mir zu diesem Zweck zwei Männer auszusuchen. Seid ihr dabei?«

Fragend blickte Kaspar auf die Söldner.

»Das brauchst du mir nicht zwei Mal zu sagen, mit dem komischen Waldenstein habe ich ohnehin noch ein Hühnchen zu rupfen. Er hat mich um ein schönes Vergnügen gebracht. Ich heiße übrigens Marco.«

Der andere stellte sich als Randolf vor, er war kräftig und unter seinem Hemd zeichneten sich deutlich seine Muskeln ab.

»Kennt sich einer von euch in der Gegend hier aus?«, wollte Neumann auf dem Weg zu den Pferdeställen wissen.

»Mit Ortskenntnis kann ich dienen, da ich schon einige Zeit in Ulrichs Diensten bin und ihn bei den meisten Jagdausflügen begleitet habe«, antwortete Randolf und stellte seinerseits eine Frage.

»Haben die Flüchtigen Gäule?«

Kaspar schüttelte den Kopf.

»Wie mir der Herzog erzählt hat, steht Ursulas Kutsche in einer Herberge außerhalb der Stadt und vermutlich wollen sie mit diesem Fuhrwerk entkommen.«

»Dann versuchen sie ihr Glück bestimmt auf der Handelsstraße nach Belfort und danach weiter nach Basel. Alle anderen Wege würden für eine Kutsche keinen Sinn machen.«

»Das hört sich gut an, sie haben einen Vorsprung von drei bis vier Stunden. Wir müssen sie kriegen, bevor sie die nächstgrößere Stadt erreichen oder bevor es dunkel ist«, meinte Kaspar zufrieden und stieg auf einen hochbeinigen Rappen.

Ohne sich um die Passanten zu kümmern, preschte die Gruppe durch die Stadt und mancher ehrbare Bürger konnte sich nur mit einem Sprung zur Seite vor den tödlichen Hufen in Sicherheit bringen.

Es würde sich indes keiner beschweren, da die Einwohner als Untertanen des Herzogs derartiges Verhalten sowohl von Ulrich selber als auch von seinen Söldnern gewohnt waren.

Kaspar hatte seinen geldgierigen Begleitern erzählt, dass der Herzog eine hohe Summe auf die Ergreifung der Flüchtenden ausgesetzt hatte, und so hetzten die Männer ihre Pferde gnadenlos. Der Braune Odos bekam als Erster Schaum vor dem Mund, weil er zudem die größte Last auf seinem Rücken tragen musste.

»Gibt es hier in der Nähe eine Herberge, wo wir die Pferde wechseln können?«, rief Kaspar dem ortskundigen Randolf zu, nachdem er sich ein wenig hatte zurückfallen lassen.

»Wir haben vor zwei Meilen eine passiert, die nächste befindet sich kurz vor Belfort.«

»Verdammt«, fluchte Kaspar, dem klar war, dass sie dieses Tempo nicht mehr allzu lange durchhalten könnten.

Andererseits wollte er nicht mehr zurück, denn das hätte das Scheitern ihrer Mission bedeutet, da in etwa einer Stunde die Dämmerung anbrechen würde.

Gerade als sie nach einer unübersichtlichen Kurve wieder in ein besser einsehbares gerades Stück Wegs einbogen, stieß der wolfsgesichtige Marco einen Schrei der Entzückung aus.

Nun sah auch Kaspar die vierspännige Reisekutsche und knurrte zufrieden.

Bisher hatten sie lediglich zwei Fuhrwerke mit Handelswaren überholt und ansonsten keinerlei infrage kommende Gefährte gesehen.

Diese Kutsche stimmte so ziemlich mit der Beschreibung des Herzogs überein.

Als Marco gleichauf mit dem Kutschbock war, sprang er in einer waghalsigen Aktion hinüber und zwang den Kutscher, seine Pferde anzuhalten.

»Alles aussteigen, eure Reise ist zu Ende, der liebe Herzog hat Sehnsucht nach euch.«

Erwartungsvoll blickten die Söldner auf die sich öffnende Tür und zückten ihre Kurzschwerter.

KAPITEL 24

»Stellt Euch vor, Anna, der Stellvertreter des Zunftmeisters der Kramer liegt im Sterben.«

Die junge Kauffrau sah vor ihrem geistigen Auge das brutale Gesicht eines ziemlich unsympathischen Zeitgenossen, der ihr bei den Zunftsitzungen unmissverständlich zu verstehen gegeben hatte, was er von einer Frau in dieser illustren Runde hielt.

Mehr als einmal hatte Baumann gefordert, sie auszuschließen, und es war lediglich der Unterstützung Jakobs zu verdanken gewesen, dass dies nicht geschehen war.

»Das ist ja ziemlich schlimm, doch ich verstehe nicht so recht, weshalb Ihr damit zu mir kommt, Herr Bantlein, und noch dazu in diesem Augenblick, wo ich mich auf meine Hochzeit vorbereiten muss.«

Ungeduldig blickte Anna auf ihren mittlerweile schwitzenden Kontorleiter.

»Seine Köchin hat ihm gestern Abend ein feines Safranhähnchen zubereitet, das er alleine verschlungen hat. Wenig später bekam er ungewöhnlich heftige Bauchschmerzen und ließ sofort nach dem Bader rufen. Der medizinisch geschulte Mann hat ihm unverzüglich allerlei Trünke verabreicht, die jedoch keinerlei Linderung gebracht haben. Der Zustand Baumanns ist mittlerweile so ernst, dass ihm bereits die Sterbesakramente gereicht wurden. Kurz nachdem der Bader gekommen war, nahm die aufmerksame Köchin eine Prise Safran und streute sie in den Fressnapf des Haushundes. Kaum hatte das Tier sein Futter mit dem beigemischten Edelgewürz gegessen, als es auch schon merkwürdig zu zucken begann und danach tot umfiel.«

»Ich kann mir nun denken, weshalb Ihr mich aufgesucht habt. Der Safran stammt aus unseren Beständen, nicht wahr?«

Anna setzte sich schwer atmend auf einen Scherenstuhl.

»Die Köchin hat geschworen, dass sie das Gewürz bei uns eingekauft hat, und ich meine sogar, es ihr selbst gegeben zu haben.«

»Das würde ja bedeuten, dass irgendjemand unsere Ware vergiftet hat.«

»Irgendjemand oder wir selber, denn in der Stadt kursieren bereits die wildesten Gerüchte. Es ist ja allgemein bekannt, dass Baumann Euer hartnäckigster Gegenspieler in der Zunft ist, und deshalb denken die Leute, dass Ihr ihn mit ein wenig Gift zum Schweigen bringen wolltet.«

»Aber ich bitte Euch, Bantlein, das macht doch keinen Sinn, weshalb sollte ich so etwas kurz vor meiner Verbindung mit Jakob Stechler tun«, entgegnete Anna scharf.

»Fakt ist, dass Baumann die nächste Nacht wahrscheinlich nicht überleben wird und man Euch der Giftmischerei bezichtigen wird«, stellte Bantlein sachlich fest.

Anna musste daran denken, dass sie schon einmal wegen eines versuchten Mordes angeklagt worden war, und bei diesem Gedanken fröstelte es sie.

»Was sollen wir jetzt tun, Herr Bantlein, in einer guten Stunde beginnt meine Hochzeit.«

Hilfesuchend blickte Anna auf ihren treuen Angestellten, doch selbst bei diesem erfahrenen Mann schien sich Ratlosigkeit breitzumachen.

»Wir könnten …«

Gerade als er nach längerem Schweigen zu einer Erklärung ansetzen wollte, stürmte die Dienstmagd herein.

»Entschuldigt, Frau Neumann, unten an der Tür steht ein fremder Mann und wünscht Euch in einer dringenden Angelegenheit zu sprechen. Ich habe ihm deutlich zu verstehen gegeben, dass Ihr keine Zeit habt, doch er lässt sich nicht abwimmeln.«

Die aufmerksame Magd, die schon längere Zeit in Annas Diensten stand, sah mit einem schnellen Blick auf ihre Herrin, dass etwas Schreckliches passiert sein musste.

»Das gibt es doch überhaupt nicht, vor einer halben Stunde war die Welt noch in Ordnung und die einzigen Sorgen, die mich umtrieben, galten meiner Garderobe und meinen Haaren. Bitte den Kerl herein, auf eine Katastrophe mehr oder weniger kommt es nun auch nicht mehr an!«, rief Anna schicksalsergeben.

Kurz darauf kehrte die Magd zurück und hinter ihr betrat ein hochgewachsener Mann den Raum, dessen katzenhaften Bewegungen Anna sofort bekannt vorkamen. »Bist du es, Jerg … Jerg Becker?«

»Anna, welche Freude, dich zu sehen. Es tut mir furchtbar leid, dass ich dich an diesem wichtigen Tag störe, aber glaube mir, ich hätte es nicht getan, wenn es nicht wichtig wäre.«

Becker hatte seinen Hut abgenommen und drehte ihn verlegen in seinen Fingern.

»Könnte ich dich unter vier Augen sprechen?«

Auf einen Wink Annas hin verließ die Magd den Raum und auch der Kontorleiter wandte sich zum Gehen.

»Bitte bleibt, Herr Bantlein«, bat sie den Angestellten. »Ich habe vor diesem Mann keine Geheimnisse. Also, was führt dich zu mir, Jerg, und vor allem, wie geht es Barbara?«

»Ihr geht es vergleichsweise gut, ich habe sie bei meinem Vater in Neustadt untergebracht, damit sie ungestört auf die Geburt unseres Kindes warten kann.«

Ein zärtliches Lächeln zeigte sich in dem harten Gesicht des Landsknechts.

»Das freut mich aufrichtig und ich habe euch ja auf der Ebernburg zugesichert, dass ich euch für die Befreiung aus den Händen meines ehemaligen Gatten belohnen werde.«

»Deswegen bin ich hier, obwohl es eigentlich nicht meine Art ist, als Bittsteller aufzutreten. Wie du vielleicht gehört hast, hat Franz von Sickingen den Krieg verloren und ist an seinen schweren Verletzungen gestorben. Der große Heerführer hat seinen Gegnern auf dem Sterbebett die Bedingung abgerungen, seine Kriegsknechte freizulassen, was sie ihm eingedenk seiner Leistungen um Kaiser und Reich auch gewährt haben. So sind Barbara und ich freigekommen, obwohl mir wegen unserer Flucht aus dem vereinigten Landsknechtslager eigentlich eine hohe Strafe gedroht hätte. Doch bin ich natürlich unehrenhaft entlassen worden und bekomme seither als Söldner keinen Fuß mehr auf den Boden. Zudem möchte ich es sowohl Barbara als auch meinem Kind ersparen, in einem Landsknechtstross zu leben und darauf zu warten, dass ich entweder verwundet oder getötet werde.«

Anna hätte sich gerne ausführlich mit dem aufrichtigen Mann unterhalten, konnte sich jedoch nicht darauf konzentrieren, zu sehr wühlte sie die Sache mit Baumann auf.

»Willst du in deinen erlernten Beruf als Töpfer zurückkehren?«, fragte Anna scheinbar interessiert.

»Nein, nein, ich habe andere Pläne. In der Gasse, in der mein Vater wohnt, gibt es einen Schankwirt, der altershalber einen Nachfolger sucht, und so ergibt sich nun für mich die Möglichkeit, in Neustadt eine Schenke zu übernehmen.«

Sehr gut konnte sich Anna vorstellen, wie die überaus attraktive Barbara die Gäste bezirzte, während Jerg randalierende Kunden hinauswarf.

»Das ist auch der Grund, weswegen ich dich aufsuche, Anna. Der alte Schankwirt will seine Wirtschaft nicht verpachten, sondern verkaufen und dazu reichen meine Ersparnisse nicht. Seit dem Tod meiner Mutter hat mein Vater noch mehr abgebaut und mittlerweile leitet ein Bruder von mir den Betrieb. Aus diesem Grund kann mir der alte Herr nichts geben und Barbara kann sowieso nichts beisteuern«, druckste der ehemalige Söldner herum.

»Wie viel brauchst du, Jerg? Es tut mir leid, wenn ich so direkt bin, aber wie du siehst, bin ich in Eile, da in weniger als einer Stunde meine Hochzeit beginnt«, entgegnete Anna ungeduldig.

»Mit 350 Gulden wäre mir geholfen, dann hätte ich neben dem Kaufpreis noch ein wenig Startkapital.«

Erwartungsvoll schaute er Anna an.

»Das ist viel Geld, ich weiß, und ich will es auch nicht geschenkt haben. Doch wenn ich diesen Betrag bei einem Wucherer aufnehme, bringen die Zinsen mich ins Grab.«

»Haben wir so viel Bargeld im Haus, Herr Bantlein, denn selbstverständlich werde ich euch die Summe schenken. So viel sollte ein Leben wert sein.«

»Da muss ich nachschauen, aber selbst wenn wir es nicht dahaben, so könnte ich Euch einen Wechsel ausstellen, den Ihr bei einem unserer Gewährsleute in Frankfurt einlösen könnt.«

Bantlein war alles andere als begeistert darüber, einem dahergelaufenen Burschen diese stolze Summe auszuzahlen, doch offensichtlich stand seine Herrin bei diesem hartgesichtigen Kerl irgendwie in der Schuld.

»Geh solange in die Küche, Jerg, und lass dich dort verköstigen. So wie du aussiehst, bist du die Nacht durchgeritten. Ich muss mich jetzt um meine Garderobe kümmern, sonst fängt die Hochzeit ohne die Braut an«, meinte Anna flapsig.

Vielleicht wird Baumann ja wieder gesund und in dem Safran war nur etwas Unreines, was der Mann nicht vertragen hat, dachte Anna hoffnungsfroh, während ihr das Kleid angelegt wurde.

Einen prallgefüllten Beutel in der Hand, kehrte Bantlein wenig später wieder zurück.

»Hier drin sind 200 Gulden, das ist alles, was ich an flüssigen Mitteln in unserem verriegelten Geldschrank gefunden habe. Aber es gibt jetzt ein dringenderes Problem, Baumann ist gestorben.«

»Nein …!«, kreischte Anna.

»Leider doch, und ich fürchte, dass die Stadtbüttel schon auf dem Weg hierher sind.«

Fieberhaft suchte Anna nach einem Ausweg.

Sie musste sofort mit Jakob sprechen, er würde ihr bestimmt helfen können.

Doch sofort verwarf sie diesen Gedanken wieder. Würde sie der wohlbeleumundete Kaufherr nach dieser Geschichte überhaupt noch zur Frau nehmen wollen?

Am ganzen Körper zitternd, lief Anna in der Kammer hin und her.

»Wir dürfen jetzt nicht in Panik verfallen, das ist das Wichtigste«, mahnte Bantlein, der aufgrund seines mangelnden Temperaments im Moment der Ruhigere war.

Anna riss dem verdutzten Mann den Beutel mit dem Geld aus der Hand und rannte in die Küche.

In wenigen Worten schilderte die völlig aufgelöste Frau dem besonnenen Jerg Becker die vertrackte Situation.

»Wenn der Hund nicht ebenfalls verendet wäre, würde ich sagen, dass der Mann eines natürlichen Todes gestorben ist, aber das glaubt nun natürlich niemand mehr. Woher hast du diesen Safran, Anna?«

»Mein Vater hat vor wenigen Jahren die Zusammenarbeit mit Venedig aufgekündigt und seither beziehen wir unsere gesamten exotischen Gewürze von einem Zwischenhändler in Genua.«

Nachdenklich schaute Becker die junge Kauffrau an.

»Könnte es sein, dass während des Transports jemand den Safran mit Gift versetzt hat?«

»Das kann ich mir überhaupt nicht vorstellen, da stets ausreichend bewaffnete Söldner die kostbare Fracht begleiten«, gab Anna zur Antwort.

»Hm, dann müsste das Gift also bereits in Genua zugesetzt worden sein … oder aber bei dir im Lager.«

»Nein, das ist ausgeschlossen, für meine Angestellten lege ich die Hand ins Feuer«, empörte sich die Kauffrau.

»Aber wer hätte denn überhaupt ein Interesse daran, dir auf diese perfide Art und Weise zu schaden?«

»Ich weiß es nicht, ich weiß nur, dass ich ruiniert bin«, stieß Anna, die sich plötzlich der Aussichtslosigkeit ihrer Situation bewusst geworden war, schluchzend hervor.

Becker ging zu ihr hin und schloss sie in die Arme.

»Schsch, beruhige dich, Anna, alles wird gut«, tröstete er sie wie ein kleines Kind. »Da bin ich ja wohl genau zur rechten Zeit hier und gerade ist mir eine Idee gekommen, eine ziemlich verwegene, muss ich sagen, doch manchmal ist es vonnöten, ein gewisses Risiko einzugehen.«

Becker ließ seine Worte wirken, bevor er fortfuhr.

»Wir reisen nach Genua und gehen der Sache dort auf den Grund.«

Anna löste sich aus der Umarmung und sah den ehemaligen Söldner fassungslos an.

»Du willst *was*? Das ist nicht dein Ernst!«

»Es ist mein voller Ernst, nur dort haben wir die Möglichkeit, deinen Händler danach zu befragen, wer ihm den Auftrag gegeben hat, ausgerechnet deine Ware zu vergiften.«

»Und was ist mit meiner Hochzeit?«

»Nach dem, was du mir erzählt hast, steht dir eher der Kerker bevor als das Ehebett.«

Die besonnene Art von Becker wirkte beruhigend auf Anna und die Hysterie fiel langsam von ihr ab. Die Tatkraft Jergs hatte sie bereits während ihrer Befreiung fasziniert.

»Das ist allerdings eine verwegene Idee, aber habe ich eine andere Wahl?«

»Wohl kaum«, erwiderte der sehnige Mann knapp.

»Und was geschieht mit Barbara, die hochschwanger auf deine Rückkehr wartet? Diese Reise dauert bestimmt einige Monate und du kannst sie doch nicht so lange alleine lassen«, gab Anna zu bedenken.

Daran hatte Becker wohl gar nicht gedacht und er kam für einen Moment ins Grübeln.

»Wie ich weiß, ist aus eurer Feindschaft während deiner Gefangenschaft eine tiefe Freundschaft entstanden, deshalb glaube ich, dass Barbara es mit Sicherheit billigen wird, dass ich dir in dieser aussichtslosen Lage helfe. Wir müssen sie nur irgendwie benachrichtigen. Außerdem hoffe ich natürlich darauf, dass du mich in meinem Vorhaben, die Schenke zu erwerben, auch unterstützt.«

»Bantlein wird noch heute einen Boten mit einer Nachricht nach Neustadt losschicken sowie einem Wechsel über 300 Gulden, damit Barbara den Kauf tätigen kann.«

Anna hatte offenbar ihren Kampfgeist wiedergefunden und wollte sich nicht ohne Gegenwehr in ihr Schicksal ergeben.

Ein leiser Zweifel hingegen blieb.

»Wie kommen wir eigentlich dorthin? Ich weiß zwar, dass Genua am Mittelmeer liegt, doch auf welchem Weg wir hingelangen, ist mir absolut schleierhaft.«

»Ich weiß nicht, ob ich dir erzählt habe, dass ich in der Schlacht bei Marignano mitgekämpft habe. Damals sind wir viel in den Italischen Landen umhergezogen. Es wird mit Sicherheit kein Spaziergang, da wir die mächtigen Alpengipfel überqueren und durch mehrere Länder reisen müssen, aber vertraue mir, ich kenne mich durch die Kriegszüge ganz gut aus.«

Nachdem sich die beiden darauf geeinigt hatten, den ungewöhnlichen Schritt zu tun, durften sie keine Zeit mehr verlieren.

»Hier, nimm du das Geld, bei dir ist es am sichersten.«

Jerg nahm den prallen Beutel zögernd entgegen und machte sich daran, sich ein Bündel mit Proviant für die erste Wegstrecke zu packen.

Unterdessen eilte Anna zurück in ihr Kontor. Dabei schlich sich ein schrecklicher Gedanke in ihr Gehirn: Was wäre, wenn Bantlein das Ganze initiiert hätte?

Der Angestellte hatte sämtliche Freiheiten und es wäre für ihn ein Leichtes gewesen, den Safran zu vergiften. Dieses Hirngespinst verwarf sie aber sofort wieder, was hätte der Mann, der ihrem Vater lange Jahre treu gedient hatte, von solch einer Tat?

»Herr Bantlein, ich unternehme gemeinsam mit dem ehemaligen Söldner eine Reise nach Genua, um dem Verbrechen dort auf die Spur zu kommen.«

Jetzt war es an dem Kontorleiter, sie überrascht anzustarren.

Aufmerksam beobachtete die Kauffrau die Reaktion Bantleins und fühlte sich sodann bestärkt in ihrer Absicht, ihm restlos zu vertrauen.

Zuerst gab Anna ihm die Order, Barbara zu benachrichtigen und ihr einen Wechsel zukommen zu lassen.

»Zum Glück haben wir im letzten Jahr diese Verfügung gemacht. Ihr seid bis zu meiner Rückkehr also alleiniger Herrscher über meine Geschäfte und ich glaube fest daran, dass sie bei Euch in den besten Händen sind.«

»Äh … darauf war ich nicht vorbereitet«, stammelte Bantlein, der seine Sprache wiedergefunden hatte. »Außerdem verstehe ich nicht, … wieso Ihr nicht zuerst Euren künftigen Gatten unterrichtet, Frau Neumann?«

»Ich weiß auch nicht«, druckste Anna herum. »Diese vertrackte Situation möchte ich alleine bewältigen. Sobald meine Unschuld bewiesen ist, werde ich Jakob wieder unter die Augen treten, doch bis dahin möchte ich ihn aus der ganzen Sache heraushalten.

Informiert ihn bitte darüber, dass ich vor den Stadtknechten geflüchtet bin, aber sagt ihm um Gottes willen nicht, wohin.

Gehabt Euch nun wohl, Herr Bantlein, ich verlasse mich auf Euch.«

Anna wandte sich zum Gehen.

»Eine Sache noch. Der Gewürzhandel wird wohl darniederliegen, bis ich wieder zurückkehre, versucht in der Zeit, den Weinhandel zu intensivieren. Wendet Euch an Sebastian Fritz, ich habe die Bedingungen für den Handel bereits mit ihm ausgehandelt.«

Die Kauffrau rauschte hinaus und ließ den immer noch verblüfften Bantlein zurück.

Becker war gerade dabei, sein Pferd zu satteln sowie den Proviant und den Sack mit Reisekleidern, den Anna ihm eilig gepackt hatte, festzuzurren.

Das andere Tier ließ er ungesattelt, um keine Aufmerksamkeit zu erregen.

»Ich muss dann die erste Zeit wohl auf dem rohen Pferderücken zubringen, da wird mir der Hintern heute Abend ganz schön wehtun«, meinte Jerg mit einem Grinsen.

»Hast du dir eigentlich schon überlegt, wie wir unerkannt aus der Stadt hinauskommen?«, fragte Anna, der plötzlich die Aussichtslosigkeit des Unterfangens wieder in den Sinn kam.

»Wieso unerkannt?«

»Na, weil ich wahrscheinlich schon von den Stadtknechten gesucht werde«, stieß die junge Kauffrau hervor.

»Das kann sein, muss aber nicht. Wir sollten alles auf eine Karte setzen. Kannst du dir irgendeinen Grund ausdenken, weshalb du kurz vor deiner Hochzeit noch die Stadt verlassen musst?«

Anna wusste nicht, worauf Jerg hinauswollte, überlegte sich jedoch trotzdem etwas.

»Ich könnte angeblich in Marias Häuschen nachschauen wollen, ob meine Freundin wider Erwarten anlässlich meiner Hochzeit zurückgekehrt ist.«

»Falls noch nicht nach dir gesucht wird, ist das eine gute Ausrede. Ich werde unauffällig in der Nähe des Hauses auf dich warten, du musst es mir nur noch beschreiben. Und wie schon gesagt, du darfst zu niemandem ein Sterbenswörtchen sagen, sodass lediglich dein Kontorleiter von unserer Flucht weiß«, schärfte Becker ihr nochmals ein.

Nachdenklich blickte Anna dem selbstbewusst dahinreitenden Mann hinterher.

Noch konnte sie es sich anders überlegen, sie könnte zu Jakob gehen und ihn bitten, die Sache zu regeln. Wenn er sie liebte, würde er alles in seiner Macht Stehende tun, um ihr zu helfen, und Jerg konnte seiner Wege ziehen.

Letztlich kam zu ihrer Angst um die Zukunft aber noch Trotz hinzu und Anna wollte nun nichts mehr, als die undurchsichtige Geschichte aufklären.

Lag die Antwort dazu in Genua, so musste sie dorthin reisen, und einen besseren Beschützer als Jerg Becker konnte sie sich ohnehin nicht vorstellen.

Nachdem sich Anna fertig angezogen und ihre Dienstboten von ihrem Unterfangen, nach Maria zu sehen, unterrichtet hatte, verließ sie mit entschlossener Miene das Haus. Auf dem Weg zum Mettmannstor wurde Anna von zahlreichen neugierigen Bürgern angesprochen, die es nicht glauben konnten, dass eine Braut so kurz vor der Hochzeit noch einmal die Stadt verlassen wollte.

Geduldig erzählte Anna jedem, der es hören wollte, dass sie noch ein letztes Mal nach ihrer verschollenen Freundin Ausschau halten wolle.

Offensichtlich hielt der Bürgermeister seine Knechte aus Rücksicht auf die bevorstehende Heirat des einflussreichen Jakob Stechler mit ihr zurück, denn Anna konnte unbehelligt das Tor passieren. Dem Wächter blickte sie selbstbewusst in die Augen und der einfache Söldner wagte es nicht, eine hochstehende Bürgerin aufzuhalten.

Mit gemischten Gefühlen betrat sie das Häuschen, in dem es aussah, als ob die Heilerin nur kurz weg war, um Kräuter zu sammeln.

Als Anna sich in dem gewohnten Raum umsah, wurde ihr das Herz schwer.

Wenn Maria es nicht wollte, so würde Anna die Freundin niemals mehr wiedersehen.

»Mach schnell, Anna, die Gelegenheit ist günstig, auf der Gasse ist niemand zu sehen«, trieb Jerg sie an.

Seufzend zog sich Anna die teuren Hochzeitskleider aus und legte die praktische Reisekleidung an.

Tatsächlich war die Vorstadt wie ausgestorben, da sich offenkundig niemand die Vermählungsfeier entgehen lassen wollte, bei der es umsonst Wein, Essen und Musik für die gemeinen Leute geben würde.

Jerg half seiner Begleiterin in den Sattel und auf sein Zeichen galoppierten sie davon. Jetzt gab es kein Zurück mehr.

Jakob Stechler war in Hochstimmung, die Meinungsverschiedenheit mit seiner Mutter hatte er bereits wieder vergessen und befühlte voller Stolz seine Kleider, die seinem neuen Stand als reichster Mann in der Stadt entsprachen.

Das riesige Gotteshaus hatte er noch nicht betreten, denn er wollte seine Braut selbst zum Altar führen. Unter gewöhnlichen Umständen wäre Anna von ihrem Vater in die Kirche geleitet worden, doch da Gotthelf Burgwart im letzten Jahr gestorben war, entfiel diese Tradition.

Lediglich die Nachricht, die ihm von einem Zunftkollegen überbracht worden war, dass Anna vor Kurzem die Stadt verlassen hatte, um nach Maria der Heilerin zu sehen, irritierte ihn ein wenig.

Na ja, dachte Jakob trotzig, soll sie doch, die Zeit der freien Entscheidungen würde für Anna schon sehr bald zu Ende sein.

Immer mehr Bürger gingen grüßend an dem wartenden Bräutigam vorbei und das Gotteshaus war bis auf den letzten Platz besetzt.

Als die Kirchenglocken hingegen eine Viertelstunde vor Beginn des Trauungsgottesdienstes läuteten, wurde Stechler langsam unruhig.

»Wo bleibt sie nur!«, zischte er wütend, nachdem es nur noch wenige Minuten bis zum Beginn der Zeremonie waren.

Die Flüchtenden kamen gut voran, sie ritten durch das Dorf Pfullingen und stießen danach auf einen schlecht befestigten Weg, der sich langsam die Höhen der Schwäbischen Alb hinaufschlängelte.

Oben angekommen, machten die beiden eine kurze Rast und genossen den schönen Ausblick ins Tal und auf die gegenüberliegende Burg Lichtenstein.

Anna erzählte Jerg davon, dass es in dieser Gegend einmal von Raubrittern nur so gewimmelt hatte, die Jagd auf die reichbeladenen Wagen der Händler gemacht hatten.

So lange, bis es den Bürgern Reutlingens zu bunt wurde und die Freie Reichsstadt Truppen losschickte, um die Räubernester auszuräuchern.

»Lass uns weiterreiten, damit wir bald in Ulm ankommen. Dort lebt ein ehemaliger Landsknecht, der mir noch einen Gefallen schuldig ist«, drängte Jerg zum Aufbruch.

Skeptisch blickte die junge Kauffrau zu den beiden Pferden, die von dem mühsamen Aufstieg bereits ziemlich erschöpft waren.

»In Ulm war ich zwar noch nie, dennoch unterhalte ich Geschäftsbeziehungen mit der mächtigen Stadt an der Donau und kann daher abschätzen, dass wir dieses Ziel mit unseren Gäulen heute nicht mehr erreichen.«

»Da muss ich dir zustimmen, wenn wir unsere Tiere in Münsingen auswechseln, können wir es bis morgen Abend schaffen. Ich kenne diese Gegend ziemlich gut aus der Zeit, in der ich im Sold des Truchsesses von Waldburg stand. Damals, als wir den renitenten Herzog Ulrich aus seinem Land gejagt haben, bin ich viel im Württembergischen umhergereist.«

»Meinst du, dass wir bereits verfolgt werden?«, fragte Anna mit einem bangen Unterton in der Stimme.

»Wenn dein Herr Bantlein dichthält, bestimmt nicht, denn woher sollte jemand wissen, wohin du geflüchtet bist.«

Jerg versuchte, zuversichtlich zu klingen, um Anna nicht noch mehr zu verunsichern.

Sie ritten jetzt über die Hochebene der Schwäbischen Alb und damit über freies Feld.

Mehrfach überholten sie schwer beladene Ochsenkarren und sahen auf den umliegenden Äckern hart arbeitende Bauern, die ihre Scholle bestellten.

Kurz vor Münsingen fanden die beiden eine Herberge, in der sie übernachten und die Pferde tauschen konnten. Diese Poststationen waren in den letzten Jahren, seit die Familie derer von Thurn und Taxis mit ihren Postreitern die größeren Städte mit Nachrichten versorgte, wie Pilze aus dem Boden geschossen.

Auch das Handelsunternehmen Neumann profitierte von dem immer dichter werdenden Netz an Versorgungs- und Pferdewechselstationen.

Während des anstrengenden Ritts versuchte Anna, die Gedanken an ihre vertrackte Situation so gut es ging zu verscheuchen. Doch manchmal schlich sich trotzdem eine dunkle Vorahnung in ihre Gedankenwelt.

Was würde geschehen, wenn sie und Jerg in Genua keine Anhaltspunkte auf den Giftanschlag finden würden?

In ihre Heimatstadt könnte sie dann jedenfalls nicht mehr zurückkehren.

Schnell verwarf sie diese düsteren Gedanken jedoch wieder und blickte nach vorn.

Sie würden es schon schaffen und an ihrer Seite hatte sie den fähigsten Mann für diese Aufgabe.

Tatsächlich kamen sie, wie von Jerg prognostiziert, am nächsten Abend in Ulm an, als die Torwächter gerade im Begriff waren, die Stadt für die Nacht zu verrammeln.

Auch hier gereichte ihnen Beckers Vergangenheit als Söldner wieder zum Vorteil, denn während mehrere Reisende brüsk abgewiesen wurden, erkannten die als Turmwächter angestellten ehemaligen Landsknechte einen Kameraden bereits von Weitem. Die Pferde hatten sie in einem Stall vor den Toren untergebracht und wanderten nun zu Fuß durch die Stadt, die eine der einflussreichsten und mächtigsten im Reich war. Der Wohlstand der Bürger war am riesigen Münster aufs Trefflichste sichtbar.

»Wo finde ich einen Mann namens Anton Berger?«, wollte Jerg von einer verhärmt aussehenden Frau wissen, nachdem sie in dem beschaulichen Fischerviertel an den Ufern der Donau angelangt waren.

Ohne irgendeine Reaktion huschte das Weib vorbei und Anna blickte ihr verblüfft hinterher. Bei einem älteren Mann mit tiefen Furchen im Gesicht hatten sie schließlich mehr Glück und der Angesprochene wies auf ein winziges Häuschen am Ende der Gasse.

»Sollten wir nicht einfach nach einer schlichten Herberge Ausschau halten?«, fragte Anna und sah skeptisch auf das kleine Gebäude. »Ich will dir ja nicht zu nahe treten, aber wenn dein Freund hier auch noch Kinder hat, wird es ziemlich eng.«

Jerg ging nicht auf Annas Bedenken ein und pochte stattdessen an die halbverfallene Haustüre.

Zu seinem Erstaunen öffnete ihnen die unglücklich wirkende Frau, die sie vorhin nach seinem ehemaligen Waffenbruder befragt hatten.

»Wohnt hier der frühere Landsknecht Anton Berger?«, wollte Jerg ungehalten wissen, dem die offensichtliche Feindseligkeit der Hausherrin nicht entgangen war.

»Und wenn es so wäre? Was wollt ihr von dem Kerl?«

»Das möchte ich ihm schon gerne selber sag…«

Bevor Jerg zu Ende sprechen konnte, fiel die Pforte krachend ins Schloss und streifte beinahe seine Nase.

»Wenn dies das Haus deines Freundes ist, sind wir nicht willkommen«, stellte Anna sarkastisch fest.

»Ich fürchte beinahe, dass du recht hast und wir uns doch nach einer anderen Bleibe für die Nacht umsehen müssen. Doch gerade das wollte ich eigentlich vermeiden, denn sollte wider Erwarten jemand Nachforschungen betreiben, könnte uns ein Herbergswirt leicht identifizieren. Bei Anton hingegen wären wir anonym gewesen.«

Sie waren gerade unterwegs in Richtung Stadtmitte, als sich an einer schummrigen Kaschemme die Tür öffnete und zwei kräftige Kerle einen völlig besoffenen Mann hinauszerrten.

»Lass dich hier ja nicht mehr blicken, sonst ergeht es dir übel, Freundchen«, meinte einer der beiden, während sie ihn in den Rinnstein stießen.

Mühsam rappelte sich der Zerlumpte hoch und ließ seinen alkoholumnebelten Blick müde umhergehen.

»Habe ich dich doch noch gefunden, Anton.«

Der Betrunkene rieb sich die Augen.

»Das gibt es ja nicht, du bist doch …, aber natürlich, Jerg, Jerg Becker«, lallte er.

Ehe er es sich versah, umfingen die dicken Arme des deutlich kleineren Mannes den ehemaligen Landsknecht.

»Na, so ein Zufall, der Mann, der mir in Marignano das Leben gerettet hat, steht nach so vielen Jahren plötzlich vor mir. Das müssen wir feiern.«

Anton schwankte bedenklich und Jerg legte ihm die Hand auf die Schulter, um ihn zu stützen.

»Hast du irgendwelche Schwierigkeiten da drinnen gehabt?«

»Es ist nicht so, wie es aussieht, Jerg, ich habe beim Würfeln ein wenig verloren und meine Gegner des Falschspiels bezichtigt. Daraufhin haben sie mich rausgeschmissen, die Arschlöcher.«

Zweifelnd sah Jerg auf die abgerissene Gestalt und dachte sich seinen Teil.

»Kannst du mir eine Übernachtungsherberge hier in der Nähe empfehlen, Anton?«

Den Kopf mehrmals schüttelnd, versuchte der benebelte Mann, ein wenig Klarheit in sein Gehirn zu bringen.

»Das kommt ja gar nicht infrage, ihr kommt natürlich mit zu mir. Das wäre ja noch schöner. Meine Alte kocht uns etwas Schmackhaftes.«

Der bedenklich schwankende Anton zog den sich sträubenden Becker einfach mit sich und Anna blieb nichts anderes übrig, als missmutig hinterherzulaufen.

»So, wir sind da, klein, aber mein.«

Wie Anna befürchtet hatte, war es dasselbe Gebäude, in dem sie bereits vorher Einlass begehrt hatten.

Anton wischte die Tür mit seinen starken Armen auf, sodass sie beinahe aus den Angeln fiel.

»He, Katrin, wir haben hungrige Gäste!«, schrie er.

Besorgt hielt Anna ihren Begleiter am Ärmel zurück, der seinem Kriegskameraden folgen wollte.

»Ich finde, wir sollten eine Herberge aufsuchen, diese Frau wollte uns schon vorhin nicht in ihrem Haus haben.«

»Es ist ja nur für eine Nacht«, beschwichtigte Jerg und betrat das dunkle Häuschen.

Anna folgte ihm ungehalten und hörte, wie Katrin ihren Mann ankeifte.

Die junge Kauffrau fragte sich, ob die herbe Art seiner Frau Anton in die Trunksucht getrieben hatte oder ob seine Sauferei ihren Charakter zum Negativen verändert hatte.

Letztlich gehorchte Katrin widerwillig und brachte den Gästen, die mittlerweile in der mickrigen Küche Platz genommen hatten, einen Laib hartes Fladenbrot sowie einen Kanten halbverschimmelten Käse.

»Leider kann ich Euch keinen Festschmaus bieten, da meine letzten Geschäfte sich nicht so optimal entwickelt haben.«

»Du Lügner, sag ihnen doch, dass du alles versoffen hast!«, schrie Katrin zornig.

»Ach, halt's Maul«, winkte Anton müde ab.

»Liebe Frau, wir möchten Euch nicht zur Last fallen«, mischte sich Anna ein. »Wenn Ihr mich begleitet, könnten wir etwas Frisches zum Essen besorgen. Selbstverständlich komme ich für die Kosten auf, sozusagen als kleines Gastgeschenk.«

Ohne eine Antwort abzuwarten, ließ sie sich von Jerg aus dem Beutel ein paar Münzen geben und wandte sich zum Ausgang.

Widerwillig folgte ihr Katrin, nachdem ihr Mann sie mit einer eindeutigen Geste bedroht hatte. Bereits in einer nahen Wirtschaft wurden sie fündig und erstanden einige gebratene Forellen und frisches Fladenbrot sowie eine große Kanne mit schäumendem Bier. Auf dem Rückweg suchte Anna in ihrer freundlichen Art das Gespräch mit Katrin und tatsächlich taute die verhärmte Frau ein wenig auf.

Als sie später in der Küche zusammensaßen, freuten sich insbesondere die drei Kinder über das unerwartete Festmahl.

»Ich will ja nicht angeben, aber solche Dinge gehörten noch vor wenigen Jahren zu unserem täglichen Leben, als ich noch bei der hiesigen Stadtwache beschäftigt war. Doch nachdem ich einem der vornehmen Ratsherren einmal ein wenig auf die Füße gestanden bin, haben sie mich dort rausgeworfen.«

»Du hast ihn verprügelt, als er mir an die Wäsche wollte«, stellte Katrin nicht ohne ein wenig Stolz klar.

Überrascht blickte Anna genauer auf die leidgeprüfte Frau und stellte sie sich ein paar Jahre jünger vor.

»Auf jeden Fall habe ich danach in dieser Stadt keinen Fuß mehr auf den Boden bekommen«, fuhr Anton deprimiert fort. »Wenn ich dieses Häuschen nicht hätte, wäre ich schon längst abgehauen.«

»Aber wovon hast du dann die letzten Jahre deine Familie ernährt?«, wollte Jerg wissen und betrachtete dabei die mageren Kinder, die sich über die wohlschmeckenden Fische hermachten.

»Ach, dies und jenes habe ich gemacht, mal habe ich einem Fischer geholfen und mal bei einem Schankwirt den Rausschmeißer gegeben.

Letztes Jahr hatte ich eine gute Beschäftigung, als ich für einen Kaufmann den Geleitschutz machte. Das war gut bezahlt und so Gott will, werde ich dieses Jahr dasselbe tun.«

Interessiert hörte Anna zu und schaute auf den kompakten, kraftstrotzenden Anton. Dabei dachte sie, dass dieser Mann dringend eine dauerhafte Beschäftigung brauchte, sonst würde er vollends vor die Hunde gehen.

»Begleitet uns nach Italien, Anton, es soll nicht zu Eurem Schaden sein«, schlug Anna aus einer spontanen Eingebung heraus vor.

»Wie … nach Italien?«

Anton wirkte plötzlich überhaupt nicht mehr betrunken.

»Wohin hat dich dein Begleitschutzauftrag im letzten Jahr geführt?«, wollte Jerg wissen, dessen Interesse nun gleichfalls geweckt war.

»Na, zuerst durch die Lande der sogenannten Eidgenossenschaft und dann über den Splügenpass ins Herzogtum Mailand«, sprudelte es aus dem wie verwandelt wirkenden Mann heraus. »Ich weiß nicht, ob du dich erinnerst, Jerg, aber nach Marignano habe ich die Seiten gewechselt und bin in die Dienste der Sforzas getreten. Dafür, dass mich der

Herzog angestellt hat, waren natürlich meine Italienischkenntnisse von großem Vorteil.«

Die Augen Antons leuchteten nun auf und er erzählte eine Anekdote nach der anderen von seinen Reisen jenseits der Alpen.

Nachdem er eine kurze Pause einlegte, um von dem wohlschmeckenden Bier zu trinken, erneuerte Anna ihr Angebot, sie und Jerg zu begleiten. Während ihr Mann sofort zusagte, sträubte sich Katrin anfangs noch und suchte nach Argumenten, die dagegensprachen.

Nachdem Anna ihr jedoch einen Vorschuss in beträchtlichem Ausmaß in Aussicht stellte, verstummte sie rasch.

»Das gibt es doch nicht!«, rief Jakob Stechler wutentbrannt und seine ganze Würde fiel von ihm ab. »Wir müssen Anna suchen, bestimmt ist ihr etwas zugestoßen.«

Nun mischte sich tatsächlich so etwas wie Sorge in seine Wut und er scheuchte die Stadtsöldner herum, als ob sie bei ihm angestellt wären.

Am späten Nachmittag, nachdem sie sowohl in der Stadt als auch in der Mettmannsvorstadt, wohin Anna nach Angaben eines Torwächters gegangen war, jeden Stein umgedreht hatten, suchte Stechler Annas Kontorleiter auf.

»Ich grüße Euch, Herr Bantlein. Wie mir aufgefallen ist, habt Ihr Euch nicht an der Suche nach Eurer Herrin beteiligt?«

Ein leichter Vorwurf lag in Jakobs Stimme.

»Alle Welt sucht nach Frau Neumann, da dachte ich mir, ich halte hier die Stellung, falls sie zurückkehrt.«

Bantlein bemühte sich, ruhig zu antworten und seine Nervosität dabei zu verbergen.

»Wisst Ihr etwas von den Vorwürfen, die gegen Anna erhoben werden?«

Aufmerksam belauerte Stechler den Angestellten.

»Welche Vorwürfe?«, wollte Bantlein bestürzt wissen und Stechler berichtete ihm von der Vergiftung und dem anschließenden Tod des stellvertretenden Zunftmeisters.

»Ich habe den Schultheißen gebeten, die Sache bis nach der Hochzeit ruhen zu lassen. Wenn sie jedoch nicht mehr auftaucht, sähe das allerdings verdächtig nach einem Schuldeingeständnis aus.«

»So etwas kann ich mir ja überhaupt nicht vorstellen, das passt gar nicht zu Frau Neumann, einfach zu verschwinden. Bestimmt ist ihr etwas Schlimmes zugestoßen.«

»Wer führt eigentlich ihre Geschäfte für den Fall, dass ihr etwas zugestoßen wäre?«, bohrte Stechler weiter.

»Das geht Euch zwar nichts an, ich möchte es Euch aber trotzdem erzählen, da Ihr Annas Bräutigam seid. Im letzten Jahr, nachdem die Sache mit Gregor von Auenfeld vorgefallen ist, bat mich Frau Neumann darum, gemeinsam mit ihr einen Advocatus aufzusuchen. Dort hat sie mich als Nachfolger eingesetzt, falls ihr etwas zustoßen sollte.«

Mit weit aufgerissenen Augen glotzte Stechler auf den Kontorleiter.

Damit hatte Jakob nicht gerechnet, vielmehr war er davon ausgegangen, dass er als baldiger Ehemann die Geschicke des Unternehmens bis zu Annas Rückkehr würde führen können.

»Ein Schelm, wer Böses dabei denkt, Bantlein. Damit wäret Ihr sozusagen der Hauptprofiteur, sollte Anna nicht mehr auftauchen, und das so kurz vor ihrer Hochzeit. Seid versichert, dass ich Euch im Auge behalte, und wenn hier irgendetwas gegen meine Interessen läuft, zerquetsche ich Euch wie eine lästige Laus.«

Stechler funkelte den Kontorleiter an und rauschte hinaus.

Katrin hatte darauf bestanden, dass Anna in der kleinen Kammer unterm Dach nächtigte, während Jerg mitsamt dem Rest der Familie sich in der Küche niederlegte.

Kurz bevor die Sonne aufging, wurde die junge Frau von lautem Vogelgezwitscher geweckt. Wenig später erhob sie sich und balancierte die steile Holztreppe hinunter.

In dem einzigen Raum, der das Erdgeschoss bildete und der Küche, Wohn- und Schlafzimmer in einem war, waberte bereits Rauch aus einem Herdfeuer.

Mit stumpfem Gesichtsausdruck hielt sich Anton den schmerzenden Kopf und Anna fragte sich erneut, ob es eine so gute Idee war, den von seinen Alkoholeskapaden gezeichneten Mann auf die lange Reise mitzunehmen.

Doch da Jerg gestern nicht dagegen argumentiert hatte, beschloss sie, ihr Angebot nicht zu revidieren, vorausgesetzt natürlich, dass Anton seine Entscheidung im nüchternen Zustand nicht von selbst zurückzog.

Das Frühstück bestand wie bei den meisten armen Leuten aus einem undefinierbaren Brei und Wasser aus dem nahen Brunnen.

»Hast du es dir über Nacht noch mal anders überlegt?«, wollte Jerg grinsend wissen.

»Quatsch, selbstverständlich komme ich mit«, brummte der Angesprochene und leerte seinen Krug mit Wasser in einem langen Zug.

Nach dem kargen Mahl schlich der Hausherr zu einer Holztruhe, die neben Tisch und Bänken das einzige Möbelstück in dem Raum war, und entnahm ihr die unverkennbaren geschlitzten Kleider der Landsknechte sowie einen Federhut.

Er gürtete seinen Katzbalger um und schlüpfte in seine Kuhmäuler genannten Lederschuhe.

»Lasst uns aufbrechen, wir haben einen langen Weg vor

uns«, murmelte Anton und verabschiedete sich mit einem knappen Nicken von seiner Frau und seinen Kindern.

Jerg folgte seinem alten Kameraden auf die Straße und lediglich Anna verabschiedete sich herzlich von Katrin und ihrer Familie.

»Hab Dank für die Gastfreundschaft und hier ist der versprochene Vorschuss.«

Anna drückte der verdutzten Frau vierzig Gulden in die Hand, was mehr war, als ein guter Handwerker im Jahr verdiente.

»Ich habe dir zu danken, Anna, nicht nur für das Geld, das uns sehr weiterhilft, sondern hauptsächlich dafür, dass du meinem Mann eine seinen Fähigkeiten entsprechende Tätigkeit gibst.«

Mit ziemlichem Stolz schritt Anton durch sein Wohnviertel und manchem seiner Zechkumpane blieb beim Anblick der beiden kriegerisch aussehenden Männer eine dumme Bemerkung im Halse stecken.

»Wie geht es von hier aus weiter?«, wollte Anna wissen, nachdem sie für Anton einen kräftigen Rappen erstanden hatten.

»Wir nehmen die gut ausgebaute Handelsstraße über Ravensburg nach Meersburg am Bodensee. Dort suchen wir uns einen Fischer, der uns zum jenseitigen Ufer übersetzt.«

Wie selbstverständlich hatte Anton die Reiseleitung übernommen und Jerg ließ ihn mit einem Schmunzeln gewähren.

Anfangs hatte das Dahingaloppieren auf dem Rücken des schnellen Tieres Anna noch Freude bereitet. Kurz nach Ulm hatte sie ihre Haube abgenommen und der Wind pfiff durch ihr lockiges Haar.

Doch bereits hinter Ravensburg tat ihr der Hintern so weh, dass sie leise aufstöhnte und sie Tränen in den Augen hatte. Vor ihren beiden männlichen Begleitern wollte sie jedoch keine Schwäche zeigen, deshalb beschwerte sie sich nicht.

In Meersburg fanden sie nach kurzer Suche eine Bleibe und Anna sah zum ersten Mal in ihrem Leben den riesigen See sowie schemenhaft am Horizont die Alpengipfel.

»Ich schaue mich ein wenig am Hafen nach einer passenden Überfahrtgelegenheit um. Ihr könnt ja derweil eine Kleinigkeit essen«, schlug Anton vor und rieb dabei Daumen und Zeigefinger gegeneinander.

»Dazu bräuchte ich allerdings etwas Geld.«

Mit flinken Fingern öffnete Jerg seinen Beutel und gab ihm ein paar Gulden in die Hand, allerdings nicht ohne ihn zu ermahnen.

»Ich hoffe, du weißt Bescheid, Anton, keine Saufeskapaden oder Schlägereien, sonst bist du deine Arbeit schnell wieder los.«

Müde stocherte Anna in ihrem Essen herum, nachdem ihr neuer Reisebegleiter gegangen war. Gemeinsam mit Jerg saß sie in dem durch einige Talglichter erhellten Raum.

»Ich würde mich jetzt gerne hinlegen«, bat Anna zu fortgeschrittener Stunde. »Hoffentlich hat er sich nicht wieder irgendwo in Schwierigkeiten manövriert«, meinte sie nachdenklich, als Anton immer noch nicht zurückgekehrt war.

»Eigentlich ist er mir als durchaus verlässlicher Kamerad in Erinnerung«, entgegnete Jerg, doch Anna entging nicht die Skepsis, die aus seinen Worten sprach.

Doch gerade als sie die Kammer betraten, die sie als Mann und Frau gemietet hatten, schlenderte Anton mit einem Grinsen auf seinem Gesicht heran.

»Es ist mir dank meinen ausgezeichneten Beziehungen gelungen, sowohl einen Platz für uns als auch für unsere Pferde auf einem größeren Kahn zu ergattern!«, rief er strahlend aus und zu Annas Freude wirkte er nicht sonderlich betrunken.

»Wir müssen aber leider sehr früh aufstehen, denn die Halunken legen noch vor Sonnenaufgang ab.«

Mit diesen Worten verabschiedete sich Anton.

Die junge Kauffrau fühlte sich, als ob sie überhaupt nicht geschlafen hätte, nachdem sie von Jerg in den frühen Morgenstunden wachgerüttelt worden war.

Angeführt von Anton, trottete die kleine Gruppe wenig später zu der Anlegestelle, an der bereits geschäftiges Treiben herrschte, und Anna betrachtete fasziniert die schönen Holzboote. Doch leider blieb Anton ausgerechnet vor einem Kahn stehen, der offensichtlich schon bessere Zeiten erlebt hatte, und Anna bekreuzigte sich heimlich, als ein breitschultriger Mann mit einem flammend roten Bart seine Fahrgäste mitsamt den Pferden über eine steile Rampe an Deck führte.

Die aufgeregten Tiere wurden an der Reling festgebunden und kurz darauf legte das einstmals stattliche Schiff ab.

Auf ein schroffes Kommando des rotbärtigen Kapitäns begannen seine vier Gehilfen ächzend zu rudern. Das Murren der geschundenen Männer nahm mit jedem Ruderschlag zu, als plötzlich eine ordentliche Brise aufkam und die Segel gesetzt werden konnten.

Anna genoss es sichtlich, am Bug des Bootes zu stehen und sich den Wind ins Gesicht und durch die Haare wehen zu lassen. Für den Moment vergaß sie sogar ihre derzeitigen beträchtlichen Probleme, wobei der Blick über den herrlichen See hinüber zu den steil aufragenden Alpengipfeln ein Übriges tat.

»Dort drüben ist das Land der Eidgenossenschaft«, bemerkte Jerg, der herangetreten war.

»Ist es tatsächlich so, dass die Menschen dort freier sind als bei uns?«

Sie hatte schon so manches über den Bund von Städten und Landgemeinden gehört, die sich vom deutschen Reich abgespaltet hatten, hatte sich jedoch noch nie eingehend damit befasst. Als Kauffrau wusste sie lediglich, dass sie auf ihre Waren aus Italien eine Transitgebühr entrichten musste.

»Die einfachen Menschen werden genauso geknechtet wie bei uns und dennoch sind sie stolz darauf, dass sie keinen Kaiser über sich haben und ihre Obrigkeit selbst bestimmen können. In zahlreichen blutigen Kämpfen mussten sie sich diese Freiheit und ihre alten Rechte gegen so manche Übermacht erstreiten. Sie haben sowohl den Habsburgern getrotzt als auch dem mächtigen Herzog aus Burgund und ihre Kämpfer sind weithin gefürchtet«, meinte der ehemalige Söldner anerkennend und ließ seinen Blick zum nahen Ufer schweifen.

»Wir sind gleich da, dann kannst du dir ein eigenes Bild von diesem Land machen.«

Nach der mehrstündigen Überfahrt hatten sie endlich wieder Boden unter den Füßen und Anna musste sich eingestehen, dass das Boot besser war, als es den Anschein gehabt hatte.

Die nächsten Tage ritten sie durch die von fruchtbaren Feldern und Weinstöcken gesäumte Rheinebene, vorbei an St. Gallen, wo das weltberühmte Kloster war, bis nach Chur. Ehrfurchtsvoll schaute Anna auf die teilweise schneebedeckten Berggipfel, die den Himmel zu berühren schienen und das Tal immer mehr beengten.

»Der Juni ist üblicherweise der erste Monat, an dem man den Splügenpass überqueren kann«, wusste Anton, als ihr Weg in eine dunkle Schlucht mündete und sie anhielten. »Hier beginnt die berüchtigte Via Mala, was so viel heißt wie schlechte Straße.

Dort drüben befindet sich eine Herberge, wo wir warten, bis wir uns einem Saumzug anschließen können.«

Während sie, die Pferde an der Leine führend, hinübergingen, erzählte ihnen Anton ein wenig über die Säumerei.

»Da es nur wenige karrentaugliche Pässe über die Alpen gibt, braucht man die Säumer mit ihren geduldigen Pferden, um wie zum Beispiel am Splügenpass Waren über das Gebirge zu transportieren.«

Die Kauffrau musste sich zu ihrer Schande eingestehen, dass sie sich noch nie groß Gedanken gemacht hatte, wie ihre Handelsgüter von Italien nach Reutlingen gekommen waren.

»Diese Kerle kennen jeden Stock und jeden Stein bis hinüber nach Mailand, für uns alleine wären die Wege viel zu gefährlich, da sie zum Teil sehr schlecht befestigt sind. Zudem bekommen die Säumer von den jeweiligen Landesfürsten, die Zölle erheben, bewaffnete Söldner als Geleitschutz zur Seite gestellt, da es natürlich in deren Interesse liegt, dass die Güter unbeschadet durchkommen.«

Es dauerte mehrere Tage, in denen die beiden Männer die nähere Umgebung erkundeten, bis eine Kolonne von Saumtieren von Thusis heraufkam.

Sofort als sie anhielten, verhandelte Anton mit dem Anführer, der sich schließlich nach Erhalt eines beträchtlichen Geldbetrags bereiterklärte, die drei in sein Gefolge aufzunehmen.

Es waren insgesamt zwölf Männer und zwanzig Tiere, die sich neben Anna am nächsten Morgen auf den Weg machten, ihre eigenen Pferde mussten sie zurücklassen, da der Säumer nur mit ihm vertrauten Tieren die Überquerung machte.

»Wir haben unverschämtes Glück gehabt, dass wir ausgerechnet auf Joshua getroffen sind.«

Anton deutete auf den kleingewachsenen Mann, der sich sogleich an die Spitze des Zuges setzte.

»Dieses Hutzelmännchen wirkt mit seinem grauen, langen Bart wie eine Witzfigur, doch mir ist nicht bekannt, dass bei seinen Unternehmungen jemals etwas Schlimmes passiert ist«, erklärte Anton nachdrücklich und Anna dachte, dass bei diesem Wucherpreis die Sicherheit selbstverständlich sein sollte.

Zum Glück hatte sie neben den stetig schrumpfenden Guldenstücken noch einen Wechsel dabei, den sie in Mailand oder Genua gegen Bargeld eintauschen konnte.

Ängstlich schaute Anna an den glatten Felswänden nach oben, von wo in unregelmäßigen Abständen immer wieder Steinschlag ins Tal donnerte.

In den Fels gehauene oder durch Wasser ausgewaschene Passagen bildeten einen schmalen Pfad, auf dem Mensch und Tier nur langsam vorankamen.

Brücken, die aus mehreren eng beieinanderliegenden Baumstämmen bestanden, waren das Bindeglied zwischen den beiden Felswänden.

Bei jeder dieser Brücken über den rauschenden, reißenden Bach schickte Anna ein inniges Stoßgebet zum Himmel und verfluchte nebenbei ihre Unternehmung.

Nach mehreren Meilen, in denen die junge Frau neben Todesangst genauso auch Faszination für dieses grandiose Naturschauspiel verspürte, öffnete sich die Schlucht und mündete in ein breiteres Tal. Doch Anna hatte sich zu früh gefreut, denn nach einer Übernachtung in einer eigens für die Säumer angelegten Herberge folgte die nächste beängstigende Klamm. Die Ruflaschlucht stand der Via Mala in puncto Gefährlichkeit in nichts nach und mehrfach war es nur der Umsicht Joshuas zu verdanken, dass niemand in die Tiefe gerissen wurde.

Anton wies seine beiden Begleiter auf die sich ändernde Vegetation hin und erklärte ihnen, dass in dieser Höhe nur noch niedere Gehölze existieren konnten.

Zudem häuften sich die Flecken, auf denen Schnee lag, je höher die Gruppe stieg und nach der laut Joshua letzten Herberge vor dem Pass sahen sie sich einer geschlossenen Schneedecke ausgesetzt.

»Wir haben Glück, an manchen Jahren liegt der Schnee selbst um diese Zeit mannshoch und man muss in der engen Unterkunft ausharren, bis er einigermaßen weggeschmolzen und die Strecke passierbar ist«, erläuterte Anton stolz, als ob das sein Verdienst wäre.

Anna hingegen mochte nicht von Glück reden, da sie in ihrem dünnen Wams entsetzlich fror und der eisige Wind ihr durch Mark und Bein ging.

Quälend langsam schraubten sie sich die endlos scheinenden Serpentinen empor und Annas Kräfte schwanden immer mehr.

Worauf habe ich mich da bloß eingelassen, dachte sie und ihre aussichtslose Lage kam ihr so deutlich zu Bewusstsein wie noch nie. An einem besonders steilen Abhang blieb sie kurz stehen.

»Ein kleiner Schritt und ich bin meine Sorgen los«, murmelte die junge Frau verzweifelt.

KAPITEL 25

In wildem Galopp preschten die Reiter heran und brachten die Kutsche zum Stehen.

Siegessicher und mit gezogenem Schwert riss Kaspar die Türe auf.

»Aber …«, stammelte Neumann, als sein Blick den feisten Geistlichen erfasste, der ebenso überrascht glotzte, um dann in einer fremden Sprache loszuschimpfen.

Mit unbändiger Wut packte Kaspar den Mann an seiner Soutane und zerrte ihn ins Freie.

»Fragt den Kerl mal, wie er zu diesem Fuhrwerk kommt«, wandte sich Kaspar an die zwei einheimischen Söldner, die Ulrich ihnen mitgegeben hatte.

Lautstark machte der Priester seinem Ärger Luft, doch als er in Odos mörderische Augen blickte, verstummte er abrupt und lauschte den Fragen des Söldners.

»Er sagt, dass er die Kutsche einer adeligen Dame in Montbeliard in einer Herberge abgekauft hat.«

Kaspar nahm seinen Kumpan zur Seite.

»Die haben uns reingelegt und haben jetzt bereits einen ordentlichen Vorsprung, wo auch immer sie hin sind. Was sollen wir machen? Wenn wir ohne die Flüchtigen beim Herzog ankommen, stehen wir da wie zwei unfähige Trottel.«

In Odos narbenübersätem Gesicht zuckte es gefährlich.

»Offenbar bringt mir die Zusammenarbeit mit dir kein großes Glück, mein Junge«, zischte der riesige Söldner gedehnt und wog seine Streitaxt in den Händen.

Deutlich konnte Kaspar die Gefahr spüren und suchte nach einem Ausweg.

»Es nützt nichts, wenn wir uns hier gegenseitig zerfleischen, lass uns zurückgehen zu der Herberge. Vielleicht erfahren wir dort mehr und können auch die Kutsche verkaufen. Die bringt uns bestimmt einige Gulden ein.«

Gespannt wie ein Bogen stand Kaspar seinem brandgefährlichen Gefährten gegenüber, bereit, gegen den überlegenen Odo um sein Leben zu kämpfen.

»Na gut, das Gefährt ist gut und gerne dreißig Gulden wert und dem feisten Gottesmann schadet ein kleiner Fußmarsch ohnehin nicht, ha, ha!«, lachte Odo dröhnend und die brenzlige Situation war fürs Erste bereinigt.

Kaspar hingegen schwor sich, seinem unberechenbaren Gefährten in naher Zukunft den Rücken zu kehren, denn das Zusammensein mit Odo glich einem Tanz auf dem Vulkan.

Zeternd und wilde Verwünschungen ausstoßend, stand der Geistliche im Regen und sah den lachenden Reitern sowie seinem gestohlenen Fuhrwerk hinterher.

»Du kennst den Weg, Reinwart?«, fragte Ursula skeptisch.

»Ihr vertraut mir nicht, edle Frau, dabei habe ich genauso viel zu verlieren wie Ihr, nämlich mein Leben.«

Die drei Männer und die ehemalige Mätresse des Herzogs waren nun bereits das zweite Mal in einer Sackgasse gelandet und beide Male war sich Reinwart absolut sicher gewesen.

»Ich hätte schwören können, dass wir bei unserem letzten Jagdausflug hier entlanggekommen sind«, brummte der Metzger vor sich hin.

»Keine Bange, wir werden es schon schaffen«, versuchte Hannes zu beschwichtigen. Der Geselle war vor allem froh darüber, wieder seine gewohnten Kleider tragen zu können.

»Du hast vorhin erzählt, dass wir dieses Jura genannte Gebirge überwinden müssen, was erwartet uns eigentlich dahinter?«

»Zu der Zeit, als ich bei Herzog Ulrich noch ein gutes Ansehen genoss, durfte ich ihn bei seinen Reisen zu einigen Eidgenössischen Städten begleiten. Davon, dass er sich bei der Rückeroberung seines Landes Hilfe aus Bern und Luzern erhofft, habe ich dir schon mal erzählt, Hannes. Ich weiß daher ungefähr, was uns auf der anderen Seite bevorsteht. Zwischen dem Jura und den mächtigen Alpen erstreckt sich eine sehr fruchtbare Ebene mit zahlreichen Seen, darunter dem riesigen Genfer See.«

Bei dieser Schilderung bekam Hannes große Augen und die Vorfreude war ihm deutlich anzumerken.

»Auf den Anblick der Alpengipfel bin ich schon sehr gespannt, mein Reisekamerad Urs, der in Amsterdam geblieben ist, hat mir sehr viel darüber erzählt.«

»Die Wirklichkeit ist noch viel gewaltiger, das kannst du mir glauben. Auf jeden Fall hat Ulrich mit seinem Tross auf der Südseite des Jura immer in Neuenburg Halt gemacht. Das ist ein kleines Städtchen, das malerisch an einem schönen See liegt. Von dort aus geht eine gut ausgebaute Handelsstraße nach Bern und ein Abzweig führt nach Basel.«

»Vorausgesetzt, wir werden nicht vorher von Ulrichs Häschern eingefangen und wieder zurückgebracht«, gab Ursula zu bedenken, die in solch einem Fall wahrscheinlich die schlimmsten Misshandlungen erdulden müsste.

»Unser Vorsprung, den wir durch unser Täuschungsmanöver herausgeholt haben, dürfte ausreichend sein und ich verspreche Euch, dass ich mich noch mehr konzentrieren werde, damit wir den richtigen Weg finden«, gab Reinwart entschlossen zurück.

Tatsächlich trafen sie wenig später auf einen breiteren Pfad, auf dem sie ihre Pferde wieder besteigen konnten und somit deutlich schneller vorankamen.

Nachdem sie den Höhenzug mit seinen teilweise schroffen Felsformationen unbeschadet überquert hatten, öffnete sich die Landschaft und beim Hinabreiten traf die kleine Gruppe auf die ersten Weinstöcke, die sich an die sonnige Südseite des Jura schmiegten.

Bei diesem Anblick musste Hannes unweigerlich an Freiburg und an seinen Onkel Jos denken. Was wohl aus ihm geworden war?

Zwei Tage später überquerten sie die Grenze zur Eidgenossenschaft. Neuenburg war zwar eine eigenständige Grafschaft, doch die mächtigen Herren von Bern waren einige Jahre vorher mit dem Grafen unzufrieden gewesen und hatten ihn kurzerhand durch einen ihrer Landvögte ersetzt. Der Ritt auf dem relativ gut befestigten Weg am See entlang entlockte Hannes mehrfach ein lautes Jauchzen, so sehr gefiel ihm die Landschaft.

Ohne größere Schwierigkeiten wurden sie in das malerisch gelegene Städtchen Neuenburg eingelassen, dessen imposante Burg weithin sichtbar war.

Dank Ursulas aristokratischem Auftreten bekamen sie mehrere Zimmer in einer noblen Herberge, die dem Kutscher und den beiden Handwerkern sonst keine Einkehr gewährt hätte. Beim gemeinsamen Abendessen unterhielt sich die kleine Reisegesellschaft über die weiteren Pläne.

»Wir müssen uns trennen«, schlug Ursula vor. »Auf diese Art haben wir größere Chancen, den Schergen Ulrichs zu entkommen.«

Die zwei Handwerker nickten, während sie sich genüsslich über den fein zubereiteten Zander hermachten.

»Ich werde unsere Pferde morgen verkaufen und wieder eine Kutsche besorgen.«

Der Fuhrmann atmete erleichtert auf und freute sich darauf, den harten Sattel mit einem Kutschbock zu tauschen.

»Danach fahren wir nach Basel und kehren zurück in die württembergischen Lande. Was wirst du tun, Hannes?«

Ursula blickte den Gesellen mit ihren funkelnden Augen an und schenkte ihm dabei ein warmes Lächeln.

Unsicher erwiderte er den Blick, um dann verlegen wegzusehen.

»Mein nächstes Ziel ist Luzern, wo ich die Eltern meines früheren Reisegefährten Urs aufsuchen werde, um sie über das Schicksal ihres Sohnes zu informieren.«

»Da werde ich mich anschließen, du kennst den Weg ja doch nicht«, ergänzte Reinwart lachend.

»Dann lasst uns darauf trinken, dass jeder von uns sein Ziel unbeschadet erreicht.«

Die schöne Frau hob ihren Becher und alle vier nahmen einen tiefen Schluck des kräftigen Rotweins.

Eine Weile plätscherte die Unterhaltung noch dahin, bevor einer nach dem anderen zu gähnen anfing und sie wenig später, ermüdet von den Strapazen der vergangenen Tage, ihr Nachtlager aufsuchten.

»Ah, Hannes, könntest du mich kurz in meine Kammer begleiten, ich müsste dich in einer dringenden Angelegenheit sprechen.«

Verdutzt drehte sich der Geselle um, kam der Bitte aber nach und folgte der bezaubernden Frau in ihr Zimmer. Dabei fragte er sich, was sie wohl von ihm wollte, es musste mit seiner Rolle an Ulrichs Hof zu tun haben.

Nachdem sie die Türe geschlossen hatte, wies sie ihm einen verzierten Scherenstuhl zu. Die verdeckten Lampen an der Wand waren bereits von einer aufmerksamen Bediensteten entzündet worden.

»Zu allererst möchte ich dir nochmals ausdrücklich für deinen Einsatz im Schloss des Herzogs danken und möchte dir einen kleinen Geldbetrag geben, der jedoch deine gefährliche Rolle bei Weitem nicht aufwiegt.«

Sie entnahm den Satteltaschen, die sie gegen ihre Reisetruhe eingetauscht hatte, einen Beutel mit klingenden Münzen und reichte ihn dem Gesellen.

»Äh … danke …, das ist doch nicht nötig«, stammelte er und wirkte angesichts der selbstbewussten Aristokratin wie das Kaninchen vor der Schlange.

Unschlüssig erhob er sich und machte Anstalten, die Kammer zu verlassen.

»Jetzt warte doch und setz dich wieder, wer weiß, wann und ob wir uns wiedersehen.«

Auf einem kleinen Tischchen standen eine Karaffe mit Wein sowie zwei Zinnbecher, die Ursula füllte.

»Trinken wir auf unsere glückliche Flucht und darauf, dass Ulrich nie wieder nach Württemberg zurückkehrt«, meinte sie pathetisch, nippte an ihrem Becher und stellte ihn dann zur Seite. »Bei längerer Überlegung scheinen mir die paar Gulden keine ausreichende Belohnung für die tödliche Gefahr, in die ich dich gebracht habe.«

Sie fixierte den Gesellen mit ihren leuchtend blauen Augen und setzte sich wie selbstverständlich auf seinen Schoß.

Hannes war so überrascht, dass er seinen Becher zu Boden fallen ließ.

Die erfahrene Frau ließ sich von diesem kleinen Missgeschick nicht beirren und hauchte ihm zärtliche Küsse auf die Wange.

»Du hast mir schon damals gefallen, als ich dich in Freiburg aufgegabelt habe.«

Ihre Küsse wurden fordernder und Hannes hatte seinen Widerstand schon längst aufgegeben.

Zuerst zaghaft, dann entschlossener fasste er in ihren Ausschnitt und streichelte die Ansätze ihrer weichen Brüste.

»Komm, hilf mir beim Entkleiden«, hauchte Ursula und erhob sich.

Mit zitternden Händen löste Hannes die Schnüre an ihrem Hemd und wenig später stand die schöne Frau nackt vor ihm. Beim Anblick des makellosen Körpers musste der Geselle mehrmals heftig schlucken und wenig später lagen die beiden eng umschlungen auf dem weichen Federbett.

Ungeduldig versuchte Hannes in sie einzudringen, doch die erfahrene ehemalige Mätresse des Herzogs hielt ihn sanft zurück.

»Lass uns erst noch ein wenig so Spaß haben, ich verspreche dir, du wirst es nicht bereuen«, flüsterte sie dem erregten Mann leise ins Ohr.

Widerwillig gehorchte Hannes und musste sich eingestehen, dass sie recht hatte.

Ursula entlockte dem Gesellen Gefühle, die er vorher nicht gekannt hatte.

»Hat es dir Spaß gemacht, mein Junge?«, fragte Ursula, als beide erschöpft nebeneinanderlagen.

»Wie noch niemals zuvor in meinem Leben«, stöhnte der Geselle heiser.

»Mir auch, es hat mich mehr befriedigt als die meisten Nächte mit dem ungestümen Herzog«, stellte sie mit einer Spur Zorn in der Stimme fest.

Kurz darauf schlief sie ein, gefolgt von einem beseelten Hannes.

Im Morgengrauen wurde Hannes geweckt, als eine zarte Hand seine Männlichkeit zum Erwachen brachte.

Beim gemeinsamen Morgenmahl hätte niemand den Eindruck haben können, dass Ursula und Hannes die Nacht zusammen verbracht hatten.

Die Distanz zwischen der adeligen Frau und den beiden Handwerksgesellen war genauso groß wie zuvor.

»Wenn ihr wollt, nehme ich euch noch ein Stück in meiner neuen Kutsche mit«, schlug Ursula vor und die Männer nahmen dankend an.

In dem engen Fuhrwerk suchte besonders Hannes immer wieder den Blickkontakt mit der Frau, die ihm in der vergangenen Nacht so viel Freude bereitet hatte, doch Ursula war zwar freundlich, aber unnahbar.

Dem Neuenburger See folgte der Bieler See und kurz nachdem sie die Stadt Biel passiert hatten, bat Reinwart den Kutscher, anzuhalten.

»Ihr müsst lediglich dieser Handelsstraße folgen, edle Frau, dann kommt Ihr nach Basel. Unser Weg nach Bern hingegen zweigt hier ab.«

»Viel Glück!«, rief Ursula den beiden nach einer höflichen Verabschiedung zu und Hannes fragte sich ein ums andere Mal, ob er die Freuden der letzten Nacht nur geträumt hatte. Seine Gefühlswelt war völlig durcheinander, als er dem Gefährt hinterherstarrte.

»Na, komm schon, oder willst du hier Wurzeln schlagen?«, rief der Metzgergeselle ungeduldig.

Kopfschüttelnd folgte Hannes schließlich seinem Kameraden und versuchte, seine Enttäuschung so gut es ging zu verbergen.

Das Wetter meinte es gut mit ihnen und sie kamen zügig voran, zudem genoss es Hannes, wieder einmal mit dem Bündel auf der Schulter und dem Stock in der Hand durch die Lande zu reisen. Zwei Tage brauchten sie bis Bern und beschlossen kurzfristig, nicht in die Stadt hineinzugehen, sondern weiterzuwandern.

»Falls uns jemand folgt, denkt er bestimmt, dass wir die Herberge deiner Bruderschaft ansteuern, und wenn wir

Pech haben, müssen wir sogar eine Zeit lang hierbleiben und arbeiten«, gab Reinwart zu bedenken.

Der Zimmermann nickte nur geistesabwesend und hing weiter seinen Gedanken nach.

Doch die spektakuläre Landschaft hinter Bern holte ihn aus seiner Lethargie und er vergaß Ursula für den Moment. Während die wandernden Gesellen mehrfach in den tiefblauen Seen Abkühlung suchten, fiel ihr Blick auf die majestätischen Berge, deren Gipfel schneebedeckt waren. Wie konnte das sein?, fragte sich Hannes, es ist doch Sommer. Abends kehrten sie in Dorfgasthöfen ein und verbrachten die lauen Nächte in Heuschobern oder unter freiem Himmel.

Die Menschen, denen sie begegneten, beäugten die Fremden misstrauisch, doch das störte die Handwerker wenig. Kurz nachdem sie den Brienzer See passiert hatten, mussten sie einen Pass überqueren.

»Dieser Weg führt nun geradewegs nach Luzern«, meinte Reinwart, als sie auf der Passhöhe standen. »Und wie war noch der Name des Ortes, wo dein Kamerad herkommt?«

»Eigentlich stammt Urs aus Zürich. Doch nachdem seine Mutter gestorben war, ging sein Vater zurück in das Dorf, in dem er geboren wurde und wo ein Bruder von ihm einen Bauernhof hat. Wenn ich mich recht erinnere, heißt es Hergiswil oder so ähnlich und liegt gleichfalls an einem See«, antwortete Hannes stirnrunzelnd.

Wenn er gewusst hätte, dass er einmal hierherreisen würde, hätte er es sich besser eingeprägt.

»Ein Ort dieses Namens ist mir leider nicht bekannt, aber hier können wir uns ja einigermaßen verständlich machen.«

»Jetzt fällt es mir wieder ein, Vierwäldersee ist der Name des Gewässers.«

»Vierwaldstättersee«, berichtigte ihn Reinwart schmunzelnd.

»Dann sind wir auf dem richtigen Weg.«

Zwei Wochen waren inzwischen vergangen, seit sie sich von Ursula getrennt hatten, als sie an einem Samstagabend in Hergiswil eintrafen.

Auch hier waren die Leute nicht gerade freundlich und in dem Gasthof, in dem sie einkehrten, war die Stimmung geradezu feindselig.

»Was wollt ihr hier?«, fragte der vierschrötige Wirt unwirsch und die anderen Gäste wirkten gleichfalls ablehnend.

Hannes war es nicht wohl in seiner Haut, doch Reinwart der Metzger ließ sich von der unfreundlichen Art nicht beirren.

»Wir würden gern etwas trinken, wenn es keine Umstände macht.«

»Na gut, jeder bekommt ein Bier und danach verschwindet ihr, Fremde sind hier nicht gern gesehen, schon gar nicht, wenn sie aus dem Schwabenland kommen, ist das klar?«

Nun wurde es Hannes zu bunt und er nahm seinen ganzen Mut zusammen.

»Wieso behandelt Ihr uns wie räudige Straßenköter, wir haben Euch nichts getan und unsere Zeche sind wir noch nie schuldig geblieben«, meinte er mit zittriger Stimme. »Komm, Reinwart, auf diese Gastfreundschaft können wir verzichten.«

Hannes hatte sich erhoben und nahm sein Bündel vom Boden auf.

Die Gäste als auch der Wirt starrten mit offenen Mündern auf die beiden Handwerker und es sah so aus, als ob sie sich im nächsten Augenblick auf die Fremden stürzen würden.

»Wenn wir hier heil rauskommen, können wir von Glück sagen, lass uns langsam zur Türe gehen und sobald wir draußen sind, rennen wir los«, raunte Reinwart seinem Begleiter zu.

»Halt!«, rief plötzlich ein Gast mit lauter Stimme und die Gesellen zuckten zusammen.

Im nächsten Moment legte sich eine schwere Hand auf Hannes' Schulter.

»So ein verdammter Mist!«, schrie Kaspar, nachdem die Verfolger am Ufer des Neuenburger Sees standen.

Der Herbergsvater der Gaststätte, in der Ursulas Kutscher sich die letzten Wochen aufgehalten hatte, verriet nach einem eindringlichen Gespräch mit Odo, dass er die Kutsche in Zahlung genommen und der Gruppe ein paar Pferde verkauft hatte.

Eine eifrige Bedienstete berichtete zudem, dass die drei Männer und die Frau sich auf den Weg über das Jura gemacht hatten.

»Wohin sollen wir uns wenden, was meint ihr zwei Halunken?«, blaffte Odo die beiden einheimischen Begleiter an.

Einer zuckte mit den Achseln und der andere wand sich unter dem intensiven Blick des riesigen Söldners.

»Bestimmt sind sie nicht nach Genf, sondern haben sich in Richtung Basel davongemacht.«

Mit seinem ausgestreckten Arm deutete der Mann nach links.

»Der Kerl hat recht, Ursula will ziemlich sicher zurück ins Württembergische und wenn mich mein Gefühl nicht trügt, hat die edle Dame genug vom Reiten und hat sich wieder eine Kutsche zugelegt«, gab Kaspar zu bedenken.

Wenige Meilen vor Neuenburg blieben die Einheimischen immer mehr zurück und preschten plötzlich in nördlicher Richtung davon.

»Diese verfluchten Dreckschweine!«, schrie Odo und wollte sein Pferd wenden, um die Flüchtigen zu verfolgen.

»Lass die Verräter ziehen, dann bleibt mehr von der Belohnung für uns übrig.«

»Ja, da hast du auch wieder recht.«

Odo nickte und blickte seinen Gefährten fast schon bewundernd von der Seite an.

Hannes fasste seinen Stenz fest an und ging in Abwehrhaltung.

Doch gerade als er sich zur Verteidigung wappnete, schaute er auf und blickte in ein offenes Gesicht, das ihm irgendwie bekannt vorkam.

»Ihr beiden seht aus, als ob ihr auf der Walz wärt«, sagte der hochgewachsene Mann freundlich. »Ich bin Reto, mein einziger Sohn ist ebenfalls unterwegs, deshalb möchte ich euch einladen.«

Verblüfft ob des Sinneswandels, schauten sich die Gesellen an.

»Eigentlich habe ich keine Lust mehr, hier etwas zu trinken, aber Ihr seht aus wie die ältere Ausgabe eines Reisekameraden, mit dem ich längere Zeit gewandert bin«, entgegnete Hannes.

»Du … du meinst nicht etwa meinen Urs?«, stieß der Mann hervor und blickte den jungen Gesellen beinahe flehend an.

Hannes nickte und das Gesicht des Mannes hellte sich deutlich auf.

»Ein Maurer namens Urs war es tatsächlich …«, begann Hannes, doch der Gast stürmte auf ihn zu und nahm ihn in die starken Arme.

»Wo ist mein Junge, lebt er noch, geht es ihm gut?«

»Viele Fragen auf einmal, guter Mann, bestellt uns etwas zu trinken und ich erzähle Euch alles, was wir gemeinsam erlebt haben.«

Hannes grinste und der besorgte Vater beeilte sich, dem Wunsch des Gesellen nachzukommen.

»Wir waren auf dem Weg in die Sklaverei, als wir uns kennenlernten«, berichtete der Zimmermann, nachdem er einen tiefen Schluck kühlen Weins getrunken hatte.

Er erzählte davon, wie sie sich aus den Klauen des Menschenhändlers befreit hatten und von dem Beginn ihrer Bekanntschaft mit Bernhard, dem entlaufenen Mönch.

Die kurze Arbeit bei dem hinterhältigen Schmid ließ er genauso wenig aus wie die Zeit in Amsterdam. Mittlerweile hingen auch die anderen Gäste dem erzählfreudigen Gesellen an den Lippen und selbst der eingangs unfreundliche Wirt brachte den beiden Fremden einen Becher nach dem anderen.

»Tja, und irgendwann habe ich Eurem Sohn eröffnet, dass ich weiterwandern werde. Er hat es sich nicht leicht gemacht, das müsst Ihr mir glauben. Immer wieder hat er von seiner schönen Heimat geschwärmt und von seinem Vater, den er wiedersehen wollte. Doch letztlich fiel die Entscheidung zugunsten der Tochter seines Meisters. Sie ist eine reizende junge Frau und Urs wird einmal das Maurergeschäft ihres Vaters übernehmen können. Der Meister ist sehr vermögend und wer weiß, vielleicht nimmt Urs den beschwerlichen Weg in die Heimat einmal auf sich.«

Hannes ließ seine letzten Worte wirken, bevor er fortfuhr.

»Urs hat mir in Amsterdam das Versprechen abgenommen, in seine Heimat zu reisen, damit ich seinem Vater von seinem Schicksal berichten könne.«

Mit Tränen in den Augen kam Reto näher und nahm Hannes in den Arm.

»Dafür bin ich dir unendlich dankbar und ich werde mich gern in irgendeiner Weise erkenntlich zeigen.«

»Uns würde es schon reichen, wenn wir eine Mahlzeit und heute Nacht ein Dach über dem Kopf bekommen könnten.« Reinwart war wie immer pragmatisch.

»Das ist ja wohl das allermindeste.«

Die anfangs feindselige Stimmung hatte sich mittlerweile ins Gegenteil gekehrt und die zwei Gesellen konnten sich nicht mehr vor Freigetränken retten.

Jeder in der Runde kannte Urs noch von Kindesbeinen an und hatte eine Geschichte über den Maurer parat.

Irgendwann in der Nacht torkelten drei Gestalten durch das nur durch fahles Mondlicht erhellte Dorf und blieben schließlich vor einem stattlichen Haus mit angebauter Scheune stehen.

»Hier ist unser elterlicher Hof, den mein Bruder bewirtschaftet. Kommt herein, wir haben für unsere Knechte Schlafkammern, von denen eine derzeit leer steht. Der Lump, der darin gehaust hat, ist über alle Berge und unserem Senn, der den Käse herstellt, fehlt oben auf der Alp ein dringend benötigter Helfer.«

Den Gesellen war es in ihrem Zustand eigentlich gleichgültig, wo sie ihr müdes Haupt betteten, Hauptsache, es regnete nicht hinein.

Am nächsten Morgen wurden die beiden von einer sanften Frauenstimme geweckt.

»Grüezi wohl, ich soll euch zum Frühstück holen!«, rief sie fröhlich und die Gesellen beeilten sich, trotz der fürchterlichen Kopfschmerzen, die sie plagten, dem Befehl des hübschen Mädchens nachzukommen.

»Wer von euch ist mit meinem Cousin Urs in diese Seestadt gewandert?«, fragte sie keck beim Morgenmahl, das in der geräumigen Kochstube eingenommen wurde.

»Moni, lass unsere Gäste doch erst mal in Ruhe essen, bevor du sie mit Fragen löcherst«, rügte ein hagerer Mann sichtlich genervt, der gemeinsam mit Reto und einer älteren Frau ebenfalls an dem massiven Holztisch saß.

»Mein Name ist übrigens Beat und das ist meine Frau Sylvie, unsere vorlaute Tochter Moni und meinen Bruder Reto habt ihr ja bereits kennen gelernt.«

Nachdem sich Hannes und Reinwart gleichfalls vorgestellt hatten, entwickelte sich ein munteres Gespräch, in dessen Verlauf der junge Zimmermann natürlich wieder von seiner gemeinsamen Zeit mit Urs erzählen musste.

»Wollt ihr beiden eine Zeit lang hierbleiben, ich hätte sowohl für den Metzger als auch für den Zimmermann Verwendung«, schlug Beat schließlich vor, der auf dem Hof eindeutig das Sagen hatte.

Die zwei Handwerker sahen einander an und zuckten fast zeitgleich mit ihren Schultern, bevor sie zustimmend nickten.

»Das freut mich, ihr werdet eure Entscheidung bestimmt nicht bereuen. Falls ihr allerdings einmal etwas völlig anderes arbeiten wollt, so biete ich euch an, unseren Senn auf der Hochalpe bei der Käseherstellung zu unterstützen.«

Fragend blickte Hannes den hageren Beat an.

»Was genau müssten wir da machen?«

»Es ist eigentlich keine so schwierige Tätigkeit, das Wichtigste dabei ist sicherlich, dass du gut zu Fuß bist und ein wenig mit Tieren umgehen kannst«, erklärte der Bauer.

»Und natürlich solltest du vor der Höhe keine Angst haben, denn da oben in den Bergen gibt es gefährliche Abhänge und tiefe Felsspalten. Vor dem Morgengrauen muss man die Kühe auf die Weide treiben und am Nachmittag wieder hereinholen zum Melken, das ist für euch die Haupttätigkeit. Außerdem solltet ihr noch dem alten Sennbauern bei der Käseherstellung zur Hand gehen.«

»Da brauche ich nicht lange zu überlegen, ich gehe auf die Alpe!«, rief Hannes freudig aus.

»Also wenn Ihr nichts dagegen habt, würde ich lieber hier unten für Euch arbeiten«, erklärte Reinwart hingegen nachdenklich. »Die Höhe ist nichts für mich, mir hat es gereicht, als wir über das Jura gewandert sind.«

Hannes war ein wenig enttäuscht, dass ihn Reinwart nicht begleitete, ließ es sich jedoch nicht anmerken.

»Damit habt ihr beiden mir eine große Freude gemacht und wenn du willst, Hannes, kannst du dich gleich nach dem Frühstück auf den Weg machen. Moni wird dich hinaufführen. Eigentlich schickt es sich nicht für ein unverheiratetes Mädchen, einen ledigen Mann zu begleiten, aber bei dem Reisegefährten von unserem Urs machen wir natürlich eine Ausnahme.«

Etwa eine Stunde später begannen die zwei mit dem Aufstieg zur Alphütte, wobei Hannes anfangs Mühe hatte, der jungen Frau zu folgen. Der Weg, dem sie folgten, war nicht mehr als ein schmaler Trampelpfad durch den dichten Gebirgswald.

Die Sonne konnte man nur erahnen und der Geselle stolperte ein ums andere Mal über dicke Wurzeln, über die Moni leichtfüßig sprang.

Nach vier mühseligen Stunden, in denen es stets bergauf gegangen war, traten sie aus dem Wald und sahen die gezackten Berggipfel.

»Ist es noch weit?«, wollte der Geselle, nach Luft schnappend, wissen.

»Was ist los mit dir, ich denke, du bist auf der Walz«, entgegnete das dunkelhaarige Mädchen neckisch. »Da wird dir doch so ein Spaziergang nichts ausmachen.«

Hannes verkniff sich eine Antwort und versuchte, sich vor Moni keine Blöße mehr zu geben.

Es verging eine weitere halbe Stunde, ehe die junge Frau auf ein gedrungenes Blockhaus deutete, das aus massiven Rundholzstämmen gefertigt war.

»Dort ist dein Zuhause für die nächsten Wochen.«

Um das Hauptgebäude gruppierten sich mehrere Schuppen, die allesamt sehr verwittert aussahen, und plötzlich erhob sich aus der Wiese vor den Scheunen ein schwarzer, bulliger Hund. Hannes erstarrte vor Schreck.

»Du brauchst keine Angst vor Benno zu haben, aggressiv wird er nur bei Wölfen und Bären.«

Die junge Frau wartete, bis der Hund bei ihr war, um ihn dann zu tätscheln und zu liebkosen.

»Du musst ihn streicheln und darfst keine Scheu vor ihm zeigen, Hannes. Er wird die nächsten Wochen dein treuer Begleiter sein.«

Hannes wusste, dass er über seinen Schatten springen musste, und streckte Benno vorsichtig seine Hand hin, die dieser mit seiner feuchten Zunge ableckte.

Mit dem Hund im Schlepptau duckte sich Moni unter der gedrungenen Türöffnung hindurch und Hannes folgte ihr in den niedrigen Raum.

»Hansueli, wo bist du?«, rief sie mit ihrer hellen Stimme. »Ich habe dir einen Helfer und ein wenig Proviant mitgebracht.«

Als keine Antwort ertönte, wandte sich Moni der steilen Treppe zu und ging nach oben.

»Entweder treibt er die Kühe zusammen oder er ist beim Käsen.«

In einem der größeren Schuppen sah Hannes einen älteren Mann mit einem monströsen Bart, der gerade dabei war, mit einem eigenwilligen Gerät durch eine in einem Kupferkessel befindliche flüssige Masse zu streichen.

Moni wusste, dass der Sennbauer bei dieser Arbeit nicht gestört werden wollte, und flüsterte Hannes ins Ohr: »Das ist eine sogenannte Käseharfe, damit zerteilt er die eingedickte Milch und je kleiner die Teile sind, desto härter wird der Käse.«

Der junge Geselle verstand den Sinn nicht so recht, doch er tröstete sich damit, dass er wohl noch öfters bei der Käseherstellung mithelfen würde.

Mit kunstvollen Bewegungen, die tatsächlich ein wenig an das Harfespielen erinnerten, bewegte der Senn sein Instrument durch die sämige Masse und bemerkte seine Zuschauer erst, als er den Stock mit den gespannten Eisendrähten wieder aus dem Kessel nahm.

»Moni, das ist aber eine Freude!«, rief er und das grimmige Gesicht hinter dem Bart hellte sich ein wenig auf.

»Grüezi, Hansueli, ich habe dir jemanden mitgebracht, der dich die nächsten Wochen auf der Alp unterstützen wird.«

Die stechenden Augen prüften daraufhin jeden Zoll des jungen Zimmermanns und der Senn brummte etwas in seinen Bart, wobei Hannes nicht verstehen konnte, ob es wohlwollend oder abschätzig war.

Daraufhin packte Moni mit flinken Fingern ihr Bündel aus und reichte dem Senn einen mit Wachs verschlossenen Krug.

»Hier habt ihr ein wenig Wein zur Zerstreuung, aber jetzt muss ich mich wieder auf den Heimweg machen, damit ich vor Sonnenuntergang zu Hause bin. Ich wünsche euch eine gute Zeit miteinander!«, rief sie und war wieder verschwunden.

»Ich hoffe, du lässt mich nicht im Stich wie dein Vorgänger«, war alles, was der Alte sagte, bevor er sich wieder seiner Arbeit zuwandte.

Unschlüssig schaute Hannes dem Senn dabei zu, wie er den schweren Kupferkessel drehen wollte, was sehr beschwerlich aussah.

Sofort war der Geselle bei Hansueli und half ihm dabei, die Flüssigkeit auszuschütten.

Der Senn reagierte überhaupt nicht auf diese Geste und Hannes beschloss, seinen Trumpf auszuspielen, denn er hatte keine Lust darauf, in den nächsten Wochen von diesem Grimmbart ignoriert zu werden.

»Kennst du Urs, den Sohn von Reto?«, fragte der Geselle gespannt.

Anstatt sich zu freuen, wurde der Senn noch ruppiger.

»Diesen Nichtsnutz kenne ich nicht mehr!«, rief Hansueli in seinem kehligen Dialekt aus. »Er hat uns alle hier im Stich gelassen und ist einfach auf und davon.«

»Aber er musste doch gehen, es besteht doch Wanderpflicht für einen Maurergesellen«, versuchte Hannes, seinen Reisekameraden zu verteidigen.

»Darum geht es nicht, er hätte hier sein Auskommen haben können, bevor er seine Lehre in diesem Sündenpfuhl von Stadt angetreten hat, und jetzt will ich nichts mehr darüber hören, wir haben viel zu tun.«

Offenbar habe ich in ein Wespennest gestochen, dachte Hannes. Aber wieso hat mir unten im Tal niemand von der Abneigung des Sennbauern gegen Urs etwas gesagt?

So gut es ging, machte sich der Geselle nützlich und befolgte die knappen Befehle des Alten. Die soeben in ein anderes Gefäß geleerte Flüssigkeit hieß Molke und der übrig gebliebene feste Bestandteil, der durch die Sägebewegungen mit der Käseharfe entstanden war, wurde Bruch genannt.

Nun wurde der Kupferkessel erhitzt, damit der Käsebruch noch mehr von der Molke verlor. Interessant war die Tätigkeit durchaus, wenngleich Hannes von dem Senn mehr oder weniger links liegen gelassen wurde.

Nachdem die Masse ein wenig heruntergekühlt war, kam sie in verschiedene Formen, die aus ihr die unverkennbaren runden Laibe machten.

Als es dunkel war, ging Hansueli, gefolgt von Hannes, in die Wohnstube. Der Alte zündete ein paar Talgkerzen an und holte aus einer kleinen Speisekammer etwas Käse, Räucherwurst und hartes Fladenbrot. Stumm bedeutete er dem Gesellen, sich zu setzen.

Dazu tranken die beiden den von Moni mitgebrachten Wein, doch auch der lockerte die Zunge des Sennbauern nicht. Der Hartkäse war köstlich und Hannes schnitt sich mehrmals davon herunter, bevor Hansueli ihn wieder abtrug.

»Wir gehen jetzt schlafen, morgen geht es früh raus und meine bisherigen Gehilfen haben allesamt Mühe gehabt, um diese Zeit hochzukommen. Such dir da draußen im Heu ein Plätzchen.«

Hannes tat wie ihm geheißen und verließ den niederen Raum.

Doch zum Schlafen war der junge Geselle noch nicht müde genug. Das fahle Mondlicht ausnutzend, ging er um die ordentlich gebauten Schuppen herum und genoss es, die würzige Luft einzuatmen. Er lauschte in die Nacht und meinte, noch niemals in seinem Leben so eine Stille erlebt zu haben.

Irgendwann befolgte er jedoch den Rat des Sennbauern und legte sich in das weiche Heubett, denn vor dem Alten wollte er sich keine Blöße geben.

Er ging gerade mit Moni spazieren, als ihn von hinten eine Hand packte und schüttelte. Mit einer ruckartigen Bewegung befreite er sich, er wollte jetzt nicht gestört werden. Als die Hand jedoch wiederkam und ihn noch heftiger am Wams zog, merkte Hannes, dass er unsanft aus einem schönen Traum gerissen wurde.

»Los, zieh dich an!«, herrschte ihn der Sennbauer an.

Das kann ja heiter werden, dachte Hannes im Halbschlaf und erhob sich langsam von seinem weichen Heulager.

Hannes taumelte in die Sennhütte, wo Hansueli dabei war, eine Brotzeit herzurichten.

»Setz dich her und iss reichlich, du wirst es heute brauchen.«

Es war zu früh, um Hunger zu haben, doch Hannes zwang sich, zu essen.

Wer wusste schon, wann es wieder etwas geben würde.

»Üblicherweise melken wir die Kühe, bevor wir sie hinaufschicken, doch diesen herrlichen Tag nutzen wir ganz aus.«

Woher wusste der Mann, dass es heute schön werden würde, fragte sich Hannes.

»Deine Aufgabe besteht darin, die Herde auf die fruchtbarsten Almwiesen zu treiben. Heute gehe ich noch mit, doch bereits ab morgen musst du die Tiere selbstständig hinaufführen und nur noch Benno wird dich begleiten«, erklärte der Senn knapp, nachdem sie sich erhoben hatten und in den Stall gegangen waren.

Der Bauer schnappte sich einen langen Stock und bedeutete Hannes, sich ebenfalls einen zu nehmen. Mit viel Geschrei und leichten Stockhieben scheuchte Hansueli, unterstützt vom Gebell des großen Sennhundes, die zwanzig Kühe, drei Kälber sowie den Bullen nach draußen. Hannes sah kurz auf den sehnigen Mann und tat es ihm dann sofort nach.

»Dort oben ist eine ergiebige Wiese, die sie bisher noch nicht beweidet haben, da geht es heute hin.«

Er deutete in den sternenklaren Nachthimmel, aber Hannes konnte nur schemenhaft einen Berghang erkennen. Die Tiere folgten ihrem natürlichen Trieb und strebten der Wiese zu, sodass die zwei Männer ihnen in gebührlichem Abstand nur noch hinterhergehen mussten.

»Es ist keine so schwierige Aufgabe, du musst nur aufpassen, dass keine Kuh sich zu weit von der Herde entfernt und sich vielleicht in Gefahr begibt. Falls du aber denkst, dass du dich irgendwo hinlegen kannst, um ein Nickerchen zu halten, so sei versichert, dass Benno das verhindern wird. Ach, und noch etwas, hier in der Gegend habe ich in den letzten Tagen Spuren eines ausgewachsenen Braunbären gesehen, sei also besonders auf der Hut.«

Bei den letzten Worten des Sennbauern stellten sich Hannes die Nackenhaare auf.

»Aber wie soll ich mich verhalten … ich meine … ich bin ja kein Angsthase, aber mit so einem Bären ist ja nicht zu spaßen, oder?«

»Das ist richtig, aber du hast ja deinen Stock und Benno wird dir helfen, den Räuber zu verjagen«, entgegnete Hansueli mit einem spöttischen Lächeln. »Heute Nachmittag werde ich wiederkommen, dann treiben wir die Herde gemeinsam zurück.«

Der Senn machte sich auf den Rückweg und ließ einen ziemlich ratlosen Hannes zurück.

Hat er die Geschichte mit dem Bären jetzt erfunden, um meine Aufmerksamkeit zu erhöhen, oder streunt hier tatsächlich eine gefährliche Bestie umher?, fragte sich der verzagte Geselle. Die Kühe jedenfalls grasten friedlich und ihr Instinkt würde ihn warnen.

Nachdem er die ersten Stunden unter allerhöchster Anspannung stand und bei jedem fremdartigen Geräusch in Panik verfiel, wurde er mit zunehmender Dauer ruhiger.

Hier gab es bestimmt keine Bären mehr und wenn, dann mieden die Tiere doch sicher jeden Kontakt mit Menschen, die sie so gnadenlos verfolgten.

Mit dieser Erkenntnis freundete Hannes sich an und setzte sich auf einen Fels.

Aufs Neue bewunderte er die grandiose Landschaft mit den bizarren Felsformationen und dem ewigen Eis auf den höchsten Bergen. Sein Freund Urs würde bestimmt in ein paar Jahren Heimweh bekommen nach dieser atemberaubenden Gegend.

Gewiss hatte Amsterdam auch seinen Reiz, aber wenn jemand in den Bergen aufgewachsen war, so würde er sich doch ewig danach zurücksehnen, das jedenfalls glaubte Hannes.

Mehrfach war er nah daran, einzuschlafen, doch der aufmerksame Benno spürte es tatsächlich und ließ dann ein lautes Bellen ertönen.

Hannes beschloss daraufhin, sich nicht mehr hinzusetzen, sondern umherzugehen.

Einige Male musste er vorwitzige Rindviecher, die sich zu weit entfernt hatten, zurück zum Herdenverbund treiben, wobei ihn Benno tatkräftig unterstützte.

Am frühen Nachmittag hatte er sich bereits darauf eingerichtet, dass es bald wieder heimwärts gehen würde, als er sah, wie sich eine große Mutterkuh immer näher an einen Abhang fraß. Der Geselle mahnte sich zur Ruhe und bewegte sich mit leisen Schritten auf das Tier zu, damit es nicht erschrak.

Nur wenige Fuß trennten ihn noch von der Kuh, als diese den Geruch des Menschen wahrnahm und sich plötzlich umdrehte.

»Ruhig, ruhig, ich tu dir ja nichts«, sprach er auf sie ein und stellte sich zwischen den Abgrund und das Tier.

Ein kurzer Blick in die Tiefe raubte ihm beinahe den Atem.

Wenn sie jetzt in Panik gerät, hat mein letztes Stündchen geschlagen, dachte Hannes.

»Ich habe mir's fast gedacht, dass ich den Kerl nicht alleine lassen kann«, brummte Hansueli in seinen Bart, während er mit schnellen Schritten aufstieg.

»Heia, ho, heia, ho!«, rief der Senn, nachdem er nahe

genug herangekommen war. Die Kuh drehte sich um, als sie die vertraute Stimme hörte, und trottete zu dem Bauern, der ein Grasbüschel in der Hand hielt.

Hannes war zuerst wie gelähmt, entfernte sich dann aber auch von dem Felsabhang.

»So etwas darf nie wieder passieren, ist das klar? Es wäre jammerschade um die schöne Kuh. Und jetzt hilf mir, die Tiere talwärts in ihren Stall zu treiben.«

Jedes noch so unflätige Schimpfwort vor sich hin fluchend, tat der Geselle seine Arbeit. Was fiel dem Kerl bloß ein, um eine Kuh wäre es schade, aber um ihn nicht. Hannes schwor sich, diesen ungastlichen Ort am nächsten Tag wieder zu verlassen.

Im Stall wurden die Tiere angeleint und der Senn begann sofort damit, sie zu melken. Er nahm sich einen zweibeinigen Stuhl, den er sich mit einem Lederriemen um die Hüfte band, sowie einen Holzeimer und fing an, einer Kuh sanft das Euter zu streicheln, bevor er die Zitzen mit seinen Fingern bearbeitete.

Wenig später ergoss sich ein Strahl der kostbaren Milch in den Eimer und in kürzester Zeit war das Gefäß zur Hälfte gefüllt.

Hannes hatte aufmerksam beobachtet und brachte dem Bauern sogleich einen anderen Eimer.

»Trage ihn in die Käsekammer und leere die Milch in den Kupferkessel«, war der knappe Befehl des Alten.

Der Geselle hätte dem Senn liebend gern gezeigt, dass er auch imstande war zu melken, doch diesen Miesepeter wollte er um nichts bitten.

Stattdessen schöpfte er mehrmals mit den Händen in dem Bottich und trank genüsslich von der warmen Milch.

»Der Kessel ist zu zwei Dritteln gefüllt, Hansueli«, gab Hannes nach geraumer Zeit zu bedenken.

»Na schön.«

Mit diesen Worten beendete der Bauer seine Tätigkeit und bedeutete seinem Helfer, den letzten Eimer gleichfalls hineinzugießen.

Mit einem angespannten Gesichtsausdruck begutachtete er die Flüssigkeit und wandte sich dann einem anderen Behältnis zu.

»Gib mir das mal her.«

Er deutete auf eine von mehreren runden Formen, die in einem Regal standen.

Geschickt nahm der Senn den bereits festeren Laib heraus und tauchte ihn in die Salzlake. Diesen Vorgang wiederholte er mit sämtlichen in einer Reihe stehenden Laiben. Offenbar waren in diesem Regal Käse verschiedener Reifungsgrade sortiert.

Nachdem jeder einzelne Laib wieder in die Form zurückgegeben worden war, füllte Hansueli einen Eimer mit der Salzlake.

Er öffnete eine Tür im hinteren Bereich der Käsekammer, die geradewegs in den Berg hineinzuführen schien, und gab Hannes eine brennende Fackel.

Hier in diesem Stollen waren die reiferen Käselaibe untergebracht und es herrschte ein angenehm kühles Klima.

Akribisch rieb der Sennbauer die reifen Laibe mit der Salzlake ein und Hannes musste dabei an den herrlichen Geschmack des Käses denken. Dabei kam dem Gesellen zu Bewusstsein, dass er bereits längere Zeit nichts mehr zu essen gehabt hatte, und das Wasser lief ihm im Munde zusammen.

Hansueli schien es nicht eilig zu haben und widmete sich voller Hingabe seinen Käselaiben. Doch irgendwann waren alle eingeschmiert und der Bauer stapfte hinaus und begab sich, gefolgt von seinem neuen Adjutanten, in seine Sennhütte.

Das Abendbrot bestand aus den gleichen Zutaten wie am Tag zuvor, lediglich ein köstlich schmeckender luftgetrockneter Schinken kam noch dazu.

Hannes hätte so viele Fragen an den Senn gehabt, doch der ablehnende Gesichtsausdruck des Alten hielt ihn davon ab.

»Gute Nacht, Hansueli, ich geh schlafen, damit ich morgen früh besser rauskomme«, meinte Hannes beiläufig und beschloss dabei, dem Kerl nach dem Aufstehen Lebewohl zu sagen.

Seine Kühe konnte er selber hinaustreiben, mit diesem tröstlichen Gedanken schlief der junge Geselle ein.

Wieder war er in einem schönen Traum, als er durch lautes Hundegebell und Muhen der angeleinten Kühe geweckt wurde.

Sofort als er zu sich gekommen war, trat ihm der stechende Geruch nach Rauch in die Nase. In Windeseile war Hannes auf den Beinen und sah, dass die Sennhütte mitten in der Nacht hell beleuchtet war.

»Hansueli!«, schrie er in das brennende Haus hinein, doch irgendwie wusste er, dass er keine Antwort erhalten würde.

Vergessen war der Zwist und Hannes wollte nur noch den Sennbauern retten.

Der Rauch hatte sich bereits im ganzen Haus verteilt und der Geselle bekam beinahe keine Luft mehr, als er den Alten schemenhaft auf dem Boden liegen sah. Die Flammen leckten an seinen Kleidern, aber trotzdem beugte er sich hinunter und fasste dem wie tot daliegenden Bauern unter die Arme.

Schwer hustend und unter Aufbietung seiner ganzen Körperkraft zerrte Hannes den leblosen Mann vor die Hütte.

»Wasser«, hauchte Hansueli plötzlich ganz schwach und Hannes rannte daraufhin geistesgegenwärtig in die Käsekammer.

Mit einem vollen Eimer kehrte er von dem nahen Bergbach zurück und flößte dem rußgeschwärzten Mann langsam Wasser in den halbgeöffneten Mund.

»Was ist geschehen?«, wollte der Geselle atemlos wissen.

»Ein … ein Schwächeanfall, … dabei … das Talglicht … umgefallen«, hauchte er völlig entkräftet, während Benno, sein Hund, ihm mit der Zunge übers Gesicht leckte.

»Du musst … mein Bündel … ist noch …«

»Meinst du, ich soll dein Bündel herausholen?«

Ein leichtes Nicken war die Antwort und Hannes ging, nachdem er sein Hemd in den Wassereimer getunkt hatte und es sich dann vors Gesicht hielt, nochmals in die Hütte, denn offenbar waren Hansuelis sämtliche Habseligkeiten in dem brennenden Haus.

Der Geselle konnte nicht viel erkennen und öffnete aufs Geratewohl den Deckel einer massiven Holzkiste, die bisher von den Flammen verschont geblieben war.

Ängstlich sah er zur Decke und zur hinteren Wand, die bereits hell loderten.

Ich habe nicht mehr viel Zeit, um hier herauszukommen, dachte Hannes und zog ein kleines Bündel aus der Kiste.

So schnell er konnte, rannte der Geselle aus dem stickigen Raum und übersah dabei einen kleinen Holzschemel. Der Länge nach schlug Hannes hin und in diesem Augenblick fiel ein brennender Balken von der Decke, der ihn am Kopf traf.

Wie zwei Bluthunde hatten sich Kaspar und Odo an die Fährte der Flüchtenden geheftet.

»Wo würdest du dich hinwenden an deren Stelle?«, fragte Kaspar seinen Gefährten, als sie an der Weggabelung angekommen waren, an der die Handelsstraße entweder nach Basel oder nach Bern abzweigte.

»Wie gesagt, wenn das Weibsstück nach Württemberg zurückgeht, wovon ich stark ausgehe, wird sie wohl den Weg über Basel nehmen.«

»Davon gehe ich auch aus«, gab Kaspar Odo recht und preschte auf dieser Strecke davon.

Bereits wenige Meilen nach der Kreuzung trafen sie auf eine Kutsche, die offenbar Probleme mit einem der Holzräder hatte.

Eine vornehm gekleidete Frau stand etwas abseits, während ein Mann sich an dem Rad zu schaffen machte.

»Gott zum Gruße, edle Dame, können wir Euch helfen?«

Kaspar hatte galant seinen Hut abgenommen, nachdem er sein Pferd vor der Frau zum Halten gebracht hatte.

In diesem Augenblick sah er so etwas wie ein Wiedererkennen in den schönen Augen der Frau und ihm kam gleichfalls eine Szene an Herzog Ulrichs Hof ins Gedächtnis.

»Odo, ich glaube, heute ist unser Glückstag«, meinte Kaspar gedehnt und lächelte gehässig.

KAPITEL 26

Dem aufmerksamen Säumer war nicht entgangen, dass die Frau, der er ein gutes Zubrot zu verdanken hatte, am Ende ihrer Kräfte war.

Aus einem der Packen, die auf dem Rücken der Pferde lagen, holte Joshua eine dicht gewobene Decke heraus und gab sie der dankbaren Kauffrau. Danach bedeutete er ihr, sich auf eines der schwer atmenden Tiere zu setzen, die eigentlich als Ersatz gedacht waren.

Als die Gruppe die höchste Stelle überquert hatte, ging es rasant bergab und bei der nächsten Haltestelle musste sich Anna eingestehen, dass sie es ohne die Hilfsmaßnahmen Joshuas wohl nicht geschafft hätte.

Nun öffnete sich die Landschaft wieder, das Schroffe, Lebensfeindliche lag hinter ihnen und es wurde auch zunehmend wärmer. Je tiefer die Reisegruppe stieg, desto mehr quoll die Natur über. Sie liefen über grüne Wiesen, die gesäumt waren von bunt blühenden Laubbäumen, und Anna traute ihren Augen nicht, als sie plötzlich eines traumhaft zwischen den Bergen eingebetteten Sees gewahr wurde.

»Das ist der Comer See, dort werden wir heute Abend unser Lager für die Nacht aufschlagen«, beeilte Anton sich zu sagen.

Mit dem Etappenziel vor Augen lief es sich beinahe wie von selbst und kurz vor Chiavenna verabschiedeten sich die drei von ihrem Säumer, der ihnen weiterhin viel Glück wünschte. Anna hätte den vertrauenswürdigen Mann sofort wieder für die Rückreise verpflichtet, doch weder Anton noch Jerg konnten ermessen, wie lange sie bis Genua und wieder hierher zurück brauchen würden.

Mittlerweile hatten sie die Grenze zum Herzogtum Mailand überschritten und die einfache Herberge, die Anton in einem kleinen Dorf direkt am Ufer des Sees ausgesucht hatte, kam der jungen Kauffrau nach den Entbehrungen und übermenschlichen Anstrengungen der letzten Tage vor, als wäre es das beste Quartier, in dem sie jemals genächtigt hatte.

Das Risotto genannte Reisgericht mit gebratener Geflügelleber tat ein Übriges und der dunkle Rotwein sorgte für die nötige Bettschwere.

»Ach, könnten wir doch für ein paar Tage hierbleiben, damit ich wieder zu Kräften komme«, bemerkte Anna wehmütig.

»Das wäre nicht schlecht«, stimmte ihr Jerg zu.

»Doch leider müssen wir schnellstmöglich deine Reputation wiederherstellen und außerdem habe ich große Sehnsucht nach Barbara und meinem Kind.«

»Du hast recht, Jerg, lasst uns die leidige Geschichte so schnell wie möglich hinter uns bringen. Doch wie geht es jetzt überhaupt weiter?«

Neugierig blickte sie auf Anton, dem die Reiseleitung oblag.

»Morgen früh müssen wir uns als Erstes gute Pferde besorgen, danach führt uns der Weg ziemlich lange durch das Herzogtum Mailand, bevor wir dann auf das Gebiet der freien Stadtrepublik Genua stoßen. Ich schätze, dass wir in ein bis eineinhalb Wochen am Ziel sind.«

»Und du kennst alle Straßen und Abbiegungen bis nach Genua?«, wollte Anna skeptisch wissen.

»Genau deshalb habt ihr mich ja mitgenommen, ha, ha, aber im Ernst, wir können uns gar nicht verirren, denn die bedeutende Handelsstraße führt über den Splügenpass nach Como, von dort nach Mailand und dann geradewegs nach Genua. Es beginnt bald der Sommer und wir können die Reise durch dies schöne Land ein wenig genießen. Lediglich kurz vor unserem Ziel müssen wir noch ein Gebirge, den Apennin, überqueren.«

Jerg rollte ungehalten mit den Augen.

»Aber keine Angst«, beeilte sich Anton mit einem Blick auf Annas angsterfüllten Gesichtsausdruck hinzuzufügen. »Die Berge sind bei weitem nicht so hoch wie in den Alpen.«

Am nächsten Morgen nach dem Frühstück verhandelte Anton mit dem Besitzer der Herberge über den Verkauf von drei kräftigen Rappen und nach kurzem, aber zähem Feilschen wurden die Männer handelseinig.

»Ich freue mich schon auf das großartige Mailand, von dem ich bereits so viel gehört habe«, meinte Anna, während sie in den Sattel stieg.

»Da muss ich dich leider enttäuschen, aus Zeitgründen machen wir einen Bogen um die mächtige Stadt«, entgegnete Anton und verschwieg, dass der Grund, Mailand zu meiden, von der Zeit herrührte, als er in Diensten des Herzogs gestanden hatte.

Keinesfalls wollte er riskieren, in der Stadt erkannt zu werden und womöglich in den Kerker zu kommen. Außerdem brauchte von seinen Mitreisenden niemand zu erfahren, dass er damals bei Nacht und Nebel aus der herzoglichen Stadt hatte flüchten müssen. Jerg hingegen ließ sich nicht so leicht täuschen, behielt seine Bedenken jedoch für sich.

Sie kamen durch einige kleine Dörfer mit charakteristischen Bruchsteinhäusern und Anna fragte sich insgeheim, ob es nicht besser gewesen wäre, der gut ausgebauten Handelsstraße zu folgen und einen Tag Rast in Mailand zu machen.

Die Übernachtung in einem kleinen Gasthof zwischen zwei Orten bestärkte sie in ihrer Einschätzung, denn ohne ihre beiden Beschützer wäre sie aus dieser Kaschemme nicht mehr lebend herausgekommen.

Offenbar war die Haupteinnahmequelle des finsteren Wirts das Ausrauben von Reisenden und so war sie froh, als sie wieder auf der Hauptroute in Richtung Genua war. Zu ihrem Ungemach allerdings nahm die Tageshitze ständig zu und nicht einmal der Wind, der durch das Reiten entstand, kühlte einigermaßen.

Links und rechts des Wegrands war das Gras so trocken, dass ein kleiner Funke ausgereicht hätte, es in Brand zu setzen.

Ihre beiden Begleiter unterhielten sich angeregt über gemeinsame Kriegserlebnisse und Anna war die Einzige, die sich für die Natur und die Gegend zu interessieren schien. Besonders angetan hatten es ihr die schlanken Zypressen genannten Bäume sowie die herrlich duftenden ausladenden Pinien.

Seit sie die Alpen hinter sich gelassen hatten, war das Land sehr flach und dem Anschein nach sehr fruchtbar, doch nach dem fünften Tag zeigten sich am Horizont bereits einzelne Bergspitzen des Apennin.

»Wenn alles glattläuft, sind wir übermorgen in Genua und essen leckere Meeresfrüchte«, bemerkte Anton aufmunternd zu Anna.

Das Gebirge war tatsächlich nicht so hoch und Anna empfand den Anstieg als angenehm, denn die zunehmend kühlere Luft in der dicht bewaldeten Höhe ließ sie wieder deutlich freier atmen.

Es war bei Weitem nicht so kalt wie in den Alpen und nur wenige Male sahen sie in der Ferne kleinere Schneefelder.

»Wenn du beim Abstieg gut aufpasst, dann kannst du die Silhouette von Genua und natürlich das Mittelmeer sehen.«

Anna hatte schon so viel gehört von der unendlichen Weite des Meeres, dass sie so gespannt war wie selten zuvor. Was sie dann allerdings erblickte, während sich die kleine Gruppe immer mehr talwärts bewegte, stellte alles, was sie sich erträumt hatte, in den Schatten. Im Vordergrund sah sie die imposante Hafenstadt und an deren Rändern begann das tiefblaue Wasser sich bis zum Horizont zu erstrecken.

Die junge Kauffrau musste sich eingestehen, dass sie noch niemals etwas Derartiges gesehen hatte. Je näher sie kamen, desto gewaltiger erschien Anna die nach Venedig mächtigste Seestadt und ihr Vorhaben kam ihr dabei völlig abstrus vor.

Was konnten sie drei schon hier bewirken?

Nachdem sie die Pferde in einer nahegelegenen Stallung zu einem Wucherpreis untergestellt hatten, begaben sie sich zu dem großen, steinernen Tor, das die Handelsstraße beendete, der sie nun schon so lange gefolgt waren.

Zwei grimmig dreinblickende Wächter geboten über den Einlass in die reiche Stadt und Anna blickte skeptisch auf die abgewiesenen Leute, die vor ihnen an der Reihe gewesen waren.

»Wie viel Geld hast du noch?«, fragte Anton schnell und Jerg gab ihm mit wissender Miene den Beutel, den er verwahrte.

»Buongiorno, Kameraden, es ist ein Jammer, was für Gesindel in eure schöne Stadt Einlass begehrt«, meinte Anton in der Sprache, die er in Mailand gelernt hatte. »Ihr seht durstig aus, darf ich euch einen Krug Wein spendieren?«

Blitzschnell verschwanden mehrere Münzen in der Hand des vordersten Torwächters und die schwer bewaffneten Männer traten zur Seite.

Anna und ihre beiden Begleiter waren bereits in der Stadt, als Anton stehen blieb und sich nochmals umdrehte.

»Eine Frage hätte ich noch, wo finden wir Signor Giuseppe Cassino, den allseits bekannten Gewürzhändler?«

Wiederum musste Anton mit einer Münze nachhelfen.

»Ihr geht in Richtung Dom, überquert die Piazza San Matteo und wendet euch dem Hafen zu, dort müsst ihr nochmals fragen.«

Der ehemalige Söldner wollte noch etwas erwidern, besann sich dann aber eines Besseren und stapfte davon.

»Das Geld hätte ich besser anlegen können, ich bin überzeugt, dass der Kerl überhaupt nicht wusste, nach wem ich ihn gefragt habe«, murrte Anton ärgerlich, aber trotzdem schlug er die genannte Richtung ein.

Bereits nach wenigen engen Gassen hatten sie sich verirrt

und mussten Anwohner nach dem Weg befragen. Schließlich standen sie an einem größeren Platz, der von prächtigen schwarz-weißen Marmorpalazzi gesäumt wurde.

Den Dom San Lorenzo vor Augen, kamen die Reisenden besser durch das Gassengewirr und Anna bekam hin und wieder einen Hauch des unverkennbaren Hafengeruchs in die Nase. Die eindrucksvolle Kirche wies das gleiche schwarz-weiße Muster auf wie die Paläste und die Kauffrau konnte den Reichtum der Metropole trotz des wenigen, was sie bisher gesehen hatte, ermessen, zudem waren die fremdartigen Gerüche einfach atemberaubend.

»Es muss hier ganz in der Nähe sein«, meinte Anton, nachdem er eine alte Bettlerin gefragt hatte, die sich die Information gleichfalls gut bezahlen ließ.

Nach dem Durchqueren weiterer winziger Gässchen kamen sie an eine etwas größere Straße mit überdachten Laubengängen zu beiden Seiten.

Garküchen wechselten sich mit Gemüse- und Obsthändlern ab und neben einem Laden, dessen Fisch dem Geruch nach bereits einige Tage in der Auslage war, sah Jerg mehrere geöffnete Säcke mit Gewürzen.

»Lass uns hier mal unser Glück probieren«, schlug Becker vor und betrat den Ladenraum.

Ein klein gewachsener jüngerer Mann stand hinter einer Holztheke und begrüßte die potenziellen Kunden. Außer ihm befand sich niemand im Laden.

»Buongiorno, womit kann ich den ehrenwerten Herrschaften dienen?«, fragte er mit einem geschäftsmäßigen Lächeln.

»Buongiorno, seid Ihr zufällig Signor Cassino?«

Anton bedachte den Händler mit einem freundlichen Lächeln, während Jerg sich wie zufällig in die Nähe des jungen Mannes begab.

»Äh, ja, was kann ich für Euch tun?«

Er hatte kaum ausgeredet, als Jerg ihm auch schon einen scharfen Kurzdolch an die Kehle hielt.

»Wir bräuchten eine kleine Information von Euch. Wenn sie zu unserer Zufriedenheit ausfällt, geschieht Euch nichts.«

Entsetzt hielt Anna sich die Hand vor den Mund und in die Augen des Händlers trat Todesangst.

»Aber meine Herren, was habe ich Euch getan, meine Abgaben habe ich doch immer pünktlich geleistet.«

»Es geht nicht um irgendwelche Schutzgelder. Wie Ihr unschwer erraten könnt, sind wir nicht aus der Gegend. Wir sind Tedeschi und diese Frau ist eine Kundin von Euch, allerdings derzeit eine sehr Unzufriedene.«

Jerg drückte den Dolch ein wenig fester an den Hals des um sein Leben fürchtenden Mannes.

Anton erzählte daraufhin von den vergifteten Gewürzen, die Anna beinahe vor den Henker gebracht hatten.

»Sie will nicht wissen, warum Ihr es getan habt, denn das war sicher nur des Geldes wegen. Allerdings würde sie allzu gerne erfahren, ob Ihr ein Schriftstück aufbewahrt habt, in dem klar ersichtlich ist, wer diese ungeheuerliche Tat in Auftrag gegeben hat.«

Hilfesuchend blickte Cassino auf die Straße, doch in weiser Voraussicht hatten die ehemaligen Söldner die Tür verrammelt.

»Niemand kann Euch helfen und eines könnt Ihr mir glauben: Mein Freund hier hat mehr Menschenleben auf dem Gewissen, als Euer Nachbar tote Fische in seiner Auslage hat. Doch bevor wir Euch den Garaus machen, werdet Ihr noch Schmerzen erleiden wie noch nie zuvor in Eurem jungen Leben, es sei denn natürlich, Ihr kooperiert, dann sind wir so schnell verschwunden, wie wir gekommen sind, und die junge Dame wird Euch zudem noch entlohnen«, ließ Anton dem völlig eingeschüchterten Mann noch etwas Hoffnung.

»Ich … bitte, ihr … ihr müsst mir glauben«, stammelte Cassino. »Das Geschäft …, ich habe das Geschäft erst vor drei Wochen von meinem verstorbenen Onkel übernommen.«

Verblüfft blickten sich die drei Deutschen an.

»Ihr wollt mir jetzt aber nicht erzählen, dass Ihr mit der ganzen Sache nichts zu tun habt und wir umsonst den weiten Weg gemacht haben?«

»Mit den Machenschaften meines Onkels, Gott sei ihm gnädig, habe ich nichts zu schaffen. Ich versuche, meine Unternehmung ohne krumme Dinger zu führen«, antwortete Cassino heiser, aber deutlich entspannter.

Anna fühlte plötzlich eine tiefe Leere in sich aufsteigen, sie hatte alle Hoffnung in die Begegnung mit dem Händler gesetzt.

»Lass ihn los, Jerg, der arme Kerl ist offenbar unschuldig. Wir verlassen die Stadt wieder und reisen zurück. Dann muss ich mir halt eine neue Heimat suchen.«

Mit gesenktem Kopf verließ die junge Frau den Gewürzladen, ohne auf ihre beiden Begleiter zu achten.

»Was sollen wir tun?«, fragte Anton seinen früheren Vorgesetzten.

Jerg zuckte mit den Achseln und betrachtete nachdenklich den Händler, der seinen Hals massierte.

»Wir können sie jedenfalls nicht alleine hier umherirren lassen.«

Die zwei Söldner waren gerade im Begriff, Anna zu folgen, als Cassino hinter ihnen herrief.

»Aspettate, meine Herren, wartet. Ich habe noch eine Kiste mit alten Dokumenten des früheren Besitzers, wir könnten sie durchsuchen. Vielleicht ist ja etwas Interessantes für Euch dabei.«

»Du bleibst hier, Anton, ich hole derweil Anna zurück«, befahl Jerg und eilte davon.

Er blickte nach allen Seiten, konnte die Kauffrau jedoch nirgends entdecken.

Schließlich entschied er sich für eine Richtung und prägte sich den Weg ein.

»Verdammt!«, entfuhr es ihm, nachdem er mehr als eine Stunde umhergeirrt war, und die Angst, dass sich Anna in ihrer Verzweiflung etwas angetan haben könnte, schnürte ihm fast die Kehle zu.

Mehrmals hatte er bereits Passanten mit seinen mehr als dürftigen Sprachkenntnissen nach ihr gefragt, doch entweder wurde er nicht verstanden oder niemand konnte sich an die junge Kauffrau erinnern.

Er würde sich ewig Vorwürfe machen, dachte Jerg, der ansonsten so abgebrüht war, verzagt.

Unterdessen sichtete Anton gemeinsam mit dem Ladenbesitzer die teilweise vergilbten Dokumente.

»Oh, da sind ja allerhand Schriften dabei, die manchem meiner Mitbürger schlaflose Nächte bereiten könnten. Der alte Gauner scheint auch mit Geheimnissen anderer Leute gehandelt zu haben«, stieß Cassino mit einem anerkennenden Pfiff hervor.

»Ist denn nichts von einem Tedesco dabei?«, wollte Anton ungeduldig wissen.

»Habt Geduld, mein Herr, wir werden schon noch etwas finden, schließlich war mein Oheim für seine Akribie bekannt.«

Der Händler schien ernsthaftes Interesse daran zu haben, der Handelspartnerin seines Vorgängers aus ihrer misslichen Situation zu helfen.

»Anna!«, rief Jerg erleichtert, als er die junge Frau am Hafenbecken sitzen sah, in dem zahlreiche stolze Dreimaster dümpelten.

Offenbar war sie am Ende ihrer Kräfte und beim Näherkommen sah er, dass sie hemmungslos weinte.

Sofort umfasste er sie mit seinen starken Armen und versuchte, sie zu trösten.

»Was fang ich bloß an, wenn ich nicht mehr zurückkann, es ist alles so aussichtslos. Das Beste wäre gewesen, ich wäre einem ersten Impuls gefolgt und hätte mich von dieser hohen Hafenmauer gestürzt«, klagte sie schluchzend.

»Komm mit, es gibt eine kleine Hoffnung, vielleicht finden wir im Nachlass des Vorbesitzers etwas Brauchbares.«

Mit diesen Worten half er Anna sich zu erheben und drängte sie sanft vom Wasser weg. Nur dank seines gut ausgeprägten Orientierungssinns fanden sie durch die teilweise winzigen Hafengassen den Weg zurück zu den gewölbten Arkaden.

Triumphierend hielt Anton ein Schriftstück in seinen Pranken und kam den beiden entgegen.

»Wenn du das hier dem Schultheißen von Reutlingen zeigst, wirst du vollständig rehabilitiert werden, Anna, davon bin ich überzeugt.«

Ungläubig nahm die Kauffrau das Dokument entgegen und las es aufmerksam.

»Aber ... das ist ja ... das darf doch nicht wahr sein. Damit hätte ich ja nie gerechnet, dass diese Person zu solch einer Tat fähig ist.«

Ein kämpferischer Ausdruck trat nun in das hübsche Gesicht.

»Mit diesem Wechsel kann ich tatsächlich meine Unschuld beweisen, lasst uns so schnell wie möglich zurückreisen.«

Der Gewürzhändler war nun gleichfalls herangetreten und Anna dankte ihm überschwänglich.

»Es freut mich sehr, dass ich Euch helfen konnte. Ich

schließe mein Geschäft und gehe zum Essen in eine sehr gute Trattoria hier in der Nähe. Wenn Ihr Lust habt, so begleitet mich doch einfach.«

Anton übersetzte und die drei Reisenden kamen überein, die Stadt erst morgen zu verlassen und das Angebot Cassinos anzunehmen.

Bewundernd betrachtete Anna die reich ornamentierte Fassade des Gasthauses, bevor sie durch ein zweiflügeliges Holztor in den hohen Raum schritten, der die Gaststube bildete. Sofort eilte ein livrierter Dienstbote heran und führte die vier an einen Tisch. Aus der vornehmen Kleidung der anderen Gäste heraus schloss Anna, dass dies kein gewöhnliches Gasthaus war.

Das Menü bestand aus vielen kleinen Vorspeisen sowie einem geschmorten, Ossobucco genannten Fleischgericht. Dazu wurde ein hervorragender piemontesischer Rotwein serviert.

»Entschuldigt, Signor Cassino, ich will Euch nicht zu nahe treten, aber weshalb isst hier niemand Fisch, es wäre doch naheliegend in einer Seestadt?«, konnte Anna sich eine Frage nicht verkneifen.

»Tja, wir Genueser haben ein eigentümliches Verhältnis zum Wasser, die wenigsten von uns können schwimmen und Fisch essen hier wirklich nur die armen Leute. Alles, was mit dem Meer zu tun hat, gilt als unfein. Fragt mich nicht, weshalb, es hat sich einfach so eingebürgert.«

Anton machte sich gut in der Rolle als Übersetzer und der Gewürzhändler musste den ganzen Abend über Fragen beantworten, die fast ausschließlich von Anna gestellt wurden. Der junge Mann blieb dabei die ganze Zeit freundlich und geduldig.

Als die Süßspeise verzehrt war und die meisten anderen Gäste bereits gegangen waren, kam Anna zu einem Punkt, der ihr schon die ganze Zeit auf den Nägeln brannte.

»Könnt Ihr Euch vorstellen, Signor Cassino, dass Ihr mich

mit orientalischen Gewürzen beliefert, so wie es Euer Onkel getan hat?«

»Aber mit dem größten Vergnügen, hättet Ihr das Thema nicht angeschnitten, wäre ich auf Euch zugekommen.«

Mit Antons Hilfe handelten die beiden die Modalitäten aus und schließlich bot ihnen der Händler auch noch eine Bleibe für die Nacht an.

»Trotz des Umstandes, dass wir Euch heute schon mit dem Tod bedroht haben, seid Ihr sehr freundlich«, lachte Anton laut auf.

Am nächsten Morgen verließen die drei mit vielen Segenswünschen den geräumigen Palazzo, den der junge Cassino gemeinsam mit seinen Eltern bewohnte.

Er begleitete sie noch zu einem vertrauenswürdigen Geldwechsler, wo Anna den von zu Hause mitgebrachten Wechsel zu Bargeld machte.

»Ich wünsche Euch eine gute Heimreise und viel Erfolg bei der Wiederherstellung Eurer Ehre, Anna.«

Winkend durchquerten die Reisenden das Stadttor und gingen zu den Stallungen.

Die kleine Reisegruppe kam gut voran und nach drei Wochen waren sie wieder in dem kleinen Dorf am Comer See, wo sie sich von dem Säumer verabschiedet hatten.

Trotz der wunderschönen und abwechslungsreichen Landschaft zog es Anna magisch über die Alpen nach Hause. Zudem war es im Sommer in Italien unerträglich heiß und die Grasteppiche am Wegesrand waren nicht mehr grün, sondern braun durch die lang anhaltende Trockenheit.

Doch je näher sie der Heimat kamen, desto banger wurde es Anna ums Herz.

Was erwartet mich in Reutlingen?, fragte sie sich.

Ob ihre geplante Hochzeit mit Jakob Stechler doch noch

stattfinden würde, war mehr als ungewiss. Mit jeder Meile, die sie zurücklegte, stiegen die Zweifel an der Wiederherstellung ihrer Reputation.

War Anna in Genua anlässlich des gefundenen Dokuments noch sehr euphorisch gewesen, so kam es ihr mittlerweile beinahe unwirklich vor, dass man ihr im Stadtrat als Geflüchtete überhaupt Gehör schenken würde.

»Wie komme ich als gesuchte Mörderin nur durch die streng bewachten Tore in meine Heimatstadt hinein?«, hatte sie ihre beiden Begleiter eines Abends in einem Gasthof unweit von Mailand gefragt.

»Aber Anna, darüber brauchst du dir dein hübsches Köpfchen heute noch nicht zu zerbrechen, dafür hast du uns«, versuchte Jerg zu beschwichtigen.

»Mir fällt schon etwas ein.« Die Bedenken der jungen Frau wurden jedenfalls nicht ganz ausgeräumt.

»Seht mal da vorne!«, rief Anton freudig.

»Wir haben Glück, denn wenn mich meine trüben Augen nicht täuschen, ist das Joshua.«

Tatsächlich handelte es sich bei dem bärtigen Männchen um den äußerst fähigen Säumer und Annas unterschwellige Besorgnis wegen der kommenden Alpenüberquerung wurde zerstreut.

Auch Joshua freute sich, die drei zu sehen, der geschäftstüchtige Bergführer hatte schon befürchtet, mit einer zu kleinen Gruppe losziehen zu müssen.

Sie verabredeten sich zuerst für den kommenden Morgen, doch die vom Reiten erschöpfte Anna erbat sich einen weiteren Ruhetag.

Der Saumzug setzte sich langsam in Bewegung und die ausgeruhten Tiere sorgten dafür, dass die Gruppe gut vorankam. Am höchsten Punkt ihrer Reise, dem Splügenpass, lag zwar bereits Schnee, was nicht ungewöhnlich für Ende September war, doch der beeinträchtigte das Vorwärtskommen nicht und selbst Anna, die schnell fror, war dankbar für die Abkühlung.

Das Klima, das sie beim Abstieg vom Pass erwartete, war allerdings bei Weitem nicht mehr so mild wie auf der Südseite der Alpen und bei dem stürmischen Wind, der den Regen beinahe waagerecht daherkommen ließ, sehnte sich die Kauffrau nach der Wärme Italiens.

Trotz des schlechten Wetters konnte die Reisegruppe die Ruflaschlucht ohne große Mühen durchqueren und langte nach wenigen Tagen bereits am Ausgang der Viamala an.

»Vorsicht, Steinschlag!«, schrie Joshua plötzlich aus Leibeskräften, als sie schon in Sichtweite der Herberge waren.

Bis auf zwei Nachzügler reagierten alle sehr schnell und fanden unter einem ausladenden Felsvorsprung Schutz.

Die aufgeregten Pferde, die an der Leine hinterhergeführt wurden, wollten sich losreißen, gehorchten jedoch letztlich ihren Führern.

Jerg und Anna hatten sich angeregt unterhalten und waren dadurch etwas zurückgefallen. Ohne nach oben zu blicken, warf sich Jerg geistesgegenwärtig auf Anna, nachdem der Warnruf ertönt war.

Er schützte die junge Kauffrau mit seinem Leib vor den herabfallenden Felsbrocken und wurde dadurch von mehreren faustgroßen Steinen an Kopf und Körper getroffen. Mühsam befreite sich Anna langsam aus der Umklammerung, nachdem es ruhig geworden war.

Langsam erhob sie sich und konnte jetzt erst begreifen, was für ein unverschämtes Glück sie gehabt hatte. Doch im nächsten Moment kam Anna zu Bewusstsein, dass ein anderer Mensch sich für sie geopfert hatte, und sie schaute entsetzt auf den regungslos daliegenden Jerg.

Der Kerl soll mich kennenlernen, dachte Jakob Stechler finster, als er das Kontor von Anna Neumann betrat.

»Gott zum Gruße, Bantlein, wie ich sehe, habt Ihr Euch hier gemütlich eingerichtet«, frotzelte der Gewürzhändler und sah genüsslich auf den Kontorleiter, der wie ein beim Stehlen ertapptes Kind aufsprang.

»Äh, Herr Stechler, was kann ich für Euch tun?«

Das ausdruckslose Gesicht Stechlers verriet keinerlei Gefühlsregung und seine kalten Augen hefteten sich auf Anna Neumanns Angestellten.

»Der Advocatus, bei dem Ihr und Eure Herrin den zweifelhaften Vertrag gemacht habt, hat auf Betreiben des Bürgermeisters zugegeben, dass Anna zum Zeitpunkt der Unterschrift wohl bereits nicht mehr im Vollbesitz ihrer Kräfte war, was auch beweisen würde, dass sie den stellvertretenden Zunftmeister vergiftet hat und dann geflüchtet ist.«

Bestürzt sah Bantlein den Bräutigam seiner Herrin an und erkannte in aller Deutlichkeit, dass ihr Spiel verloren war, wenn Anna nicht bald zurückkehrte.

Stechler hingegen spürte, dass es mit diesem schlichten Befehlsempfänger ein leichtes Unterfangen sein würde, sich den Betrieb Annas unter den Nagel zu reißen.

An eine Rückkehr seiner Braut glaubte der Kaufmann sowieso nicht mehr.

»Gebt doch zu, dass Ihr mit der Leitung eines Geschäfts in dieser Größenordnung überfordert seid. Ihr könnt hingegen Euer Gesicht wahren, wenn Ihr genau das tut, was ich Euch sage.«

Der unglückliche Angestellte wollte etwas erwidern, behielt es dann aber für sich und lauschte dem Vorschlag Stechlers.

»Aber … ich meine …, dem kann ich doch niemals zustimmen.«

»Ich fürchte, Ihr müsst.«

KAPITEL 27

»He, Junge, wach auf!«

Die kräftigen Ohrfeigen, die abwechselnd auf seine linke und rechte Backe prasselten, holten Hannes langsam aus seiner tiefen Ohnmacht.

Schemenhaft erinnerte er sich daran, wie er den alten Sennbauern aus dem brennenden Wohnhaus geholt hatte und anschließend noch dessen Wertsachen sichern wollte. Was danach geschehen war, blieb allerdings in einem undurchsichtigen Nebel verborgen.

»Wo … wo bin ich?«

»Du bist in Sicherheit«, antwortete eine kräftige Stimme. »Ich bin der Nachbar von Hansueli und wollte ihn nach einem Schluck Wein fragen. Mein unstillbarer Durst war dein Glück und wenn ich nur eine Minute später hier aufgetaucht wäre …«

Der gleichfalls bärtige Mann ließ offen, was dann geschehen wäre, doch Hannes konnte es sich beim Blick auf die verkohlten Balkenstümpfe, die von der Hütte übrig geblieben waren, ausmalen.

Inzwischen war es Tag geworden und Hannes lag auf

einer Bahre vor der Käsehütte, die unversehrt war, weil sie weit genug weg stand.

»Ich danke dir, du hast mir das Leben gerettet und dafür deines aufs Spiel gesetzt.«

Mühsam hob Hannes seinen Kopf und blickte in die leuchtenden Augen von Hansueli, der offenbar wieder einigermaßen bei Kräften war.

Selbst bei dieser kleinen Bewegung stöhnte der Geselle laut auf.

»Christoph, mein Nachbar, bringt dich ins Tal, wo man sich besser um dich kümmern kann, denn ich fürchte, dass du dir einiges gebrochen hast. Doch wie ich es erkennen kann, ist es nicht lebensgefährlich. Er hat einen gefügigen Esel, dem er einen kleinen Wagen anschirren kann. Aber eines ist sicher, wir haben beide verdammtes Glück gehabt.«

Behutsam hievten die zwei bärtigen Männer den Gesellen in das Wägelchen, das eigentlich für den Käsetransport vorgesehen war. Das Tier war bei Weitem nicht so störrisch, wie es seinen Artgenossen nachgesagt wurde, und ließ sich das Geschirr widerstandslos anlegen.

Nachdem der Krankentransport bereit zur Abfahrt war, kam der Senn heran und beugte sich über den Verletzten.

»Hhm«, räusperte sich Hansueli. »Es … es … ich meine … es tut mir leid«, druckste der Bauer herum und Hannes merkte trotz der starken Schmerzen, dass der Senn sich nicht leichttat.

»Ich habe mich dir gegenüber verhalten wie ein Idiot und du hast mir, ohne lange zu überlegen, das Leben gerettet. Ich danke dir und werde auch meine Einstellung Urs gegenüber ändern. Und hier …«, Hansueli hielt ein Kraut in der Hand, dessen gezackte Blätter Hannes bekannt vorkamen. »Hier habe ich noch ein Mittel, das die Schmerzen erträglicher macht. Christoph wird dir die richtige Menge verabreichen, denn wenn du zu viel erwischst, kann es übel ausgehen.«

Jetzt kam es dem jungen Gesellen in den Sinn, wo er die unverwechselbare Arznei schon einmal gesehen hatte. Maria die Heilerin hatte ihm das sogenannte Bilsenkraut damals gegeben, als er während seiner Lehrzeit in Reutlingen vom Dach heruntergefallen war.

Er hatte zwar nach der Einnahme nichts mehr gespürt, doch Hannes erinnerte sich an die furchtbaren Halluzinationen, die er danach bekommen hatte.

Gleichwohl nahm er das dargereichte Kraut, denn besonders die Brandblasen an seinem Körper verursachten ihm unsägliche Schmerzen.

Bereits kurz nachdem Hannes das Bilsenkraut eingenommen hatte, dämmerte er weg und träumte von riesigen Unholden, die ihn aufs Schrecklichste peinigten, aber auch von schönen Mädchen, die ihn zart streichelten.

Wobei besonders eine dabei war, die Urs' Cousine Moni zum Verwechseln ähnlich sah.

»Hannes, hörst du mich?«

Die Bestien hatten offenbar Pause gemacht mit ihrer Folter und nun waren die Mädchen wieder an der Reihe.

»He, Hannes, wach auf!«

»Oh«, hauchte der Geselle verzückt, als er tatsächlich in Monis Antlitz blickte.

»Gott sei Dank, er ist wieder unter den Lebenden.«

Die junge Frau erzählte dem verunglückten Zimmermann, dass er von Christoph den Berg heruntergebracht worden war und dass er anschließend drei Wochen mit dem Tod gerungen hatte.

»Die schlimmen Verbrennungen haben heftiges Fieber bei dir ausgelöst und nur deiner äußerst guten Konstitution hast du dein Überleben zu verdanken. Zum Glück hast du dir nichts gebrochen.«

Fieberhaft versuchte Hannes, sich an Einzelheiten zu entsinnen, und allmählich kam die Erinnerung bruchstückhaft zurück.

»Was ist denn genau geschehen, ich weiß nur noch, dass es gebrannt hat und dass ich ins Haus zurückgegangen bin, nachdem ich Hansueli zuvor herausgeholt hatte.«

»Christoph hat es dir, kurz nachdem er dich gerettet hat, erzählt, doch offenbar hattest du aufgrund deiner Verletzungen einen schweren Schock und warst nicht bei dir, obwohl er meinte, du seiest nach dem Unglück kurz wieder zu Bewusstsein gelangt.«

»Das Bilsenkraut …, ja, jetzt dämmert es mir langsam wieder.«

»Ja, genau, damit haben wir auch später deine Schmerzen betäubt und ich glaube, dass du davon böse Albträume bekommen hast, so wie du immer wieder um Hilfe gerufen hast. Aber jetzt ist das Schlimmste überstanden, nicht zuletzt dank meiner guten Pflege«, meinte die hübsche Frau kokett.

Der Geselle wollte sich von seinem Lager erheben, doch sein Körper gehorchte ihm nicht, zudem befiel plötzlich ein rasender Schmerz seinen Kopf.

»Bleib erst mal liegen, Hannes, ich denke, dass du morgen vielleicht ein wenig aufstehen kannst. Die Wunde an deinem Kopf war schlimm, Gott sei Dank hast du keinen erkennbaren Bruch am Schädel gehabt. Der Bader, der deine Brandwunden versorgt hat, konnte jedenfalls nichts Derartiges feststellen.«

Entsetzt betrachtete Hannes seine Arme, die übersät waren mit Brandflecken, über die sich bereits ein leichter Wundschorf gelegt hatte.

Wie sein Gesicht aussah, wollte Hannes lieber nicht wissen.

»Bekomme ich da jetzt überall Narben?«, fragte er vorsichtig.

»Nur dort, wo deine Haut starke Verletzungen aufweist, meinte der Bader, und das ist nur an deinen Beinen der Fall. Zu deinem Glück weilte der Heiler aus Luzern gerade in unserem Dorf, um eine ältere Frau zu behandeln. Er wies mich an, verschiedene Kräuter und Extrakte zu holen, damit er eine Heilsalbe daraus herstellen konnte, die wir dir dann regelmäßig auf die Wunden aufgetragen haben.«

Die letzten Worte bekam der Geselle nicht mehr mit, da er entkräftet eingeschlafen war.

In den nächsten Tagen und Wochen kam Hannes dank der Aufmerksamkeit Monis sowie der nahrhaften Mahlzeiten immer mehr zu Kräften und der Genesende ging danach viel in der herrlichen Landschaft umher. Zudem ließ er sich von Reto leichte Arbeiten geben.

Bei seinen ausgedehnten Wanderungen, die ihn zu unheimlichen Schluchten und spektakulären Wasserfällen führten, trieb Hannes hauptsächlich die Frage nach seiner Zukunft um. Sollte er hierbleiben, wo es ihm mittlerweile sehr gut gefiel?

Die Leute waren seit seiner Heldentat auf der Alm, die sich schnell herumgesprochen hatte, viel freundlicher als am Anfang und außerdem musste Hannes sich eingestehen, dass er sich ein wenig in Moni verliebt hatte.

Oder sollte er doch heimwärts ziehen in seine Geburtsstadt, wo seine Eltern auf ihn warteten und er bestimmt bei seinem Schwager Heinrich als Geselle arbeiten könnte?

Hannes ließ sich treiben und machte die Entscheidung von Moni abhängig, mit der er heftig turtelte, so oft er sie sah. Bei einem Spaziergang am Vierwaldstättersee fasste er einen Entschluss. Wenn sich die junge Frau für ihn entscheiden würde, so wollte er hierbleiben.

»Ich denke, dass ich wieder so weit hergestellt bin, dass ihr mir ordentliche Arbeit zuteilen könnt«, meinte der Zimmermann eines Abends, als die gesamte Familie und die Gesellen ein traditionelles Käsegericht einnahmen.

Hierbei wurde der Käse mitsamt mehreren Zutaten wie etwa Zwiebeln, Weißwein, frischen Pilzen und Speckwürfeln in einem Kupferkessel erhitzt.

Danach saßen alle um den Tisch und spießten kleine Brotwürfel auf ein schmales, vorne zugespitztes Holzstöckchen, das blitzschnell in der heißen Masse gedreht und sofort wieder herausgeholt wurde. Während die Schweizer eine hohe Kunstfertigkeit zeigten, mussten Hannes und Reinwart ein ums andere Mal das Brotstück mit dem Messer herausfischen, was sehr zur Erheiterung der Einheimischen beitrug.

»Aber Hannes, hat dich deine Krankheit so sehr geschwächt, dass du diese einfache Tätigkeit nicht mehr schaffst?«, spottete Moni, die neben dem Gesellen saß und immer wieder wie unabsichtlich ihr Knie an seinen Oberschenkel presste.

»Das gibt's doch nicht, ich bin doch eigentlich handwerklich begabt, weshalb stelle ich mich dann so dumm an!«, stieß der Geselle scheinbar zornig hervor und erntete einige Lacher.

Mit der Zeit jedoch bekamen die zwei Schwaben den Dreh heraus und konnten das außergewöhnliche Mahl, das begleitet wurde von süffigem Weißwein aus dem Wallis, endlich genießen.

Die Gespräche drehten sich um den nahenden Winter, dessen Vorboten bereits jetzt schon sichtbar waren.

»Wir haben erst Mitte Oktober, da ist es zwar noch zu früh, um an Weihnachten zu denken, doch auf dem Pilatus liegt schon der erste Schnee. Gott sei Dank haben wir eine reiche Ernte eingefahren, deshalb ist mir nicht bang vor den kalten Monaten. Zudem können wir unsere Steuern dann auch pünktlich bezahlen«, resümierte Beat mit zufriedener Miene.

Das war für Hannes das Stichwort, um eine Frage loszuwerden.

»Ich habe immer noch nicht ganz begriffen, wie eure Gemeinschaft eigentlich funktioniert. Urs hat mir zwar ein wenig darüber erzählt, aber so ganz bin ich doch nicht dahintergekommen. Den Kaiser erkennt ihr nicht als obersten Herren an, aber irgendein Fürst muss euer Land regieren, oder etwa nicht?«

»Das hast du richtig erkannt, irgendwer muss uns regieren.«

Der hagere Beat schmunzelte.

»Begleitet uns am morgigen Sonntag nach Stans, dort werdet ihr beiden sehen, wer über uns Eidgenossen herrscht.«

Nachdem der Kessel leergegessen war, begannen immer mehr der Anwesenden zu gähnen und als der Hausherr sich zur Nachtruhe verabschiedet hatte, folgten ihm die anderen wenig später.

Gemeinsam mit Reto trank Hannes noch den letzten Weinkrug leer.

»Du würdest gerne hierbleiben, habe ich recht?«

Der Vater seines Reisekameraden schaute Hannes an und dem Gesellen war nicht entgangen, dass Reto ihn ins Herz geschlossen hatte.

»Mh, ja, eigentlich gefällt es mir sehr gut bei Euch.«

»Das freut mich aufrichtig, wenngleich du ein wenig vorsichtig sein solltest mit unserer Moni, sie ist schon einem anderen Mann versprochen.«

Hannes spürte, wie ihm die Röte ins Gesicht stieg, offenbar war sein Werben um die junge Frau zu auffällig gewesen.

»Ich … äh …«, stammelte der Geselle.

»Mach dir nichts draus, es gibt noch mehr hübsche Mädchen bei uns. Ich wünsche dir eine geruhsame Nacht«, tröstete ihn Reto und erhob sich.

Recht unsanft wurde Hannes am nächsten Morgen geweckt und als er den Fensterladen öffnete, war es noch dunkel draußen.

»Aber heute ist doch Sonntag«, empörte sich der junge Geselle.

»Das schon, aber wir machen heute den angekündigten Ausflug«, entgegnete Monis jüngerer Bruder kurz angebunden.

In der Küche war bereits ein geschäftiger Betrieb und Hannes bekam gerade noch eine kleine Portion Mus, während die Frauen Proviant zusammenpackten.

Beat und seine beiden Söhne spannten derweil die Pferde vor den offenen Wagen, der sonst zur Heuernte gebraucht wurde und auf dem heute alle Platz finden mussten.

Aus jedem Haus in dem kleinen Dorf machte sich ein Fuhrwerk auf den Weg und als sie den Ort verließen, waren sie bereits Teil einer ziemlich langen Kolonne, die auf den nächsten Ort zurollte. Nach wenigen Meilen kam der Treck an eine Engstelle, die den Vierwaldstättersee vom deutlich kleineren Alpnachersee trennte, und hier auf der massiven Holzbrücke stauten sich die Gefährte.

Im Lauf des Vormittags kam der Zug in Stans an und bewegte sich langsam durch die Ortsmitte, um an einem großen Platz außerhalb zum Stehen zu kommen.

Zahllose Menschen hatten sich hier bereits versammelt und gruppierten sich um eine provisorisch errichtete Kanzel.

»Stans ist der Hauptort der Region, auch Kanton genannt, die den Namen Unterwalden trägt«, erklärte Reto, während vorne ein Priester damit begann, eine Messe zu lesen.

Auf den roh gezimmerten Bänken saßen die Leute und versuchten trotz des immensen Geräuschpegels, dem Geistlichen zuzuhören. Der Gottesdienst war deutlich abgekürzt worden und nun wurden die mitgebrachten Würste und Käse verzehrt. Auf Hannes machte diese Veranstaltung den Eindruck einer überdimensionalen Kirchweih und er wartete gespannt darauf, wie es weitergehen würde.

Plötzlich überzog ein infernalischer Klangteppich die Ebene und Hannes suchte nach dem Grund für den Lärm.

»Das sind Alphörner, sie rufen die Mitglieder der Landgemeinde auf, zum Versammlungsort zu kommen.«

Die mehrere Fuß langen, gebogenen Instrumente wurden zu Hannes' Überraschung von nur jeweils einem Mann geblasen. Er sah gerade noch, wie Beat und sein ältester Sohn einen Degen vom Wagen nahmen und ihn mit der rechten Hand festhielten. Sie folgten offenbar dem Aufruf und bewegten sich nach vorne.

Fragend blickte er Reto in die Augen.

»Aber was ist mit dir, weshalb gehst du nicht mit?«

»Das ist etwas verworren. Wie du weißt, stamme ich aus Zürich und habe hier in Unterwalden noch kein Bürgerrecht, man nennt Leute wie mich Hintersassen. Mein Bruder verbürgt sich für mich und so ist es nur eine Frage der Zeit, bis ich Bürger von Unterwalden werden kann«, gestand Reto mit einem bitteren Unterton in der Stimme und sah auf den offenkundig überforderten Gesellen.

»Ich sehe schon, ich muss dir das ganze System erklären. Am besten fange ich von vorne an. Die Geschichte der Eidgenossenschaft begann vor mehr als 200 Jahren hier am Vierwaldstättersee, als sich die Gegenden Schwyz, Uri und eben Unterwalden gegenseitige Unterstützung im Kampf gegen die habsburgischen Unterdrücker schworen. Dabei wollten die Menschen lediglich ihre alten Rechte behalten, doch dafür mussten sie einen jahrhundertelangen blutigen Kampf ausfechten.«

Hannes dachte an seine Gespräche mit Ulrich von Hutten

und mit seinem Onkel Jos Fritz, die beide genau das erreichen wollten, was sich die Menschen hier erstritten hatten.

»Bis zum heutigen Tag sind noch weitere Bezirke hinzugekommen, sodass die Eidgenossenschaft auf nunmehr 13 sogenannte Kantone angewachsen ist. Mit dabei sind Städte wie zum Beispiel Zürich, Bern oder Luzern und Länderorte wie Unterwalden, Uri oder Schwyz. Wie gesagt mussten wir mehrere Kriege führen, doch mittlerweile sind wir so stark, dass uns die mächtigen Nachbarn wie etwa die Herzogtümer Mailand und Savoyen sowie natürlich Burgund, das wir bereits mehrfach besiegt haben, in Ruhe lassen. Was das Kaiserreich anbelangt, so ist die Eidgenossenschaft durchaus noch ein Teil davon, aber in unsere inneren Entscheidungen redet uns keiner mehr rein. Und damit«, er deutete zu der Versammlungswiese hin, »ist auch deine gestrige Frage nach unserer Regierung geklärt, wir regieren uns nämlich selbst.« Retos Stimme klang bei seinen letzten Worten unbändig stolz.

Fasziniert betrachtete Hannes die Männer, die wie auf ein geheimes Zeichen hin ihre Degen zum Himmel streckten.

»Die wahlberechtigten Bürger treffen sich in regelmäßigen Abständen und stimmen über alles, was in der Zwischenzeit angefallen ist, ab. Sie wählen Landräte sowie den Landammann, der gemeinsam mit einigen sogenannten Häuptern die Landesregierung bildet. Das mag auf den ersten Blick undurchsichtig wirken, letztendlich gelingt es aber seit langer Zeit auch ohne Fürsten. Lediglich in den Städten ist es ein wenig anders, dort herrschen die Zünfte wie bei euch in den Reichsstädten oder wie etwa in Bern eine aus Land- und Militäradel bestehende erbliche Oberschicht.«

Hannes musste das Gehörte erst einmal verdauen, bevor er erneut eine Frage stellte.

»Und was müsste ich tun, um das Bürgerrecht zu erlangen, wenn ich hierbleiben würde?«

»Hm, dasselbe wie ich, du müsstest dir Bürgen besorgen oder einfach die Tochter eines angesehenen Mannes mit Bürgerrecht heiraten«, antwortete Reto schmunzelnd und sein Blick traf dabei wie zufällig auf Moni, die gerade damit beschäftigt war, kleingeschnittene Bergkäsewürfel und Fladenbrot zu verteilen.

»Na, Hannes, warum bist du so nachdenklich, heute ist doch ein Festtag?«

Die junge Frau schenkte dem Gesellen ihr schönstes Lächeln und Hannes wurde es dabei ganz warm ums Herz.

»Das ist ganz einfach, ich denke gerade über meine Zukunft nach und das ist eine ernste Angelegenheit«, gab er zur Antwort und erwiderte das Lächeln.

Am heutigen Wahltag wurde wohl nicht über sehr viel abgestimmt, denn die Männer kehrten nach knapp zwei Stunden wieder zurück und da es offenbar harmonisch zugegangen war, ließ die vorherige Spannung deutlich nach.

Nun begannen an verschiedenen Orten Spielleute damit, die Menschen mit lustigen Liedern zu unterhalten, und Bier und Wein flossen in Strömen.

Gewöhnlich durften unverheiratete Frauen nicht mit Männern in der Öffentlichkeit tanzen, doch heute wurde eine Ausnahme gemacht und so dauerte es nicht lange, bis Hannes die hübsche Moni aufforderte.

Ihm kam jetzt die Zeit mit Ursula zugute, die ihn verschiedene Tanzschritte gelehrt hatte, wobei diese Art des Tanzens sich von der am Hofe Ulrichs ziemlich unterschied. Während des Tanzes suchte Hannes immer wieder den Augenkontakt mit Moni und beschloss spontan, morgen mit ihrem Vater zu reden.

In einer kurzen Pause ließ der Zimmermann seinen Blick über den Platz schweifen und betrachtete die ausgelassene Feier. Kam es ihm nur so vor oder waren die Menschen tatsächlich glücklicher und gelöster als in den Dörfern der deutschen Nation, die er bisher bereist hatte?

Wahrscheinlich hängt das damit zusammen, dass sie frei sind und von keinem despotischen Fürsten wie etwa Herzog Ulrich drangsaliert werden, dachte er.

Gewiss mussten die Eidgenossen ständig damit rechnen, überfallen zu werden, doch wenn sie kämpften, wussten sie wenigstens, dass es für ihre Freiheit war.

Am Abend begannen die Ersten, sich auf den Heimweg zu machen, und wenig später forderte auch Beat zum Aufbruch auf.

»Leider können wir nicht länger bleiben, da wir noch unsere Tiere im Stall versorgen müssen, außerdem ist morgen ein harter Arbeitstag«, gab das Familienoberhaupt zu bedenken.

Schade, dachte Hannes, er hätte morgen auch den guten Montag feiern können, aber nachdem sein Entschluss, hierzubleiben, gefasst war, würde er noch öfter die Gelegenheit haben, mit Moni zu tanzen.

Gerade als sie die Brücke überquert hatten, fasste ihn jemand am Ärmel.

»Auf ein Wort, Kamerad.«

Irritiert blickte Hannes auf Reinwart, der ihn zur Seite drängte.

»Worum geht es?«

»Ich möchte nicht lange drum rum reden. Während deiner langen Bewusstlosigkeit sind Moni und ich uns näher gekommen. Mit ihrem Vater habe ich geredet und meine Chancen, dass er in eine Heirat einwilligt, stehen nicht schlecht. Nun muss ich aber erkennen, dass du dir wohl gleichfalls Hoffnung auf sie machst.«

Hannes fiel aus allen Wolken, er hatte überhaupt nichts davon gemerkt, dass der Metzger Moni den Hof machte.

»Das überrascht mich jetzt, Reinwart, dass wir Konkurrenten um die Gunst einer jungen Frau sind. Aber das Beste wird doch sein, wir lassen Moni und ihren Vater selbst entscheiden«, entgegnete der Geselle flapsig.

»Hör mir zu, Hannes«, meinte Reinwart gedehnt und Hannes erkannte wieder den harten Zug im Gesicht seines früheren Nachbarn, der ihm bereits am Hofe des Herzogs aufgefallen war. »Hier fühle ich mich zu Hause, nicht nur wegen Moni, und du kannst mir glauben, dass ich alles in meiner Macht Stehende tun werde, damit es mir gelingt, Fuß zu fassen.«

Die unverhohlene Drohung traf Hannes wie ein Keulenschlag.

Hannes wusste nun, dass er seinem Kameraden im Weg stand, und ihm war plötzlich klar, dass dieser nicht davor zurückschrecken würde, ihm Gewalt anzutun.

Wenn er sich auf einen Kampf einließe, würde der muskulöse Metzger ihn in der Luft zerreißen.

Sollte er einfach klein beigeben? Auch ihm gefiel es ausnehmend gut in der wunderschönen Gegend und bei Moni rechnete er sich durchaus Chancen aus.

Zudem hatte ihn die demokratische Handlung heute Nachmittag tief beeindruckt.

Stumm gingen die beiden nebeneinander her und Hannes überlegte fieberhaft, wie er sich verhalten sollte.

Reinwart rückte indes nicht von seiner Seite, er wollte die Entscheidung des Zimmermanns offensichtlich heute Abend erzwingen.

Kurz bevor die Gruppe in Hergiswil ankam, fasste er sich ein Herz.

»Es tut mir leid, dass ich von deinen Gefühlen für Moni nichts mitbekommen habe, Reinwart. Wenn es sich um jemand anderen handeln würde, dann würde ich das Feld nicht kampflos räumen, das kannst du mir glauben. Du hingegen bist mein früherer Spielgefährte und, was viel schwerer wiegt, du hast mich am Hofe Ulrichs nicht verraten. Deshalb werde ich morgen früh mein Bündel packen und meiner Wege ziehen.«

Ein Ruck ging durch die hochgewachsene Gestalt Reinwarts und er legte seinen Arm um Hannes.

»Ich danke dir.«

»Aber Hannes, was ist los mit dir? Weshalb willst du uns so plötzlich verlassen?«

Moni hatte die Hände in die Hüften gestemmt und blickte den Gesellen fassungslos an.

Hannes ließ sich nicht aus der Ruhe bringen und schnürte sein Bündel.

Er musste jetzt standhaft bleiben.

»Ich muss weiterziehen, meine Reisezeit ist noch nicht um«, sagte er bestimmt und versuchte dabei, überheblich zu klingen.

Auch die anderen Familienmitglieder waren überrascht und sahen dem Gesellen beim Packen zu.

Nachdem er sein Bündel geschultert hatte und den Stenz fest umklammerte, verließ er das stattliche Holzhaus.

»Wir hätten dich gerne noch eine Zeit lang hierbehalten«, meinte der hagere Beat. »Doch ich kann natürlich nachfühlen, dass es dich wieder in deine Heimatstadt zieht. Na ja, wenigstens hat sich ja Reinwart entschieden hierzubleiben und wer weiß, vielleicht besuchst du uns ja mal.«

Wie im Spalier standen alle Familienmitglieder und umarmten den reisenden Gesellen. Moni drückte ihn besonders und hatte dabei Tränen in den Augen.

Als Letzter verabschiedete sich Reinwart von Hannes.

»Nochmals vielen Dank für deine spontane Entscheidung, das werde ich dir nie vergessen.«

Ohne sich nochmals umzudrehen, stapfte der Zimmermann davon.

Gestern hatte ihm Reinwart, nachdem sie sich ausgesprochen hatten, noch den ungefähren Weg nach Reutlingen erklärt.

Denn eines war für den Zimmermann jetzt klar, er würde sich schnurstracks nach Hause begeben. Seine Reisezeit war seit einigen Monaten um und den nahenden Winter wollte er bei seinen Eltern verbringen.

Lediglich am Zürichsee wollte Hannes noch Station machen, denn dort auf einer kleinen Insel hatte Ulrich von Hutten Asyl gefunden.

Der Geselle wanderte noch einige Tage am Ufer des Vierwaldstätter Sees entlang, den er so liebgewonnen hatte. Seine schwermütige Stimmung fiel angesichts der wunderschönen Natur langsam von ihm ab und er genoss die letzten warmen Sonnenstrahlen sowie die herrlichen Farben der Blätter.

Schöne Seen reihten sich aneinander, der Zuger See etwa war zwar nicht so groß, doch gleichfalls sehr eindrucksvoll.

Die grobe Richtung kannte Hannes und zudem fragte er immer wieder Einheimische nach dem Weg. Nach zwei Wochen langte er schließlich am Zürichsee an und suchte sich ein Boot, um zu der Insel, die in der Nähe der Stadt Rapperswil gelegen war, zu gelangen.

Damals in Basel hatte er von Oekolampadius den Aufenthaltsort Huttens erfahren und Hannes hoffte, dort auch auf Bernhard den Mönch zu treffen.

»Könnt Ihr mich nach Ufenau hinüberbringen?«, fragte der Geselle einen Fischer, der gerade dabei war, seine Netze zu flicken.

Der Mann musterte Hannes von oben bis unten.

»Was hast du dort zu schaffen? Das ist eine kleine Insel, da gibt es keine Arbeit für einen Handwerker«, ließ der Mann ihn unwirsch abblitzen und kümmerte sich wieder um seine Netze.

»Das lasst nur meine Sorge sein, bringt mich einfach hinüber, es soll Euer Schaden nicht sein. Ich gebe Euch einen Rheinischen Gulden.«

Die Augen des Mannes nahmen einen gierigen Glanz an.

»Habe ich gerade richtig gehört, du gibst mir einen ganzen Gulden dafür, dass ich dich auf das Inselchen bringe?«

Hannes fischte eine blinkende Münze aus seinem Beutel und zeigte sie dem Mann.

Sofort ließ dieser sein Netz zu Boden fallen und bat den Gesellen auf sein Schiff.

»Das gilt aber nur für die Hinfahrt, die Rückfahrt kostet extra!«, rief der Fischer lachend aus, nachdem er Hannes auf dem Eiland abgesetzt hatte und das Geldstück in seiner Tasche verschwinden ließ.

Wortlos drehte sich Hannes um und strebte der kleinen Kirche zu, die umgeben war von Weideland. Am südlichen Ende des Zürichsees erhoben sich die ersten schneebedeckten Alpengipfel und Hannes konnte sich kaum sattsehen an dem beeindruckenden Panorama.

Hoffentlich sind die gefleckten Kühe nicht die einzigen Bewohner hier, dachte der Geselle und ließ sein Auge umherschweifen.

Doch seine Angst war unbegründet, denn gerade sah er einen Mönch in die Kirche hineinhuschen.

Sein Herz pochte schneller, denn der Geistliche trug eine Kutte, die der von Bernhard täuschend ähnlich war.

Er fand die Türe des Gotteshauses unverschlossen und

ging zaghaft hinein. Der Mönch war gerade dabei, einige Kerzen anzuzünden, als er den Gesellen sah.

»Was … was suchst du hier?«, herrschte er den Fremden mit hasserfüllten Augen an.

»Entschuldigt, ehrwürdiger Vater, aber … die Tür stand offen und ich …«, stammelte Hannes und musste zu seiner Enttäuschung erkennen, dass es sich nicht um seinen Freund Bernhard handelte.

»Wie kommst du überhaupt auf diese Insel, hier haben nur Mitglieder des Klosters Einsiedeln oder deren Gäste Zutritt, aber keine dahergelaufenen Handwerksburschen.«

Hannes war jetzt bis zum Eingang zurückgewichen, während der wütende Mönch auf ihn zulief.

»Bitte, ich muss …«

»Wachen, kommt sofort herbei!«, schrie der Geistliche aus Leibeskräften und während Hannes sich langsam wieder in Richtung Anlegestelle bewegte, kamen zwei bewaffnete Söldner angerannt.

»Schnappt euch diesen Kerl und schafft ihn in eurem Boot von der Insel herunter, ihr besoffenes Pack. Wenn nochmals jemand unbemerkt hierherkommt, dann gnade euch Gott.«

Ehe Hannes es sich versah, bekam er den hölzernen Griff einer Hellebarde in die Seite gerammt und ging zu Boden. Danach wurden seine Hände gebunden und die Söldner schleiften ihn hinter sich her.

Sie warfen ihn ins seichte Wasser und drückten seinen Kopf immer wieder unter Wasser.

»Ich hätte gute Lust, den Hundsfott zu ersäufen. Hoffentlich bekommen wir keinen Ärger, mit diesem fanatischen Bruder ist nicht zu spaßen«, meinte der größere der beiden ärgerlich.

»Wieso eigentlich nicht ersäufen, nach dem Kerl kräht

kein Hahn mehr und wir brauchen keine Bootsfahrt zu machen.«

Hannes wehrte sich nach Kräften, doch gegen die erfahrenen Kriegsknechte hatte er keine Chance.

Sie banden ihn auch noch an den Füßen, schmissen ihn in ein Boot und warfen den unglücklichen Gesellen im tieferen Wasser wie unnützes Gepäck über Bord.

Verzweifelt strampelte der Zimmermann mit seinen gebundenen Gliedmaßen, konnte jedoch nicht verhindern, dass er langsam unterging.

Kurze Zeit konnte er sich noch dagegen sträuben, doch dann war das Verlangen, nach Luft zu schnappen, zu groß und er öffnete den Mund.

Ursula versuchte, ihr Entsetzen über die plötzlich aufgetauchten Schergen des Herzogs so gut es ging zu verbergen.

»Gott zum Gruße, ihr Herren, wollt Ihr uns helfen, die Kutsche wieder flott zu machen?«

»Aber natürlich, denn irgendwie müssen wir ja zu Ulrich zurückkommen«, antwortete Kaspar süffisant.

»Der Herzog wird sicherlich eine große Freude haben, wenn er Euch wieder in seine Arme schließen kann.«

Als der stämmige Kutscher diese Worte hörte, ließ er von seiner Arbeit ab und fasste nach einem dicken Knüppel, den er für solche Fälle in einem Fach an der Unterseite des Gefährts deponiert hatte.

»Zieht eurer Wege, ihr Strauchdiebe, und lasst uns in Ruhe!«, forderte der Mann mit fester Stimme, er hatte seine Herrin schon mehrfach vor Gesindel beschützt.

»Oha, hier will einer den Helden spielen, na, dann lass mal sehen, was du mit deinem Stöckchen ausrichten kannst.«

Mit einer flüssigen Bewegung glitt Odo von seinem Pferd

herunter und hielt im nächsten Moment seine Streitaxt in den Händen.

Der Kutscher bewegte sich flink und wich den wilden Hieben des riesigen Mannes geschickt aus. In seinen kräftigen Händen war der Stock eine wirkungsvolle Waffe, mit der er Odo mehrfach am Körper traf und einmal sogar dessen Kopf streifte.

Die Angriffsbewegungen des Söldners wurden durch die Treffer immer wilder, doch er selbst konnte seinen Kontrahenten nicht wirkungsvoll treffen.

Ursula stand abseits und hielt den Atem an, während Kaspar die schöne Frau nicht aus den Augen ließ.

»Du kämpfst nicht schlecht dafür, dass deine Mutter eine Hure war«, versuchte Odo, den Kutscher aus der Ruhe zu bringen, und tatsächlich trat ein hasserfülltes Glitzern in dessen Augen.

Nur kurz war die Unaufmerksamkeit, doch sie reichte dem erfahrenen Kämpfer aus, um seinem Gegner eine tiefe Fleischwunde an der Schulter zuzufügen.

Wenig später lag der geschwächte Mann, aus mehreren Wunden blutend, am Boden und hatte über sich den gewaltigen Odo, der ihm mit einem kleinen Dolch den Gnadenstoß geben wollte.

»Bitte, schenkt ihm das Leben, ich tue alles, was Ihr von mir verlangt!«, rief Ursula entsetzt aus.

Nachdenklich blickte Odo auf seinen wehrlosen Gegner.

»Er hat sich wacker gehalten und ich bin kein Unmensch.«

Odo erhob sich und wandte sich der adeligen Frau zu.

»Und letztendlich haben wir ja das Täubchen, das ausgeflogen ist, wieder eingefangen«, meinte er mit einem hässlichen Grinsen, das sein narbenübersätes Gesicht in eine Fratze verwandelte.

Bei diesem Anblick schauderte es Ursula und sie flehte insgeheim zu Gott, dass der gut aussehende Partner des Riesen das Kommando innehatte.

»So, genug Zeit verplempert, wir müssen zusehen, dass wir den ehrbaren Herzog nicht mehr allzu lange auf seine Bettgespielin warten lassen und wir endlich unsere wohlverdiente Belohnung bekommen«, mahnte Kaspar zur Eile.

»Wartet, edle Herren, bringt mich, wohin Ihr wollt, doch um Himmels willen nicht zu Ulrich zurück«, flehte Ursula.

»Das hättet Ihr Euch früher überlegen sollen«, entgegnete Kaspar knapp, der sich bereits als Anführer der herzoglichen Truppen sah.

Endlich war seine Stunde gekommen und er würde eine seinen Fähigkeiten entsprechende Stellung bekommen.

»Meine Familie wird ein hohes Lösegeld für mich zahlen, wogegen Ulrich eher als Geizhals bekannt ist.«

»Wir haben ihm unser Ehrenwort gegeben, Euch zu ihm zurückzubringen, also seid endlich still und fügt Euch in Euer Schicksal. Komm, Odo, lass uns die Kutsche reparieren, damit wir heute noch ein Stück Wegs zurücklegen können.«

Entschlossen ging Kaspar zu dem Wagen und inspizierte das Rad, als er in seinem Rücken etwas Spitzes spürte.

»Dreh dich nicht um, mein Freund, es ist jetzt wohl Zeit, Abschied zu nehmen, denn so wie ich die Sache sehe, sind wir unterschiedlicher Meinung, was unser Täubchen hier betrifft. Der Herzog wird zwar nicht sehr erfreut sein, aber bei der Familie ist meiner Meinung nach mehr zu holen.«

»Aber … Odo …, was soll das, nimm den Dolch weg, wir sind doch Partner!«, rief Kaspar aufgebracht.

»Tut mir leid, aber ab jetzt erledige ich den Auftrag alleine und außerdem war unsere Partnerschaft bisher alles andere als erfolgreich.«

Im nächsten Augenblick traf die stumpfe Seite der Streitaxt Kaspar am Hinterkopf und er ging bewusstlos zu Boden.

»Ich nehme an, Ihr könnt reiten, meine Dame«, sagte Odo grinsend und wies auf Kaspars Pferd. »Aber seht Euch vor, der erste Fluchtversuch wird Eure letzte Aktion in diesem Leben sein.«

Beim Blick in die gelben Augen des riesenhaften Mannes fügte sich Ursula in ihr Schicksal.

KAPITEL 28

»Wir müssen ihn vorsichtig in die Herberge am Eingang der Schlucht schaffen«, befahl der Anführer des Saumzugs, nachdem er festgestellt hatte, dass Jerg Becker noch atmete.

»Er … er hat … mir das Leben gerettet und … dabei seines aufs Spiel gesetzt«, stammelte Anna, während Anton sie in den Arm nahm und tröstete.

Sie legten den Schwerverletzten in ein Tuch und trugen ihn zu dem stattlichen Blockhaus hinüber. Joshua, der Säumer, hatte sich in seinen langen Jahren in diesem gefährlichen Beruf erhebliches medizinisches Wissen angeeignet und erkannte, nachdem die verschiedenen Wunden gereinigt waren, dass sie den robusten Jerg wohl nicht umbringen würden.

»So wie ich es erkenne, hat er den linken Arm gebrochen und ein Felsbrocken hat ihn am Kopf gestreift. Der Umstand, dass er auf dem Bauch gelegen hat während des Steinhagels, hat ihm das Leben gerettet. Trotzdem können sich die zahlreichen offenen Wunden entzünden und er kann den Wundbrand bekommen, deshalb ist für ihn eine Weiterreise in den nächsten Wochen nicht möglich.«

»Dann … müsst … ihr beiden alleine … gehen«, hauchte Jerg unter Aufbietung all seiner Kräfte.

»Das kommt überhaupt nicht infrage«, entschied Anna.

»Aber bedenkt, in wenigen Wochen ist Winter und ihr seid dann hier oben von der Außenwelt abgeschlossen. Falls Ihr also dringende Geschäfte zu erledigen habt, Frau Neumann, müsst Ihr Euren Begleiter in der Obhut des Herbergswirtes und seiner Bediensteten zurücklassen«, gab Joshua zu bedenken.

»Das kann alles warten, an erster Stelle kommt jetzt die Wiedergenesung des Mannes, der mein Leben gerettet hat.«

Ihr Blick fiel auf Anton, der den Kopf schüttelte.

»Es ist vielleicht nicht sehr vernünftig, in Anbetracht meiner beinahe aussichtslosen Lage noch weitere Zeit verstreichen zu lassen, Anton, doch ich habe mich entschieden, Jerg nicht alleine zu lassen. Falls du nach Ulm zu deiner Familie zurückkehren möchtest, so kann ich das sehr gut verstehen, Anton. Ich zahle dir selbstverständlich den vollen Lohn, denn ich stehe tief in deiner Schuld. Mit Sicherheit werden Jerg und ich nach seiner Genesung auch ohne deine Hilfe zurückfinden.«

Einen kurzen Augenblick sah es so aus, als würde sich der ehemalige Söldner für die bequemere Lösung entscheiden.

»Du beleidigst mich, Anna, niemals würde ich einen Kameraden im Stich lassen, doch anstatt uns mit unnötigem Geschwätz aufzuhalten, sollten wir uns schleunigst um seine Verletzungen kümmern.«

Erleichtert atmete Anna aus, denn falls Jerg wider Erwarten sterben würde, wäre sie jetzt nicht allein in dieser menschenfeindlichen Gegend.

Unterdessen hatte der Säumer einen dicken, gerade gewachsenen Ast besorgt und begann mit Hilfe von Anton und Ueli, dem Hüttenwirt, den Bruch zu schienen.

Anna strich dem Verletzten über die schweißnasse Stirn und träufelte ihm einen starken Gewürzwein ein.

In seinem Söldnerdasein hatte Jerg schon viele Verletzungen erlitten und auch jetzt nahm er die zweifellos schlimmen Schmerzen ohne lautes Geschrei hin.

Nach kurzer Zeit jedoch versetzte ihn eine erlösende Ohnmacht in den Schlaf.

»Was ist das für eine Salbe, Ueli?«, fragte Anna interessiert.

»Die Pflanze kennt Ihr bestimmt, bei uns nennt man sie Bergwurz oder Dachwurz. Sie wächst sehr gut auf nackten Felsen, da sie sehr genügsam ist. Oft wird die Wurz aufs Dach gepflanzt, weil es dadurch feucht gehalten wird und so vor Bränden besser geschützt ist. Zudem wird der Wurz auch nachgesagt, dass sie die Häuser vor Schaden bewahrt. In unserem Fall hier«, er deutete auf Jergs gepeinigten Körper, »sorgt die Heilpflanze dafür, dass sich die offenen Wunden schneller schließen.«

Am nächsten Morgen verabschiedete sich Joshua.

»Wir müssen leider weiterziehen, da ich einige wichtige Briefe im Gepäck habe, die ich dringend abliefern muss, aber bei Ueli seid ihr in den besten Händen.«

Anna und Anton standen an der Tür und winkten dem Säumer hinterher, wobei beiden ziemlich wehmütig zumute war.

Dank des vielen Weines hatte Jerg die Nacht durch gut geschlafen und war bisher noch nicht wieder aufgewacht.

»Der Schlaf tut ihm gut«, versuchte Anton, ein Gespräch anzufangen. »Was kann geschehen, wenn du dich nicht rechtzeitig rehabilitierst, Anna?«

»Das möchte ich mir lieber nicht ausmalen«, antwortete die Kauffrau und blickte traurig auf den ruhig atmenden Verletzten. »Meine ganze Hoffnung liegt auf Bantlein, meinem Kontorleiter, wenn er treu zu mir steht und das Geschäft während meiner Abwesenheit geschickt verwaltet, kann eigentlich nichts passieren. Hoffentlich ist mir der Bürgermeister, der ein guter Freund meines Vaters war, trotz der schwerwiegenden Anschuldigung noch gut gesonnen. Aber alle Spekulationen helfen mir nicht weiter, mein Schicksal liegt in Gottes Hand.«

Die folgenden Tage verliefen mehr oder weniger ruhig und Anna begleitete Anton bei ausgedehnten Wanderungen in der wildromantischen Gegend.

Mit einer Armbrust, die er von Ueli bekommen hatte, machte der sichere Schütze Jagd auf Hasen und Rehe. Auf diese Art konnte der hauptsächlich aus Käse bestehende Speiseplan ein wenig abwechslungsreicher gestaltet werden.

So verging die erste Woche, die auf Jergs Unfall folgte, ohne Zwischenfälle.

»So wie ich das sehe, verläuft der Heilungsprozess wider Erwarten gut, vielleicht ist es euch doch noch möglich, vor dem Wintereinbruch ins Tal zu ziehen«, meinte Ueli eines Abends hoffnungsvoll, als sie beisammen saßen und sich an einer schmackhaften Gams labten, die Anton am Nachmittag erlegt hatte.

Für Jerg hatte Susi, die Frau des Hüttenwirts, aus den Knochen eine kräftige Brühe zubereitet, die ihm Anna geduldig einflößte.

Zuversichtlich wie lange nicht mehr ging Anna in die winzige Kammer, die sie mit Susi teilen musste.

»Ah, was macht ihr mit mir, ihr Schweine!«, schrie Jerg mitten in der Nacht aus Leibeskräften.

Mit einem Satz sprang Anna von ihrer harten Strohmatte auf und eilte in die rauchige Stube, die zum Krankenzimmer umfunktioniert worden war.

Voller Entsetzen erkannte sie, dass Jergs Gesicht mit Schweißperlen übersät war und er offenbar im Fieberwahn war.

Susi brachte mit kühlem Wasser getränkte Tücher, mit denen sie den Kranken abwuschen.

»Das ist ein schwerer Rückfall, wahrscheinlich hat er sich in den letzten zwei Tagen zu viel zugemutet«, gab Ueli zu bedenken.

Anna wachte die ganze Nacht an Jergs Lager und war am Morgen wie gerädert.

Als es hell wurde, stand sie auf und öffnete die Tür, um frische Luft zu schnappen.

Ein weißer Teppich hatte das Land bedeckt und raubte Anna jegliche Hoffnung.

KAPITEL 29

»Seid ihr verrückt geworden, ihr Mörder, zieht den Mann sofort wieder heraus!«, schrie eine Stimme vom Ufer her, die keinen Widerspruch duldete.

Widerwillig fischte der größere der beiden Schergen mit

seiner Hellebarde nach dem untergegangenen Gesellen. Er erwischte ihn mit dem Widerhaken, der unterhalb der Schneide angebracht war, und zog den leblosen Körper aus dem kalten See.

Nach mehreren Wiederbelebungsversuchen spuckte Hannes das Wasser, das in seine Lungen eingetreten war, aus und schnappte nach Luft.

Auf einen Wink des Mannes hin brachten die Söldner den Gesellen in das Gehöft, das mitten auf der kleinen Insel stand.

Sie rissen ihm die nassen Kleider vom Leib und setzten ihn auf die gemauerte Ofenbank eines riesigen Kachelofens.

Hannes' Lebensgeister kehrten langsam wieder zurück und er betrachtete seinen Retter von der Seite. Die schwarzen Kleider und die gleichfarbige Kappe verliehen dem Mann etwas Düsteres, doch aus dem offenen, markanten Gesicht mit der dominanten Nase schauten ihn zwei freundliche Augen an.

Die beiden Soldaten hatten, Entschuldigungen brabbelnd, langsam das warme Zimmer verlassen.

»Entschuldige, mein Junge, das war nicht die berühmte Züricher Gastfreundschaft, die dir zuteil geworden ist. Aber weshalb bist du unerlaubterweise auf diese Insel gekommen?«

»Mein Name ist Hannes Fritz, Zimmermann aus Reutlingen, und ich … ich wollte doch nur meinen Freund besuchen«, stieß Hannes hervor, der erst jetzt so richtig realisierte, wie nah er dem Tod gewesen war.

»Deinen Freund …, hier auf der Insel Ufenau? Hier gibt es nur drei Geistliche, die keine Freunde haben, und die zwei Hohlköpfe, die dich ums Haar ins Jenseits befördert hätten«, erklärte der Mann geduldig.

»Aber … Ulrich … Ulrich von Hutten, … er lebt doch auch hier.«

Der Gesichtsausdruck des Mannes veränderte sich vollends, jetzt wirkte er ernsthaft erzürnt.

»Was hast du mit dem berühmten Humanisten zu schaffen?«

»Ich habe ihm mein Leben zu verdanken, so wie Euch. Er hat mich einmal in Württemberg und einmal im fernen Amsterdam aus bedrohlichen Situationen gerettet«, erzählte Hannes wahrheitsgemäß.

»Hier, trink!« Der Mann hielt ihm einen Becher Wein hin. »Und erzähle mir von Ulrich.«

Hannes nahm einen tiefen Schluck und berichtete dem aufmerksamen Zuhörer von seinen gemeinsamen Erlebnissen mit Ulrich von Hutten, wobei er den kleinen Gelehrten genau beschrieb.

»Etwas macht mich noch stutzig, woher kennst du seinen Aufenthaltsort?«

»Ich war in Basel bei dem allseits bekannten Herrn Oekolampadius, der einen regen Briefwechsel mit Ulrich führt.«

»Aber … das gibt es ja nicht, ein einfacher Handwerksgeselle kennt beinahe sämtliche wichtigen Kirchenreformer und Humanisten. Jetzt sag nicht, dass du auch den Doktor Martinus Luther kennst.«

Zum ersten Mal, seit er hier war, trat ein Lächeln in Hannes' Gesicht.

»Leider nicht, mein Herr, aber ich kenne einen Mann, der sowohl Luther als auch Hutten kennt.«

Der Geselle sprach nun von seinem guten Freund, dem ehemaligen Benediktinermönch Bernhard.

»Wie sieht dein Freund aus?«, wollte der Mann mit deutlichem Interesse wissen.

Mit wenigen Worten beschrieb Hannes den entlaufenen Mönch.

»Du hast mir meinen Freund Ulrich von Hutten und seinen treuen Adlatus Bernhard sehr gut beschrieben, deswegen denke ich, dass du die Wahrheit sprichst. Mein Name ist übrigens ebenfalls Ulrich, Ulrich Zwingli.«

Nun war es an Hannes, überrascht zu sein.

»Ihr seid der allseits berühmte Kirchenkritiker und Reformer, der dafür gesorgt hat, dass Ulrich hier in Zürich Asyl bekommt?«, stieß Hannes hervor und seine Augen wurden immer größer.

Zwingli nickte.

»Ein paarmal im Jahr komme ich zur inneren Einkehr auf die schöne Insel, wenn mir der Trubel in Zürich zu groß wird. Der Abt des Klosters Einsiedeln, dem dieses Eiland gehört, ist ein guter Freund von mir.«

Es schien, dass der Geistliche an etwas Schlimmes dachte, denn plötzlich bekam sein Gesicht einen traurigen Ausdruck.

»Leider musste ich meinen Freund, der von aller Welt ausgestoßen war und hier eine letzte Bleibe gefunden hatte, im letzten Jahr zu Grabe tragen.«

»Ulrich … Ulrich von Hutten ist tot?«

»Ja, er erlag im August des vorigen Jahres im Alter von nur fünfunddreißig Jahren der französischen Krankheit, die ihn so lang schon geplagt hat. Vielleicht hat es ihm auch das Herz gebrochen, dass sein gemeinsam mit Franz von Sickingen angezettelter Aufstand so schmählich scheiterte. Zudem ließen ihn seine Gegner nicht einmal hier in Ruhe, wo er beileibe keinem mehr schaden konnte. Wie etwa der allseits gerühmte Erasmus von Rotterdam, der in einem Anschreiben den Stadtrat von Zürich eindringlich vor den Umtrieben Huttens warnte. Dabei wollte er eigentlich nur noch in Ruhe seine Schriften und angefangenen Bücher zu Ende bringen.«

Die Stimme Zwinglis zitterte bei diesen Worten und seine Augen wurden feucht.

Hannes wartete einen Moment, bevor er etwas entgegnete.

»Er war wahrhaft ein großer und ehrbarer Mann und es stimmt mich traurig, dass ich ihn nicht mehr angetroffen habe. Vielleicht hätte ich ihm damals in Amsterdam, als er mir anbot, ihn zu begleiten, einfach folgen sollen.«

Tränen standen dem Gesellen in den Augen und keiner der beiden Männer sagte mehr ein Wort.

Beide waren in Gedanken bei dem berühmten Humanisten.

»Und Bernhard, … ist er auch …?«

Das Gesicht Zwinglis entspannte sich, ehe er antwortete.

»Nein, keine Angst, der ehemalige Benediktinermönch hat damals noch einige Zeit hier gelebt und getrauert, bevor er sich in diesem Frühjahr wieder ins Deutsche Reich aufgemacht hat. In diesen Monaten, die er beinahe durchweg an meiner Seite verbracht hat, sei es hier oder in der Stadt, habe ich den hochgebildeten und klugen Mann liebgewonnen. Als wir in Zürich weilten, hat er immer bei meiner Frau und mir genächtigt.«

»Wie, Ihr seid verheiratet?«

»Ja, seit einem halben Jahr, den Zölibat gebrochen habe ich allerdings schon längere Zeit, da ich zuvor schon mit Anna einen gemeinsamen Haushalt hatte. Und nun fällt mir auch ein, dass Bernhard einen Zimmermannsgesellen erwähnt hat, mit dem er in Amsterdam war. Das ist jetzt äußerst schade, dass du ihn nicht mehr hier antriffst. Vielleicht begegnet ihr euch ja eines Tages wieder, Gottes Wege sind unergründlich. Was ist dein nächstes Ziel, Hannes?«

»Eigentlich will ich meine Wanderschaft beenden und wieder nach Reutlingen zurückkehren, wo meine alten Eltern auf mich warten.«

Wenn sie noch leben, fügte Hannes in Gedanken bei.

»Hm, Reutlingen, sagst du, dann kennst du sicherlich den

Kirchenreformer Alber, Matthäus Alber. Oder hat er noch nicht in deiner Stadt gewirkt, als du dich in die Fremde aufgemacht hast?«

»Ich kenne ihn und kann mich auch noch sehr gut an ihn erinnern. Er hat mir das Lesen beigebracht und, was für mich unvergesslich bleibt, Alber hat den Gottesdienst in deutscher Sprache gehalten. Deshalb kamen zur Messe von überallher Leute, um ihm zuzuhören, sogar aus dem Württembergischen.«

»Ja, das war sehr mutig von ihm. Persönlich kenne ich ihn leider nicht, doch ich stehe in regem Briefkontakt mit ihm. Aber nun nochmals zu deinem Freund Bernhard, ich habe ihn zu einem guten Bekannten von mir ins Allgäu nach Memmingen geschickt habe, mit dem ich in ständigem Kontakt stehe. Denn Bernhard möchte ja, so wie mein verstorbener Freund Hutten, nicht nur die Kirche im Geiste Luthers reformieren, sondern im Gegensatz zu dem Wittenberger auch den einfachen Leuten zu ihren angestammten Rechten verhelfen.«

Zwingli erzählte seinem aufmerksamen Zuhörer von Christoph Schappeler, der in St. Gallen als Sohn einer angesehenen Handwerkerfamilie geboren wurde und später in Leipzig Theologie studierte.

»Vor etwas mehr als zehn Jahren kam er nach Memmingen, wo er eine frei gewordene Prädikatur übernehmen konnte. Er hat die schwäbische Stadt vor wenigen Jahren kurzzeitig verlassen und hielt sich eine Zeit lang in Zürich auf.«

Mit einem Blick auf das ratlose Gesicht des Gesellen begann er, den Begriff zu erklären.

»Er ist dann aber zurückgekehrt, um sein Amt, das auf eine Stiftung eines reichen Memminger Kaufmannes zurückgeht, wieder zu bekleiden. Es bedeutet, dass der Ausübende nur wenige liturgische Aufgaben ausfüllt, sondern hauptsächlich für die Predigten zuständig ist. Dem brillanten Redner Schappeler kommt diese Stellung natürlich sehr zugute und er nutzt mittlerweile die Aufmerksamkeit der Leute aus, um seine revolutionären Thesen unters Volk zu bringen. Und wie ich seinem letzten Brief entnehmen konnte, gärt es ganz gewaltig in Memmingen. Christoph berichtete von einem würdigen Partner namens Sebastian Lotzer, mit dem zusammen er gedenkt, die sogenannte göttliche Ordnung aus den Angeln zu heben.«

Aufgewühlt von den Worten Zwinglis, fasste Hannes einen Entschluss.

»Ich verschiebe meine Heimreise und folge Bernhard nach Memmingen, wenn Ihr so freundlich wärt, mir den Weg dorthin zu beschreiben.«

»Nichts leichter als das, doch ich wollte dir eigentlich vorschlagen, dass du den Winter über in Zürich bleibst, dort gibt es für einen guten Zimmermann viel zu tun. Eine Stelle könnte ich dir sofort beschaffen, bei dem Meister, der gerade mein Haus umbaut«, versuchte Zwingli, den Gesellen zum Bleiben zu bewegen.

»Das ist gut gemeint von Euch und ich danke Euch dafür, Herr Zwingli, doch meine Entscheidung steht fest. Wenn Ihr mir nur für diese Nacht hier auf der Insel Quartier geben und mir morgen eine Überfahrt ermöglichen könntet.«

»Schade, ich hätte dich gerne hierbehalten«, bedauerte Zwingli. »Selbstverständlich kannst du hier übernachten, und die Kerle, die dir nach dem Leben getrachtet haben, werden dich morgen früh sicher ans jenseitige Ufer bringen.«

Wenig später brachte der übellaunige Mönch, dem Hannes ein kaltes Bad zu verdanken hatte, eine Brotzeit und einen Krug Wein und Zwingli bat Hannes, von seiner Zeit auf der Wanderschaft zu erzählen.

Der gelehrte Mann war ein guter Zuhörer und Hannes berichtete ihm von seiner gesamten bisherigen Reisezeit.

Als die Sprache auf Jos Fritz kam, horchte Zwingli auf.

»Von diesem außergewöhnlichen Mann habe ich schon sehr viel gehört und ich glaube, dass er sich derzeit gleichfalls in der Nähe von Memmingen aufhält. Schappeler erwähnte in seinem letzten Brief einen geheimnisvollen Mann, der bereits mehrfach den Bundschuh ausgerufen hatte und dabei nur knapp gescheitert ist. Die Beschreibung würde auf Jos Fritz passen.«

»Was, dann würde ich meinen Onkel *und* Bernhard dort antreffen? Das wäre ja fast schon ein Wunder!«, stieß Hannes aufgeregt hervor.

Sie unterhielten sich beinahe die ganze Nacht, bevor dem erschöpften Hannes irgendwann einfach die Augen zufielen.

Zwingli bettete ihn auf die warme Bank des Kachelofens und legte sich danach ebenfalls schlafen.

Mit trockenem Mund wachte Hannes am nächsten Morgen auf.

Er zog seine mittlerweile getrockneten Kleider an und spazierte zum nahen Ufer, um sich zu erfrischen. Er blickte zu den majestätischen Bergen und musste zu seinem Entsetzen feststellen, dass die Schneefallgrenze sich fast bis zum Talgrund herabgesenkt hatte. Es wird Zeit, noch vor dem nahenden Winter eine Arbeitsstelle zu finden, dachte Hannes bang.

Gemeinsam mit Zwingli nahm Hannes ein nahrhaftes Mus ein, das aus Getreide und getrockneten Früchten bestand und mit Kuhmilch übergossen wurde. Bevor sich die Männer zur Schiffsanlegestelle wandten, zeigte Zwingli dem Gesellen die letzte Ruhestätte von Ulrich von Hutten.

»Hier liegt also der bedeutende Mann, der noch so viel hätte bewegen können.«

Mehrere Minuten verharrten die beiden Männer am Grab des großen Humanisten und trauerten jeder auf seine Weise.

Am Hafen warteten bereits die grimmig dreinblickenden Söldner, die offenbar gerne noch ein Weilchen geschlafen hätten, auf ihren Gast.

»Wenn ihr zwei Trinknasen dem Jungen auch nur ein Haar krümmt, dann gnade euch Gott.«

Mit erhobenem Zeigefinger warnte der Geistliche die Bewacher der Insel.

»Der Küchenmeister hat dir hier ein wenig Proviant eingepackt, Hannes.«

Mit flinken Fingern verstaute der Geselle die Hartwürste, den Alpenkäse und das Fladenbrot in seinem Bündel, das die Söldner zum Glück nicht über Bord geworfen hatten.

»Eine kurze Wegbeschreibung wollte ich dir noch geben, aber im Grunde ist es recht einfach. Nachdem du Rapperswil, das ist der nächste Ort, passiert hast, wendest du dich nach Winterthur, wo du auf eine vielbefahrene Handelsstraße triffst. Diese geht bis zu der bedeutenden Stadt Konstanz am Bodensee. Hier musst du dir ein Boot suchen, das dich nach Meersburg bringt. Von dort aus wanderst du am Nordufer des Sees entlang, bis du nach Lindau kommst, und dann folgst du dem alten Salzhandelsweg, der geradewegs nach Memmingen führt. In drei bis vier Wochen solltest du dein Ziel erreicht haben. Soll ich dir einen Plan zeichnen?«, fragte Zwingli freundlich, dem der junge Geselle trotz der kurzen Zeit ihrer Bekanntschaft ans Herz gewachsen war.

»Das wird nicht nötig sein, bisher habe ich die Ziele meiner Wanderschaft gut gefunden«, antwortete Hannes und gab dem Geistlichen zum Abschied die rechte Hand.

»Möge Gott deine Schritte allezeit bewachen und grüße mir in Memmingen sowohl meinen guten Freund Christoph Schappeler als auch unseren gemeinsamen Bekannten

Bernhard. Und solltest du einmal nach Zürich kommen, so steht dir meine Tür jederzeit offen.«

Die Söldner erwiesen sich als fähige Ruderer und nur kurze Zeit später war das Ufer erreicht. Hannes fasste sein Bündel und seinen Stock und beeilte sich, das Boot mit den finsteren Gestalten zu verlassen.

Ziellos streifte Kaspar umher, nachdem er eines der Kutschenpferde abgeschirrt hatte und dieses als Reittier nutzte. Den schwer verletzten Kutscher hatte er, ohne mit der Wimper zu zucken, liegen gelassen, sollten sich doch nachfolgende Reisende um den aus mehreren Wunden blutenden Mann kümmern.

Im ersten Moment wollte Kaspar in seinem grenzenlosen Zorn seinem ehemaligen Kameraden und der Mätresse Ulrichs folgen, besann sich dann aber eines Besseren, denn dem gewaltigen Odo wollte er trotz seiner Fechtkünste nicht in einem Zweikampf gegenübertreten. Das Reiten ohne Sattel erwies sich als ziemlich schwierig und ein ungeübterer Reiter als Kaspar wäre sicherlich daran gescheitert.

In einer Herberge, die er nach drei Tagen in der Nähe von Basel aufsuchte, tauschte er seinen Gaul mit einem kräftigen Braunen, der zudem gesattelt war, nachdem er den Stallwächter dort zuvor unschädlich gemacht hatte.

Kaspar hatte sich noch keine Gedanken um seine Zukunft gemacht, doch allmählich wurde sein Beutel immer leerer. Da traf er eines Nachmittags in der Nähe von Meersburg im Hinterland auf ein Landsknechtslager.

Als er mit Odo unterwegs gewesen war, hatte er für sie beide ein Zeugnis von ihrem ehemaligen Kapitän Vogler gefälscht, das er jetzt dem Lagerwächter vorzeigte.

»Ich erkenne einen tüchtigen Kämpfer«, meinte der Mann, nachdem er Kaspar von oben bis unten gemustert hatte.

»Meldet Euch in dem großen Zelt in der Mitte des Lagers. Unser Anführer, der Truchsess von Waldburg, ist für ein paar Tage auf seiner Burg, doch sein Adjutant ist zugegen.«

Kaspar führte sein Pferd zu den provisorischen Stallungen und wandte sich dem genannten Zelt zu.

»Was ist dein Begehr?«, wollte ein baumlanger Kerl wissen, der Wache schob.

»Ich möchte dem Truchsess meine Dienste anbieten«, entgegnete Kaspar stolz und sah den anderen herausfordernd an.

»Der Truchsess ist nicht da«, war die lahme Antwort.

»Aber irgendeiner muss ja in dessen Abwesenheit zuständig sein«, ereiferte sich Kaspar, doch der Wächter ignorierte ihn.

»Verdammt, gib mir eine Antwort, du Hund!«

Nun drehte der Bewaffnete sich wieder um und war gerade im Begriff, sich auf Kaspar zu stürzen, als ein bunt gekleideter, hochgewachsener Mann aus dem Zelt kam.

»Was ist hier los?«, wollte er mit befehlsgewohnter Stimme wissen.

»Ich suche eine Anstellung, ich war zuletzt als Locotenent tätig«, stieß Kaspar aus, bevor der Wächter etwas sagen konnte und hielt dem Mann sein gefälschtes Dokument hin.

Mit interessierter Miene las der die scheinbare Beurteilung.

»Wer ist dieser Vogler? Ich hatte letztes Jahr mit einem Kapitän gleichen Namens zu tun. Und du, du heißt ebenfalls wie jemand, den ich kenne. Kaspar Neumann, du stammst doch nicht etwa aus der Freien Reichsstadt Reutlingen?«

»Doch«, antwortete Kaspar ergeben.

Hannes kam gut voran und erreichte bereits nach einer Woche das altehrwürdige Konstanz am Bodensee. Er hatte die kalten Nächte zumeist in abseits gelegenen Heuschobern verbracht und sich einmal sogar den Luxus einer Herbergsübernachtung gegönnt.

Am Hafen von Konstanz waren zahlreiche Fischerboote festgemacht und Hannes fragte einen Mann, der die Planken an seinem Schiff ausbesserte, nach einer Überfahrt.

Der einsilbige Mann verwies auf zwei stattliche Einmaster.

»Das sind Lädinen, sie werden als Fähren eingesetzt«, meinte der Fischer und wandte sich wieder seiner Arbeit zu.

An der Anlegestelle der zwei dickbäuchigen Kähne traf Hannes auf einen bärbeißigen Kerl, der von mehreren Umstehenden Geld einsammelte, während Arbeiter sperrige Waren in den Rumpf des Schiffes verluden.

»Entschuldigt, mein Herr, wisst Ihr zufällig, ob eines der Boote heute noch nach Meersburg fährt?«

Der Mann musterte Hannes wie ein lästiges Insekt.

»Schaut euch den verlausten Burschen an, ha, ha. Die Fahrt kostet einen halben Rheinischen Gulden, das kannst du dir bestimmt nicht leisten.«

Das war mehr, als der Geselle in drei Tagen verdiente, doch der Fußweg nach Meersburg würde ihn eine weitere Woche kosten.

Zähneknirschend entnahm er seinem Beutel eine Münze und reichte sie dem Mann, der sie verblüfft entgegennahm.

Bevor er an Bord ging, betrachtete er eingehend die Bauweise des Schiffes und fühlte sich an seine Zeit in der Werft in Amsterdam erinnert.

Doch dieses plumpe Schiff konnte es natürlich nicht mit den schnittigen, hochseetauglichen Dreimastern aufnehmen, an die er dort mit Hand angelegt hatte.

Hoffentlich kommt kein Sturm auf, dachte Hannes bekümmert, als das Boot ausgelaufen war und erste Schaumkrönchen auf der Wasseroberfläche sichtbar wurden. Die

Ruderer hatten ihre Ruder eingeholt und der Mann, der das Geld kassiert hatte, gab lautstark Befehle.

Das Segel wurde in den Wind gehängt und der Kahn nahm ziemliche Fahrt auf.

»Heute wird es ein wenig stürmisch, ich hoffe, dass du mir nicht mein schönes Schiff vollkotzt, Geselle«, raunte der Kapitän und gab seinen Leuten den Befehl für ein Segelmanöver.

Es wurde immer windiger und das Boot neigte sich dadurch immer mehr in die Vertikale, wie Hannes ängstlich feststellen musste. Als auch noch heftiger Regen einsetzte, war es völlig vorbei mit seiner Ruhe und Hannes ging, genauso wie die anderen Gäste, eine steile Leiter hinunter, die in den Bauch des Schiffes führte.

Mittels einer Luke wurde verhindert, dass Wasser eindrang, denn hier unten war auch Lagerware untergebracht.

»Ich dachte, solch einen Seegang gäbe es nur auf dem Meer.« Fragend wandte sich Hannes an einen schmerbäuchigen Mann, der eine gewisse Gemütlichkeit ausstrahlte.

»Da täuschst du dich, mein Junge, der Bodensee hat schon manchen braven Mann das Leben gekostet.«

Dieser Ausspruch war nicht dazu angetan, Hannes die Furcht zu nehmen.

»Du brauchst wirklich keine Angst zu haben, ich kenne sowohl den fähigen Kapitän als auch den Bodensee gut genug, um zu wissen, dass uns der Herrgott heute Nacht noch nicht zu sich ruft.«

Skeptisch schaute Hannes den Mann an und beschloss, sich in sein Schicksal zu ergeben.

Hannes hatte das Gefühl, dass sich das Schiff immer mehr zur Seite neigte, und schickte ein Stoßgebet gen Himmel.

Währenddessen redete sein neuer Freund munter drauflos.

»Du musst wissen, dass ich diese Strecke mehrmals im

Jahr fahre, sommers wie winters. Dabei ist mir noch niemals etwas zugestoßen.«

Der Mann plauderte in einem fort und Hannes wünschte sich nichts sehnlicher, als dass das Schwanken aufhören möge. Er hatte allergrößte Mühe, den wohlschmeckenden Fisch, den er sich am Hafen gegönnt hatte, bei sich zu behalten.

Urplötzlich neigte sich das Boot wieder in die Horizontale und Hannes hörte das Platschen der Ruderblätter.

»Wir haben es geschafft, Geselle, du bist dem Tod noch einmal entronnen«, spottete der Schmerbäuchige grinsend.

Wie betäubt kam Hannes wieder an Deck und verließ wenig später auf einer dünnen Planke die Lädine, die offenbar für diesen See genau das richtige Gefährt war.

»Jetzt will ich erst mal eine Schenke aufsuchen, willst du mich begleiten, Geselle?«

»Ich weiß nicht, eigentlich muss ich weiter«, wand sich Hannes und versuchte, dem schwatzhaften Kerl zu entkommen.

»Ach was, so viel Zeit muss sein, komm mit, ich lade dich ein.«

Er fasste den unwilligen Gesellen und zog ihn mit sich in eine dunkle Hafenschenke.

»Wie heißt du, mein Junge?«, wollte der Mann wissen, nachdem er den ersten Krug mit dem schäumenden Gebräu beinahe in einem Zug geleert hatte.

»Mein Name ist Hannes Fritz und ich bin ein Zimmermann auf der Walz.«

»Ah, das ist gut, gestatten, mein Name ist Michel Lohner, Fuhrmann und Salzhändler aus dem ehrwürdigen Memmingen.«

Plötzlich war Hannes' Interesse geweckt.

»Memmingen, sagt Ihr?«

»Ja, kennst du unsere schöne Stadt?«

»Nicht direkt, doch genau dorthin wollte ich wandern, um die letzte Zeit meiner Walz dort zu verbringen, bevor ich in meine Heimat zurückkehre«, gab Hannes Auskunft.

»Na, das trifft sich gut, ich habe meine Ladung Salz nach Konstanz hinübergebracht, wo sie zu den Eidgenossen gebracht wird. Im Rückweg nehme ich geräucherte Forellen und Bodenseefelchen mit, die ich in meiner Heimatstadt gut verkaufen kann. Wenn du willst, dann nehme ich dich gerne mit. Das hilft dir weiter und ich habe jemanden, der mir zuhört, da ich so gerne rede, wie du vielleicht schon bemerkt hast.«

Hannes konnte sein Glück beinahe nicht fassen.

Er hatte sich schon auf einen kräftezehrenden Marsch eingestellt und jetzt konnte er die Strecke, gemütlich auf einem Kutschbock sitzend, zurücklegen.

»Gerne nehme ich Euer Angebot an, Meister Lohner, doch wann reist Ihr ab?«

»Nenn mich einfach Michel. Im Grunde sollte ich bereits heute fahren, doch die Verlockungen dieser Hafenstädte sind einfach zu stark. Im Bären habe ich eine Kammer gemietet, da könntest du ebenfalls unterkommen, wenn du nicht zu sehr schnarchst. Aber bevor ich mich schlafen lege, muss ich die holde Lena aufsuchen, die mir der hiesige Frauenwirt hoffentlich reserviert hat.«

Grinsend nickte Hannes.

»Falls du jedoch mein angetrautes Eheweib kennenlernst, darfst du ihr nichts davon erzählen.«

»Ich schweige wie ein Grab.«

Nach zwei weiteren Krügen gingen sie zu Michels Kammer im Bären, der sich als sauberes und anständiges Gasthaus entpuppte.

»Warte nicht auf mich, das kann länger dauern, morgen

früh geht es aber zeitig los«, verabschiedete sich Michel lächelnd.

Hannes legte sich auf den Boden und deckte sich mit seinem Wams zu.

Er konnte lange nicht einschlafen, zu sehr beschäftigte ihn noch die aufreibende Schifffahrt. Irgendwann überkam ihn jedoch der erlösende Schlummer und er hörte nicht einmal das Gepolter, als Michel in das Zimmer kam.

Der erfahrene Fuhrmann war solche Eskapaden offenbar gewohnt, denn bevor der Morgen graute, weckte er seinen Mitfahrer.

Nach einem schnellen Imbiss in der Küche des Gasthauses begaben sie sich zum Hafen, wo Michel sein Gefährt vor seiner Überfahrt nach Konstanz abgestellt hatte.

Er bedeutete Hannes, ihm zu folgen, und gemeinsam führten sie die vier Kutschpferde aus den Stallungen am Hafen, um sie anzuschirren.

Es wurde zwar hell, doch die Sonne konnte sich nicht gegen den starken Nebel durchsetzen.

»So schön es hier ist, am Bodensee, aber in den Herbst- und Wintermonaten dominiert leider die graue Suppe.«

»Wie lange brauchen wir eigentlich bis Memmingen, Michel?«

»Sollten sich die Umstände nicht ändern, sind wir in drei Tagen dort, eine Nacht verbringen wir in Lindau, eine in Wangen und dann logieren wir noch in Leutkirch.«

Unterwegs erfuhr Hannes beinahe ungefragt viel über die derzeitigen Verhältnisse in der Freien Reichsstadt Memmingen.

»Ich weiß auch nicht, was bei uns los ist. Seitdem dieser Schappeler in unseren Kirchen die Predigten hält, ist es nicht mehr wie früher. Er und Sebastian Lotzer wiegeln die kleinen Leute auf, und ob das so gut ist, möchte ich bezweifeln.

Plötzlich soll jedermann die gleichen Rechte haben, das kann doch nicht Gottes Wille sein. Meiner Meinung nach sollte der Stadtrat diese Aufwiegler aus Memmingen rausschmeißen.«

Unmerklich schüttelte Hannes den Kopf, am liebsten hätte er den Fuhrmann gebeten, ihn aussteigen zu lassen, doch angesichts des frostigen Wetters, das mittlerweile aufgezogen war, machte er gute Miene zum bösen Spiel.

Dieser Michel Lohner war eigentlich kein schlechter Kerl, fand Hannes, aber bestimmt dachten viele Menschen so wie er und würden am liebsten alles beibehalten, wie es war. Hannes jedoch hatte auf seiner Walz zu viel Elend und Ungerechtigkeit gesehen, als dass er mit den herrschenden Verhältnissen zufrieden sein konnte.

Zudem wusste er von Ulrich von Hutten und besonders von seinem Onkel Jos Fritz, dass es im Deutschen Reich haarsträubende Missstände gab, die es zu beseitigen galt. Wie es den Anschein hatte, war der Geselle auf dem Weg in eine Stadt, in der es brodelte und wo allem Anschein nach die notwendigen Reformen in vollem Gange waren.

In sämtlichen Herbergen, in denen sie nächtigten, zückte Lohner seinen Beutel und bezahlte die komplette Zeche.

»Wir Memminger sind keine Knicker«, betonte er, als Hannes protestieren wollte.

»Du wirst unsere Gastfreundschaft ja bald kennenlernen.«

An einem Samstagnachmittag, wenige Tage vor dem Christfest, langten sie am Lindauer Tor an.

»Das also ist meine Heimatstadt. Wie du siehst, schützt uns eine starke Befestigung, an der schon mancher Angreifer sich die Zähne ausgebissen hat.«

Die beiden fröstelnden Torwächter durchsuchten oberflächlich Michels Ladung und winkten sie durch.

»So, mein Freund, jetzt heißt es gleich Abschied nehmen. Mein bescheidenes Häuschen steht in der Kalchstraße, gleich gegenüber von unserem eindrucksvollen Salzstadel. Ich lasse dich am Weinmarkt raus, wo die Zunfthäuser stehen. Wenn ich mich recht entsinne, hat die Zunft der Zimmerleute in ihrem Gebäude für die Gesellen einen Versammlungsraum eingerichtet.«

Wortreich verabschiedeten sich die beiden voneinander und Hannes versprach hoch und heilig, den Salzhändler und seine Familie zu besuchen, bevor er vom Kutschbock heruntersprang.

Was er bisher von der Stadt gesehen hatte, gefiel ihm ausnehmend gut, die stolzen Fachwerkhäuser sowie die bunt bemalten Bürgerhäuser mit ihren Staffelgiebeln zeugten vom Wohlstand ihrer Bewohner. Der Geselle wollte erst vor Einbruch der Nacht das Zunfthaus der Zimmerleute aufsuchen, denn es sollte ihm nicht wie in Basel ergehen. Michel Lohner hatte ihm während der Reise ausgiebig von Memmingen erzählt und wenn Hannes auch nicht immer zugehört hatte, so meinte er doch während seiner Stadtbesichtigung, die markanten Punkte wiederzuerkennen.

Dazu gehörte der Schrannenplatz, den er erreichte, als er sich südwärts wandte und dem munter dahinplätschernden Stadtbach folgte.

Von Michel wusste er, dass das der Umschlagplatz für Weizen und Roggen war, der von hier aus im gesamten süddeutschen Raum verteilt wurde.

Hannes zog weiter zum Gerberplatz, wo er sich an einem riesigen Fachwerkhaus beinahe nicht sattsehen konnte. Laut dem Salzhändler waren die Seitenluken im Dach aufklappbar, damit das Leder besser trocknen konnte. Den beißenden Geruch nach Urin, der ihn hier empfing, kannte er aus seiner Heimatstadt Reutlingen, wo das Gerberhandwerk gleichfalls eine große Rolle spielte.

Geschäftiges Treiben erwartete den Gesellen an dem weiträumigen Marktplatz, wo an diesem Samstag spätnachmittags die verschiedensten Händler ihre Ware feilboten. Die Fleischbänke bogen sich unter der Last der blutigen Schweine- und Rinderteile und die Verkaufslauben der Bäcker boten allerlei Brotsorten feil.

Garküchen verströmten feinste Düfte und Hannes musste an sich halten, dass er die Zunftgesetze nicht brach, die ihm erst auf der Herberge der Zimmerleute erlaubten, etwas zu sich zu nehmen.

Bei Anbruch der Dunkelheit ging er schließlich mit knurrendem Magen zum Weinmarkt zurück und blieb kurz vor einem markanten Haus stehen.

Das Zeichen der Zimmerleute war unverkennbar und Hannes klopfte sich den gröbsten Schmutz aus seinen Kleidern, bevor er eintrat.

»Gott zum Gruße, ehrbarer Vater«, begrüßte der Geselle den hochgewachsenen Wirt mit dem Haarkranz.

Er brachte die Grüße der Gesellschaft von Freiburg dar und wartete darauf, in den Schankraum geschickt zu werden.

»Von deinen Gesellenbrüdern sind noch nicht viele anwesend.«

Mit einem kurzen Nicken deutete der Mann auf einen Tisch im hinteren Bereich der Gaststube, an dem drei einfach gekleidete Männer saßen. Im vorderen Teil befanden sich weitere Gäste, die aufgrund ihrer besseren Kleidung eindeutig als Meister erkennbar waren, und unterhielten sich angeregt.

Als der Neuankömmling an ihrem Tisch vorbeilief, nahm keiner Notiz von ihm, offenbar war es nicht außergewöhnlich, dass ein fremder Zimmermannsgeselle in die Stadt kam.

Vielleicht herrscht einfach derzeit kein Mangel an Arbeitern, dachte Hannes bekümmert.

Er trat zu den drei älteren Männern und klopfte mit den gekrümmten Fingern seiner Faust auf den Holztisch.

»Gott zum Gruße, ehrbare Brüder.«

»Gott zum Gruß, Bruder«, antworteten die drei wie aus einem Mund.

»Ist der Altgeselle unter euch?«

»Die arbeitenden Gesellen werden jeden Moment kommen, setz dich derweil her zu uns«, meinte einer mit bräunlichen Zahnstummeln. »Es sind derzeit fünf arbeitende Gesellen in Memmingen und wir drei arbeitsunfähigen, die von der Solidarität der Bruderschaft leben.«

Sobald ein neuer Geselle in die Stadt kam, wurde er von den Alten mit Fragen gelöchert, und genau so erging es Hannes.

Das war eine ihrer wenigen Abwechslungen und wenn der junge Geselle erzählte, schwelgten sie ebenfalls in ihren Walzerinnerungen.

»Sagt mal, etwas anderes, ist hier für mich überhaupt Arbeit da? Die Meister, die da drüben sitzen, haben mich auf jeden Fall nicht sehr interessiert angesehen.«

Der Mann, der vorhin geredet hatte, beugte sich vor und sah Hannes verschwörerisch an. Er war ganz nahe am Gesicht des jungen Zimmermanns und Hannes wurde beinahe schlecht vom fauligen Atem des alten Gesellen.

»Das Beste wird sein, du verschwindest gleich wieder, hier in Memmingen gehen ganz seltsame Dinge vor sich. Der Stadtrat steht kurz davor, entmachtet zu werden, und die Bauern aus den vielen Dörfern, die zur Stadt gehören, wollen das Bürgerrecht. Am Ende werden wir Gesellen auch noch zu Bürgern«, kicherte er. »Die reichen Leute halten ihr Geld beisammen, denn man weiß ja nie, wie sich die Dinge entwickeln werden. Das heißt für uns Bauarbeiter nichts Gutes in der nahen Zukunft, das kannst du dir ja denken, und daran sind nur diese Aufrührer schuld, der verdammte Lotzer und der Schappeler.«

Hannes hatte sich so auf diese Stadt gefreut und nun würde es wahrscheinlich an der mangelnden Arbeit scheitern. Er beschloss, auf den Altgesellen zu warten und danach wieder zu verschwinden, falls es nichts zu tun gab. Seine Ersparnisse waren beinahe aufgebraucht und er wollte der hiesigen Bruderschaft nicht auch noch auf der Tasche liegen.

»Ich weiß gar nicht, was ihr wollt, es ist doch gut, wenn sich jemand für die gemeinen Leute und ihre Rechte einsetzt«, entgegnete Hannes, den die Engstirnigkeit dieser drei alten Männer zunehmend aufregte.

»Papperlapapp, was meinst du denn, wie lange das gutgehen würde. Bevor drei Wochen um sind, steht eine Armee der Fürsten vor unserer Tür und macht unser schönes Memmingen dem Erdboden gleich.«

Das also war es, was die Bürger lähmte, die Angst vor einer strafenden Obrigkeit.

»Man muss für seine Rechte kämpfen, sonst …«

»Sonst was?«, ließ sich eine dunkle Stimme vernehmen.

Hannes drehte sich um und sah einen älteren Meister, der sich unbemerkt dem Tisch genähert hatte.

»Entschuldigt, dass ich euch in eurer Diskussion störe«, fuhr der Mann fort, bevor der verblüffte Hannes etwas erwidern konnte.

»Gerade komme ich zur Tür herein und da sagen mir meine Kollegen, dass ein fremder Zimmermannsgeselle angekommen ist.«

Ein Blick aus wachen Augen traf Hannes.

»Mein Name ist Georg Brunner, falls du hierbleiben willst, hätte ich eventuell Arbeit für dich. Du solltest allerdings ein paar Vorkenntnisse im Treppenbau haben.«

»Die habe ich«, erwiderte Hannes, ohne lange zu überlegen.

»Dann komm am Dienstag früh um halb acht in mein Haus. Alfred«, er deutete auf den Mann mit den schlechten Zähnen, »erklärt dir den Weg.«

Mit einem Lächeln verabschiedete sich Brunner und wandte sich wieder seinen Mitmeistern zu.

»Jetzt gebe ich einen aus!«, rief Hannes fröhlich.

»Freu dich nicht zu früh, man sagt, Meister Georg sei ein wenig sonderbar, aber arbeite bei ihm und mach dir selber ein Bild davon«, gab Alfred zu bedenken.

Wenig später kamen nacheinander die anderen Gesellen herein und begrüßten Hannes überschwänglich.

Nachdem er seinen traditionellen Spruch aufgesagt hatte, gab ihm der Altgeselle den Willkommen genannten Zinnkrug und Hannes leerte das bis an den Rand mit süffigem Bier gefüllte Gefäß, wie es der Brauch war, in einem Zug.

Die Kasse der Bruderschaft schien gut gefüllt zu sein, denn zum Essen gab es einen würzigen Schweinebraten mit Knödeln und dazu einen feinen Gewürzwein.

»Euch geht es offenbar nicht schlecht hier in Memmingen, wenn ich dabei an andere Bruderschaften denke …«

»Da hast du recht«, entgegnete Johann, der Altgeselle. »Memmingen ist eine reiche Stadt und wir haben auch ein wenig von dem Wohlstand profitiert, wenngleich die Zukunft derzeit ziemlich ungewiss ist.«

Da war sie wieder, die Angst vor Veränderungen, dachte Hannes zornig.

Dabei wollten die Reformer um Schappeler und Lotzer, so wie er es einschätzte, den von einer ausbeuterischen Obrigkeit drangsalierten einfachen Leuten zu einem lebenswerteren Dasein verhelfen.

Hannes wollte nicht schon am ersten Abend einen Streit vom Zaun brechen und wechselte einfach zu einem unverfänglichen Thema.

Es würde sich sicher noch genügend Zeit finden, um die Gesellen mit den Gedanken seines Onkels Jos Fritz oder mit denen von Ulrich von Hutten vertraut zu machen.

»Habt ihr eine gute Winterarbeit?«, wollte Hannes wissen und die Gesellen begannen von ihrer jeweiligen Tätigkeit zu erzählen.

Pünktlich um acht Uhr zogen sich die Gesellen in den ihnen von der Meisterzunft zur Verfügung gestellten Raum zurück und hielten ihre alle zwei Wochen stattfindende Versammlung ab.

Danach kehrten sie wieder in den Schankraum zurück und ließen den Abend ausklingen.

»Wo befindet sich eigentlich unsere Schlafgelegenheit?«, fragte Hannes irgendwann gähnend. »Haben wir hier eine Kammer?«

»Wo denkst du hin, die wollen uns verlauste Kerle nicht in ihrem noblen Zunfthaus übernachten lassen. Sie haben uns ein kleines Häuschen an der Stadtmauer zur Verfügung gestellt, da leben auch unsere alten Gesellen.«

Gemeinsam wankten sie kurz vor Mitternacht am Stadtbach entlang bis zum Schrannenplatz und wandten sich dann in Richtung des Kemptner Tores.

Der hochgewachsene Nachtwächter hatte sie unmissverständlich davor gewarnt, laut zu werden und mit der brennenden Fackel aufzupassen.

Unweit des markanten Turms direkt an der Stadtmauer, wo die ärmeren Leute hausten, befand sich das windschiefe Haus. Wie in Reutlingen und den anderen Städten, dachte Hannes bitter, gab es auch hier für die armen Leute keine ziegelgedeckten Dächer. Falls hier ein Feuer ausbrechen würde, gäbe es weder für Eltern noch für Kinder, geschweige denn für die alten Leute ein Entkommen.

»Und hier sollen wir mit neun Leuten die nächste Zeit schlafen?«, fragte Hannes ungläubig und betrachtete den durch die Fackel einigermaßen erleuchteten Raum, der die gesamte Fläche des Erdgeschosses einnahm.

»Na ja, eigentlich schlafen nur die drei Alten hier und wir anderen am Wochenende, außerdem haben wir unterm Dach noch Platz, aber das würde ich dir im Winter nicht raten«, antwortete Johann und entzündete die Talglichter, die überall verstreut standen.

Ein älterer Geselle machte sich an der Feuerstelle zu schaffen und wenig später war es mollig warm. Lediglich der Rauch, der sich in Ermangelung eines Kamins im Raum verteilte, wirkte etwas störend, doch die Gesellen hatten genügend getrunken, um trotzdem schnell einzuschlafen.

»Steht auf, ihr Faulpelze, wir müssen zur Messe!«, rief Alfred, der offenbar schon länger wach war und das Feuer wieder in Gang gebracht hatte.

Widerwillig erhoben sich die Männer und legten die Tischplatte wieder auf die beiden Böcke, die sie aus Platzmangel am Abend zur Seite gestellt hatten.

Sie setzten sich auf die zwei Bänke, die gemeinsam mit dem provisorischen Tisch die einzigen Möbel in dem Häuschen darstellten.

Als er auf dem harten Fladenbrot herumkaute, musste Hannes wehmütig an das Mus denken, das er bei den Eidgenossen bekommen hatte.

»Heute gehen wir nach Sankt Martin, wo der Schappeler reden soll, ich bin zwar kein Freund von seinen aufrührerischen Ideen, aber seine Predigten sind immer sehr amüsant und vor allem auf Deutsch. In irgendeine Kirche müssen wir ja gehen, sonst bekommen wir Ärger mit der Zunft.«

Nachdem sie ihr frugales Mahl beendet hatten, machten sich die Gesellen auf den Weg. Wieder musste Hannes an seine Heimatstadt denken, denn genau wie in Reutlingen zu Matthäus Alber strömten die Leute in die Kirche, in der ein Geistlicher ihre Sprache sprach.

Es gab nur noch Stehplätze, als die Männer das altehrwürdige Gotteshaus betraten.

Die Einführung wurde von einem Priester in lateinischer Sprache gehalten, der offenbar dem alten Glauben anhing. Der grauhaarige Mann dehnte seine Liturgie dermaßen aus, dass die ersten Gläubigen zu murren anfingen.

Sie waren schließlich gekommen, um den populären Christoph Schappeler zu hören.

Beinahe unter Protest machte der Geistliche letztlich Platz und der Prädikant legte gleich los.

»Brüder und Schwestern in Christus, wir sind hier am ersten Advent zusammengekommen, um uns auf die Ankunft unseres Herrn vorzubereiten.«

Die wohlklingende Stimme Schappelers hatte einen kehligen Akzent, der Hannes bekannt vorkam. Er erinnerte sich an den Abend mit Ulrich Zwingli und dass der ihm erzählt hatte, der Gottesmann stamme aus St. Gallen.

Doch der Prediger ging nur ganz kurz auf die Geschichte im Evangelium ein, um sich sogleich einem weltlichen Thema zuzuwenden.

Hannes glaubte, seinen Ohren nicht zu trauen, dieser mutige Mann forderte die Obrigkeit auf eine Art und Weise heraus, wie er es von seinem Onkel gehört hatte, aber noch nie von einem Mann der Kirche.

Bereits als er in die Kirche eingetreten war, hatte Hannes den Hals gereckt und seinen Blick umherschweifen lassen, doch er konnte Bernhard, den er hoffte in dieser Stadt zu treffen, nirgends entdecken.

Auch während des Gottesdienstes wandte er unauffällig den Kopf, um den ehemaligen Mönch zu erspähen. Schade, dachte der Geselle, wahrscheinlich war sein Freund woanders gelandet.

Trotzdem fand Hannes, dass es sich gelohnt hatte, nach Memmingen zu kommen, alleine schon, um diese Predigt anzuhören.

Tief beeindruckt verließ er gemeinsam mit seinen Gesellenbrüdern die Kirche und die durstigen Männer gingen in die Schenke des Zunfthauses, in der Hoffnung, von den Meistern freigehalten zu werden.

Am guten Montag flickte Hannes seine Kleider und ging mit seinen Kollegen am Nachmittag in ein Badehaus für die ärmeren Einwohner.

Das Resultat war, dass Hannes am Dienstagmorgen mit schwerem Kopf aufstand, denn wie überall wurde der gute Montag auch hier in Memmingen von den Gesellen ausgiebig gefeiert.

Er riss sich zusammen und verließ ohne Frühstück, das Bündel mit seinen Werkzeugen auf dem Rücken tragend, das Häuschen. Ein eiskalter Wind erfasste ihn, Schneeflocken wirbelten umher und die Nacht wollte dem Tag nicht so recht Platz machen.

In seinem Zustand war das kalte Wetter genau das Richtige, und er stapfte in der Dunkelheit die Webergasse entlang in Richtung Marktplatz, wie Alfred es ihm erklärt hatte, um dann rechter Hand in ein winziges Gässchen einzutreten.

Hier muss es sein, dachte Hannes, als er vor einem reich verzierten Fachwerkhaus stand, und gerade als er gegen die Haustüre pochen wollte, öffnete sie sich.

»Gott zum Gruße, du musst der neue Geselle sein, mein Vater hat mir von dir erzählt.«

Hannes war wie vom Donner gerührt und blickte fasziniert auf die hübsche junge Frau, die ungefähr in seinem Alter sein musste.

»Äh, ja, der bin ich.«

»Komm herein, mein Vater sitzt noch bei der Morgenspeise.«

Bevor er eintrat, schüttelte er sich den Schnee von den Kleidern.

»Ich grüße Euch, Herr Meister!«, rief Hannes in die Küche hinein.

»Setz dich her zu mir, mein Junge, und nenne mich Georg. Du hast ja bestimmt noch nichts gegessen.«

Das ließ sich Hannes nicht zweimal sagen und er legte sein Wams sowie sein Werkzeugbündel ab, bevor er sich auf der Bank niederließ.

Brunner hatte ungefähr seine Größe, war aber in den Schultern deutlich kräftiger.

Sein breites Gesicht war ausgefüllt von einem grauen Vollbart und seine freundlichen blauen Augen hefteten sich wohlwollend auf seinen neuen Arbeiter.

»Es freut mich, dass du Wort gehalten hast, das ist übrigens Ulrike, meine Tochter.«

Wie selbstverständlich setzte sich die junge Frau zu den beiden Männern und es entspann sich ein munteres Gespräch.

Hannes wunderte sich, dass es den Meister nicht zum Aufbruch drängte, andererseits saß er heute lieber in der warmen Küche, als an einem kalten Arbeitsplatz zu frieren.

Es war eine familiäre Situation, wie sie der Geselle selten erlebt hatte, und er wurde in das Gespräch eingebunden, als ob er schon Jahre dazugehörte.

Im Verlauf des Morgens erfuhr Hannes, dass Brunners Frau im letzten Jahr an der Seitenkrankheit gestorben war.

»Meine Ulrike wäre wohl schon längst unter der Haube, doch ich lasse sie selbst entscheiden und dränge sie nicht in eine Ehe, die sie vielleicht nicht will.«

»Habt Ihr sonst keine Kinder, Georg?«, fragte Hannes zaghaft und blickte kurz in Ulrikes Augen, die denen ihres Vaters ähnelten.

»Leider war es mir und meiner Frau nicht vergönnt, einen Nachfolger für mein Geschäft zu bekommen, aber ich gebe die Hoffnung nicht auf, dass mein einziges Kind sich vielleicht für einen Zimmermann entscheidet.«

In das von Falten durchzogene Gesicht trat ein feines Lächeln, als er seine Tochter ansah, und Hannes meinte beinahe, mit dem potenziellen Schwiegersohn wäre er gemeint.

»So, dann wollen wir uns an die Arbeit machen«, mahnte der Meister zum Aufbruch, als es bereits elf Uhr war. »Vor dem Lindauer Tor habe ich einen Zimmerplatz sowie eine beheizbare Hütte, die uns im Winter als Werkstatt zum Treppenbau dient.«

Die beiden Handwerker verabschiedeten sich von Ulrike bis zum Abendessen, denn sie hatten beschlossen, die Mittagspause heute ausfallen zu lassen.

»Heuer habe ich das Glück, für den Neubau meines Schwagers eine aufwendige Treppenanlage bauen zu können. Und der Kaufherr Weigelin ist ein reicher Mann, der sich nicht darum kümmert, dass nun jedermann Angst vor den Veränderungen hat, die derzeit in Memmingen geschehen. Im Gegenteil will er offenbar für die Kleingläubigen ein Zeichen setzen, dass unsere Stadt sehr wohl eine Zukunft hat.«

Mit einer bereitstehenden hölzernen Schaufel befreite Hannes notdürftig den Platz vor der Eingangstür der Hütte vom Schnee, bevor sie hineingingen und der Meister ein Feuer in dem schmiedeeisernen Ofen entzündete.

Der Werkstattboden war übersät mit Sägemehl und Hobelspänen, offenbar legte Georg Brunner keinen besonderen Wert auf Sauberkeit.

»Wie du siehst, habe ich bereits mit dem Hobeln der Treppenstufen begonnen.« Brunner deutete auf zwei Böcke, auf denen Eichenbohlen lagen, und Hannes erinnerte sich an seine Zeit in Esslingen, als er gleichfalls mit der Herstellung von Treppen beschäftigt war.

Doch damals hatte er lediglich Helfertätigkeiten ausüben dürfen, wogegen er jetzt die große Chance hatte, Kenntnisse in diesem interessanten Berufsfeld zu sammeln.

»Alleine zu arbeiten, ist jedoch ziemlich mühselig, deshalb bin ich froh, dass ich dich habe.«

Der erste Eindruck, den Hannes von Brunner gewonnen hatte, hatte nicht getrogen, er war freundlich und erklärte seinem neuen Gesellen geduldig die einzelnen Arbeitsschritte.

»Wenn du willst, kannst du bis zum März nächsten Jahres bleiben und sogar darüber hinaus«, bot Brunner seinem Gesellen am Ende der Woche an, als er ihm den ausgehandelten Lohn gab.

Augenscheinlich war der Meister mit ihm zufrieden, was Hannes mit einem Lächeln quittierte. Ulrike stand daneben und warf dem Gesellen einen verstohlenen Blick zu, den dieser aus den Augenwinkeln heraus auffing.

Glücklich wie schon lange nicht mehr, spazierte Hannes trotz des schneidenden Winds pfeifend ins Zunfthaus, wo seine Gesellenbrüder auf ihn warteten.

Endlich war der lang ersehnte Heilige Abend da und die Gesellen freuten sich auf ein paar ruhigere Tage.

Nachdem sie die Arbeit niedergelegt hatten, trafen sie sich am späten Nachmittag zum gemeinsamen Kirchgang. Auf allen wichtigen Plätzen fanden Weihnachtsmärkte statt, so auch am Schrannenplatz, und die durstigen Männer labten sich am herrlich duftenden Gewürzwein, der in eigens errichteten Lauben ausgeschenkt wurde.

Den von Fett triefenden Bratwürsten, die auf eisernen Rosten vor sich hin brutzelten, konnten die Gesellen gleichfalls nicht widerstehen. Heute schien die ganze Stadt auf den Beinen zu sein und an jeder Ecke standen mit Äpfeln, Nüssen und Lebkuchen behangene Bäumchen. Wehmütig erinnerte sich Hannes an seine Kindheit zurück, wo er und seine Freunde sehnsüchtig den Neujahrstag herbeisehnten, an dem sie die Bäume plündern durften. Die Gesellen schlenderten weiter zum Weinmarkt und von da aus zum mit prächtig geschmückten Häusern umsäumten Marktplatz. An jedem Fenster hingen reichlich Mistel-, Tannen- oder Eibenzweige und die Menschen wirkten allesamt freundlich und gelöst.

Wie die Adventssonntage zuvor war die Kirche gerammelt voll und wieder blieben den Gesellen nur Stehplätze, im Gegensatz zu ihren Meistern, die ein eigenes Gestühl hatten.

Die schweren Glocken läuteten gerade die fünfte Stunde am Nachmittag ein, als der altgläubige Pfarrer Megerich damit begann, in einem umständlichen Zeremoniell die Altäre mit seinem Rauchfass zu beräuchern. Er dehnte seine Litanei wieder so lange aus, dass aus den Reihen der zuvor so friedlichen Gläubigen erste Rufe der Unzufriedenheit laut wurden.

Offenbar versuchte der streng dreinblickende Mann, auf diese Weise die Predigt von Schappeler zu verhindern, und rechnete damit, dass er am heiligen Christfest damit durchkommen würde.

»Es reicht jetzt, mach Platz für den Prädikanten!«, schrie ein aufgebrachter Mann mit donnernder Stimme.

Doch der hagere Geistliche tat so, als ob er nichts hören würde, und fuhr mit seiner Tätigkeit fort. Auch als immer mehr wütende Ausrufe laut wurden und das ein oder andere unflätige Wort fiel, ließ sich Megerich nicht beirren.

Gebannt blickte Hannes auf den Pfarrer und seine Helfer, so etwas hatte er noch in keiner Kirche miterlebt. Plötzlich sprang ein Zuhörer auf und wollte Megerich das Rauchfass aus den Händen reißen. In dem anschließenden Handgemenge gingen beide zu Boden und schließlich stand der Angreifer auf, das Rauchfass triumphierend in den Händen haltend.

»Bernhard!«, rief Hannes überrascht aus und der Mann drehte sich kurz um.

KAPITEL 30

Wie Anna befürchtet hatte, waren die Schneeberge täglich angewachsen und an ein Weiterreisen war nicht zu denken, selbst wenn Jerg gesund wäre.

Dessen Zustand blieb aber kritisch und erst wenige Wochen vor Weihnachten konnte der ehemalige Söldner wieder alleine aufstehen.

Zum Glück hatte der umsichtige Hüttenwirt ausreichend Nahrungsmittel in seinem Kellergewölbe eingelagert, sodass in dieser Hinsicht kein Mangel herrschte. Auch Getreide, das er im Sommer gegen einige erlegte Bergschafe eingetauscht hatte, lag auf dem Dachboden zum Trocknen.

»Musstet ihr schon öfters hier oben überwintern?«, wollte Anna eines Morgens von Susi wissen.

»Nein, eigentlich brechen wir immer rechtzeitig auf, um den langen Winter in unserem Haus unten im Dorf zu verbringen«, erklärte die Wirtin und Anna meinte einen vorwurfsvollen Unterton aus ihrer Stimme herauszuhören.

»Könnten wir nicht versuchen, uns irgendwie dorthin durchzuschlagen, wenn Jerg einigermaßen auf dem Damm ist?«

»Denk nicht einmal daran, das ist viel zu gefährlich. Es bleibt uns nichts anderes übrig, als hier oben die Schneeschmelze abzuwarten, und das dauert auf dieser Höhe erfahrungsgemäß mindestens bis Mitte oder Ende März.«

Anna erschrak und ihr wurde jetzt erst so richtig bewusst, dass dann wohl ein Jahr um war, bevor sie nach ihrer Flucht wieder nach Reutlingen kommen würde.

»Und das hast du alles nur mir zu verdanken,« meinte Jerg, der das Gespräch mitangehört hatte, traurig.

»Ach was, ohne dich wäre ich jetzt überhaupt nicht mehr am Leben, du hast mich mehr als einmal gerettet. Wir stehen das gemeinsam durch, und wenn wir nach Reutlingen kommen, dann gnade Gott dieser hinterlistigen Person«, entgegnete Anna kämpferisch und versuchte auf diese Art, sich und den anderen Mut zu machen.

Eines Morgens kam Ueli mit einem verkrüppelten Kieferbäumchen zur Tür herein, offenbar hatte der aufmerksame Mann als Einziger die eintönigen Tage gezählt.

»Heute ist der Heilige Abend, lasst uns das Christfest miteinander begehen, auch wenn uns nicht zum Feiern zumute ist.«

Eingelagerte Äpfel und Nüsse wurden an den Baum gehängt und Ueli schnitt zur Feier des Tages kleine Stücke von seinem kostbaren Speck in den Topf mit heißem Käse, den sie mit Brot austunkten. Dazu holte er aus der hintersten Ecke seines tiefen Kellers einen Krug mit Wein, den er gleichfalls heiß machte und Gewürze dazugab.

Der Hüttenwirt brachte eine zerfledderte Lutherbibel an, die irgendein Reisender liegen gelassen hatte, und fragte in die Runde, wer des Lesens mächtig sei.

Anna erklärte sich bereit und suchte mühsam die richtige Stelle.

»Es begab sich aber zu der Zeit, dass ein Gebot von dem Kaiser Augustus ...«

Plötzlich war ein leises Knarren zu hören.

»Damit habe ich fast gerechnet, schnell, wir müssen das Haus verlassen und versuchen, den Schnee vom Dach herunterzuschaffen!«, schrie Ueli aufgeregt.

Wenn jetzt das Dach einstürzt, sind wir verloren, dachte Anna und hielt sich die Hand vor den Mund.

»Also, Bantlein, habt Ihr mich verstanden, Ihr beeidet vor dem Notar, dass Frau Neumann Euch bei einem neuerlichen Termin, kurz bevor sie verschwunden ist, zum kommissarischen Leiter ihres Betriebes für ein halbes Jahr eingesetzt hat, um es danach in die fähigen Hände ihres künftigen Mannes zu übergeben.«

Stechler fixierte den schwitzenden Mann, der hinter Annas Schreibtisch saß.

Nachdem der Gewürzhändler ihn das letzte Mal aufgesucht und ihm massiv gedroht hatte, fand der arme Kontorleiter beinahe keinen Schlaf mehr. Wie sollte er dem mächtigen Jakob Stechler Paroli bieten können? Was hatte Anna ihm da nur eingebrockt? Er musste schließlich auch an seine

Familie denken, seine Frau löcherte ihn täglich, doch bisher hatte er ihr nichts erzählt.

Andererseits wollte er Frau Neumann gegenüber trotzdem loyal bleiben, aber beides ging wohl nicht.

Wenn die Kauffrau nur endlich wieder nach Hause kommen würde, Bantlein wünschte sich nichts sehnlicher, doch wenn er ehrlich zu sich selbst war, glaubte er eigentlich nicht mehr daran. Zudem hatte Jakob Stechler bereits eine neue Favoritin, mit der er gemeinsam umherstolzierte.

Die neuerliche Begegnung mit ihm hatte Bantlein geflissentlich hinausgezögert, doch der einflussreiche Kaufmann hatte sich nicht mehr länger hinhalten lassen.

»Falls Ihr Euch gegen mein Angebot entscheidet, so werdet Ihr der Mittäterschaft an der Vergiftung des ehrbaren Meisters Baumann angeklagt, und was Euch dann blüht, das mögt Ihr Euch nicht ausmalen.«

Fieberhaft suchte der sonst so bedächtige Bantlein nach einem Ausweg.

Stechler konnte in dieser Stadt offenbar tun, was ihm beliebte, ohne sich um Recht und Gesetz zu kümmern.

»Ein Jahr!«, krächzte der Kontorleiter in einem letzten Anflug von Loyalität seiner ehemaligen Herrin gegenüber, die ihn stets gut behandelt hatte. »Ich unterschreibe, wenn es statt des halben Jahres ein Jahr heißt.«

KAPITEL 31

JETZT GAB ES KEIN HALTEN MEHR und zahlreiche Männer erhoben sich von den Bänken.

Megerich war wieder aufgestanden und blickte hilfesuchend zu dem Gestühl der Ratsherren und des Bürgermeisters, doch die führenden Männer der Stadt verharrten stoisch auf ihren Plätzen.

Der Geistliche und seine Helfer wurden von derben Fäusten gepackt und aus der Kirche geschleift.

»Haltet ein, auch diese Verblendeten sind Geschöpfe Gottes!«, schrie Christoph Schappeler den wütenden Männern hinterher und rettete den Geistlichen dadurch wohl das Leben.

Ein anderer Mann war aufgestanden und Hannes spürte deutlich die Aura des geborenen Anführers, die ihn umgab.

»Hört mich an, ihr Leute!«

Wie auf ein geheimes Zeichen hin waren die wütenden Stimmen verstummt.

»Wir dürfen uns nicht an diesem Megerich und seinen Gefolgsleuten versündigen. Lasst uns innehalten und ein friedliches Weihnachtsfest miteinander feiern.«

Mit einer Geste wies er auf Schappeler und bat diesen damit, mit seiner Predigt zu beginnen.

»Wer ist dieser Mann?«, fragte Hannes flüsternd den neben ihm stehenden Altgesellen.

»Das ist Sebastian Lotzer.«

Hannes betrachtete den stattlichen Mann mit dem dunkelblonden Vollbart und den klugen Augen und ließ seinen Blick dann gleich wieder umherschweifen.

War es tatsächlich sein Freund Bernhard gewesen, der den unbotmäßigen Pfarrer zu Boden gerissen hatte, oder hatte die Einbildung ihm einen Streich gespielt?

Er konnte den Mann in der Menge, die sich langsam beruhigte, nicht mehr wiederentdecken. In diesem Moment begann Schappeler zu sprechen.

»Lasst uns den Vorfall vergessen und Megerich und seinen Helfern vergeben. Wir wollen uns jetzt dem wichtigsten Gegenstand dieses besonderen Tages widmen, der Geburt unseres Herrn Christus. In seiner Allmacht und grenzenlosen Güte hat Gott uns seinen Sohn geschickt, auf dass er uns von unseren Sünden befreie.«

Mit starken Worten erzählte der Prädikant die Weihnachtsgeschichte nach Lukas und schmückte sie ein wenig aus. Die Gläubigen hingen wie gefesselt an seinen Lippen und nach einer halben Stunde kam Schappeler zu seinem wichtigsten Thema, das er in beinahe jeder Predigt ansprach.

»Kann es Gottes Wille sein, dass es in unserer Gesellschaft so gravierende Unterschiede zwischen Armen und Reichen gibt? Dass einige wenige Menschen ihre Brüder in Christo ausnehmen bis auf das letzte Hemd? Ich konnte nirgends in der Bibel eine Stelle finden, in der Jesus, unser Herr, davon spricht, dass man sich Sklaven und Leibeigene halten soll.«

Diese Worte kamen Hannes bekannt vor, auch Zwingli hatte davon gesprochen, dass man mit Hilfe des alten und neuen Testaments die gesellschaftlichen und politischen Verhältnisse verbessern konnte.

Doch Schappeler schien diese Ideen radikalisiert zu haben, denn das alles klang nach Revolte und Umsturz wie aus dem Mund von Hannes' Onkel Jos Fritz oder von Ulrich von Hutten.

Hannes hatte ein mulmiges Gefühl, als er inmitten der

anderen gleichfalls nachdenklich gestimmten Gläubigen nach dem Gottesdienst die Kirche verließ.

Wie lange ließen die Mächtigen des Reiches jemanden wie diesen Prediger gewähren, bevor sie ihn auf den Scheiterhaufen warfen? Andererseits gaben die Worte Schappelers auch Anlass zur Hoffnung, vielleicht wachten die Menschen jetzt doch noch auf und kämpften für die dringend notwendigen Veränderungen.

»Hast du heute schon die Beichte abgelegt, du armer Sünder?«, raunte ihm eine Stimme ins Ohr.

Erschrocken drehte Hannes sich um.

»Das gibt es doch nicht, Bernhard, bist du es tatsächlich?«

Die beiden Männer fielen sich auf offener Straße in die Arme und tanzten umher, ohne auf die umstehenden Leute zu achten.

»Das kann doch kein Zufall sein, dass wir uns hier treffen. Memmingen ist zwar kein unbedeutendes Dorf, aber auch nicht der Nabel der Welt«, stieß der ehemalige Mönch lächelnd hervor.

»Wir haben uns viel zu erzählen, lass uns in eine Schenke gehen«, schlug Hannes vor, der eigentlich zum Abendessen bei seinem Meister und dessen Tochter eingeladen war.

»Das müssen wir wohl leider verschieben, denn heute sind, soweit ich weiß, sämtliche Schenken geschlossen. Zudem muss ich das Christfest bei meinem Mentor Christoph Schappeler feiern, er legt höchsten Wert auf mein Erscheinen«, meinte Bernhard nicht ohne Stolz. »Aber aufgeschoben ist nicht aufgehoben, du kannst dir gar nicht vorstellen, wie sehr ich mich freue, dich wiederzusehen, Hannes. Und dann auch noch in dieser Stadt, wo der Hauch der Veränderungen spürbar ist. Hier in Memmingen wird die Lawine losgetreten, die das Alte dahinfegt und an deren Ende ein neues und menschenwürdigeres Deutsches Reich stehen wird.«

Hannes betrachtete seinen Freund voller Staunen, noch nie hatte er Bernhard so euphorisch gesehen.

Nachdenklich stapfte der Geselle zum Haus seines Meisters, nachdem sich die beiden voneinander verabschiedet hatten und Bernhard ihm erklärt hatte, wo er wohnte. Sollte sich wirklich hier in dieser schwäbischen Stadt verwirklichen, wovon sein Onkel geträumt und wofür er so sehr gekämpft hatte?

Das Haus von Meister Brunner war gleichfalls mit Zweigen geschmückt und das Innere war hell erleuchtet. Für den Festtag waren nicht die billigeren Talglichter, die mitunter einen üblen Geruch verbreiteten, verwendet worden, sondern richtige Bienenwachskerzen.

»Komm herein, Hannes, und lass dich verwöhnen«, empfing ihn Ulrike lachend, ihre langen blonden Haare trug sie an diesem Tag offen, was dem Gesellen ausnehmend gut gefiel.

Der Meister saß bereits am Tisch und blickte leicht melancholisch ins lodernde Herdfeuer. Offenbar vermisste er an diesem besonderen Tag seine verstorbene Frau umso mehr. Dann jedoch verscheuchte er seine dunklen Gedanken und begrüßte seinen Gesellen freundlich.

»Ich hoffe, du hast ordentlich Hunger, Hannes, die Ente habe ich von meinem Schwager Weigelin bekommen, sie ist quasi eine kleine Anzahlung für die Treppe«, meinte Brunner grinsend.

Das Wasser lief dem Gesellen im Mund zusammen, als er das knusprig braun gebratene Geflügel sah, das Ulrike vom Grillspieß nahm und auf ein großes Holzbrett in der Mitte des Tisches legte. Sie reichte jedem der Männer einen scharfen Dolch, mit dem mundgerechte Stücke herausgeschnitten wurden, sowie einen kleinen Fladen ofenwarmes Brot, bevor sie sich ebenfalls niedersetzte.

Wie das Kauen und Schmatzen es zuließ, entspann sich eine muntere Unterhaltung, wobei das beherrschende Thema natürlich der Eklat in der Kirche war.

Hannes wunderte sich, dass der Meister so offensichtlich Partei für Schappelers Ansichten ergriff, da er als privilegiertes Zunftmitglied ja einiges zu verlieren hatte.

»Obwohl ich als Meistersohn eigentlich nicht hätte wandern müssen, bestand mein Vater darauf, dass ich auf die Walz gehe und meinen Horizont erweitere. Dabei habe ich viel Elend gesehen und bin dann genauso, wie es der Prediger heute auch gesagt hat, darauf gekommen, dass dies nicht Gottes Wille sein kann.«

Zustimmend nickte Hannes und stellte fest, dass ihm Georg Brunner immer sympathischer wurde. Bestimmt hatte Alfred deswegen gemeint, der Meister sei ein wenig komisch, weil er so anders war als die anderen Leute seines Standes.

Je länger der Abend dauerte, desto wohler fühlte er sich hier, beinahe so, als wäre er nach seiner Wanderschaft zu Hause angekommen.

»Natürlich hat auch der Mann meiner Schwägerin dazu beigetragen, dass ich die Dinge anders sehe als meine Zunftbrüder. Du hast ihn heute in der Kirche erlebt, er hat dort für Ruhe gesorgt, aber bestimmt wirst du Sebastian Lotzer bald selber kennenlernen.«

Es dauerte keine Woche, bis Hannes den neben Christoph Schappeler wohl einflussreichsten Mann von Memmingen kennenlernte.

Schwungvoll wurde die Tür geöffnet und eine wohlklingende Stimme durchdrang die beheizte Werkstatt.

»Gott zum Gruße.«

Die beiden blickten von ihrer Arbeit auf und Hannes erinnerte sich sofort wieder an den stattlichen Mann.

»Ah, Sebastian, ich grüße dich, darf ich dir meinen neuen Gesellen vorstellen?«

Brunner wies auf seinen Arbeiter.

»Das ist Hannes …«

»Fritz«, unterbrach ihn der Neuankömmling. »Ich weiß, er ist der Neffe des von mir hochverehrten Jos Fritz.«

Verdutzt blickte Hannes auf Lotzer.

»Hab keine Angst, Geselle, Bernhard, den du kennst, hat mir von dir erzählt. Er ist die rechte Hand meines engsten Freundes Christoph Schappeler und im Gegensatz zu den meisten anderen Städten musst du in Memmingen keine Angst haben, dich zu deinem Oheim zu bekennen. Ich würde gern Näheres über den geheimnisvollen Mann erfahren, oder noch besser, ihn irgendwo treffen. Kannst du mir dabei helfen, Hannes?«

Der Geselle wand sich, sollte er diesem Mann, den er nicht kannte, Genaueres über seinen Onkel erzählen, und wie würde es der Meister auffassen, dass Hannes mit einem der meistgesuchten Männer im Süden des Reiches eng verwandt war? Andererseits wäre es nicht schlecht, wenn zwei starke Anführer sich zusammenschließen würden. Letztlich gab ein Blick in die gütigen Augen Lotzers den Ausschlag und Hannes gab Auskunft.

»Zuletzt habe ich ihn in der Nähe von Freiburg gesehen, wo er in einen Hinterhalt geraten ist, aus dem er in letzter Sekunde entfliehen konnte. Beschreiben könnte ich ihn, aber das würde nicht viel nützen, denn Jos ist ein Meister der Verwandlung. Es wäre ihm zuzutrauen, dass er sich hier in der Nähe aufhält und den Kontakt mit Euch oder mit mir aufnimmt. Wo es gilt, den armen Leuten zu ihren Rechten zu verhelfen, ist Jos Fritz nicht weit.«

Meister Brunner schlug vor, die Arbeit zu unterbrechen, und die Männer setzten sich auf eine Eckbank, vor der ein kleiner Tisch stand, an dem die Arbeiter üblicherweise ihre Brotzeit einnahmen.

Lotzer ließ sich von Hannes die ganze Geschichte der Begegnung mit seinem Oheim erzählen und auch der Meister hörte aufmerksam zu.

Nachdem der junge Zimmermann geendet hatte, berichtete Sebastian Lotzer von seiner eigenen Wanderschaft.

»Mein Vater hat eine Zeit lang in Tübingen studiert, wählte dann jedoch einen bürgerlichen Beruf in der Stadt Horb. Mich wollte er zuerst auch an die Universität schicken, musste dann jedoch feststellen, dass ich dafür nicht geeignet bin«, gestand Lotzer schmunzelnd. »Deshalb ließ er mich das Kürschnerhandwerk erlernen, in dem ich mittlerweile zu Meisterwürden gelangt bin. Meine Walz führte mich kreuz und quer durch den Süden des Reichs, bis ich irgendwann nach Augsburg gekommen bin. In dieser wohlhabenden Stadt finden viele Pelzverarbeiter ihr Auskommen, denn die Pfeffersäcke dort lieben es, ihren Reichtum zur Schau zu stellen. Eine Zeit lang gefiel es mir ganz gut, doch schließlich zog ich weiter ins beschaulichere Memmingen, wo ich dann die Frau fand, mit der ich alt werden will. Außerdem ist dieser Ort wie geschaffen, um mit den Veränderungen zu beginnen, die diese ungerechte Gesellschaft so dringend braucht.«

Wie gebannt hing Hannes an den Lippen von Sebastian Lotzer, der es vom einfachen Handwerksgesellen zu einem bedeutenden Bürger gebracht hatte.

Auch Meister Brunner schien von seinem angeheirateten Verwandten ziemlich angetan zu sein.

Nachdem Lotzer sich verabschiedet hatte, arbeiteten die beiden noch eine Zeit lang und gingen dann nach Hause, wo Ulrike bereits ein reichhaltiges Mahl gekocht hatte.

Das obligatorische Sauerkraut, das den Gesellen in den langen Wintermonaten so gerne kredenzt wurde, schmeckte bei ihr vorzüglich, was vielleicht daran lag, dass sie nicht am Fleisch sparte.

Doch der harmonische Abend nahm eine unerwartete Wende, als Hannes ganz euphorisch von dem Besuch Lotzers am Nachmittag erzählte.

»Der Kerl bringt uns Unglück mitsamt seinem Kumpan Schappeler!«, stieß Ulrike hervor und sowohl Hannes als auch der Meister sahen überrascht auf. »Das, was er in dieser Stadt vorhat, wird die Obrigkeit niemals dulden, und alle, die ihm anhängen, werden dafür aufs Übelste bestraft werden. Ich bin nur eine einfache Frau, die von den politischen Dingen keine Ahnung hat, aber nennt es weibliche Intuition, die mir sagt, dass dieser Weg ins Verderben führt.«

Unweigerlich musste Hannes an den Salzhändler Michel Lohner sowie den alten Gesellen Alfred denken, die genau die gleiche Ansicht vertreten hatten.

»Aber Ulrike, denkst du wirklich, dass das falsch ist, was die beiden anstreben?«, wollte der Geselle von der Frau wissen, zu der er sich eigentlich hingezogen fühlte.

»Natürlich sollte jeder Mensch die gleichen Rechte haben, aber das umzusetzen ist nicht einfach. Wir haben eine von Gott gegebene Ordnung und daran wird sich niemals etwas ändern«, antwortete Ulrike resigniert.

Nach allem, was er bisher erfahren hatte, war diese Stadt in zwei Lager geteilt, hatte er aber bei Lohner seine Meinung hinuntergeschluckt, so lag es ihm am Herzen, Ulrike für die Sache Lotzers zu gewinnen.

»Ich möchte dir gerne von den bedeutenden Männern erzählen, die ich auf meiner Walz getroffen habe und die gleichfalls für eine gerechte Welt gefochten haben.«

Hannes berichtete von den Begegnungen mit Ulrich von Hutten und mit seinem Onkel Jos Fritz und von deren furchtlosem Wirken gegen die Obrigkeit.

Am Beispiel von dem bitterarmen Dorf, wo er seinen Oheim getroffen hatte, schilderte er traurig die Situation der kleinen Leute und versuchte dabei, so überzeugend wie möglich zu klingen. Danach erzählte er begeistert von seiner Zeit bei den Eidgenossen, die keinen Herrn über sich duldeten, und speziell von dem einen Tag, als die Männer über ihr Schicksal und ihre Regierung selbst abgestimmt hatten. Er versuchte, die gelöste Stimmung und die Freude der Menschen an diesem einem Volksfest ähnelnden Tag zu beschreiben, ohne natürlich Moni zu erwähnen.

»Und genauso könnte es bei uns auch sein«, schloss Hannes feierlich.

Als er geendet hatte, war es einen kurzen Moment still und nur das Knacken des brennenden Holzes war zu hören.

Plötzlich begann Ulrike unvermittelt zu schluchzen.

»Ich möchte doch nur, dass Vater und du nicht in euer Verderben rennt.«

Während Georg Brunner ins Feuer starrte, konnte Hannes nicht anders, als Ulrike in den Arm zu nehmen und zu trösten. Die junge Frau ließ es geschehen und so verharrten die beiden mehrere Minuten eng umschlungen.

Erst als der Meister sich von der Bank erhob, war der Zauber plötzlich verflogen und sie lösten sich voneinander.

»Ich bin müde und gehe ins Bett. Eine gute Nacht wünsche ich euch.«

Offenbar hatte Brunner keine Einwände dagegen, dass der Geselle sich seiner Tochter näherte, denn er befahl ihr nicht, gleichfalls in ihre Kammer zu gehen.

»Trinken wir noch einen Becher?«, fragte Hannes und rückte wieder enger zu der jungen Frau hin.

»Entschuldige, Hannes, ich bin auch müde und werde mein Lager aufsuchen, aber du kannst gerne noch hier am Feuer sitzen bleiben.«

Schade, dachte Hannes und goss etwas Wein in seinen Becher.

Langsam leerte er ihn und dachte über Ulrikes Worte nach. Dabei wurde ihm jetzt erst so richtig bewusst, dass sich hier jemand ernsthafte Sorgen um ihn machte.

In den darauffolgenden Wochen wurde es grimmig kalt und Hannes war froh, diese wetterunabhängige Arbeit gefunden zu haben. Bei den meisten seiner Gesellenbrüder sah es nicht so rosig aus und sie mussten genauso wie die Alten mit den Einlagen, die sich in der Zunftlade befanden, durchgefüttert werden.

Bernhard hatte er nicht wiedergesehen und beschloss deshalb, ihn an diesem Sonntag aufzusuchen. Entgegen seiner Gewohnheit ging er deshalb nach der Messe nicht mit seinen Brüdern in eine Schenke, sondern watete durch den knöcheltiefen Schnee, der sich mit Fäkalien und Dreck zu einer übelriechenden Masse verbunden hatte, in Richtung des Hauses, das ihm sein Freund als Wohnsitz genannt hatte.

Unterwegs sah er, wie der Schinder einen erfrorenen Hund auf sein Fuhrwerk schmiss, und machte einen großen Bogen um den unehrlichen Handwerker.

Die Tierleiber stapelten sich auf dem Wagen. Von Ulrike hatte Hannes erfahren, dass auch einige Bettler und Kinder von armen Leuten der Eiseskälte zum Opfer gefallen waren.

Mehrfach pochte er an die Haustür, die durch die kräftigen Schläge beinahe aus den Angeln fuhr, bevor sich drinnen etwas regte und die Pforte schließlich geöffnet wurde.

»Hannes, das ist aber eine Freude, komm schnell herein, bevor du dir noch den Tod holst.«

Der frühere Mönch führte seinen Besucher in die Küche, wo ein flackerndes Feuer den Raum heizte.

»Ich habe ein ganz schlechtes Gewissen, weil ich dich

nicht besucht habe, obwohl ich genau weiß, wo du wohnst und arbeitest«, gestand Bernhard kleinlaut.

»Aber daran bin ich doch genauso schuld, du hast mir bei unserem Wiedersehen ja gesagt, wo du zu finden bist, und trotzdem habe ich es bis heute nicht geschafft herzukommen«, tröstete ihn Hannes grinsend.

»Sei es drum, wir haben den ganzen Sonntag Zeit, um uns zu unterhalten, und genügend Gewürzwein habe ich auch, als ob ich es gewusst hätte.«

Er nahm einen Topf, der auf einem Dreifuß stand, vom Feuer und füllte zwei Becher mit dem brodelnden Gebräu.

»Beginn du mit deiner Erzählung, du bist der Jüngere«, bot Bernhard an.

Hannes nahm zuerst einen vorsichtigen Schluck, bevor er von seiner Zeit in Freiburg berichtete, nachdem sich die beiden Freunde getrennt hatten.

»Dann hast du deinen berühmten Onkel also doch noch getroffen, das freut mich außerordentlich. Was ist Jos Fritz für ein Mensch?«

»Wie soll ich ihn beschreiben? Er ist eine Naturgewalt und wenn er in einem Raum ist, so füllt er ihn mit seiner schieren Präsenz aus. Jos ist besessen von der Idee, die Situation der einfachen Menschen in diesem Land zu verbessern.«

»Das klingt ja beinahe so, als wäre er von der Art her wie Sebastian Lotzer«, dachte Bernhard laut und ermunterte Hannes mit einem Kopfnicken dazu, fortzufahren.

Als Hannes von seinem Aufenthalt in Basel erzählte, sah ihn sein Gegenüber mit großen Augen an.

»Ich glaube es nicht, du warst tatsächlich bei Oekolampadius und hast dich nach Ulrich und mir danach sogar in Mühlhausen erkundigt.«

Dann trat ein melancholischer Zug in seine sonst so fröhliche Miene.

»In Basel konnte ich Ulrich nicht mehr antreffen, wie du weißt, deshalb habe ich das Angebot des Oekolampadius ausgeschlagen, am Münster zu dienen, und bin stattdessen auf dem schnellsten Weg nach Mühlhausen, wo ich unseren gemeinsamen Freund tatsächlich angetroffen habe. Ulrich war jedoch schwer angeschlagen, sowohl durch seine Krankheit als auch durch die Anfeindungen seiner zahlreichen Gegner. Zu meiner Schande muss ich gestehen, dass ich Ulrich alleine in sein letztes Exil ziehen ließ, weil ich nicht mehr an ihn glaubte. Doch die Umstände zwangen mich, ihm dann doch noch dorthin zu folgen. Aber ich habe dich unterbrochen, erzähle weiter von deiner Walz.«

Nach einem weiteren Schluck des wohlschmeckenden Getränks fuhr Hannes fort.

»Ich habe dir vorhin von der Witwe des Cousins von Ulrich von Hutten erzählt, mit ihr bin ich dann weitergezogen.«

»Du fantasierst, das kann ich dir beim besten Willen nicht abnehmen, Hannes. Du willst am Hofe des Herzogs Ulrich als Adeliger aufgetreten sein, ohne dass der Schwindel aufgeflogen ist?«, staunte Bernhard ungläubig, nachdem ihm Hannes die Episode im Schloss des Fürsten geschildert hatte.

»Daran, mein Freund, hast du erheblichen Anteil«, antwortete der Geselle schmunzelnd. »Denn du hast mich viele Dinge gelehrt, die ein Geselle gewöhnlich nicht beherrscht, und natürlich hat Ursula mir auch noch so einiges beigebracht.«

Begeistert berichtete er danach von seinem Aufenthalt bei den Eidgenossen und von seiner Begegnung mit dem beeindruckenden Zwingli.

»Dieser Mann hat wahre Größe, er sorgte mit seinem ganzen Einfluss dafür, dass der todgeweihte Ulrich von Hutten einen Platz bekam, an dem er in Ruhe sterben konnte.

Dafür bin ich ihm ewig dankbar.«

Eine Zeit lang sprach keiner der Männer ein Wort, offenbar gedachten sie des großen Humanisten.

»Du bist noch eine Zeit lang in Zürich geblieben, hat mir Zwingli erzählt.« Hannes blickte gespannt auf seinen Freund.

»Ja, bis zum Frühjahr, er wollte mir eine Anstellung verschaffen, doch nach langem Überlegen bin ich dann doch wieder zurück ins Kaiserreich. Der Abschied von Ulrich Zwingli und seiner lieben Frau fiel mir sehr schwer, aber der aufrechte Mann hat oft in den höchsten Tönen von Christoph Schappeler und den Neuerungen, die dieser in Memmingen auf den Weg gebracht hat, gesprochen und so war es für mich irgendwann klar, dass ich diesen Prediger unterstützen muss. Ungefähr seit einem halben Jahr bin ich jetzt schon in dieser Stadt und beinahe täglich sind die Veränderungen spürbar. Nimm die Bauern der zu Memmingen gehörenden Dörfer, vor einem Jahr waren die meisten von ihnen noch mehr oder weniger Sklaven ohne irgendwelche Rechte. Mittlerweile sind ihnen vom Stadtrat tiefgreifende Reformen zugebilligt worden, wie etwa die Abschaffung der Leibeigenschaft oder etwa das Recht, im Wald zu jagen, zu fischen und Holz zu schlagen, um nur einige zu nennen. Und das Beste ist, dass die von allen gefürchtete Obrigkeit alles zu dulden scheint.«

Bernhard bekam glänzende Augen und Hannes konnte nicht anders, als dessen Begeisterung zu teilen.

»Stell dir vor, überall schließen sich die Bauern samt anderer Entrechteter zu riesigen Armeen, sogenannten Haufen, zusammen. Allein bei Laupheim lagern ungefähr zehntausend Mann unter Waffen des sogenannten Baltringer Haufens. Des Weiteren gibt es noch den Seehaufen und den Allgäuer Haufen, um nur einige zu nennen. Insgesamt sind es wohl an die vierzigtausend entschlossene Kämpfer, die für ihre Freiheit streiten wollen. Unsere Chancen für eine Veränderung der Gesellschaft stehen so gut wie noch nie, denn die Soldaten unserer Gegner sind derzeit in Italien oder müssen deinen Freund, den Herzog Ulrich, der gerade dabei ist, sein angestammtes Gebiet zurückzuerobern, wieder außer Landes drängen.«

»Dann ist es doch wahr«, flüsterte Hannes vor sich hin und dachte dabei an Ursula.

»Ja, leider, aber in diesem Fall dient er unfreiwillig unserer Sache. Es sieht also nicht schlecht aus. Das Zentrum der Bewegung ist hier in Memmingen, wo die beiden fähigsten Köpfe sich getroffen haben. Hannes«, er war aufgestanden und fasste den Freund an den Schultern.

Sein sonst so gemütliches Gesicht hatte einen beinahe fanatischen Ausdruck angenommen.

»Endlich können wir etwas bewegen, gleich morgen gehe ich zu Sebastian Lotzer und bitte ihn, dich in den Bund aufzunehmen.«

»Aber ... ich ... ich weiß nicht, was kann ich schon tun?«, stammelte der Geselle, der sich ein bisschen überfahren fühlte. »Außerdem muss ich meinem Meister helfen, er wird die Arbeit nicht alleine bewerkstelligen können.«

»Du schickst ihm einen anderen Gesellen, der derzeit ohne Anstellung ist, Hannes, wir müssen jetzt all unsere Kraft für den Bund der Freiheit geben«, entgegnete Bernhard ungehalten.

Hannes wollte eigentlich nicht, dass ein anderer Zimmermann an seiner Stelle bei Georg Brunner anfing, schon wegen Ulrike, zu der er sich hingezogen fühlte und der er, so wie Hannes es einschätzte, ebenfalls nicht gleichgültig war.

Doch das wollte er jetzt nicht mit seinem Freund diskutieren, deshalb machte er gute Miene zum bösen Spiel.

»Ich habe Lotzer kennen gelernt, er ist ein fähiger Mann, und wenn er eine Verwendung für mich hat, so stehe ich natürlich zur Verfügung.«

Je mehr die beiden dem Gewürzwein zusprachen, desto mehr schwelgten sie in gemeinsamen Erinnerungen und vergaßen darüber die Politik.

Da die Gesellen am nächsten Tag den guten Montag feierten, blieb Hannes über Nacht bei Bernhard.

Am Dienstag ging der Zimmermann wie gewohnt seiner Arbeit bei Meister Brunner nach und vergaß nach ein paar Tagen über dem Alltagstrott sein Versprechen, das er Bernhard gegeben hatte. Hannes freute sich jeden Morgen darauf, gemeinsam mit dem Meister und Ulrike nach getaner Arbeit am Küchentisch das Nachtessen einzunehmen.

Eines Abends, als die drei sich locker unterhielten, klopfte es an die Tür.

»Herein!«, rief der Meister laut.

»Gott zum Gruße, entschuldigt die Störung zu solch später Stunde«, ließ sich eine angenehme Stimme vernehmen.

»Ach, du bist es, Sebastian, komm herein. Es ist genug da, also setz dich und sei unser Gast.«

»Da sag ich nicht nein.«

Lotzer ließ sich neben Hannes nieder und nahm dankend den Becher mit Wein entgegen.

»Was führt dich zu uns, hast du für mich einen lukrativen Auftrag?«, fragte Georg Brunner augenzwinkernd, während sein Gast einen tiefen Schluck nahm.

»Leider nein«, entgegnete der und wischte sich den Mund ab. »Viel zu selten führen mich meine Schritte zu dir, Georg, und auch heute bin ich nur wegen eures Gastes hier.«

Fragend blickten sowohl Hannes als auch Ulrike auf Sebastian Lotzer.

»In unserem sonst so beschaulichen Memmingen verändern sich die Dinge derzeit dramatisch, ich weiß nicht, ob ihr mitbekommen habt, dass letzte Woche etliche Vertreter der Baltringer, Allgäuer und Bodenseebauern in der Stadt waren. Nach zähen Verhandlungen haben wir uns geeinigt und einen Bund geschlossen, der als ›Christliche Vereinigung‹ oder ›Oberschwäbische Eidgenossenschaft‹ in die Geschichte eingehen wird. Des Weiteren wurde ein Bauernrat gewählt, der mit den Mächtigen auf Augenhöhe verhandeln wird.«

Hannes erinnerte sich daran, wie er an ungefähr fünfzig Männern vorbeigegangen war, die auf dem Marktplatz zusammengestanden waren.

Ihm war besonders die ausgefallene Stimmung sowie der teilweise kriegerische Aufzug der unschwer an ihrer Kleidung erkennbaren Bauern im Gedächtnis geblieben.

»Das war erst der Anfang, denn nächste Woche treffen wir uns wieder und dann geschieht etwas Neues, bisher nicht Dagewesenes, und da wollte ich, dass du, Hannes, als Neffe des großen Jos Fritz an meiner Seite stehst.«

Lotzer ließ seine Worte wirken und trank aus dem Becher.

»Nun spann uns nicht auf die Folter, Sebastian, was kann schon Weltbewegendes bei uns passieren?«, wollte der Meister etwas ungehalten wissen.

»Kommende Woche sind die Anführer der verschiedenen Bauernhaufen erneut bei uns zu Gast und das nehmen wir zum Anlass, uns so etwas wie eine Verfassung zu geben, auf die wir alle gemeinsam schwören werden. Zusammen mit Christoph Schappeler und der tatkräftigen Unterstützung deines Freundes Bernhard habe ich eine Art Gesetzestext in vereinfachter Form verfasst. Dabei haben wir uns eng an die Forderungen deines Onkels Jos Fritz gehalten, die er bei seinem Bundschuh vor etwas mehr als zehn Jahren stellte.«

Lotzer blickte den Gesellen fragend an.

»Und was ist, wenn der Aufstand fehlschlägt? Dann weiß jeder, dass du mit dem untergetauchten Bundschuhanführer eng verwandt bist und unter einer Decke steckst«, gab Ulrike stirnrunzelnd zu bedenken.

»Diesmal kann nichts schiefgehen, zu zahlreich ist bereits die Schar derer, die uns unterstützen, und täglich bekomme ich Berichte von neuen Haufen, die sich überall im Reich gründen. Die Obrigkeit wird und muss uns dieses Mal einschneidende Veränderungen zugestehen, sonst wird sie hinweggefegt.«

Der sonst so besonnene Mann war wie im Fieber, während er weitersprach und eine glanzvolle Zukunft heraufbeschwor.

»Ihr habt mich überzeugt, Meister Lotzer, ich werde Euch zur Seite stehen, natürlich auch um Bernhards willen, und ich bin überzeugt, dass mein Onkel stolz auf mich wäre«, entgegnete Hannes zuversichtlich.

Ulrike erhob sich abrupt und stürmte hinaus.

Michel Lohner brachte seinen gut gekleideten Gästen einen Krug vom besten Rheinwein, den er in seinem gut bestückten Keller lagerte.

»Darf ich den Herren noch eine Kleinigkeit zu essen reichen?«

Die Männer nickten und der Salzhändler ging von der holzgetäfelten Wohnstube im ersten Stock in die Küche im Erdgeschoss, wo seine Frau und eine Dienstmagd damit beschäftigt waren, auf einem groben Holzbrett einen Imbiss anzurichten.

Sein mehrstöckiges Haus zeugte durchaus von einigem Wohlstand, hielt dem Vergleich mit den stattlichen Gebäuden anderer Kaufleute jedoch nicht stand.

Dabei hätte sich Lohner ohne Weiteres ein prächtiges Anwesen leisten können, denn seine Geschäfte waren lukrativ und der geheime Nebenerwerb, den er seit mehreren Jahren hatte und für den er durch seinen Beruf geradezu prädestiniert war, spülte ihm zusätzliches Geld in die Kasse.

Er war sich hingegen mit seiner Frau einig, dass man den eigenen Reichtum nicht unbedingt zur Schau stellen musste, wichtig war lediglich, dass man ihn hatte.

»Was habt Ihr für uns, Meister Lohner?«, wollte ein hochgewachsener Mann mit aristokratischen Gesichtszügen und einem ebensolchen Auftreten wissen, nachdem sie sich an kaltem Schweinebraten sattgegessen hatten.

»Wie ich gehört habe, wollen sich die Bauerntölpel nächste Woche eine Verfassung geben, dazu sollen wieder zahlreiche von ihnen in unsere schöne Stadt einfallen, wie vor ein paar Tagen, als sie einen Treuebund geschlossen haben.«

Lohner berichtete detailgetreu von der Zusammenkunft der Bauernanführer mit Lotzer und Schappeler.

»Bitte befreit uns von dieser Pestbeule, Memmingen hat Besseres verdient«, meinte Michel fast flehentlich.

»Das lasst unsere Sorge sein, liefert uns einfach weiterhin verlässliche Informationen«, befahl der Mann und reichte dem Salzhändler einen Lederbeutel mit klingenden Münzen.

Als der große Tag gekommen war, bekam Hannes von seinem Meister frei.

»Selbstverständlich musst du heute nicht arbeiten und auch ich lasse mir dieses einzigartige Spektakel nicht entgehen«, hatte er grinsend gesagt.

Selbst seine Tochter, die sich nach längeren Gesprächen mit Hannes wieder beruhigt hatte, wollte bei der Zeremonie zugegen sein.

»Das freut mich am meisten, Ulrike, dass du mir nicht mehr böse bist wegen meiner Entscheidung, mich öffentlich auf die Seite der Reformer zu stellen«, meinte Hannes und gab der jungen Frau vor den Augen ihres Vaters einen Kuss auf die Wange.

Gemeinsam schritten sie zum Weinmarkt und blieben vor dem imposanten Zunfthaus der Kramer stehen, wohin Sebastian Lotzer die Bauernvertreter eingeladen hatte.

Dank seines einflussreichen Schwagers Weigelin konnte er seine Verbündeten in dem Gebäude der mächtigsten Zunft der Stadt empfangen.

»Hannes, ich beglückwünsche dich, dass du diesen erhebenden Moment an der Seite der maßgebenden Männer erleben darfst«, rief der Meister seinem Arbeiter hinterher, während er sich mit Ulrike der ständig anwachsenden Menge von schaulustigen Bürgern anschloss.

Der Geselle versuchte, seine Aufregung so gut es ging zu verbergen, als er auf das reich verzierte Eingangsportal zuschritt, das von verwegen aussehenden Landsknechten gesichert wurde.

»Ich … äh …«

»Schon gut, lasst ihn passieren, er ist ein persönlicher Gast von Sebastian Lotzer«, rief eine Stimme aus dem Inneren des Hauses und ein Lächeln trat auf Hannes' Gesicht, als er Bernhard erkannte.

Nach einer kurzen Umarmung stiegen sie auf der breiten Treppe nach oben und traten in den weitläufigen Zunftsaal ein, der vom Reichtum der Memminger Kramer zeugte. Zahlreiche Männer hatten sich hier versammelt und saßen sich an einem eilends gebauten riesigen Tisch gegenüber, wo sie lautstark debattierten.

Hannes wollte sich unauffällig in eine Ecke drücken, als Lotzer ihn erkannte.

»Ah, da ist ja mein Ehrengast, komm, Hannes, setz dich doch hier zu mir.«

Aller Augen hefteten sich auf den jungen Gesellen, der widerwillig der Bitte des charismatischen Mannes folgte und nach vorne ging.

»Das ist der Neffe von Jos Fritz, dem allseits bekannten Bundschuhanführer, aus dessen Feder die meisten der Forderungen stammen, die auch wir den Mächtigen stellen werden. Er hat seinen Onkel vor eineinhalb Jahren getroffen und wie mir Hannes glaubhaft versichert hat, wird der bedeutende Mann nicht eher ruhen, bevor nicht alle Menschen in diesem Land die gleichen Rechte haben. Ich bin überzeugt, dass Jos Fritz sich bereits in der Nähe aufhält und bald zu uns stoßen wird. Lasst uns deshalb die hitzigen Diskussionen einstellen und zu einer Einigung kommen.«

Offenbar wirkte das Erscheinen Hannes' Wunder, denn bei einer Abstimmung, die wenig später erfolgte, sah er, wie sich die rechten Hände sämtlicher Anwesenden hoben.

»Ich danke euch, meine Freunde, wir sind unserem Ziel entscheidend näher gekommen. Lasst uns jetzt hinausgehen und der Bevölkerung von Memmingen unsere Verfassung mitteilen.«

Vor dem Gebäude war in der Zwischenzeit aus Brettern und Balken eine kleine Tribüne errichtet worden und der gesamte Weinmarkt sowie die angrenzenden Straßen waren mittlerweile von neugierigen Menschen übersät.

Als Erster trat Christoph Schappeler auf die Bühne und hob beide Arme zum Himmel, woraufhin die Gespräche der Leute abrupt aufhörten.

»Wir sind heute hier zusammengekommen, um unser Zusammenleben mit Gottes Hilfe neu zu ordnen. Es gibt viele, die jetzt sagen, dass das Aufbegehren der Bauern und niederen Stände die Früchte des neuen Evangeliums sind, das in immer mehr Teilen des Reiches gepredigt wird und das zu Gewalt und Anarchie aufruft. Aber das Evangelium kann keine Ursache für Empörung und Aufruhr sein, weil Christi Leben und Reden nichts anderes lehrt als Liebe, Friede, Geduld und Einigkeit und dass alle, die an diesen Christus glauben, liebevoll, friedlich, geduldig und einig werden.«

Der erfahrene Prediger hielt kurz inne und ließ seine Worte auf die Menschen wirken.

»So ist allen unseren Forderungen gemein, dass sie durch die Bibel nicht widerlegt werden können, und die Bauern begehren das Evangelium zur Grundlage ihres Lebens. Wie können sie da von der Obrigkeit ungehorsam und aufrührerisch genannt werden?«

Christoph Schappeler zitierte noch einige in diese Richtung weisende Bibelverse, bevor er das Wort weitergab.

»Bürger von Memmingen sowie alle Ortsfremden, die sich hier eingefunden haben, meines Wissens seid ihr heute Zeugen von etwas Großem, noch nie Dagewesenem, nämlich dass sich Leute aus dem Volk und nicht von Adel oder Klerus eine Verfassung geben. Ich will mich nicht lange mit Erklärungen aufhalten und lese euch die ›Zwölf Artikel‹ einfach vor«, rief Sebastian Lotzer bedeutungsschwanger in die Menge.

»Der erste Artikel betont die enge Bindung an die Heilige Schrift und fordert die freie Priesterwahl.«

Zu jedem der Artikel las Lotzer die Bibelstelle vor, durch die er begründet war.

Der zweite regelte die Besoldung der Pfarrer und die Versorgung der Armen.

Es folgte der dritte, der die Abschaffung der Leibeigenschaft forderte.

Danach kamen die Einforderung des Rechts auf freie Jagd und Fischfang sowie das Einschlagen von Brenn- und Bauholz aus dem Gemeindewald.

Die nächsten drei Artikel regelten die Abgaben und Dienstleistungen der Bauern und sollten deren willkürliche Beanspruchung durch irgendeinen Landesherrn verhindern.

Der neunte verlangte eine Neuordnung des Gerichtswesens und der zehnte, dass Wiesen und Äcker, die zu einem Dorf gehörten, auch wieder von den Bauern des Ortes genutzt werden durften.

Im elften Artikel wurde die Abschaffung des sogenannten Todfalls gefordert, einer Leichensteuer, die beim Ableben eines Familienvaters an den jeweiligen Landesherrn zu entrichten war.

»Der zwölfte und letzte Artikel schließlich ist keine Forderung mehr, sondern ein Bekenntnis zum Evangelium. Hier verpflichtet sich jeder, der die ›Zwölf Artikel‹ unterstützt, von jedem Anspruch abzulassen, der nicht unwiderlegbar in der Bibel nachzuweisen ist«, donnerte Lotzer seinen letzten Satz in die Menge.

Inmitten einer Gruppe von Händlern und Kaufleuten, die das Szenario mehr als kritisch beäugten, stand Michel Lohner und versuchte, sich die Gesichter der Männer aus Memmingen einzuprägen, die neben Lotzer und Schappeler bei den Bauernanführern standen.

»Aber, das ist doch …«, entfuhr es ihm, als er den jungen Gesellen entdeckte, den er vom Bodensee bis hierher mitgenommen hatte.

»Du bist jetzt ja eine richtige Berühmtheit, Hannes«, scherzte Alfred augenzwinkernd, als die Gesellenbrüder nach ihrer

Zusammenkunft am darauffolgenden Samstag im Zunfthaus der Zimmerleute beisammensaßen.

»Oh ja, bestimmt bekommst du bei der Neuordnung der Stadt einen einflussreichen Posten«, legte der Altgeselle nach.

»Es gibt keine Neuordnung in der Stadt, wann begreift ihr das endlich«, versetzte Hannes aufgebracht. »Die ›Zwölf Artikel‹ sind hauptsächlich ein Gesetzwerk für das Zusammenleben von Bauern und Adel.«

Hannes war es leid, sich ständig für seine Rolle sowohl bei der Verkündigung der Artikel als auch für die Verfassung selber rechtfertigen zu müssen.

»Und wenn sie dazu beitragen, dass wir Gesellen das Bürgerrecht bekommen, seid ihr bestimmt auch nicht traurig deswegen.«

Wütend über die Engstirnigkeit seiner Gesellenbrüder leerte er seinen Becher und erhob sich.

»Entschuldigt mich, ich bin müde.«

Auf dem Nachhauseweg ließ sich Hannes die Situation zum wiederholten Male durch den Kopf gehen, dabei kam er zur selben Erkenntnis, nämlich dass die Forderungen der Bauern moderat und keineswegs radikal waren.

Betont leise öffnete Hannes die Tür und trat vorsichtig ein. Er wandte sich der steilen Treppe zu, die in seine Kammer im Dachgeschoss führte, als er in der Küche neben dem Herdfeuer noch eine andere Lichtquelle ausmachte.

Obwohl er tatsächlich müde war, wollte sich Hannes nicht wie ein Dieb nach oben schleichen.

»Du bist noch auf, Ulrike?«

»Ja, ich konnte noch nicht einschlafen, zu vieles ging mir im Kopf herum, und da habe ich beschlossen, noch ein wenig zu arbeiten«, antwortete die junge Frau, die vor einem kleinen Webstuhl saß und das Schiffchen hin- und herschob.

Mehrere Talglichter gaben ihr das notwendige Licht.

»Darf ich mich ein wenig zu dir hersetzen?«

»Aber natürlich, du weißt doch, dass ich deine Gesellschaft schätze, Hannes.«

Lächelnd bot sie ihm einen Platz auf der Sitzbank an und Hannes ließ sich nieder.

Hoffentlich fängt sie nicht auch wieder mit den Artikeln an, dachte Hannes, doch seine Angst war unbegründet, denn die einfühlsame Frau spürte offenbar, dass er darüber heute nicht mehr reden wollte.

»Wann werdet ihr die Treppe bei meinem Onkel einbauen?«, wollte sie interessiert wissen und Hannes war froh über das unverfängliche Thema.

»Ich will deinem Vater nicht vorgreifen, schließlich ist er der Meister, doch ich denke, dass es Mitte nächster Woche so weit sein wird.«

»Welche Arbeit werdet ihr danach anfangen?«

Mit Unbehagen dachte Hannes an das Versprechen, das er Bernhard und Sebastian Lotzer gegeben hatte.

Wenn einer der beiden die Zusammenarbeit mit Hannes einforderte, würde er dem Meister einen anderen Gesellen empfehlen müssen.

Und Ulrike nicht mehr jeden Abend sehen, dachte er wehmütig.

»Soweit ich weiß, hat der Meister einen Auftrag für den Neubau eines stattlichen Fachwerkhauses in der Herrengasse erhalten. Damit wären wir eine Zeit lang beschäftigt«, teilte Hannes ihr mit und verschwieg geflissentlich seine anderen Verpflichtungen.

»Aber da ihr nur zu zweit seid, dauert das doch bestimmt eine Zeit lang, kannst und willst du überhaupt so lange hierbleiben?«

Hannes spürte nun deutlich, worauf die junge Frau hinauswollte, und antwortete nach kurzem Zögern mit belegter Stimme.

»Wenn du willst, beende ich meine Wanderschaft in Memmingen und frage deinen Vater, ob ich dich heiraten kann.«

Endlich hatte er sich getraut, das laut auszusprechen, was ihn schon längere Zeit beschäftigte.

»Ich bin zwar völlig mittellos und ich kann mir vorstellen, dass dein Vater eine bessere Partie für dich in Aussicht hat, aber ich könnte immerhin den Meistertitel erwerben, um später einmal Georgs Nachfolge anzutreten.«

Aufmerksam registrierte Hannes, dass ein freudiges Strahlen auf Ulrikes Gesicht getreten war.

»Damit würdest du mich glücklich machen und ich verspreche dir, dass ich gleich morgen früh mit meinem Vater darüber reden werde. Ich denke, dass unsere Chancen nicht so schlecht sind, denn ich weiß, dass er dich genauso ins Herz geschlossen hat wie ich.«

Inzwischen war Hannes der jungen Frau so nahe gerückt, dass ihre Knie sich berührten.

Wie selbstverständlich legte er seinen Arm um ihre Schultern und dachte im nächsten Moment, dass er vielleicht zu weit gegangen war.

Doch Ulrike ließ es geschehen und wandte dem Gesellen ihr hübsches Gesicht zu.

Zärtlich strich er durch ihre Haare und beugte sich gleichfalls zu ihr hin, um sie auf den Mund zu küssen.

KAPITEL 32

Offenbar hatte weiter unten im Tal die Schneeschmelze begonnen, denn zum ersten Mal seit dem Wintereinbruch im vergangenen Jahr sahen sie an einem sonnigen Tag, wie sich jemand durch den beinahe mannshohen Schnee heraufkämpfte.

Am Christfest, als das Dach drohte einzustürzen, hatte die kleine Gemeinschaft großes Glück gehabt. Der geistesgegenwärtige Hüttenwirt hatte die zwei Männer angewiesen, den Schnee so gut es ging herunterzuschaffen, und war danach mit zwei Holzstangen, die er am Giebel in einer Art Regal aufbewahrte, zurückgekehrt, um die Dachsparren von innen abzustützen. Es hatte zwar weiterhin geknarrt, doch die Konstruktion hielt dem Gewicht stand. Da es bis vorgestern immer wieder heftig geschneit hatte, musste die gefährliche Arbeit des Dachräumens andauernd ausgeführt werden.

»Gott zum Gruße, Ueli, zum Glück seid ihr noch am Leben. Nachdem ihr nicht wie jedes Jahr rechtzeitig ins Dorf hinuntergekommen seid, haben wir schon das Schlimmste befürchtet«, sagte der stämmige Mann, während er sich den Schnee aus seiner Kleidung klopfte.

»Ich freue mich auch, dich zu sehen, aber komm erst mal herein und lege deine nassen Kleider ab.« Der sichtlich erfreute Ueli stellte den Mann seinen Gästen vor.

»Das ist Paul, mein Bruder.«

Nicht nur der Herbergswirt und seine Frau waren froh, nach so langer Zeit wieder ein anderes Gesicht zu sehen, auch Anna und ihren beiden Begleitern fiel ein riesiger Stein vom Herzen, denn das bedeutete, dass sie endlich aufbrechen konnten.

Es war während der langen Wartezeit wiederholt zu Reibereien gekommen, vor allem zwischen Anton und Ueli, die sich nur dank der Autorität des wiedererstarkten Jerg Becker nicht verstärkten.

Der ehemalige Söldner musste auch häufig die blicklos vor sich hinstarrende Anna ermuntern und von ihren düsteren Gedanken abbringen. Er selbst hatte Stärke und Durchhaltevermögen demonstrieren müssen und durfte nicht dauernd an seine geliebte Barbara denken, die hoffentlich inzwischen unbeschadet Mutter eines gesunden Kindes geworden war.

»Wie sieht es aus, können wir morgen früh weiterziehen?«, wollte Anna wissen, die wirkte, als wäre sie aus ihrer Lethargie erwacht wie manche Tiere aus dem Winterschlaf, als alle um den Tisch herum saßen und sich an den frischen Schweinswürsten und dem Speck labten, die Paul in seinem Bündel mitgebracht hatte. Somit konnten sie den kargen Rest des Proviants, der ihnen geblieben war, sparen.

»Das würde ich euch nicht raten, zu groß ist noch die Gefahr von abgehenden Lawinen«, gab Paul zu bedenken.

»Aber du bist doch auch unbeschadet heraufgekommen.«

»Ich war in großer Sorge um meinen Bruder, deswegen habe ich das Wagnis auf mich genommen.«

»Und ich bin in großer Sorge um meine Existenz, und meine Bemüssen zu ihren Familien«, entgegnete Anna scharf. »Führe uns morgen hinunter in euer Dorf, es soll dein Schaden nicht sein.«

Auf ein Zeichen hin gab Jerg ihr den Beutel und die Kauffrau legte mehrere Münzen auf den Holztisch.

Die Augen des einfachen Bergbauern bekamen einen gierigen Glanz angesichts des schillernden Metalls und er blickte hilfesuchend zu seinem Bruder, der leicht nickte.

»Also gut, wenn es denn sein muss, versuchen wir es. Ihr gebt mir die Hälfte des Geldes sofort und sollte einem von euch etwas passieren, erwartet keine Hilfe von mir, denn ich bin dann weg.«

Sie verständigten sich schließlich darauf, bei Sonnenaufgang loszumarschieren.

Der Hüttenwirt und seine Frau wollten noch eine Weile hier ausharren. Außerdem machte Paul zur Bedingung, dass die Pferde auf dem Berg blieben.

»Es hat einfach zu hohen Schnee, ihr tut den Tieren und euch nichts Gutes, wenn ihr sie mitnehmt. Außerdem reagieren sie panisch bei Lawinen.«

Nach dem obligatorischen Mus zum Frühstück packten Anna und ihre Begleiter das Notwendigste in verschiedene Bündel, die sie sich auf den Rücken schnallten.

»Ich danke euch für alles, was ihr für uns getan habt.« Anna umarmte Susi und Ueli zum Abschied.

Es fiel ihr zwar nicht schwer, diesen unwirtlichen Ort zu verlassen, aber irgendwie hatte sie sich an die beiden gewöhnt. Auch Jerg bedankte sich überschwänglich und lediglich Anton winkte nur kurz, bevor er Paul folgte.

Zum Glück hatte es in der Nacht nicht mehr geschneit, trotzdem war von dem Weg, den Paul am Vortag unter größten Mühen bereitet hatte, nichts mehr zu sehen.

Die drei Männer wechselten sich bei der strapaziösen Arbeit ab, sodass nie einer länger als eine halbe Stunde vorneweg gehen musste.

Je weiter sie sich nach unten bewegten, desto breiter wurde das Tal und Paul wies immer wieder nach oben zu den mächtigen Gipfeln, um auf die hohe Lawinengefahr hinzuweisen.

»Selbst bei uns im Dorf ist die Gefahr groß trotz unserer massiven Häuser, und hier draußen ist sie natürlich umso höher«, warnte er eindringlich.

Und tatsächlich kamen sie mehrfach an Stellen vorbei, wo der abgehende Schnee eine Schneise der Verwüstung in den Bergwald geschlagen hatte, und mussten dann auf die andere Talseite ausweichen.

»Wie weit ist es noch bis zu deinem Dorf, Paul?«, wollte Jerg mit Blick auf die sich mühsam dahinschleppende Anna wissen.

Der erfahrene Bergbauer blickte hoch zur Sonne, die man jetzt endlich wieder zu Gesicht bekam.

»In einer guten Stunde müssten wir dort ankommen«, versicherte Paul.

Diese Nachricht verlieh Anna neue Kräfte, und so war sie es auch, die zuerst den kleinen Kirchturm in der Ferne sah.

Erhaben auf einem Felsen stand wie eine Trutzburg die Kirche und zu ihren Füßen schmiegten sich mehrere Gehöfte aneinander.

Sie gingen die Hauptstraße entlang, die vom Schnee befreit war, und Paul deutete auf ein stattliches Blockhaus, das auf einem Steinsockel ruhte.

»Hier bin ich zu Hause, ich betreibe genauso wie mein Bruder eine kleine Herberge mit Pferdestation.«

Aus den anderen Bauernhöfen waren Männer auf die Straße getreten, die die Neuankömmlinge beinahe feindselig musterten.

Paul rief ihnen zu, dass sein Bruder und seine Schwägerin wohlauf seien, und lud die Bauern zu sich ein. Er öffnete die Türe und sie betraten einen niedrigen Raum, der offenbar als Schankraum diente. Gegenüber vom Eingang war ein gemauerter Ofen, der dafür sorgte, dass die Stube wohlig warm war.

»Befreit euch von den nassen Kleidern, ich werde derweil etwas zu trinken und eine Kleinigkeit zu essen besorgen.«

Wenig später trug eine unscheinbare Frau, die an eine Spitzmaus erinnerte, mehrere Bretter mit Käse und Räucherwurst herein. Dazu brachte eine andere, die augenscheinlich ihre Tochter war, frischgebackenes Fladenbrot und stellte es vor die hungrigen Gäste hin. Mit einem Krug und vier Bechern kam Paul zurück.

»Esst und trinkt, ihr seid meine Gäste.«

Inzwischen hatte sich die Gaststube bis auf den letzten Platz gefüllt, wobei Jerg die hartgesichtigen Männer kritisch musterte.

Unter dem Tisch trat er Anton leicht ans Bein und forderte ihn durch sein Mienenspiel zu erhöhter Wachsamkeit auf.

»Das ist sehr freundlich von dir, Paul«, bedankte sich Anna zufrieden und steckte sich genüsslich ein Stück von dem wohlschmeckenden Käse in den Mund.

»Vorhin hast du gesagt, dass du auch eine Pferdestation betreibst. Sag, kannst du uns drei Tiere verkaufen? Ich würde gerne heute noch weiterziehen, wir haben keine Zeit mehr zu verlieren.«

»Hm, eigentlich nicht, da ich der Einzige bin, der geeignete Gäule besitzt, die wir vor einen Schneepflug spannen können. Es sei denn, …« Paul ließ den Satz offen.

»Es sei denn, der Preis stimmt«, fügte Jerg grimmig hinzu.

Der Bauer nickte und breitete seine Handflächen nach oben.

»Wie viel willst du haben?«, fragte Jerg, dem die gierigen Augen des Mannes aufgefallen waren, als Anna in der Herberge oben ihren Beutel geöffnet hatte.

»Nun, wenn du mich so direkt fragst, ich habe gesehen, dass ihr schöne Rheinische Gulden habt, gebt mir sechzig davon und ihr könnt die Pferde mitnehmen.«

Jerg sah sich um. Das musste ein abgekartetes Spiel sein, denn hier saßen sie ganz schön in der Falle. Dabei schalt er sich insgeheim einen Narren dafür, dass er nicht darauf bestanden hatte, ihre eigenen Gäule von oben mitzunehmen.

»Das ist Wucher und das weißt du, so viel können deine Mähren gar nicht wert sein«, rief Anton zornig.

»Wenn ihr unser Dorf lebend verlassen wollt, dann gebt mir das Geld. Ihr bekommt die Pferde und könnt sofort abhauen. Die Münzen bekommen wir so oder so, aber eigentlich sind wir keine Wegelagerer, sondern einfache Bauern, die hart um ihr Dasein kämpfen müssen, deshalb täte es mir leid, wenn wir euch wehtun müssten«, meinte Paul gedehnt, während sich seine Dorfgenossen drohend erhoben und näher kamen.

KAPITEL 33

SCHWER ATMEND KÜSSTE HANNES den Ansatz ihrer vollen Brüste und seine Hand schob sich zwischen Ulrikes Beine.

»Sei mir nicht böse, Hannes«, meinte die junge Frau entschuldigend, als sie seine Rechte wegschob.

»Aber ich möchte meine Unschuld gerne für unsere Hochzeitsnacht aufheben.«

Ein wenig enttäuscht rückte der Geselle von Ulrike ab.

»Du hast recht, aufgeschoben ist nicht aufgehoben«, sagte Hannes und erhob sich.

»Zürnst du mir jetzt etwa?«, fragte die junge Frau lauernd.

»Aber natürlich nicht, ich bin nur sehr müde«, gab Hannes lahm zurück.

»Jetzt sei doch nicht gleich eingeschnappt und setz dich

noch ein Weilchen zu mir her«, bat sie und Hannes ließ sich wieder auf der Sitzbank nieder.

Zaghaft legte Ulrike ihre feingliederige Hand in die des Gesellen und die beiden unterhielten sich noch eine geraume Zeit, bis auch Ulrike zu gähnen anfing.

Wie Hannes gemutmaßt hatte, wurde in der folgenden Woche die Treppenanlage eingebaut und der Bauherr war äußerst zufrieden mit der Passgenauigkeit und den kunstvoll geschnitzten Geländerpfosten.

»Eine Treppe ist wie ein Möbelstück, merk dir das«, dozierte der stolze Meister mit erhobenem Zeigefinger.

»Zudem ist das Treppenhaus das Erste, was man sieht, wenn man ein Gebäude betritt, und der erste Eindruck ist entscheidend.«

Inzwischen war der Schnee fast völlig verschwunden und am nächsten Tag begann Meister Brunner damit, die Pläne, den sogenannten Aufriss, für das zu erstellende Fachwerkhaus auf einen mit Brettern belegten Boden neben seiner Werkstatt zu zeichnen. Danach wurde eine Liste mit den benötigten Hölzern angefertigt, die dem Kaufherrn, der das Gebäude in Auftrag gegeben hatte, ausgehändigt wurde. Für Hannes war es sehr lehrreich, einmal von Anfang an einem Meister bei der Entstehung eines Hauses über die Schulter blicken zu können.

»Sobald die Baumstämme angeliefert worden sind, werden wir mit dem Behauen des Holzes beginnen.«

»Wir zwei?«, fragte Hannes ungläubig, dem diese Arbeit schon immer zuwider war, und er dachte wehmütig an die Sägemühle in Amsterdam.

»Keine Angst, ich habe mehrere Tagelöhner verpflichtet, die uns bei dieser kräftezehrenden Tätigkeit unterstützen werden. Ich bin schließlich auch nicht mehr der Jüngste«, beschwichtigte ihn Georg Brunner lachend.

Der Meister hatte ausdauernde Männer für das Behauen verpflichtet, sodass er und Hannes nach wenigen Tagen mit dem Zusägen der ersten Balken für die Fachwerkwände des ersten Stocks beginnen konnten.

Brunner beobachtete seinen Gesellen sehr genau und stellte zufrieden fest, dass der sein Handwerk verstand.

»Lass uns noch eine Schenke aufsuchen, ich habe etwas mit dir zu bereden«, sagte der Meister eines Samstags nach Feierabend zu Hannes.

»Sehr gerne, aber heute ist die Versammlung unserer Bruderschaft.«

»Das ist noch lange hin, bis dahin ist unser Gespräch längst beendet.«

Mit großen Schritten eilte Brunner dem »Lamm« zu und betrat das notdürftig beleuchtete Gasthaus, gefolgt von seinem Gesellen.

Mehrere Zecher saßen bereits auf den harten Holzbänken und leerten durstig ihre Becher. An einem Tischende waren gerade noch zwei Plätze frei und Hannes und Georg setzten sich schnell nieder.

»Kannst du dir denken, weshalb ich mit dir sprechen muss?«, fragte Brunner, nachdem jeder einen kräftigen Schluck des herrlich schmeckenden Bieres getrunken hatte, wofür diese Schenke berühmt war.

Scheinbar ahnungslos zuckte Hannes mit den Schultern.

»Ulrike hat mir erzählt, dass du ihr einen Heiratsantrag gemacht hast, wofür ich dich als bitterarmen Gesellen eigentlich rausschmeißen müsste.«

Ich bin zu weit gegangen, dachte Hannes bekümmert, als er in das grimmige Gesicht Brunners blickte.

»Du bist kein Kuhschwanz mehr und kennst die Zunftgesetze. Aber du hast Glück, mein Junge, denn offenbar hat meine Tochter einen Narren an dir gefressen, und nach den vergangenen Wochen der Zusammenarbeit mit dir könnte ich mir dich gut als Schwiegersohn vorstellen.«

Die Züge des Meisters hatten sich nun deutlich entspannt.

»Ihr meint …, dass ich und … Ulrike …« Hannes fehlten die Worte, zu ungeheuerlich war die Aussage Brunners.

»Nächste Woche bestellen wir das Aufgebot und beantragen für dich das Bürgerrecht, dann könnt ihr im Sommer heiraten. Im Herbst tritt die Prüfungskommission wieder zusammen und du kannst nach gründlicher Vorbereitung den Meistertitel erwerben. Natürlich nur, wenn du willst.«

»Aber natürlich will ich, nichts lieber als das!«, rief der Geselle begeistert aus, sodass beinahe alle in der Schenke sich nach ihm umdrehten.

Endlich war ihm das Glück auch einmal hold.

Als er wenige Stunden später seine Gesellenbrüder im Zunfthaus der Zimmerleute traf, hatte er immer noch ein seliges Lächeln im Gesicht, das wie eingemeißelt wirkte.

»Was ist denn mit dir los, Hannes, beim letzten Mal hattest du eine Laune wie zehn Tage Regenwetter und heute scheint es, als wolltest du die ganze Welt umarmen?«, wollte der Altgeselle wissen.

»Hm«, antwortete Hannes zaudernd. »Ach, was soll's, irgendwann erfahrt ihr es ja ohnehin. Herr Vater, die Zeche geht heute auf mich«, rief er dem Schankwirt zu, bevor er die Neuigkeit den neugierigen Gesellen unterbreitete.

»Das ist ja ein Ding, kommt so ein dahergelaufener Bursche in unsere schöne Stadt und erreicht in wenigen Wochen, wovon unsereins ein Lebtag lang träumt.«

Kopfschüttelnd und scheinbar genervt betrachtete Alfred seinen jungen Gesellenbruder, um ihm im nächsten Moment lachend auf die Schulter zu klopfen.

»Ich freue mich natürlich für dich und hebe meinen Becher auf den künftigen Meister.«

Die anderen taten es ihm gleich und prosteten auf Hannes' Wohl. An diesem Abend gab es kein Halten mehr und einer der Brüder musste den schwer angeschlagenen Zimmermann zum Haus seines Meisters begleiten.

Die Karwoche war angefüllt mit Trauern und Fasten, bevor die Menschen zur Auferstehung ihres Herrn Christus am Ostersonntag wieder freudig gestimmt waren.

An diesem Tag war eine große Familienfeier, bei der Hannes den nahen Verwandten erstmals als künftiger Ehemann von Ulrike vorgestellt wurde.

Sie fand im Hause des Kaufherrn Weigelin statt und der Hausherr ließ sich an diesem Freudentag nicht lumpen. Statt des Fastengerichtes Fisch gab es nun wieder deftige Fleischspeisen, darunter natürlich das obligatorische Lamm, in verschiedenen Variationen zubereitet.

»Wo ist eigentlich Sebastian Lotzer?«, raunte Hannes seinem Meister zu.

Er hatte sich auf ein Wiedersehen mit dem charismatischen Mann gefreut.

»Soviel ich weiß, ist er mit den Bauernführern unterwegs, aber wo genau er sich aufhält, kann ich dir auch nicht sagen. Er ist ein vielgefragter Mann in diesen Tagen.«

Der Ostermontag war gleichfalls der Völlerei gewidmet, aber dieses Mal im Hause Brunner, und Hannes bekam einen Vorgeschmack darauf, welche Leckereien ihn in Zukunft erwarteten.

So war es kein Wunder, dass er sich am nächsten Tag nur schwer aufraffen konnte und am liebsten liegen geblieben wäre, doch diese Zeiten waren nun vorbei.

Bald bin ich selber Meister und muss deshalb jetzt schon

damit beginnen, ein gutes Vorbild zu sein, dachte Hannes entschlossen.

Die drei Tagelöhner waren brauchbare Leute, und nach Rücksprache mit seinem Gesellen bot Brunner den freudestrahlenden Männern an, die nächsten Monate bei ihm zu arbeiten. Bei der Anleitung der Arbeiter ließ der Meister Hannes freie Hand und der weitgereiste Zimmermann konnte seine Führungsqualitäten unter Beweis stellen. War die Zeit bei seinen früheren Arbeitgebern beinahe nicht vorübergegangen, so verflogen die Stunden jetzt, da er Verantwortung tragen musste, im Nu. Noch vor Sonnenuntergang waren die Balken, die die erste Decke des künftigen Hauses bildeten und später auf dem gemauerten Erdgeschoss auflagen, fertig zugesägt. Der Meister nickte zufrieden und ging in seine Werkstatt, um den drei Arbeitern das Geld für den Taglohn zu holen.

Als Hannes kurz von seiner Tätigkeit aufsah, erhaschte sein Blick einen Mann, der über den Platz rannte und auf ihn zukam.

»Bernhard!«, rief der Geselle aus, als er den ehemaligen Mönch erkannte. Er ergänzte spöttisch: »Du hast es heute aber eilig, so kenne ich dich ja gar nicht.«

Schwer atmend blieb der dickliche Mann mehrere Augenblicke vor Hannes stehen, um wieder zu Atem zu kommen.

»Ich fürchte, du wirst es ebenfalls eilig haben, wenn du mich angehört hast.«

»Wieso, was … was ist so Schlimmes passiert?«

Skeptisch betrachtete Hannes seinen Freund.

»Unsere schönen Träume von einer besseren Welt sind geplatzt, das ist passiert«, stieß Bernhard düster hervor.

»Ich … ich verstehe nicht«, stammelte der Geselle.

»Die stolze Baltringer Bauernarmee existiert nicht mehr, sie wurde genauso vernichtet wie der Allgäuer Haufen.«

»Aber wie konnte das geschehen und was ist mit den kampfstarken Leuten vom Bodensee?«, wollte Georg Brunner wissen, der inzwischen herangetreten war und Bernhards letzten Satz noch mitbekommen hatte.

»Der Truchsess von Waldburg, dem sie mittlerweile den wenig schmeichelhaften Beinamen Bauernjörg gegeben haben, ist mit seinen Landsknechten über sie gekommen, und anstatt sich zu einer großen Armee zusammenzuschließen, versuchte jeder, sein eigenes Süppchen zu kochen. Aber von Anfang an. Das Verderben begann damit, dass Herzog Ulrich den Plan, sein Land zurückzuerobern, aufgeben musste, weil seine Schweizer Söldner in die Heimat zurückbeordert wurden, wo man sie dringend brauchte. Das wiederum hatte zur Ursache, dass die Eidgenossen, die in Diensten des französischen Königs standen, in der entscheidenden Schlacht in Italien gegen Kaiser Karl vernichtend geschlagen wurden. Somit hatte der Bauernjörg plötzlich wieder eine schlagkräftige Truppe, die er gegen die oberschwäbischen Bauern, die auch seine eigenen Burgen bedrohten, einsetzen konnte. Er ging geschickt vor, indem er immer wieder kleinere plündernde Haufen angriff und den Gegner auf diese Weise entscheidend in seiner Kampfkraft schwächte. Nachdem er solcherart den Baltringer und den Allgäuer Haufen besiegt hatte, ging es gegen die Seebauern. Doch das war eine andere Herausforderung, denn diese Männer waren fast durchweg kriegserfahren und dem Truchsess sowohl zahlenmäßig als auch waffentechnisch haushoch überlegen.«

»Aber dann verstehe ich nicht, wie es zu einer Niederlage kommen konnte«, gab Meister Brunner zu bedenken.

»Das ist es ja gerade!«, rief Bernhard aus und raufte sich die Haare. »Diese Schafsköpfe haben sich von dem schlauen Bauernjörg einen Vertrag andrehen lassen, der das Papier nicht wert ist, auf das er geschrieben wurde, und sind danach einfach wieder nach Hause gegangen, als ob nichts gewesen wäre.«

»Und was heißt das jetzt für uns?«, wollte Hannes wissen, dem langsam die ganze Tragweite des Geschehenen zu Bewusstsein kam.

»Ihr, Herr Meister, werdet Euch gewiss mit den Stadtoberen arrangieren können. Wir zwei jedoch müssen so schnell wie möglich abhauen, am besten heute noch.«

»Tut mir leid, Bernhard, ich bleibe hier, denn ich heirate und mache den Meister in Memmingen. Unsere Wege trennen sich dann leider«, entgegnete Hannes bestimmt.

»Ich fürchte, dass du in dieser Stadt weder das Eheglück findest, noch zu Meisterehren gelangen wirst, mein Freund. Denke einfach an die Verkündigung der ›Zwölf Artikel‹ zurück, wo Sebastian Lotzer dich als Ehrengast angekündigt hat. Und – berichtigt mich, Meister Brunner, wenn ich etwas Falsches sage – die Stadtregierung wird auf Druck des Schwäbischen Bundes mit sämtlichen Leuten kurzen Prozess machen, die gemeinsame Sache mit Lotzer und Schappeler gemacht haben.«

Hannes blickte von einem zum anderen und musste erkennen, dass sein Meister schicksalsergeben nickte.

»Aber wo sind die beiden Anführer, sie haben doch die Macht in der Stadt.«

»Gestern habe ich noch mit Christoph Schappeler gesprochen, doch da war die Neuigkeit von dem heimtückischen Vertrag noch nicht bis hierher gedrungen. Heute am späten Vormittag jedoch sah ich gerade noch, wie die zwei eine Reisekutsche bestiegen. Ich rannte hin und Lotzer berichtete mir von der Niederlage. Er sei mit Christoph auf dem Weg in dessen Heimat St. Gallen, dabei bat er mich inständig, ebenfalls das Weite zu suchen und dich mitzunehmen.«

Hannes setzte sich langsam auf einen Balken nieder und Tränen traten ihm in die Augen.

»Es ist wie verhext, sobald ich irgendwo mein Glück gefunden habe, geschieht ein verdammtes Unheil!«, schrie der Geselle in den Nachthimmel.

Behutsam legte Bernhard den Arm um den weinenden Zimmermann.

»Da bist du nicht allein, ich scheine das Unglück ebenfalls wie ein Magnet anzuziehen. Doch ich fürchte, dass wir keine Zeit haben, um mit unserem Schicksal zu hadern, denn noch haben wir unser wertvollstes Gut, das Leben, und wenn wir nicht schleunigst verschwinden, werden sie uns das auch noch nehmen. Aus zuverlässiger Quelle weiß ich, dass eine Abordnung des Bauernjörg auf dem Weg in die Stadt ist, die er als Quelle des Bösen ansieht. Hier werden sie auf jeden Fall Tabula rasa machen mit allen, die etwas mit Lotzer und Schappeler zu tun hatten, und da gehören wir beiden unzweifelhaft dazu«, beschwor der geächtete Mönch seinen Freund.

»Du hast recht, lass uns verschwinden, auch wenn es mir das Herz bricht.« Und zu seinem Meister gewandt, ergänzte Hannes: »Kannst du mir die Arbeitsbescheinigung überhaupt so schnell ausfüllen, Georg? Wenn nicht, dann verschwinde ich halt ohne Papiere.«

Dem Meister standen gleichfalls Tränen in den Augen, als er antwortete: »Es tut mir so schrecklich leid, dich zu verlieren, auch um Ulrikes willen, doch ich sehe keinen anderen Ausweg. Wir müssen jetzt schnell handeln und machen uns auf den Weg zu meinem Haus. Während du dich von meiner Tochter verabschiedest und deine Habseligkeiten zusammenpackst, kümmere ich mich um deine Dokumente.«

Nun ging alles sehr schnell, mit Bernhard verabredete sich der Geselle zur siebten Stunde am Ulmer Tor, da um acht die Stadttore für die Nacht verrammelt werden würden. Danach eilte er, von dem keuchenden Meister gefolgt, zu dessen Haus.

Ulrike öffnete freudestrahlend, wenngleich auch etwas irritiert, weil die beiden so früh sonst nicht zurückkehrten. Als sie in Hannes' verbittertes Gesicht blickte, erkannte die junge Frau jäh, dass etwas nicht in Ordnung war, und ihr schwante Übles.

»Was … was ist geschehen?«

Mit wenigen Worten gab Hannes die Geschichte, die ihnen Bernhard erzählt hatte, wieder und Ulrike schrie laut auf.

»Nein!«

Behutsam versuchte Hannes, sie in die Arme zu nehmen, doch sie entzog sich dem Gesellen.

»Lass mich in Ruhe, ich habe es ja schon immer gesagt, dieser Lotzer, der auch noch mein Onkel ist, reißt uns ins Verderben.«

Mit diesen Worten rannte sie in ihre Schlafkammer und ließ den ratlosen Hannes zurück. Achselzuckend machte er sich auf den Weg in die Gesellenstube und verstaute seine wenigen Kleidungsstücke sowie seine Werkzeuge in seinem Bündel.

Seinen Wanderstenz nahm er in die rechte Hand und wollte nach unten gehen, blieb dann aber vor Ulrikes Kammer stehen.

»Bitte, Ulrike, lass uns nicht auf diese Art voneinander scheiden«, meinte er sanft und hörte aus dem Inneren des Zimmers bitteres Klagen.

Der Geselle legte sein Bündel und seinen Stock ab und betrat kurzentschlossen die kleine Kammer.

Ulrike hatte sich auf ihre Schlafstatt geworfen und weinte in ihr Kopfkissen.

Ruhig setzte sich Hannes neben sie und begann, über ihre Haare zu streichen.

»Du kannst dir gar nicht vorstellen, wie viel Überwindung es mich kostet, von hier wegzugehen, aber ich verspreche dir, sobald Gras über die Sache gewachsen ist, komme ich zurück und heirate dich.«

Hannes spürte, wie sie langsam ruhiger wurde und sich schließlich aufsetzte.

Sie schlang ihre Arme um ihn und drückte ihn fest an sich.

Ihr tränenfeuchtes Gesicht schmiegte sich an seines und er wollte, dass dieser intime Moment für ewig anhielt.

»Die Papiere liegen bereit, Hannes!«, rief Georg Brunner von unten herauf.

Zögernd lösten sich die zwei Liebenden voneinander und Hannes griff wieder nach seinem Bündel.

Gemeinsam gingen sie in die Küche, in der Georg wartete.

»Hier hast du die Dokumente und deinen Lohn.«

»Aber das ist viel zu viel, das kann ich nicht annehmen.«

»Nimm es, du hast es verdient, und hier hast du eine kleine Wegzehrung, die wirst du heute Nacht brauchen. Pass auf dich auf, mein Junge, und denke ab und zu an uns«, gab der Meister Hannes mit bebender Stimme mit auf den Weg.

Es brach dem älteren Mann beinahe das Herz, den Gesellen ziehen lassen zu müssen, den er schon als den Sohn gesehen hatte, den er sich immer sehnlichst gewünscht hatte.

Ulrike gab ihm einen letzten Kuss, bevor er davonmarschierte, und in diesem Moment spürten beide, dass sie sich wohl nicht mehr wiedersehen würden.

Ein letztes Mal schritt Hannes am Stadtbach entlang und ging über den Weinmarkt.

Er betrachtete das Zunfthaus der Kramer, wo sich beinahe das Schicksal der kleinen Leute zum Guten gewendet hätte. Am Marktplatz blieb er kurz stehen und prägte sich nochmals alles ein, bevor er sich beherzt zum Treffpunkt wandte.

»Ich dachte schon, du hast es dir anders überlegt, Hannes!«, rief Bernhard ihm entgegen.

Wenigstens bin ich nicht allein in dieser dunklen Stunde, dachte Hannes beim Blick auf den Freund, der sich in seine abgetragene braune Mönchskutte gewandet hatte.

»Gott sei Dank habe ich das gute Stück nicht weggeworfen, es kann uns in diesen unruhigen Tagen noch gute Dienste erweisen.«

Gemeinsam gingen sie auf den Torwächter zu, der breitbeinig vor dem Stadtausgang stand.

»Sieh an, ein Mönchlein und ein Geselle. Was wollt ihr beiden heute noch vor den Toren unserer Stadt treiben?«

»Das geht dich eigentlich nichts an, aber ich verrate es dir trotzdem. In unserem Kloster droht ein Kirchenturm einzustürzen, deshalb habe ich bei Meister Brunner um Hilfe nachgefragt. Der gute Mann gab mir seinen Gesellen hier mit, obwohl er selbst viel zu tun hat. Aber was macht man nicht alles für sein Seelenheil, nicht wahr?«

Bernhard fixierte den Söldner eingehend, der daraufhin ein wenig zurückwich und die zwei Männer passieren ließ.

»So, das wäre geschafft«, meinte Bernhard und schnaufte laut aus. »Aber wohin sollen wir uns nun wenden? Der hiesige Aufstand ist zwar gescheitert, aber ich weiß, dass sich in der Stuttgarter Gegend ebenfalls Bauernhaufen gebildet haben.«

»Du kannst nicht aufgeben«, stellte Hannes fest und zum ersten Mal seit mehreren Stunden trat wieder ein Lächeln in sein Gesicht. »Ich gehe erst mal zurück nach Reutlingen, komm doch einfach mit und sei der Gast meiner Familie. Dann kannst du dich ja immer noch entscheiden. Außerdem liegt Reutlingen auf dem Weg.«

Eine Zeit lang marschierten die beiden wortlos nebeneinanderher.

»Hm, also gut, lass uns nach Reutlingen gehen.«

Als sie sich ungefähr eine Meile von Memmingen entfernt hatten, erblickte Hannes auf einer Anhöhe ein befestigtes Lager.

»Das sind bestimmt die Leute des Truchsesses, da müssen wir einen großen Bogen drum machen.«

Gerade als sie sich in südlicher Richtung davonmachen wollten, preschten drei Reiter heran und blieben vor den Wanderern stehen.

Sie waren mit Schwertern bewaffnet und hatten lange Seile dabei, die aufgerollt an ihren Sätteln hingen.

»Wo wollt ihr zwei Spaßvögel zu dieser fortgeschrittenen Zeit hin?«, fragte ein finster dreinblickender Landsknecht.

Mühsam schluckte Bernhard einen Fluch hinunter und tischte dem Söldner dieselbe Geschichte wie dem Torwächter auf.

»Das mag ja alles stimmen, doch wir haben Befehl, sämtliche Leute, die die Stadt verlassen, aufs Schärfste zu überprüfen, um festzustellen, ob irgendjemand mit dem Bauernpack gemeinsame Sache gemacht hat und jetzt türmen will.«

Ein anderer Mann, der die kleine Gruppe offenbar anführte, war von seinem Pferd heruntergestiegen und blieb vor den beiden stehen.

Erst langsam wurde das feingeschnittene Gesicht unter dem breitkrempigen Federhut sichtbar und zu seinem Entsetzen erkannte Hannes den Mann.

KAPITEL 34

Blitzschnell hatte Jerg seinen Dolch gezogen und hielt ihn dem überraschten Paul an die Gurgel.

»Sobald du eine unüberlegte Bewegung machst, schneide ich dir die Kehle durch. Und dabei solltest du eine Sache wissen: Du und deine Beutelschneider haben es mit zwei erfahrenen Söldnern zu tun, deren Geschäft das Töten ist.«

Die Dorfbewohner wollten offenbar nicht zurückweichen.

»Los, haut ab, seht ihr Tölpel nicht, dass es der Kerl ernst meint!«, befahl Paul kehlig, während ein schmaler Blutfaden an seinem Hals hinunterrann.

Widerstrebend verließen die Männer den Gastraum.

Anton schnappte sich die vorhin abgelegten Kleider und füllte mit schnellen Bewegungen ein Bündel mit dem Käse und der Räucherwurst. Dazu packte er mehrere Brotfladen.

Unterdessen hatte Jerg sich mit seinem Gefangenen erhoben und öffnete die Tür.

Paul hielt er wie ein lebendiges Schutzschild vor sich für den Fall, dass einer der Kerle eine Armbrust besaß.

»Ich bitte dich, Jerg, lass ihn los und wir bezahlen für die Gäule, das nimmt doch sonst kein gutes Ende«, flehte Anna, die von den Ereignissen vollkommen überrascht worden war.

»Glaub mir, Anna, ohne diese drastische Maßnahme kommen wir nicht lebend aus diesem Dorf hinaus. Das machen die Kerle bestimmt nicht zum ersten Mal.«

Mit bedächtigen Schritten verließ Jerg mit Paul das Gebäude und wandte sich dem Pferdestall zu, dicht gefolgt von Anton, der die widerstrebende Anna vor sich her schob.

Es mussten mehr als fünfzehn Tiere sein, die eng zusammengepfercht waren.

Mit Kennerblick suchte Anton vier kräftige Rappen aus und legte ihnen Zaumzeug und einen Sattel an. Währenddessen band Jerg dem Bergbauern die Hände und schob ihm einen Knebel in den Mund. Er wies Anna an, hinauszuspähen und ihm jede verdächtige Bewegung sofort zu melden. Gemeinsam mit Anton hievte er den schweren Mann auf das seiner Ansicht nach stärkste der Tiere, sodass er bäuchlings darauf lag, und schnürte ihm dann die Füße auch noch zusammen.

Nun schwang er sich ebenfalls auf das geplagte Pferd und bedeutete seinen Begleitern, es ihm gleichzutun.

Den ledigen Rappen belud Anton mit ihrem Gepäck und dem Proviant.

Langsam gab Jerg die Zügel frei und das Tier trabte hinaus.

»Ich hoffe, deine Freunde wissen um die gefährliche Lage, in der du steckst«, zischte der ehemalige Söldner seinem Gefangenen ins Ohr und drückte ihm den Dolch in den Rücken.

Verfolgt von den hasserfüllten Blicken der Dorfbewohner, verließen sie den Ort, der beinahe das Ende ihrer Reise bedeutet hätte.

Die muskulösen Tiere kämpften sich durch den nur mehr kniehohen Schnee und bald war lediglich der Kirchturm noch zu sehen.

»Wie lange willst du Paul eigentlich festhalten?«, fragte Anna besorgt.

»Wenn wir auf Sichtweite zum nächsten Dorf herangekommen sind, lassen wir den Schurken laufen. Es sei denn, seine Kumpane machen uns Schwierigkeiten«, antwortete Jerg und verstärkte den Druck seines Messers ein wenig.

Doch weit und breit ließ sich keiner der räuberischen Bauern sehen und Jerg schenkte dem völlig entkräfteten Paul die Freiheit, als die ersten Häuser des nächsten Ortes in Sichtweite kamen.

Sie lehnten den Gefesselten an einen Felsbrocken und legten eine Decke unter den frierenden Mann.

»Du hast es zwar nicht verdient, doch wir sind ehrliche Leute und bezahlen unsere Schulden«, meinte Jerg zum Abschied und steckte Paul dreißig Gulden in den Beutel. »Das ist mehr als genug für die Gäule, den Proviant und dafür, dass du uns ins Tal gebracht hast. Da vorne unter den Baum lege ich ein Messer, damit du dich befreien kannst. Auf Nimmerwiedersehen und schau dir die Leute, die du ausrauben willst, beim nächsten Mal genauer an.«

Mit diesen Worten gab Jerg seinem Pferd die Zügel frei und die drei galoppierten davon, verfolgt von einem hasserfüllten Blick.

Kurz vor Einbruch der Dämmerung schloss Anna zu dem führenden Jerg auf.

»Wo sollen wir eigentlich die Nacht verbringen? So etwas kann uns in einem anderen Dorf erneut zustoßen«, rief sie ihm zu.

»Ich glaube nicht, dass das sich wiederholt, es war eine Verkettung unglücklicher Umstände, angefangen damit, dass wir dem Kerl unsere klingenden Münzen gezeigt haben, und dann hast du ja gesehen, was für eine bittere Armut in dem Dorf geherrscht hat. Wir steuern einfach die Herbergen an, die Anton bei der Hinreise auch ausgesucht hat, das heißt dann leider, dass wir heute Nacht nicht aus dem Sattel kommen werden, doch zu unserem Glück ist der Mond ziemlich voll und wird unseren Weg erleuchten.«

»Und was ist mit der Lawinengefahr, wenn das Tal wieder enger wird?«

»Da müssen wir auf Gott vertrauen«, lachte der ehemalige Landsknecht.

Sie waren zwar durch die lange Winterpause ausgeruht, aber der Marsch am Morgen hatte besonders an Annas Kräften gezehrt. Je weiter die Nacht fortschritt, desto müder wurde die junge Kauffrau, und trotz der Anstrengung, die ihr das Führen des Pferdes abverlangte, ertappte der hinter ihr reitende Anton sie mehrfach dabei, wie sie seitlich wegzukippen drohte.

Jerg hatte schließlich ein Einsehen und hielt seinen Rappen an.

Ohne vorherige Absprache ging Anton in den nahen Wald, um dürre Äste am unteren Stamm der Tannen abzureißen, während sein Kamerad seinen Feuerstein und etwas Werg auspackte. Kurz darauf flackerte ein kleines Feuer, an dem sich die drei wärmten, und Anna bewunderte die Männer aufs Neue, die sich offenbar blind verstanden.

»Wir müssten am frühen Morgen Chur erreichen, dort wollen wir uns dann ausruhen, um wieder zu Kräften zu kommen«, verkündete Anton hoffnungsvoll.

Jerg nahm Annas Sattel herunter und legte ihn in die Nähe des Feuers.

»Setz dich da drauf, der blanke Boden ist noch zu feucht, und iss etwas.«

Kaum fünf Minuten, nachdem die Kauffrau ein großes Stück von dem wohlschmeckenden Bergkäse gegessen hatte, sank ihr Kopf auf die Brust und sie begann leise zu schnarchen. Sofort zog Anton sein Wams aus und bettete ihren Kopf darauf, während Jerg sie mit seinem zudeckte.

»Diese Pause war mehr als notwendig, innerhalb kürzester Zeit wäre sie uns aus dem Sattel gefallen«, meinte Becker und kaute auf einer Hartwurst herum.

»Was schätzt du, wie lange brauchen wir noch bis Ulm?«

»Wenn alles glattläuft, sind wir in einer Woche bei meinem holden Weib und meinen süßen Kindern«, antwortete Anton spöttisch.

»Das klingt nicht so, als ob du dich übermäßig freuen würdest.«

»Es ist nicht so, dass ich meine Familie nicht gerne wiedersehen würde, aber wenn ich dorthin zurückgehe, kehrt sehr bald wieder der gleiche Alltagstrott ein und ich fange das unmäßige Saufen erneut an.«

»Dann komm doch einfach mit nach Reutlingen, du könntest garantiert für Anna arbeiten und für deine Lieben wäre gleichfalls gesorgt«, schlug Becker vor. »Was hält dich denn in Ulm?«

Anton starrte ins Feuer und rief sich seine Zeit in der Reichsstadt ins Gedächtnis.

»Im Grunde lebe ich gerne dort, ich habe eine Menge Freunde und ein Häuschen und wenn ich den Pfeffersäcken als Geleitschutz diene, ein gutes Auskommen.«

Freunde, ha, Saufkumpane wäre der passendere Ausdruck, dachte Jerg, sprach seine Vermutung jedoch nicht aus.

»Du hast ja noch ein paar Tage Zeit zum Überlegen, reden wir nicht mehr drüber.«

Nach einer Stunde Wartezeit, in der sich die beiden ehemaligen Söldner hauptsächlich über ihre gemeinsame Militärzeit unterhalten hatten, kniete Jerg sich nieder und rüttelte sacht an Annas Schulter.

»Es tut mir leid, dass ich dich schon wecken muss, aber wir sollten weiterreiten.«

Die junge Kauffrau fühlte sich wie gerädert nach dem kurzen Schlaf und erhob sich widerwillig.

»Wenn ich wieder zu Hause bin, besteige ich so schnell kein Pferd mehr«, maulte Anna trotzig, als sie wieder im Sattel saß.

Als sie diese Worte ausgesprochen hatte, kam ihr plötzlich wieder ihre aussichtslose Lage in den Sinn, doch wie in den Tagen zuvor schaffte sie es, die düsteren Gedanken aus ihrem Bewusstsein zu verscheuchen.

Es dauerte keine drei Stunden, bis sie die Stadt durch ein Tor betraten und nach einem Gasthof Ausschau hielten, wobei Anna darauf beharrte, in einem der besseren Herbergen von Chur nach Quartier zu fragen.

»Wir lassen uns nach den Strapazen der letzten Wochen und Monate ein bisschen verwöhnen, das ist es mir wert und ihr seid natürlich meine Gäste.«

Trotz der ungewöhnlichen Zeit am Vormittag bekamen sie im Bären bereits ein Mittagsmahl vorgesetzt und Anna konnte sich danach in einer der gut ausgestatteten Kammern niederlegen, während ihre beiden Begleiter noch das Bedürfnis hatten, zu trinken. Irgendwann am späten Nachmittag suchten auch die inzwischen betrunkenen Männer ihr Lager auf und am nächsten Morgen machte sich die kleine Gruppe gestärkt wieder auf den Weg.

»Nehmen wir dieselbe Route wie im letzten Jahr, Anton?«, fragte Anna, nachdem sie aufgesessen waren.

»Ich habe mir gedacht, dass wir den Bodensee nicht überqueren, sondern bei Lindau nur streifen und danach über Memmingen bis Ulm reisen. Durch die Wassermassen, die aufgrund der Schneeschmelze den See erreichen, ist er noch ziemlich unruhig um diese Jahreszeit«, antwortete Anton nach einer kurzen Bedenkzeit.

Trotz der teilweise fast unpassierbaren Handelsstraßen, auf denen zahllose Fuhrwerke im Morast feststeckten, kamen die drei Reiter gut voran.

Die Nächte verbrachten sie in Herbergen außerhalb der Städte und wechselten dort auch die Pferde. Kurz vor Memmingen trafen sie auf ein befestigtes Lager und spontan beschlossen die ehemaligen Söldner, den Landsknechten einen Besuch abzustatten. Anna war dabei ziemlich mulmig zumute, denn ihr letzter Aufenthalt bei den Kriegsknechten war alles andere als angenehm gewesen.

»Das ist jetzt schon recht seltsam, hier sind gut und gerne fünf Fähnlein versammelt, also bestimmt an die tausendfünfhundert Landsknechte, dazu Reiterei und schwere Geschütze. Es sieht ja beinahe so aus, als ob jemand Krieg gegen die Freie Reichsstadt führen will«, meinte Jerg mit einem Stirnrunzeln, als sie in Sichtweite des Eingangs von ihren Pferden abstiegen.

»Wollt ihr zwei euch uns anschließen? Der Truchsess kann gerade jeden Mann gebrauchen«, fragte der Lagerwächter, nachdem er Jerg und Anton ausgiebig gemustert und in ihnen erfahrene Kämpfer erkannt hatte.

»Und euer Liebchen ist natürlich besonders willkommen, ha, ha«, ergänzte der buntgekleidete Söldner und fasste sich an seine ausgeprägte Schamkapsel.

»Zuerst wollen wir wissen, gegen wen ihr überhaupt kämpft und ob es sich für uns lohnt.«

»Es geht gegen einen Haufen zerlumpter Bauern, die aufrührerisch geworden sind. Bei denen ist nicht viel zu holen, aber es gibt einige Städte, die sich den Halunken angeschlossen haben. Wenn der Truchsess die zur Plünderung freigibt, dann lohnt sich unser blutiges Gewerk.«

Mit wenigen Sätzen berichtete er auf Nachfrage Jergs von den Bauernunruhen und die drei waren doch ziemlich erstaunt, was in dem Jahr ihrer Abwesenheit alles geschehen war.

»Der Truchsess von Waldburg ist ein äußerst harter Mann, der seinen Soldaten alles abverlangt. Vor einigen Jahren habe ich unter ihm gedient, als Herzog Ulrich von Württemberg aus seinem Land vertrieben wurde«, erzählte Jerg, nachdem sie ihre Tiere in den Stallungen abgestellt hatten und durch das Lager schlenderten. »Andererseits war er immer gerecht, sowohl bei der Behandlung seiner Männer als auch bei der Verteilung der Beute.«

Anna versuchte, sich so gut es ging hinter ihren Begleitern zu verbergen, trotzdem kamen immer wieder eindeutige Angebote von Söldnern, die beim Würfelspiel saßen.

Als sie an einem größeren Zelt vorbeigingen, wurde gerade der Stoff zurückgeschlagen und ein hochgewachsener Officiarius trat heraus.

Der jungen Kauffrau stockte der Atem, als sie das Gesicht des Mannes erblickte.

KAPITEL 35

»Ja, sieh mal einer an, wen haben wir denn da, wenn das nicht mein guter alter Bekannter aus Reutlingen ist, der mir schon in Frankfurt tüchtig in die Suppe gespuckt hat.«

Kaspar Neumann und seine Begleiter hatten ihre Kurzschwerter gezückt und kamen bedrohlich näher.

»Am liebsten würde ich dir und deinem Pfaffenfreund gleich hier den Garaus machen, aber wir wollen uns zuerst ein wenig mit euch über euren Aufenthalt in Memmingen unterhalten. Dazu haben wir im Lager ein paar sehr nützliche Instrumente bereitliegen«, sagte Neumann mit einem diabolischen Lächeln, das seine hübschen Gesichtszüge verzerrte.

»Versündigt Euch nicht an einem Diener des Herrn und lasst uns laufen«, beschwor Bernhard den Landsknecht.

»Binde sie!«, befahl Kaspar und wenig später stolperten Hannes und Bernhard hinter den Reitern her, beide mit einem Strick um den Oberkörper, der an dem Sattelknauf eines Söldners festgezurrt war.

»Woher kennst du den Kerl?«, zischte der abtrünnige Mönch dem Gesellen zu.

»Das ist eine längere Geschichte«, flüsterte Hannes und erzählte seinem Freund mit wenigen Worten von Kaspar Neumann.

»Klingt nicht sehr vielversprechend und ich fürchte, dass die Kerle keine Gnade mit uns walten lassen. Erzähl ihnen, was du über Schappeler und Lotzer weißt, den beiden kannst du nicht mehr schaden, sie sind über alle Berge und du verhinderst auf diese Weise, dass sie dir große Schmerzen zufügen.«

»Du denkst, dass sie uns foltern?«

Fassungslos starrte Hannes auf Bernhard.

»Da bin ich mir ziemlich sicher, dass die Kerle das mit dem größten Vergnügen tun werden.«

»Ruhe dahinten, oder ich schneide euch die Zunge raus!«, rief Kaspar zornig und die Gefangenen beendeten ihr Gespräch abrupt.

Nachdem sie das Lager erreicht hatten, ließen die Reiter ihre Pferde in einen leichten Trab fallen. Offenbar hatte sich die Ankunft in Windeseile herumgesprochen, denn immer mehr Kriegsknechte kamen johlend herbei und bildeten eine enge Gasse.

Anfangs waren es nur leichte Knuffe und hier und da ein Tritt in den Hintern, doch danach trafen Bernhard und Hannes schmerzhafte Hiebe und sie bekamen einen kleinen Vorgeschmack darauf, was sie erwartete.

»Lasst uns die Schurken doch gleich hier an einem Baum aufhängen!«, rief einer und gab Bernhard einen Schlag auf den Kopf.

»Zuerst wollen wir ihnen aber jeden Knochen im Leib einzeln brechen«, antwortete ein anderer, der Hannes mit einem Stock von hinten in die Kniekehlen schlug und den Gesellen so zu Fall brachte.

»Was geht hier vor, Neumann?«, schrie eine befehlsgewohnte Stimme und die blutdurstigen Söldner hielten in ihrem Tun kurz inne.

»Diese beiden Strolche wollten bei Nacht und Nebel aus der Stadt flüchten, aber mir entgeht keiner, Herr Hauptmann«, gab Kaspar stolz Auskunft und wartete auf ein Lob seines Vorgesetzten.

»Das hast du gut gemacht, Neumann, aber dazu gehört auch, dass du deine Gefangenen beschützt, bis wir sie ausgequetscht haben. Also bringt sie in mein Zelt und danach könnt ihr sie haben, Männer.«

Widerwillig gaben die Landsknechte die beiden frei, wenn auch hier und da Stimmen von Söldnern laut wurden, die sich um ihr Vergnügen gebracht sahen.

»Zur Feier des Tages spendiere ich euch drei Fässer Wein.«

Der Hauptmann wusste, wie er seine Leute zur Räson bringen musste, und tatsächlich zerstreuten sich die Kriegsknechte.

Im Zelt des hohen Officiarius wurden die Gefangenen auf Scherenstühle gesetzt, nachdem ihnen Hände und Füße zusammengebunden worden waren.

»Lasst mich allein mit den Kerlen, vielleicht kann ich so ihr Vertrauen gewinnen«, befahl der Hauptmann.

»Aber ich …«

»Ich habe dir einen klaren Befehl gegeben, Neumann.«

Widerwillig verließ Kaspar mit den beiden Schergen das Zelt und schloss sich seinen saufenden Kameraden an.

»Gregor von Auenfeld, was um Himmels willen führt Euch zu diesen Mordgesellen? Ich war felsenfest davon überzeugt, dass Ihr in Reutlingen das Leben eines ehrbaren Kaufherrn führen würdet.«

Ein feines Lächeln war in Bernhards Gesicht getreten und in seinen Augen war ein Schimmer von Hoffnung, während Hannes seinen Freund und den Officiarius ungläubig anstarrte.

»Dasselbe könnte ich Euch fragen, Bruder, denn Ihr seid wahrhaftig nicht durch Zufall hier in dieser aufmüpfigen Stadt. Aber sei es drum, ich habe schnell gemerkt, dass ich nicht für das Leben eines Pfeffersacks geschaffen bin, deshalb habe ich mich dem Truchsess von Waldburg angeschlossen«, antwortete Gregor kurz angebunden, denn die Geschichte seines unrühmlichen Abgangs aus Reutlingen ging niemanden etwas an und wie er zu dieser hohen Stellung gelangt war, ebenfalls nicht.

Doch dieser Mönch hatte Anna damals aus den Fängen von Sickingen befreien wollen und stand deswegen hoch in Gregors Achtung.

Außerdem hatte der Advocatus schon auf Sickingens Burg gemerkt, dass Bernhard seinem ganzen Verhalten nach gleichfalls von hohem Stand war.

»Zu dem ruhmreichen Truchsess bin ich auf Empfehlung meines Vaters gegangen, und mein großes Glück war es dann, dass mein alter Herr dem Waldburg in einer brenzligen Situation einmal das Leben gerettet hatte.«

Der Heerführer hatte ihn in seine Leibgarde aufgenommen und da Gregor ihm nicht nur sympathisch war, sondern sich auch als fähiger Anführer entpuppte, bekam er von dem Truchsess immer mehr Kompetenzen zugeteilt.

»Ich will mich ja nicht rühmen, aber mittlerweile bin ich einer der wichtigsten Unterführer des Georg von Waldburg«, erklärte Gregor und die Gefangenen sahen ihm an, dass er sehr stolz auf seine Karriere war.

»Doch jetzt zu euch. Erzählt ihr mir freiwillig, was ihr wisst, oder muss ich meine Spezialisten rufen?«

»Um Christi willen, verschont uns, Herr von Auenfeld. Ich habe als kleiner Schreiberling für Christoph Schappeler gearbeitet und mein Freund Hannes Fritz hier, der übrigens aus Reutlingen stammt, ist ein einfacher Zimmermannsgeselle, der mit der ganzen Sache sowieso nichts zu tun hat«, bat Bernhard demütig.

Hinter Gregors aristokratischen Zügen schien es zu arbeiten und er legte die Stirn in Falten.

»Du bist also dieser Hannes Fritz, von dem mir Anna so viel erzählt hat.«

Wieder war es mehrere Minuten still und Gregor dachte angestrengt nach.

»Im Grunde ist es ganz einfach. Ihr zwei berichtet mir von Memmingen und ich übergebe euch anschließend meinen Männern, damit die ein wenig Spaß haben. Auf diese Weise erspart ihr euch wenigstens die Torturen.«

Verzweifelt sahen die Gefangenen einander an, sie waren diesem Mann hilflos ausgeliefert.

»Doch weil ich Anna Neumann noch etwas schuldig bin, können wir es auch anders machen. Ihr erzählt mir, was ihr wisst, und wenn es für mich interessant ist, könnt ihr abhauen.«

Nach diesem unerwarteten Angebot sprudelten die Worte nur so aus Bernhard heraus.

Von den »Zwölf Artikeln« sowie von dem Bauernrat, der in Memmingen getagt hatte, berichtete der ehemalige Mönch ebenso wie von der Rolle der beiden Anführer.

»Lotzer und Schappeler sind also nicht mehr in der Stadt. Und wann genau sind die zwei Halunken geflüchtet?«

»Vor zwei Tagen«, log Bernhard, ohne rot zu werden. Er fügte überzeugend hinzu: »Sie wollten sich einem Handelszug nach Venedig anschließen, um dort unterzutauchen.«

Trotz der Gefahr, in der er schwebte, war Bernhard loyal gegenüber den von ihm hochgeschätzten Männern und erwähnte mit keinem Wort, dass sie sich auf dem Weg nach St. Gallen, der Heimat Schappelers, befanden.

Hannes saß stumm daneben und schickte ein Stoßgebet gen Himmel, dass Auenfeld ihnen die Geschichte abkaufen würde.

»Na gut, ich gehe jetzt mal davon aus, dass Ihr mir im Angesicht des Todes keine Lügen auftischt, Mönchlein, und deshalb werde ich heute Nacht noch einen Reitertrupp losschicken. Doch nun zu euch. Ihr könnt natürlich nicht hier aus dem Zelt hinausspazieren und einfach das Lager verlassen.«

Mit Daumen und Zeigefinger fasste er sich an die Nasenwurzel und überlegte.

»Nach dem vielen Wein werden die meisten meiner Söldner schlafen und ihr müsst euch halt durchs Lager schleichen. Sollte euch allerdings jemand erwischen, kann ich nichts mehr für euch tun. Wenn es irgendwie geht, nehmt ihr euch zwei Pferde mit, denn spätestens morgen früh muss ich einen Verfolgungstrupp losschicken und dann müsst ihr schon weit weg sein.«

»Und wie rechtfertigt Ihr Euch vor Euren Männern?«, gab Bernhard zu bedenken.

»Das ist ganz einfach, ich behaupte, dass ihr euch befreit und mich hinterlistig niedergeschlagen habt, weil der Söldner euch die Fesseln nachlässig angelegt hat.«

Auenfeld löste das Seil, mit dem Bernhards Arme gebunden waren, und dieser half Hannes dabei, sich zu befreien.

»Denkt immer daran, dass ihr euer armseliges Leben nur Anna Neumann zu verdanken habt«, meinte Gregor mit erhobenem Zeigefinger und ihm kam dabei schmerzhaft in den Sinn, dass er nicht einmal wusste, ob die junge Kauffrau überhaupt noch am Leben war.

Unter Dankesbekundungen schlichen die zwei Gefangenen zwei Stunden später zum Zelt hinaus und Gregor fügte sich mit seinem scharfen Kurzschwert eine oberflächliche blutende Wunde am Kopf zu.

»Wir dürfen nicht auffallen!«, zischte Bernhard seinem Begleiter zu und nahm den Gesellen in den Arm.

Gemeinsam torkelten sie weg von Auenfelds Zelt und versuchten, sich abseits der von Fackeln beleuchteten Feuerstellen zu halten.

»He, Pfaffe, du kommst gerade zur richtigen Zeit!«, schrie ein Söldner, dem der breitkrempige Federhut ins Gesicht gerutscht war.

Seine muskulösen Arme umfingen eine grell geschminkte Frau, die laut auflachte.

Hannes rutschte das Herz in die Hose, doch Bernhard blieb erstaunlich ruhig.

»Willst du diese Dame heiraten, mein Sohn, so sprich: Ja, mit Gottes Hilfe.«

»Natürlich will ich diese Hure zu meiner Frau nehmen«, lallte der Landsknecht und in diesem Augenblick bekam das fidele Pärchen das Übergewicht und stürzte zu Boden. Begleitet vom betrunkenen Lachen der anderen am Feuer sitzenden Söldner, schwankten Hannes und Bernhard weiter.

Für einen kurzen Augenblick hatte der Geselle das Gesicht Kaspars gesehen, doch der ehemalige Kaufherr stierte teilnahmslos ins Feuer.

Die von Gregor gespendeten Weinfässer erwiesen sich als Glücksfall für die Gefangenen, denn weder bei den Stallungen noch beim Eingang standen Wachen.

»Die Kerle müssen sich ziemlich sicher sein, deshalb glaube ich jetzt wirklich, dass kein Bauernheer mehr existiert«, raunte Bernhard traurig, als sie mit zwei gesattelten Pferden ungehindert das Lager verließen.

In einer Ecke des Stalls hatten sie zu ihrer Freude zudem ihre Bündel sowie Hannes' Stenz gefunden.

»He, wo ist Neumann, die Schlafmütze?«, rief Gregor von Auenfeld und trat mit schmerzverzerrtem Gesicht vor sein Zelt.

Die vor Kurzem aufgegangene Sonne erhellte das Lager und der Hauptmann registrierte zufrieden das Ausmaß der nächtlichen Sauferei.

»Was ist das für eine Sauerei hier, da muss ich wohl andere Saiten aufziehen und euch mehr Disziplin beibringen.«

In diesem Augenblick kam Kaspar, der sich gerade sein Wams anzog, um die Ecke.

»Wenn du dich endlich angezogen hast, suchst du dir zwei, drei Leute und holst mir die Gefangenen zurück.«

Verständnislos stierte Neumann auf seinen Vorgesetzten, dessen Gesicht mit getrocknetem Blut verschmiert war.

»Aber Herr Hauptmann, was ist passiert?«

»Ihr Nachtwächter habt die Kerle nachlässig gefesselt, sodass sie sich befreien und mich niederschlagen konnten. Ich hoffe in deinem Interesse, dass du sie findest«, schnarrte Gregor drohend und Kaspar drehte sich weg.

Da stimmt etwas nicht, dachte Neumann, als er nach zwei halbwegs nüchternen Söldnern Ausschau hielt. Weshalb hatte Auenfeld sämtliche Bewacher hinausgeschickt und sich dann von einem dicklichen Mönch und einem dahergelaufenen Gesellen einfach so niederschlagen lassen?

Er selbst hatte sich noch vergewissert, dass die Fesseln richtig festgezurrt waren.

Diese Geschichte würde ein Nachspiel haben, dafür würde er sorgen, und der Truchsess würde ihn bestimmt mit einer Beförderung belohnen.

Hannes und Bernhard waren gut vorangekommen, wenngleich sie sich in den ersten Stunden ihrer Flucht immer wieder ängstlich nach etwaigen Verfolgern umgedreht hatten. Die Nacht war klar gewesen und der kundige Bernhard hatte sich an den Sternen orientiert.

»Falls uns jemand anhalten sollte, tischen wir ihm die gleiche Geschichte auf wie dem Torwächter in Memmingen«, meinte Bernhard bei einer kurzen Rast.

Am Abend hatten sie noch immer niemanden entdeckt, der sie verfolgte, und so beschlossen sie, eine Herberge aufzusuchen.

»Ich habe einen Bärenhunger, aber leider nicht mehr viel Geld.«

»Das macht nichts, mein Beutel ist voll und deshalb lade ich dich ein«, grinste Hannes.

Die zwei Männer machten sich über den Schweinebraten her, als ob sie wochenlang nichts mehr gegessen hätten, und es kümmerte sie nicht, dass das Fleisch nicht mehr ganz frisch war.

»Sollen wir bei dem Wirt gleich um ein Strohlager nachfragen?«, wollte Hannes gähnend wissen.

»Tut mir leid, aber ich fürchte, dass wir eine weitere Nacht durchreiten müssen, um endgültig in Sicherheit zu sein«, seufzte Bernhard und nahm einen tiefen Schluck Bier.

Da die Pferde ausgelaugt waren, musste Hannes seine Ersparnisse beinahe vollständig ausgeben, denn der Herbergsvater verlangte eine hohe Summe für seine Gäule.

»Das ist doch unverschämt, unsere Tiere sind deutlich mehr wert als diese Mähren. Eigentlich müssten wir noch Geld rauskriegen«, echauffierte sich Bernhard.

»Ihr müsst meine Pferde nicht nehmen«, triumphierte der gutgenährte Mann lässig, der ein feines Gespür besaß und deshalb die Notsituation von Hannes und Bernhard sofort erkannt hatte.

Zwei Tage später waren sie bis vor die Tore von Münsingen gekommen, wo sie die Rappen gegen eine Mahlzeit und ein Nachtlager eintauschten, und wider Erwarten gab der ehrliche Besitzer des Gasthofs Hannes noch drei Gulden obendrein.

»Wie lange sind wir wohl bis Reutlingen zu Fuß unterwegs?«, wollte Bernhard am nächsten Morgen wissen, nachdem der Wirt ihnen eine kleine Brotzeit eingepackt hatte.

»Übermorgen seid ihr dort, wenn ihr nicht zu viele Pausen macht.«

Hannes war froh, wieder seine Füße zu spüren, wogegen sein Begleiter beinahe die ganze Zeit schimpfte und immer wieder den Herbergswirt verfluchte, der ihnen so viel Geld abgeknöpft hatte.

Doch am übernächsten Tag war es dann tatsächlich so weit und die Wanderer erreichten nach einer kurzen Nacht in einem Heuschober den Albtrauf.

Linker Hand thronte die Burg derer von Lichtenstein und vor ihnen bot sich ein atemberaubender Blick ins Tal, den Hannes so noch nie gehabt hatte.

Seit dem Verlassen der Scheune beschlich Hannes ein eigentümliches Gefühl, das sich jetzt noch verstärkte, als er am Horizont die Achalm, den Hausberg Reutlingens, sah.

Beinahe vier lange Jahre hatte er seine Heimatstadt nicht gesehen und er fragte sich bang, was ihn wohl dort erwartete. Waren seine Eltern und seine Geschwister noch am

Leben? Was hatte sich alles verändert in dem Ort, den er als Junge verlassen hatte und jetzt als weit gereister Mann wieder betreten würde?

Zum Glück war Bernhard an seiner Seite, dem er seine Ängste anvertrauen konnte.

»Sei froh, dass du in eine Stadt zurückkehren kannst, in der deine Lieben auf dich warten. Schau mich an, ich bin wie Treibgut, das immer wieder anderswo strandet, wie gerne wäre ich zum Beispiel in Memmingen geblieben, um an einer neuen Weltordnung mitzuarbeiten. Wir sind alle in Gottes Hand und können uns darauf verlassen, dass er uns den richtigen Weg weist, wenn es auch manchmal, wie bei uns beiden, über Umwege geht.«

»Da hast wohl recht, denn wie du weißt, hätte auch ich gerne in Memmingen Wurzeln geschlagen, doch alles Hadern nützt nichts, wir müssen nach vorne schauen.«

Zur sechsten Stunde passierten sie den Ort Pfullingen und sahen in der Ferne den hohen Turm der mächtigen Marienkirche aufragen.

Gerade noch rechtzeitig kamen sie am Albtor an, als der Wächter schon dabei war, das Tor zu verrammeln.

»Was wollt ihr abgerissenen Kerle in unserer schönen Stadt? Bettler haben wir schon genug, macht, dass ihr verschwindet!«, rief er ihnen bereits von Weitem unfreundlich zu.

»Erkennst du mich nicht mehr? Ich bin Hannes, der Sohn vom alten Martin Fritz, und habe dir früher so manchen Krug Wein vorbeigebracht.«

Der Söldner kam näher und betrachtete den Gesellen genauer.

»Ha, das ist ja ein Ding, jetzt erkenne ich dich wieder. Dass du tatsächlich wieder nach Hause gefunden hast, Hannes, das wird deine Familie freuen.«

Mit klopfendem Herzen ging Hannes die Kramergasse entlang, gefolgt von Bernhard.

Am Lindenbrunnen bog er links ab, um in die Weingärtnergasse zu gelangen, als der Geselle abrupt stehen blieb.

»Hier ist eine Schenke, in der ich früher ab und zu eingekehrt bin.«

»Ich dachte, du willst auf dem schnellsten Weg zu deinen Eltern«, rief der ehemalige Mönch hinter ihm her, doch Hannes war bereits in dem niedrigen Haus verschwunden.

In dem dunklen Schankraum gab es zwei rechteckige Tische, an deren langen Seiten jeweils zwei Bänke standen. Widerwillig rückten die zumeist jüngeren Zecher zusammen, um den Neuankömmlingen Platz zu machen.

Der glatzköpfige Wirt, ein ehemaliger Metzger, fragte die zwei unfreundlich nach ihren Wünschen.

»Habe ich mich so sehr verändert, Herbert?«

In diesem Moment schienen die Gäste zum ersten Mal Notiz von dem Zimmermann zu nehmen.

»Mensch, du bist doch Hannes, der Sohn vom alten Weingärtner Fritz. Erst gestern habe ich deinen Bruder Sebastian nach dir gefragt, als er mir Wein lieferte, und er schien wirklich nicht mehr mit deiner Rückkehr zu rechnen.«

Zuerst schien sich alles um Hannes zu drehen und er musste von seinen verschiedenen Stationen berichten, doch dann ließ das Interesse nach. Die Gespräche kreisten wieder um alltägliche Dinge und Hannes kam es vor, als ob er nicht einen Tag fort gewesen wäre.

Gerade als Hannes und Bernhard die Schenke wieder verlassen wollten, ging die Tür auf und ein hochgewachsener, breitschulteriger Mann duckte sich durch die niedrige Pforte.

»Hannes, komm in meine Arme.«

Dem Gesellen blieb beinahe die Luft weg, als er von Heinrich, seinem Schwager, gedrückt wurde.

»Du kannst dir gar nicht vorstellen, wie stolz ich auf dich bin, dass du deine Wanderschaft beendet hast. Bestimmt hast du viel gelernt in den fast vier Jahren, die du unterwegs warst.«

Heinrich orderte Bier für alle und Hannes stellte ihm Bernhard vor.

»Aber dich kenne ich doch, Bruder. Erinnerst du dich nicht mehr an mich?«

»Wie könnte ich dich vergessen«, gab Bernhard grinsend zur Antwort.

Inzwischen war auch Sebastian Fritz eingetroffen und begrüßte seinen Bruder herzlich.

»Wo ist unser Vater?«, wollte der Geselle wissen. »Muss er noch an seinem Wein Hand anlegen?«

Sein Blick ging von seinem Schwager zu seinem Bruder, doch keiner der beiden wollte ihm offenbar eine Auskunft geben.

»Ist er krank oder etwa …«

»Martin Fritz ist noch nicht tot, aber lange wird es nicht mehr dauern«, meinte Heinrich zögerlich.

»Es ist, als ob er auf seinen verlorenen Sohn warten würde, um danach friedlich zu entschlafen.«

»Dann lasst uns austrinken und nach Hause gehen«, bat Hannes.

Es roch nach Gebratenem, als der Geselle über die Haustürschwelle schritt und in das Haus eintrat, das er so oft, aber seit langer Zeit nicht mehr betreten hatte.

In der Nähe der Kochstelle war ein Strohlager, von dem sich ein Mann unter größten Mühen erhob.

»Hannes, bist du das?«, fragte er mit schwacher Stimme.

»Ja, Vater, ich bin wieder zu Hause.«

Vorsichtig umarmte der Zimmermann den Kranken, den er beinahe nicht mehr erkannte.

Die schwere Krankheit hatte aus dem kräftigen Mann ein ausgezehrtes Knochengestell gemacht und seine bleiche Haut spannte sich wie Pergament um seinen Körper.

Ilse, Hannes' Mutter, eilte gleichfalls herbei und umarmte ihren Sohn mit Tränen in den Augen.

»Leider konnte Elsbeth nicht kommen, sie steht kurz vor der Niederkunft unseres zweiten Kindes und muss sich schonen. Du kannst sie und deinen kleinen Neffen ja morgen besuchen«, meinte Heinrich, während er seinem ehemaligen Lehrjungen aus einem Krug Wein einschenkte.

Wie ein Jungbrunnen wirkte die unerwartete Ankunft seines Sohnes auf Martin Fritz und er ließ sich gleichfalls einen Becher eingießen.

Noch vor allem anderen überbrachte Hannes seinem Vater einen Gruß seines Bruders und erzählte ihm bis ins Detail von seinen Begegnungen mit Jos Fritz.

»Ich habe ihn richtig liebgewonnen und glaubte schon, dass sein Traum der Freiheit von Memmingen aus seinen Siegeszug antreten würde.«

»Seine Ideen waren die Grundlage zu den ›Zwölf Artikeln‹, der ersten Verfassung der kleinen Leute im Kaiserreich«, fügte Bernhard hinzu.

»Leider ist der Aufstand fehlgeschlagen und auch meine Zukunftspläne haben sich dadurch in Luft aufgelöst.«

Plötzlich überkam Hannes Traurigkeit und er berichtete von seinem Aufenthalt in Memmingen und von der einmaligen Chance, eine Meisterstochter zu freien.

»Das tut mir aufrichtig leid für dich, Hannes, wenngleich man in der Freien Reichsstadt Reutlingen natürlich ein wenig anders über den Aufruhr denkt. Wir sind Mitglied im Schwäbischen Bund und deshalb zur Bündnistreue aufgerufen«, meinte Heinrich, der genauso wie Sebastian Zunftmeister und Ratsmitglied war.

Sofort begann eine heftige Diskussion zwischen Bernhard und Hannes auf der einen und seinem Schwager und Bruder auf der anderen Seite, die aber mit Rücksicht auf den Zustand von Martin Fritz schnell beigelegt wurde.

Irgendwann kam dann die Zukunft von Hannes zur Sprache.

»Wenn du willst, kannst du nächste Woche bei mir als Parlier anfangen, Hannes. Ich beschäftige vier Gesellen und könnte einen guten Vorarbeiter gebrauchen. Die Zunftregel gestattet mir fünf Arbeiter und einen Lehrjungen«, bot Heinrich an. Er betrachtete genauso gespannt wie Sebastian, der insgeheim gehofft hatte, dass sein Bruder sich woanders niederlassen würde, den jungen Zimmermann.

»Nach Memmingen kann ich leider nicht mehr zurück, deshalb möchte ich mein Glück bei den Eidgenossen versuchen. In Zürich sind wir jederzeit willkommen, nicht wahr, Bernhard?«

Der ehemalige Mönch nickte bestätigend.

»Du brauchst also keine Angst zu haben, Sebastian, dass ich auf mein mir zustehendes Erbteil pochen werde und du dadurch das Geschäft verlieren könntest. Doch erst mal nehme ich dein Angebot an, Heinrich, und arbeite ein paar Wochen bei dir, da ich dich als gerechten Mann in Erinnerung habe.«

Hannes' Mutter stieß einen Freudenschrei aus und war sehr froh, dass ihr jüngster Sohn nach den langen Jahren in der Fremde eine Zeit lang hierbleiben würde.

»Was hast du vor, Bernhard?«

Der umsichtige Heinrich dachte bereits einen Schritt weiter. Wenn er den Mönch zum Hierbleiben bringen könnte, würde sich Hannes das mit Zürich vielleicht auch noch einmal überlegen.

»Wie du sicherlich von Hannes weißt, haben wir hier in Reutlingen einen sehr tüchtigen Pfarrer, der sich der Reformierung der Kirche verschrieben hat. Wenn du willst, frage ich bei Matthäus Alber nach einer Stelle für dich nach.«

Mit einem wissenden Lächeln durchschaute Bernhard den Plan des Meisters.

»Warum eigentlich nicht, nach allem, was mir Hannes über den außergewöhnlichen Mann erzählt hat, würde ich ihn gerne kennenlernen.«

Nach weiteren Krügen des schmackhaften Weines ging der Abend harmonisch zu Ende und Heinrich verabschiedete sich. Hannes ging, gefolgt von Bernhard, in seine alte Kammer, die im Dachgeschoss neben der von Sebastian lag, der gleichfalls noch zu Hause wohnte und später einmal das elterliche Haus übernehmen würde.

In den nächsten Tagen suchte Hannes die Schenken auf, in denen er frühere Freunde vermutete, und ging am Samstagabend zur Zusammenkunft seiner Bruderschaft. Wie beim ersten Schenkenbesuch nach seiner Rückkehr interessierten sich die Leute in den ersten Minuten für seine Reiseerzählungen, doch dann wandten sich die Gespräche wieder allgemeinen Themen zu und es kam ihm neuerlich so vor, als wäre er niemals weg gewesen.

Die Arbeit bei Heinrich gefiel ihm gut, wenngleich die zumeist älteren Gesellen anfangs die Nase gerümpft hatten, dass ein junger Spund den Posten des Parliers bekommen hatte, nur weil er der Schwager des Meisters war.

Das Fachwissen und das handwerkliche Geschick sowie seine umgängliche Art ließen die kritischen Stimmen alsbald verstummen.

Und so hatte nach der spannenden Zeit seiner Wanderschaft der Alltag bei Hannes Einzug gehalten. Sobald ihre harte Tätigkeit beendet und der Feierabend gekommen war, ging er mit seinen Kollegen in eine der zahlreichen Schenken.

Mindestens einmal in der Woche traf er sich mit seinem Freund Bernhard.

Der ehemalige Mönch war tatsächlich bei Pfarrer Alber als geistlicher Helfer untergekommen, wenngleich dieser Bernhards Rolle während des Bauernaufstands verurteilte.

»Hast du das mitbekommen, dass heute eine Horde Aufständischer Einlass in die Stadt verlangten?«, fragte Bernhard eines Abends aufgeregt, als sie in der »Sonne« beisammensaßen.

Verständnislos sah Hannes auf seinen Freund.

»Aber ich dachte, die Bauernhaufen seien vernichtet worden.«

»Offenbar nur die, die sich in Memmingen getroffen haben.

Der Aufstand geht mit unverminderter Härte weiter, wobei die Bauern wohl übel plündern und brandschatzen. Es heißt, sie haben schon mehrere Städte im Unterland besetzt und zahlreiche Klöster überfallen.«

»Dann kann es sein, dass es doch noch etwas wird mit der Freiheit des gemeinen Mannes«, meinte Hannes hoffnungsvoll und dachte dabei an eine mögliche Rückkehr nach Memmingen.

»Das weiß niemand, denn der Truchsess von Waldburg ist mit einer starken Armee unterwegs und sucht die entscheidende Schlacht. Heute hätte sich das Blatt ein wenig zugunsten der Aufständischen wenden können, aber unser einflussreicher Pfarrer Alber hat verhindert, dass sich Reutlingen auf die Seite der Bauern schlägt. Genauso wie Martin Luther will er lediglich die Kirche und nicht die Gesellschaft reformieren. Du hättest sehen sollen, wie ich ihn angefleht habe, sich den Unterdrückten anzuschließen, doch es war leider vergebens«, berichtete Bernhard resigniert. »Kann ich diese Nacht bei euch schlafen, ich möchte dem Pfaffen heute nicht mehr begegnen.«

Jeder hing seinen Gedanken nach, als die beiden wenig später zu Hannes' Elternhaus gingen. Nach dieser Sache haut Bernhard bestimmt bald nach Zürich ab, dachte Hannes, und ich muss mich auch entscheiden, wohin mich mein Weg führt.

Eine ihm unbekannte Stimme ließ sich vernehmen, als er zur Haustüre eintrat, und sein Blick fiel auf eine hochgewachsene, sehnige Gestalt.

Sofort verstummte der Mann und drehte sich nach den Neuankömmlingen um.

»Ja, ist es denn die Möglichkeit!«, rief Bernhard aus. »Zuerst treffen wir auf Gregor von Auenfeld und jetzt auf Euch, Jerg. So viel Zufall ist eigentlich nicht möglich.«

Ein Lächeln trat in das harte Gesicht des ehemaligen Söldners.

»Gott zum Gruße, Bruder Bernhard, es freut mich, Euch zu sehen. Und wie bei unserer letzten Begegnung, steckt die Kauffrau Anna Neumann auch diesmal bis zum Hals in Schwierigkeiten.«

Mit wenigen Worten legte Jerg Becker die vertrackte Situation dar.

»Ihr wart in Genua, um Beweise für Annas Unschuld zu suchen?«, fragte Bernhard ungläubig.

»Hoffentlich habt ihr etwas Brauchbares gefunden«, meinte der andere Mann, den Hannes vom Sehen kannte.

»Durchaus, Herr Bantlein, doch die Schwierigkeit für Anna wird sein, unbemerkt in die Stadt zu gelangen und sich beim Stadtrat Gehör zu verschaffen. Weil sie keinem anderen mehr traut, hat sie mich zum Weingärtner Fritz geschickt«, sagte Becker und fixierte den Kontorleiter scharf.

Hannes stand stumm daneben und versuchte zu verstehen, um was es hier ging.

Sein Blick ging von einem zum anderen und ihm fiel dabei auf, dass sich ein dünner Schweißfilm auf Bantleins Stirn gebildet hatte.

Die Vorschläge für Annas Rettung waren mehr oder weniger konstruktiv und wenig später verließ der Kontorleiter das Haus.

»Ihr habt recht getan, dass Ihr gleich zu mir gekommen seid, um mir die frohe Botschaft zu überbringen, Bantlein, und ich werde Euch einen führenden Posten in meinem Geschäft geben, das verspreche ich Euch«, sagte Jakob Stechler hocherfreut, wenngleich seine kalten Augen eine andere Sprache sprachen.

»Wo, sagtet Ihr, befindet sich meine liebe Braut?«

»Zwischen den Dörfern Unterhausen und Pfullingen ist eine Herberge mit Pferdewechselstation, dort wartet sie darauf, dass ihr der Stadtrat von Reutlingen freies Geleit zusichert, damit sie ihre Unschuld beweisen kann«, antwortete Bantlein unsicher, dem es wie immer in der Gegenwart Stechlers nicht wohl war.

»Dabei ist mir nicht ganz klar, warum sie sich nicht an mich, ihren künftigen Mann, gewandt hat, aber verstehe einer die Frauen. Doch jetzt wird alles gut, ich werde mich darum kümmern.«

Mit einem kurzen Wink bedeutete Stechler dem Kontorleiter, dass er sich entfernen konnte.

KAPITEL 36

An einem klobigen Holztisch saß Anna Neumann und stocherte lustlos in ihrem Essen herum. Außer ihr, dem Wirt und seiner Frau befand sich niemand in dem niedrigen Raum. Seit die Bauernaufstände begonnen hatten, blieben ihm die Gäste aus, hatte der unglückliche Mann geklagt.

Dabei war der Platz an der vielbefahrenen Handelsstraße zwischen der freien Reichsstadt Reutlingen und dem württembergischen Münsingen beileibe nicht der schlechteste. Immer wieder ging ihr Blick sehnsüchtig zur Tür, in der Hoffnung, dass Jerg hereinkam und gute Nachrichten brachte.

Gerade als sie der Wirtin ein Zeichen zum Abräumen des Geschirrs gab, öffnete sich die Pforte und Annas Augen weiteten sich.

»Gott zum Gruße, meine liebste Braut!«, rief Jakob Stechler jovial, während seine vier bewaffneten Begleiter mit ihren Augen den Raum durchsuchten.

Das Herz schlug Anna bis zum Hals, als der Gewürzhändler an ihren Tisch kam.

»Du erlaubst, dass ich mich setze.«

»Äh … ich grüße dich auch, Jakob, aber woher weißt du …«

»Dein Kontorleiter war so freundlich, mir deinen Aufenthaltsort zu nennen. Aber ich bin doch ein wenig enttäuscht, dass du nicht zuerst zu mir gekommen bist, als du Hilfe gebraucht hast. Immerhin wären wir beinahe Mann und Frau geworden.«

Dass Stechler zu ihr sprach wie zu einem unartigen Kind, holte Anna aus ihrer Lethargie.

»Was willst du hier, willst du mir etwa helfen, Jakob?«, zischte die junge Kauffrau kämpferisch.

»Wenn du an jenem unseligen Sonntag, anstatt abzuhauen, zu mir gekommen wärest, hätte ich dir vielleicht geholfen. Inzwischen hat sich die Lage verändert und ich brauche dich nicht mehr. Du musst wissen, dass ich dich gern gehabt habe. Sicher, dein Vermögen hat mich mehr als alles andere interessiert, doch du hast mich durch dein vergiftetes Gewürz in eine unmögliche Situation gebracht. Der angesehene Kaufmann Jakob Stechler will eine Giftmörderin heiraten, hieß es plötzlich in der ganzen Stadt, spätestens da hat sich meine Zuneigung zu dir in Hass verwandelt«, spie er aus und sein sonst so ausdrucksloses Gesicht verzerrte sich.

»Dabei war es deine geliebte Mutter, die sich diese perfide Giftgeschichte ausgedacht hat, damit ihr vergötterter Sohn keine Frau mit meiner Vergangenheit heiratet«, gab Anna betont ruhig zur Antwort.

»Was redest du da! Zu so etwas hätte sie sich nie hinreißen lassen!«

Als er diese Worte aussprach, wusste Stechler, dass seine Mutter sehr wohl zu solch einer Tat fähig wäre. »Und überhaupt kannst du diese Behauptung gar nicht beweisen.«

»Das kann und werde ich, denn die intrigante Agnes Stechler hat nicht damit gerechnet, dass ich entkommen und nach Genua reisen würde. Sie hat einen weiteren Fehler gemacht, sie hätte den Händler in Italien anweisen sollen, den Wechsel mit ihrer Unterschrift zu vernichten.«

Stechler war aschfahl geworden. Um seine Hochzeit zu verhindern, war seine Mutter tatsächlich zur Mörderin geworden. Doch er fing sich sofort wieder.

»Vielleicht hast du recht, aber du wirst niemals wieder nach Reutlingen zurückkehren, um irgendjemandem deine abenteuerliche Geschichte zu erzählen. Du wirst das hier unterschreiben!« Stechler holte ein Dokument unter seinem Wams hervor und knallte es vor Anna auf den Tisch.

»Und danach werden meine Männer hier sich um dich kümmern. Wenn du deine Unterschrift hier druntersetzt, werden sie dich mit dem Leben davonkommen lassen, wenn nicht …«

Hilfesuchend schaute Anna sich um, doch die Wirtsleute waren verschwunden.

»Ich fürchte, du bist uns auf Gedeih und Verderb ausgeliefert, meine Teure, aber vielleicht findest du ja deine Freundin, die Heilerin. Wenn meine Männer mit dir fertig sind, wirst du sie brauchen.«

Ein schrecklicher Verdacht stieg in Anna auf.

»Warst du das mit dem Kind?«

»Ich habe lediglich dem Tagelöhner ein wenig Geld gegeben, damit er sein Töchterchen eine Zeit lang versteckt. Dadurch wollte ich die Position des Pfarrers schwächen, doch der Hundesohn ist einflussreicher denn je. Dann muss ich mir wohl was anderes einfallen lassen, um ihn zu Fall zu bringen.«

»Du verdammtes Schwein hast die Existenz von Maria zerstört. Wie schlecht kann ein Mensch nur sein!«

Sie wollte sich auf ihn stürzen, doch Stechler hielt sie an beiden Armen fest.

»Danke für das Geständnis, Jakob, dafür werdet Ihr büßen.«

Flankiert von Jerg und Anton, die ihre Kurzschwerter in Händen hielten, kam Matthäus Alber mit entschlossenem Gesicht aus der Küche.

Die bewaffneten Schergen Stechlers wollten sich auf die Männer stürzen, doch in diesem Moment schwang die Türe auf und Heinrich drang mit seinen fünf wehrhaften Gesellen in die Gaststube.

»Na los, Männer, kämpft mir den Weg frei!«, schrie Jakob seine Söldner mit sich überschlagender Stimme an.

Doch angesichts der drückenden Übermacht ließen sie ihre Waffen sinken.

»Ihr könnt abhauen, von euch wollen wir nichts«, bot Heinrich den Knechten an und diese drückten sich bereitwillig an den Gesellen vorbei und verschwanden in der Nacht.

»Bleibt und kämpft, ich zahle euch das Doppelte!«, rief Jakob hinter ihnen drein, während Jerg und Anton ihn überwältigten und in Fesseln legten.

»Ich dachte schon, ihr kommt nicht mehr!«, stieß Anna mit zitternder Stimme hervor.

KAPITEL 37

Bereits am darauffolgenden Sonntag saß Anna Neumann vollkommen rehabilitiert in ihrem Gestühl zwischen all den Meistern ihrer Zunft und lauschte der interessanten Predigt von Bernhard, der Matthäus Alber an diesem Tag würdig vertrat.

Nach dem Gottesdienst verließ die Kauffrau erhobenen Hauptes die mächtige Kirche und blieb vor einer Gruppe junger Männer stehen.

»Sei gegrüßt, Hannes, ich würde dich heute gerne zum Mittagessen einladen, um dir nochmals meinen Dank zu erweisen. Passt es dir in einer halben Stunde bei mir in der Kramergasse?«

Ohne eine Antwort abzuwarten, ging die stolze Frau weiter und die Gesellen, die mit Hannes zusammenstanden, konnten sich hämische Kommentare nicht verkneifen.

Solch eine Einladung konnte sich keine Frau in der Öffentlichkeit erlauben, doch Anna hatte ihre Sonderstellung in der Stadt durch die neueste Intrige, der sie zum Opfer gefallen war und die sie erfolgreich durchgestanden hatte, gefestigt.

Mit gemischten Gefühlen stand Hannes vor der Tür des Neumannschen Anwesens und pochte dagegen. Kurz darauf öffnete die Köchin, die der umsichtige und pflichtbewusste Bantlein während Annas Abwesenheit weiterbeschäftigt hatte.

Die mit einer Knoblauchsoße übergossenen Flusskrebse schmeckten köstlich und der dazu gereichte Weißwein trug dazu bei, dass sich die ein wenig angespannte Stimmung löste.

»Das war wirklich eine gute Idee von dir, den treuen Bantlein zu Stechler zu schicken und ihm so eine Falle zu stellen.«

»Aber, aber, das wäre doch jedem über kurz oder lang eingefallen«, wehrte der Geselle bescheiden ab. »Was geschieht jetzt eigentlich mit Stechler und seiner Mutter?«

»Der Rat hat entschieden, dass Jakobs Vermögen eingezogen und er mit Schimpf und Schande aus der Stadt gejagt wird. Bei Agnes wird hingegen der Henker bemüht werden müssen, denn wie du weißt, steht auf einen gemeinen Mord die Todesstrafe.«

»Und wenn du nicht geistesgegenwärtig die Flucht ergriffen hättest, hätten sie dich aufs Rad geflochten.«

Hannes fröstelte bei dem Gedanken.

»Wie wär's, hast du noch Lust auf einen Verdauungsspaziergang bei diesem schönen Wetter?«, fragte Anna, nachdem die Süßspeise verzehrt war.

»Warum nicht, wir haben uns weiß Gott viel zu erzählen.«

Wie selbstverständlich führte sie der Weg auf einem schmalen Pfad zur Achalm hinauf. Es war schön, zu sehen, wie sich die Natur ein neues Kleid anzog und überall Blüten und Knospen sprießen ließ.

»Wollen wir zu der verfallenen Hütte in eurem Weinberg gehen?«, schlug die junge Kauffrau vor.

Das Häuschen stand noch genauso schief da wie vor beinahe vier Jahren, als die beiden sich hier oben getroffen hatten und das Schicksal unbarmherzig seinen Lauf genommen hatte. Sie setzten sich auf einen halbvermoderten Baumstamm, der als Sitzbank diente, und genossen die schöne Aussicht.

»Was werden deine beiden Begleiter tun?«, fragte Hannes interessiert.

»Ich hoffe, dass Anton mein Angebot annimmt und seine Familie herholt. Er ist ein fähiger Mann, den ich liebend gern beschäftigen würde. Jerg hingegen wird sich morgen früh in seine Heimat aufmachen, um nach seiner Frau und seinem Kind zu sehen. Ich weiß überhaupt nicht, wie ich ihm danken soll, ohne ihn wäre ich wahrscheinlich am Galgen gelandet.«

Die hübsche Frau sah gedankenverloren in den blauen Himmel.

»Diese Verkettung von glücklichen und weniger glücklichen Umständen, die uns beide wieder hier zusammengeführt hat, ist schon faszinierend. Du wärest gerne in Memmingen bei einer Meisterstochter geblieben, hat mir Bernhard erzählt.«

»Äh, nun ja, … ich habe die Möglichkeit in Betracht gezogen«, antwortete Hannes nicht ganz wahrheitsgetreu und spürte, wie er in der Gegenwart der selbstsicheren Kauffrau unsicher wurde. »Und ihr seid tatsächlich wenige Tage nach uns in dasselbe Lager gekommen, in dem wir festgehalten wurden?«, versuchte er schnell, das Thema zu wechseln.

»Ja, und du kannst dir denken, dass ich nicht weniger erstaunt war als du, meinen früheren Gatten sowie meinen ehemaligen Bräutigam dort anzutreffen.«

Hannes hing an ihren Lippen, als sie ihm von ihrem Einzug ins Lager erzählte.

An den zahlreichen Feuerstellen, an denen sich die Landsknechte wärmten und ihr Essen kochten, trafen Jerg und Anton auf mehrere Söldner, mit denen sie in Italien gekämpft hatten.

Es gab daraufhin eine schöne Wiedersehensszene und sofort wurden die drei eingeladen, mit den durstigen Soldaten zu trinken.

Doch als der Weinkrug mehrfach gekreist war, stand plötzlich Kaspar vor ihnen.

Als er Jerg erkannte, zückte er, ohne lange zu überlegen, seinen Katzbalger und auch Becker nahm sein Kurzschwert in die Hand. Sofort bildeten die Söldner einen Kreis um die Kämpfenden, denn jedem der Männer war klargeworden, dass die zwei noch eine Rechnung offen hatten, und außerdem waren sie für jede Abwechslung dankbar. Kaspar war in den Jahren, seit er sich den Landsknechten angeschlossen hatte, zu einem guten Kämpfer gereift, aber gegen die Erfahrung und die katzengleiche Gewandtheit Beckers hatte er wenige Chancen.

Mit gewaltigen Hieben schlugen die Söldner aufeinander ein und Kaspar blutete bereits aus mehreren Wunden, als der Hauptmann ungehalten herankam.

Er wollte die Männer gerade zur Disziplin mahnen, als er sah, um wen es sich handelte.

»Wie wir später erfahren haben, wollte Kaspar seinem Vorgesetzten einen Strick daraus drehen, dass er euch entkommen ließ, und wollte selber dessen Platz einnehmen. Aus diesem Grund hat Gregor den Kampf nicht unterbunden, obwohl er erkannte, dass sein Untergebener ihn nicht gewinnen würde.«

Aufgeregt war Anna aufgestanden und erlebte das Duell offenbar ein zweites Mal.

Durch einen fiesen Trick, indem er seinem Kontrahenten Dreck in die Augen schleuderte, hatte Kaspar noch einmal Oberwasser bekommen.

»Er hat Becker eine blutende Fleischwunde am Bein zugefügt, doch anstatt rasend zu reagieren, legte Jerg seine ganze Erfahrung in einen letzten Stich, der Kaspar in die rechte Seite traf.«

»Und, ist er tot?«, fragte Hannes gebannt.

»Eigentlich hätte ich erwartet, so etwas wie Genugtuung zu spüren, als ich den Mann, der mir so viel Leid zugefügt hat, in seinem eigenen Blut am Boden liegen sah. Doch dann habe ich eher Mitleid empfunden, nachdem er röchelnd das Zeitliche gesegnet hat. Gregor hat uns danach befohlen, das Lager sofort wieder zu verlassen, und so hatte ich keine Möglichkeit, ihn dafür anzuklagen, dass er mich beinahe umgebracht hat«, meinte sie ungehalten und setzte sich wieder neben Hannes.

»Er hat dich und deinen Freund vor dem sicheren Tod bewahrt und somit seine Schuld mehr als gesühnt.«

Wie selbstverständlich legte sie ihre Hand in seine und sah ihm dabei tief in die Augen.

ENDE

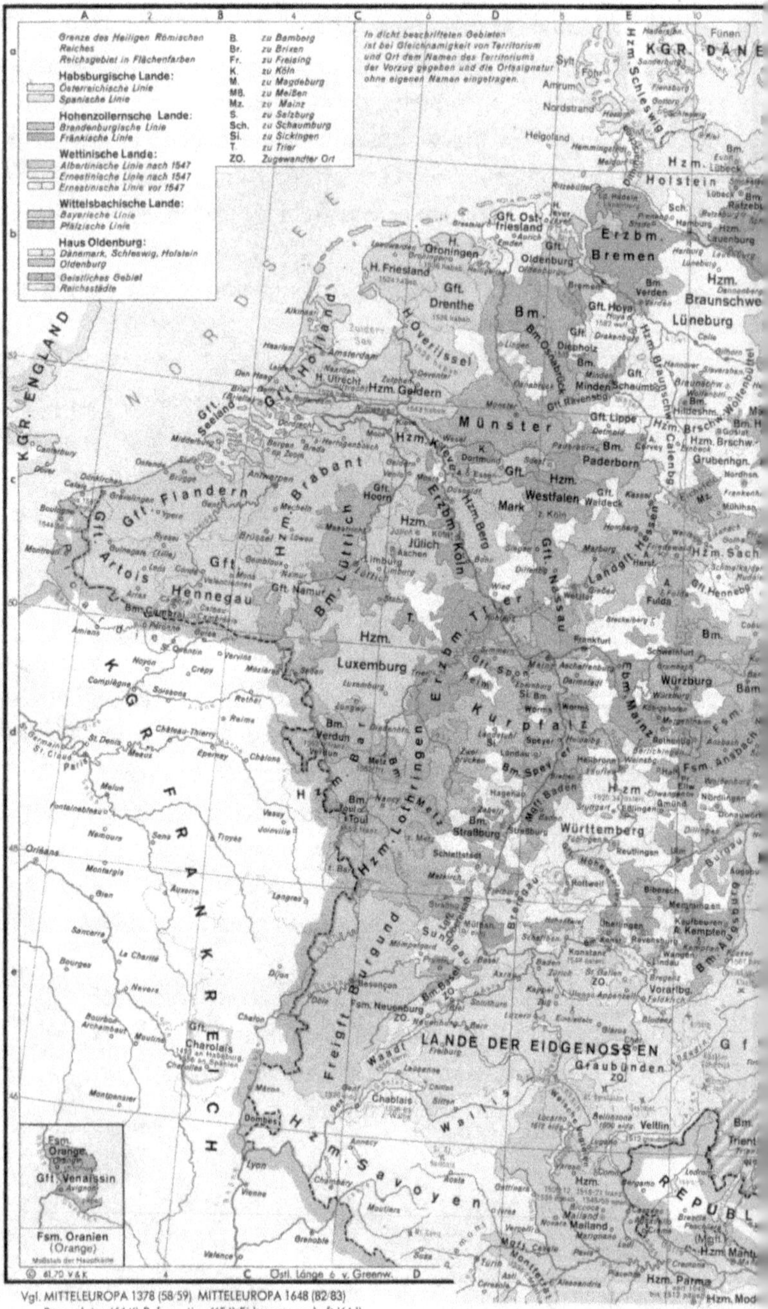

Mitteleuropa im Zeitalter der Reformation (1547)
Quelle: Putzger, Historischer Weltatlas Seite 66 und 67

Maßstab 1:5 000 000 0 50 100 150 200 km

G. Franz

JULIAN LETSCHE
Mit Stock und Hut

978-3-8392-xxxx-x (Paperback)
978-3-8392-4245-2 (pdf)
978-3-8392-4244-5 (epub)

GEFÄHRLICHE WALZ 1520. Der Zimmermann Hannes Fritz befindet sich auf der Walz. Unglückliche Umstände verschlagen ihn in die mächtige Seestadt Amsterdam, wo er Opfer einer Intrige wird, die sein Leben bedroht. Zur selben Zeit wird seine Jugendliebe, die Kaufmannstochter Anna Neumann, von skrupellosen Landsknechten verschleppt und als Geisel festgehalten. Bald muss sie zu ihrem Entsetzen feststellen, dass ihr als Mörder gesuchter Noch-Ehemann Kaspar hinter ihrer Entführung steckt.

Eine atemberaubende Geschichte um Leben, Liebe und Tod nimmt ihren Lauf …

GMEINER SPANNUNG

JULIAN LETSCHE
Auf der Walz

978-3-8392-1141-0 (Paperback)
978-3-8392-3641-3 (pdf)
978-3-8392-3640-6 (epub)

AUF DER WALZ Reutlingen im 16. Jahrhundert. Der 17-jährige Zimmergeselle Hannes Fritz geht nach seiner Gesellentaufe auf die traditionelle Walz. Seine dreijährige abenteuerliche Wanderschaft führt ihn in die freie Reichsstadt Esslingen, in das Benediktinerkloster Lorch und nach Frankfurt am Main. Er trifft den Humanisten Ulrich von Hutten, gerät zusammen mit einer jüdischen Familie in die Fänge von skrupellosen Räubern und begegnet der Kaufmannstochter Anna, seiner ersten großen Liebe …

PETRA WALDHERR
Die Versuchung der Ratsherrentochter

978-3-8392-2160-0 (Paperback)
978-3-8392-5559-9 (pdf)
978-3-8392-5558-2 (epub)

BÖSES ERWACHEN Die Wymphener Ratsherrentochter Anna, ehemals unschuldig wegen Mordes zum Tode verurteilt, will gemeinsam mit ihrem Gemahl Michael die erdrückende Last aus der Vergangenheit endlich hinter sich lassen. Auch an ihm haftet immer noch ein schwerwiegender Makel – seine Vergangenheit als städtischer Henker. Voller Hoffnung machen sie sich auf den Weg nach Haydelberch, um ein neues Leben zu beginnen. Doch schon bald wandelt sich der Wunsch nach einer besseren Zukunft zu einem Kampf auf Leben und Tod …

B. ERWIN / U. BUCHHORN
Die Calvinistin

978-3-8392-2104-4 (Paperback)
978-3-8392-5451-6 (pdf)
978-3-8392-5450-9 (epub)

MÖRDERISCHE MISSION März 1618: Während religiöse Spannungen das Land spalten und der junge Kurfürst Friedrich V. mit der böhmischen Krone liebäugelt, hütet der Katholik Jakob Liebig ein gefährliches Geheimnis. Als Spion reist er nach Heidelberg. Immer tiefer verstrickt er sich in ein gefährliches Spiel aus politischen Ränken und Mord. Bald sind seine einzigen Verbündeten die junge Calvinistin Sophie und ein bärbeißiger Hauptmann der Stadtwache. Über Glaubensgrenzen hinweg schmieden die drei eine ungewöhnliche Allianz.

GMEINER SPANNUNG

Das Neueste aus der Gmeiner-Bibliothek

Unser Lesermagazin

Bestellen Sie das kostenlose Krimi-Journal in Ihrer Buchhandlung oder unter www.gmeiner-verlag.de

Informieren Sie sich …

www … auf unserer Homepage:
www.gmeiner-verlag.de

@ … über unseren Newsletter:
Melden Sie sich für unseren Newsletter an unter www.gmeiner-verlag.de/newsletter

f … werden Sie Fan auf Facebook:
www.facebook.com/gmeiner.verlag

Mitmachen und gewinnen!

Schicken Sie uns Ihre Meinung zu unseren Büchern per Mail an gewinnspiel@gmeiner-verlag.de und nehmen Sie automatisch an unserem Jahresgewinnspiel mit »mörderisch guten« Preisen teil!